HEYNE‹

W0046585

Das Buch

Paris steht still, keine Glocke schlägt die Zeit. Das Pendel im Chor von Saint-Martin-des-Champs schwingt aus und niemand weiß, ob sich die Welt noch dreht ...

Paris, Anfang der zwanziger Jahre: Als sich plötzlich ein geheimnisvolles Dämmerlicht über die Stadt legt, kann sich niemand dessen Ursprung erklären. Einzig bei der Société Silencieuse, einer Geheimorganisation, deren Aufgabe es ist über die Einhaltung der magischen Gesetze zu wachen, schrillen sämtliche Alarmglocken. Ihre Ermittlungen führen sie ins Künstlerviertel Montparnasse – eine Welt, in der alles möglich scheint, in der Illusionisten ihr Publikum verzaubern und Träume scheinbar zur Wirklichkeit werden. Der Übeltäter ist schnell gefunden: Zauberkünstler Ravi hat gegen das oberste Gesetz der Société verstoßen und gemeinsam mit seiner entzückenden Assistentin Blanche vor Publikum echte Magie zum Einsatz gebracht. Doch während sich die Vertreter der Société auf den Weg machen, um Ravi und Blanche zu bestrafen, stürzt ganz Paris ins Chaos. Denn die Grenzen zwischen Traum und Realität sind tatsächlich aufgehoben und nichts ist mehr, wie es vorher war ...

Der Autor

Oliver Plaschka wurde 1975 geboren. Er studierte Anglistik und Ethnologie an der Universität Heidelberg und ist seitdem Herausgeber und Übersetzer vieler fantastischer Geschichten. Sein Debütroman wurde mit dem Deutschen Phantastikpreis ausgezeichnet. Oliver Plaschka lebt in Speyer.
Mehr über Autor und Werk auf: *www.rainlights.de*

Oliver Plaschka

Die Magier von Montparnasse

Roman

WILHELM HEYNE VERLAG
MÜNCHEN

Verlagsgruppe Random House FSC-DEU-0100
Das für dieses Buch verwendete FSC®-zertifizierte Papier
Holmen Book Cream liefert Holmen Paper, Hallstavik, Schweden.

Taschenbuchausgabe 9/2011
Copyright © 2010 by Oliver Plaschka
Copyright © 2011 der Taschenbuchausgabe
by Wilhelm Heyne Verlag, München
in der Verlagsgruppe Random House GmbH
Printed in Germany 2011
Vorsatzkarten: Harry Rey, Kartoplan, www.kartoplan.de
Umschlagillustration: Isabelle Hirtz
Umschlaggestaltung: Hilden Design, München
Satz: Greiner & Reichel, Köln
Druck und Bindung: GGP Media GmbH, Pößneck
ISBN 978-3-453-52850-5

www.heyne-magische-bestseller.de

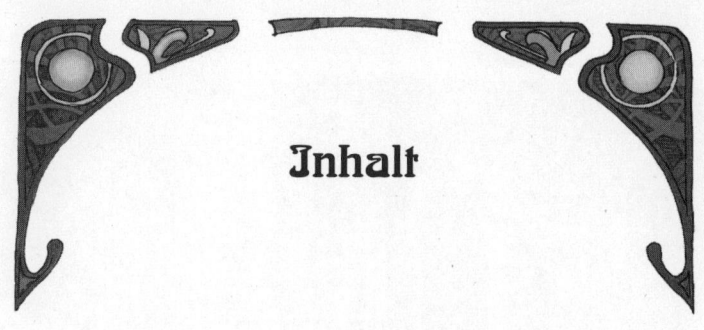

Inhalt

Vor dem Fall ~ Seite 9

Der erste Tag
Das Herz einer Kellnerin ~ Seite 23

Der zweite Tag
Von Mäusen und Magiern ~ Seite 83

Der dritte Tag
Ein unerwarteter Trauerfall ~ Seite 171

Der vierte Tag
Gaslichtromanzen ~ Seite 235

Der fünfte Tag
Magische Nächte ~ Seite 287

Der sechste Tag
Der Tag der Toten ~ Seite 329

Der siebte Tag
Dieses eine Mal, für immer ~ Seite 413

Solang wir uns wiedersehen ~ Seite 471

Nachwort ~ Seite 475

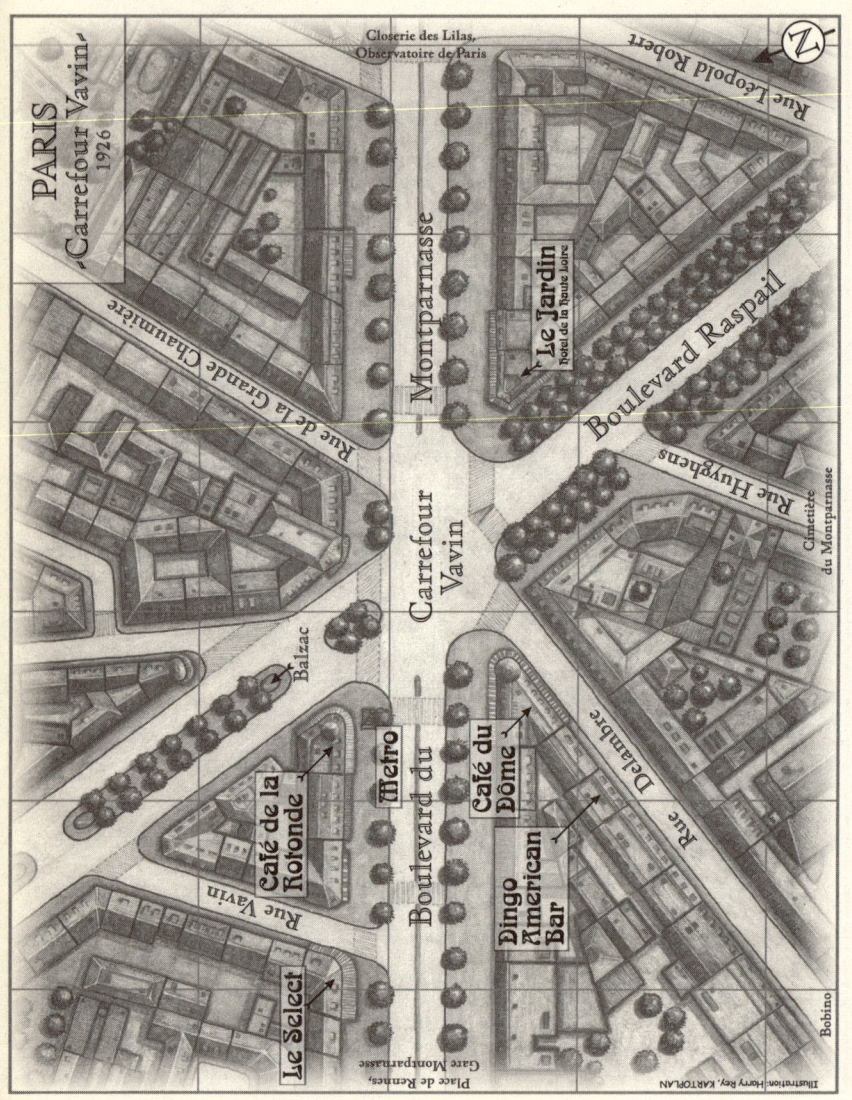

PARIS
"Carrefour Vavin", 1926

Closerie des Lilas,
Observatoire de Paris

Rue Léopold Robert

Montparnasse

Rue de la Grande Chaumière

Le Jardin
hôtel de la Haute Loire

Boulevard Raspail

Carrefour Vavin

Rue Huyghens

Cimetière
du Montparnasse

Balzac

Metro

Café de la
Rotonde

Café du
Dôme

Rue Delambre

Boulevard du

Rue Vavin

Dingo
American
Bar

Le Select

Place de Rennes,
Gare Montparnasse

Bobino

Illustration: Harry Rey, KARTOPLAN

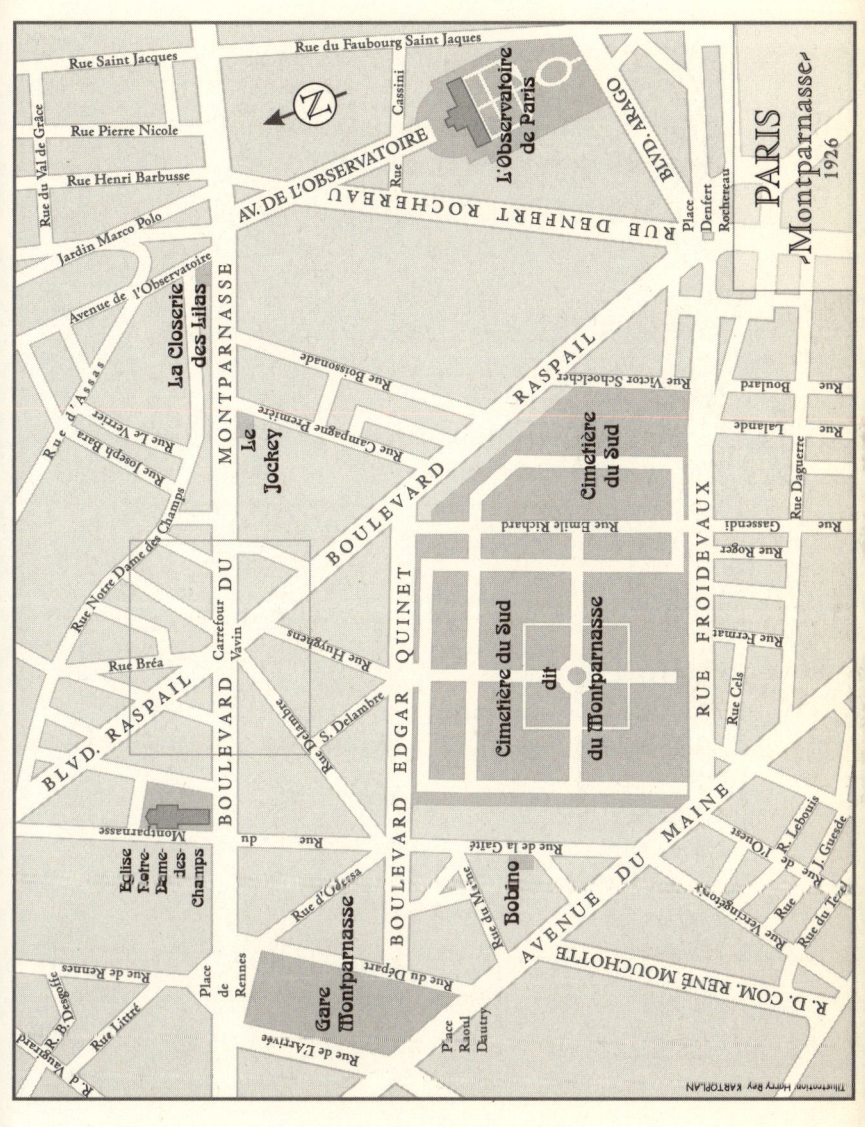

PARIS
„Montparnasse"
1926

Rue Saint Jacques
Rue du Faubourg Saint Jaques
Rue Pierre Nicole
Cassini
L'Observatoire de Paris
Rue Henri Barbusse
Rue du Val de Grâce
AV. DE L'OBSERVATOIRE
RUE DENFERT ROCHEREAU
BLVD. ARAGO
Place Denfert Rochereau
Jardin Marco Polo
Avenue de l'Observatoire
La Closerie des Lilas
MONTPARNASSE
Rue Boissonade
RASPAIL
Boulard
Rue
Rue d'Assas
Rue Joseph Bara
Rue Le Vérrier
Le Jockey
Rue Campagne Première
Rue Victor Schoelcher
Lalande
Rue
BOULEVARD
Cimetière du Sud
Rue Daguerre
Rue Notre Dame des Champs
Carrefour DU Vavin
Rue Huyghens
Rue Emile Richard
RUE FROIDEVAUX
Gassendi
Rue Roger
Rue Fermat
Rue Bréa
QUINET
Cimetière du Sud
dit du Montparnasse
Rue Cels
BLVD. RASPAIL
Rue S. Delambre
Rue Delambre
BOULEVARD
EDGAR
Montparnasse
Rue du
Rue
Eglise Notre-Dame-des-Champs
BOULEVARD EDGAR QUINET
Bobino
Rue de la Gaité
AVENUE DU MAINE
Rue de l'Ouest
Rue J. Guesde
Rue Lébouis
Rue d'Odessa
Rue du Maine
R. D. COM. RENÉ MOUCHOTTE
Rue du Texel
Place de Rennes
Rue de Rennes
R. B. Desgoffe
Rue Littré
R. d Vaugirard
Gare Montparnasse
Rue du Départ
Place Biorl Dautry
Rue de l'Arrivée
Rue Vercingétorix

Illustration: Henry Bey KARTOPLAN

... sollst du verharren zweiundvierzig Stunden
und dann erwachen wie von süßem Schlaf.

WILLIAM SHAKESPEARE

Sie öffnete die Augen, hob den Deckel vom Sarg in die Höhe,
und richtete sich auf, und war wieder lebendig.
»Wo bin ich?«, rief sie.
Der Königssohn erwiderte voll Freude:
»Du bist in Sicherheit bei mir.«

GEBRÜDER GRIMM

I'll be seeing you
In all the old familiar places
That this heart of mine embraces
All day through

In that small café
The park across the way
The children's carousel
The chestnut trees
The wishin' well ...

SAMMY FAIN & IRVING KAHAL

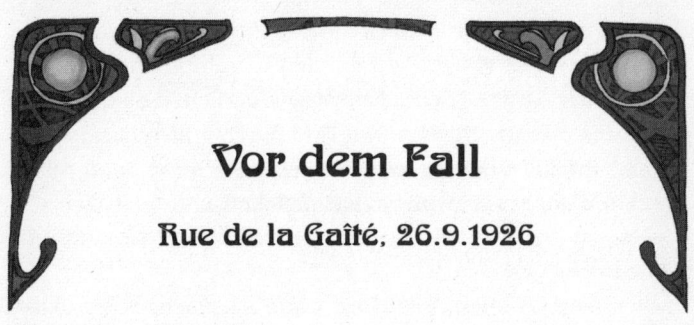

Vor dem Fall

Rue de la Gaîté, 26.9.1926

Die Ereignisse jenes Sonntags im September, die in ein solches Tohuwabohu münden sollten, dass später niemand seine Verwicklung in sie eingestehen mochte (besonders nicht die Mitglieder der Société Silencieuse), entzündeten sich an einer unbedeutenden Kleinigkeit, welche sich unglückseligerweise gerade zum Abschluss unserer sonst recht erfolgreichen Reihe von Vorstellungen im Bobino zutrug.

Ein Engagement im Bobino konnte man zu dieser Zeit getrost als Krönung einer jungen Karriere bezeichnen. Ich weiß nicht, was Blanche – ich bin in Geschäftsdingen nicht erfahren – Philbert, dem Direktor, versprochen hatte, der aus dem übergroßen Café gerade erst wieder ein Varieté gemacht hatte, wie es bereits Mitte des vorigen Jahrhunderts eines gewesen war. Allerdings war mein Eindruck, dass von all den Menschen, die in diesen verrückten Jahren nach Montparnasse strömten, allenfalls ein Zehntel ernsthaft am Talent der Künstler interessiert war, die hier ihr Refugium gefunden hatten. Die übrigen neun waren gekommen, um nackte Brüste und fliegende Beine zu sehen – und dann erklären Sie mal einem Varietédirektor, weshalb er einen altmodischen Zauberkünstler wie Sie engagieren sollte.

Wir bekamen eine ganze Woche. Blanche kam freudestrahlend aus Philberts Büro und wedelte aufgeregt mit einem Blatt

Papier, auf dem die Grundzüge unseres Programms festgehalten waren, wie wir es voriges Jahr auf den Kleinbühnen Montmartres gespielt hatten. Nicht allzu verwunderlich, dass die Hälfte der Tricks nun durchgestrichen und durch andere ersetzt war. Kopfschüttelnd überflog ich die neue Liste. *Amor vincit omnia*, stand in Blanches schwungvoller Mädchenschrift darüber.

»Das ist unser neues Programm«, verkündete sie und umarmte mich.

»Bei allen Geistern, Blanche«, wand ich mich, »viele dieser Nummern haben wir noch nie hinbekommen! Wieso hast du ihm nicht gleich den indischen Seiltrick verkauft?«

Sie legte die Stirn in Falten, als schmolle sie. Der indische Seiltrick endete traditionell mit der Verstümmelung der Assistentin, und es gab sehr geteilte Auffassungen darüber, ob es überhaupt möglich war, ihn mehr als einmal aufzuführen.

»Vertrau deinen Fähigkeiten, Ravi«, redete sie mir zu. »Wir schaffen das, wenn wir uns Mühe geben. Die Liebe besiegt alle Hindernisse!«

Ich seufzte. Meine Fähigkeiten waren nicht das Problem. Das Problem war, den Leuten einen Trick zu verkaufen. *Keine echte Magie*. Blanche wusste das sehr gut, doch Menschen das Unmögliche glauben zu machen, ohne das Unmögliche zu vollbringen, war genau das, was sie an unserem Beruf so liebte. Ich wäre ohne sie völlig hilflos gewesen.

»Wir müssen sofort die Liste durchgehen«, entschied ich, und so machten wir uns an die Arbeit.

Die kleineren Wünsche Philberts waren leicht zu berücksichtigen. Blanche kürzte ihr Kleid an den entscheidenden Stellen, und die Show wurde noch mehr zu ihrer als meiner. Mir machte das nichts; der Zauberer sollte auf der Bühne Ruhe ausstrahlen, so dass man ihm im entscheidenden Moment vertraut, und je mehr Aufmerksamkeit auf seiner Assistentin liegt, um so besser. Wir bekamen ein kleines Orchester – ein Streichquartett, ein Schlagzeug, der Ablenkung zuliebe, und eine Klarinette für die Schlange – sowie einige Bühnenarbeiter, die sich um die komplexen Lichteffekte kümmerten. Die Arbeiter unterschrieben alle einen Vertrag, dass sie kein Wort über das verlieren durften, was sie hinter dem Vorhang erlebten. Dasselbe galt für die beiden ägyptischen Tänzerinnen, die wir für den letzten Auftritt benötigten und die natürlich nicht aus Ägypten stammten. Mir behagte das Ganze nicht; ich hatte nie mit anderen Assistenten als mit Blanche gearbeitet. Aber für *Romeo und Julia im Land der Pharaonen* waren sie unabdingbar. »Wer sonst sollte dich in dein Grab sperren, wenn ich nicht mehr bin?«, witzelte Blanche. Ich persönlich hielt die Nummer für eigensinnig und gefährlich.

Ich liebe die leisen Töne der Bühnenmagie. Ich habe jahrelang den Trick mit den sich verhakenden Ringen geübt, bis niemand mehr den Moment sah, in dem sie ineinander glitten. Ich habe ein gutes Händchen für Mentalistenstücke – die richtige Karte aus einem Stapel zu ziehen, oder mir den Inhalt eines Zettels aus dem Publikum zu merken, während ich so tue, als lese ich den vorherigen vor; mit dem richtigen Tempo, der richtigen Musik und der richtigen Assistentin können Sie die Aufmerksamkeit des Publikums für Stunden fesseln, und Sie brauchen kaum mehr als einen Hut und ein wenig Spielzeug dafür. Es ist faszinierend, wie selten Menschen an das Offensichtliche denken; sie freuen sich, drei Seiten eines Kastens solide zu wissen, und fragen gar nicht erst nach der vierten, die immer von ihnen abgewandt ist. Menschen können sich vorstellen, dass ein Magnet an einem Gummiband im Ärmel hängt, aber nicht, dass dieses Band wiederum von einem unsichtbaren Faden am Finger des Zauberers betätigt wird. Und sie schwören Stein und Bein, dass Sie sie nie berührt haben, keine zwei Minuten, nachdem Sie ihnen bei der Begrüßung beiläufig die Hand gaben.

Philbert aber wollte nur die lauten Töne – je schriller, desto besser. Die Männer, die sich überlegten, ob sie ihren Lohn nicht eher für einen Abend im Jockey mit Kiki oder eine Zechtour am Carrefour Vavin sparen sollten, wollten Blanche und mich von Speeren und Schwertern durchbohrt sehen, sie wollten Flammen und Blitze, Elefanten und Strauße, und zehn nackte Tänzerinnen dazu; und Philbert wollte ihr Geld, und zwar mehr als alles andere.

Also übten wir.

Wir nutzten die Möglichkeiten, die das Bobino uns bot, und ersetzten den alten Schwebetrick, bei dem Blanche unter wehenden Tüchern verschwand, durch die eindrucksvollere Variante, bei der Gesicht und Füße unbedeckt blieben und sie nicht von mir, sondern einer Mechanik hinter dem Vorhang in die Luft gehoben wurde. Blanche mochte diesen Trick wegen des Märchenkleides, das sie dazu trug und das sie wie die schlafende Prinzessin Perraults aussehen ließ, und ich freute mich, mein Geschick mit dem Reifen unter Beweis stellen zu können. Eine Hebebühne kann jeder betätigen; es aber so aussehen zu lassen, als kreise ein Reifen um eine schwebende Frau, erfordert etwas mehr Geschick.

Die Hypnotisierte steigt empor und wieder herunter, dann lässt der Prinz von dem Spiel ab, küsst sein Dornröschen, und sie erwacht.

Das Publikum nahm Philberts Änderungen dankbar auf, und mit den Einnahmen stieg seine Stimmung. Wir für unseren Teil versuchten, die Not zur Tugend zu machen, und Philberts Liebe zum Kitsch eine Reise durch die Zeitalter als Thema zur Seite zu stellen. Blanche huschte nach fast jedem Trick hinter die Bühne, um sich umzuziehen, und ich unterhielt die Menge mit kleineren Kunststücken, bis ich wieder die Rolle eines Barrikadenstürmers der Julirevolution, eines Höflings des Sonnenkönigs oder eines römischen Tribuns annahm, um ein weiteres

Kapitel aus der großen Geschichte zu erzählen, wie zwei Menschen gegen alle Widerstände zusammenfinden.

Mein Lieblingsstück ist das des verzweifelten Malers, der auf einer leeren Bühne ein sehnsuchtsvolles Portrait seiner Liebsten aus dem Gedächtnis malt, während das Streichquartett mit ihm klagt, bis die Angebetete wie aus dem Nichts durch die Leinwand bricht und ihn in die Arme schließt.

Blanches Geschicklichkeit kommt ihr auch als Opfer des finsteren Kerkermeisters zugute, wenn ich Metallplatten durch sie gleiten lasse und bald ihren Kopf zur einen, die Hüfte zur anderen Seite verschiebe. Dieser Trick wird immer gut aufgenommen, weil er eigentlich keiner ist und alles vor den Augen des Publikums geschieht, das nur nicht glauben mag, was es doch sieht.

So lief es also Tag für Tag, und selbst die unsägliche Land-der-Pharaonen-Nummer klappte entgegen meiner Befürchtungen sechs Mal in Folge. Sechs Mal standen wir im Licht der Kohlebogenlampen und verneigten uns, und sechs Mal konnte ich fühlen, wie Blanches Herz ihr vor Freude bis zum Hals schlug, während Philberts Männer die Begleiterscheinungen dessen, was wir angerichtet hatten, zusammenfegten. Und sie so zu sehen – Blanche, nicht die Arbeiter –, ließ mich alle Zweifel, die ich hatte, vergessen.

Dann kam der siebte Abend. Der Sonntag, die Abschlussvorstellung. Und mit ihm das ganze Missgeschick.

Romeo und Julia im Land der Pharaonen entstand eines Mittags im Café de la Rotonde, als wir verzweifelt nach einem Ersatz für die Schneewittchennummer suchten, mit der wir uns in Montmartre unsere Sporen verdient hatten und der Blanche ihren Bühnennamen, Blanche-Neige, schuldete. Damals hatten wir einen gläsernen Sarg für sie gehabt, und einen Zwerg als Totengräber obendrein, und ich hatte einen klassischen Entfesselungstrick vorgeführt, um sie zu retten. Das Ganze war

13

vor allem ein Märchen gewesen, ein Schauspiel. Philbert aber wollte den Zeitdruck, den Nervenkitzel; der Zwerg war entgegen seiner Beteuerungen nicht mehr auffindbar, und so hatten wir mit unserem alten Grundsatz gebrochen, keinen Trick aufzuführen, der einen von uns jemals in Lebensgefahr bringen könnte. Blanches Sarg wurde zu einem metallverstärkten Sarkophag umgebaut, der mittels eines reichlich spektakulären Tanksystems mit Sand gefüllt werden konnte. Mir selbst baute man ein Gegenstück, das jedoch einen entscheidenden Unterschied aufwies: Es hatte eine aufklappbare Rückwand (deshalb durfte das Publikum auch ihren Sarkophag untersuchen, nicht aber meinen). Lassen Sie mich zunächst erklären, wie der Trick im Idealfall funktioniert:

Blanche wird nach einer kurzen Umbaupause von zwei Sklavinnen auf die Bühne geschoben. Sie ist eine ägyptische Prinzessin, die sich augenscheinlich das Leben nahm, und nur die fast völlige Nacktheit der beiden Sklavinnen lenkt davon ab, dass sie selbst so gut wie keine Kleidung trägt, dafür reichlich Glitzer und nilblauen Lidschatten. Dass sie trotz allem mit ihrem weißblonden Haar in etwa so ägyptisch wie die Schneekönigin persönlich aussieht, hat noch nie jemanden gestört. Zur Linken und zur Rechten der Bühne drohen die beiden aufrechtstehenden Sarkophage, so tödlich und strahlend wie stahlgefasste Bernsteintropfen.

Ich betrete die Bühne als Prinz, wozu ich meinen blauen Umhang zugunsten eines albernen ärmellosen Hemdes ablege, das mit allerlei Anch-Kreuzen und Sonnenemblemen bestickt ist. Wie Blanche bin ich barfuß und trage weite, geschlitzte Beinkleider – so sieht das Publikum den Menschen in mir und kein geheimnisvolles Wesen mit Ärmeln voller Gurte und Hosen voller Verstecke (außerdem müssen wir uns danach nicht den Sand aus den Schuhen schütteln). Ich entdecke meine vermeintlich tote Liebste, und nach einem kurz gehaltenen dramatischen Akt (ich bin kein allzu guter Darsteller großer Emotionen) bereite ich mich auf meinen eigenen Tod vor. Eine der Sklavinnen reicht mir den Tonkrug mit Cleo, unserer zahmen Python, und ich spiele zu den östlichen Weisen des Klarinettisten, als ließe ich mich beißen, und stelle mich in meinen Glassarkophag, worauf mich die Sklavinnen unnötigerweise festbinden (das Publikum erwartet das einfach), den Deckel schließen und sich entfernen.

Das Licht changiert, Blanche erwacht. Sie findet ihren Prinzen reglos und verfällt in Trauer. Blanche weigert sich, mit Cleo zu arbeiten – die beiden sprechen einfach nicht dieselbe Sprache –, dafür ist ihre schauspielerische Leistung um so überzeugender, wenn sie sich an mein Gefängnis schmiegt und mir Lebewohl sagt. Ihr Tanz vor den Fenstern des Tanks gibt mir Gelegenheit, mich unauffällig meiner Fesseln zu entledigen. Danach wirft sie sich stolz in Pose, betätigt den Hebel, der den Sand hinabrieseln lässt, zieht eine weiße Leinenrolle von der Decke und geht davon. Die Leinenrolle wirkt wie ein Leichentuch; gleichzeitig gehen Scheinwerfer hinter mir an, und man sieht nur noch meinen Schatten auf dem Tuch und den Schatten des Sands, der sich zu meinen Füßen sammelt und langsam, aber stetig steigt.

Der Moment, in dem sich das Tuch senkt und das Schlagzeug einen kurzen Tusch spielt, ist aber auch der Moment, in dem ich den Tank mit einem knappen Schritt durch die Rückwand verlasse und mich *hinter* ihn stelle, damit es im nächsten Augenblick, wenn der Scheinwerfer erstrahlt, auf der Leinwand so *aussieht*, als wäre ich noch gefangen. Alles, die Größe des Tanks, die gläsernen Wände, die Entfernung der Lichtquelle, der Einsatz der Musiker, die Klappe in der Rückwand, ist so sorgfältig aufeinander abgestimmt, dass die Illusion völlig glaubhaft wirkt. Sechs Tage hatte ich nur ein paar Handvoll Sand in die Haare bekommen und hinter dem Kasten posiert, bis wir zum Finale den toten Prinz wieder erwachen ließen, um dem Paar und dem Publikum sein Happy End zu bescheren – *et amor vincit omnia.*

Am siebten Tag aber ließ sich die Rückwand nicht öffnen.

Ich war für einen Moment einfach verdutzt und trat ein weiteres Mal auf den kleinen Fußschalter, der den zweiflügeligen Rücken des Tanks nach hinten aufschnappen lassen sollte (wir brauchten diese Sperre, damit die Wand nicht von selbst unter dem Druck des Sands aufschwang). Das war recht gefährlich, denn mir blieb nicht viel Zeit – abermals passierte nichts, und dann war es endgültig zu spät, der Tusch war gespielt, der Scheinwerfer ging an, das Publikum sah, wie es sein sollte, meine Silhouette, und Blanche war schon auf dem Weg zum anderen Sarkophag auf der gegenüberliegenden Seite der Bühne.

Ich aber war noch gefangen, und der Sand rieselte stetig.

Ich war mir nicht sicher, ob Blanche den Fehler bemerkt hatte, denn meine Besorgnis störte meine sonst so feinen Sinne. Vielleicht waren auch ihre Gedanken in Aufruhr. Wenn sie sich an den Zeitplan hielt, betrat sie soeben den anderen Sarg – der, wie mir und sicher auch ihr schmerzlich bewusst war, keine aufklappbare Rückwand besaß –, um sich lebendig mit ihrem Liebsten begraben zu lassen. Die Sklavinnen schlossen den Deckel und legten den Hebel um. Der Sand begann in Blanches Tank zu strömen, als der in meinem mir schon zu den Hüften reichte. Dann wurde auch über sie ein Tuch gezogen, und Scheinwerfer malten ihre Umrisse darauf.

Ich hatte zwar die Arme frei, durfte sie aber noch nicht bewegen, um mich nicht zu verraten. Selbst wenn der Schalter noch funktionieren würde, hätte ich mittlerweile ernste Probleme, meine Beine aus der steigenden Flut zu ziehen. Fieberhaft suchte ich nach einem Ausweg. Von fern hörte ich das Spiel des Orchesters, das sich dramatisch zum Erwachen des Prinzens vorarbeitete – zu langsam für mich, denn der Sand stieg schneller, als wir für einen leeren Tank berechnet hatten. Ich war zum Abwarten verdammt.

Noch hatte niemand die Nummer abgebrochen. Die Tänzerinnen standen abseits, hinter dem Vorhang, und von Philbert, dem großen Meister in Frack und Zylinder, erhaschte ich nur einen Schatten; wahrscheinlich kaute er wie immer auf seiner Zigarre und hatte entweder den Fehler nicht bemerkt oder schwitzte wie wir Blut und Wasser. Oder er hielt alles für einen guten Witz und amüsierte sich königlich.

Da fasste ich den Entschluss, die Regeln zu brechen.

Keine echte Magie.

Das war immer Teil unseres Kodex gewesen; der oberste Leitsatz der verborgenen Welt. Ebenso, wie gewöhnliche Varietékünstler ihre Geheimnisse hüteten, hütete die Société die ihren. Sich auf eine Bühne zu stellen und bloß so zu *tun*, als zaubere man, musste aber ihren zynischen Sinn für Humor getroffen haben, denn bislang hatte man uns nicht behelligt. Uns war immer bewusst gewesen, dass dieses Leben vorbei sein würde, sobald wir die Regeln missachteten. Die Augen und Ohren der Société waren überall, und die Anwendung großer Magie war wie ein Leuchtfeuer für ihre Agenten. Sie sahen es am Horizont blitzen, rochen es wie den Rauch eines Waldbrands, oder spürten es in ihren Träumen.

Ich wartete angespannt und bereitete mich vor. Alles musste wie ein Teil der Nummer aussehen. Auf keinen Fall durften die Leute von ihren Stühlen springen und davonlaufen – das wäre das Ende für uns, nicht nur in beruflicher Hinsicht.

Als das Orchester eine neue Tonlage anschlug, bewegte ich, für alle deutlich zu sehen, meinen Arm. Der Sand reichte mir nun bis zur Brust. In Blanches Kabine musste er in etwa ihre Taille erreicht haben. Ich tat, als wäre ich noch benommen, käme erst allmählich zu mir, dann begann ich, mir die Fesseln, derer ich mich in Wahrheit schon lange entledigt hatte, von den

Handgelenken zu streifen. All das geschah für das Publikum; die Zuschauer sollten nie sicher sein, ob sie Zeuge eines gespielten oder echten Befreiungsversuchs wurden. Der Schatten auf der Leinwand bekam die Hände frei und reckte sie hilfesuchend nach oben, als der Sand schon sein Kinn erreichte. Ich schloss Mund und Augen und wartete darauf, dass sie bedeckt sein würden. Nur eine Hand des Prinzen regte sich noch und zuckte flehentlich umher. Dann wurde auch sie von Dunkelheit geschluckt. Das Publikum, das konnte ich spüren, hielt den Atem an.

Ich verließ die Kabine.

Es war eigenartig, dieser Moment, in dem ich vor aller Augen die Naturgesetze außer Kraft setzte, selbst wenn die Menschen nicht begriffen, was gerade geschah. Ich hoffte inbrünstig, dass niemand mich bemerkte, wie ich in den Schatten hinter Blanches Sarkophag aus dem Nichts erschien und mich auf den Boden kauerte. Woran ich nicht gedacht hatte, war, dass der Sand in meinem Tank über dem plötzlich entstandenen Hohlraum zusammensackte und das Publikum es auf der Leinwand deutlich mitansehen konnte. Unruhe breitete sich aus.

Als mein Blick sich klärte, schaute ich in die verdutzten Augen eines Bühnenarbeiters, der sich, wie ich, hinter einigen strategisch platzierten Kulissen versteckt hielt. Hatte er mich gesehen? Oder vielmehr, hatte er *nicht* gesehen, wie ich, in der geschickten Manier eines Einbrechers, von Schatten zu Schatten gehuscht war, wie ich es die Abende zuvor getan hatte? Keine Zeit, darüber nachzudenken, denn nun lief ein aufgeregtes Gemurmel durch die Ränge. Ich bedeutete dem Arbeiter, zurück an seine Arbeit zu gehen, denn jeden Moment musste der vereinbarte Blitzeffekt kommen. Er zögerte kurz, gehorchte dann aber. Es blitzte, und das weiße Tuch vor Blanches Tank schnellte an seiner Rolle empor.

Im Publikum brach beinahe Panik aus, als offensichtlich

wurde, dass Blanche sich immer noch in ihrem Gefängnis befand. Die Überraschung war kalkuliert, doch heute drohten die Emotionen der Gäste unserer Kontrolle zu entgleiten; viele fühlten, dass etwas nicht stimmte, fast so deutlich, wie ich nun Blanches Angst fühlen konnte. Der Sand hatte ihren Hals erreicht – wir hatten keine Zeit mehr zu verlieren.

Ein weiterer Blitz, ich verließ mein Versteck, präsentierte mich kurz dem aufjubelnden Publikum und packte dann den Hebel an Blanches Sarkophag, der den Deckel an der Vorderseite aufstemmte. Ein Berg glitzernden Sandes ergoss sich auf die Bühne. Blanche machte einen Schritt und hob die Arme; ich reichte ihr die Hand, damit sie heraussteigen konnte. Die Geigen jauchzten, und wir fielen uns in die Arme.

Das Publikum erhob sich und applaudierte – die meisten wenigstens. Einige Gestalten aber standen auf und verließen den Saal. Wir verneigten uns, der Vorhang fiel, und bevor er sich wieder öffnete, hatte man uns ein paar Handtücher und etwas zum Anziehen gebracht. Die Bühnenarbeiter warfen uns finstere Blicke zu, denn der Sand, der überall an mir klebte (daran war nur die Bühnenschminke schuld), sprach Bände. Keine Zeit, der Vorhang öffnete sich abermals, das Licht ging an, wir dankten, dankten, einige Blumensträuße wurden Blanche zu Füßen geworfen, und wir lächelten und dankten abermals. Philbert kam auf die Bühne, eine Tänzerin an jedem Arm, und applaudierte uns zu, mit einem Gesicht, das nur schwach seinen Ärger verbarg.

»Mesdames et Messieurs, La Blanche-Neige und der unvergleichliche Monsieur Ravi!« Dann fiel der Vorhang ein letztes Mal, und es war vorbei. Philbert starrte uns kopfschüttelnd an. Draußen wurde ein Klavier auf die Bühne geschoben, und die Band stimmte einen Ragtime an.

Wir verabschiedeten uns rasch und taumelten in meine Garderobe, wo Blanche zitternd auf ihren Stuhl niedersank und uns im Spiegel betrachtete.

»Was ist geschehen, Ravi?«

»Der Schalter hat nicht funktioniert. Jemand muss ihn beschädigt haben, oder ein Riemen hat sich gelöst.«

»Du warst im Sarkophag gefangen?«

Ich nickte, und sie umschlang meine Taille. »Oh Ravi! Wenn ich mir vorstelle, wie du in dem Sarg eingesperrt warst!«

Ich strich ihr beruhigend übers Haar. »Ich habe mir nur Sorgen um dich gemacht.«

Sie blickte auf und lächelte zu mir empor. »Das ist süß von dir. Ich wusste, dass du kommen würdest – ich hatte keinen Moment Angst.«

»Es tut mir nur leid, dass es so lange gedauert hat.«

»Die Vorstellung musste zu Ende geführt werden«, pflichtete sie bei. »Du hast alles genau richtig gemacht.«

»Houdini hätte auch nicht abgebrochen«, sagte ich, und sie lachte.

»Hat Philbert etwas gemerkt?«

»Einer seiner Leute vielleicht. Und ein paar Gäste im Publikum – die üblichen, Kinder und alte Frauen. Doch das wird nicht unser größtes Problem sein.«

»Ach, Ravi.« Sie schmiegte sich an mich.

»Man wird bemerkt haben, dass ich einen … Schritt zu weit gemacht habe. Eigentlich sollten wir nun in unseren Särgen gefangen sein, mit Sand in den Lungen – doch wir sind hier, und wohlauf.«

»Das ist Magie«, lächelte sie. »Der Große Ravi und Blanche-Neige sterben nicht so schnell.«

»Die Société wird kommen und Fragen stellen. Vielleicht werden sie uns verbieten, weiterzumachen.«

»Lass sie nur kommen«, sagte sie trotzig. Dann drehte sie sich von mir weg und suchte etwas in dem Korb, in dem sie ihre persönliche Habe aufbewahrte.

»Ravi?« Sie klang auf einmal sehr ernst. Ich spürte, dass sie etwas im Schilde führte. Als sie gefunden hatte, was sie suchte, und sich wieder umdrehte, hielt sie einen herbstfarbenen Apfel in der Hand. Er sah aus wie einer von denen, die wir in unserer Herberge, dem Jardin, bekamen – aber ich hatte ein ungutes Gefühl bei der Art, wie sie mich ansah.

Dann dämmerte es mir. Ich wusste nicht, was ich sagen sollte.

»Du erinnerst dich an unser Versprechen?«, fragte sie.

»Natürlich. Wie könnte ich es jemals vergessen?«

»Der Zeitpunkt ist gekommen. Ich halte meinen Teil.« Sie biss in den Apfel, kaute und schluckte, nahm aber keinen Moment die Augen von mir. Dann reichte sie ihn an mich weiter.

»Dies will ich dir geben«, sagte sie. »Nimmst du es an?«

»Das ist große Magie, Blanche«, zögerte ich. »Vielleicht die stärkste Magie, die es gibt.«

»Es ist mein Wille.«

»Man wird uns das auf gar keinen Fall durchgehen lassen.«

»Hab Vertrauen, Ravi! Was geschehen ist, ist geschehen – das hier macht alles wett.«

»Das tut es in der Tat«, nickte ich. »Aber Blanche … bist du dir sicher? Hier und jetzt?«

»Hier und jetzt«, bekräftigte sie. »Glaub mir, ich habe lange darüber nachgedacht. Ich habe Jahre für diesen Moment gearbeitet.«

»Und wann wusstest du, dass es soweit ist?«

»Das ist egal«, lächelte sie. »Worauf es ankommt, ist, ich bin bereit. Bist du es auch?«

Ich nickte und streckte die Hand nach dem Apfel aus. Was blieb mir anderes, als zu gehorchen? In ihren Augen war nichts als Freude. Freude, am Leben zu sein, Freude über diesen Moment, und die Vorfreude auf alle Momente, die noch kommen sollten.

»Nimm den Apfel von mir, Ravi. Iss.«

Ich vergaß meine Zweifel. Dies war der Augenblick, auf den

ich so lange gewartet hatte. Ich führte den Apfel zum Mund und biss hinein. Er schmeckte wie ein gewöhnlicher Apfel.

Doch gleichzeitig konnte ich sehen, wie ihre Lider schwer wurden – der Zauber begann schon zu wirken.

Ein warmes Gefühl breitete sich in mir aus.

Blanche sank in meine Arme.

»Ravi …«

Ich hob sie empor und blickte sie an. Sie hatte wieder dieses Lächeln, wie ein Kätzchen, das in die Sonne blinzelt und sich auf dem Boden ausstreckt. Ihr Haar hatte sich in meinen Armen verfangen. Ich erhaschte einen Blick auf uns im Spiegel; in meinem halbbekleideten Zustand sah ich aus wie ein wahnsinniger Inkapriester.

Sie hatte unser beider Schicksal in meine Hände gelegt. Nun lag es an mir.

Ich werde schlafen.

Bring mich zurück ins Jardin, Ravi.

Morgen wecke mich mit einem Kuss. Hörst du?

Wenn ich erwache, fängt ein neues Leben für uns an – und was für ein Leben das sein wird!

Mit diesen Worten fiel sie in Schlaf.

Der erste Tag

Das Herz einer Kellnerin

Justine

Bevor Monsieur Ravi im Jardin abstieg, hatte ich mich noch nie mit einem Zauberkünstler unterhalten. Ich habe normalerweise nicht mit solchen Leuten zu tun. Nicht, weil es mich oder gar meine Eltern geängstigt hätte. Wenig von dem, was ich die letzten beiden Jahre am Carrefour Vavin erlebt hatte, war geeignet, es auf den Postkarten zu erwähnen, die ich Weihnachten und Ostern und an Geburtstagen nach Hause schrieb. Auch nicht, weil Alphonse etwas dagegen gehabt hätte; wenn es nach Alphonse ginge, würde ich ohnehin kein Wort mit den Gästen wechseln, außer: *Bonjour Monsieur, wie geht es Ihnen heute?* Und: *Kann ich Ihnen helfen, Madame?*

Nein, das Problem mit Zauberern (oder überhaupt den ganzen Künstlern) ist, dass sie nicht in derselben Welt leben wie wir. Sie haben nicht unsere Sorgen und unsere Träume. Sie machen sich den ganzen Tag Gedanken darüber, wie sie uns unterhalten, täuschen und über den Tisch ziehen können. Ein paar schaffen es gelegentlich, einen für ein paar Momente vergessen zu machen, dass man nichts im Magen und keinen Centime in der Tasche hat, und das ist eine Gabe, die mir ein wenig unheimlich ist, obwohl ich sie natürlich auch bewundere. Aber man sollte nicht den Fehler machen, sich ihnen anzuvertrauen. Im Endeffekt könnten die meisten von ihnen kein Omelette zubereiten, wenn ihr Leben davon abhinge.

Oder nehmen Sie die Sache mit den Äpfeln.

Ich bringe die Äpfel jeden Morgen, wenn ich die Zimmer mache. Alphonse lässt sie mich verteilen, weil das seinem Sinn von Gastlichkeit entspricht. Er schert sich nicht viel um die

Nöte der Leute, die unter seinem Dach schlafen. Aber ein Apfel zum Start in den Tag, eine kleine Aufmerksamkeit auf einem gemachten Bett, das muss sein. Den Kaffee und die Croissants sollen sich die Gäste schon selbst holen; außerdem will Esmée nicht, dass auf den Zimmern etwas verkleckert wird. Das ist genau die Art von Überlegenheit, die sie braucht: Ich kann den Lachs filetieren und die Tageseinnahmen wegbringen, aber sie traut mir nicht zu, eine Kaffeekanne auf die Zimmer zu tragen, ohne etwas zu verschütten. Mischa sagt, es geht ihr nur darum, dass ich nichts mache, was sie nicht selbst tun könnte. Ich mache mich ja nicht gern über die Schwächen anderer Leute lustig, aber in diesem Fall hat er vielleicht sogar recht.

Ich trug also den Korb mit den Äpfeln nach oben, ganz wie jeden Tag: die kleine, steile Treppe hoch, auf der es immer zu dunkel war und die knarrte wie morsche Schiffsplanken. Dann den engen Korridor entlang, in dem Esmées kostbarer Teppich lag, der noch aus dem vorigen Jahrhundert stammte und aufgeschwemmt und an den Rändern weich war und in der Mitte ausgetreten; hinüber zu dem kleinen Verschlag mit der Bettwäsche. Es passte nicht viel Mobiliar in diesen Flur außer einem Schirmständer, einem winzigen Schränkchen, das Esmée von ihrer Mutter und diese schon von ihrer eigenen geerbt hatte, und der alten Standuhr, die sie in den Winkel neben dem Wäscheschacht verbannt hatte und die fast bis an die Decke stieß, so dass es aussah, als müsse sie sich bücken.

Die Uhr bewachte die Tür des kleinen Trakts, den Alphonse und Esmée bewohnten. Hätte Esmée ihren Kopf durchgesetzt, wären die Tage dieser Uhr gezählt gewesen. Immerhin schlug sie schon nicht mehr die Stunden, weil der Lärm auf den Zimmern sonst ohrenbetäubend gewesen wäre. Doch Alphonse hielt sie aus irgendeinem Grund für wertvoll, und so war sie zum Prunkstück einer archaischen Sammlung von Familienerbstücken geworden. Massen alter Fotografien, ein paar von

Alphonse, die meisten aber von Esmée, zogen sich von der Uhr bis zu ihrer Tür und diesseits des Wäscheschachts weiter bis zu meiner eigenen.

Alphonse verlangte von mir, die Uhr täglich aufzuziehen. Meistens tat ich das vor dem Zubettgehen, und die wenigen Male, da ich es versäumt hatte, konnte ich nicht einschlafen, mit dem schrecklichen Gefühl, etwas vergessen zu haben; etwas, das so wichtig war, dass es drohte, mich im Schlaf zu verschlingen. Dennoch mochte ich diesen letzten Teil meines Tagesablaufs nicht, wenn ich den Bauch der Uhr öffnete und ihr in die Eingeweide griff, während die Menschen auf den blassen Fotografien mich dabei anklagend anzusehen schienen, als täte ich etwas Unanständiges.

Wir hatten elf Betten in sechseinhalb Zimmern, wie Alphonse es ausdrückte, und dreieinhalb waren gerade belegt. Dieses kleine Kontingent des Jardin war Ergebnis eines weiteren Kompromisses in Alphonses von Unzufriedenheit geprägter Ehe. Eigentlich hatte er immer nur eine Weinbar gewollt, und das Eckhaus am Carrefour Vavin – soviel Gespür hatte er besessen – war eine einmalige Gelegenheit gewesen. Der vorige Pächter, Baty, hatte das Erdgeschoss zu einem der beliebtesten Treffpunkte des Viertels gemacht, und eine große Terrasse und einen Keller gab es auch.

Das Geschäft war über Esmée zustande gekommen, mit der Alphonse seit längerem schon ein Verhältnis gepflegt hatte; länger, als es selbst in Paris schicklich erschien. Esmée war nämlich die älteste Tochter des Mannes, dem das Hôtel de la Haute Loire gehörte, welches die übrigen vier Stockwerke des Gebäudes einnahm. Als dann die olympischen Spiele kamen und alles umgebaut wurde, begann ihr Vater laut über die Zukunft seines Hauses und seiner unverheirateten Tochter nachzudenken, und obwohl es niemals ausgesprochen wurde, war Batys Bar zu Esmées Mitgift geworden – eine Mitgift zu vernünftigen Bedingungen, wie Esmées Vater es nannte, denn er war ein zu guter Geschäftsmann gewesen, als dass er ganz auf seine Pacht verzichtet hätte.

Alphonse hatte dennoch sofort eingeschlagen. Esmée aber, die sich mehr vom Leben versprach, als ihrem Mann und seinen Stammgästen beim Trinken zuzusehen, hatte zur Bedingung gemacht, dass ihr Vater noch das erste Obergeschoss des Hotels obendrauf legte – zu nicht minder vernünftigen Konditionen, verstand sich.

So wurde das Jardin Weinbar, Bistro und Hotel in einem, mit einer eigenen Küche und einem eigenen Zugang zum Boulevard du Montparnasse. Das Haute Loire bekam seinen prunkvollen Eingang am Boulevard du Raspail, wo die Kastanien zweireihig gepflanzt waren, und behielt die restlichen vierzig Zimmer des Gebäudes, die ohnehin ruhiger und schöner waren als alles in unserem Loch hier unten. Manchmal konnte man durch die Decke die Gäste beim Liebesspiel hören.

Doch zurück zu unserem Zauberer.

Monsieur Ravi und seine Assistentin waren schon eine ganze Weile hier und teilten sich ein Zimmer – ob das normal für einen Zauberkünstler und seine Assistentin ist, dürfen Sie mich nicht fragen. Ich versuche mich auch nicht in anderer Leute Angelegenheiten zu mischen. Ich hatte ihre Namen und Gesichter bloß schon einige Zeit auf den Litfaßsäulen am Boulevard gesehen und fand, dass sie ein hübsches Paar abgaben. Als sie letzten Sonntag dann vor unserer Tür standen und freudestrahlend erklärten, sie hätten ein Engagement im Bobino und bräuchten ein Zimmer für die ganze Woche, hatte ich mich gleich an die Plakate erinnert.

Es wäre nun ihr siebter Auftritt in Folge.

Ich stellte die Äpfel kurz auf dem Schränkchen ab, holte mir einen Satz frischer Bettwäsche aus dem Verschlag, legte sie mir über den Arm, schnappte mir wieder die Äpfel und ging zu

Monsieur Ravis Tür. Dort balancierte ich den Korb kurz auf der Bettwäsche, klopfte, öffnete, als ich keine Antwort bekam, die Tür mit meinem Schlüssel, nahm den Korb wieder in die Hand, schob die Tür mit dem Fuß auf und trat ein. Erst als ich die Tür wieder hinter mir zugedrückt hatte und mich dem Bett zuwandte, stellte ich fest, dass das Zimmer noch belegt war.

Es sprach für sein Talent als Zauberkünstler, dass Monsieur Ravi es geschafft hatte, unser größtes Zimmer von Alphonse zu bekommen. Es ist das Eckzimmer direkt über dem Eingang; der Boulevard du Montparnasse verläuft ziemlich genau von West nach Ost, so dass die Morgensonne die Straße erhellt und die Kutschen und die Menschen lange Schatten auf das Pflaster werfen. Der Boulevard Raspail ist um diese Zeit noch schattig. Als ich das Zimmer betrat, war es angenehm schummrig, die Vorhänge waren zugezogen, und ein schwacher Duft von Zimt lag in der Luft, der mir bereits an der Bettwäsche aufgefallen war. Ravis Seite des Betts war leer und wirkte beinahe unberührt. Auf der den Fenstern zugewandten Seite aber lag Blanche, seine Assistentin. Eine Vase mit Rosen stand auf ihrem Nachttisch.

Auf der Bühne nannte sie sich Blanche-Neige. Sie war ein bildhübsches Ding, doch ein wenig zierlich im Vergleich zu den Modellen und Tänzerinnen, die man für gewöhnlich so sieht. Sie hatte eine kleine Nase und winzige Hände. Ich zweifelte nicht daran, dass sie sich ohne Probleme aus den meisten Kästen und Fesseln herauswinden konnte, in die ihr Zauberer sie sperrte; die meisten Handschellen hätte sie sich glatt über die Hüften ziehen können. Ihre Haut war blass wie im Märchen, die Lippen schminkte sie sich immerhin zu den Vorstellungen, allein mit kohlefarbenem Haar war sie nicht gesegnet: Es war so weiß, dass sie tatsächlich wie aus frischem Schnee gemacht schien, und in ihrem Schrank hingen allerhand weiße Kleidchen, die aussahen wie Tutus aus dem letzten Jahrhundert.

Mein erster Gedanke, als ich das Zimmer betrat, war aber, dass sie blass wie eine Leiche sei.

»Pardon, Mademoiselle Blanche!«, rief ich verdattert, machte zu meiner eigenen Überraschung aber keine Anstalten, das Zimmer zu verlassen, denn irgend etwas schien mir an der Art, wie sie dort lag, seltsam zu sein. Vielleicht war es, dass sie nicht gleich den Kopf hob, als ich, nicht gerade leise, das Zimmer betreten hatte; vielleicht, dass sich ihre Brust kaum hob beim Atmen. Oder es war das stille Lächeln, das ihre halboffenen Lippen umspielte.

»Mademoiselle?« Vorsichtig machte ich zwei Schritte auf das Bett zu und stellte den Korb mit den Äpfeln und den Leintüchern auf den freien Nachttisch. »Mademoiselle Blanche?« Zaghaft griff ich nach ihrer Hand.

In diesem Moment geschah etwas Eigenartiges mit mir: Es war, als würde ich eintauchen in dieses Meer aus Zimt und Rosen, das das Zimmer erfüllte, und dann war es auf einmal wieder der Morgen vor zwei Jahren, an dem Antoine mich am Place Bazerat hatte treffen wollen – der endlose Morgen, an dem er nicht gekommen war. Ich fühlte mich wieder wie ein junges Mädchen, gerade von zuhause weggelaufen, und kam mir unsagbar albern vor, wie ich dort stand, neben dem Kinderkarussell mit seinen weißen Pferden und Wichteln, in meinem einzigen vorzeigbaren Kleid und meinen besten Schuhen, nur um den Touristen zuzusehen, wie sie Centimestücke in einen Brunnen warfen, um eine allem Anschein nach käufliche Schicksalsgöttin milde zu stimmen.

Ich aber hatte nichts gehabt, um es in den Brunnen zu werfen.

So hatte ich mich nach Arbeit umgesehen, und wo ich schon in Montparnasse war, wo angeblich jeder ein Zuhause fand, war ich geblieben. Weit hatte ich es nicht gebracht seitdem.

»Ich habe den ganzen Tag gewartet, und du bist nicht gekommen«, flüsterte ich, und dann war es vorbei, und ich schrak hoch, weil in dem Moment eine Gestalt aus den Schatten der Vorhänge trat, und einen furchtbaren Augenblick dachte ich, es sei Antoine, der zwei Jahre zu spät gekommen war, um mich zu verhöhnen.

Doch es war nur Ravi. Er hatte etwas Dämonisches in diesem Moment, wie ein Vampir, den ich bei seinem Opfer störte; seine Augen funkelten.

»Monsieur Ravi! Verflixt, was treiben Sie sich da in den Schatten herum! Und wie lange haben Sie schon da gesteckt?« Hastig wischte ich mir eine Träne aus dem Augenwinkel, denn die verdammte Erinnerung hatte mich eiskalt erwischt.

Ravi reichte mir ein Taschentuch – verfluchte Zauberer, natürlich hatte er vor einem Moment noch keins in Händen gehabt – und lächelte mich entwaffnend an. Alles Dämonische war von ihm gewichen. Er war ein großer, schlanker Mann mit beinahe schulterlangem dunklen Haar, das in der Stirn immer ein wenig durcheinander war, und meistens trug er seine mitternachtsblaue Bühnenkleidung und ein blütenweißes Seidentuch um den Hals. Immerzu trug er weiße Handschuhe, und wenn er sich nicht gerade in den Schatten versteckte, war er ein sehr höflicher, umgänglicher Mann.

Außerdem fand ich, dass er unverschämt gut aussah, doch schon deshalb traute ich ihm nicht über den Weg. Er war einer der Männer, vor denen Mutter mich hätte warnen sollen. Solche Männer haben die Gabe, einen zu betören, so wie andere ein Händchen für Pferderennen haben, und dabei verstehen sie nicht das mindeste von Menschen (oder Pferden). Außerdem konnte ich sein Alter nicht schätzen.

»Sie haben mich erschreckt«, schnappte ich, nahm das Taschentuch aber an und trocknete mir flüchtig das Gesicht. Mittlerweile hatte ich mich wieder im Griff.

»Bitte entschuldigen Sie«, sagte er, als ob er ein kleines Mädchen tröstete. »Ich muss in Gedanken gewesen sein. Auf einmal waren Sie da, und dann wollte ich Sie nicht stören, wie Sie da standen.«

»Bei was hätten Sie mich wohl stören sollen?«, erwiderte ich und versuchte, seinem neugierigen Blick zu entgehen. Er hatte schrecklich hübsche blaue Augen, trotz seines dunklen Haars. Und statt mich aus meiner peinlichen Situation zu entlassen, benutzte er diese Augen, um mich festzunageln.

»Es klang, als hätten Sie gesprochen.«

»Ich habe nur versucht … sie …« Ich deutete hilflos auf Blanche, die immer noch in ihren Kissen lag und schlummerte und dabei aussah, als träume sie süße, vielleicht auch wehmütige Träume. »Was hat sie? Warum wacht sie nicht auf?«

Endlich wandte Ravi den Blick von mir ab und sah stattdessen auf seine Assistentin herab. Er verschränkte die schlanken Hände hinter dem Rücken und wippte auf den Zehenspitzen wie ein Gärtner, der überlegt, wo er an einem Strauch am besten die Schere ansetzt.

»Sie wird heute im Bett bleiben«, gab er zur Antwort, und als genüge ihm das selbst noch nicht, fügte er hinzu: »Sie wird erst morgen wieder aufstehen.«

»Fehlt ihr denn etwas? Soll ich einen Arzt rufen, Monsieur Ravi?«

»Nein, Justine, das wird nicht nötig sein. Sie braucht bloß Ruhe.«

»Und der Auftritt im Bobino heute Abend?«

Er sah mich überrascht an, so als habe er gar nicht daran gedacht. »Richtig, der Auftritt. Nun, den müssen wir absagen.«

»Absagen?«, echote ich. »Den Auftritt?« Ein Engagement im Bobino abzusagen, das kam für mich gleich danach, ein Abendessen im Élysée-Palast auszuschlagen. Oder Matisse nicht Modell stehen zu wollen. »Sind Sie ganz sicher?«

»Philbert wird sicher Verständnis dafür haben«, sagte er.

»Heißt es nicht, am siebten Tag solle man ruhen? Nun, heute ruhen wir.« Und als wäre damit alles gesagt, drehte er sich weg und stellte sich vors Fenster. Der Klang von Pferdehufen und das Bimmeln der Straßenbahn drang von unten herauf. Früher, hatte Esmée mir erzählt, hatte man von hier einen guten Blick auf den kleinen Platz auf der anderen Straßenseite gehabt, wo sich ganze Familien als Modell feilboten, in der Hoffnung, dass einer der großen Künstler aus der Rue de la Grande Chaumière zu ihnen käme und ihnen ein Mittagessen spendierte. Heute schienen die Maler hauptsächlich vor der Rotonde in der Sonne zu sitzen, und die Kunstakademien wurden von Touristen überrannt.

Nur am unruhigen Spiel seiner Finger in den weißen Handschuhen merkte ich, dass Ravi nicht so gelassen war, wie er vorgab zu sein. Ich konnte mir lebhaft vorstellen, was er mit diesen Fingern Tauben, Hasen und Kartenspielen angetan hatte, und beschloss, mich vor ihnen in Acht zu nehmen. Ich raffte mein Leinen zusammen.

»Nun, Monsieur, wenn Sie mich für den Moment nicht brauchen, dann werde ich mal …«

Er drehte kaum merklich den Kopf. »Justine, Sie haben Ihre Äpfel vergessen.«

»Ich wollte sie gerade nehmen«, plapperte ich zerstreut und etwas ärgerlich, denn ich hätte sie tatsächlich beinahe stehen lassen. Er betrachtete sie, als sähe er sie zum ersten Mal.

»Sagen Sie, bringen Sie diese Äpfel jeden Tag?«

»Das wissen Sie doch. Einen Apfel jeden Morgen. So will es Alphonse.«

»Einen Apfel für jeden Gast.«

»Das macht einen für Sie und einen für Ihre Assistentin.«

»Auch sonntags, richtig?«

»Heute *ist* Sonntag, Monsieur.«

»Sie haben ja völlig recht.«

33

»Möchten Sie, dass ich Ihre Äpfel hier auf den Nachttisch lege, Monsieur?«, fragte ich übertrieben deutlich, denn allmählich wurde es mir zu seltsam, mit Ravi über Alphonses Äpfel zu reden, während Blanche lächelnd in ihrem Bett lag und schlief und unheimlicher wurde, je länger sie da lag.

»Ja bitte. Das heißt, ich werde meinen später essen. Blanche wird, wie ich fürchte, ihren nicht benötigen. Sie können ihn haben, wenn Sie möchten.«

»Gut.« Ich zuckte die Schultern, legte einen Apfel auf den Nachttisch, griff mir einen anderen und biss hinein; nicht, weil ich Lust dazu verspürt hätte, sondern damit er endlich Ruhe gab – ich bin eigentlich kein Apfeltyp und halte es wenn, dann eher mit Birnen.

»Justine!«, rief er abermals und streckte dramatisch die Hand aus. Mir blieb der Bissen im Hals stecken.

»Monsieur?«

»Ich habe es mir doch anders überlegt. Könnte ich bitte Blanches Apfel haben?«

»Diesen?«, fragte ich entsetzt und hielt schützend meine Hand über den Mund. Alphonse hatte die verdammten Dinger abgezählt, und dank Ravis närrischer Wankelmütigkeit hätte ich jetzt einen zu wenig.

»Ja bitte. Keine Angst, geben Sie ihn mir.«

Willenlos reichte ich ihm den angebissenen Apfel. Er nahm ihn in die Hand, hob ihn ins Licht, besah sich die Bissstelle und ließ ihn dann so elegant wie ein Taschendieb in seinem Ärmel verschwinden.

Zauberer!

»Sagen Sie, Sie könnten mir nicht zufällig eine dieser hohen Glasschalen besorgen? Sie wissen schon, wie sie sie in der Confiserie haben.«

»Ich könnte Ihnen vielleicht eine Salatschüssel besorgen, Monsieur. Oder eine Tortenhaube.«

»Das wird in Ordnung sein. Ich danke Ihnen, Justine.«

»Zu Ihren Diensten.«

Dann ließ er mich endlich gehen. Schnell hastete ich durch die anderen zweieinhalb Zimmer, die glücklicherweise nicht halb so viele Schwierigkeiten machten, und begab mich dann auf die Suche nach einer Schale für Monsieur Ravi.

Ravi

Es war Sonntag, und ich war alleine. Für eine Weile gab es nicht mehr als diese beiden Gedanken: dass das Gestern zum Heute geworden, und ich ohne jede Hilfe war.

Wenn Justine nicht zu mir gekommen wäre und den Stein ins Rollen gebrachte hätte – Justine und ihre Äpfel –, ich weiß nicht, was aus mir geworden wäre. Sie glauben vielleicht nicht, dass jemand wie ich, der täglich mit Schlangen und Fesseln und Säbeln arbeitet, der sein Publikum das Unmögliche lehrt, Sorge oder gar Angst empfinden kann. Und bis zu diesem Sonntag hätte ich Ihnen sogar recht gegeben. Doch in diesem Zimmer, an jenem Morgen, als ich allein in den Schatten stand, lernte ich, was es heißt, sich zu fürchten.

Glauben Sie mir, es war eine Erfahrung, auf die ich gerne verzichtet hätte.

Blanches Nähe war immer so deutlich wie die einer Kerze für mich gewesen, aber jetzt konnte ich nur noch eine schwache Ahnung dieses Gefühls entdecken. Alles zwischen uns war anders, und ich mochte es nicht. Ich erinnere mich noch genau, wie ich an jenem ersten Tag dachte, wenn dies das neue Leben war, von dem Blanche gesprochen hatte, dann wollte ich es nicht.

Nachdem Justine gegangen war, setzte ich mich neben

Blanche und strich ihr durch ihr weißes Haar, als wäre sie meine Tochter und läge mit Fieber im Bett. Unwillkürlich versuchte ich, ihre Gedanken zu spüren, aber sie waren nicht hier. Dennoch spendete es mir Trost, sie zu berühren.

Ich fragte mich, was Justine empfunden haben mochte in dem Moment, als ich sie aus ihrem Tagtraum riss, so, wie sie mich zuvor aus dem meinen gerissen hatte.

Mein Verstand begann zu arbeiten.

Ich musste herausfinden, was der Grund für die unverhoffte Zugabe der Vorstellung war, die als »26. September« mit aller gebotenen Bescheidenheit ihren Platz in den Geschichtsbüchern hätte einnehmen sollen. Vielleicht, dachte ich, sollte ich es als letzte Prüfung sehen, einen Fall, den es zu lösen galt. Und wie meine Finger mit dem silbernen 2-Franc-Stück zu spielen begannen, das ich immer bei mir trug, auf der einen Seite Rotys Säerin, auf der anderen die Versprechen von Gleichheit, Brüderlichkeit und Freiheit, spürte ich die lähmende Unsicherheit von mir weichen.

Sehen Sie, es hat mir immer geholfen, mein Leben als eine Rolle zu betrachten, die man spielt wie jede andere. Noch heute könnte ich Ihnen nicht sagen, was es heißt, ein »normales Leben« zu führen. Ich weiß bloß, was es heißt, ein Zauberkünstler zu sein. Die einzige andere Rolle außer der des Zauberkünstlers, in der ich mich je hätte sehen können, wäre die des unbeteiligten Beobachters, eines unparteiischen Detektivs – eines Meisterdetektivs. Blanche hielt das immer für sehr unbescheiden, aber genau diese Rolle, erkannte ich, wurde nun von mir verlangt.

Halten Sie mich ruhig für verrückt, aber so fing es für mich an.

Ich dachte also nach. Zwei Möglichkeiten konnte ich mir denken, wie es zu meinem neuerlichen sonntäglichen Erwachen gekommen war: Entweder, ich war derjenige, mit dem etwas nicht stimmte. Vielleicht hatte ein anderer Zauberer die

Vorstellung im Bobino verfolgt, und die Société hatte beschlossen, ein Exempel an mir zu statuieren. Doch konnte mein kleiner Schritt aus der Welt heraus wirklich so großen Anstoß erregt haben? Ging es nicht eher um das, was Blanche und ich nach unserem Auftritt getan hatten?

Die andere Möglichkeit, die ich in Betracht ziehen musste, war, dass es sich genau umgekehrt verhielt und ich es lediglich verstanden hatte, mich einem Zauber zu entziehen, der Justine, das Jardin und den Rest der Welt vor meinem Fenster betroffen hatte. Denkbar wäre es wohl – Zauberer sind nicht immun gegen Magie, aber sie verhalten sich ähnlich wie Luftballons: Der Luft im Innern ist es egal, welche Winde sie vorwärts wehen. Wie weit diese Winde wohl reichten? Den ganzen Boulevard hinauf und hinab? Bis zu den Grenzen der Stadt? Frankreichs? Der Welt?

Ein solcher Zauber wäre ein wahres Husarenstück, aber im Bereich des Möglichen – jedenfalls für einige wenige.

Nachdenklich streichelte ich Blanches Hals. Ihr Puls schlug schwach, aber regelmäßig. Wenn ich den Schlaf, der auf ihr lag, richtig deutete, dann würde sie nicht vor dem Morgen des 27. Septembers erwachen. Schlaf war ein altmodischer, aber wichtiger Bestandteil großer Wandlungen: Schlaf bis zum neuen Tag. Wenn die Welt ausgerechnet heute Schwierigkeiten hatte, diesen neuen Tag zu erreichen, so konnte dies schwerlich ein Zufall sein. Man hatte Blanche im Moment ihrer größten Schwäche erwischt; das Versprechen ihres Erwachens, und mein Versprechen, über sie zu wachen, schienen fahl wie eine Fata Morgana in diesen Stunden.

Ich versuchte mich darauf zu besinnen, wie Sherlock Holmes an meiner Stelle vorgehen würde. Viele Zauberer lesen Arthur Conan Doyle – auch wenn sie meistens eher ein Auge auf seine sogenannten Enthüllungen haben, denn er ist mit einigen von ihnen befreundet und oft nur einen Schritt von der Wahrheit entfernt. Harry Houdini trieb er regelmäßig in den Wahnsinn mit seiner Impertinenz, und das, obwohl gerade Houdini nie etwas vor ihm zu verbergen gehabt hatte.

Es galt, die Zahl möglicher Lösungen zu minimieren. Was übrig blieb, sollte meine Antwort sein – und für diese Antwort hätte ich mich zu wappnen. Man durfte sich einem Rätsel nie mit einer vorgefassten Meinung nähern; dies wäre derselbe Fehler, den mein Publikum beging und von dem meine ganze Profession lebte. Ich hatte bis jetzt nur drei Seiten des Kastens gesehen, nicht aber die vierte. Das Publikum ging davon aus, dass die vierte Seite sich nicht von den restlichen drei unterschied. Deshalb wurde es getäuscht. Ich musste den Kasten aber von allen Seiten betrachten.

Konnte ich wirklich sicher sein, dass dies der Sonntag war, den ich bereits erlebt hatte? Einige Dinge hatten sich bereits anders entwickelt: Blanche und ich waren noch auf unserem Zimmer. Justine suchte gegenwärtig nach einer gläsernen Schale für mich. Was sonst war anders, und wie würden diese Änderungen den Verlauf des Tages beeinflussen? Ich versuchte mich genau zu erinnern, welche Kleinigkeiten des gestrigen Tages mir noch einfallen mochten.

Die Tasche, dachte ich. *Die karierte Reisetasche vor der Treppe, über die Blanche fast gestolpert wäre.*

Es klopfte an der Tür. Ich hörte etwas scheppern; Justine war zurück.

Ich forderte sie auf, einzutreten. Sie hatte eine große Käseglocke dabei, die sie mit ihrer Schürze polierte, und warf besorgte Blicke zum Bett hinüber.

»Das ist ausgezeichnet, Justine«, sagte ich, um sie zu beruhigen. »Ich habe Ihnen hoffentlich keine allzu großen Umstände bereitet.«

»Keineswegs, Monsieur. Darf ich fragen, wofür Sie sie brauchen?«

»Ich möchte bloß einen neuen Trick ausprobieren. Möchten Sie ihn sehen?«

Sie trat unbehaglich von einem Fuß auf den anderen. »Es ist nur, Esmée wird sie spätestens morgen vermissen. Und Alphonse möchte, dass ich mich um die Terrasse kümmere. Es wird ein sonniger Tag heute.«

»Ich weiß«, sagte ich. Ein wenig war ich überrascht, wie schwer es mir fiel, unaufrichtig zu ihr zu sein. Ich lächelte. »Keine Sorge, Justine. Es dauert nicht lange. Sie werden die Schale morgen unbeschadet zurückerhalten.«

»Gut.« Sie nahm an dem kleinen Tisch gegenüber der Betten Platz, wo ich ihren angebissenen Apfel neben dem Tablett mit den Wassergläsern abgelegt hatte. Dann tat ich, als suche ich einige Dinge aus meinem Koffer zusammen, und zwar so, als wollte ich die Utensilien verbergen, stellte dabei aber sicher, dass Justine einen Blick auf sie erhaschte: ein schwarzes Tuch; Magneten; etwas Angelschnur; was man eben so erwartet.

»Das ist also ein Zaubererkoffer«, stellte sie fest. »Werden Sie die Vorstellung heute Abend wirklich absagen?«

Ich hob die Brauen, während ich meine Handschuhe glattstrich. »Unter diesen Umständen und ohne Assistentin, wahrscheinlich. Hätten Sie die Vorstellung gerne gesehen?«

Sie zuckte die Schultern. »Nun ja, Monsieur … Wer ginge nicht gerne ins Bobino, wenn die Alternative ein weiterer Abend bei der Arbeit ist? Ich denke aber nicht, dass Alphonse mir freigeben würde – schon gar nicht an einem Tag wie heute.«

»Ach, da sehen Sie. Ich war der Meinung, Sie hätten sich Urlaub genommen.«

»Urlaub, Monsieur?« Justine lachte. »Wie kommen Sie denn darauf?«

»Mir war, als hätte ich Sie mit Gepäck gesehen. Eine karierte Tasche.«

»Das ist meine«, bestätigte sie. »Aber woher wissen Sie das?«

Da war er also, der kleine Unterschied, wie bei einem gefälschten Cézanne am Seineufer. »Einerlei. Passen Sie auf.«

Ich machte etwas Platz auf dem Tisch, lockerte die Handgelenke, nahm den angebissenen Apfel, und platzierte ihn auf dem Glasboden der Käseglocke. Dabei machte ich beschwörende Bewegungen mit den Händen, umgarnte den Apfel, verdeckte ihn, ließ ihn wieder erscheinen. Ich war mir mittlerweile ziemlich sicher, dass Blanche den Apfel für *ihren* Zauber ebenfalls von Justine bezogen hatte; sie sahen sich zum Verwechseln ähnlich. Dann nahm ich die Glocke und stülpte sie über den Boden. Ich breitete das Tuch über alles und murmelte einige magische Worte.

Justine sah mäßig gebannt zu, wie ich das Tuch zurechtzupfte und mich dann anschickte, es wieder zu heben.

»Und jetzt? Ist er weg?«, fragte sie.

Ich zog das Tuch beiseite und beobachtete ihre Reaktion. Sie hätte kaum dankbarer ausfallen können.

Ehrfürchtig kam Justine näher und verfolgte mit großen Augen, wie ihr angebissener Apfel im Inneren der Käseglocke schwebte und sich ruhig mal hierhin, mal dorthin drehte, wie ein Goldfisch, der seine Flossen probiert. »Das haben Sie sehr schön gemacht, Monsieur«, hauchte sie. »Sind das Fäden? Da glitzert etwas.«

Schnell breitete ich das Tuch wieder über die Glocke.

»Sie haben ein scharfes Auge, Justine. Nicht jeder bemerkt die Spuren, die die Magie hinterlässt.«

»Spuren«, wiederholte sie. »Wie eine Schnecke?«

Ich lächelte gezwungen. »So ähnlich. Gefällt Ihnen der Trick?«

»Sehr sogar.«

»Verraten Sie ihn niemandem, in Ordnung?«

Sie nickte und atmete durch. »Ich muss jetzt wirklich wieder nach unten, Monsieur.«

»Ich danke Ihnen. Was wäre ein Zauberer ohne seine Zuschauer?«

Sie neigte bescheiden den Kopf und wandte sich zur Tür.

»Ach, Justine, ehe ich's vergesse … Sie könnten mir noch einen kleinen Gefallen tun.«

Sie hielt misstrauisch inne. »Ja, Monsieur?«

»Sagen Sie mir doch bitte Bescheid, falls wir im Laufe des Tages neue Gäste bekommen.« Ich reckte mich theatralisch, zog ihr einen Franc aus dem blonden Haar und drückte ihn ihr in die Hand. »Alphonse soll natürlich nichts von allem erfahren.«

Sie zeigte sich nicht allzu beeindruckt, nahm den Franc aber an. »Ist gut, Monsieur Ravi.«

»Sagen Sie, Justine, tragen Sie sich nie mit dem Gedanken, einmal etwas anderes zu sehen?«

»Wie meinen Sie das?«

Ich zuckte die Achseln. »Eine Reise zu machen, vielleicht.«

Sie seufzte. »Ach, Monsieur Ravi, wohin sollte ich schon gehen? Ich habe doch nichts anderes. Das Jardin ist seit zwei Jahren mein Zuhause, und bei dem Lohn, den Alphonse mir zahlt, wird das noch eine ganze Weile so bleiben.«

Ich nickte verständnisvoll. »Und wenn die Dinge anders wären? Wie stellen Sie sich Ihre Zukunft vor?«

»Also Sie stellen vielleicht Fragen!«

Ich trat einen Schritt näher und sah ihr in die Augen. Sie spürte, worauf ich abzielte, und wurde rot. »Vielleicht. Irgendwann einmal. Aber sicher nicht heute. Und morgen nicht gleich.«

Ich trat zurück. »Entschuldigen Sie, Justine. Ich bin zu neugierig, und es geht mich wirklich nichts an.« Ich fand einen weiteren Franc hinter ihrem Ohr und öffnete ihr die Tür.

»Adieu, Justine.«

»Au revoir, Monsieur Ravi.«

Alphonse

Eigentlich hätte ich dieses Wochenende überhaupt nicht hier sein sollen. Ich wollte zu meinem Bruder Renaud in die Provence fahren, um wenigstens für ein paar Tage aus diesem Affenkäfig herauszukommen und mich von den Erträgen seines Weinbergs milde stimmen zu lassen. Doch natürlich hatte Esmées schlimmes Bein sich gerade rechtzeitig aus seiner Phase der Besserung zurückgemeldet (»Rekonvaleszenz«, wie sie es nannte, und es klang wie eine ungarische Eierspeise), und es war ihr unmöglich, sagte sie, einfach unmöglich, das Jardin allein zu führen, wenn sie so lahm wie ein altes Maultier sei. Ich ahnte, dass es keine Verhandlungen hierüber geben würde, also sagte ich ihr auf den Kopf zu, dass ich diesen Vergleich nicht unpassend fände, und fügte mich in mein Schicksal.

Renaud hatte kein Telefon, daher hatte ich gestern, im Laufe eines Tages, der kein Ende zu nehmen schien, telegrafiert, dass aus meinem Urlaub vorerst nichts werden würde, ich ihm aber beide Ohren lang zöge, sollte er die Flasche 24-er Grenache mit jemand anderem trinken. Heute war mein siebter Tag an der Theke, aber das war nichts Außergewöhnliches. Ich hatte schon vierzehn Tage, ja achtundzwanzig Tage am Stück gearbeitet.

Trotzdem verlangte es mich nach etwas Ruhe. Der Duft der Provence lag mir den ganzen Morgen in der Nase, und die Vorstellung von Renauds Weinberg, seinem Kräutergarten und der zypressenumstandenen Veranda auf der Rückseite des alten Bauernhauses, das er sich gekauft hatte, ließ mich nicht los; und immerzu lief ein altes Maultier durch den Garten und den Weinberg und trampelte die Kräuter und Rebstöcke nieder und wieherte.

Nur dank meiner Gattin war ich also überhaupt da, als der Engländer kam. Ich bekam immer diese Typen ab, denn Esmée vermied es, sich Arbeit mit den Gästen zu machen, besonders den schwierigen. Wie bei dem zittrigen Maler, den sie gestern noch aufgenommen und in die kleine Kammer nach Westen gesteckt hatte, ohne ihn abzukassieren. Ich hätte ihr gleich sagen können, dass der Tattergreis keinen Centime in der Tasche hatte. Seine Augen hatten ununterbrochen gezuckt und sein Atem nach Absinth gerochen – vielleicht hatte das ja Esmées Sympathien geweckt. Zu guter Letzt hatte er mit einem seiner Bilder gezahlt. Ich musste arg mit mir ringen, es ihm nicht überzuziehen, aber man sah ihm an, dass man ihn auf den Kopf hätte stellen und schütteln können, und immer noch würde er nichts anderes abwerfen als ein verdammtes Bild. Eingedenk seiner Pinselführung hatte ich ihm auch keinen meiner Teller in die Hand drücken wollen, nicht einmal einen von Esmées alten, und so hatte ich seine Kleckserei zu den anderen in die Besenkammer gestellt, wo sie den Schrubbern und Eimern Gesellschaft leisteten. Die Wände im Erdgeschoss waren bereits voll mit Gemälden; die meisten hatte ich noch von Baty geerbt. Wertvoll war keines geworden.

Den Vormittag verbrachte ich hinter meinem Tresen und machte die Abrechnung von gestern. Esmée zankte in der Küche wegen einer Tortenhaube herum – ich habe keine Ahnung, weshalb sie sich immerzu mit der Kleinen anlegt. Die Kleine ist nicht die Hellste, sicher, aber ein hübsches Ding, und sie kostet uns nicht viel und macht uns wenig Schwierigkeiten. Sie hat keinen Freund, keine Familie, die sie ernähren müsste, und keine Ahnung von Löhnen. Ich sage ihr immer, sie solle sich glücklich schätzen, denn Modell wollen schließlich alle werden, Kellner werden aber immer gebraucht. Und Esmée sage ich, lass sie doch arbeiten, bis sie herausfindet, was ein ordentlicher Tageslohn ist, und wenn wir Glück haben, kommt dieser Tag nie. Bis dahin lasse ich ihr einen Großteil ihres Trinkgelds; das motiviert die Angestellten. Esmée aber will das nicht einsehen. Immerzu findet sie was an ihr. Dafür hat sie einen Narren an ihrem Mischa gefressen, und Mischa ist gerade schlau genug, sein bestes Stück im Dunkeln zu finden, und stinkt aus dem Mund wie ein zahnkranker Bär. Ich fragte mich, wo er wohl blieb.

Als ich mit der Abrechnung beinahe fertig war und mir einen Kaffee genehmigte (der Tag war bisher ruhig gelaufen; das hätte mich vielleicht misstrauisch machen sollen), sah ich den komischen Kauz aus der Linie 3 aussteigen. Er war ein älterer Mann in einem cremefarbenen Dreiteiler, wie ihn nur die reichen Touristen tragen, mit einem dazu passenden Hut, den er kurz abnahm, um sich die Stirn zu tupfen; offenbar hatte er eine anstrengende Fahrt hinter sich. Ich nahm meine Lesebrille ab und musterte ihn: Alles an ihm roch nach Geld, von seinen Lederschuhen bis zur goldenen Kette der Uhr in seiner Weste. Er trug eine Brille und einen Schnauzer; einen Schirm und eine Tasche hatte er auch. *Noch ein Amerikaner*, dachte ich. *Werden ja immer mehr.*

Einen Moment stand er da, Tasche und Schirm zwischen den Füßen, während Kutschen um ihn klapperten und die ersten Arbeiter in die Rotonde strömten (man sollte meinen, sie würden wenigstens an ihrem freien Tag einmal woanders trinken wollen, aber dem war nicht so – zu mir kamen sie dann meist zur Essenszeit). Dann setzte er seinen Hut wieder auf, rückte seine Brille zurecht und warf einen Blick auf seine Westenuhr und dann zum Himmel, so als passe ihm was nicht am Stand der Sonne. Schließlich steckte er die Uhr wieder weg und schlenderte zu unserer Terrasse herüber, nachdem er sicher eine Minute den verdammten Verkehr aufgehalten hatte. Die Kleine wischte den Taubenschiss von einem der Tische und stellte ihm einen Aschenbecher und ein Glas Wasser hin. Umständlich nahm er Platz und bestellte etwas zu essen, womit er für mich willkommen und fürs Erste vergessen war.

Etwa zu diesem Zeitpunkt entdeckte ich die Unregelmäßigkeit in meinen Büchern. Ich fluchte. Mein Buchhaltungssystem war vielleicht nicht das konventionellste, aber es hatte sich bewährt und gab mir die beruhigende Gewissheit, dass niemand außer mir es verstand. Dennoch hatten sich in letzter Zeit ein paar Fehler eingeschlichen, die ich mir nicht erklären konnte – es war, als führte mich jemand an der Nase herum. Eine Weile tüftelte ich so vor mich hin, bis ich die Lust verlor. Wo immer der Fehler lag – ich würde ihm schon auf die Schliche kommen, und Hauptsache war, die Einnahmen stimmten.

Als die Kleine das nächste Mal vorbeikam, rief ich sie zu mir und drückte ihr die Kasse in die Hand. Esmée mochte es nicht, wenn ich ihr das Geld anvertraute, aber sie musste es ja nur auf mein Zimmer bringen und hinter sich abschließen. Es reizte mich, mein Vertrauen in sie diese wenigen Meter auf die Probe zu stellen.

»Was ist mit Monsieur und Madame Loiseau?«, fragte ich.

»Reisen morgen früh ab.«

»Gut«, grunzte ich und machte eine Notiz. »Die beiden warmen Brüder … bleiben uns auch erhalten. Esmées Maler … sind wir los. Was ist mit unserem Zauberkünstler und seiner Assistentin? Habe sie nicht beim Frühstück gesehen.«

Sie zögerte. »Sie wollten nichts. Ich glaube, Mademoiselle Blanche braucht etwas Ruhe.«

»So, braucht sie das«, murmelte ich. Mir sollte es recht sein, das Frühstück war schon bezahlt. »Muss anstrengend sein, eine ganze Woche allein mit einem Zauberer. Sollen ja sehr geschickt sein mit allem, was sie so anfassen.«

»Alphonse!«

»Hast du die Äpfel verteilt?«

»Du hast mich doch vorhin gesehen.«

»Ich habe gesehen, wie du sie nach oben gebracht hast, nicht, was du dort mit ihnen und Esmées Tortenhaube getrieben hast.«

»Monsieur Ravi hatte ein Stück Kuchen, das er aufheben wollte. Außerdem war es die Käseglocke.«

»Und warum bringst du ihm die verdammte Käseglocke, wenn er sie für ein Stück Kuchen braucht?«

Sie schürzte die Lippen und sagte nichts mehr. Einen Moment lang juckte mir die Hand – ich merke es, wenn Menschen mich anlügen, aber was ging es mich an, es war Esmées verfluchter Hausrat.

»Ravi, Ravi, was ist das überhaupt für ein Name«, nuschelte ich stattdessen. »Ist doch kein Inder, oder doch?«

»Ich glaube, es ist sein Künstlername, Alphonse. Von ›erfreuen‹, so wie – «

»Na, das ist ja wirklich erfreulich! Hältst du mir noch einen Vortrag? Die Uhr. Hast du die Uhr aufgezogen?«

»Gestern, wie jeden Abend, Alphonse. Der Herr in dem weißen Anzug möchte übrigens ein Frühstück und ein Zimmer …«

»Was ist er denn für einer? Amerikaner?«

Die Kleine zuckte die Achseln. »Engländer, würde ich sagen. Spricht so komisch.«

»Auch gut, also ein Engländer. Nun geh!« Ich gab meiner besseren Hälfte Bescheid, dass wir noch ein Frühstück bräuchten – sie warf mir einen Blick zu, mit dem man Milch säuern könnte, als sie mich sah –, und wo ich schon da war, griff ich mir einen Teller mit Rührei, nahm ihn mit nach draußen und hockte mich an meinen Tisch neben dem Eingang, unter der Markise.

Der Geruch nach Eiern und Schnittlauch wehte durch die offene Tür. Vor mir lachte und lärmte der Boulevard. Es versprach ein wirklich unverschämt sonniger Sonntag zu werden; die Terrassenplätze waren gut belegt. Noch mal zwei Stunden, und der Laden wäre brechend voll. Ich dachte an die Provence und fluchte.

Ich beobachtete die Kleine, die zurück war und zwischen den Tischen umherhuschte wie eine Libelle. Ich fragte mich, ob sie wohl die Courage hätte, an mein Geld oder meine Bücher zu gehen und mir dabei noch etwas vorzuflunkern. Ich halte mich nicht für einen großen Gönner, das dürfen Sie mir glauben, dennoch hätte es mich ein wenig verletzt. Als wir vor zwei Jahren öffneten und dank Esmées großer Pläne auf einmal zusätzliches Personal benötigten, da war sie plötzlich vor mir gestanden, und hatte nicht ein noch aus gewusst. Ich hatte ihr anständige Arbeit, freies Essen und ein Dach über dem Kopf geboten, und das war allemal besser, als wenn sie heute ein weiteres Mädchen wäre, das für eine Handvoll Centime am Place Pigalle den Rock hochzog.

Ihr Engländer hatte sein Frühstück derweil beendet und tupfte sich den Mund und den Schnauzer ab. Wie er sich dabei zufrieden umblickte und den Frauen auf der Straße nach der Wäsche schielte, wirkte er wie ein Lausebengel, der zum ersten Mal seiner Mutter entwischt war. Dann nahm er sich eine Zeitung vom Nachbartisch und fing gierig an in ihr zu lesen. Ehrlich gesagt wirkte er ein wenig zurückgeblieben auf mich – mittlerweile war ich aber auch davon überzeugt, dass er Brite war.

Ein junger Kerl überquerte aus Richtung der Rotonde die Kreuzung. Er hatte ein Bündel Papiere unter dem Arm, einen Blick hatte er wie ein Schlafwandler, und beinahe wäre er vor die Straßenbahn gelaufen. Die Kleine, die sich gerade ziemlich tief nach einer Serviette gebückt hatte, sah zu ihm herüber, und die Art, wie sie innehielt und starrte, gefiel mir nicht. Fasziniert schob ich meinen Teller beiseite und verfolgte das Possenspiel.

Der Junge erreichte die Terrasse und war schon im Begriff, auf sie zuzustolpern. Die Kleine stand nun regungslos wie ein Pferd, das etwas gewittert hat. In diesem Moment schlug der Engländer, der dem Burschen den Rücken zukehrte, die Zeitung zusammen (er machte einen enttäuschten Eindruck, wenn Sie mich fragen), erhob sich und prallte mit voller Wucht mit

47

dem Jungen zusammen. Ein Regen von Papier ging auf das Pflaster nieder, und beide Männer machten sich unter allerlei umständlichen Entschuldigungen daran, die Blätter wieder aufzulesen. Ich grinste. Die Kleine errötete und huschte davon.

Esmée rief mich in die Küche und wollte den Schinken aus dem Keller gebracht haben – sie könne es ja schließlich nicht selbst, ihr Bein mache ihr so zu schaffen und so fort. Es war ihre ewige Litanei, wann wir endlich einen Frigidaire bekämen, so wie im Haute Loire. Meine Antwort darauf blieb immer dieselbe: sobald die Dinger weniger kosteten als die Autos, mit denen ihr Herr Papa sich gerierte wie der verdammte Herzog von Montparnasse. Dann könnte sie sich ihren Kühlschrank meinetwegen auch ins Bett stellen, mir mache das nichts mehr aus. Ihre Erwiderung hörte ich schon gar nicht mehr.

Ich sah mich ein weiteres Mal nach Mischa um, konnte ihn aber nirgends finden. Wo steckte der verfluchte Russe? Wenn ich's recht bedachte, hatte ich ihn seit gestern Mittag nicht gesehen. Ich schlug mit der Faust auf den Tresen und holte Esmée ihren Schinken.

Als ich das nächste Mal hinter meiner Theke stand und nach draußen blickte, saßen der Engländer und der Bursche, mit dem er zusammengestoßen war, immer noch beisammen und diskutierten. Der Junge hantierte mit seinem Papierstapel, und der Engländer gestikulierte den Boulevard hinab Richtung Osten und sprach wahllos Passanten an und verwickelte sie in Gespräche. Schließlich erhoben sich beide, schüttelten sich die Hände, der Junge eilte davon, und der Engländer betrat den Schankraum. Schirm und Tasche lehnte er an die Theke, dann baute er sich vor mir auf und begrüßte mich in passablem, aber reichlich gestelztem Französisch.

»Einen schönen Tag, guter Mann! Erlauben Sie mir, mich Ihnen vorzustellen? Mein Name ist Barneby.«

»Alphonse«, brummte ich.

»Ein Zimmer hätte ich gerne, Alphonse«, sagte er und sah sich begeistert um. Ich hoffte nur, dass er die Klappe hielt.

»Einzel, nehme ich an?«

»Sehr gerne. Und hübsch haben Sie's hier! All die Bilder!«

»Aus England, der Herr?«

»Wie haben Sie das nur erraten?«

»Ich habe eine Nase dafür«, meinte ich und drehte ihm das Gästebuch zu. Ich hielt es für unnötig, ihn auf die Preise hinzuweisen, und tatsächlich unterschrieb er alles, was ich ihm vorlegte. Dann händigte ich ihm seinen Schlüssel aus.

»Die Treppe hoch, den Gang runter, letztes Zimmer auf der linken Seite.«

»Danke, mein Guter!«, rief er und schnappte sich seine Sachen. »Und sagen Sie mir bitte, wenn nach mir gefragt wird!«

»Sie erwarten Besuch?«

»Sehr bald schon, Alphonse«, strahlte er. »Sehr bald!«

Probleme, das hatte ich früh in meinem Leben gelernt, hatten die Angewohnheit, sich zu vermehren wie die Kaninchen. Mister Barneby, das erkannte ich in jenem Moment, reiste mit einem ganzen Stall davon.

Justine

Wenn mir Leute erzählten, dass ihnen sei, als ob sie schon den ganzen Tag neben sich stünden, so hatte ich das meist als Zeichen fortschreitenden Absinthismus gedeutet. Die einzige Gelegenheit, bei der ich mich selbst einmal so gefühlt hatte, war der Abend gewesen, als Mischa darauf bestanden hatte, mich seinen Eltern vorzustellen. Sein Vater hatte stundenlang auf seinem schweren Diwan gelegen, von der Krim erzählt und seine Wasserpfeife geraucht; ich hatte den Geruch den Rest des Tages nicht mehr aus den Haaren gekriegt. Gut, auch nach der verdorbenen Bouillabaisse ging es mir reichlich seltsam (Alphonse war zu stolz gewesen, mich damit ins Haute Loire zu schicken, wo sie diesen großen Kühlschrank haben, und bei uns war kein Platz mehr gewesen). Und vielleicht auch nach der Sache mit Antoine. Heute aber war alles anders, und ich fragte mich ernsthaft, was mit mir los war.

Wahrscheinlich begann die Zahl der möglichen Gründe damit, dass wir einen Zauberer im Haus hatten, der irgend etwas mit seiner Assistentin angestellt hatte – und wenn sie nicht dieses unheimliche Lächeln auf den leblosen Lippen gehabt hätte, ich hätte die Polizei gerufen, auch wenn Alphonse mich wahrscheinlich dafür auf die Straße gesetzt hätte. Aber sie *hatte* gelächelt, und mir war ganz anders geworden, und irgendwie konnte ich nicht sicher sein, wer hier mit wem Spielchen trieb. So vertraute ich darauf, dass Ravi wusste, was er tat. Statt sich aber um Mademoiselle Blanche zu kümmern, vollführte er Kunststücke mit einem angebissenen Apfel. Er hätte wenigstens einen frischen dafür nehmen können!

Das Morgengeschäft lenkte mich dann eine Weile ab, wenigstens, bis mich Alphonses und Esmées Zankereien wieder einholten. Ich muss gestehen, auf eine verrückte Weise mochte ich die beiden. Als ich sie zuerst kennenlernte, meinte ich, in einem Irrenhaus gelandet zu sein, aber natürlich hatten mir die Tränen in den Augen auch die Sicht auf die Wirklichkeit vernebelt. Ich war durch die Straßen getaumelt und hatte einfach jeden, den ich traf, um Arbeit angesprochen, wie ein streunendes Kätzchen, das den Menschen solange die Krallen zeigt, bis sie es aufnehmen. Alphonse hatte gerade eröffnet und war heillos überfordert. Er hatte mich nur kurz gemustert und mir dann seine schwielige Hand hingestreckt. So wurde ich Kellnerin, Zimmermädchen und Putzhilfe in einer Person. Wahrscheinlich hatte ich nichts Besseres verdient.

Ich hatte mich bald eingewöhnt; und die Gäste (die besonders in den amerikanischen Bars meist von älteren Herren in weißen Jacketts bedient wurden) gewöhnten sich an mich. Ich fand, dass der tägliche Wahnsinn unter diesem Dach immer noch besser war als die gefrorene Stille meines Elternhauses, in dem Maman in ihrem Schaukelstuhl saß und dem Schlagen der Wanduhr lauschte, und Papa gar nicht sprach, außer wenn er morgens ging und abends heimkehrte. Soviel Arbeit zu haben, dass ich an nichts anderes mehr denken konnte, war genau das richtige für mich, und es brauchte ein Jahr, bis mir auffiel, dass Alphonse und Esmée kaum noch einen Finger rührten, wenn ich in der Nähe war. Eigentlich fiel es mir nicht selbst auf, denn ich war nicht gewöhnt, so was in Frage zu stellen. Mischa hat es mir irgendwann gesagt.

Mischa war schon im Jardin gewesen, bevor ich zur Familie stieß. Im Gegensatz zu mir hatte er nie Probleme gehabt, der Arbeit aus dem Weg zu gehen. Ich weiß nicht genau, was ihn überhaupt ans Carrefour Vavin verschlug; sein Vater ist ein alter Bekannter Esmées, und er malt Bilder, die er gelegentlich auch verkaufen kann. Alphonse zeigt ihm manchmal die Hinterlassenschaften der mittellosen Maler, die ihre Zeche nicht bezahlen konnten, und Mischas Vater sagt ihm, was er davon hält (was meist nicht sehr viel ist). Mischas Familie kommt ursprünglich aus Russland, und eigentlich heißt Mischa Mikhail und sein Nachname klingt wie die Kreuzung eines Gemüseeintopfs mit einem Reitunfall. Mischa hat einfach für nichts Talent – behauptet er selbst. Wahrscheinlich wollte sein Vater ihn einfach in der Nähe behalten und hoffte darauf, dass er sich eines Tages doch noch in die Rue de la Grande Chaumière verirrt, und Mischa wiederum wollte sich erst mal ein paar Franc verdienen, bis ihm klar würde, wo er mit seinem Leben eigentlich hin wollte. So gesehen ergänzten wir uns prächtig – nur in unserer Arbeitsmoral gab es gewisse Unterschiede.

Ich war also ohnehin etwas durcheinander, als der Mann im weißen Anzug sich auf die Terrasse setzte. Und mit ihm und seinen Extrawünschen fing der Tag erst richtig an, Spaß zu machen. Er brachte mich dazu, ihm unsere halbe Karte vorzulesen, wollte bei jedem Getränk oder Gericht, das er nicht kannte, ganz genau erklärt bekommen, woraus es besteht, wie wir es zubereiteten, und ob es auch andere Möglichkeiten dafür gäbe als die, die ich ihm nannte. Dann fragte er mich über das Jardin und die anderen Cafés am Carrefour Vavin aus, wollte alles über ihre Besitzer und ihren Ruf und ihre Geschichte wissen. Das einzige Mal, dass er während dieser ganzen Prozedur schwieg und sich auf einmal sehr für eine Ausgabe des Figaro zu interessieren begann (die er wahrscheinlich ebenso wenig lesen konnte wie die Speisekarte), war, als eine Polizeistreife vorüberlief. Sie können mir glauben, ich schlug drei Kreuze, als er endlich sein Frühstück bestellte (das in dieser Form natürlich weder auf der Karte noch in Esmées Vorstellung existierte).

Alphonse zog sein mürrisches Gesicht, als ich ihm ausrichtete, dass der Engländer ein Zimmer wollte. Es ist sein Ali-Baba-Gesicht: das Gesicht eines unrasierten Räubers in seiner Höhle, der misstrauisch seine Schätze bewacht. Ungeachtet der Tatsache, dass ich bereits alle Hände voll zu tun hatte, fragte nun auch er mich aus, dann machte er eine anzügliche Bemerkung über Mademoiselle Blanche und tat so, als ob ich eine Tortenhaube nicht von einer Käseglocke unterscheiden könnte. Als ob er irgendwas in Esmées Küche fände, und wenn man einen Topf voll Gold darin versteckte! Dann drückte er mir seinen Schlüssel und die Kasse mit den Tageseinnahmen vom Samstag in die Hand und schickte mich auf sein Zimmer.

Ich stellte die Kasse wie üblich auf den Tisch und beeilte mich, wieder nach unten zu kommen, denn ich wollte nicht, dass es aussieht, als schnüffle ich herum. Er betrat auch nie ungefragt mein Zimmer, das sich direkt neben seinem befand. Es war merkwürdig, was für Dinge Alphonse respektierte.

Als ich dann aber alleine auf dem schummrigen Flur stand, zögerte ich. Es war auf einmal absolut still, und mir fröstelte bei dem Gedanken an heute früh, als ich an Mademoiselle Blanches Bett stand und die letzten zwei Jahre meines Lebens sich auf einmal in Nichts auflösten, so als habe Ravi eines seiner Tücher darüber gelegt und es dann weggezogen. Ich blickte den Flur hinauf zu seinem Zimmer. Ich fragte mich, ob Mademoiselle Blanche …

»Justine!«

Ich zuckte zusammen und drehte mich um. In der Biegung der Treppe stand Esmée – groß und bedrohlich selbst von oben aus gesehen. Sie war eine stämmige Frau, mit Bauernhänden und kleinen, klaren Augen, die immer auf der Hut zu sein schienen. In dem Wald aus alten Bildern, der die hintere Hälfte des Flurs bedeckte – dort, wo die Uhr stand – war eines, das ein junges Mädchen zeigte, das mich manchmal an Esmée erinnerte. Ich hatte nie herausgefunden, ob sie es war.

»Ja?«

»Hast du Mischa gesehen?«

»Nein, heute noch nicht.«

»Dann geh ihn suchen! Oder willst du mit der einen Hand beim Mittagessen helfen, während du mit der anderen bedienst? Oder Alphonse? Soll ich Alphonse fragen, ob er mir hilft?«

»Nein, bitte«, schluckte ich und huschte die Treppe hinab. Esmée drehte sich schnaubend um und stapfte davon. Ich hatte keine Ahnung, weshalb sie mich nicht leiden konnte; aber die Uhr tickte für mich, und ich fände Mischa besser schnell.

Leider stellte sich das als nicht so einfach heraus. So viele Winkel hatte das Jardin nun auch wieder nicht. Einmal, da hatte ich Mischa in der Besenkammer gefunden, wie er zwischen den Gemälden schlief, und ein anderes Mal hatte ich ihn mit einem Mädchen auf einem der Zimmer erwischt. Heute war er an keinem von beiden Orten. Wahrscheinlich war er zuhause – schließlich hatte er ja noch eins – oder er hatte gar nicht erst den Heimweg gefunden. Ich wusste, er war gestern lange weg gewesen; seit Tagen lag er mir mit seiner Véronique in den Ohren. Sie hatten Streit, er hatte sie treffen wollen, und je nachdem, wie es gelaufen war, hatte er wahrscheinlich eine Menge getrunken. Gelegenheit hatte es sicher genug gegeben, denn Véronique war Kellnerin wie ich – als Aushilfe, in der Closerie des Lilas. Legen Sie sich nicht mit einer Kellnerin an, wenn Sie nicht ordentlich etwas vertragen.

So blieb schließlich doch alles an mir hängen, und draußen warteten bereits die nächsten Gäste. Ich war so in Eile, dass ich etwas fallen ließ, und voll Neid blickte ich zur Rotonde hinüber, in der sich mindestens drei Kellner die Arbeit teilten, die ich hier alleine machte. Wir hatten vielleicht die kleinste Terrasse am Carrefour Vavin, aber dennoch …

Da sah ich den Jungen.

Er stand neben der Metrostation und hatte ein Bündel Papier auf dem Arm, und wie ich ihn da stehen sah, war mir zum zweiten Mal an diesem Tag, als habe jemand einen Stöpsel aus der Welt gezogen, und sie laufe nun aus wie eine Badewanne.

Er hatte scheckiges Haar – straßenköterblond, wie Alphonse das nannte –, trug nicht gerade das neueste Jackett und wuchs aus dem Boden wie eine Rodinskulptur, unvermittelt und über sich selbst verblüfft, wie ein Ableger des großen Balzac, der hinter ihm auf seinem Sockel stand, während hunderte Menschen in einer einzigen Sekunde zwischen uns über den Boulevard strömten.

Ein Kind rief. Ein Kutscher schimpfte. Eine Elster ließ eine Kastanie fallen.

Die Welt drehte sich, und abermals fühlte ich mich zurückversetzt an jenen Morgen, als ich auf Antoine wartete, der nie kommen würde, während Spanier und Schweizer ihr Kleingeld und ihre Hoffnungen in den Brunnen warfen, ihre Züge bestiegen und davonfuhren.

Eine eiskalte Hand wanderte meinen Rücken hinauf, und ein Geruch wie nach Zimt schien die Luft zu erfüllen. Der Junge machte einige zaghafte Schritte auf mich zu. Eine Straßenbahn schob sich bimmelnd zwischen uns, und die Zeit begann wieder zu laufen.

Der Engländer legte die Zeitung beiseite, schob seinen Teller von sich und stand schwungvoll auf, als sei es Teil seiner Morgengymnastik. Der Junge aber, der uns fast erreicht hatte, stieß mit ihm zusammen, und eine Wolke kleinbedruckter Blätter hüllte die beiden ein. Der Engländer fasste den Jungen mit erstaunlicher Behändigkeit am Arm, so dass er nicht fiel, und redete entschuldigend auf ihn ein. Ich drückte mein Tablett mit Tassen an mich und machte, dass ich davonkam, denn Alphonse rief nach mir.

So nahm der Mittag seinen Lauf.

Die nächste Zeit rannte ich zwischen Küche und Terrasse hin und her und kam nicht einmal dazu, einen weiteren Blick mit dem Jungen zu tauschen, dessen Auftauchen mich so durcheinander gebracht hatte, als sei er ein Spitzel und ich sein geheimer Kontakt, und der nun mit dem Engländer an einem Tisch saß. Dieser präsentierte ihm gerade stolz das ganze savoir-faire, das er sich keine Stunde zuvor von mir angeeignet hatte. Als ich das nächste Mal aus der Küche kam, stand der Tisch leer; der Junge war verschwunden, und der Engländer sprach mit Alphonse.

»Justine!«, bellte Alphonse. »Bring unserem Gast die Sachen aufs Zimmer!«

»Sofort«, antwortete ich artig und kochte innerlich, denn die Vorstellung, diesen Fremden mit all seinen Extraservietten, Zusatztellern und Zweieinhalbminuteneiern im Haus zu haben, packte mich mit kaltem Grauen. Alphonse schien das ähnlich zu sehen, denn er hatte ihm das Zimmer direkt neben Ravis gegeben – im Spinnerflügel, wie er den vorderen Teil des Hauses nannte, denn diese Zimmer waren am weitesten von seinem eigenen entfernt.

So war ich nicht weiter überrascht, als der Engländer – der sich mir als Mister Barneby vorstellte, während er schnaufend die Treppe erklomm – kaum, da wir sein Zimmer erreicht hatten, unter einer Menge ebenso überflüssiger wie geheuchelter Bemerkungen über die exzellente Qualität unserer Einrichtung nach einem zweiten Kissen und einer Kanne Tee verlangte. »Und Sie haben wohl kaum ein Grammophon im Haus, das ich mir leihen könnte, oder doch?«

Ich biss mir auf die Lippen. Alphonse *hatte* eines, aber ich würde ihn ganz bestimmt nicht danach fragen.

»Bedaure, Monsieur.«

»Zu schade. Nun gut! Danke, Justine.«

Ich brachte ihm zunächst sein Kissen, rannte dann wieder nach unten und richtete Esmée aus, was er sonst noch wollte.

»Hast du Mischa gefunden?«, unterbrach sie mich, und als ich die Frage verneinte, warf sie fluchend die Topflappen hin und schickte mich davon. Ich nahm mir die nächsten Bestellungen und trug sie schleunigst nach draußen, wo Alphonse mittlerweile mit Matthieu, einem Stammgast, zusammensaß und in die Sonne blinzelte. Matthieu war ein alter Taxifahrer, der auch noch eine Pferdekutsche lenken konnte (und es an Sonntagen auch tat – für die Touristen). Er teilte mit Alphonse eine Vorliebe für Kaffee, der mehr Alkohol enthielt als der Wein, den Alphonse seinen Gästen ausschenkte. Wenn Alphonse mit Matthieu zusammensaß, hieß das soviel wie dass er nicht gestört werden wollte. Unter seinen misstrauischen Blicken kassierte ich zwei Tische ab und rannte dann zurück in die Küche, die ich zu meiner Überraschung verlassen fand.

Es gab aber noch heißes Wasser, also bereitete ich schnell eine Kanne Tee und trug sie nach oben. Die Tür zu Barnebys Zimmer war nur angelehnt. In meiner Eile, und weil ich ja wusste, dass er auf seinen Tee wartete, trat ich ohne anzuklopfen ein und ertappte ihn dabei, wie er, die Hände am Ohr, an der Wand zu Ravis Zimmer hing und lauschte.

»Entschuldigung!«, schnappte ich, aber er überging den Vorfall, als sei es die natürlichste Sache der Welt, nahm seinen Tee, schnupperte daran wie ein Apotheker, lobte seine Frische und steckte mir ein Trinkgeld zu, das mich ganz verlegen machte.

Draußen auf dem Flur schüttelte ich den Kopf und fragte mich, womit ich das alles verdient hatte. Vielleicht wäre eine Ehe mit Antoine, diesem Schuft, doch das geringere Übel gewesen.

Von plötzlicher Neugierde gepackt, schlich ich auf Zehenspitzen hinüber zu Ravis Tür. Immer noch war nicht das Geringste von dort zu hören, und dabei war ich ganz sicher, dass er und Blanche beide da drinnen waren. Was hatte Barneby gehofft, zu hören?

Ehe ich mich's versah, war ich diejenige, die lauschte und erschrocken zusammenfuhr, als auf einmal Esmée neben mir stand und mich vorwurfsvoll ansah. Es war mir ein Rätsel, wo sie auf einmal hergekommen war; sie konnte nicht die Treppe genommen haben, das hätte ich unmöglich überhört. Sie musste in ihrem Zimmer am anderen Ende des Flurs gewesen sein – aber selbst dann hätte sie mit der Grazie eines schwimmenden Nilpferds über den Teppich schweben müssen.

Ich tat rasch, als drücke ich die Tapete an einer Seite der Tür wieder unter den Rahmen, um weiterem Ärger zu entgehen.

»Justine?«

»Ja, Esmée?«

»Wir brauchen noch ein Huhn fürs Mittagessen. Lauf rüber ins Haute Loire und schau, ob sie noch eins auf Eis haben. Hast du verstanden? Und lass dir eine Quittung geben!«

Erleichtert, dass sie nichts weiter sagte, und dankbar für einen Vorwand, das Jardin, wenn auch nur kurz, zu verlassen, drückte ich mich an ihr vorbei und rannte nach unten.

Im Haute Loire hatten sie auch keine Hühner mehr, aber sie schickten mich zu einem kleinen Händler in der Rue Léopold Robert, der das Personal auch sonntags versorgte. Auf meinem Rückweg fand ich Mischa.

Wie ich mir bereits gedacht hatte, war das Treffen mit Véronique nicht allzu gut gelaufen.

Ravi

Ich hatte schon eine Weile gemerkt, dass der erste von ihnen eingetroffen war. Es war wie eine Ahnung, eine unscheinbare Verlagerung im Gleichgewicht des Jardin, so als sei das Café ein Spinnennetz, in dessen Mitte seine Herrin Position bezogen hatte. Ich war sicher, dass der Neuankömmling mich ebenso spürte, hielt es aber noch nicht für geboten, nach unten zu gehen und mich zu erkennen zu geben. Die erste Phase wäre ohnehin vom gegenseitigen Versuch geprägt, die Fähigkeiten und Absichten des anderen einzuschätzen – und Zeit hatten wir, wie die Dinge nun standen, ja genug.

Mit der Magie verhält es sich ein wenig wie mit der Mathematik: Sie ist eine präzise Wissenschaft mit klaren Regeln, die Uneingeweihten aber nur schwer zu erklären sind; und auf ihre Weise sind die Lehren eines Einstein auch nicht weniger magisch als die der großen Mystiker von einst. Manche Formeln sind so komplex, dass niemand außer einer Handvoll Leuten auf der Welt von sich behaupten kann, sie zu verstehen – und einige wichtige Fragen wurden bis heute nicht gelöst.

Die Beherrschung der Zeit war so ein Grenzbereich; ich

kannte niemanden, der sich darauf verstand. Die Zeit war eine geschickte Füchsin, stets darauf bedacht, ihre Spuren zu verwischen, und sie kehrte nicht gern zum Ort ihrer Missetaten zurück. Ich wäre vielleicht in der Lage gewesen, sie abzulenken und einen winzigen Moment lang zögern zu lassen, aber niemals hätte ich sie dazu bringen können, den Gang dieses Tags ein zweites Mal zu gehen, oder sie gar in ein Laufrad zu sperren.

Das wurde mir schmerzlich bewusst, während ich vom offenen Fenster auf die Kreuzung unter mir herabblickte und die Menschen beobachtete, die bereits gestern dort gelaufen und nun zu Statisten eines unbarmherzigen Theaters degradiert waren. So sehr ich auch die Schuld an alldem tragen mochte – so wenig hätte ich eine Chance, diese Schuld zu begleichen. Ich war nur Gast dieser Vorstellung, in der jemand anderes seine Fähigkeiten zur Schau stellte, und ich musste mich darauf einstellen, dass diese Vorstellung so lange dauern würde, wie es dem anderen gefiel.

Um meine Vermutungen bezüglich der Natur unseres Fluchs zu untermauern, hatte ich einen einfachen Zauber auf Justines Apfel gelegt, der sich augenblicklich im Kleiderschrank unter seiner Käseglocke befand. Dass er schwebte, war nicht mehr als eine ansprechende Begleiterscheinung – meine Absicht war, zu beweisen, dass für den Apfel nun dasselbe galt wie für mich: Alles, was magisch war, blieb. Wenn ich recht behielt, wäre der Apfel auch morgen noch, wie er war – Justine aber hätte alles vergessen. Und vielleicht könnte mir der Apfel auch noch auf andere Art nützlich sein. Es war zwar noch lange kein ausgereifter Plan, aber ein Anfang – wie eine Ahnung beim Schach, welcher Zug in die richtige Richtung führen könnte.

Ich dachte an meinen Gegner bei diesem Spiel.

Vielleicht, überlegte ich, war es ja der Neuankömmling. Vielleicht war er aber auch nur ein neugieriger Zauberer, der gerade in der Nähe geweilt hatte, als alles begann. So oder so, er würde es wahrscheinlich nicht zugeben; denn als Verursacher des Problems würde er sich schnell viele Feinde machen, und andernfalls würde er auf die Möglichkeit eines eindrucksvollen Bluffs verzichten. Auch ich hatte nicht vor, mir schneller als nötig eine Blöße zu geben. Ich kalkulierte darauf, dass man mir mit ebenso viel Vorsicht begegnen würde wie ich den anderen, die früher oder später hier eintreffen würden. Mein Besucher und ich waren sicher nicht die einzigen, die es verstanden hatten, dem Schicksal der Menschen dort draußen zu entgehen. Doch jeder außer dem Schöpfer des Kreislaufs würde wahrscheinlich große Probleme haben, ihn zu brechen.

Vielleicht konnte der Kreis gar nicht gebrochen werden. Vielleicht, überlegte ich weiter, konnte man die Leine, an die man die Zeit gelegt hatte, bloß fahren und die Füchsin wieder ihrer Wege ziehen lassen. Es war eine perfide und brillante Methode, um sich in aller Ruhe einen Überblick zu verschaffen. Die Gefangenen wären sich ihrer Situation voll bewusst, und dennoch verdammt, auf der Stelle zu treten, denn selbst wenn sie diese Welt neu gestalteten, so dauerte sie doch immer nur einen Tag.

Ich dachte an den Fremden, und der Fremde dachte an mich.

Zauberer und Zauberinnen, soviel hatte ich in meiner kurzen Zeit unter ihnen gelernt, waren keine Leute, denen man leichtfertig sein Vertrauen schenkt. Viele waren nicht, wer oder was sie vorgaben zu sein; manche waren älter, manche jünger, als es den Anschein machte, und keiner offenbarte grundlos seine Fähigkeiten. In einem aber waren sie sich alle gleich: Magie faszinierte sie, sie war die eine große Leidenschaft ihres ansonsten oft freudlosen Lebens, und die meisten Zauberer hatten wenig Skrupel, einander aus dem Weg zu räumen, wenn sie darauf hoffen konnten, so an einen neuen Trumpf zu gelangen.

Nur die Société Silencieuse brachte ansatzweise eine Ordnung in diese Ränke, jedoch war es die Ordnung einer strikten Hierarchie, die alle Mitglieder der Société (zu denen diese ungefragt jeden zählte, den sie nicht selbst aus ihren Reihen verbannt hatte) zu unbedingtem Gehorsam verpflichtete. Die Société beanspruchte das Monopol auf Magie, sie sorgte dafür, dass die Menschen keinen Wind von ihrer Existenz bekamen, und sie bestimmte, wer seine Kunst wann und wie einsetzen durfte.

Sieben Jahre lang hatten wir es geschafft, ihr so gut es ging aus dem Weg zu gehen. Diese Zeit war nun vorbei.

Ich strich Blanche über die kühle Wange und betrachtete ihre geschlossenen Augen. Ein paar Mal war mir, als ob sie sich regte, und ich fragte mich, ob sie wohl träumte und was der Grund für den kurzen Moment der Entrücktheit gewesen sein mochte, in dem ich Justine heute früh ertappt hatte. Ich vermisste das Band, das uns immer verbunden hatte, und hasste es, allein auf Mutmaßungen und Beobachtungen angewiesen zu sein.

Ob Blanche es ähnlich erging? Hatte sie Justines Nähe gespürt, für die meine gehalten und nach ihr gegriffen?

Die Vorhänge bauschten sich, und mit den Gerüchen nach Pferden und Tabak und Essen schwammen kleine Lichttupfer aus den Kastanienbäumen vor dem Fenster herein, ließen sich auf dem Bett nieder und umkreisten verspielt Blanches blasse Nasenspitze. Fast erwartete ich, dass sie niesen würde. Einige Sekunden war das Zimmer wie von Schmetterlingen erfüllt, dann schob sich eine Wolke vor die Sonne.

Ich sah Blanche wieder vor mir, wie sie mir im Bobino in die Arme sank. Ich durfte das Vertrauen, das sie in mich gesetzt hatte, nicht enttäuschen. Ich durfte mich keinesfalls unterkriegen lassen – auch wenn ich diesen Fall ganz alleine lösen müsste.

Seufzend stand ich auf und stellte mich vor den Spiegel, legte meinen Umhang um, justierte meine Lavallière, und zog meine Handschuhe zurecht, ohne die ich niemals unter Menschen ging. Dann schloss ich das Fenster.

Wenn dieser Tag nicht von alleine endete, dann sollte ich mir besser einen Vorteil verschaffen, solange ich noch die Gelegenheit hatte. Meine Umgebung und deren Abläufe, die Gewohnheiten der Menschen um uns herum kennenlernen; das Drehbuch unserer ewigen Matinee. Unseren Besucher beschäftigen, ehe er uns auf die Schliche kam.

Mit einem letzten Blick auf Blanche nahm ich meinen Stock und verließ das Zimmer. Ich verschloss die Tür und legte einen kleinen Zauber auf den Knauf, der mir helfen sollte, unbefugte Eindringlinge zu bemerken. Und weil das in aller Regel nicht reichte, klebte ich auch noch ein Haar über den Türrahmen.

Ich ging zur Treppe. Langsam, als wäre ich der Hausherr, schritt ich herab. Das Jardin war gut besucht am frühen Abend, Touristen und Arbeiter, die ihren freien Tag genossen, drängten sich lachend an den Tischen und klapperten mit Glas und Porzellan. Ich versuchte, mir ihre Gesichter zu merken.

Inmitten der Menge sah ich Justine, wie sie Teller und Tassen balancierte. Eine Strähne ihres strohblonden Haars hatte sich gelöst und tanzte ihr vor der Nase wie eine unbezähmbare Fliege. Sie wirkte müde und selbstvergessen, als weile sie an einem fernen Ort, nur für sich allein. Ich lächelte. Einen Moment lang erinnerte sie mich an Blanche.

Und je mehr ich darüber nachdachte, desto sicherer wurde ich mir, dass etwas an der Art, wie sie einfach nur *war*, mich störte. Es war, wie zu ahnen, dass ein Springer nicht dort stand, wo er stehen sollte, und bald gezogen werden müsste. Vielleicht hatte es damit zu tun, dass sie gestern Abend ihre Tasche gerichtet hatte, und heute nicht im Traum an eine Reise zu denken schien. Vielleicht damit, dass sie an Blanches Seite eine Gegenwart gespürt zu haben schien, wo ich nur wie ein Blinder im hellen Licht umhertappte. Mochte dieser Tag auch unveränderlich wie ein Gemälde wirken, Justine war immer noch ein Mensch, mit ihren eigenen Gedanken und ihrem eigenen Willen.

Sie sah, wie ich sie anschaute, und trat zu mir heran.

»Monsieur?«

»Ich werde eine Weile ausgehen, Justine«, sagte ich. »Ich habe Blanche etwas gegeben, das sie hoffentlich bald gesunden lässt, sie wird jedoch bis zum Abend tief und fest schlafen. Es ist außerordentlich wichtig, dass sie von niemandem gestört wird. Lassen Sie niemanden auf das Zimmer, gleich, um wen es sich handelt, hören Sie?«

»Natürlich nicht. Das würde ich nie.«

»Kann ich mich darauf verlassen?«

»Selbstverständlich, Monsieur Ravi. Ach, und …« Sie nickte in Richtung des Boulevards. »Sie haben einen neuen Nachbarn. Er sitzt dort draußen und treibt uns alle in den Wahnsinn. Sein Name ist Barneby.«

»Ich danke Ihnen, Justine.«

Sie nickte und nahm ihre Arbeit wieder auf.

Barneby, dachte ich und trat auf die Terrasse hinaus. Der Name sagte mir nichts. Dennoch fiel es nicht schwer, den Mann zu entdecken – er gehörte ebenso wenig hierher wie ich.

Er hatte mich schon bemerkt und erhob sich erwartungsvoll.

»Ich fragte mich, ob wir nicht einen Spaziergang unternehmen sollten«, sagte ich.

Barneby

Ravi war anders, als ich erwartet hatte. Das war der erste Eindruck, als er endlich vor mich trat. Dann wieder war es doch ganz genau dieser unschuldig wirkende Typ, der der Gesellschaft gemeinhin die größten Probleme beschert.

Ich hatte ihn noch nie gesehen, aber das war nicht unbedingt ungewöhnlich und konnte gleichermaßen Gutes wie Schlechtes bedeuten. Es konnte beispielsweise heißen, dass er noch nicht lange im Geschäft war und gerade erst sein Talent entdeckt hatte. Es konnte ebenso gut bedeuten, dass er einer der ganz Alten war, die sich für gewöhnlich bedeckt halten und alles tun, um sich einen Anschein ewiger Jugend zu bewahren. Und es konnte natürlich auch heißen, dass er einer der gefährlichen Freigeister war, die glauben, sich der Gesellschaft auf Dauer entziehen zu können und den Kontakt zu ihr meiden wie Irre die Anstalt.

Der Stillen Gesellschaft war das egal. Gleich, ob jugendlicher Spiritist oder Alchemist der alten Schule, alle gehörten sie dazu, sobald sie ihren ersten echten Zauber gewirkt hatten. Mesmeristen wie Mentalisten, Wunderheiler und Religionsstifter, ich hatte sie alle gesehen zu meiner Zeit – und ich bin schon eine ganze Weile dabei.

Vor der Jahrhundertwende hatte ich eine famose Whistrunde mit Waite und den anderen, und ich habe Yeats immer höflich Beifall geklatscht, wenn er wieder eins seiner Gedichte zu den Treffen mitbrachte. Ich war es, der das Chaos beseitigte, das Taxil angerichtet hatte, und später lange Jahre den Babysitter für Crowley spielen durfte (selbst Mussolini hat ihn des Landes verwiesen, Sie können sich also denken, wie es mir mit ihm ging). Sie alle hatten auf die eine oder andere Art Wind von der Existenz der Gesellschaft bekommen und einen Rockzipfel echter Magie geschaut. Sie hielten uns für Verschwörer oder vergessene Götter, die ihr Quartier auf dem Dach der Welt bezogen hatten; dann wieder hielten sie Kleckser auf Fotos für Geister und Heroin für ein großartiges Hustenmittel. Meistens blieb es dabei, und man ließ sie gewähren. Wenn sie aber nicht locker ließen und echtes Talent zeigten, trat man an sie heran und erklärte ihnen die Regeln. Widersetzten sie sich, hatten sie bald ihren letzten Zauber gewirkt.

Ravi hatte sehr gute Chancen, all dies in Rekordzeit zu schaffen.

Als er so auf die Terrasse trat, in voller Bühnenkleidung, wie es schien, kam ich nicht umhin, ihm auch etwas Respekt zu zollen. Er bewies die Kühnheit eines jungen Samurai, der das Schwert vor seinem Daimyo zückt – und es dabei auch noch schafft zu lächeln. Vielleicht mochte ich den Kerl – schade, dass er mich nicht mögen würde.

In den Spaziergang hatte ich gern eingewilligt, auch wenn offensichtlich war, dass er mich vor allem aus dem Jardin forthaben wollte. Der ungewaschene Wirt, Alphonse, hatte diese kleine Kellnerin nach Ravis kranker Assistentin befragt; ich konnte mir gut denken, dass sie es war, vor der mich Ravi fernzuhalten bemüht war. Währenddessen hatte ich reichlich Gelegenheit gehabt, mich mit den örtlichen Gepflogenheiten vertraut zu machen, und damit meine ich nicht nur diese kleine Welt unter Glas. Ich liebte Paris – aber die Stadt schien immer wie ein ferner Traum, wenn man gerade nicht da war.

Freundlich-verschämt und stets auf dem Sprung umkreisten wir uns auf dem menschenvollen Boulevard, bis wir uns vor einer prunkvollen Litfaßsäule wiederfanden. Ein Plakat auf ihr zeigte Ravis Gesicht. Das brach das Eis, und so beschlossen wir, das Angenehme mit dem Nützlichen zu verbinden und dem Bobino einen Besuch abzustatten, um dort zu bestellen, dass der Große Ravi heute leider verhindert sein würde.

Darüber erfuhr ich auch recht schnell seine Version der Geschichte. »Ein Apfel, sagen Sie? Wie bemerkenswert.«

»Ich weiß auch nicht, woher sie ihn hatte. Ich weiß nur, dass sie davon abbiss und seitdem im Schlaf liegt.«

»Sie nimmt es wohl sehr genau mit ihrem Bühnennamen, was meinen Sie?«

Ravi lächelte. »Der gläserne Sarg ist nur eine Requisite. Aus dem konnte ich sie gestern noch befreien – heute, wenn Sie so wollen.«

»Und nun ist die ganze Welt zu ihrem Sarg geworden, was für

eine Schande«, stellte ich fest und breitete die Arme aus. Von irgendwoher schallte Klaviergeklimper und der Klang einer gedämpften Trompete, und überall war das Plaudern und Lachen der Menschen, die von einer Straßenecke zur nächsten strömten, vom Dôme ins Jardin, weiter zur Rotonde und schließlich ins Select, das mit fortschreitender Stunde immer mehr ins Zentrum des Interesses rücken würde. Man hatte mir gesagt, es sei die erste Bar vor Ort gewesen, die die ganze Nacht über geöffnet hatte – dort dem Morgen entgegenzutrinken, könnte faszinierend sein.

»Denken Sie, es hat etwas mit unserer … Situation zu tun?«, fragte er vorsichtig.

Ich schmunzelte gelassen. »Sicher hat es das. Alles hat mit unserer ›Situation‹ zu tun, wie Sie es nennen, und solange sich die nicht gelöst hat, wird es auf der ganzen Welt nichts anderes geben als uns, hier, am zauberhaften Carrefour Vavin. Könnten Sie sich ein besseres Publikum denken?«

Wir bogen in die Rue Delambre und schlenderten an der Dingo American Bar vorbei, die gerade öffnete. Die Bar war eins der berüchtigten Trinklöcher, die Montparnasse einen Ruf als Mekka alkoholkranker Schriftsteller eingebracht hatten. Ich dachte an den jungen Burschen, mit dem ich heute früh zusammengestoßen war, und lachte. Wahrscheinlich saßen mehrere seiner Vorbilder gerade nicht weit von uns.

Ravi blickte mich fragend an; mit seinem Umhang und dem Gehstock mit dem Silberknauf wirkte er wie ein verirrtes Gespenst von den Ufern der Themse. Sein Mut zum Anachronismus, oder sein Geschick zur Täuschung, gefielen mir. Ich deutete mit meinem Schirm Richtung Dingo.

»Ich dachte gerade an all die glücklichen Seelen, die den Rest ihres Lebens trinken werden, ohne dass sich eine Flasche je leert oder sie einen Kater befürchten müssten. Sie haben der Welt einen großen Dienst erwiesen, Monsieur Ravi.«

»Ich?«, fragte er bescheiden, mit derselben Miene, die er wahrscheinlich in seinen Vorstellungen aufsetzte, um das Publikum in Sicherheit zu wiegen, während die Falltür schon weit geöffnet, die Fesseln heimlich gelockert waren.

»Es spielt für die Gesellschaft keine große Rolle, ob Sie oder Ihre Mitarbeiter von verbotenen Früchten naschen. Da sie Ihre Assistentin ist, oblag es Ihrer Verantwortung, mein Bester, Ihre Geheimnisse vor ihr zu hüten. Wenn sie es geschafft haben sollte, ohne Ihr Wissen an ein derart mächtiges Artefakt zu gelangen – ohne dass Sie auch nur davon Wind bekamen! – dann, verzeihen Sie, verdienen Sie es weder, den Rang zu bekleiden, der Ihnen vielleicht schon bald angetragen wird, noch Ihre gegenwärtige Profession auszuüben. Im nächsten Herbst wird sich niemand mehr auch nur Ihres Namens erinnern.«

»Sie sagen also, alles, was heute und … morgen … geschieht –«

»Und geschieht, und geschieht«, half ich bereitwillig aus.

» – geschieht wegen des Apfels?«

»*Das* haben *Sie* gesagt«, lächelte ich. »Es geschieht vielleicht wegen dieses Apfels, dessen Existenz Sie mir glaubhaft zu machen bemüht sind. Es gibt da so einige Dinge, bei denen an höchster Stelle die Alarmglocken schrillen; Äpfel und Kelche gehören dazu. Sicher aber geschieht es wegen dem, was Sie und Ihre Assistentin mit diesem Obst angestellt haben.«

»Das ist also eine Untersuchung?«

Ich nickte.

»Und eine Prüfung?«

Ich zuckte die Schultern.

»Und Ihre Rolle dabei wäre was? Kläger? Anwalt? Jury?«

Ich schüttelte den Kopf. »Ich war lediglich in der Nähe, als es begann. Ich pflege früh aufzustehen – die Morgenluft in Kent ist sehr erfrischend, müssen Sie wissen –, und da dachte ich mir, Barneby, heut liegt was in der Luft. Und da ich glücklicherweise über ein eigenes Flugzeug verfüge …«

»Sie gehören also nicht zum Direktorat?«

»Oh, ein Direktorat? Was können Sie darüber berichten?«

Ravi seufzte. »Ich weiß, dass es eine Gesellschaft gibt. Und eine Gesellschaft hat eine Form von Geschäftsführung. Diese bildet keine Ausnahme.«

Ich neigte den Kopf. Seine Logik gefiel mir. Ich hatte seinerzeit länger gebraucht – gut, dass er den Rest nicht kannte.

An der Nordwestecke des Friedhofs erreichten wir eine weitere jener großen, sternförmigen Kreuzungen, wo Boulevard Edgar Quinet und Rue de la Gaîté mit unserer und zwei weiteren Straßen zusammenliefen. Die Rue de la Gaîté, soviel wusste ich noch, war bekannt und berüchtigt für ihre Theater und Attraktionen – das Bobino, erzählte Ravi, stand dort seit über fünfzig Jahren, und vorher hatte es schon woanders gestanden. Die Straße verlief parallel zur Westseite des Friedhofs, auf dem die Stadt der Lichter einige ihrer ruhmreicheren Söhne und Töchter begraben hatte: Huysmans lag dort, wenn ich mich recht entsann, und Baudelaire.

»Wenn ich zum Direktorat der Gesellschaft gehörte, lieber Ravi, würde ich Ihnen das natürlich nicht verraten. Selbstverständlich gehöre ich aber nicht zum Direktorat. Wenn ich nun sagte, dass man meinen Namen wohl kennt und meine Stimme Gehör findet, müsste ich Ihnen entweder wie ein Aufschneider oder wie ein sehr gefährlicher Mann erscheinen. Wenn ich dagegen sagte, dass mich diese ganzen Verwaltungsgeschäfte nicht interessieren und ich mein Leben führe, wie es mir beliebt – nun, dann gälte sicherlich dasselbe, nicht wahr?«

Er verfolgte amüsiert meinen Redeschwall, während wir uns zwischen Herren in Abendgala und zu stark geschminkten Damen, betrunkenen Straßenarbeitern und chinesischen Gemüsehändlern hindurchzwängten, ich ganz in Weiß, er in elegantem Blau, zwei so skurrile Gestalten, dass sie in jeder anderen Stadt, zu jeder anderen Zeit, wahrscheinlich die örtliche

Polizei auf den Plan gerufen hätten. Doch wir befanden uns in Paris – unverkennbar, denn nur Pariser können auf die Idee kommen, die einzige Straße zwischen Friedhof und Bahnhof die Straße der Fröhlichkeit zu nennen.

Ich glaube, es hatte etwas mit der Weinsteuer zu tun, die zu zahlen man hier früher zu vermeiden wusste.

»Ungeachtet meiner vielschichtigen Beziehungen zum Direktorat«, fuhr ich fort, »Beziehungen, die vielleicht keineswegs existieren, kann ich Ihnen versichern, dass die Gesellschaft sehr an Ihnen und Ihrer Assistentin interessiert ist. Sie hätten sich schon längst mit uns in Verbindung setzen sollen; nun kommt der Berg eben zum Propheten. Er schwebt momentan genau über Ihnen, können Sie ihn sehen?«

Ich deutete mit dem Schirm in den Himmel und blinzelte in die septemberlich goldene Sonne, die gerade hinter den Dächern versank. Ravi lachte.

»Und woraus schließen Sie all das, Mister Barneby?«

»Natürlich aus dem Aufwand, mit dem man Sie bedenkt. Hat man für Houdini jemals die Zeit angehalten? Für Fludd, Dee oder Paracelsus? Überlegen Sie mal scharf.«

»Houdini benutzt keine Zauberei. Das hat er Sir Arthur mehr als einmal zu erklären versucht.«

»Geschickt, nicht wahr?«, funkelte ich. »Ein Magier, der sich als Bühnenkünstler ausgibt. Aber Sie wechseln das Thema, mein Freund.«

»Nun, ich bin sicherlich geschmeichelt. Ob ich auch erfreut sein sollte, wird sich noch zeigen.«

»In der Tat, das wird es.«

»Wie viele werden also noch kommen, was meinen Sie?«

Wir erreichten das Bobino und blieben stehen. Das Tor war noch geschlossen, die elektrische Reklame aus. Ein Mann fegte den Teppich vor dem Eingang.

»Sie meinen, wie viele wie wir, denen die Uhren der Welt nur

Rauch und Spiegel sind? Schwer zu sagen, Ravi. Sehr schwer zu sagen. Einige werden sich nicht darum scheren, was hier passiert, und die Gelegenheit zum Ausschlafen und Durchputzen nutzen. Andere werden zu sehr damit beschäftigt sein, den Effekt auszugleichen. Wo Sie es gerade sagen …« Ich zog meine Westenuhr hervor und zog sie auf. Er beobachtete mich genau. »Ich würde schätzen, eine Handvoll. Aber heißt es nicht, vor kleinem Publikum zu spielen sei die schwierigste Übung?« Ich deutete auf den Eingang. »Jetzt, erlösen Sie Ihren Arbeitgeber von seiner Qual!«

Er klopfte, und man öffnete uns. Drinnen warteten Samt, Messing, Marmor, Kristall – ein wenig vulgär vielleicht, aber unverkennbar das beste Haus am Platze. Ich konnte es Ravi nicht verübeln, dass er stolz auf sein Engagement war. Zielsicher und ein wenig verlegen führte er mich zu einem der Büros.

Und so lernte ich Philbert kennen. Wie sich später herausstellte, teilten wir eine gemeinsame Leidenschaft.

Justine

Einen Freund in der Gosse zu finden, ist nie ein schöner Anblick. Dennoch wird er sehr gute Gründe für sein Missgeschick haben, und zwar Gründe, die nicht die Ihren sind. Reden Sie sich also nicht ein, Sie seien sein persönlicher Engel und könnten ihm da wieder raushelfen. Das macht alles nur noch schlimmer. Auch wenn Ihnen, wie in meinem Fall, erst auffällt, wie viel er Ihnen bedeutet, wenn Sie ihn halb begraben in einem Müllberg entdecken.

Mischa lag in einem großen und reichlich schmutzigen Berg Bauschutt und Müll, der sich an der Ecke zur Rue Robert im Eingang eines Hauses gesammelt hatte, das seit Wochen den ganzen Boulevard Raspail verschandelte – seit der letzte Besitzer alle Mieter gekündigt und dann mitten während der Renovierungen das Zeitliche gesegnet hatte, was die Arbeiter mit einer Menge ungeklärter Geldfragen und die Ratten mit einer willkommenen Sammelstelle sich häufender Abfälle zurückgelassen hatte. Eine kleine, getigerte Katze stakste auf der Suche nach lohnenswerten Hinterlassenschaften über den Haufen, einen Fuß auf Mischas Brust.

Ich stand mit Esmées kaltem, tropfendem Huhn auf dem Arm und fand es ganz unerträglich, wie man sich so gehen lassen konnte. Als ob ich nicht auch manchmal den Wunsch verspürte, mich bis zur Besinnungslosigkeit zu betrinken!

»Mischa«, schalt ich ihn, »wach sofort auf!« Doch er murmelte nur schwer, es fiel der Name Véronique, und dann wälzte er sich auf die andere Seite. Die Katze sprang unbeeindruckt von ihm herab und angelte nach ein paar fettigen Gräten. Hilflos sah ich zwischen Huhn, Mischa und Katze hin und her. Es nutzte alles nichts – so konnte ich ihm nicht helfen. »Rühr dich nicht vom Fleck!«, rief ich. Dann rannte ich zurück ins Jardin, wo ich das Huhn in der Küche ablegte, behauptete, ich hätte etwas vergessen, und schnell auf mein Zimmer entwischte, bevor Esmée protestieren konnte. Oben legte ich meine Arbeitsschürze ab, warf mir meinen eigenen Mantel über (eigentlich eine Schande – es war der einzige, den ich besaß), versteckte eine Kanne Wasser darunter und rannte zurück zu Mischa, der meiner Anweisung Folge geleistet hatte und unverändert in dem Müllberg lag.

Unter vielen Flüchen, die Alphonse mich gelehrt hatte, kämpfte ich mich zu ihm vor. Der Müll, der gierig die Wärme der Mittagssonne in sich aufgesogen hatte, stank ganz erbärmlich, und als ich schwankend wie auf einem Schiffsdeck neben Mischa zu stehen kam, begann etwas Warmes, Weiches in meinen Schuh zu sickern. Ich versuchte, nicht darauf zu achten, und gab Mischa in deutlichen Worten zu verstehen, dass ich diesen Ort schnellstmöglich zu verlassen wünschte. Da er auf meinen energischen Zuspruch nur mit Schnarchen reagierte, ließ ich das Wasser sprechen.

Das brachte ihn zur Besinnung, er rappelte sich auf, und gemeinsam stolperten wir die paar Schritte bis zum Boulevard. Ein Chauffeur vor dem Haute Loire schaute abschätzig zu uns herüber und wippte gehässig in seinen glänzenden Schuhen und seiner gebügelten Uniform, die Hände hinter dem Rücken verschränkt.

Ich gab Mischa einen leichten Schlag ins Gesicht und zischte ihn an. »Was hast du dir dabei gedacht? Wir suchen dich schon den ganzen Tag, und sieh mich jetzt an! So kann ich unmöglich zur Arbeit zurück!«

»Mach sie nicht aus«, lallte Mischa. »Es ist noch so früh! Sa wasche sdarow'je!«

»Mischa!«

»Véronique? Bist du –«

»Nicht Véronique, Mischa. Justine.«

»Jus …?«

»Ja doch. Aus dem Jardin. Wir haben nach dir gesucht. Nun reiß dich zusammen!«

Ein Anflug der Erinnerung huschte über sein Gesicht. »Es ist alles ganz furchtbar, Justine. Ich kann nicht …«

»Wohl kannst du. Als allererstes müssen wir dich aber sauber kriegen. Du stinkst wie die Seine im August! Was ist passiert?«

Er stützte sich an die Hauswand, klopfte sich den Unrat aus den Kleidern und hustete.

»Wir haben gestritten, Justine. Ich weiß nicht mehr, wegen was.«

»Komm. So kannst du nicht bleiben.« Ich sortierte mein Kleingeld und zahlte dem Concierge des Haute Loire ein unverschämtes Trinkgeld, damit er uns zu den Waschgelegenheiten ließ. Es verging eine weitere Viertelstunde, bis Mischa wieder bei Sinnen war und etwas weniger wie ein Stadtstreicher aussah. Dafür waren seine und meine Kleidung nun nassgespritzt und voller billig duftendem Seifenschaum. Ich wollte mir gar nicht ausmalen, was im Jardin mittlerweile los war – wahrscheinlich hatte Alphonse in den sauren Apfel gebissen und die Gäste bedient, was blieb ihm auch anderes übrig. Ich würde es noch früh genug erfahren.

In meiner Narrheit fasste ich Mischa am Arm, redete ihm zu und versuchte, mir ein Bild vom Ausmaß der Tragödie zu machen. Mischa war ein lieber Kerl, aber manchmal merkte er nicht, wann es genug war mit seinen wilden Geschichten und Ideen. Vielleicht hatte er auch ein paar Dinge gesagt, die man in Gegenwart eines Mädchens, das man mochte, besser für sich behielt, denn leider trank er gerne einen über den Durst, und wie die meisten Männer verwandelte ihn der Alkohol früher oder später in einen sabbernden Schwachkopf.

»Ich hatte sogar Geschenke für sie«, beklagte er sich.

»Du musst zu ihr und ihr alles erklären. Am besten sofort.«

»Glaubst du, Justine?«

»Sicher doch. Sie ist eine Kellnerin, und ich bin auch eine Kellnerin, oder nicht? Glaub mir, wenn sie dich in ihr Herz geschlossen hat, wird sie dir zuhören und dir verzeihen.«

»Und wenn nicht?«

»Dann hast du es immerhin versucht. Also reiß dich am Riemen und ab in die Closerie, hörst du?«

Er nickte treu wie ein Hund, der weiß, dass er etwas Böses getan hat. Wenn er es schaffte, diesen Blick nachher bei Véronique aufzusetzen, hatte ich keine Bedenken.

»Danke, Justine. Das war Rettung in letzter Sekunde.«

»Ich muss zurück ins Jardin. Lass von Dir hören!« Ich grinste. »Ali Baba wird schon ganz außer sich sein.«

Wir umarmten einander, und ich wünschte ihm Glück. Dann

schickte ich ihn davon und eilte zurück zur Arbeit, wo Alphonse, der ziemlich lächerlich aussah mit einer Schürze um den Bauch, mich fast so freundlich ansah, wie ich erwartet hatte.

»Ich habe Mischa gefunden. Er ist krank«, sagte ich knapp im Vorbeieilen. »Vielleicht kommt er aber noch. Entschuldige die Verspätung.«

»Nur keine Eile, die Leute haben ja Zeit!«, bellte er. »Und sieh zu, dass du diesen Nuttengeruch los wirst!«

Ich warf die nassen Sachen auf mein Zimmer, band mir meine Schürze um und ging zurück an die Arbeit. Alphonse verkroch sich wie ein angeschlagener Boxer in seine Ecke; erstaunlicherweise erntete ich keinen weiteren Anpfiff.

Der Rest des Nachmittags verging wie im Flug. Wir hatten den meisten Zulauf immer um diese Zeit, bevor sich die Hauptlast der Kunden weiter ins Dôme und später dann ins Select verlagerte, und es war immer gerade ein wenig mehr, als ich alleine bewältigen konnte. Ich fragte mich, wie es für Mischa gelaufen war, und erst, als Monsieur Ravi – ausgerechnet in Begleitung Mister Barnebys – das Jardin verließ, fielen mir die verrückten Ereignisse von heute früh wieder ein: der Schrecken, den er und Blanche mir eingejagt hatten, der schwebende Apfel, und der unheimliche Moment auf der Terrasse, als ein fremder Junge den Strom der Zeit für mich aufzuhalten schien, unmittelbar bevor er dann auf Barnebys Klippen zerschellte.

Dass Monsieur Ravi sich mit Mister Barneby zusammentat, kam mir fast wie Verrat vor. Wie konnte er seine Assistentin einfach alleinlassen? Doch die beiden beachteten mich kaum und spazierten davon, als wären sie alte Freunde.

Nicht viel später kam dann Mischa den Boulevard hinab. Er trug dieselbe Kleidung, in der ich ihn zuletzt gesehen hatte, und zog ein Gesicht wie auf dem Rückweg von einem Begräbnis. Mit versteinerter Miene marschierte er an mir vorbei und betrat das Jardin.

Drinnen kam es zu einem lautstarken Streit. Noch bevor ich mich aber von einem Tisch deutscher Touristen losreißen konnte, trat Mischa wieder heraus. Er trug nun selbst eine Schürze, und gemeinsam bekamen wir den Andrang in den Griff. Ich sah ihm an, dass er auf eine Unterhaltung keinen Wert legte, doch in einem Moment, als wir uns beide an der Theke zum Geldwechseln trafen, konnte ich nicht länger an mich halten und fragte ihn gerade heraus, was geschehen war.

»Sie hat einen anderen!«, zischte er, und ich roch frischen Alkohol in seinem Atem. »Sie saßen unter den Fliedern, er schmeichelte sich bei ihr ein, und dann hielten sie Händchen.«

Ich war fassungslos. »Hast du denn nichts gesagt, du Esel? Gar nichts getan?«

Er blickte mich zornig an. »Weshalb sollte ich mich zwischen zwei Menschen drängen? Sie schienen mich kaum zu brauchen in diesem Moment.«

»Aber Mischa!«

»Ich war da, sie war da – er leider auch. Aber ich habe es immerhin versucht, richtig?«

Ich schluckte. Das hatte ich nicht gewollt. Ich hatte ihm ein paar platte Lebensweisheiten mitgegeben – ich, die ich soviel Ahnung in diesen Dingen hatte –, und es hatte ihm das Herz gebrochen. Er drehte sich um und ließ mich unter Alphonses spöttischem Blick zurück.

Die nächste Stunde arbeiteten wir schweigend. Ich schämte mich furchtbar und wünschte, mir fiele etwas ein, das ich sagen könnte. Glücklicherweise aber hielt ich den Mund. Die Sonne hatte die Dächer im Westen erreicht, die ersten Laternen gingen an, und ich begann meine müden Beine zu spüren. Als ich das nächste Mal an der Theke war, trat Alphonse neben mich. Er hatte seine Schürze im Arm.

»Mach Pause, Justine. In der Küche steht noch was zu essen für dich.«

Ich sah ihn erstaunt an. Er aber kniff die Augen zusammen und sah an mir vorbei zum Eingang, als traue er seinen Augen nicht. Ich folgte seinem Blick und sah den Jungen mit dem Papierstapel von heute früh.

Ich taumelte zurück.

Wenn ich gedacht hatte, Mischa habe schlimm ausgesehen, so hatte das nur meinen Mangel an Phantasie bewiesen. Die Augen des Jungen blickten stoisch geradeaus, und eine Kälte umgab ihn, die seine Züge zu einer Totenmaske gefroren hatte. Sein Bündel hatte er nach wie vor unter dem Arm. Er schritt zielstrebig auf Alphonse zu, der den Ärger schon wittern konnte und unmerklich Nacken und Arme lockerte.

»Ich suche den Mann im weißen Anzug«, sagte der Junge. »Mit dem ich heute Mittag zusammengestoßen bin.«

»Ist nicht hier«, knurrte Alphonse.

»Wo ist er hin?«

»Was weiß ich?«

»Er hat doch ein Zimmer hier. Er hat gesagt, er hätte ein Zimmer.«

»Das geht dich nichts an. Mach mir keinen Kummer, Junge.«

»Versuchen Sie nicht, mich abzuwimmeln, Monsieur!«

»Wage es nicht, mir vorzuschreiben, was ich unter meinem Dach zu tun und zu lassen habe!«, gab Alphonse schon etwas schärfer zurück.

»Alphonse«, versuchte ich ihn zu beruhigen, denn ich sah, dass der Junge nur verzweifelt war und wahrscheinlich von einem einzigen Schlag von Alphonse auf die Bretter geschickt werden würde.

Leider hatte der Junge nicht dieses feine Gespür, denn er versuchte, Alphonse beiseite zu schieben, um einen Blick ins Gästebuch zu werfen. Alphonse aber schubste ihn mit beiden Händen zurück, der Junge versuchte sich zu wehren, und innerhalb von Sekunden kam alles genau so, wie ich erwartet hatte. Abermals ging ein Regen von Papier zu Boden. Einige Gäste sprangen von ihren Stühlen.

»Was ist da los?«, kreischte Esmée aus der Küche, dass sich einem die Haare aufstellten, und streckte den Kopf aus der Tür. Auch Mischa kam gerannt und schien einer Prügelei nicht abgeneigt, blieb aber abrupt stehen, als er uns alle zusammen sah. Alphonse hatte sich die Ärmel hochgekrempelt und stand über seinen Gegner gebeugt; zum Glück war der Junge schon zu bedient, um sich weiter zu wehren. Kleinlaut rieb er sich ein blaues Auge und machte sich daran, seine Blätter zusammenzusuchen.

»Alles in Ordnung«, schnaubte Alphonse, rappelte sich auf und nickte uns zu. »Schafft ihn hier raus.«

»Mischa!«, rief ich. Aber Mischa stand mit offener Kinnlade und gaffte, und erst auf erneuten Zuruf kam er und nahm mich beiseite.

»Das ist er, Justine – der andere Mann! Das ist der Kerl!«

»Welcher Kerl?«

»Den ich bei meiner Véronique gesehen habe! Ich bin ganz sicher!«

»Raus! Allesamt!«, brüllte Alphonse. Eilig halfen wir dem Jungen aufzustehen – Mischa langte ihn an, wie man einen faulen Fisch anfasst – und setzten ihn nach draußen an einen Tisch. Ein paar amerikanische Matrosen setzten sich, enttäuscht, dass die Schlägerei schon vorüber war, auf ihre Plätze.

Aus den Augenwinkeln sah ich, dass Alphonse sich wild in die Arbeit stürzte, um sich abzureagieren. Erleichtert legte ich meine Schürze ab und tupfte dem Jungen das geschwollene Auge mit einer Serviette. Er tat mir leid, und außerdem musste ich verhindern, dass Mischa den nächsten Streit mit ihm vom Zaun brach. Dieser verabschiedete sich jedoch mit finsterem Blick und verschwand wieder im Schankraum.

»Nun erzählen Sie mal, wo Sie der Schuh drückt«, forderte ich den geheimnisvollen Fremden auf. »Wie heißen Sie eigentlich?«

»Gaspard«, gab er zur Antwort. »Gaspard Damant. Aus Toulouse.« Und dann erzählte er mir alles.

Ravi

Als wir zurückkehrten, war es Abend geworden, und eine friedliche Stimmung lag über der Terrasse des Jardin. Die Markise war eingeholt, und die Gäste saßen im Schein kleiner Lichter beisammen. Mein Begleiter hatte gehörig einen über den Durst getrunken, und das war mir ganz recht so, dennoch drängte es mich, ihn loszuwerden, denn ich wollte nach Blanche sehen.

Ich wurde immer noch nicht wirklich schlau aus ihm – er trieb seine Spielchen, mit jedem Wort, das er sagte – dennoch glaubte ich, dass fürs Erste keine Gefahr von ihm ausging. Gerade erklärte er mir, dass Absinth in England technisch gesehen nie verboten worden war. Ich nickte zu den richtigen Stellen und ließ meinen Blick über die Gäste schweifen.

Da bemerkte ich Justine, die etwas abseits neben einem eingeschlafenen Kunden saß und uns herausfordernd entgegenblickte. Ich fragte, ob wir uns zu ihr setzen dürften; etwas schien ihr auf der Seele zu liegen.

»Ich verstehe nicht, weshalb wir nicht noch ein wenig im Select geblieben sind«, beschwerte sich Barneby, während er Platz nahm. »Wir werden das Jardin noch lange genug für uns haben, wissen Sie.«

»Sie behalten ein paar Ihrer Geschichten dort besser für sich«, riet ich ihm. »Sie wissen, was man sich von Madame Jalbert erzählt?«

»Nein, was denn?«, fragte Barneby mit großen Augen.

»Dass sie ein Polizeispitzel sei.«

»Was, die reizende Dame mit der Augenklappe?«

Ich nickte. »Sie und ihr Papagei.«

»Nein, ist das die Möglichkeit! Hätte ich das nur früher gewusst!«

»Ihre Sorge hat aber nichts mit dieser verrückten Geschichte zu tun, die man sich an der Bar erzählte, oder doch? Die Notlandung heute Mittag, im Jardin du Luxembourg?«

»Keinesfalls«, versicherte Barneby und wandte sich entrüstet ab. »Und Gerüchte einer Notlandung sind stark übertrieben – eine steinerne Muse bremste meine Fahrt. Ich glaube, es war Kalliope.«

Ich schüttelte den Kopf. »Justine, dürfte ich mich erkundigen, ob in meiner Abwesenheit etwas vorgefallen ist?«

»Ich dachte schon, Sie fragen nie«, erwiderte die Kellnerin spitz. »Es ist alles in Ordnung.«

»Hat sich niemand nach mir erkundigt?«, wollte nun auch Barneby wissen.

»Absolut niemand.«

Er wirkte erleichtert. »Keine Neuanreisen?«

»Keine.«

»Ausgezeichnet«, freute er sich und deutete auf den Kunden, der mit dem Kopf in der Ellbeuge dalag und schnarchte. Er roch merklich nach Alkohol. »Sagen Sie, ist das nicht der Junge von heute früh?«

»Mit dem Sie zusammengestoßen sind«, nickte Justine. »Den Sie nach dem Buchladen geschickt haben.«

»Shakespeare and Company«, bestätigte Barneby. »Er hatte keinen Erfolg?«

»Es ist Sonntag. Der Buchladen hatte geschlossen.«

»Richtig! Wie unachtsam von mir.«

»Woraufhin er mehrere andere Adressen aufsuchte, die Sie ihm genannt hatten.« Sie nahm Fahrt auf. »Alle vergebens.«

»Nun, selbst ich kann nicht in allen Belangen –«

»Er hat den ganzen Tag auf den Stufen der Closerie zugebracht, in der Hoffnung, diesen amerikanischen Schriftsteller zu treffen«, fuhr sie fort.

»Das nenne ich Einsatz. Bravo!«

»Und er hätte ihn vielleicht auch getroffen, wenn Sie ihn nicht so in die Irre geschickt hätten.«

»Ist das so?«

»Sein Amerikaner wohnt nicht mehr in der alten Wohnung – es heißt, er habe sich an einen geheimen Ort zurückgezogen und schreibe dort an seinem ersten Roman.«

»Der wird sicher ein voller Erfolg.«

»Schließlich gab er die Hoffnung auf.« Justines Plädoyer war bemerkenswert – Barnebys geschauspielerte Unschuld ebenfalls. »In seiner Verzweiflung wandte er sich an die einzige Person, die da noch bereit war, ihm zuzuhören.«

»Welche da wäre?«, fragte er.

»Eine Kellnerin!«, stieß sie aus.

»Wo sonst findet man Trost als am Busen einer Frau«, lobte Barneby.

»Spotten Sie nicht! Diese Kellnerin war einem anderen bestimmt, und der Unglückliche hat beobachtet, wie sie diesen Jungen an ihren Busen drückte, wie Sie es nennen –, und nun glaubt er, sie habe ihn verlassen!«

Es herrschte betretenes Schweigen am Tisch.

»Sie haben heute eine Karriere zerstört, Mister Barneby. Und ein Herz gebrochen.«

Barneby spielte unruhig mit seinem Bart, als jage Justine ihm Angst ein. »Doch Sie haben sich seiner angenommen. Sie haben ein Herz aus Gold, Mademoiselle.«

»Wir haben ihn davon abgehalten, auf Ihr Zimmer zu stürmen und es kurz und klein zu schlagen!«, klagte sie ihn an, packte den Kopf des Jungen und hob ihn empor. »Sehen Sie nur, sein blaues Auge!« Nach erbrachtem Beweis ließ sie ihn ungleich sanfter wieder niedersinken. Der Junge grunzte nur und murmelte etwas im Traum.

»Wie gut, dass ich nicht da war«, beglückwünschte sich Barneby, und beäugte den Jungen eingehend. »Wir haben uns heute eine Menge Feinde gemacht, nicht wahr, Monsieur Ravi? Verrückt, was so ein kleiner Zusammenstoß alles bewirkt … meinen Sie, wir können es morgen wieder gutmachen?«

»Ich glaube nicht, dass ich Philbert noch einmal unter die Augen treten möchte«, sagte ich. »Nicht heute, nicht morgen, überhaupt nicht.«

»Er war nicht sehr erfreut, als wir ihn sprachen«, gab Barneby zu. »Doch wie wird er erst reagieren, wenn Sie gar nicht mehr auftauchen? Fürchten Sie nicht seinen Zorn?«

»Nicht so sehr wie die Vorstellung, noch einmal diesen Kampf mit ihm auszutragen, während Sie meine Garderobe auspendeln und ihn über seine Trinkgewohnheiten befragen.«

Justine schnaubte. Offenbar war sie noch nicht fertig mit uns.

»Für Sie ist das wohl alles nur ein Spiel?«

»Ich lerne dazu«, versicherte Barneby.

»Was würden Sie anders machen?«, wollte ich von ihm wissen.

»Wer weiß? Man muss einmal etwas wagen, oder nicht?«

»Finden Sie?«

»Aber sicher doch. Was meinen Sie, Justine?«

»Wozu soll ich was meinen?«

»Ob man einmal etwas wagen sollte.«

»Ich wurde heute eines Besseren belehrt«, schmollte sie.

»Aber was ist mit morgen?«

»Worauf wollen Sie hinaus?«

»Neues Spiel, neues Glück, wie man in Monte Carlo sagt.«

»Du liebe Güte.« Sie schüttelte den Kopf. »Das Spiel ist vorbei!«

»Das ist es in der Tat«, stimmte ich zu und erhob mich.

Wir hatten es heute eindeutig zu weit getrieben. Ich hatte geglaubt, Barneby eine Weile ablenken zu können; stattdessen hatte ich zugelassen, dass er mir mit seinen verrückten Ideen den Blick für das Wesentliche verstellte. Er wäre ein guter Bühnenzauberer geworden – zumindest wenn man ihm gestattet hätte, mit dem Publikum zu sprechen.

»Ich denke, ich werde jetzt besser nach oben gehen.«

»Denken Sie an das, was Sie mir versprochen haben?«, fragte Barneby. »Ich brenne darauf, ihn zu sehen.«

»Morgen, Mister Barneby. Es war heute ein sehr langer Tag.«

»Morgen wird ein ebenso langer«, mahnte er mich. »Doch ganz, wie Sie meinen. Ich denke, ich genieße noch ein wenig die Nachtluft.«

»Werden Sie morgen früh wieder Äpfel bringen, Justine?«

Sie nickte mürrisch. »Darauf können Sie Gift nehmen, Monsieur.«

»Bringen Sie Mister Barneby einen besonders hübschen. Das wird ihn sehr glücklich machen.«

»Einen Apfel am Tag,« schmunzelte der, »und den Doktor gespart!«

»Mister Barneby«, lächelte ich, »solang wir uns wiedersehen – mit jedem Tag, der vergeht –, haben wir Beistand bitterlich nötig.«

»Wie recht Sie doch haben.«

»Bonsoir, Justine.«

»Bonsoir, Monsieur.«

»Träumen Sie gut.«

Der zweite Tag

Von Mäusen und Magiern

Justine

Manchmal, da erzählen Mischa und ich uns unsere Träume. Eine seiner verrückten Geschichten handelte davon, wie er eine ganze Nacht von seiner Véronique geträumt hatte, in den verschiedensten Variationen, wie eine einzige Frau, die immer wieder im Werk eines Malers auftaucht. Die Träume müssen sehr lebhaft gewesen sein, denn als Mischa schließlich in ihrem Bett erwachte und sie mit ziemlich wenig Kleidung bei ihm saß und ihm durchs Haar strich, erschrak er so furchtbar, dass er laut aufschrie und ihr Bett für eine ganze Weile nicht mehr wiedersah.

Ich hatte damals geglaubt, solche Dinge passierten nur ihm, und auch nur, wenn er zuviel Wasserpfeife geraucht hat. An diesem Sonntag jedoch hatte ich Verständnis für ihn.

Mir träumte, ich träte aus dem Bahnhof einer fremden Stadt auf einen weiten Platz hinaus. Die Sonne schien blendend hell, und es war ein großes Gedränge auf dem Platz, so dass ich meine Tasche eng an mich drückte. Das arme karierte Ding hatte mich schon früher beschützen müssen; manchmal, da hatte mein ganzes Leben in diese Tasche gepasst.

Ich sah mich um und entdeckte fern ein Kinderkarussell und einen Brunnen. Die Szene kam mir schmerzhaft vertraut vor. Am Rande des Brunnens aber saß, umgeben von Tauben, eine Frau, und als ich näher kam, erkannte ich, dass es sich um Blanche handelte. Ich kann Ihnen nicht sagen, warum ich ausgerechnet von Monsieur Ravis Assistentin träumte – ich mochte ihre freundliche Art, und dass sie mir keine Schwierigkeiten bereitete, und ich beneidete sie ein wenig um ihr Haar, das sie fast taillenlang trug, wo alle anderen Frauen doch gerade begannen, es so kurz wie die Männer zu tragen. Vielleicht hatte ich mir insgeheim das eine oder andere Mal gewünscht, ein Leben zu führen, das nur halb so glamourös wie das ihre war – zumindest wäre das wieder so eine Sache, die Mischa mir einreden würde. Er kannte sich gut aus mit der Psychologie von Träumen. Sagte *er*.

In meinem Traum wunderte ich mich jedenfalls nicht über Blanche. Auch nicht darüber, dass sie die Gewänder einer ägyptischen Priesterin trug (ich habe zwar keinen Schimmer, ob es im alten Ägypten Priesterinnen gab, aber die Tänzerinnen in den Nachtclubs oder die Studenten auf dem Bal des Quat'z'Arts tragen öfter solche Kleider und haben genauso wenig Ahnung wie ich). Ich nahm neben ihr Platz.

Hallo Justine, sagte sie. *Wie schön, dich zu sehen.*

Wo sind wir?, fragte ich, denn ich kannte den Ort, und doch kannte ich ihn nicht.

In Verona, sagte sie, lachte und spritzte Wasser aus dem Brunnen nach mir. *Wo alles beginnt, und alles endet. Komm, setz dich zu mir.*

Gerne, sagte ich, und eine Weile saßen wir am Brunnenrand, ließen die Beine baumeln und sahen den Menschen zu, wie sie von hier nach dort eilten, und den dicken Tauben, die in ihrem Kielwasser nach Krümeln pickten. Es waren träge Geschöpfe, die davon ausgingen, dass die Menschen ihnen schon rechtzeitig ausweichen würden.

Die Tauben sind noch fetter als daheim, sagte ich.

Es muss am italienischen Essen liegen. Oder den tüchtigen Pariser Katzen.

Die Pariser Katzen sind so faul, dass die Spatzen es schon von den Dächern pfeifen. Bald werden wir mehr Tauben als Amerikaner in Paris haben.

Blanche lachte. Sie konnte nicht viel älter sein als ich, überlegte ich.

Also, warum sind wir hier?, fragte ich, und ich sah, dass sie zögerte.

Ich musste Paris verlassen, sagte sie dann. *Ich habe mich in letzter Zeit nicht ganz wohl gefühlt.*

Das tut mir leid.

Das muss es nicht. Ich habe mein Schicksal selbst gewählt. Sie lächelte. *Und die Betten im Jardin sind weich, und Ravi sitzt an meiner Seite.*

Da dämmerte mir, dass ich bald zurück müsste und auch noch Äpfel bräuchte, weil Alphonse sonst wieder sehr verärgert wäre. Blanche aber zeigte mir, dass überall um den Brunnen herum Bäume wuchsen, von denen ich mich bedienen könnte – zwar seien es Feigenbäume, aber ihre Früchte würden, so Blanche, schon zu Äpfeln werden, wenn ich sie mit nach Paris nähme; vor den Schlangen in den Bäumen aber solle ich mich in Acht nehmen, die wären nämlich giftig und redeten eine Menge unverschämtes Zeug.

Träume!

Ich machte eine abfällige Bemerkung über Schlangen, und Blanche nickte ernst. Dann sah ich mir die Bäume von nahem an. Sie wuchsen wild durcheinander wie in einem lange nicht gehegten Hain, und ihr Anblick war ebenso überirdisch wie verlockend. Die Blätter waren üppig, die Stämme von einem samtenen Grau. Die Luft im Hain war frisch wie an einem Frühlingstag, und ein Duft nach süßen Früchten und nach Zimt lag in der Luft, der vielleicht von den Bäumen und vielleicht auch von Blanche ausging, die mich lächelnd beobachtete.

Ich strich mit der Hand durch die Blätter, suchte mir einige besonders schöne Früchte und pflückte sie. Es waren tatsächlich Feigen. Irgendwo im Baum raschelte es verdächtig.

In diesem Moment schoben sich Schatten vor die Sonne, als hätte Alphonse seine große Markise entrollt; der Hain zerfiel in Sekundenschnelle zu Staub, die Tauben hoben sich mit tausendfachem Flügelschlag empor, Eltern rissen ihre Kinder vom Karussell, und die Menschen auf dem Platz schlugen die Hände über dem Kopf zusammen und suchten Schutz vor der plötzlichen Dunkelheit. Wolken eilten über die Dächer; der Horizont glomm in düsterem rotem Licht.

Was geschieht?, rief ich.

Es ist das Ende, sagte Blanche sorgenvoll.

Das Ende von was?

Das Ende der Zeit. Komm zu mir.

Ich stellte mich neben Blanche an den Brunnen, der zu plätschern aufgehört hatte. Sie fuhr mit der Hand durch das Wasser, und wo sie es verwirbelte, entstanden Bilder.

Es ist sehr wichtig, dass du jetzt achtgibst, Justine. Es gibt noch einen anderen Grund, weshalb ich Paris verlassen musste, und weshalb du jetzt hier bist. Jemand sucht nach dir. Nach uns. Er darf uns auf keinen Fall finden.

Die Bilder im Brunnen nahmen Gestalt an. Ich sah das Gemälde eines schönen Mannes mit prächtigen Schwingen – ein Engel Michelangelos, oder Raffaels, vielleicht. Dann aber wurde das Gemälde lebendig, der Engel drehte den Kopf, mir wurde ganz anders, und ich musste meinen Blick von ihm abwenden. Das Bild verschwamm.

Er hat dich nicht gesehen. Hüte dich vor ihm – vor ihm und allen anderen, die noch kommen werden.

Wieso?, fragte ich. Was haben sie vor?

Blanche sah mich an, und ich erschrak vor all dem Kummer in ihrem Blick. *Ich kann nicht alle Möglichkeiten sehen*, sagte sie. *Ich weiß nur, dass wir in Gefahr sind, du und ich – und vielleicht ist es meine Schuld. Es tut mir so leid.*

Stille hatte sich über den Platz gesenkt, und es wurde immer dunkler. Das einzige Licht war das rote Flackern, das sich hinter den Sturmwolken verbarg.

Du musst jetzt gehen, Justine.

Ich möchte bei dir bleiben, sagte ich, aber Blanche schüttelte den Kopf.

Das kannst du nicht. Hier bist du nicht sicher. Im Jardin hast du Menschen, die sich um dich kümmern.

Und wer kümmert sich um dich?

Ravi, sagte sie und lächelte still. *Ravi kümmert sich um mich. Und schau!* Ich sah, dass einige Tauben, ein Dutzend vielleicht, nicht mit ihren Brüdern und Schwestern geflohen waren, sondern sich zu Blanches Füßen zusammenscharten. Sie gurrten leise und blickten sehr viel schlauer drein, als Tauben es normalerweise tun. *Auch diese sind mir geblieben.*

Die Tauben?

Hier in Verona sind es Tauben. Vielleicht ist es in Paris etwas anderes.

Komm mit mir – komm mit nach Paris!

Ich kann nicht. Es ist noch zu früh.

Es war nun fast pechschwarze Nacht, und mir wurde sehr kalt. Ich zitterte und wollte fort aus Verona mit seinen Schlangenbäumen und verlassenen Plätzen, ausgestorben wie im Krieg, dem stillen Brunnen, den verwaisten Pferden des Karussells im Wind.

Blanche griff meine Hand und sah mich ernst an.

Du musst diese Welt loslassen, Justine, sagte sie. *Bald ist es Tag in Paris.*

Werden wir uns denn wiedersehen?

Ich werde es versuchen. Heute Nacht, wenn alles schläft. Heute Nacht im Jardin.

Ich werde da sein, versprach ich, und die Wärme dieses Versprechens verdrängte alle Kälte in mir. Ich spürte den leidenschaftlichen Druck ihrer Hand.

Ich bin bei dir, Justine, hörte ich sie sagen. *Auch wenn du mich nicht siehst, ich bin bei dir.*

Dann ließ ich los.

Ich fand mich in meinem Bett im Jardin. Hastig wusch ich

mich mit kaltem Wasser, schlüpfte in meine Schuhe und rannte nach unten. Dort stand Alphonse hinter seinem Tresen, den Korb mit den Äpfeln vorwurfsvoll vor sich, und blickte mich an, wie man ein zerbrochenes Erbstück studiert.

»Guten Morgen«, grüßte ich unsicher und griff nach dem Korb. »Ich bring dann mal die Äpfel nach oben.«

»Das halte ich für keine so gute Idee«, brummte Alphonse und senkte den Blick – und zu meinem Entsetzen erkannte ich, dass ich außer meinen Schuhen und dem Korb mit Äpfeln absolut nichts anhatte.

»Meine Kleider«, stammelte ich. »Ich muss sie wohl in Verona vergessen haben.«

Der Korb fiel zu Boden.

Mein Wecker schrillte.

Und damit fing der Tag erst an.

Esmée

Alphonses Vorstellung vom Paradies ist die eines kleinen provenzalischen Gartens, hinter dem sich meilenweit Weinberge erstrecken – Hügel wie Frauenbusen, so habe ich es ihn sagen hören, zu Matthieu, nur hat er es anders ausgedrückt –, und dahinter irgendwo das warme Meer, wo sich der Mistral durch die Klippen beißt. Ich wusste ziemlich genau, wie dieser Garten aussieht, ich kenne Alphonses Gesicht, wenn er davon träumt, und ich habe ihn auch schon ertappt, wie er, statt die Bücher zu führen, Kräuterbeete auf dem Papier anlegte und sich dabei wichtigtuerisch den Bart strich, so als habe er schwierige Rechenaufgaben zu lösen.

Im Ergebnis wusste ich also, wo in seinem Garten Rosmarin und Salbei wuchsen, wo der Thymian und das Bohnenkraut, und ich kannte die Reihe von Lorbeersträuchern, hinter der die Tomaten- und Zucchinibeete lagen. Der Garten sah insgesamt dem von Renaud sehr ähnlich, mit einem für Alphonse ganz entscheidenden Unterschied: Es war sein eigener. Das erkannte ich an dem selbstzufriedenen Ausdruck, mit dem er den Zaun um den Garten mehrmals ein Stückchen erweiterte. Leider hatte er nicht für zwei Centimes den praktischen Verstand geerbt, mit dem sein Bruder reich gesegnet war, und die vielleicht wichtigste Lehre, die ich aus meiner Entdeckung gezogen hatte, war, dass Alphonses Buchhaltung nicht das Papier wert war, das sie verbrauchte.

»Du solltest die Tomaten auf die Südseite pflanzen«, erklärte ich ihm mit dem Finger. »Da haben sie besseres Licht.« Er zuckte zusammen wie ein Junge, der unanständige Fotos betrachtet, und sah mich vorwurfsvoll an.

»Was weißt du denn schon«, brummte er und radierte energisch. Ich gab ihm bloß ein Lächeln zur Antwort, denn ich wollte, dass er den Rest des Tages damit verbrachte, zu grübeln, wie viel genau ich eigentlich wusste.

Ich hatte ihn heute noch nicht gesehen; als ich aufstand, war es noch dunkel gewesen. Zwar schliefen wir noch im selben Bett (zumindest, solange er nicht wieder im Schankraum eingeschlafen war), aber ich wurde in der Regel vor ihm wach. In letzter Zeit hatte mein Bein selbst nachts geschmerzt, und ich war froh, als ich in die Küche kam und mich auf meinen Hocker sinken lassen konnte. Hier konnte ich mich beschäftigen ohne das Gefühl, jemandem zur Last zu fallen.

Wenn ich etwas hasse, dann ist es, Menschen zur Last zu fallen. Vielleicht hatte es deshalb nach einer so guten Idee geklungen, Alphonse das Jawort zu geben und uns selbstständig zu machen. Es hatte eine Weile gebraucht, bis ich begriffen hatte, dass Unabhängigkeit von meiner Familie dabei kaum Alphonses treibende Motivation gewesen war – im Gegenteil.

Was sehr rasch offenbar wurde, war dagegen seine totale Unfähigkeit, sich nicht selbst im Weg zu stehen. Ich weiß nicht, ob mein Vater jemals ernsthaft in Erwägung gezogen hatte, Alphonse eines Tages den Rest des Haute Loire zu vermachen – er hatte ja nicht mal auf seine Pacht verzichtet, auch wenn die Konditionen angemessen waren. Bis heute hatten es die beiden Sturköpfe lediglich geschafft, sich das Dach mit ihrem erbittertsten Konkurrenten zu teilen, und ich saß statt in einem Gefängnis zwischen zweien fest. Also kümmerte ich mich um die Küche und die Vorräte, während Alphonse seine Weinflaschen hütete (wie die meisten seiner Freunde war er der Ansicht, dass Luft und Wein zum Leben reichten); leider wurde die Küche damit tatsächlich zu dem Ort, an dem ich meine größte Freiheit genoss.

Die erste Menschenseele, die ich an diesem Sonntag sah, war jedenfalls Justine, was meine Stimmung nicht gerade aufhellte. Ich kochte Kaffee. Sie rauschte herein und warf sich eine Schürze um, zurrte sie wütend an sich fest, schnappte sich dann einen Schneebesen und machte sich daran, die Eier zu bearbeiten, während sie in einem fort an ihrer Kleidung nestelte, so als sei sie zu weit und drohe zu verrutschen. All das, ohne mich auch nur einmal anzuschauen. Sie hatte Ringe unter den Augen und sah noch unansehnlicher aus als sonst.

»Du bist spät«, sagte ich.

Sie blickte mich müde an und hieb weiter auf die Eier ein.

»Guten Morgen, Esmée«, sagte sie.

»Du brauchst sie nicht steif zu schlagen, weißt du.«

»Ich habe schlecht geträumt«, murmelte sie, als sei damit alles erklärt, und schüttete die schaumige Masse in die Pfanne.

»Und was?«, fragte ich auffordernd. Sie überging es und malträtierte die Pfeffermühle. Ich zuckte die Achseln und begann, die Orangen auszupressen. Ich wusste, sie war nicht so dumm, wie sie sich stellte, und manchmal konnte ich diese schweigende Überheblichkeit, die von ihr ausging, nicht ertragen; diese Weigerung, ihr Leben hinzunehmen, wie es war.

»Was immer dir über die Leber gelaufen ist, ich kann's nicht gewesen sein«, erklärte ich und humpelte – deutlich, damit sie es auch merkte – zum Schrank mit den Karaffen. »Du könntest die Milch aus dem Keller holen, weißt du? Aber sieh zu, dass sie nicht sauer wird auf dem Weg.«

Sie knallte die Pfeffermühle auf den Tisch, stemmte die große Holzluke hoch und verschwand.

Wir bräuchten wirklich einen Frigidaire in der Küche. Aber alles, was wir haben, ist der gebrauchte Eisschrank meines Vaters, und der steht im Keller. Vielleicht ist er nicht mehr das neueste Modell (immerhin hat er schon einen Krieg überlebt), aber ihn dort unten Rost und Schimmel ansetzen zu lassen, ist einfach Alphonses Art, Danke für ein Geschenk zu sagen. Ich konnte das alte Gewölbe noch nie leiden, es ist feucht und recht schmutzig.

Justine blieb ziemlich lange weg.

Als ihr Kopf dann wieder auftauchte, hatte sie Spinnweben im Haar und blickte mich an wie das Aschenputtel, das seine Tagesauswertung bei der Stiefmutter abliefert.

»Da ist wieder eine große Pfütze um den Eisschrank«, stotterte sie.

Ich zuckte die Schultern. »Das alte Lied. Hast du aufgewischt?«

Sie nickte. »Da sind auch Mäuse im Keller.«

Ich seufzte. »Viele?«

Sie nickte abermals.

»Dann werden wir wohl Fallen brauchen.«

»Da ist auch eine große, schwarze Katze …«

»Eine Katze, sagst du?«

»Ich denke, wegen der Mäuse …«

Ich krähte. »Zeig mir eine Pariser Katze, und ich zeige dir

93

zehn Mäuse, die ein faules Leben führen. Bald werden wir mehr Mäuse als Amerikaner in Paris haben.«

Ihre Augen wurden groß und größer.

»Nun komm schon aus dem Loch heraus! Und schau mich nicht so entgeistert an!«

Gehorsam stieg sie die Treppe wieder hoch und schloss die Luke hinter sich. Immerhin hatte sie an die Milch gedacht.

»Komm her, Kind«, sagte ich, und wischte ihr die Spinnweben aus dem Haar. Sie beobachtete mich misstrauisch aus den Augenwinkeln. Sie können mir glauben, dieses Mädchen ist nicht ganz richtig im Kopf – gerissen vielleicht, aber irgendwie nicht bei sich.

Ein Rumpeln draußen kündete von Alphonses Erscheinen. Wie von einer Feder aufgezogen, schnappte sich Justine einige Teller und Schalen und ging, die Tische fürs Frühstück zu decken. »Frag ihn, wie viele Gäste wir haben«, rief ich noch, doch Alphonse kam bereits in die Küche getrottet und stieß beinahe mit Justine zusammen, die vor Schreck laut aufschrie und das Geschirr mit lautem Klappern absetzte.

»Sieh da«, gackerte ich. »Wir haben hohen Besuch.«

»Sieben«, brummte Alphonse, ohne uns eines Blickes zu würdigen, und kratzte sich am Hintern. Er trug seine weiten Hosen, das verwaschene rote Hemd und seine speckige Lederweste und blickte unruhig um sich, als versuche er sich zu erinnern, was er hier tat. Wahrscheinlich hatte er wieder mehr getrunken, als gut für ihn war.

»Sieben?«, echote Justine und griff sich den Obstkorb, während Alphonse schon seine kostbaren Äpfel abzählte. Die legendäre Armenspeisung am Boulevard Raspail – wie hatte er die Kleine dressiert!

»Sieben«, wiederholte er und schnürte den Apfelsack wieder zu. Dann besann er sich seines restlichen Wortschatzes. »Oder sollen wir Esmées Maler noch einen mit auf den Weg geben?

94

Vielleicht wird er uns ja eins seiner wundervollen Bilder dafür geben, wie das mit der dicken Frau und dem Pudel darauf?«

Ich warf ihm einen drohenden Blick zu, den er geflissentlich ignorierte. Er griff nach der Kaffeekanne und goss sich geduldig eine Tasse ein. »War ein schönes Bild. Etwas daran muss Esmées Interesse erregt haben. Ich wette, der Pudel war's.«

»Mach, dass du aus meiner Küche kommst!«, rief ich und machte Anstalten, auf ihn zuzuhumpeln. Alphonse machte kehrt und ging, sich immer noch kratzend, hinaus an seinen Tresen, Justine plappernd im Schlepptau.

»Es sind aber schon sieben, mit dem Maler«, hörte ich sie diskutieren. Fluchend nahm ich das Geschirr vom Tisch und folgte ihnen. »Er, die Loiseaus, die beiden Männer …«

»… und die anderen drei im Spinnerflügel«, schloss Alphonse und knallte seinen Kaffee auf den Tresen, wobei er einige Spritzer verteilte. »Das wären dann acht. Ich bin nicht beeindruckt, Justine.«

»Wir wäre es, ihr wartet mit dem Unfug bis nach dem Frühstück?«, schlug ich vor und stellte die Teller etwas lauter als unbedingt nötig auf die Tische, damit vielleicht jemand bemerkte, dass ich den Schankraum alleine eindeckte. Aber Alphonse ignorierte mich wie eine lästige Einbildung, und Justine spielte weiter die altkluge Pfarrerstochter. »Drei? Außer Mademoiselle Blanche und Monsieur Ravi ist niemand …«

»Guten Morgen!«, schallte es von der Treppe herab. Alphonse grunzte und deutete triumphierend mit dem Daumen auf den lebenden Beweis seiner Rechenkünste – Justine aber fasste sich vor Schreck an den Hals. Wenn die feinen Frauenzimmer sich früher mit ihren Korsetten die Luft abschnürten, fassten sie sich so an den Hals; in Filmen tun sie es manchmal noch heute, wenn sie ihren Liebhaber mit einer andern erwischen oder ein Bösewicht ihnen auf den Leib rückt. Was war los mit der Kleinen?

Auch der Engländer – Barneby, so hieß er doch – schaute sie neugierig an. Er trug weiße Sonntagsgarderobe, und es war schwer zu entscheiden, ob er den Obstkorb oder Justines Brüste anstarrte. Ich weiß nicht, wann mich ein Mann das letzte Mal so angeschaut hat, aber zu sehen, wie unangenehm es ihr war, besänftigte meinen Neid.

»Bonjour, Monsieur«, grüßte ich vernehmlich, und er drehte den Kopf in meine Richtung und strahlte in die Runde. »Guten Morgen, Madame! Guten Morgen, Justine. Ein schöner Sonntag, nicht wahr?«, fragte er.

»Ich habe schönere gesehen«, entgegnete sie vorsichtig.

»Sie können sich gar nicht denken, wie sehr es mich freut, unter Ihrem Dach zu erwachen«, verkündete er. Er hatte einen komischen englischen Akzent, aber er gefiel mir. Dann schlenderte er auf uns zu, wobei er Alphonse gelassen zunickte, und steckte die Finger in den Korb mit den Äpfeln. Reflexartig schlug Justine nach seiner Hand, so wie es meine Mutter früher gemacht hatte, wenn wir Kinder in die Küche zum Naschen kamen. Dann griff sie sich den grünsten Apfel, den sie finden konnte, und drückte ihn Barneby in die Hand.

»Für Sie, Monsieur«, schnappte sie.

»Danke, Justine«, funkelte er und spielte mit seinem Apfel. »Lassen Sie sich nicht weiter stören. Ich werde draußen frühstücken – ein paar alte Bekannte treffen.«

Er verließ den Raum, wobei er den Apfel warf und fing wie ein Cricketspieler.

»Zufrieden?«, fragte Alphonse und hob eine Augenbraue. Früher, erinnerte ich mich, hatte er mit dieser Geste verschmitzt und auch ein wenig weltmännisch gewirkt. Wenn er es heute tat, wirkte es nur noch überheblich.

Justine zischte keine klare Antwort und stapfte nach oben. Dann kam sie noch einmal herunter, weil sie den Schlüssel für die Zimmer vergessen hatte, und stapfte ein weiteres Mal davon. Ich deckte in aller Ruhe die Tische fertig, dachte daran, wie unangenehm Alphonse das Geschepper sein musste, wenn er so verkatert war, wie ich glaubte, und überließ ihm dann gleichsam das Feld. Die nächsten Gäste kamen bereits die Treppe herab.

Auf dem Weg in die Küche kam ich nicht umhin, noch einen Blick hinüber zu Barneby zu werfen und mich zu fragen, ob Alphonse seit unserer Hochzeit je wieder einen Anzug getragen hatte.

Gaspard

»Ausgezeichnet. Ganz ausgezeichnet.«

»Ja? Finden Sie?«

»Ich muss gestehen, dass ich skeptisch war. Diese Schinkensandwiches – wie nennen Sie die doch gleich?«

»Croque-monsieur?«

»Nicht zu verachten, sagte ich mir, aber Coq au vin? Barneby, sagte ich mir, du darfst nicht zu viel erwarten. Das sind anständige Leute, die hier arbeiten, und sie verstehen es, dich zu bewirten. Coq au vin zuzubereiten erfordert aber mehr als ein Huhn in Shiraz zu ertränken, und seien wir realistisch, am Ende sitzen wir doch nur in einem gewöhnlichen Pariser Straßencafé, obgleich einem außerordentlich charmanten, das über eine nicht mehr als rudimentäre Küchenausstattung verfügt. Und doch …«

»Monsieur«, unterbrach ich ihn, bemüht, meiner Entrüstung nicht allzu sehr Ausdruck zu verleihen. »Ich fragte Sie selbstverständlich nach meinem Manuskript!«

»Ah, das Manuskript«, sagte er, und nahm den unordentlichen Stapel zur Hand, der einmal mein wichtigstes Besitztum gewesen war. Mit der anderen Hand schob er seine kleine Brille zurecht.

»Hat es Ihnen geschmeckt?«, fragte die junge Kellnerin, als sie den Teller abräumte. Sie warf mir ein Lächeln zu, das ich flüchtig erwiderte, aber ich hatte gerade nur Augen für Barneby. Eines davon schmerzte immer noch gehörig von unserem Zusammenstoß.

»Hervorragend«, lobte er. »Ein Genuss auf der ganzen Linie, und eine willkommene Abwechslung.«

»Das … freut uns. Vielen Dank. Sie haben schon häufiger hier gegessen?«

»Ich komme gerade erst auf den Geschmack, mein Kind«, funkelte er. »Gaspard, darf ich vorstellen? Das ist Justine.«

Sie errötete, wahrscheinlich seiner vertraulichen Art wegen, und machte einen flüchtigen Knicks. »Enchantée.« Dann trug sie das Geschirr davon. Einen Moment sah ich ihr nach; sie hatte hübsche Beine und bewegte sich mit einer blinden Sicherheit, wie sie nur Kellnerinnen und Tänzer besitzen. Vielleicht war es das gewesen, was mir als erstes an ihr ins Auge gefallen war, als ich sie draußen auf der Terrasse sah. Als Schriftsteller versucht man, auf so etwas zu achten.

Das Rascheln von Papier riss mich hoch, bevor ich den Gedanken weiterspinnen konnte. Barneby las.

»Nun?« Ich konnte meine Ungeduld nicht länger im Zaum halten. »Nun sagen Sie schon!«

Er griff wieder nach seiner Brille und hob das Kinn wie ein kritischer Schullehrer.

»Ich finde, es hat Potential.«

»Tatsächlich? Ich war mir nicht sicher, ob mein Stil –«

Er hob abwehrend die Hand. »Eigener Stil ist nur das Ergebnis gescheiterter Imitatio. Stark überbewertet, wenn Sie mich fragen.«

Ich stutzte. »Dann werden Sie's jemandem zeigen?«

Er schürzte die Lippen. »Das ließe sich sicher machen. Ist das der einzige Durchschlag, den Sie besitzen?«

»Das Original habe ich zuhause gelassen. Ich kann Ihnen diese Durchschläge aber gerne …«

Doch Barneby winkte ab. Ich war mir nach wie vor nicht sicher, ob er mich nur zum Besten hielt, doch etwas in mir *wollte* glauben, dass mich das Schicksal nicht einfach mit irgendeinem Fremden, sondern einem entfernten Bekannten Fitzgeralds und Fords und einer ganzen Reihe engagierter Verleger zusammengeführt hatte, der nach neuen Talenten suchte.

»Morgen wird auch noch reichen, junger Freund. Bringen Sie sie mir morgen.«

»Wie Sie meinen, Monsieur.« Ich wünschte, ich hätte weniger enttäuscht geklungen. Wahrscheinlich war er nur ein *poseur*, wie so viele wichtigtuerische Menschen, mit denen ich in der Vergangenheit ähnliche Gespräche geführt hatte. Und keins dieser Gespräche hatte *Toujours Éloïse* einer Veröffentlichung auch nur einen Schritt näher gebracht.

In Toulouse hatten die Verleger nur den Kopf geschüttelt, als ich ihnen den Stoff antrug. Mit einer Vielzahl widersprüchlicher Adjektive hatten sie mir begreiflich gemacht, dass eine Geschichte, die war, wie *Toujours Éloïse* nun einmal war, bestenfalls in Paris Chancen hätte, einen Verlag zu finden. In Paris, ging die Parole, wurde alles gedruckt – selbst solche Bücher, die in New York schon der Zensur zum Opfer gefallen waren. Tatsächlich fühlten sich immer mehr Amerikaner von der Stadt angezogen: entweder, weil zuhause kein Fuß mehr zu fassen war, oder aus Angst, sonst nicht dabeigewesen zu sein (natürlich aber auch wegen des Alkohols, der hier im Gegensatz zur anderen Seite des Atlantiks in Strömen floss).

Eine Weile sträubte ich mich gegen den Gedanken. In Toulouse war ich ein verschmähtes Talent – in Paris wäre ich ein Dilettant unter vielen, und ein Fremder unter Fremden obendrein.

Dann aber dachte ich mir, warum sollte mir nicht gelingen, was für einen Haufen trinkender Amerikaner offensichtlich ein Kinderspiel war? Warum – bei allem Respekt, den ich vor meinen Vorbildern empfand – sie die Früchte ernten lassen, die in unserem Garten wuchsen? Und so packte ich etwas Wäsche und mein Manuskript in meinen Koffer, steckte mein bisschen Geld ein und setzte mich in den nächsten Zug.

Ich hatte noch keine rechte Gelegenheit gehabt, mich mit dieser neuen Welt und ihren Spielregeln vertraut zu machen. Viel mehr als ein paar verrauchte Hinterzimmer hatte ich auch noch nicht davon gesehen, und ich zwang mich, kein weiteres Mal an meinen blamablen Einstand in der Dingo Bar zu denken, der mir den gestrigen Abend verdorben hatte. Heute früh hatte ich mich zunächst mit der Westhälfte des Boulevard befasst und arbeitete mich nun langsam vor, immer nach Osten, der Verheißung einer großen Konjunktion aus richtigem Zeitpunkt, richtigem Ort und liquidem Verleger entgegen. Ob die Sterne hier wirklich günstiger standen als in Toulouse? Seufzend schob ich die Seiten meines Manuskripts zusammen.

»Guten Morgen, Mister Barneby«, sagte da eine Stimme. Ich blickte überrascht auf, doch Barneby lächelte nur. Hinter ihm stand ein großgewachsener, schwarzhaariger Mann, der heimlich die Treppe hinabgekommen sein musste. Er trug einen dunkelblauen Umhang, eine altmodische Schleifenkrawatte und weiße Handschuhe. Sein Gesicht wirkte jung, aber fast streng in seiner Ebenmäßigkeit, und wäre seine sanfte, akzentfreie Stimme nicht gewesen, ich hätte ihn vielleicht für einen Italiener gehalten. »Ich stelle fest, Sie haben Gefallen an unserer bescheidenen Bleibe gefunden.«

»Monsieur Ravi!«, grüßte Barneby den Hinzugetretenen, und erst jetzt drehte er ihm das Gesicht zu. »So trifft man sich wieder!«

Monsieur Ravi lächelte gequält. »Haben wir nicht geahnt, dass es so kommen würde?«

»Monsieur Ravi ist ein bedeutender Zauberkünstler«, klärte mich Barneby im Verschwörerton auf. »Und wahrscheinlich der erste Mann in diesem Jahrhundert, dessen Name auf den Plakaten des Bobino in solch schwindelerregenden Lettern geführt wird, dass keine Frau an seiner Seite ihn überflügeln könnte – was um so bemerkenswerter ist, mein Lieber, wenn Sie diese Frau erst gesehen haben. Unglückseligerweise ist seine bezaubernde Assistentin aber erkrankt, und somit hängt das Gelingen des heutigen Abends einzig von der allzu kapriziösen Göttin des Schicksals ab.« Er wies auf einen der freien Stühle um uns herum. »Setzen Sie sich doch. Trinken Sie einen Kaffee mit uns.« Seine kleinen Finger, an denen dicke Ringe blitzten, spielten mit der Speisekarte. »Bitte, Ravi.«

Gelassen nahm Ravi Platz. Er studierte mich. Barneby rief Justine an unseren Tisch.

»Messieurs?«, fragte sie und schien verunsichert, uns drei zusammen an einem Tisch zu sehen. Ravi wich ihrem Blick aus, ich dagegen musste mich zusammenreißen, nicht auf ihren Ausschnitt zu starren, denn sie hatte einen Knopf an ihrer Bluse verloren, seit sie das letzte Mal vor mir gestanden hatte. Sie sah meinen Blick, deutete ihn aber falsch und lächelte scheu.

»Einen *café noisette*«, las Barneby wie ein Zurückgebliebener von der Karte ab. Ich fragte mich, wie wahrscheinlich es war, dass ein Mann zu Geschäftsfreunden in dieser Stadt gefunden hatte, ohne zu wissen, wie man Kaffee bestellte. Konnte er überhaupt Französisch lesen? Oder genoss er es nur, vor der Kellnerin den hilflosen Touristen zu mimen?

»Für Sie, Monsieur?«, fragte sie und blickte mich an.

»Nichts, danke. Ich denke, ich werde gleich …«

Barneby schoss einen Blick auf mich ab, als hätte ich ihm

gerade einen Leckerbissen weggezogen. »Ich bitte Sie, junger Freund. Wir haben uns doch gerade erst gesetzt.«

»Ich nehme auch einen«, beschloss ich.

»Monsieur Ravi?«

»Für mich nichts, danke.« Justine nickte und verschwand.

»Sie scheinen schnell Freundschaften zu schließen«, bemerkte Ravi, an Barneby gerichtet, doch immer noch mit Blick auf mich. »Nachdem Sie mich bereits vorgestellt haben, möchten Sie mich nicht mit dem jungen Mann bekannt machen?«

Barneby straffte sich, als sei ihm das Versäumnis tatsächlich peinlich. »Ich bitte um Pardon. Das, mein guter Freund, ist Gaspard, seines Zeichens der aufstrebende Stern am Pariser Literatenhimmel. Er hat dieses ausgezeichnete Buch hier geschrieben, wo haben wir es doch gleich …« Er griff abermals nach dem Manuskript und drehte das Deckblatt in seine Richtung, damit er es lesen konnte.

»*Toujours Éloïse*«, half ich seinem Gedächtnis auf die Sprünge.

»Sie sind Schriftsteller«, fasste Ravi zusammen und nickte. »Auf der Suche nach einem Verlag, nehme ich an.«

»Wie Gazellen auf dem Weg zur Tränke«, freute sich Barneby.

»Was haben Sie damit zu tun?«

»Mister Barneby bot mir an, mich mit einigen Verlegern bekannt zu machen«, erklärte ich und kam mir reichlich naiv vor.

»Sie sind ein Fuchs«, sagte Ravi zu Barneby und schüttelte den Kopf. »Was springt für Sie dabei heraus?«

Barneby warf die Hände empor. »Springen? Warum sollte etwas für mich herausspringen? Ich habe viele einflussreiche Freunde; der Junge besitzt unleugbar Talent; und Talent verlangt nach Honorierung. Oder haben Sie einen besseren Vorschlag, wie wir uns nützlich machen könnten?«

»Sie kennen sich?«, fragte ich vorsichtig, um das Thema von mir abzulenken.

»Wir haben gemeinsame Freunde«, formulierte Ravi zurück-haltend.

Da kam Justine und stellte zwei Espressotassen und ein Milchkännchen vor uns ab. Barneby warf einen prüfenden Blick auf seine Westenuhr, dann gratulierte er der Kellnerin, rührte einen Milchtropfen und etwas Zucker in seinen Espresso und führte ihn erwartungsvoll an die Lippen.

»Nun, Monsieur Ravi, was haben Ihre Untersuchungen er-geben?«

Ich seufzte und kramte den verknitterten Stadtplan aus mei-ner Tasche, den ich bei meiner Ankunft am Bahnhof erstanden hatte, um mögliche Anlaufstellen zu notieren. Im Umkreis des Carrefour Vavin drängten sich diese wie Einschusslöcher auf einer Zielscheibe.

»Ich bin mir nicht sicher«, zögerte Ravi. »Er ist jedenfalls un-verändert.«

»Ach«, machte Barneby. »Na, das ist doch schon einmal etwas.«

»Es deutet zumindest auf bestimmte ... Eigenschaften hin.«

»Dann bringen Sie ihn doch einmal her.«

»Ich glaube nicht, dass das eine so gute Idee ist.«

»I wo, doch nicht wegen Gaspard? Ich vertraue ihm wie mei-nem eigenen Sohn.«

»Messieurs«, versuchte ich vorzubringen, während ich den Plan wieder zusammenfaltete, »Sie haben ganz offensichtlich geschäftliche Dinge zu bereden, die mich nichts angehen, und ich sollte Sie wirklich nicht davon abhalten. Tatsächlich wollte ich bereits lange ...«

»Setzen«, unterbrach mich Barneby, und widerstrebend gab ich klein bei und vertiefte mich abermals in meine Lektüre, nicht jedoch ohne den beiden dann und wann verstohlene Bli-cke zuzuwerfen. Wenn sie mich unbedingt an ihrem Tisch ha-ben wollten, na schön.

»Weshalb, Barneby?«, fragte Ravi. »Weshalb tun Sie das?«

»Es ist Teil meines Akklimatisierungsprozesses«, erklärte der Engländer. »Seien Sie unbesorgt. Ich bin zuversichtlich, dass er morgen früh alles vergessen haben wird.«

Ich tat, als hätte ich die letzte Bemerkung überhört. Ravi hob die Schultern und schob seinen Stuhl zurück. »In Ordnung. Ich werde ihn holen.«

Die zwei Minuten, die er brauchte, um auf sein Zimmer zu gehen, waren die längsten, die ich bisher in Paris verbracht hatte. Länger noch als die in der Dingo Bar. Schließlich aber platzte es aus mir heraus.

»Hören Sie, Monsieur, falls das alles Ihre Rache dafür sein soll, dass ich Sie vorhin angerempelt habe, wäre es mir eine Freude, Ihren Kaffee zu zahlen, so wenig dies auch meinen Vorstellungen von Etikette und den Möglichkeiten meiner Börse entspricht – solange es mir nur Gelegenheit gibt, bösem Blut vorzubeugen.«

»Aber aber«, entgegnete Barneby und legte einen Finger an seine Lippen. »Sie sind Schriftsteller, Gaspard. Gleich werden Sie Zeuge einer außerordentlichen Geschichte sein. Der ältesten Geschichte der Welt, wenn ich das bemerken darf. Das sollten Sie sich nicht entgehen lassen.« Und damit leerte er seinen Kaffee und förderte eine Pfeife und einen Tabakbeutel aus seiner Weste zu Tage.

Als Ravi zurückkam, trug er ein Objekt von der Größe einer ausgewachsenen Melone, von einem schwarzen Seidentuch bedeckt, auf dem Arm. Sorgfältig stellte er es auf den Tisch und setzte sich. Barneby stopfte seine Pfeife mit geschickten Fingerbewegungen, als fülle er eine Pastete.

»Nun?«

Ravi lockerte die behandschuhten Finger, sah uns prüfend an, um sich unserer Aufmerksamkeit zu versichern, und mit einer geschickten Bewegung zog er das Tuch gerade so weit zurück, dass wir einen Blick darunter erhaschen konnten, ohne jedoch das dort Verborgene dem ganzen Café zu enthüllen. Ich bemerkte, dass Justine, die Kellnerin, neugierig zu uns hinüberschielte.

Unter dem Tuch war eine Käseglocke, und in der Käseglocke schwebte ein rotgrün gescheckter Apfel vor nächtlich seidenem Hintergrund, selbstvergessen wie Algen an den Ufern der Seine. Er war angebissen, stellte ich fest.

»Das also ist er«, stellte Barneby fest und entzündete seine Pfeife. Süßer Vanilleduft erfüllte das Café.

»Derselbe«, pflichtete Ravi ihm bei.

»Also, was halten Sie davon?«

»Nun, es ist sicher eine gewagte Hypothese, aber wie Ihr Landsmann, Sir Arthur Conan Doyle, zu sagen pflegt …«

»Weshalb ist der Apfel angebissen?«, unterbrach ich unschuldig und handelte mir missbilligende Blicke ein.

»Vielleicht war ein Bissen dieses Apfels genug, sich mit Dringlicherem konfrontiert zu sehen?«, schlug Barneby vor. »Der eigenen Unzulänglichkeit, zum Beispiel?«

»Ich verstehe Sie nicht.«

Barneby beugte sich vor und fasste meine Hand.

»Lesen Sie die Bibel, Gaspard? Die Heilige Schrift?«

Unruhig wanden sich meine Finger unter seinem Griff. Pfeifenrauch schlug mir entgegen.

»Nun, nicht regelmäßig. Weshalb – Sie meinen doch nicht etwa …«

Barneby nickte mit großen Augen, die fast seine Brillengläser ausfüllten. Ravi zog das Tuch wieder über die Käseglocke.

»Das ist lächerlich, Monsieur.«

Enttäuscht lehnte sich Barneby zurück und stieß kleine Wölkchen aus. Wenigstens hatte er meine Hand losgelassen. »Nun, das ist ungefähr auch das, was ich gestern Abend zu Monsieur Ravi sagte, als er mich das erste Mal mit dieser Theorie konfrontierte.«

»Es ist geradezu absurd.«

»Wohl wahr, junger Freund, das dachte ich auch. Dann aber wieder sagte ich mir, was, wenn er recht hat? Schließlich hat man auch Carter für einen Phantasten gehalten, als er ins Tal der Könige zog. Oder nehmen Sie Livingston …«

»Ich sehe, worauf Sie hinauswollen.«

»Wissen Sie, Monsieur Ravi und ich haben beide – geschäftlich, versteht sich – mit einem bestimmten Problem zu kämpfen, dessen Auflösung uns sehr am Herzen liegt. Bisher waren wir ratlos. Nun allerdings …«

»Wenn es Sie nach Erkenntnis verlangt, sollten Sie vielleicht einen Bissen von Ihrem Apfel essen«, platzte es aus mir heraus. Barneby sah mich mit erhobenen Brauen an.

»Ein sehr interessanter Vorschlag, mein Freund. Ein wahrhaft interessanter Gedanke, den Sie da haben.«

»Wir sollten nichts überstürzen«, sagte Ravi beruhigend. »Noch wissen wir nicht, was für Nebenwirkungen der Apfel hat. Denken Sie an Blanche.«

»Sie haben natürlich völlig recht.« Barneby klopfte etwas Asche aus seiner Pfeife und drückte die Glut fest. »Was mich daran erinnert, dass Sie es bisher auch versäumt haben, mich mit der reizenden Dame bekannt zu machen. Davon abgesehen bin ich aber voller Zuversicht, dass wir in Kürze die Aufwartung einer Menge fähiger Experten auf diesem Gebiet zu erwarten haben.«

»Ich gehe davon aus«, nickte Ravi. »Sie haben nicht auch eine Ahnung, wann das sein wird?«

Barneby holte abermals seine kleine goldene Uhr hervor und studierte sie. Und wie auf ein geheimes Kommando hielt vor der Tür eine Kutsche. Unterdessen steckte er die Uhr wieder weg. »Ich würde sagen, jede Sekunde, Ravi. Jede Sekunde.«

Kaum hatte er geendet, da betrat eine schwarzhäutige Frau in farbenprächtigem Gewand das Café, gefolgt von einem Kut-

scher, der einen großen Koffer (eigentlich schon eher eine See-
mannskiste) schleppte. Mir stockte der Atem, denn ich erkannte
sie: die schlanken Glieder, der lange Hals, die Gestalt so aufrecht wie von unsichtbaren Fäden gezogen, heute ein dunkles
Tuch wie einen Turban um die Stirn – es war die Frau aus der
Dingo Bar.

Ich schluckte. Die Zeit meiner Prüfung hatte also begonnen.

Auch Mister Barneby schien sie zu kennen, denn er erhob
sich, noch bevor sie uns bemerkt hatte.

»Madame Céleste!«, rief er und breitete die Arme aus. »Was
für eine Freude, Sie wohlbehalten zu sehen!«

Sie erstarrte und studierte uns, die Züge hart, der goldene
Blick so stolz wie der einer äthiopischen Königin. Ich wünschte,
ich könnte mich vor diesem Blick verstecken, doch gnädiger-
weise gab sie vor, mich nicht zu kennen.

»Barneby«, sagte sie mit einer Stimme, die nach der Bran-
dung des Meers in einer tiefen Felsenhöhle klang. »Sie leben ja
immer noch.«

Ravi

Es gibt eine alte Weisheit unter Zauberern, die besagt, dass das
schwierigste Publikum, das man sich denken kann, Kinder und
andere Zauberer sind. Kindern fällt es leicht, an Magie zu glauben; sie haben den Unterschied aber auch noch nicht erkannt.
Man muss erst lernen, sich täuschen zu lassen. Zauberer sind
mit aller Macht bemüht, das Gelernte wieder zu vergessen, oder
sie sind alt und verbittert und wünschen sich nichts sehnlicher
als ein Scheitern des Manns auf der Bühne.

Dabei war es keineswegs nur ich, der eine Vorstellung gab.
Barneby und die unbekannte Frau, die er Céleste genannt hatte,

saßen sich lauernd gegenüber; die Luft zwischen ihnen schien elektrisch geladen, und wie bei zwei Magneten führte jede Bewegung des einen zu einem winzigen Widerhall in denen des anderen. Beide bewiesen eine Engelsgeduld. Barneby paffte an seiner Pfeife, und Célestes goldfarbene Augen studierten uns mit dem wachen Interesse eines Alligators, der auf Schwimmer aus war. Seit ihrer nicht gerade herzlichen Begrüßung war kein einziges Wort mehr gefallen.

Gaspard war immer blasser geworden und hatte sich schließlich entschuldigt. Ich beschloss, die Initiative zu ergreifen. Langsam, damit Céleste jede meiner Bewegungen verfolgen konnte, erhob ich mich und streckte die Hand aus.

»Mein Name, Madame, ist Ravi«, stellte ich mich vor. »Sie werden nicht von mir gehört haben. Ich habe ein kleines Programm auf den Pariser Bühnen.«

»Enchantée«, hauchte Céleste und reichte mir ihre Hand zum Kuss. Sie trug einen schwarzen Seidenhandschuh, der ihr bis zum Ellbogen reichte, und ihre Hand war so leicht, die Bewegung so fließend, dass ich sie kaum spürte. Ich führte die Hand an meine Lippen, ohne sie zu berühren, und nahm wieder Platz. Barneby verfolgte den Vorgang wie ein naturwissenschaftliches Experiment.

»Ihr Name, oder der Name, unter dem man sie meistens antrifft, ist Céleste.«

»Sie hatten bereits das Vergnügen«, stellte ich fest.

Barneby musterte seine Nachbarin gründlich. »Ohne die Frage der Vergnüglichkeit dieser Begegnung weiter zu verfolgen … Santo Domingo, nicht wahr, Verehrteste?« Sie neigte den Kopf. »Danach machten Sie sich, wenn ich mich recht entsinne, auf – in zweifelhafter Gesellschaft, möchte ich anmerken –, einen politischen Umsturz im schönen Haiti herbeizuführen, der im Élysée-Palast wie im Oberhaus für mehrere Wochen amüsanter Kurzweil sorgte.«

»Es ist gut, dass Sie sich erinnern«, sagte sie. »Dann haben Sie auch nicht vergessen, wie unsere Begegnung ausging.« Sie streckte langsam ihre Hand nach ihm aus. Sie glitt über den Tisch wie eine Schlange, und Barneby machte keine Anstalten, sie zu ergreifen – im Gegenteil, er schickte sich an, seine Habseligkeiten vor ihr in Sicherheit zu bringen.

»Ich kann mich an diese Begebenheit leider nicht erinnern«, warf ich ein, und die beiden ließen ihr Spiel.

»Das war um die Jahrhundertwende«, erläuterte Barneby. »Sie haben nicht viel versäumt.«

Die Bemerkung konnte kaum als Beruhigung gemeint sein, eher schon als eine Warnung: Céleste sah kaum älter aus als dreißig.

»Sie scheinen beide einen guten Draht zur Zeit zu besitzen.«

Céleste lachte. Der tiefe Klang aus ihrer schlanken Kehle wirkte nicht minder unnatürlich als ihre Augenfarbe.

»Spotten Sie nicht, Teuerste«, verwahrte sich Barneby. »Bei Ihnen mag vielleicht Mardi Gras sein, für uns dagegen ist es leider immer noch Sonntag.«

»Und wie lautet Ihre Prognose für die Zukunft?«, fragte ich. »Das große Finale?«

»Ah«, schwärmte er, »die Apokalypse! Solch eine millenaristische Ader hätte ich nicht an Ihnen vermutet, Ravi.«

»Ich hoffe, dass uns kein ganzes Millennium bevorsteht«, konterte ich.

»Sehr gut, sehr gut«, schmunzelte er. »Auch ich wüsste keinen Grund, weshalb die Apokalypse länger dauern sollte als der Schöpfungsakt.«

»Sieben Tage? Ist das Ihre Prognose?«

»Sieben Tage sind eine gute Tradition.«

»Sie meinen, wie Tauben und weiße Kaninchen?«

»Sie arbeiten noch damit?« Der Gedanke schien ihn zu amüsieren.

Ich zuckte die Schultern. »Die Leute lieben es. Es erfüllt seinen Zweck.«

»Genauso wie Eden oder Armageddon. Wir verstehen uns, Monsieur! Warten wir doch den nächsten Sonntag ab. Den nächsten *eigentlichen* Sonntag.«

»Und dann?«

»Werden wir sehen, wem die Stunde schlägt.« Er drehte sich halb um. »Ah, Gaspard, da sind Sie ja wieder. Haben Sie sich etwas erfrischt?«

»Etwas«, erwiderte der Junge irritiert und ließ den Blick über das Durcheinander auf unserem Tisch schweifen, auf dem, zwischen Gläsern und Aschenbechern, noch immer sein Manuskript lag, nicht weit von der verhüllten Käseglocke. Céleste lächelte ihn verführerisch an und reichte ihm ihre Hand, und er kam nicht umhin, ihr die gleiche Reverenz zu erweisen wie ich, auch wenn er es offensichtlich gerne vermieden hätte. Ich weiß nicht, womit Barneby rechnete, während er das Schauspiel verfolgte, aber nachdem Gaspard nicht vom Schlag getroffen wurde, winkte er die Kellnerin herbei. Es entging mir nicht, dass sie und der Junge bemüht waren, dem Blick des anderen auszuweichen.

»Endlich vereint!«, frohlockte Barneby. »Céleste, das ist Justine. Justine, das ist Céleste, von der man in ihrer Heimat noch heute mit der größten Hochachtung spricht. Zumindest in gewissen Kreisen. Gaspard kennen Sie bereits – in weiteren dreißig Jahren wird ihm der gleiche Respekt gezollt werden.«

Justine nickte pflichtschuldig. »Madame. Messieurs.«

»Warum nimmst du nicht Platz und erzählst etwas von dir, Justine?«

Justine schüttelte den Kopf und machte sich daran, das Geschirr vom Tisch abzuräumen.

»Das wird nicht gehen. Alphonse …«

»Das ist der Inhaber dieses Etablissements«, erklärte Barneby.

»Er mag es nicht, wenn ich mit den Gästen zusammensitze.«

»Eine Schande. Aber man beißt nicht die Hand, die einen füttert, nicht wahr?«

»Sicher nicht, Monsieur«, erwiderte sie. Ich konnte sehen, wie es sie drängte, sich wieder entfernen zu dürfen. Im Moment aber ruhten alle Augen auf ihr.

»Dann bring uns doch ein paar *fines*«, sagte Barneby. »Und warum erklärst du Madame Céleste nicht, womit du uns jeden Morgen das Aufstehen versüßt?«

»Ich bringe die Feigen – ich meine, die *Äpfel*. Monsieur.« Sie fluchte leise. »Wenn nicht die Mäuse sie vorher holen.« Barneby hob eine Braue. »Entschuldigung«, rief sie. »Ich muss wirklich –« Sie rang nach Worten. »Entschuldigen Sie mich.« Sie rannte davon, mit klappernden Gläsern auf ihrem Tablett.

»Merken Sie nicht, wie verlegen Sie sie machen?«, beschwerte sich Gaspard. Barneby spitzte die Lippen und hob den Finger wie ein Professor, dem gerade das letzte Stück eines schwierigen Beweises geliefert wurde.

»Ich möchte dazulernen, Gaspard. Verzeihen Sie mein Ungeschick. Wollen Sie nicht mit uns essen?«

»Sie haben gerade gegessen«, warf Gaspard ein.

»Gut beobachtet. Jedoch kam mir gerade eben, dass es Zeit für einen Nachtisch sein könnte. Außerdem haben wir neue Gesellschaft. Und wie ich darüber nachdenke, kann ich mich nicht entsinnen, Sie, Ravi, jemals etwas essen gesehen zu haben.«

Ich dachte nach und musste ihm recht geben. »Ich könnte wohl etwas vertragen.«

»Und Sie, Céleste?«

»Ich habe bereits gegessen«, lächelte sie.

»Also, Ravi, was soll es sein?«

»Was Sie vorhin hatten, sah gut aus.«

»*Coq au vin*«. Er sagte es auf wie ein Gedicht. »Sehr zu empfehlen. Ich fürchte allerdings, sie werden nicht mehr genug Huhn dafür haben. Vielleicht weiß das Haute Loire ja Rat … Gaspard, sind Sie sicher, dass Sie nichts wollen?«

»Ich wünschte, ich könnte mir einen Verleger bestellen.«

»Geduld, mein Freund. Wissen Sie, es gibt da diesen Buchladen …«

»Es ist Sonntag, Mister Barneby«, warf ich ein. »Sie erinnern sich.«

»… der heute leider geschlossen hat«, schwenkte Barneby um. »Ich frage mich, ob er je wieder öffnen wird.«

»Was soll das heißen?«, fragte Gaspard.

»Lassen Sie mich eine Geschichte erzählen. Über das Wenn und das Ob und das ganze Drumherum. Sie müssen sie nicht gleich verstehen.« Er lehnte sich vor und sah uns verschwörerisch an. Ich fragte mich, ob das seine Art war, dem Wahnsinn, mit dem wir tagtäglich zu tun hatten, ein Schnippchen zu schlagen: so zu tun, als ob die ganze Welt bloß ein Spiel nach seinen Regeln war. Für den Augenblick spielte ich mit, denn Barneby war geschickter im Umgang mit Menschen als ich, und ich wollte herausfinden, welche Rolle er für Gaspard vorgesehen hatte, und weshalb er Angst vor Céleste hatte.

»Sehen Sie, eines der Hauptprobleme, mit denen der Verursacher unserer Situation zu kämpfen hat, ist nicht, die Weltmaschine für eine Weile anzuhalten. Dazu braucht es zwar ein gehöriges Maß Überredungskunst; die eigentliche Schwierigkeit, wie Sie, Ravi, aus eigener Erfahrung wissen, liegt jedoch in der *Präsentation*. Und – verzeihen Sie den Wortwitz – dem Timing. Ah, die *fines*. Danke, Justine.«

»Keine Ursache«, sagte sie, ohne ihn anzuschauen. Sie stellte die Cognacschwenker ab und eilte davon. Gaspard, der nun nicht mehr im Mittelpunkt des Interesses stand, aber auch noch nicht den Mut aufzubringen schien, einfach davonzugehen, stürzte sich auf den Weinbrand, als habe man ihm endlich einen

Weg gewiesen, wie unsere Gesellschaft zu ertragen wäre. Barneby lächelte zufrieden wie ein Meister über seinen Schüler, der seine Lektionen lernt.

»Ein alter Bekannter«, fuhr er dann fort, »hat einmal – kurz bevor er dann leider wahnsinnig wurde und unter unerfreulichen Umständen aus dem Leben schied – eine interessante Theorie zum Wesen der Zeit angestellt: Die Zeit, sagte er, ist ein großes, groteskes Ding – wie ein Pottwal. Niemand hat ihn je sehen wollen. Besser, er wäre auf immer in der Tiefe des Meeres geblieben. Dann aber, aus einer schrecklichen Laune heraus, hat Gott ihm einen Reifen hingehalten, und er hat sich entschlossen, hindurchzuspringen.«

»Ich kann Ihnen nicht ganz folgen.«

»Gott ist ein maßloser Angeber – das wissen alle hier an diesem Tisch. Der springende Punkt aber ist, dass dieser riesenhafte Walfisch Zeit, von der platten Schnauze bis zum Schwanz, in Gottes Vorstellung immer schon existierte. Die Schnauze bedingt die Finne, und die Finne bedingt die Fluke. Charmanterweise hat man uns aber nur die schlechtesten Plätze in dieser Vorstellung gegeben, und wir können immer nur den Teil des Wals sehen, der gerade durch den Reifen springt. Und da man uns bekanntermaßen auch nie gewisse Äpfel überlassen wollte, haben wir keinen blassen Schimmer, wie so ein Wal eigentlich aussieht, und raten und raten, was für ein absurdes Körperteil als nächstes unseren Horizont passieren mag.«

»Ich habe wenig Mitleid mit Ihrem verstorbenen Freund«, warf Céleste ein.

»Das habe ich vermutet«, gestand Barneby.

»Zeit ist nichts anderes als die Länge oder Breite einer Sache«, fasste ich zusammen. »Sie ereignet sich bloß.«

»Und wo kommen wir ins Spiel?«, fragte Gaspard und ließ weltmännisch seinen Schwenker kreisen, in dem er, wie es schien, in der Zwischenzeit einige Reste seiner verlorenen

Selbstsicherheit wiedergefunden hatte. »Als sterbliche Menschen …«

Eisige Blicke richteten sich auf ihn. Er trank hastig weiter.

»Wenn ich Ihr Bild richtig deute«, sagte ich, »müßten wir nun zu den Opfern dieses Wals geworden sein.«

»Eher den Putzerfischen«, überlegte Barneby. »Doch erreicht meine Analogie hier ihre Grenzen.«

»Das ist das Problem mit Analogien«, lallte Gaspard. »Sie sollten direkt auf das Wesen der Dinge zu sprechen kommen. Ohne Umschweife.«

»Das Wesen. Also schön. Vergegenwärtigen Sie sich zweierlei: Erstens, wie Sie bereits richtig bemerkt haben, ist uns allen nur eine bestimmte Zeit gegeben. Wenn Sie diese Zeit zu lange stehen lassen, wird sie schlecht wie alte Bouillabaisse.«

»Ihr Wal liegt auf dem Trockenen«, freute sich Gaspard.

»Ein hervorragendes Bild«, lobte Barneby. »Woher nehmen Sie das bloß? Zweitens, was immer wir auch tun, es macht den Fisch in der Suppe nicht besser. Ihnen ist wahrscheinlich schon aufgefallen, dass einige Dinge aus dem Ruder gelaufen sind.«

»Sie zum Beispiel«, lächelte ich. »Sie bezogen gestern das Zimmer neben mir, und niemand scheint sich heute daran zu stören.«

»Ich bin ein unkomplizierter Nachbar«, gab Barneby bescheiden zurück. »Aber Sie haben das Problem erkannt.«

»Alles, was magisch ist, bleibt. Alles Weltliche beginnt von vorn.«

»Mit Ausnahme der Dinge, die sich nicht recht entscheiden mögen«, meinte Barneby und tippte an das Glas unter dem schwarzen Tuch. »Wie diese Käseglocke.«

»Sie scheint dem Apfel die Treue zu halten«, sagte ich.

»Wenn Treue ein Argument ist, dann brenne ich darauf, herauszufinden, was aus meinem Flugzeug wurde.«

»Da würde ich mir wenig Hoffnung machen.«

»Wahrscheinlich haben Sie recht. Halten wir fest: Obgleich wir Gefangene dieser schönen Welt sind und wenig daran ändern können, was hinter der nächsten Ecke geschieht, so scheinen wir doch in unserer unmittelbaren Umgebung einen gewissen Einfluss auf sie auszuüben. Man reagiert auf uns. Wir färben ab, könnte man sagen – und auf Dauer kann das keine gute Sache sein.« Er beschnupperte seinen Weinbrand.

»Sie meinen, für uns?«

»Für uns, unsere abwesenden Freunde, und alle anderen in dieser Welt. Sieben Tage, Ravi. Mehr gebe ich uns nicht. Danach bleibt Ihnen nichts, als die Suppe auf die Straße zu schütten.«

»Dann wird es Zeit, dass wir herausfinden, woran wir sind.«

Barneby nickte mit Nachdruck. Selbst von Célestes Büstengesicht glaubte ich Zustimmung ablesen zu können. Ich fragte mich, wie viel Zeit Blanche noch blieb.

»Da Sie immerfort von der Zeit und der nächsten Ecke sprechen«, erklärte Gaspard und reckte sich, »ich denke, ich sollte jetzt besser aufbrechen. Ich danke Ihnen für den unterhaltsamen Mittag, und falls Sie mich brauchen, wissen Sie ja, wo Sie mich finden.«

»In der Tat«, sagte Barneby und beobachtete ihn misstrauisch.

»Ich werde jetzt einen Abstecher zur Closerie des Lilas machen.«

Ich tauschte einen vielsagenden Blick mit Barneby.

»Das sollten Sie besser nicht tun«, sagte der Engländer. Gaspard hielt verdutzt inne. Wir erhoben uns. »Mein lieber Gaspard«, erklärte Barneby und legte dem jungen Mann einen Arm um den Hals, »Ihr Platz ist hier, und wir stehen erst am Anfang einer wunderbaren Freundschaft. Um diese weiter zu vertiefen, werden wir jetzt alle auf mein Zimmer gehen und uns ein wenig unterhalten.« Gaspard wollte protestieren, aber Céleste ließ ihre Hand seinen Rücken emporwandern, und wie ein Partner in einem großen Tanz wechselte er den Besitzer, bis ihm in Célestes Armen jeder Protest im Halse stecken blieb.

»Mein Manuskript«, flüsterte er.

»*Toujours Éloïse.* Nun, das wird niemand stehlen«, befand Barneby. »Ravi, seien Sie so gut und nehmen Sie den Apfel mit.«

Barneby

Célestes Ankunft hatte die Sache nicht einfacher gemacht. Ich hatte schon erwartet, sie auf unserer illustren Gästeliste zu finden, denn sie hatte, wie ich, der Zeit zu oft ein Schnippchen geschlagen, um ihr jetzt zum Opfer zu fallen. Zum Wochenende hätte sie mir besser gepasst – offenbar verliefen ihre Wege aber nicht so fern der meinen, wie ich mir gerne einredete. Wie dem auch sei, ich war früher schon mit ihr fertig geworden, und würde mir auch diesmal meine Pläne nicht durchkreuzen lassen. Ich musste sie aber im Auge behalten, denn leider besaß Céleste das Naturell einer zwanghaften Saboteurin, und diese Seite trat verlässlich an ihr hervor, wann immer man ihr den Rücken zukehrte. Manchmal fragte ich mich wirklich, womit ich sie verdient hatte.

Ravi dagegen war die Ruhe selbst; je länger ich mich mit ihm befasste, desto mehr hatte ich das Gefühl, aufs Glatteis geführt zu werden, so als spiele ich gegen jemanden Karten, der die ganze Zeit per Morsetaste geheime Weisungen empfängt. Für den Moment schien er uns hinhalten zu wollen. Mir sollte es recht sein – ich würde ihn schon zwingen, sein Blatt offenzulegen – eine Karte nach der anderen.

Der verzauberte Apfel unter seiner Käseglocke wäre der Anfang.

Zweifellos lag ein wenig Magie auf dem unschuldig wirken-

116

den Stück Obst. Andernfalls hätte der Apfel sich mit dem Beginn dieses Tages wieder in seinem Sack mit seinen Brüdern und Schwestern wiedergefunden. Aber er hatte (das behauptete jedenfalls Ravi) die Nacht unter seiner Glocke auf dem Zimmer verbracht. Wenn das stimmte, war er wie wir: ein Fremdkörper in diesem kleinen Goldfischglas von Welt. Wenn wir nicht achtgaben, würde sie an uns erkranken; ich sah es an Justine, die regelrecht grün geworden war, als sie mich heute früh erblickte, während der Wirt sich ohne Murren in meine Gegenwart gefügt hatte. Ich fragte mich, was die Kellnerin von den anderen Goldfischen unterschied.

Mit ihr würde ich mich als nächstes beschäftigen müssen. Zunächst aber: der Apfel.

Wir gingen auf mein Zimmer. Dass Ravi noch immer entschlossen schien, das schlafende Geheimnis in seinem zu hüten, nahm ich bis auf weiteres hin – denn was, wenn ich mich getäuscht hätte und sich der freundlich lächelnde Bühnenzauberer als der wahre Infernalist und Céleste als meine einzige Verbündete entpuppte? Dann wäre in der Tat aller Tage Abend. Blanche hob ich mir noch ein Weilchen auf.

»Was tun wir hier?«, fragte Gaspard kleinlaut. Ich zog mir einen Stuhl heran und drückte ihn von hinten in seine Kniekehlen. Er sackte zusammen. Ravi stellte die schwarz verhangene Käseglocke auf den kleinen Tisch. *Bei allen Teufeln*, dachte ich, *es reicht!* Die verdammte Glocke trug Trauer, als sei ein besonders denkwürdiges Artefakt der Käserkunst unter bedauernswerten Umständen unter ihr verendet. »Ziehen Sie doch dieses Tuch weg«, bat ich Ravi. Céleste ließ sich erwartungsvoll auf die Bettkante sinken, die Hände im Schoß, als hielte sie Programm und Opernglas bereit.

Gaspard starrte auf den kreisenden, still funkelnden Apfel hinter seiner schützenden Kristallwand. Er schien eine hypnotische Wirkung auf ihn zu entfalten.

»Und jetzt: die Glocke.«

»Meinen Sie?«, fragte Ravi höflich, aber ich kam gerade in Fahrt und wollte mir mein Experiment nicht mehr ausreden lassen. »Aber sicher doch. Bitte tun Sie, was ich sage, es ist mein voller Ernst.«

Reflexartig straffte Ravi seine Handschuhe, vergewisserte sich, dass Gaspard auch zusah, dann hob er die Glocke und stellte sie neben den nun frei über dem Glasboden schwebenden Apfel.

Gaspard pfiff leise durch die Zähne, und ich roch den Alkohol in seinem Atem. »Wie machen Sie das? Mit Magneten?«

Ich beugte mich zu ihm herab und schlug ihm zuversichtlich auf die Schulter.

»Dies«, erklärte ich feierlich, während ich meinen Arm um ihn legte, »ist ein verzauberter Apfel. Laut Monsieur Ravi ein kostbares Exemplar aus einem verlorenen Garten, das Ihnen, wie die Legende es will, die seltenen Geschenke der Scham und der Langeweile offenbaren wird. Vielleicht aber auch nur eine unbekannte Hybride, deren genauen Effekt wir nicht kennen? Sie haben das Glück, es herauszufinden.«

»Herausfinden? Aber ich –«

»Kommen Sie, was wird schon sein? Zieren Sie sich etwa, weil bereits von ihm gekostet wurde? Weil ein zarter Frauenmund davon abbiss? Mein junger Freund, wenn Ihr Stammvater Ihre Bedenken gehabt hätte, wo wären wir dann heute?«

»Ich weiß nicht, was –«

»Los jetzt.«

»Wieso –«

»Essen, mein Freund!«, drohte ich und verstärkte den Druck um seinen Hals.

Zaghaft griff er nach der schwebenden Frucht. Als seine Finger ihn berührten, war ein leises Knistern zu vernehmen, und ich bemerkte den bedauernden Ausdruck auf Ravis Gesicht, während Céleste das Geschehen mit dem Entzücken einer Giftmischerin verfolgte.

Gaspard pflückte den Apfel aus der Luft. Vorsichtig, als sei er aus Glas, führte er ihn an seine Lippen und drehte und wendete ihn, bis die angebissene Seite von ihm wegwies. Dann biss er in den Apfel. Abgesehen vom Geräusch seines Kauens und Schmatzens war es mucksmäuschenstill im Raum.

Er schluckte vernehmlich und sah uns erwartungsvoll an.

»Sind Sie zufrieden?«

Ravi tippte sich grüblerisch an die Nase und wanderte einige Schritte in dem engen Raum auf und ab. Ich konnte fast hören, wie die Rädchen in seinem Verstand sich drehten, präzise wie in einem Uhrwerk. Dann hielt er in gemessenem Abstand zu uns und fixierte Gaspard. »Wie fühlen Sie sich, Gaspard?«

»Danke, gut. Und selbst?«

»Hat er geschmeckt?«

»Nicht schlecht, würde ich sagen.«

»Kein Gefühl der Schuld oder Erleuchtung, wenigstens ein kurzes Unwohlsein?«, hakte ich nach.

»Nur ein leichtes Kribbeln im Bauch … das wird aber der Weinbrand sein.«

»Geben Sie mir den Apfel, Gaspard«, bat Ravi. Gaspard tat, wie ihm geheißen, und Ravi nahm ihn entgegen und legte ihn auf den Boden der Glocke. Das Glitzern an ihm war verloschen.

»Was für ein Zauber auch immer es war – Sie haben ihn gegessen. Meinen Glückwunsch«, lobte ich und tätschelte ihm den Rücken wie einem Kind. Dann ging ich hinüber zu meinem Nachttisch und holte die Flasche Scotch aus dem Bordgepäck, die ich für Notfälle immer mit mir führe. »Sie sollten etwas trinken auf den Schrecken. Es war sehr tapfer von Ihnen, sich zur Verfügung zu stellen.«

Er sah mich verunsichert an. »Wenn Sie nichts dagegen hätten, würde ich lieber –«

»Sie sollten *unbedingt* etwas trinken«, lächelte ich. »Sie sind schließlich Schriftsteller, oder nicht?«

Justine

Der Junge lag in dem großen Müllhaufen an der Ecke zur Rue Robert, vor dem sich Mischa manchmal ein wenig zu fürchten scheint (ich glaube, Alphonse hat ihm gedroht, ihn den Dreck eines Tages wegschaffen zu lassen). Kurz überlegte ich, ob ich einfach weitergehen sollte, dann besann ich mich eines Besseren.

Eine Weile stand ich nur da und betrachtete ihn. »Weit sind Sie ja nicht gekommen«, sagte ich schließlich, doch er schnarchte nur vernehmlich. Seine Arme hielten, als sei er ein Kopfkissen, den Stapel Papiere umklammert, den er schon heute Mittag bei sich gehabt hatte. Die Beine hatte er an die Brust gezogen. Obgleich ich erschrocken (und ein wenig enttäuscht) war, ihn so vorzufinden, konnte ich nicht umhin, den Anblick auch als liebenswert zu empfinden. Sein struppiges Haar hing ihm vor den Mund und hob und senkte sich mit seinem Atem.

Ich seufzte. Mit dem Huhn auf dem Arm war meine Bewegungsfreiheit stark eingeschränkt, also pickte ich mir eine Kastanie vom Boden und warf sie im sanften Bogen. Sie traf ihn an der Brust – ohne sichtlichen Erfolg.

Eine weitere Kastanie, diesmal ans Kinn, tat ihren Dienst.

Stöhnend rappelte er sich auf. Seine Hose war mit einer unappetitlichen Paste verschmiert, und sein Hemd sah nicht viel besser aus, denn in der Mitte prangte ein großer Fleck ungewisser Herkunft, an dem eine schlaffe Chrysantheme klebte. Er versuchte, die Augen zu öffnen und sich umzusehen.

»Hier«, rief ich. »Hier drüben bin ich.«

Einige für uns sehr peinliche Momente verbrachte er damit,

mich anzublinzeln, dann stöhnte er abermals (ich war mir nicht im Klaren, ob das ein nettes oder ein unfreundlich gemeintes Geräusch war), und torkelte aus dem Müll auf mich zu, den Stapel Blätter eng an sich gepresst. Ich achtete darauf, dass er mir nicht zu nahe kam, und hielt meinerseits das kalte Huhn schützend vor die Brust.

»Was ist das?«, fragte er schließlich, als er keuchend und gebeugt davor zu stehen kam.

»Ein Huhn«, sagte ich. »Dieser Engländer verschlingt sie wie der Fuchs die Gänse. Ihr neuer Freund, Sie wissen schon.«

Abermals entfuhr ihm ein klagender Laut, und er hob die Hand zur Stirn.

»Er ist nicht mein Freund«, verteidigte er sich. »So, wie ich mich fühle, kann er ganz bestimmt nicht mein Freund sein.«

»Sie saßen den ganzen Tag mit ihm und Monsieur Ravi zusammen«, erinnerte ich ihn. »Und der exotischen Dame. Ich dachte, Sie müssten wohl Freunde sein.«

»Diese Leute«, stöhnte er und rieb sich die Schläfen. »Was sind die? Sind das Schriftsteller?«

Ich lachte und schüttelte den Kopf. Statt einer Antwort wies ich auf eine nahe Litfaßsäule, auf der Ravis Plakat inmitten von Zigaretten- und Cinzanoreklame klebte. Er brauchte eine Weile, bis er es lesen konnte, dann nickte er.

»Ein Zauberkünstler«, fluchte er, mehr zu sich selbst. »Dann waren die anderen wohl ebenfalls vom Theater.«

Ich zuckte die Schultern. »Wie gesagt, ich nahm an, dass Sie miteinander bekannt sind, und Sie unterhielten sich so angeregt. Da wollte ich nicht stören.«

»Bekannte, von wegen«, sagte er, reckte sich und begann sich den Unrat von der Kleidung zu klopfen. »Ich kenne ihn erst seit der peinlichen Begebenheit heute Mittag, als er wie aus dem Nichts vor mir auftauchte und ich mit ihm zusammenstieß. Ich glaube sogar, es war Absicht.«

»Monsieur Ravi?«, fragte ich. »Das sieht ihm gar nicht ähnlich.«

»Nein. Der andere. Barneby. Für den Sie das da haben.« Er wies anklagend auf das Huhn. »Und dabei kam ich nur wegen –«

»Wegen?«

Er stockte. »Ich dachte, ich kenne Sie irgendwoher«, sagte er und senkte den Blick.

»Mich?«

»Ja, Sie.« Er seufzte. »Dann war da Mister Barneby, und wenn ich's recht bedenke, kann es wirklich kein Zufall gewesen sein – er hat mich den ganzen Mittag lang hingehalten, und wahrscheinlich hat er keine Sekunde lang daran gedacht, mir mit *Toujours Éloïse* zu helfen. Wahrscheinlich hat er auch keine Freunde im Verlagswesen, wie er behauptet. Dann wurde alles immer komplizierter. Und dann …«

»Dann?«

»Ich kann mich nicht mehr erinnern«, gestand er. »Irgendwann lag ich in diesem Müllhaufen. Und irgendwann, da war mir, als ob jemand mit mir spräche, aber ich konnte ihn nicht sehen, weil ich mit dem Kopf in dem …« Er verzog das Gesicht. »Ich sah nur seine Füße. Er hatte keine Schuhe an. Ich verstand nicht, was er sagte, aber ich glaube, er wollte irgend etwas wissen, und als ich ihm nicht antworten konnte, da drohte er erst und beschimpfte mich dann. Allmählich glaube ich ja, diese ganze Stadt hat sich gegen mich verschworen.« Er nickte gefasst und gab einen traurigen Anblick ab, wie er da stand, seinen schmutzigen, ungelesenen Papierstapel in den Armen. Ein wenig tat ich mir ja auch selbst leid, mit dem tropfenden Huhn in meinen eigenen.

»Diese Éloïse«, fragte ich, »ist das Ihre Verlobte?«

»Was?«, fragte er überrascht.

»Die Frau«, erklärte ich ihm geduldig. »Über die Sie das da

geschrieben haben.« Ich deutete auf den Stapel. »All das Papier.«

»Ach«, lachte er. »Nein. Éloïse ist natürlich nur ein Bild.«

»Sie ist ein Bild?«

»Streng genommen würde ich sagen, sie ist eine Synekdoche.«

»Die Ärmste. Sie kennen sich also nicht persönlich?«

»Es gibt keine Éloïse«, versicherte er mir.

»Wie schade«, entfuhr es mir, bevor ich an mich halten konnte.

»Was? Dass es keine Éloïse gibt?« Er lächelte. »Nun, Sie würden wahrscheinlich anders darüber denken, wenn …«

»Nein«, unterbrach ich ihn. »Dass Sie und ich den ganzen Tag im selben Café zubrachten und nichts, rein gar nichts dabei herauskam.«

Das Lächeln änderte sich, wurde ernster, ohne ganz zu verschwinden. »Sie sind eine eigenartige Frau, Mademoiselle.«

»Und Sie ein schrecklich bekleckerter Mann«, entgegnete ich lachend, damit ich mir nicht selbst beim Reden zuhören musste. Mein Mund tut das manchmal, einfach drauflosreden, bevor ich Zeit habe, darüber nachzudenken. »Was werden Sie tun?«

»Was glauben Sie?«, grinste er und versuchte aufs Neue, sein Jackett zu säubern. »Ich werde mir ein Taxi zum Place de Rennes nehmen und mich umziehen.« Als seine Hand in die Tasche fuhr, stutzte er. Überrascht förderte er ein Fläschchen Aspirin zu Tage. »Und ein paar hiervon schlucken, nehme ich an.«

»Und später?«, erkundigte ich mich. »Nachdem Sie am Place de Rennes waren?«

Die Welt um mich schien auf einmal zusammenzurücken: das Klappern von Hufen, das Hupen eines Busses, ein plötzlicher Windstoß, der durch die Kastanien fuhr, der Geruch des

Müllhaufens in der warmen Luft des späten Nachmittags. Von fern glaubte ich das Plätschern eines Brunnens zu hören, aber wahrscheinlich war es nur eine Wasserspülung.

Er überlegte, aber nur kurz. »Wir könnten uns wiedersehen.«

»Mischa hilft im Jardin aus. Vielleicht kann ich gehen, bevor es Nacht wird.«

»Das klingt gut.«

»Wollen Sie mich später abholen?«

»Sehr gern. Und –«

»Ja?«

»Justine, nicht wahr?«

Ich nickte.

»Ich bin Gaspard.« Ungeschickt reichte er mir die sauberere seiner Hände. »Gaspard Damant. Aus Toulouse. Ich danke Ihnen, Justine.«

»Danken? Wofür?«

»Dafür, dass Sie mich gerettet haben.« Er zwinkerte. »Sie haben etwas gut bei mir.«

»Au revoir, Gaspard.« Ich lächelte und ging davon, mein Huhn eng an mich gedrückt.

Ich vermied den Gedanken daran, dass ich im Traum – es klang zu verrückt, wenn man es in Worte fasste – einem Mädchen, das ich kaum kannte, ein anderes Versprechen gegeben hatte, eines, das ich keinesfalls brechen konnte, und ich wollte daher auch nicht darüber nachdenken, wie ich beide Versprechen würde halten können.

Gleichzeitig wurde ich das Gefühl nicht los, von einer teuflisch schwarzen Katze verfolgt zu werden. Ich sah sie heute nicht zum ersten Mal – sie folgte mir ebenso zielsicher wie die Bilder aus meinem Traum.

Alphonse

Ich will nicht undankbar sein.

Ich habe bisher alles erreicht, was ich mir im Leben vorgenommen habe. Als ich nach Paris ging, wollte ich eine kleine Bar oder ein Bistro, und bekommen habe ich gleich ein Hotel. Ich hoffte auf bessere Geschäfte, und die Geschäfte wurden gut – beinahe *zu* gut. Den letzten Sommer waren die Straßen so voll mit verschwitzten Touristen, dass man schon wieder zu wünschen begann, sie würden einem vom Hals bleiben. Und siehe da, auch den Gefallen taten sie mir. Mittlerweile hatten sie ihre eigenen Bars, und als die zu voll wurden, begannen sie, sich in die Seine zu stürzen – man soll den Tag nie vor dem Abend schmähen. Amerikaner können sehr zuvorkommende Menschen sein.

Ich habe sogar geheiratet, aber das ist eine andere Geschichte.

Eine Weile hatte ich überlegt, zu expandieren, vielleicht eine Tanzhalle zu betreiben, mit Mädchen, die auf der Bühne die Beine zeigen, und hinter der Bühne vielleicht noch mehr, aber das hätte bedeutet, mich mit zu vielen Künstlern und Kleinkriminellen einlassen zu müssen und noch mehr eifersüchtigen Ehefrauen auf der Suche nach ihren Männern zu helfen.

Hier dagegen habe ich meine Stammkunden, die meisten davon Einheimische, die nicht jeder Mode hinterherlaufen. Nehmen Sie Matthieu, der immer seine Pause, und an Feiertagen, wenn die Touristen ihm auf den Geist gehen, oft sogar den ganzen Nachmittag bei mir verbringt – ohne Kunden wie ihn können Sie jeden Laden dichtmachen. Esmée glaubt, ich sei nicht ehrgeizig genug; ich dagegen glaube, dass es undankbar wäre, all dies wegzuwerfen, denn ich habe bereits mehr erreicht als die meisten Geschäftsleute am Carrefour Vavin: Respekt.

Ich bin vielleicht nicht so vermögend wie Monsieur Brosset, drüben in der Rotonde, oder die Jalberts, denen das Select gehört, und aus mir wird auch kein stinkreicher Hotelier wie mein ehrenwerter Schwiegervater. Aber ich habe meine Prinzipien: Zu denen gehört beispielsweise, dass ich meiner weiblichen Kundschaft nicht vorschreibe, ob sie auf der Terrasse rauchen darf oder nicht; aber auch, dass ich mich von niemandem über den Tisch ziehen lasse. Das sehen und respektieren die Leute. Matthieu nennt mich den General, weil ich manchmal etwas barsch bin und meine Familie ursprünglich aus Korsika stammt – natürlich spinnt er ein wenig, aber Leute wie er, in einem Viertel wie diesem, sind das Höchstmaß an Normalität, das man kriegen kann.

Wenn ich heute auf den Markt gehe, grüßt man mich; wenn ich einem Taxi winke, fährt es nicht vorbei; ich habe kein Problem mit Bettlern, und wenn ich jemanden vor die Tür setze und er nicht schon die letzten Reste seines Verstands durch einen Absinthlöffel hat tropfen sehen, dann wissen wir beide, dass es bei diesem einen Mal bleiben wird.

Aber alles hat seinen Preis, und an manchen Tagen bekommt man den mehr zu spüren als an anderen. An diesem Sonntag spürte ich ihn sehr deutlich; er bestand in einer zurückgebliebenen Kellnerin, einer völlig besoffenen Aushilfe und dem Jahrestreffen der Kabarettistengewerkschaft, oben im Spinnerflügel.

Außerdem den Rechenfehlern in meinen Büchern. Plus dem momentanen Mäusefaktor.

Ich wünschte wirklich, ich wäre in der Provence.

»Ist der Junge endlich soweit?«, fragte ich die Kleine, die mit einem Stapel schmutzigem Geschirr balancierte und sich der Küchenpforte näherte, als brächte sie dem Untier in seinem Tempel ein Opfer dar.

»Ich weiß nicht, Alphonse«, rief sie und blickte mich über die Teller hinweg an, »ich habe nichts mehr von ihm gehört.« Sie trat die Tür auf und verschwand in der Küche.

Ich fluchte. »Wie lange kann es wohl dauern, ein paar verfluchte Fallen im Keller aufzustellen?«, rief ich.

Unser russisches Genie war vor zwei Stunden sternhagelvoll in der Tür gestanden; er hatte gestunken wie eine Wagenladung Schürzen auf dem Weg zur Wäscherei. Ich wusste, er hatte was mit einem der Mädchen aus der Closerie, und ich vermutete, auch mit einem oder zweien aus dem Jockey, und das waren zwei Gründe oder vielleicht auch drei für seinen Zustand – aber nicht dafür, mir so unter die Augen zu treten. Wahrscheinlich hatte man ihn vor der Tür abgeladen, oder er hatte es einfach nicht weiter geschafft. »Vielleicht«, hatte ich ihn gefragt, »sollte es mich rühren, dass du in diesem Zustand noch den Weg zu mir findest? Der verlorene Sohn kommt, sein Herz an meinem Busen auszuschütten!«

Mischa hatte mich nur mit verschleiertem Blick angesehen, doch da hatte ihn Esmée auch schon unter ihre Fittiche genommen, um ihn kurz darauf gewaschen, gestriegelt, leidlich ausgenüchtert und mit einem Karton Mausefallen bewaffnet auf seine Höllenfahrt in die Kellergewölbe zu schicken.

»Wie viele Mäuse können dort schon sein?«, fragte ich die Kleine, als sie zurückkam, denn mein trautes Weib hatte sich offenbar entschlossen, heute kein Wort mehr mit mir zu wechseln.

»Eine Menge, Alphonse.«

»Seid froh, dass es keine Ratten sind. Verdammt, es wird immer Nager unter Montparnasse geben. Als sie die Metro bauten, da waren sie manchmal im Allerheiligsten. Baty sagte, an guten Tagen kamen die Frauen schreiend die Treppe runter, ehe sie daran dachten, sich richtig anzuziehen.«

Sie verzog angewidert das Gesicht und teilte ein Tablett Getränke aus.

»Weißt du, du wirst Esmée immer ähnlicher, wenn du so schaust!«, rief ich ihr quer durch den Schankraum nach.

»Sie haben ein Mäuseproblem?«, fragte eine Stimme rechts von mir, und da stand dieser verdammte Engländer in seiner Sonntagstracht, eine riesige schwarze Katze auf dem Arm.

»Sie!«, fuhr ich ihn an, dann beruhigte ich mich. »Kein Problem. Aber Sie wissen ja, wie die Frauen sind. Ein paar von den kleinen Biestern, und sie rufen nach der Kavallerie. Gibt Mischa nicht einen armseligen Tataren ab, was meinen Sie?«

»Er trinkt jedenfalls wie ein echter Russe«, lobte der Engländer.

»Und Sie? Trinken Sie einen mit mir?«, fragte ich, denn eigentlich hatte ich mir vorgenommen, meine Gäste nicht mehr anzuschreien. Ich legte die Bücher zur Seite und griff nach der Flasche Cognac unter der Theke. Erfreut trat er heran und setzte die schwarze Katze vor mir ab, worauf sie sich wie ein Samtkissen zusammenrollte und schnurrte, dass die Gläser vibrierten. Dabei ließ sie jedoch keinen Moment ihre Umgebung aus dem Blick. Ihre Augen, bemerkte ich, hatten dieselbe Farbe wie der Cognac. Ein teures Tier.

»Wo haben Sie die denn her?«, fragte ich ihn.

»Eine Bekannte hat sie in meiner Obhut gelassen. Ich werde sie ihr bald zurückbringen.«

»Das ist gut, denn Haustiere sind hier eigentlich nicht erwünscht.« Ich schnäuzte mich vernehmlich in mein Tuch. »Vielleicht sollten Sie sie aber mal in den Keller schicken. Ich wette, die räumt dort unten schneller auf als Mischa mit seinen Fallen.«

Der Engländer kraulte die Katze unter dem Kinn und sah ihr in die Augen. »Was meinst du, Serafina? Ein paar Mäuse?« Die Katze schlug ungeduldig mit dem Schwanz, und er beendete das Gekraule und fuhr stattdessen mit Streicheln fort. »Ich denke, sie ist satt. Ein beneidenswerter Zustand.«

»Ein verständiges Wesen«, sagte ich, »das sich nicht mit Gedanken an alle nie verzehrten Leckerbissen belastet.«

»Wahre Worte«, seufzte er und ließ seinen Cognac kreisen. »Sagen Sie, wie lange haben Sie dieses Mäuseproblem schon?«

»Da fragen Sie mich was. Wahrscheinlich schon die ganze

Woche, nur dass es niemand bemerkt hat.« Ich hob meine Stimme. »Weil Madame sich zu fein ist, ihren Keller zu betreten!«

»Was Sie nicht sagen«, überlegte er. »Nun, kleine Probleme haben die Angewohnheit, viele noch viel kleinere Probleme zu erzeugen, wenn man sie unbeobachtet lässt.«

»Ganz meine Rede. In Paris haben sie die Angewohnheit, sich so weit zu vermehren, bis die Stadt aus allen Nähten platzt. Nehmen Sie nur die Kanäle. Oder die Katakomben.«

»Eine ideale Brutstätte für Probleme und Mäuse, möchte ich annehmen.«

»Für Spinner und Krankheiten aller Art, meinen Sie wohl.«

»Gewiss sind solche Brutstätten aber ordentlich gesichert?«

»Träumen Sie weiter. Sie kennen die Keller von Montparnasse nicht.«

»Nein, natürlich nicht. Wie könnte ich?«

Ich schnaubte. Im Mittelalter hatte man die ganze Stadt unterhöhlt, weil man Kalkstein und Gips brauchte; eine dumme Idee. Es kam zu Einstürzen, ganze Familien wurden verschüttet, und um das Problem in den Griff zu kriegen, grub man nur noch mehr – denn viele Stollen waren schon wieder vergessen worden und mussten erst wieder gefunden werden. Heute weiß niemand mehr so genau, was es da unten alles gibt.

Kurz vor der Revolution hatte man dann noch ein Problem: Die Pariser Friedhöfe quollen geradezu über. Der Gestank soll so bestialisch gewesen sein, dass Anwohner am Cimetière des Innocents erstickten. Und natürlich stellten die halbverwesten Leichen, die sich meterhoch in den Beinhäusern stapelten, einen wirklich üblen Seuchenherd dar. Also fasste man einen weiteren schlauen Entschluss: Alle Friedhöfe sollten geschlossen und die Toten in die Stollen überführt werden.

Es heißt, dass die schwarzen Karren jahrelang rollten, immer bei Nacht – Fackelzüge, Priester und alles –, und dann ihre Fracht in die alten Bergwerksschächte entluden. Und weil man in Paris mit allem Geld verdienen kann, machte man bald eine Attraktion daraus: Feine Herrschaften, Künstler und andere Verrückte stiegen hinab, um Wunder weiß was dort unten anzustellen.

Und immer noch kommt es vor, dass Leute verschwinden, oder eine Wand einbricht und sich auf einmal eine Leichenflut in einen Keller ergießt.

»Sie haben ja keine Ahnung, was jedes Mal los ist, wenn sie neue Leitungen verlegen«, bekräftigte ich und nahm einen tiefen Schluck.

»Alphonse!«, rief es, und die Kleine eilte aus der Küche auf uns zu. Sie machte wieder dieses erschöpfte Gesicht, wie immer, wenn sie versucht, mir eine schlechte Nachricht unterzujubeln. Dann sah sie die Katze auf dem Tresen und versteinerte für einen Augenblick. Was hatte sie nun wieder?

»Ja?«, fragte ich höflich, und sie schüttelte den Kopf.

»Mischa sagt, er hat die Fallen ausgelegt und alles Essbare in Sicherheit gebracht, aber die Mäuse waren schon an den Lebensmitteln.«

»Waren sie an den Äpfeln?«, fragte ich. Sie blickte nach unten und drehte ihren Fuß hin und her, als übe sie Balletschritte auf Zigarettenkippen.

»Verdammte Biester«, knurrte ich und goss mir einen zweiten Cognac ein. »Wie schlimm ist es?«

»Ein paar konnten wir retten. In der Küche haben wir noch eine Handvoll. Aber die meisten müssen wir wohl wegwerfen. Ich kann morgen neue holen.«

»Monsieur«, schaltete sich der Engländer ein und fummelte in seiner Westentasche, bis er seine Börse fand.

»Was soll das werden?«

»Ich möchte Ihren Verlust gerne schmälern. Sagen Sie, wie viel würden Sie für diese Äpfel nehmen?«

»Wie, haben Sie nicht gehört? Sie sind angeknabbert.«

»Egal. Ich möchte sie alle. Bis auf den letzten.«

»Das geht nicht. Was bringe ich morgen früh meinen Gästen?«

»Du?«, fragte es von der Seite. Die Kleine hatte vielleicht Nerven!

Der Engländer stapelte einige Münzen auf dem Tresen. »Das sind zehn Schilling. Das waren, hm, mehr als zwanzig Franc, als ich letztes Mal hier war? Wird das reichen?«

Ich starrte lange und ausgiebig auf das Geld. Sicher, Apfel war Apfel – und angefressene Äpfel waren rausgeworfenes Geld, und wenn der Engländer unbedingt wollte, dass es sein Geld war, das zum Fenster rausflog, statt meins, wer war ich, mich zwischen ihn und sein Glück zu stellen?

Ich wusste aber auch, wann ich im Vorteil war.

»Was soll ich mit den ganzen Münzen?«, fragte ich deshalb. Der Engländer seufzte und ersetzte sie durch eine Pfundnote.

»Sie sind ein eigenartiger Mann, Mister Barneby«, sinnierte ich und legte den Geldschein in meine Kasse.

»Das höre ich öfter, als Sie denken«, sagte er.

»Ich frage mich, was Sie mit zwei Säcken angebissener Äpfel anstellen werden?«

»In der Tat«, sagte er, als sei damit alles geklärt, leerte seinen Cognac und tätschelte die Katze. Die erhob sich, streckte die Glieder, und ich will verdammt sein, wenn sie die Kleine nicht für einen winzigen Augenblick anbleckte. Dann ließ sie sich von Barneby auf den Arm nehmen. »Wären Sie so freundlich, die Säcke auf mein Zimmer tragen zu lassen? Serafina und ich werden einen kleinen Spaziergang machen.« Sprach's, und schlenderte nach draußen, wo er die Katze auf den Boden setzte.

Die Kleine sah mich fragend an. Ich hob eine Braue. Sie warf ihr Tuch auf die Theke und rauschte davon.

»Verrückte«, beschloss ich und nippte an meinem Glas. »Ich bin von Verrückten umgeben.«

Ein Wiehern auf der Straße kündete von Matthieus Ankunft. »À votre santé, mon général!«, schallte es von der Tür.

Doch ich will ja nicht undankbar sein.

Ravi

Was folgte, war wohl, was man die Ruhe vor dem Sturm nennt. Barneby und seine gefährlich-schöne Begleiterin, die nun Tür an Tür mit mir wohnten, waren gegangen, ihr schmutziges Geschäft zu verrichten; ich wusste aber, ich würde sie nicht ewig für eine Jagd nach verbotenen Früchten begeistern können. Die Zeit arbeitete gegen mich – je mehr Agenten der Société Silencieuse sich einfinden würden, desto gefährlicher würde es für Blanche und mich werden, und immer noch hatte ich keinen Hinweis darauf, wie wir dieser Falle entkommen könnten.

Ich traf Barneby auf der Terrasse wieder, wie er sich von Justine mit enormen Mengen von Pfirsichcreme versorgen ließ. Er grüßte mich gewohnt fröhlich, und ich schlenderte zu ihm herüber.

»Sie haben schon wieder Hunger?«, staunte ich.

»Die Creme ist vorzüglich«, verteidigte er sich, »und ich sammle meine Kräfte für das Abendprogramm. Außerdem lässt man mich nun anschreiben. Wie finden Sie das?«

»Wollen Sie mich nicht einweihen, was Sie im Schilde führen?«

»Oh, Céleste und ich wollen einen Spaziergang machen. Später gehen wir dann ins Bobino – ich möchte ihr Philbert vorstellen. Werden Sie uns begleiten?«

Ich schüttelte den Kopf. »Ich würde es vorziehen, die gestrige Erfahrung nicht zu wiederholen. Würden Sie mich bei Philbert entschuldigen?«

»Natürlich.« Er nahm einen Löffel von der Creme und verzog das Gesicht vor Entzücken. »Es muss schwer für Sie sein, Ravi – da wünscht man sich immer ein sicheres Engagement, und dann lässt es einen gar nicht mehr los. Ihre beständige Weigerung zum Auftritt, die vielen gebrochenen Herzen darüber … Jeden Tag sind Hunderte Menschen in Montparnasse betrübt, und alles Ihrer bedauernswerten Assistentin wegen, und ihres Zauberschlafs.«

»Dann verstehen Sie sicher, dass ich mich um sie kümmern möchte?«

»Selbstredend. Irgendwelche Fortschritte an dieser Front?«

»Leider nein.«

»Ich nehme an, mit Mesmer und Riechsalz haben Sie es mittlerweile versucht?«

Ich hob entwaffnend die Arme. »Wenn die Lösung doch nur so einfach wäre, Mister Barneby!«

»Ich werde Céleste einmal fragen, ob sie nicht ein Rezept gegen Gifte oder Besessenheit aus der Karibik kennt. Sie ist da sehr einfallsreich.«

»Sie scheinen auf eine lange und bewegte Freundschaft zurückzublicken.«

»Eine sehr lange und bewegte in der Tat. Wir sind uns sehr ähnlich. Ich möchte sagen, beinahe wie Zwillinge.«

Ich hob eine Braue. »Es war nicht zu übersehen, dass Sie in Ihrem geschwisterlichen Umgang eine Menge Vorsicht an den Tag legen.«

»Nun, Sie wissen ja, wie das ist. Reich keinem die Hand, dem du sie nicht auch zu geben bereit bist, wenn er dich darum bittet.« Er blickte auf seine Uhr. »Sie wird mich dann auch erwarten. Ravi, tun Sie mir einen Gefallen?«

»Was immer Ihr Herz erfreut, Mister Barneby.«

»Halten Sie doch ein Auge auf den zweiten Teil unseres kleinen Experiments. Ich bin sicher, Justine hat den Jungen mittlerweile gefunden, und die beiden hecken etwas aus.« Er erhob sich und schnupperte. »Ach, Paris!« Er zupfte sein Jackett zurecht und spazierte davon. Ich schüttelte den Kopf und ging wieder hinein.

Dort wurde ich Zeuge, wie der russische Kellner, den Barneby und Céleste aus einem nahen Müllhaufen geborgen hatten, unter Ächzen und Schnaufen zwei Säcke voller Äpfel die Treppe emporschleppte.

Neugierig folgte ich ihm ins Obergeschoss. Die Säcke schlugen mit jedem Schritt schwer an die Stufen.

»Wo Sie doch Zauberer sind, könnten Sie die Säcke nicht leichter machen?«, stöhnte er. Ich war schon im Begriff, ihm den Wunsch zu erfüllen, doch begann ich zu argwöhnen, dass auch dieses Zusammentreffen von Barneby inszeniert sein könnte, und er mich in Versuchung führen wollte, damit er einen Vergleich zu dem anderen Zauber besäße – der, welcher nun Teil von Gaspards Mageninhalt war.

»Ich könnte Ihnen einen Sack abnehmen«, bot ich daher an, aber er lehnte dankend ab. »Wenn Ali Baba das sieht, putzt er seine Höhle mit mir.« Wir erreichten den Flur, und es überraschte mich nicht, dass er Kurs auf Barnebys Zimmer hielt.

»Ali Baba?«, fragte ich höflich.

»Alphonse«, grinste Mischa und lud die Säcke vor Barnebys Tür ab. »Er ist der Baba, und Esmée ist die Yaga. Aber sagen Sie ihnen das nicht.«

»Natürlich nicht«, versprach ich, und als Zeichen meiner Diskretion hob ich die behandschuhten Hände. Mischa rüttelte an Barnebys Tür.

»Verdammt«, murmelte er. »Sie lässt sich nicht öffnen.«

»Sie haben keinen Schlüssel?«

»Nein. Nur Alphonse.«

»Vielleicht reagieren die Türen in Alphonses Reich auf ein Zauberwort«, schlug ich vor.

Einladend trat er beiseite. »Wollen Sie Ihr Glück versuchen, Monsieur?«

»Oh nein, das wäre nicht angemessen. Ich frage mich nur, was Mister Barneby mit so vielen Äpfeln will?«

»Ja, und vor allem, nachdem die Mäuse dran waren? Er hat Alphonse sogar extra bezahlt, um sicherzugehen, dass er alle bekommt, auch die angeknabberten.« Er stupste den Sack mit dem Fuß. »Sagen Sie, hätten Sie vielleicht etwas gegen Kopfschmerzen für mich?«

»Bedaure, ich habe meine Tabletten bereits jemand anderem überlassen. Ich fürchte, ich werde erst morgen früh wieder welche haben.«

Er zuckte zusammen, als sein Name von unten erschallte. »Dann will ich mal wieder … einen guten Abend, Monsieur.«

»Adieu, Mischa«, verabschiedete ich mich und verharrte noch kurz im Anblick der Äpfel. Dann ging ich zu meiner Tür, kontrollierte das Haar, wischte den Zauber vom Türknauf und trat ein.

Blanches Zustand war unverändert. Sie lag auf dem Rücken, keinen Zentimeter anders als zuvor. Es war warm im Zimmer, und die Rosen, die niemals verblühten, verbreiteten einen schweren Duft. Ich setzte mich neben sie und hielt ihre Hand, fühlte ihre Stirn und versuchte, in den sanften Bewegungen der Augäpfel hinter den Lidern ein Muster zu erkennen.

Sie träumte, und ich wünschte, ich könnte bei ihr sein, oder wenigstens mit ihr sprechen.

Ich sagte es laut. »Nur ein Zeichen«, sagte ich. »Nur ein Zeichen, dass es dir gut geht.«

Ich wartete und las in ihrem ruhigen Gesicht, im Fall ihres milchweißen Haars. Doch mein Weg zu ihr war ebenso versperrt wie der des Jungen zu Justine, solange die Société Schicksal mit uns spielte.

Was ich nicht verstand, war, weshalb Barneby dieses Spiel

mitspielte. Wenn er mein Gegner war, warum zwang er mich nicht, Farbe zu bekennen? Wenn er aber die Wahrheit sagte – wenn er selbst nur ein Spieler war wie ich –, wer war dann der Geber, und wann würde er in Erscheinung treten?

Ich wusste nicht, was beängstigender wäre: alleine in der Falle zu sitzen, oder mit Barneby zusammen. Ich beschloss, ihm einstweilen seinen Gefallen zu tun und meine Auge offen zu halten. Rastlos wanderte ich zurück nach unten.

Die Friedlichkeit des Jardin war fast beklemmend und spottete dem dieser Tage oft gehörten Wort vom Niedergang des Viertels, der unter all jenen die Runde machte, die entweder schon zu lange hier lebten oder zu spät dazugestoßen waren.

Alphonse saß mit einem Stammgast in der Ecke neben seiner Bar und spielte Schach. Justine kümmerte sich um ein paar Bier trinkende Schweden, die es von der Rotonde zu uns verschlagen hatte. Das ältere Ehepaar vom anderen Ende des Flurs stimmte sich mit Pastis auf das Abendessen ein. Der Rest der Terrasse war in der Hand derselben Amerikaner wie gestern. Ich hielt sie für Seeleute; sie tranken viel und kannten sich gut mit Kanalschwimmern aus.

Ich griff mir den Figaro, der gestern schon über die Tische gewandert war, setzte mich in die Nähe des Eingangs, und überflog die Artikel: eine Chronik des Quartier Latin; der Cimetière du Montparnasse freute sich über neue Gelder; Frankreich kämpfte gegen die Inflation, Kanada gegen den Schnee. Ich fand mein Horoskop: »Sie haben freie Hand bei der Freizeitgestaltung«, las ich. »Mit Ihrer ausgeglichenen Art wirken Sie harmonisierend auf Ihre Umwelt. Haben Sie ein offenes Ohr für Ihre Liebsten.« Was sollte man davon halten?

»Sehen Sie auf«, sagte eine Stimme.

Ich gehorchte und mühte mich um mein verbindlichstes Lächeln – denn ich spürte, dass meine Umwelt meinen harmonisierenden Einfluss bald mehr als nötig haben würde.

Vor mir standen zwei recht merkwürdige Gestalten. Der eine war ein athletisch gebauter Mann mit einem Gesicht, wie man es selten außerhalb von Gemälden sah. Seine Augen waren groß und strahlend, der Mund schon sinnlich in seiner Üppigkeit, die Nasenflügel und das Kinn wie aus Marmor gemeißelt. Eine Korona goldener Locken umrahmte das Gesicht und den Hals. Der Mann trug ein weißes Seidenhemd, das er offen in seine Hose gesteckt hatte; erstaunt stellte ich fest, dass er keinen Bauchnabel besaß. Er trug auch keine Schuhe, aber das schien eher unschicklich als befremdend.

Flankiert wurde er von einer kleinen, traurig anzuschauenden Gestalt, die um so grotesker wirkte, je länger man sie ansah. Der Mann war höchstens ein Meter vierzig, hatte ein langgezogenes Gesicht, in dem nichts am rechten Platz zu sitzen schien, und lange, dünne Arme, die bis zu seinen Knien reichten; der Eindruck war der eines Grottenbewohners aus dem Märchen, aber das mochte auch an seiner gebeugten Haltung liegen. Diese war wahrscheinlich mehreren Gepäckstücken auf seinem Rücken geschuldet, mit denen er wie ein Sherpa auf dem Rückweg vom Himalaja aussah; sein strahlender Begleiter dagegen reiste ohne Gepäck.

»Guten Abend«, erwiderte ich und legte die Zeitung beiseite. Überrascht stellte ich fest, dass meine Beine, die ich übereinandergeschlagen hatte, Anstalten machten, aufzustehen, und ich konnte sie nur daran hindern, indem ich die Bewegung fortführte und sie umgekehrt wieder überkreuzte.

Mein Besucher hob das Kinn und sah unzufrieden auf mich herab. *So müssen Kinder dreinblicken, die das falsche Geschenk bekommen haben*, dachte ich.

»Nehmen Sie doch Platz«, schlug ich vor und wies auf die freien Stühle an meinem Tisch.

»Sagen Sie mir, wer Sie sind, und wer sich noch hier befindet.« Er strich sich mit beiden Händen das Haar zurück und blickte empor, so langsam wie die feinen Luftbläschen in einem Honigglas »Dann will ich ein Zimmer. Später werden wir uns unterhalten.«

»Ich bin Ravi«, erklärte ich und strich die glatte Zeitung sorgsam noch etwas glatter. »Falls Sie mit Ihrer zweiten Frage auf Reisende der Société abzielen: Wir sind alleine im Moment. Mit einem Zimmer kann ich nicht dienen, aber dieser Herr dort –«, ich wies auf Alphonse, der keine Notiz von uns nahm, »wird entzückt sein, Ihnen weiterzuhelfen.«

»Sie«, sagte der Barfüßige, und sein Blick senkte sich erneut, bis er mich traf. »Sie sind der Kern des Problems.«

»War das eine Feststellung oder eine Frage?«

»Sie werden mich nicht hinters Licht führen. Der Scharlatan und die Hexe – wo sind sie?«

»Ich habe nicht die leiseste Ahnung«, lächelte ich. Dabei spürte ich die Macht des Fremden, und wie alles in ihm darauf brannte, sie losbrechen zu lassen.

»Komm, Chloderic«, wies er seinen zwergenhaften Begleiter an. »Wir werden schauen, ob die Menschen in dieser Herberge ausnahmslos so schwierig sind. Wir«, sagte er, und sah mich ein letztes Mal an, »reden später.« Er hob die Hand, ein matter Lichtstrahl schien auf Alphonses Tisch zu fallen, und der Wirt wurde auf die Besucher aufmerksam und erhob sich verärgert von seinem Schachspiel.

»Bring meine Sachen nach oben«, sagte der Fremde.

»Wie Ihr wünscht, Herr«, ächzte der kleine Mann und schleppte sich mitsamt seiner Last zur Treppe.

Vielleicht, überlegte ich, war am Niedergang von Montparnasse doch etwas dran.

Justine

Der Gast vom Ende des Flurs. Also gut. Lassen Sie mich dazu einen Moment ausholen.

Sehen Sie, das Eigenartigste an meiner Arbeit im Jardin ist wahrscheinlich, wie sie in Sekundenschnelle alles andere verdrängen kann. Ein falsches Gericht, ein verschüttetes Glas, ein unfreundlicher Gast oder eine fixe Idee, die Alphonse gerade ausbrütet: Das kann schon reichen, um den Rest der Welt auszulöschen, genau so, wie die Filme in den Lichtspielhäusern es tun; und das wirft in gewisser Weise kein allzu gutes Licht auf die Welt, finde ich – so vergänglich zu sein, und so unzuverlässig.

Wenn dann noch Träume ihre Finger mit im Spiel haben, können Sie es ganz vergessen.

Mischa kommt besser damit zurecht als ich. Ich glaube, Mischa trägt seine Träume immer mit sich, wie einen Taucheranzug. Er denkt an seine Wasserpfeife, wenn er Gläser spült, oder an Véronique, wenn er eine Blumenvase richtet. Er kann stundenlang mit seiner Zunge seinen hohlen Zahn erkunden, statt die Kunden zu bedienen, und im nächsten Moment jemanden verprügeln, der sich mit seinem Trinkgeld aus dem Staub macht. Letzten Sommer redete er viel von Sigmund Freud, und es interessierte ihn nicht im mindesten, dass ich Freud für eine reichlich ordinäre Person halte und mich eher auf einen Ameisenhaufen als auf das Sofa dieses Österreichers gelegt hätte. So was blendet er einfach aus.

Wahrscheinlich war – und bin – ich also bloß dumm genug, mir jede Kleinigkeit zu Herzen zu nehmen. Ich will keine schlechte Kellnerin sein, denn wenn dies alles ist, was ich sein kann, was wäre ich, wenn ich nicht einmal das wäre?

Sie müssen das nicht verstehen, aber ich glaube, Alphonse verstand es, als er mich das erste Mal sah, und Leute wie

Alphonse, wurde mir später klar, kommen im Leben voran, weil sie Leute wie mich Kilometer gegen den Wind wittern.

Leute wie der Gast am Ende des Flurs aber haben Schamlosigkeit zu einer Kunstform erhoben.

Von tausend Gästen, die man bedient, ist einer dabei, der nichts anderes von einem will als das: bedient zu werden. Ich habe lange darüber nachgedacht, und ich verstehe bis heute nicht, warum diese Menschen sind, wie sie sind. Ich will mir auch keine Theorie darüber bilden. Aber ich entwickle allmählich einen Blick für sie.

Zuerst hatte ich nur ein ungutes Gefühl – Alphonse hatte gerade unser letztes Zimmer vermietet, schien jedoch nicht glücklich darüber. Ich nahm an, es hatte was damit zu tun, dass der Gast nicht im Voraus bezahlt hatte. Vielleicht lag es auch daran, dass er keine Schuhe trug; vielleicht auch an dem komischen Zwerg, der den Berg von Gepäck schleppte, und sich beinahe den Hals auf der Treppe brach. Es waren nicht die ersten Männer, die sich unter unserem Dach ein Zimmer teilten, und Alphonse war sehr diskret, wenn er wollte; er wusste bloß gerne frühzeitig, wie teuer seine Diskretion im Ernstfall werden könnte, und für wen.

Meine Befürchtungen nahmen weiter Gestalt an, als mich Alphonse zu sich rief und mir mit einem Gesichtsausdruck, als wäre es ihm tatsächlich peinlich, eine Birne in die Hand drückte. »Bring das dem Kerl als Willkommensgeschenk. Und sieh nach, was die beiden da oben treiben.«

Widerstrebend gehorchte ich. Ich legte keinen besonderen Wert auf die Bekanntschaft mit dem neuen Gast, und auf einmal fiel mir ein, was Gaspard erzählte hatte, als ich ihn fand: dass eine Stimme, die zu einem Mann ohne Schuhe gehörte, ihn beschimpft hätte, während er halb besinnungslos in der Gosse lag. Aber das war der Gang der Welt: Alphonse hatte ein Problem, und schon wurde sein Problem zu meinem, so sicher,

140

wie der Händedruck eines Schornsteinfegers einen schmutzig macht.

Ich ging nach oben und klopfte an die Tür am Ende des Flurs. Nur wenige Schritte neben mir lagen zwei Säcke mit Äpfeln vor Mister Barnebys Zimmer und verbreiteten einen aufdringlichen Geruch. Ich stellte mich so, dass ich die Sicht auf sie verdeckte.

Nach einer Weile öffnete sich die Tür, und der Mann ohne Schuhe stand vor mir. Wo er den Zwerg gelassen hatte, konnte ich nicht sehen.

»Was gibt es?«, fragte er und starrte mich unverblümt an.

Mir stockte der Atem. Es war etwas ganz und gar Irritierendes an seiner Erscheinung, und es war nicht seine Frisur, die ihre besten Zeiten wahrscheinlich mit dem Ende der Monarchie hinter sich gelassen hatte, oder sein Morgenmantel aus schwarzer Seide, den ich mir nicht mit einem Monatsgehalt hätte leisten können und den er so offen trug, dass man gar nicht umhin kam, ihn sich nackt vorzustellen. Er war schön, ungeheuer schön sogar, auf eine beinahe weibliche Art – aber seine Augen machten all das zunichte. Es lag nicht daran, dass er sie offenkundig schminkte; das taten einige Männer in Paris. Es war der Blick. Manche Soldaten blicken so, und auch der eine oder andere Zuhälter. Einer meiner Lehrer hatte häufig so geblickt. Es war der Blick eines Mannes, der sein ganzes Leben nichts als Hässlichkeit gesehen hatte (oder das zumindest glaubte), und der daher eine sehr klare Linie zwischen sich und der Welt gezogen hatte.

Und dann traf es mich wie ein Schlag, denn ich erkannte, dass ich dieses Gesicht schon einmal gesehen hatte. In meinem Traum. Es war das Gesicht des Mannes im Brunnen, vor dem Blanche mich gewarnt hatte – das Gesicht des Michelangelo-Engels.

Ich weiß nicht, wie lange ich nur sprachlos vor ihm stand, bis er seine Aufmerksamkeit schließlich auf die Birne in meiner

Hand richtete und seine Frage wiederholte, so als könne die Birne vielleicht unser beider Hiersein erklären, und damit war es endgültig aus. Ich wollte mich weiß Gott nicht von verrückten Träumen leiten lassen, aber ich wusste nun mit Sicherheit, woran ich bei ihm war. Ich gab ihm die Birne.

»Herzlich willkommen im Jardin«, rief ich.

»Wie schön«, sagte er und warf die Birne hinter sich, ohne den Blick abzuwenden. Es gab ein patschendes Geräusch, so als ob jemand sie fing. »Ich könnte auch etwas zu trinken vertragen.«

»Wir haben unten eine große Auswahl an Weinen und ...«

»Du verstehst nicht«, unterbrach er. »Ich möchte gerne *hier* etwas zu trinken haben.«

»Monsieur ...«

»Wie lautet dein Name, Kind?«

»Justine«, patzte ich. Ich hatte mir immer vorgenommen, in diesen Momenten jemand anderes zu sein: eine Fabienne vielleicht, oder eine Chantal (Mischa, mit dem ich diesen Plan entworfen hatte, sagte immer, ich sehe aus wie eine Chantal). »Und ich bin wirklich nicht ...«

»Justine«, unterbrach er mich abermals und drückte mir ein paar Franc in die Hand. Die Münzen brannten wie gestohlenes Geld. Ich wollte sie nicht annehmen, aber er hielt meine Hand fest und ließ mir keine andere Wahl. Er gab mir kein Trinkgeld, er kaufte sich etwas in diesem Moment.

»Eine Flasche Wein. Ja? Nun geh schon.«

Er schloss die Tür.

Mein Herz klopfte.

Vielleicht hätte ich in diesem Moment zu Mischa gehen sollen, aber ich traute mich nicht. Stattdessen, und das war der nächste Fehler, ging ich zu Alphonse.

Vielleicht schämte ich mich vor Mischa, weil ich mich hatte überfahren lassen. Vielleicht – das redete ich mir später ein –

weil ich ahnte, dass Mischa erst alles über meinen Traum hätte wissen wollen, ganz genau und in jeder Einzelheit, und dann einen Streit mit dem Gast angefangen hätte. In Wahrheit aber war es meine dumme Pflichtergebenheit, die mich zu Alphonse trieb wie ein schwangeres Mädchen zum Beichtvater. Ich glaubte, es irgendwie schon allen recht machen zu können – und schließlich war ja nichts dabei, eine Flasche Wein auf ein Zimmer zu bringen.

»Das kannst du dir abschminken«, brummte Alphonse und stellte eine seiner charakteristischen Überlegungen an. »Er hat doch schon die Birne. Was will er jetzt mit einer Flasche Wein?«

»Was hat denn das eine mit dem anderen zu tun?«

»Wir sind nicht das Haute Loire, Justine. Auch wenn Esmée das vielleicht gerne so hätte.«

»Er will ja dafür bezahlen«, setzte ich an.

»Hat er das gesagt?« Alphonse hob eine schwarze Braue.

»Er hat mir das hier gegeben«, sagte ich und legte sein Geld auf die Theke. Wenigstens das war ich los.

Alphonse brummte und kramte eine Flasche aus dem Weinständer hinter der Theke. Dann inspizierte er sie genau, als müsse er sichergehen, dass er sie auch nicht vermissen würde. »Die ist genau richtig für ihn«, befand er und drückte sie mir in die Hand. »Allez.«

Ein weiteres Mal rannte ich die Treppe hoch, brachte mich in Position und klopfte. Die Tür öffnete sich nach genau derselben Zeitspanne wie zuvor; gerade ein bisschen länger, als man für nötig hielte. Wieder war das Michelangelo-Gesicht unter den goldenen Locken eine einzige Frage. Beinahe hätte ich mich noch einmal vorgestellt.

»Ihr Wein, Monsieur«, sagte ich und reichte ihm die Flasche. Er inspizierte sie mit demselben Blick wie gerade Alphonse. Dann zogen sich Wolken über seinem Gesicht zusammen. »Das ist unser Wein?«, fragte er.

»Unser Wein, Herr?«, echote es hinter ihm. Der Zwerg war also auch da.

»Es ist kein schlechter Wein«, versicherte ich ihm und zückte mein Kellnermesser. »Wir bringen ihn nur besonderen Gästen. Darf ich ihn aufmachen?« Mischa hätte mich geschlagen.

»Später.« Er deutete auf das Messer in meiner Hand. »Den Korkenzieher kannst du hierlassen.«

»Aber ich brauche ...«

»Du wirst einen neuen finden«, lächelte er und nahm ihn an sich. Dann hob er seine Stimme und sprach zu seinem Kompagnon, obwohl er weiterhin mich dabei ansah. »Chloderic! Was war es, was du vorhin bemerktest? Was die Menschen dort draußen taten?«

»Sie tranken diese schwarze Flüssigkeit, Herr ...«

»Nicht *das*.« Er seufzte. »Er hat die Auffassungsgabe eines Kindes. Chloderic! Was noch? Was taten sie noch?«

»Sie rauchten, Herr«, rief es nach einem Moment.

»Sehr gut, Chloderic. Zigaretten. Bring uns ein paar Zigaretten, Justine.«

»Wir haben keine ...«

»Dann besorg uns welche.«

»Ich müsste sie kaufen ...«

»Dann setze sie auf die Rechnung.«

»Alphonse wird mich nicht ...«

»Er wird nicht?«, fragte er und sah mich scharf an. »Sind wir da sicher? Soll ich ihn fragen?«

»Das ist nicht ...«

Er schloss die Tür.

Sprachlos stand ich auf dem Flur und suchte die Reste meines Glaubens an die Menschheit zusammen. Doch statt einen klaren Gedanken zu fassen, war ich Närrin nur damit beschäftigt, einen Weg zu suchen, ihn zufrieden zu stellen. Ich wollte nicht, dass er mit Alphonse über mich sprach, und ich wollte auch nicht, dass er Grund dazu hätte. Da ich wusste, dass Alphonse mich bloß auslachen würde, wenn ich ihn bat, mir Geld für Zigaretten zu geben (er gab nie Bargeld für Kunden heraus), beschloss ich, die Zigaretten zunächst selbst zu bezahlen und Alphonse später darauf hinzuweisen, dass er sie mit auf die Rechnung setzen müsse.

Ich bekam eine Schachtel Zigaretten gegenüber im Dôme, das bereits aus allen Nähten platzte. Der Barmann grinste mir flüchtig zu; wahrscheinlich dachte er, ich wolle heimlich eine Pause machen.

Kurz darauf stand ich wieder vor der hintersten Tür des Flurs, klopfte und hoffte darauf, dass der Albtraum zu Ende sein möge. Die Schachtel Zigaretten wäre ein geringer Preis hierfür.

Er öffnete die Tür, ein Glas Wein in der Hand.

»Was gibt es?«, fragte er.

»Ihre Zigaretten, Monsieur«, sagte ich und reichte ihm die Schachtel. Er warf einen Blick darauf.

»Ausländische Zigaretten«, sagte er und studierte das Kamel auf der Packung. »Wenn wir ausländische Zigaretten gewollt hätten, meinst du nicht, wir wären ins Ausland geflogen? Doch wir sind hier, oder nicht? Chloderic? Wo sind wir?«

»Hier, Herr«, krähte der Zwerg.

»Wo ist das, Chloderic?«

»Paris, Herr.«

»Und was für Zigaretten raucht man in Paris?«

»Ich weiß nicht, Herr …«

»Nun, man raucht *französische* Zigaretten, oder? Du würdest sicher keine anderen wollen, oder, Chloderic? Würdest du?«

»Nein Herr, sicher nicht«, kam es vorsichtig aus dem Zimmer.

»Es wird in der Hauptstadt dieses Landes doch möglich sein, französische Zigaretten zu bekommen, oder nicht?« Er neigte den Kopf und schenkte mir ein Lächeln aus seinem großen, schönen Mund. »Und entferne doch diese Äpfel dort auf dem Flur. Wie sieht das denn aus?« Dann schloss er die Tür.

Länger, als ich darüber nachdenken möchte, stand ich dort und überlegte, ob es wohl etwas änderte, wenn ich zu weinen begänne. Dann weinte ich tatsächlich; im nächsten Moment ging die Tür ein letztes Mal auf, der Zwerg stand vor mir, und bevor ich noch vor ihm zurückschrecken konnte, hatte er mir eine Pipette ans Auge gehalten und mir eine Träne gestohlen: Ich sah sie deutlich, als er die Pipette hochhielt und musterte.

»Dankeschön«, flüsterte er und schloss lächelnd die Tür.

Alle guten Paraden und Finten, die ich hätte anbringen können, drangen nun auf mich ein und verletzten doch nur mich selbst: dass der Wein soundsoviel koste und nur unten einzunehmen sei. Dass das Haus Brandlöcher auf den Zimmern nicht schätze und ich meine Anweisungen habe. Dass ich unten gebraucht würde und andere Gäste auf mich warteten – all die Lösungen, die man zuvor übersehen hatte und die einem erst einfielen, wenn sie absolut wertlos waren.

Ich habe ihm keine Schachtel Zigaretten und auch sonst nichts mehr gebracht; dafür habe ich dank ihm wohl gelernt, dass *L'esprit d'escalier* keine schwarzgebrannte Hausmarke ist.

Meine Träume folgten mir auf den Fuß.

Und die Treppe nahm gar kein Ende.

Barneby

Wissen Sie, was ich an Ihnen so schätze, Céleste?«, fragte ich so beiläufig wie möglich, was gar nicht leicht war, wollte ich das Hämmern und Fluchen an der Tür übertönen.

Céleste stand still wie eine Achatskulptur in der Mitte der

Garderobe, die Hände mit gespreizten Fingern an die Schläfen gelegt, die Augen geschlossen. Nur ihre Lider mit den langen Wimpern zitterten leicht und verrieten mir, dass ihr ruchloser Geist nicht untätig war. Mit ihr in Ravis Garderobe eingesperrt zu sein, in dieser Welt des Tafts und der Girlanden billiger Glühbirnen, war in etwa so anregend, wie eine Viper in seinem Schlafzimmer zu wissen.

»Es ist Ihre Haltung«, klärte ich sie auf. »Und damit meine ich nicht nur die klischeehafte Grazie, die man gemeinhin Afrikanerinnen zuspricht, wenn sie ihre Einkäufe und mehrere Kleinkinder auf dem Kopf balancieren. Nein, ich meine ausdrücklich auch die Gefasstheit, mit der Sie sich und die Ihren durch Krisen wie diese manövrieren.«

Die Schläge wurden immer heftiger, ich hörte den kleinen Riegel, wie er sich aus dem Holz riss, und ich musste mich mit meinem ganzen Gewicht gegen die Tür lehnen, um sie geschlossen zu halten.

»Ich meine, es gehört schon eine besondere Form von Gelassenheit dazu, einen anständigen, hart arbeitenden Mann wie Philbert in kaum zwei Sätzen vom Verlust seiner Tageseinnahmen und seines guten Rufs in Kenntnis zu setzen. Und das so kurz nach den Renovierungen! Denken Sie an die vielen Schulden, die er sicher noch hat.«

Céleste öffnete langsam die Augen. Das goldene Licht in ihnen verglomm, bis sie beinahe eine natürliche Farbe zu besitzen schienen.

»Sie haben kein Herz«, setzte ich nach.

»Reden Sie keinen Blödsinn«, entgegnete sie. »Natürlich habe ich ein Herz.«

»Ich weiß auch, wo Sie es aufbewahren«, reizte ich sie. »Es sah nicht mehr allzu frisch aus, als ich es das letzte Mal in Händen hielt.«

Sie warf mir einen zornigen Blick zu.

»Tun Sie das gern? Ihrem eigenen Untergang entgegensteuern?«

»Ich weiß nicht«, antwortete ich wahrheitsgemäß. »Es müssen Sie sein, die diese morbide Seite in mir zum Vorschein bringt, teure Freundin.«

»Ich hätte Sie wirklich Graf Ludvik überlassen sollen, als ich die Gelegenheit dazu hatte«, murmelte sie. Dann deutete sie auf den Papierkorb. »Dort ist es. Lassen Sie ihn ruhig rein, Barneby.«

Ich machte einen Schritt zur Seite, die Tür flog auf, und Philbert torkelte mit ausgestreckten Armen auf uns zu und kam gerade noch rechtzeitig zum Stehen, bevor er Céleste umgerannt hätte. Sie blickte auf ihn herab, ohne das Kinn auch nur einen Zoll zu senken.

»Seien Sie vorsichtig«, riet ich ihm. »Sie ist sehr wählerisch, wen sie in ihre Arme schließt. Céleste, das ist Philbert, der Direktor dieses wunderbaren Etablissements.«

Philbert musterte uns misstrauisch und baute sich dann vor mir auf. Mit seinem Zylinder war er sogar etwas größer als ich. »Was soll das heißen, ›Sagen Sie's ab‹? Wie stellen Sie sich das vor?«

»Beruhigen Sie sich«, versuchte ich ihn aufzubauen und legte ihm leutselig den Arm um die Schultern. »Es war natürlich nur ein Scherz. Monsieur Ravi wird jeden Moment hier eintreffen. Na na. Es wird schon wieder werden … nicht wahr, Madame?«

Er atmete tief durch und schien sich etwas zu beruhigen. »Sie haben mir da einen gehörigen Schrecken eingejagt, Sie und Ihre Freundin!«

»Nun ist ja alles wieder gut«, sagte ich und tätschelte seinen Rücken. »Wollen wir uns anschauen, was Céleste da gefunden hat?« Ich deutete mit meinem Schirm auf den Papierkorb.

»Ich verstehe nicht – wer sind Sie überhaupt?«

»Freunde, lieber Philbert, auch wenn Sie's nicht ahnen. Freunde von Monsieur Ravi. Madame – was haben wir?«

Céleste sah mich an, und beinahe schien sie zu lächeln. »Einen Apfel«, sagte sie. Ich beugte mich leicht vor und stocherte mit meinem Schirm im Inhalt des Papierkorbs.

»Eher das Gehäuse eines solchen, wie mir scheint.«

Einen Moment sahen wir uns lauernd an, in beiderseitiger Gewissheit, dass der andere keinesfalls der sein würde, der sich zuerst nach dem Apfel bückte.

»Philbert?«, versuchte ich mein Glück. »Mein Rücken macht mir etwas zu schaffen … und Sie würden doch sicher keine Dame Ihre Abfälle durchforsten lassen wollen?«

Schnaubend schnappte sich Philbert den Papierkorb vom Boden, drehte ihn um und leerte seinen Inhalt auf den Schminktisch. Dann pickte er das Apfelgehäuse aus einem Nest von cremeverklebten Taschentüchern und drückte es mir in die Hand.

»So ungestüm«, murmelte ich und drehte andächtig das Gehäuse in meiner Hand. »Und so viel näher an unserem Ziel.« Céleste und ich tauschten vielsagende Blicke.

»Es war mir eine Freude«, knirschte Philbert und schüttelte den Kopf. »Was ist nun? Wann ist mit dem Erscheinen unseres sogenannten Künstlers zu rechnen?«

»Bald, bald«, beruhigte ich ihn, während ich unseren Fund sorgsam in ein sauberes Tuch wickelte und einsteckte. Die Tür wurde einen Spalt aufgeschoben, und der Kopf eines Bühnenarbeiters reckte sich herein. Von fern konnte man vage einen Sturm von Stimmen und Pfiffen hören. »Philbert!«, zischte der Mann. »Ich kann sie nicht mehr lange hinhalten!«

Philbert winkte ärgerlich ab. »Zehn Minuten, verflucht! Sag dem Orchester, es soll etwas Flottes spielen. Irgendwas Amerikanisches!« Der Mann verschwand. Philbert begann sorgenvoll auf und ab zu laufen. »Sechs Tage. Sechs Tage, und nun dies!«, klagte er. »Dutzende von Zauberern, und Tausende Hotels in Paris. Nur meiner steigt in einem ohne Telefon ab.« Ich blickte geduldig auf meine Uhr und seufzte. Seine Unruhe schien auf mich überzugreifen, und fast war mir, als sei es etwas dunkler geworden in der Garderobe. Ein Kribbeln hatte sich in meinen Bartspitzen festgesetzt, und das konnte nichts Gutes verheißen.

»Spüren Sie das auch?«, vergewisserte ich mich. Céleste neigte unmerklich den Kopf.

»Vielleicht könnten Sie ja … Ich meine, in Ermangelung eines Telefons?« Ich schielte auf den großen Schminkspiegel. Céleste nickte und stellte sich vor den Spiegel. »Entspannen Sie sich«, sagte ich zu Philbert. »Wozu verzagen, wo wir uns doch in Gesellschaft einer der größten Hellseherinnen befinden, die der Welt des Varietés verloren gegangen ist? Ihre Methoden sind nicht sehr publikumstauglich, aber effektiv, wie Sie feststellen werden – und danach unterhalten wir uns in aller Ruhe über Ihr Problem, bei einem Gläschen oder zwei. Ich könnte definitiv einen Drink vertragen. Was meinen Sie?«

Philbert sagte zunächst gar nichts, sondern starrte mit offenem Mund, weil sich Céleste mit einer blitzschnellen Geste ein Rasiermesser vom Schminktisch gegriffen und über ihre Handfläche gezogen hatte. Dann rieb sie ihre blutende Hand in weitem Bogen über den Spiegel, schloss ihre Augen, und wo ihr Blut die Glasfläche verfinsterte wie Teer, stieg ein Bild aus der Tiefe auf, bojengleich vom Meeresgrund empor. Das Bild war geisterhaft und unstet, Elmsfeuer blitzte an seinen blutigen Rändern, doch man konnte deutlich den Schankraum des Jardin erkennen. Célestes suchender Geist zwang das Bild hierhin und dorthin, doch es war keine Spur von Ravi zu entdecken. Ihre Stirn legte sich in Falten, und ich fragte mich, ob es Zorn oder tatsächlich Anstrengung war, die ihre Contenance trübten.

»Ich kann nicht in sein Zimmer sehen«, sagte sie, ohne die Augen zu öffnen. »Aber da ist etwas anderes.« Das Bild machte einen Satz wie ein hungriger Löwe und umkreiste einen Mann mit goldenem Haar, der in einem schwarzen Seidenmantel breitbeinig auf seinem Bett saß. Den Kopf hielt er gesenkt, so als denke er über eine schwierige Aufgabe nach; seine Hände spielten mit einem Apfel, den er nachdenklich drehte und wendete, als probe er für eine Rolle als Hamlet. Dann sah er überrascht auf und blickte um sich – was zur Folge hatte, dass er geradewegs in die Garderobe zu schauen schien, und ich erkannte ein Gesicht, auf dessen Anblick ich nur zu gerne verzichtet hätte.

»Potz Blitz, Orlando!«, rief ich aus, und im selben Moment fuhr er herum und schaute mich direkt durch den Spiegel hindurch an.

»Sie Narr«, fluchte Céleste und wischte, schneller, als ich zusehen konnte, abermals mit ihrer Hand durch das Bild, womit sie es zerstörte. »Sie haben ihn gewarnt!«

»In der Tat«, entschuldigte ich mich. »Wir sollten zurück ins Jardin. Wenn Orlando hier ist, gibt es Ärger.«

»Wem sagen Sie das«, zischte sie und rauschte an mir vorbei.

»Halt, warten Sie!«, rief Philbert, der seinen Schreck überwunden hatte, und griff nach ihrem Arm. Ich sog scharf die Luft ein. »Was ist mit –«

Céleste wirbelte herum, legte in einer fließenden Bewegung die Hände um Philberts Kopf und drückte ihm einen Kuss auf die Lippen. Verdutzt hielt der Direktor inne. Eine Sekunde standen beide still wie eine einzige Skulptur: zeitlos, verschmolzen. Dann, bevor ich einschreiten konnte, riss sie seinen Kopf herum. Der Zylinder fiel zu Boden. Mit einem eigentümlichen, glucksenden Laut sank Philbert in sich zusammen.

Betrübt stupste ich mit meinem Schirm nach ihm.

»Das wäre kaum notwendig gewesen«, kritisierte ich.

»Sorgen Sie sich nicht«, beschwichtigte mich Céleste. Sie sah noch berauschender aus als zuvor, und ich bemerkte, dass ihre Handfläche geheilt war. »Morgen ist er wieder ganz der Alte.«

»Was Sie nicht sagen. Ein schwacher Trost an diesem traurigen Tag.«

»Kommen Sie und lamentieren Sie nicht! Sie haben, was Sie wollten. Jetzt müssen wir uns um dringendere Probleme kümmern.«

Seufzend stieg ich über Philberts reglosen Körper, die Hand in der Tasche fest um das Apfelgehäuse geschlossen, und begleitet von den Buhrufen und Pfiffen des Publikums stahlen wir uns aus dem Bobino.

Gaspard

Das Dôme war ganz Rot in Rot gehalten, von den Holzvertäfelungen bis zu den Polstern der Bänke. Auch die Tapeten waren rot. Auf den Tischen standen kleine Vasen, jede mit einer Rose. In starkem Kontrast dazu flankierten Palmenkübel die Ecken des Innenraums, der sich in den Reflektionen mehrerer großer Spiegel in der Unendlichkeit verlor. Die Palmen, die Spiegel und das Rot machten das Dôme zu einem flammenden Urwald, und fast bereute ich meine Entscheidung, Justine hierher gebracht zu haben, denn sie warf unsichere Blicke in diesen Dschungel, in dem sich die Menschen schattenhaft aneinanderdrängten.

Die Männer hatten dunkle Anzüge an, einige tranken Bier, andere Scotch; die Frauen trugen Hüte und hielten Cocktails in den Händen. In der Mitte des Raums tagte eine Pokerrunde an einem großen Tisch. Weiter hinten wurde Billard gespielt. Die Luft war rauchgeschwängert. Ich führte Justine zu einem freien Tisch nahe der Fenster, von wo aus man die Lichter der Rotonde und des Select auf der anderen Seite des Boulevard sehen konnte. Dort setzten wir uns, und sie lächelte.

»Was möchten Sie trinken?«, fragte ich sie und versuchte, die Aufmerksamkeit eines Kellners auf mich zu ziehen. Das war nicht leicht, und der eine oder andere ging mir durch die

Lappen. Um uns war ein ständiges Geschnatter, das mal zu verschwörerischem Tuscheln verrann, dann in lauthalses Gelächter explodierte. Die vorherrschende Sprache schien Englisch zu sein.

Schließlich gelang es mir, zu einer Flasche Merlot und zwei Gläsern zu kommen – mein Kopf war zwar von der Bekanntschaft mit Mister Barneby und seinen Freunden immer noch in Mitleidenschaft gezogen, aber ich wollte, dass wenigstens dieser Abend so verlief, wie es sein sollte.

»Es ist seltsam, wissen Sie«, sagte Justine und drehte die Rose zwischen den Fingern, während ich uns einschenkte. »Die Palmen und das Rot – wie ein Waldbrand. Die vielen Menschen und der Rauch … in der Tapete scheinen Schlangen zu sein.«

Ich kniff die Augen zusammen und studierte das gewundene Muster.

»Es tut mir leid, wenn es Ihre Stimmung senkt. Wir können woanders hingehen. Irgendwohin mit Musik vielleicht?«

»Nein nein«, wehrte sie ab und nahm ihr Glas. »Ich bin glücklich für den Moment und könnte keinen Schritt mehr tun.« Sie lachte. »Außerdem kenne ich es ja. Ich sehe es mehrmals die Woche. Ich habe es nur noch nie *so* gesehen, wenn Sie verstehen, was ich meine.«

»Sie hatten sicher einen langen Tag.«

»Sorgen Sie sich nicht. Ich hatte etwas Zeit für mich, bevor Sie kamen … es tut gut, hier zu sein.« Wir stießen an und tranken. Entgegen ihren Beteuerungen schien sie mit ihren Gedanken aber an einem fernen Ort zu weilen. Ich beschloss, dass es am besten wäre, wenn sie sich alles von der Seele redete.

»Wollen Sie mir davon erzählen?«

»Was, von meinem Tag?«

»Warum nicht?«

Sie lächelte scheu. »Wenn Sie mir danach ein wenig von sich erzählen?«

Ich zuckte die Schultern. »Wenn Sie möchten.«

Sie haderte einen Moment mit sich, dann platzte es heraus.

»Es liegt alles an diesem verrückten Traum heute Nacht – in dem gab es auch schon ein Feuer, und Schlangen.«

»Der Traum verfolgt Sie?«

Sie nickte. »Heute morgen, als ich in den Keller ging ...«

»Ja?«

»Da waren die Mäuse. Erst nur eine, dann ganz viele. Ich habe keine Angst vor Mäusen, das brauchen Sie nicht zu glauben, aber als es dann auf einmal so viele waren, fand ich es schon seltsam, vor allem, weil wir vorher nie Mäuse hatten. Dann fiel mir ein, dass ich etwas Ähnliches schon vorher, in meinem Traum gesehen hatte – nur waren es da noch Tauben, nicht Mäuse. Verstehen Sie?«

»Nicht so ganz«, gestand ich.

»Auf einmal saßen alle Mäuse um mich herum. In einem ziemlich hübschen Kreis. Sie hockten da und sahen mich mit ihren Knopfaugen an. Die kleinen Nasen schnüffelten, aber sonst taten sie nichts von dem, was Mäuse normalerweise tun.«

»Das ist eine interessante Frage. Was tun Mäuse normalerweise?«

»Nun, sie setzen sich nicht in einen Kreis wie Zuschauer im Theater und schauen einen an, oder?«

Ich stimmte ihr zu. »Und was geschah dann?«

»Dann kam die Katze.« Justine fröstelte, und ich überlegte, ob ich die Gelegenheit ergreifen und näher an sie heranrücken sollte, doch unglückseligerweise standen die Stühle sehr dicht, und die Beine meines Stuhls hatten sich verhakt, und so konnte ich nur etwas hin und her ruckeln und ließ es schnell bleiben. Stattdessen erkundigte ich mich nach der Katze.

»Eine große, schwarze Katze«, sagte Justine. »Ich weiß nicht, wo sie auf einmal herkam, vielleicht durch ein Fenster, aber ganz sicher habe ich sie noch nie im Jardin gesehen. Esmée hätte gerne eine Katze, sie halten einem Probleme vom Hals, sagt sie, aber Alphonse fängt immer damit an, dass eine Katze nur neue Probleme mit sich brächte, und irgendwann habe man viele kleine Probleme statt eines großen, und so fort.«

»Also eine streunende Katze«, griff ich den Faden wieder auf, doch Justine, die immer mehr in Fahrt kam mit ihrer Geschichte, neigte den Kopf und widersprach. »Dazu war ihr Fell zu gepflegt. Glatt und seidig. Und ich habe sie noch ein paarmal heute gesehen – einmal auf dem Arm von Mister Barneby.«

Ich stöhnte. »Dann muss es ein sehr tapferes oder sehr bedauernswertes Tier sein.«

Sie lachte. »Ich weiß nicht, ob sie ihm gehört, denn er wohnt jetzt ja schon länger hier, und bis heute hatte er keine ...« Sie zog die Brauen zusammen, legte den Finger an die Lippen und grübelte.

»Was ist?«, fragte ich sie. »Alles in Ordnung?«

»Es ist nichts – mir war nur, als ob ...«

»Sie sehen übrigens reizend aus, wenn Sie das machen.«

Sie errötete. »Ich habe nur überlegt. Wo war ich?«

»Im Keller«, lächelte ich.

»Richtig. Jedenfalls, ich stand vor dem Eisschrank, die Mäuse saßen um mich herum und schauten mich an, als hätten sie eine Frage gestellt, auf die ich keine Antwort wusste, und dann kam die Katze in den Keller, wie aus dem Nichts, und es geschah etwas sehr Seltsames. Sie schreiben doch Geschichten. Was glauben Sie wohl, was passierte?«

»Die Mäuse rannten davon?«, riet ich. Es war nicht sehr originell, aber den Schriftsteller in mir verlangte es nach einem glaubhaften Gang der Ereignisse.

Justine schüttelte energisch den Kopf. »Das ist es ja gerade. Die Mäuse *scharten sich um mich*, als sollte ich sie beschützen. Sie drängelten sich um meine Füße, mit dem Rücken zu mir, damit sie die Katze im Blick behalten konnten.«

»Das ist ungewöhnlich«, stimmte ich zu. »Sind Sie sicher?«

»Absolut«, bekräftigte sie. »Wie Küken um ihre Glucke.«

»Und was taten Sie?«

»Na ja, ich machte einen Schritt zum Eisschrank, deswegen war ich ja schließlich da, und die Mäuse rückten langsam nach, während die Katze nur dasaß und mit ihren goldenen Augen alles ganz genau verfolgte. Irgendwie dachte ich da noch, alles wäre nur ein Spiel, wissen Sie? Dann öffnete ich den Eisschrank, kalte Luft schlug mir entgegen, und alle Mäuse stoben davon und verschwanden in ihren Ritzen in der Wand. Die Katze machte einen Satz, ein oder zwei Mäuse hat sie erwischt, und mir wurde ganz übel – denn irgendwie hatten die Mäuse mir ja vertraut, und ich hatte sie im Stich gelassen. Dann sah mich die Katze an, und ich wusste, sie wusste genau, was ich dachte. Ich glaube, nur deshalb hat sie es getan – als wolle sie mir etwas beweisen. Dann verschwand sie im Dunkeln.«

»Eine verrückte Sache«, bekräftigte ich. »Noch etwas Wein?« Sie nickte, und ich goss nach. Am Nebentisch hantierten drei Männer mit einem Ölgemälde, über das sich bald eine hitzige Diskussion entspann. Eine größere Gesellschaft legte ihre Mäntel um und trat nach draußen; vor der Tür posierten sie, und ein Blitzlicht flammte auf. Dann bestiegen sie ein Taxi und brausten davon in die Nacht. Ihre Plätze wurden sofort wieder belegt.

»So ging es jedenfalls den ganzen Tag«, murmelte sie und schüttelte den Kopf. »Leute wiederholen Worte, die ich schon einmal gehört habe, ein Gast, der mich vorhin zur Weißglut trieb, sah aus wie jemand, den ich schon einmal gesehen habe …«

»Und alles in Ihrem Traum.«

»Genau.« Sie seufzte und legte den Kopf in die Hände. »Jetzt ist es aber genug, sonst halten Sie mich noch für verrückt. Sie sind dran.« Ihre Augen glitzerten, wie der Wein in den Gläsern glitzerte, das elektrische Licht auf dem Messing der Bar. Einen

Moment hörte man das Klackern von Billardkugeln aus dem rückwärtigen Teil des Raums. »Erzählen Sie mir etwas über sich. Warum sind Sie hier?«

»Nun«, sagte ich, und versuchte, meine Finger daran zu hindern, ziellos an den Objekten auf unserem Tisch herumzuspielen, »ich schreibe, wie Sie ja wissen, und suche nach einem Verleger. Eigentlich suche ich aber nach einem ganz bestimmten Mann, denn vielleicht bin ich auch noch gar nicht so weit.«

Es überraschte mich, das aus meinem Mund zu hören, aber Justine hing gebannt an meinen Lippen, also redete ich schnell weiter. »Ich weiß, dass meine Sachen noch nicht halb so gut sind, wie sie werden könnten. Vielleicht sollte ich also länger an ihnen arbeiten. Der Mann, nach dem ich suche, könnte mir sicher zeigen, was ich besser machen muss.«

»Wie soll er das können?«, fragte sie erstaunt. »Er ist nicht Sie.«

»Nun, aber …« ich rang nach Worten. »Ich bewundere ihn.«

»Kennt er Sie denn überhaupt?«

»Nein, ich fürchte kaum.«

»Aber Sie wollen schreiben wie er?«

»Ich will so *gut* schreiben wie er. In unserer Sprache. Seine Geschichten, sie sind kurz, aber so gewaltig, wissen Sie? Fast unscheinbar, denn er macht nicht viele Worte. Er nennt die Dinge beim Namen. Aber er sagt mit einem Wort mehr als andere mit einem ganzen Abschnitt.«

Sie nickte. »Das klingt gut. Wie heißt er?«

»Hemingway«, sagte ich langsam. »Mit einem ›m‹. Das macht kaum jemand richtig.«

»Mit einem ›m‹«, wiederholte sie. »Ein Amerikaner?«

Ich nickte. »Man sieht ihn häufig in Begleitung wichtiger Leute. Er soll ein guter Freund der Fitzgeralds sein.«

Sie nickte ermutigend, sagte aber nichts dazu.

»Ein kleiner Laden in der Rue de l'Odéon verkauft seine

Bücher.« Ich kam ins Schwärmen. »Derselbe Laden, der auch *Ulysses* verkauft – Sie wissen schon, das verbotene Buch.«

»Wieso denn verboten?«, fragte sie.

»In Amerika hatte man Angst davor, weil viele … anstößige Dinge darin stehen.«

Sie legte den Kopf schief. »Und Ihr Mister Hemingway, schreibt der auch … anstößige Dinge?«

»Ja – aber das ist nicht der Punkt.«

»Schreiben *Sie* anstößige Dinge, Gaspard?«, feixte sie. »Über Ihre Éloïse?«

»Das … ist auch nicht der Punkt«, redete ich mich heraus. »Es geht darum, der Welt den Spiegel vorzuhalten – so wie er es tut. Es steht so viel Wahres in seinen Geschichten – über die Liebe. Über das Leben. Und wie die wichtigen Dinge immer ungesagt bleiben. Häufig sieht man ihn in der Closerie. Seine Wohnung soll ganz in der Nähe liegen. Er muss hier irgendwo sein – vielleicht sogar mit uns in diesem Raum, und wir wissen es nicht einmal.«

Wir sahen uns misstrauisch um.

»Sie haben sich eingehend vorbereitet, nicht wahr?«, fragte sie.

»Ich lese die entsprechenden Zeitschriften«, gab ich zu.

»Was werden Sie tun, wenn Sie ihn gefunden haben?«

»Nun … mit ihm reden.«

»Und dann?«

»Darüber habe ich mir ehrlich gesagt wenig Gedanken gemacht. Bessere Geschichten schreiben, hoffentlich.«

»Ich glaube nicht, dass jemand anderes Ihnen das beibringen kann«, erklärte sie. »Wenn seine Geschichten wahr sind, wie Sie sagen, dann müssen Sie selbst diese Wahrheit finden, Gaspard. Und vielleicht ist Ihre Wahrheit ja eine andere als seine? Sie sollten erst ein eigenes Leben führen, und dann darüber schreiben. Es wird Ihnen sicher nicht schwer fallen. Da bin ich mir sicher.« Sie stockte. Nachdenklich studierte ich ihr Gesicht. Sie hatte bezaubernde Wangen, fiel mir auf, und ihre Lippen waren immer leicht geöffnet.

»Vielleicht«, sagte ich nachdenklich und suchte die Quelle des Glitzerns in ihren Augen. Für den Moment war es mir nicht mehr wichtig, sie von irgend etwas zu überzeugen. »Sie sind eine gute Menschenkennerin, nicht wahr?«

Sie schlug die Augen nieder. »Tut mir leid, wenn ich Ihnen Ratschläge erteile. Das passiert mir andauernd. Die Wahrheit ist, ich kenne mich in den Leben anderer besser aus als in meinem eigenen – das kommt mit dem Beruf, nehme ich an. Für mich selbst weiß ich meistens keinen Rat.«

»Sie brauchen sich nicht zu entschuldigen«, sagte ich und griff nach ihrer Hand. Sie schreckte kurz zusammen, ließ die Hand aber liegen und sah mich an. »Es war sehr schön, was Sie gesagt haben, Justine.«

Eine Weile saßen wir so da, Hand in Hand, und lauschten auf das Gemurmel und das Klirren der Gläser und das Klackern der Billardkugeln. Dann zog sie ihre Hand zurück und nestelte an einer Serviette. »Manchmal wünschte ich, ich könnte einfach fort, wissen Sie.«

»Warum können Sie es nicht?«, fragte ich.

Sie zuckte die Schultern. »Alles ist hier. Mein Zimmer, meine Arbeit, das Jardin …« Sie machte eine Geste, die das gesamte Carrefour Vavin mit einschloss. »Ganz Paris ist hier, und der Rest der Welt auch, und manchmal ist es furchtbar groß, zu groß, um mein Leben darin zu finden. Verstehen Sie, was ich meine?«

»Ich denke, ja«, sagte ich. »Manchmal würde man am liebsten alles liegenlassen und den nächsten Zug besteigen und einfach irgendwo hinfahren.«

»Genau deshalb bin ich ja hier«, seufzte sie. »Der Zug fuhr hierher. Und ich war so dumm und dachte, alles wird gut.«

159

»Mir ging es nicht anders. Ich stand so häufig vor den Fahrplänen in Toulouse, dass ich sie wahrscheinlich noch auswendig kann. Dann, eines Tages, aus einer Laune heraus, stieg ich ein. Ich habe nicht einmal gesehen, wo der Zug hinfuhr.«

»Und er brachte Sie hierher?«, fragte sie.

»Nein«, gestand ich. »Er brachte mich zwei Stationen näher an die Bretagne, und dann warf mich der Schaffner aus dem Zug, weil ich kein Billet bei mir hatte.«

Wir lachten.

»Dann aber sind Sie nach Paris gefahren«, beendete sie meine Geschichte.

»Ja. Eine Woche, nachdem ich zurück war, bin ich nach Paris gefahren. Diesmal mit einem Koffer. Meinem Manuskript. Und einem Fahrschein.« Ich überlegte. »Wir könnten es tun, wissen Sie? Einfach einen Zug besteigen, meine ich.«

»Das könnten wir«, nickte sie. »Es ist verrückt, aber wir könnten es.«

»Also?«

Sie blinzelte überrascht, als habe sie geträumt. »Sie meinen es ernst, nicht wahr?«

»Wieso nicht?«

»Das ist sehr süß. Aber es ist schon so spät, und ich … fragen Sie mich morgen noch mal, ja? Werden Sie das tun?«

»Das werde ich«, lächelte ich. »Was ist los? Sie wirken so unruhig.«

»Da ist noch etwas, das ich tun muss«, sagte sie. »Etwas, das ich versprochen habe. Würden Sie mich nachher noch begleiten? Nicht, was Sie denken!« Sie errötete. »Ich weiß, das klingt jetzt wie aus einem Ihrer anstößigen Bücher, aber es könnte wirklich noch eine lange Nacht – nun schauen Sie mich nicht so an, Gaspard, Sie wissen überhaupt nicht, was ich sagen will!«

»Es ist egal«, sagte ich, »die Antwort ist ja.«

Justine

Wir saßen in dem Winkel unter dem Wäscheschacht, wie Einbrecher, oder wie Kinder, die Heiligabend ihre Eltern belauschen. Wir waren beide sehr müde, Gaspard gähnte mehrmals lange und tief, und sein Gähnen hatte eine ansteckende Wirkung auf mich. Irgendwann ließ ich mich gegen ihn sinken, was ihn zunächst, glaube ich, überraschte, aber er war klug genug, nichts zu sagen, sondern nur ein wenig zurechtzurücken, so dass wir es ein bisschen bequemer hatten. Irgendwann später legte er den Arm um mich, denn der Boden war schon recht kalt in den Nächten.

»Dies ist eine sehr eigenartige Nacht«, flüsterte ich, wieder eine lange Zeit später, und er nickte nur und sagte nichts. »Danke, dass du bei mir geblieben bist. Ich hoffe, du bereust es nicht?«

»Ich bereue nur«, sagte er schwer, »den ganzen Tag irgendwelchen Hirngespinsten nachgelaufen zu sein, statt ihn mit dir zu verbringen. Nun bin ich todmüde.«

»Und mir tut es leid, dass ich zuerst geglaubt habe, du wärst einer von Barnebys Freunden.« Ich strich ihm über die Nase. »Wir hätten uns wirklich früher unterhalten sollen – nicht erst, als ich dich auf dem Müll fand.«

»Man erkennt den Wert einer Sache meistens erst dann, wenn sie fortgeworfen wurde«, grinste er. »Glaubst du denn, sie kommt bald?«

Ich kuschelte mich tiefer in seine Arme. »Ich weiß nicht. Ich denke, ja.«

Das Jardin hatte schon geschlossen, als wir aus dem Dôme kamen. Wir waren beide beschwipst, und kichernd und auf Zehenspitzen schlichen wir durch den verlassenen Schankraum. Aus der Küche drang schweres Gemurmel – ich erkannte Mischas Stimme, verspürte aber keine Lust, mich zwischen ihn und sein Unglück zu stellen, das er in Form einer Flasche Wodka dort versteckt hielt. Stattdessen nahm ich uns meinerseits eine Flasche Wein aus der Bar – ich war betrunken genug, mir einzureden, dass wir uns diese Flasche verdient hätten – und lotste Gaspard ins Obergeschoss.

Vom Ende des Flurs waren erhitzte Gespräche zu hören; ich konnte Barnebys und mehrere andere Stimmen ausmachen, die in gefährlichem Ton miteinander stritten, und einmal, als ich die Stimme der goldäugigen Frau hörte, hätte ich schwören können, dass die Gläser in Alphonses Bar wie Glöckchen zitterten und die alten Gaslampen im Flur für eine Sekunde zischend zum Leben erwachten und wieder verloschen.

Wir stahlen uns auf meine Kammer. Sie war mir unangenehm, denn sie war so winzig, dass man sich nur aufs Bett setzen konnte. Aber Gaspard schien sich nicht daran zu stören, und so nahmen wir Platz, und ich zeigte ihm einige der Gemälde, die Alphonse mit den Jahren gesammelt hatte.

Ich hatte ein paar, die mir besonders gefielen, vor der Besenkammer gerettet; Alphonse war das gleich gewesen. Dabei waren sie nicht schlecht: Es gab Bilder von Straßen und Bilder von Parks, Bilder in grellen Linien und Bilder in weichen Tupfen, ein Sturm erfrorener Farben, die für immer eine Vorstellung festhielten, die der Maler sich einmal von sich oder dem Leben gemacht hatte.

Dann gingen draußen Türen, es gab eilige Schritte; wieder schlugen Türen, dann herrschte Stille. Gaspard und ich sahen uns an, ich machte ein ratloses Gesicht, und nach einer weiteren Viertelstunde begannen wir unsere Nachtwache. Mit uns nahmen wir nur eine Lampe und die Flasche Wein. Zu keiner Sekunde hatte er mich für verrückt erklärt; er hatte sogar beteuert, er wüsste sehr gut, wie es sei, sich verfolgt zu fühlen, von Träumen, Katzen oder anderen Dingen.

»Wie viel Uhr ist es?«, flüsterte ich, denn ich konnte von unserem Platz aus das Zifferblatt der großen Standuhr nicht sehen. Nur das Ticken ihres Räderwerks erfüllte den Flur wie die Hallen einer Elfenwerkstatt.

Als Gaspard keine Antwort gab außer einem regelmäßigen, tiefen Atmen, drehte ich sachte den Kopf und blickte in sein schlafendes Gesicht. Einen Arm hatte er noch um mich gelegt, der andere lag auf dem Teppich. Ich studierte sein struppiges Haar und seine Nase, die etwas zu groß war und ihm etwas Spitzbübisches verlieh. Sein Gesicht sah jünger aus, wenn er schlief, und seine geschlossenen Augen standen in einem merkwürdigen Kontrast dazu, denn sie wirkten alt und erschöpft. Vorsichtig stellte ich die Flasche Wein auf die Seite. Auch ich war sehr müde.

Dann sah ich die Maus. Sie kam aus Richtung der Treppe, und sie verharrte nur kurz, um mich und meinen schlafenden Begleiter zu betrachten. Im flackernden Licht der Lampe zitterten ihre Barthaare und warfen gewaltige Schatten auf den Teppich, wie Äste in einem lautlosen Sturm. Dann tippelte sie weiter zur Uhr, setzte sich auf die Hinterpfoten und witterte.

Gebannt sah ich zu, wie ihr weitere Mäuse folgten. Sie kamen nun aus allen Winkeln, den geheimen Mäusewegen, und gruppierten sich um die alte Uhr. Ein paar schnupperten an ihr, versuchten, Pfoten und Schnauzen in die Spalte des Uhrkastens zu zwängen, dann nahmen sie nach und nach ihre Plätze ein, wie sie es heute früh schon getan hatten, aufgeregte Besucher bei einer Premiere.

Etwas hatte sich verändert. Zuerst war da nur ein Schimmer, der sich aus dem Dunkel entfaltete, ein ferner Widerhall meines Lichts, ein weißer Stern, so kalt wie Schnee. Dann, gleich einer wiederkehrenden Erinnerung, tauchte eine Hand auf, und die Hand entsann sich eines Arms, und der Arm eines Körpers und eines Kopfes. Dann hatte der Kopf ein Gesicht, und Blanche beugte sich zu den Mäusen hinab, ein kleines Mädchen, eine

Mondscheinstatue, eine riesenhafte Mäusegöttin, die zu ihnen sprach, so leise, dass ich sie nicht verstand.

Aufgeregt griff ich nach Gaspards Hand, doch er machte nur einen Seufzer und drehte den Kopf, und ich wagte es nicht, ihn zu wecken. Mein Herz klopfte ganz wild, und mir war, als ob die Mäuse genauso gespannt wie ich selbst beobachteten, wie Blanche sich zu dem Uhrkasten beugte und ihn öffnete, hineingriff und auf ihren zu einer Schale geformten Händen, die durchsichtig waren wie Eis, eine kleine Maus aus dem Kasten hob, so als sei sie das siebente Geißlein, und sie behutsam bei ihren Freunden absetzte, die sie aufgeregt beschnupperten und leise Pfiffe ausstießen.

Blanche richtete sich auf, ihr Mund ein lautloses Lächeln, und sah zu mir herüber. Ihre Miene wurde traurig, als sie erst mich, dann Gaspard ansah, wie eine liebgewonnene Idee, die man schweren Herzens aufgeben muss. Eine Weile verharrte sie, die Lippen gespitzt, als hoffe sie auf etwas, das nicht geschah; auch ich versuchte, etwas zu sagen, doch es wurde kein einziges Wort gesprochen in diesen Momenten auf dem Flur.

Dann trübte ein plötzlicher Schmerz die gespenstische Erscheinung, ihr ganzer Körper zitterte, sie warf den Kopf herum und suchte nach jemandem, den weder sie noch ich finden konnten. Furchterfüllt stand ich auf, wollte zu ihr. Doch sie erlosch wie eine Kerze. Die Mäuse rannten davon, in Ritzen und Löcher, die ich nicht sehen konnte, verschwanden in den Schatten selbst. Ich stand alleine im Flur vor der alten Uhr, und Gaspard schnarchte leise unter dem Wäscheschacht.

Eine tiefe Traurigkeit überkam mich. Blanche war tatsächlich gekommen, wie sie es mir im Traum versprochen hatte, aber sie hatte mir keine Antworten auf meine Fragen gegeben. Sie hatte die Maus gerettet, nicht mich, und nach all den märchenhaften Geschehnissen sähe ich nur einem weiteren Tag im Jardin entgegen. Das Jardin war mein Leben geworden, ohne dass ich es recht bemerkt hatte, so wie man eines Tages im Spiegel eine Falte bemerkt, die man sich bislang zu sehen geweigert hatte.

»In der Falle«, flüsterte ich zu mir selbst und betrachtete die Uhr. Es war beinahe drei, und wie ich die alten Zeiger beobachtete, die über ein mattes Ziffernblatt krochen wie zwei Krebse durch eine nächtliche Bucht, zaghaft und unverständlich, wurde ich wütend. Wütend mit mir selbst, weil ich mich diesem Leben ergeben hatte; wütend mit Alphonse, der mich besser verstand als ich mich selbst und mir genau das gegeben hatte, was ich auf meiner Flucht vor mir selbst gesucht hatte; wütend auf das ganze Jardin mit seinen Zimmern und Betten und Äpfeln; wütend sogar auf Alphonses Uhr, deren Ticken langsam zu verebben begann.

Mit Tränen in den Augen öffnete ich sie, griff hinein und zog sie auf.

Es war alles wie immer.

Allein, es gab etwas, das anders war als sonst.

Ich blickte auf Gaspard, der zusammengesunken in seiner Ecke saß. Ich hoffte, er träumte nicht von einer anderen, oder gar von seinem Schriftsteller, von dem er immerzu sprach. Ich hätte ihn wohl wecken sollen, aber ich brachte es nicht über mich, und ich war müde, einfach zu müde, und so setzte ich mich wieder zu ihm, legte seinen Arm um mich, lehnte den Kopf an seine Schulter und lauschte dem gleichmäßigen Heben und Senken seiner Brust.

Immerhin, dachte ich noch, auch wenn ich ihn kaum kannte – dies war wenigstens ein Mann, der sicher noch da sein würde, wenn ich morgen erwachte.

Und das wäre doch immerhin schon etwas.

Ravi

Spät in der Nacht, als ein azurblaues Dunkel die Schwärze über dem östlichen Boulevard zu verdrängen begann und die Nachtzüge ihre Fracht zu den Märkten schafften, verließ ich das Zimmer, um nach unten zu gehen, die Leute auf der Straße zu grüßen, die es zu den Bäckereien oder in ihre Betten zog, und das geisterhafte Schauspiel zu verfolgen, das sich jeden Augenblick ereignen würde.

Ich hatte es nicht geschafft, zu schlafen; eher könnte man sagen, ich war in mich gegangen, hatte mit mir Zwiesprache gehalten, während ich neben Blanche auf dem Bett saß und über sie wachte. Doch ich fand keine Ruhe.

Der Richter war endlich eingetroffen, und er war Kläger und Henker in einer Person.

Gewalt war für mich immer ein abstraktes Konzept gewesen; etwas, das die Menschen in den Geschichtsbüchern oder meinen Groschenromanen einander antaten. Bis zum Auftauchen Orlandos hatte man mir noch nie mit Gewalt gedroht. Schlimmer noch, er hatte Blanche gedroht. Er hatte sich als einen Sendboten bezeichnet und mehrmals sein besonderes Verhältnis zum Direktorat betont, als stünde er in dessen besonderer Gunst. Wenn er die Wahrheit sprach, war er eins der Geschöpfe aus alten Tagen, von denen man in der verborgenen Welt hinter vorgehaltener Hand flüsterte – wenn er bluffte, war er sich seiner Sache zumindest sehr sicher. Ich wusste also nicht, ob er mir etwas anhaben konnte, aber ich durfte Blanches Sicherheit nicht aufs Spiel setzen.

Erstaunlicherweise hatte Barneby uns verteidigt, und Céleste wiederum ihn, wenn auch nicht aus den Gründen, die ich mir gewünscht hätte. Jeder von ihnen schien mich (und den jeweils anderen) als seinen persönlichen Preis zu betrachten, und keiner von ihnen mochte es, sich von Orlando in diesen Wettstreit hineinreden zu lassen. Außerdem, behauptete Barneby (unter Aufgebot einer Menge seltsamer Präzedenzfälle), sei dies Paris, und hier gälten von jeher andere Regeln. Er war nicht so überzeugend, wie er gerne gewesen wäre, aber schließlich schaffte er es, dass Orlando sein Gericht, das er über uns alle zu halten gedachte, auf morgen verschob.

Ich hatte also eine Gnadenfrist erhalten, doch ich bezweifelte, dass sie viel nützen würde. Orlando hatte seinen Standpunkt sehr deutlich gemacht: Blanche und ich hatten uns gegen die Société gestellt, und wir würden dafür bezahlen. Es war schwer zu sagen, wie viel er schon wusste, aber es ging ihm offenkundig nicht darum, was ich auf der Bühne des Bobino getan hatte – sondern um das, was anschließend in der Garderobe geschehen war. Auch Barneby hatte das erkannt, und ein Blick in sein Gesicht sagte mir, wie ernst es um mich stand. Barneby war meinem Geheimnis dicht auf der Spur – was er nicht verstand, war, weshalb ich nicht mit der Wahrheit herausrückte. Dabei hätte ich die Schuld ohne Zögern auf mich geladen, wenn dies Blanche aus der Schusslinie genommen hätte.

Ich wartete. War da ein Geräusch auf dem Flur? Eine Erschütterung im unsichtbaren Netz des Jardin?

Ich lauschte. Stille kehrte ein.

Ich verließ das Zimmer, verschloss die Tür und ging den Flur hinab zur Treppe. Dort fand ich Justine, wie sie im Licht einer Petroleumlampe in den Armen des Jungen auf dem Boden saß und schlief.

Ich betrachtete die beiden. Ich musste lächeln – sie ahnten nichts von den absurden Schwierigkeiten, in die wir sie und uns gebracht hatten. Sie ahnten nichts davon, dass sie ihr Dach mit Wesen aus dem Land der Legenden teilten, und sie sorgten sich nicht um geheime Gesellschaften, die ihr Leben diktierten.

Ich vergaß meinen Vorsatz, nach draußen zu gehen, und versenkte mich in ihren Anblick, denn sie erschienen mir wie ein

Zeichen, ein übersehener Beweis am Tatort: der Junge, der sie beschützte, obwohl er sie kaum kannte, und auf die Versprechen des neuen Tages hoffte – wenn dies an einem einzigen Tag möglich war, was wäre dann erst an zweien?

Manchmal, dachte ich, war das Leben nicht zu wenig, sondern zu viel.

Justine träumte. Ihr rebellisches Haar hatte sich wieder vor ihrer Nase niedergelassen und hinderte sie daran, in tieferen Schlaf zu fallen. Ich beneidete Menschen um ihre Träume, denn ich träumte nie; es war, als dürften sie zwei Leben auf einmal führen. Ob unser Gefängnis, in dem wir saßen, vielleicht nicht mehr als ein Traum war? Was, wenn ich doch zu träumen begonnen hatte, ohne es zu bemerken, und ohne den Unterschied zu kennen?

Ich ging in die Hocke und versuchte zu raten, was hinter Justines Stirn vor sich ging, während das leise Ticken der Uhr das Ende der Nacht ankündigte und das Ende ihres Lebens und das des Jungen und aller anderen. Ich schloss meine Augen und sah sie: Justine in Gaspards Armen unter dem Wäscheschacht, in ihrem Traum aber in Feldern von Sonnenblumen, inmitten dicker brummender Hummeln unter der Mittagshitze. Irgendwo rauschte das Meer. Die ganze Welt war eine Insel, ein gleißendes Blumenfeld, das die Nase kitzelte und so hell war, dass man die Augen davor verschließen musste. Justine war irgendwo in diesem wogenden Labyrinth, Reihe auf Reihe, die sich in der honiggelben Unendlichkeit verliefen, ein winziger Pinselstrich in einem vor Farben berstenden Gemälde, ein Gedanke, der nach einem Ausweg sucht. Justine war hier und überall: alleine in einer fremden Stadt, in der sie auf jemanden wartete, der nicht kam; geschäftig auf der Terrasse, wie sie Gläser und Tassen abräumte; lachend in einem ratternden Nachtzug, einem ungewissem Ziel entgegen. Das Brummen und Rauschen und Rattern verschlang die Welt. Justine war gewesen; Justine würde sein.

Justine lag alleine in ihrem Bett in der Kammer, die Alphonse ihr gegeben hatte, und träumte – nur von dem Bett und der Kammer und von Alphonse, der wollte, dass sie aufstand und die Äpfel verteilte.

Ich erhob mich und ging nach unten, um nach der Morgensonne und den Menschen zu sehen. Von irgendwo drang Schnarchen. Doch draußen auf dem Boulevard machten sich die ersten Frühaufsteher schon auf den Weg, und die letzten Nachtschwärmer kehrten heim, lachend und guter Dinge – denn es war endlich Sonntag.

Der dritte Tag

Ein unerwarteter
Trauerfall

Gaspard

Die Sonne stand hoch über dem Place de Rennes, als ich erwachte. Es war ein langer Samstag gewesen: die rumpelnde Fahrt in der dritten Klasse, die Enge und das Geplapper der Reisenden, die Männer, die nach Tabak rochen, die Frauen in ihren Parfumwolken und die schokoladenverschmierten Kinder. Dann: der Taumel der Ankunft, schiebende Massen, die sich aus dem Bahnhof ergossen, Samstagsbetrieb, die gleißende Abendsonne. Ich kaufte mir schnell einen Stadtplan und suchte nach einer Bleibe, was länger dauerte als erwartet. Meine Suche führte mich im Kreis, bis man sich hier, kaum hundert Schritt vom Gare Montparnasse, erbot, mir ein gerade vakant gewordenes Zimmer zu überlassen, wenn ich mich nur noch ein wenig geduldete. Auch ließ ich mich überzeugen, gleich noch zu Abend zu essen, wo ich schon da war, und so war es bald dunkel, und ich hatte von Paris nicht viel mehr gesehen als Bahnsteige und Hoteleingänge.

Von einer gewissen Enttäuschung und Unruhe getrieben machte ich mich daher auf, das Viertel zu erkunden, damit ich am nächsten Morgen schon etwas Ortskenntnis besäße. Eine Vielzahl widerstreitender Gefühle packte mich bei jeder Straßenecke, beim Anblick jeder neuen, leuchtenden Reklame. Vieles war, wie ich erwartet hatte, doch gerade ein wenig aufregender oder belangloser. Ich war zum ersten Mal in der Stadt der Lichter, und ich war endlich angetreten, dem Ruf zu folgen, den zu hören ich immer vorgeschützt hatte, um meinen Eltern meine Unsicherheit, meinen Freunden meine Unabkömmlichkeit, meinen Bekanntschaften meine Geistesabwesenheit zu erklären. Leider, und das war nun sehr offensichtlich, würde meine bloße Anwesenheit in Paris mich ebenso wenig zu einem Schriftsteller machen, wie mich ein Dirigent mit seinem Stab in Paganini verwandeln könnte.

Ein wahrer Schriftsteller. Niemand wusste, was das eigentlich ist, und merkwürdigerweise waren die Kritiker und Mäzene, die sich herausnahmen, die allgemeine Aufmerksamkeit zur rechten Zeit auf die rechten Personen zu lenken, weniger noch als ihre Schützlinge über die Zweifel erhaben, die ihnen von Skeptikern wie meinen Eltern oder Freunden entgegengebracht wurden: Sie schrieben unzugängliche Werke, veröffentlichten diese meist selbst, und scheuten sich nicht, einander Lobeshymnen in den einschlägigen Gazetten zu widmen. Zwar würden sie nie selbst über Wasser wandeln, aber sie waren es, die den Messias erkannten, wenn er in ihren Salons vor sie hintrat – und erstaunlicherweise folgte die öffentliche Meinung ihnen, wenn sie seine Wundertaten nur lange und laut genug priesen. Im Ergebnis wurden wahre Schriftsteller damit von Leuten geadelt, denen man nicht für fünf Minuten seinen Hund anvertrauen würde.

Es hatte auf mein Umfeld immer absonderlich und, wie ich fürchte, auch prätentiös gewirkt, dass ich mich mehr für angelsächsische als französische Literatur zu interessieren schien; und der unterschwellige Eindruck, den viele Zeitungen nicht ohne gewisse Häme vermittelten, dass nämlich das amerikanische Paris mitunter das interessantere, oder doch berichtenswertere Paris sein könnte, hatte diese Ressentiments eher noch verstärkt. Ich hatte auch keinen Schimmer, wie es kam, dass mich eine Gruppe heimatloser, kriegsversehrter Provokateure so faszinierte, denn wenn ich aus dem Fenster sah, hatte ich mehr Heimat, als ich ertragen konnte, und der Krieg war für mich nicht mehr als ein düsterer Schatten aus Kindheitstagen. Wahrscheinlich war es allein einer zufälligen Verkettung von

Empfehlungen, Buchläden und Leihbüchereien zu verdanken, dass ich auf die Fährte meines Idols gestoßen und auch in der Lage gewesen war, ihn zu lesen.

Dann war da der Zauber des Augenblicks, in dem mir seine Geschichten zuflogen: ein Winterabend in der Schweiz, ich in meinem Zimmer im Bett, und unten meine Eltern, wie sie sich zerfleischten; eine Zugfahrt in ein nahes Dorf, und das Mädchen, das dort wohnte; dann die Szene, in der sie den Dorftrottel küsste, und ich auf dem Rückweg. Und immer: ein Buch, eine Zeitschrift, ein kurzer englischer Text, den ich mit der Hingabe eines Ägyptologen entzifferte und der stets, zu jeder Gelegenheit, ein neues Geheimnis preisgab, ein weiteres Puzzlestück einer Welt, die meine eigene, mit all ihren Kämpfen und Küssen, schrecklich klein erscheinen ließ.

Vage war ich mir bewusst, wie wenig das, was ich in diesen Texten sah, mit dem zu tun haben mochte, was ihr Autor in sie gelegt hatte. Möglicherweise war es sogar gleich, was der Autor zu sagen hatte. Die vielleicht nennenswerteste Einsicht, die ich mit meinen neunzehn Jahren gehabt hatte und die seitdem über mir hing wie der funkelnde Sternenhimmel hinter Wolken, war, dass es niemanden schert, was für ein Bild wir uns von unserem Leben machen oder welchen Sinn wir darin sehen. Es kommt einzig darauf an, dass wir tun, was wir tun müssen – und aus genau diesem Grund war ich hier, in Paris.

Ich musste ihn treffen. Nicht, weil ich glaubte, dass er mich zu etwas machen könnte, was ich nicht war, sondern weil ich es nicht schaffen würde, mich selbst dazu zu machen, ohne ihn getroffen zu haben. Man wird kein wahrer Gläubiger, ohne einmal im Leben nach Mekka zu gehen, wenn Sie verstehen, was ich meine.

Ich kam an diesem ersten Abend nicht einmal bis nach Medina. Ich schaffte es ziemlich genau bis in die Dingo Bar, und beinahe wäre meine Reise dort schon zu Ende gewesen.

Ich war müde, in meinen Gedanken verloren, und von aller-lei Zweifeln geplagt, ob das, was ich tat, nicht eine schreckliche Dummheit wäre und mir das Treffen mit ihm nicht mehr als alles andere das wahre Ausmaß meiner Dummheit beweisen würde. Morgen, redete ich mir ein, wenn die Sonne hoch über den Boulevards stehen würde und den Schmutz und die Zweifel der Nacht versengte, wenn das bedrohliche, einsame Paris vergangen wäre und ein neuer Tag im Märchenland der Gazetten anbräche, morgen wäre alles anders.

Doch da stand ich schon in der Tür, es gab kein Zurück, jemand stieß mich hinein, und schon fand ich mich an der Theke wieder, wo mir ein pausbäckiger Barmann ein verschmitztes Grinsen entgegenbrachte und wissen wollte, was ich trinke. Er wirkte sehr weltmännisch, wie er da stand, in weißem Hemd und Krawatte, und den Irrsinn um sich nicht zu bemerken schien.

Unsicher sah ich mich um: Da waren alte Männer in abgewetzten Anzügen, ernst über ihren Weißwein gebeugt, die mit erhobenem Zeigefinger lautstark Kunst diskutierten. Da war ein ganzer Trupp amerikanischer Matrosen, der seinen Landurlaub feierte, und viele Frauen in knapper Kleidung, die sich mit schrillem Gelächter an ihnen festhielten und mit Drinks versorgen ließen. Da waren reich gekleidete Touristen, die den Kummer der Prohibition bekämpften, junge Kunststudenten, die sich für ihre unvollständige Garderobe nicht zu genieren schienen, und einige finster dreinblickende Osteuropäer, die angespannt in ihrer Ecke saßen, als rechneten sie jeden Moment mit dem Ausbruch des Klassenkampfs.

Waren das die Bohemiens, die die Feuilletons der konservativen Zeitungen teeren und federn wollten?

Noch bevor ich etwas sagen konnte, ertönte eine laute Stimme: »Einen für die Bar, Jimmie!«

Der Barmann lächelte und machte sich an die Arbeit, und

für Minuten waren wir in ein klirrendes Durcheinander von Drinks gehüllt, die wie eine Wolke aufgeschreckter Vögel von ihm ausschwärmten und sich in alle Winkel der Bar verteilten. Einer fand auch den Weg in meine Hand, und reflexartig hielt ich ihn fest und trank.

Als ich wieder aufsah, stand ein junger Mann inmitten des Durcheinanders. Zweifellos war er es, der gesprochen hatte, denn alle Welt prostete ihm zu und brachte ihm knappe Verneigungen entgegen. Er war jung und sah unverschämt gut aus – doch etwas an seinem überheblichen Lächeln oder an der Art, wie er den Kopf leicht gesenkt hielt und zu einem emporblickte, so dass man das Weiße unter den Iriden sah, ließ einen wünschen, lieber nicht in seiner Schuld zu stehen. Selbst der Drink, den er ausgegeben hatte, schmeckte bitter unter seinem Blick.

Sein Erscheinungsbild war so gepflegt, sein Äußeres so ohne Makel, dass ihm etwas verstörend Feminines anhaftete. Sein Teint war milchig, das dunkle Haar lang und voll. Er trug ein Wams und eine Seidenkrawatte, darüber ein Jackett aus scharlachrotem Cordsamt mit Fellbesätzen an Kragen und Ärmeln, und große, funkensprühende Ringe an den Fingern. In einer Hand hielt er einen Stab, dessen Knauf der Kopf einer Kobra war. Als sein Blick auf mich fiel, breitete er die Arme aus wie zum Gruß. Verdattert setzte ich das Glas ab und wollte mich vor ihm verstecken. Doch sein Gruß galt der Menge, der gesamten Bar; er war ein Feldherr, ein Boxer im Ring, und es war nicht möglich, seinem Blick zu entgehen, denn jeder sah, dass er mich anblickte.

Dann war da eine schwarze Frau. Ihre Schönheit war in goldene Gewänder gegossen, in denen sie sich mit der Leichtigkeit von Feuer über einem Vulkan bewegte. Winzige Pailletten schimmerten wie Schlangenhaut. Auf dem Kopf trug sie einen hohen Schmuck, der wie die Blaue Krone der Pharaonen aussah. Sie schmiegte sich in die Arme des Mannes, und aus irgendeinem Grund wurde mir übel, wie ich sie zusammen sah; es schien ganz und gar falsch, was sie taten, so als sähe man zwei Geschwister, die sich auf eine Art umarmen, wie Geschwister das nicht tun. Er leckte ihr übers Gesicht – langsam, und ohne mich aus den Augen zu lassen, als plane er, meine Eifersucht zu erregen –, dann küsste er sie. Sie warf sich zurück und empfing seinen Kuss, und ich drehte mich um und wollte davonstürzen, denn etwas in mir begann zu begreifen, was genau die Stimmen in den Feuilletons mit Teeren und Federn gemeint hatten.

Doch kaum dass ich mich umdrehte, stand er plötzlich wieder vor mir. Lächelte und legte mir die Hand auf die Schulter. Seine Hand war unglaublich schwer, so schwer, dass ich beinahe zusammenbrach. Ächzend stellte ich meinen Drink ab.

»Willkommen in meiner Stadt!«, sagte er. Seine vollen Lippen bewegten sich kaum, doch seine Stimme war so laut, dass sie mir in den Ohren schmerzte. Außer der schwarzen Frau an seiner Seite schien aber niemand mehr Notiz von uns zu nehmen; die Menge hatte sich um uns geschlossen und widmete sich ihren Drinks, und ihr Rausch wurde immer hemmungsloser. Zwei Männer begannen sich zu schubsen, ein blondes Mädchen übergab sich auf den Boden – und ich war inmitten dieses Chaos gefangen.

»Ich hatte keine Ahnung, dass diese Stadt Ihnen gehört«, stammelte ich, weil mir nichts Besseres einfiel, und weil es die Wahrheit war. Der Mann stutzte einen Moment, und mir wurde klar, wie herausfordernd meine Worte geklungen hätten, wenn jemand anderes als ich sie gesprochen hätte. Dann lachte er, in einem wohlklingenden Bariton. »Oh, aber das tut sie«, rief er, »von den Wasserspeiern auf den Dächern bis zu den Ratten unten im Kanal! Also was treibt dich her, Gaspard?« Und ehe ich protestieren oder fragen konnte, woher er meinen Namen kannte, beugte er sich vor und hauchte mir ins Ohr: »Was ist dein Herzenswunsch?«

Ich wollte ihm keine Antwort geben, aber eine schreckliche Kälte breitete sich in meiner Kehle aus, eine Kälte, die er allein wärmen könnte. Also antwortete ich – und ich konnte nicht anders, als ihm die Wahrheit zu sagen.

»Ich will Schriftsteller werden.«

Halb erwartete ich, dass er mich auslachen würde, doch statt des peinlichen Schweigens, das sich in Momenten wie diesem oft ausbreitete, nickte er, ernst und beeindruckt. Er klopfte mir auf die Schulter.

»Das ist ein tapferer Wunsch. Viele vor dir hatten ihn, und vielen von ihnen konnte ich helfen. Soll ich dir helfen, Gaspard?«

»Können Sie das denn?«

Er lachte wieder sein tiefes, angenehmes Lachen, das weder zu seinen kindlichen Zügen noch zu der dunklen Drohung in seinem Blick zu passen schien. Er flüsterte der schwarzen Frau etwas ins Ohr, und sie lachte entzückt auf. Da er jeden von uns in einem Arm hielt, kamen sie und ich uns in diesem Moment sehr nahe – näher, als mir lieb war. Ihre Augen hatten eine äußerst unnatürliche Farbe.

»Möchtest du ihm die Geschichte von der russischen Prinzessin erzählen, Jimmie?«, rief er. Der Barmann aber winkte bescheiden ab und gab stattdessen der schwarzen Frau Feuer, als sie ihm eine Zigarette an einer langen Spitze entgegenreckte. Er tat es beiläufig und ohne hinzusehen. »Niemand erzählt die Geschichte so gut wie Sie, Sir.«

»Also gut«, sagte er und funkelte mich an. »Hör mir gut zu, Gaspard!

Vor gar nicht allzu langer Zeit kam eine russische Prinzessin nach Paris; ein Mädchen von außergewöhnlicher Schönheit, wie ich mir sagen ließ. Die Kommunisten hatten ihre Familie ermordet, und so groß war ihr Kummer, dass sie buchstäblich dahinwelkte. Sie starb als junge Frau und hinterließ ein beachtliches Vermögen.

Doch als man ihr Testament verlas, staunte man nicht schlecht: Denn die Prinzessin hatte verfügt, dass man sie – wie ich anmerken sollte, völlig nackt – in einen gläsernen Sarg sperre. Dieser Sarg solle hermetisch verschlossen werden, so dass sie viele Jahre nichts von ihrer Schönheit verlöre. Außerdem solle eine große Gruft gebaut werden, in der sie mit ihrem Sarg aufgestellt zu werden wünschte – ganz so, als stünde sie entspannt in ihren Gemächern. Die Gruft solle mit einem Bett, vielen Büchern und allen Annehmlichkeiten ausgestattet werden, sogar ein Bad mit fließendem Wasser solle es geben.

Bemerkenswert, nicht wahr? Und alles wahr!

Wie ich schon sagte, die Prinzessin war reich, und so kam es ganz genau, wie sie es wollte. Doch jetzt, Gaspard, kommt das Beste: Ihr ganzes Vermögen, heißt es, soll dem Mann vermacht werden, der es wagt, ein volles Jahr in ihrer Gesellschaft zu verbringen. Er hätte alles, was er zum Leben bräuchte, und er wäre niemals allein – denn ihre Augen sind weit geöffnet und folgen einem, wohin man auch geht in ihrer Gruft.

Durch eine Öffnung in der Tür bekäme er Essen und alles, was er begehre; aber er dürfe niemanden sehen und mit niemandem sprechen; alle Nachrichten nach draußen hätten in Schriftform zu erfolgen. Nahe der Tür befände sich ein elektrischer Schalter, den er jederzeit drücken könnte – täte er es, käme eine Wache und entließe ihn sofort in die Freiheit. Natürlich verlöre er den Anspruch auf das Vermögen, wenn er den Schalter vor Ablauf des Jahres drückte.

Was für eine Gelegenheit zu schreiben! Was für eine wundervolle Möglichkeit, dem täglichen Klein-Klein zu entkommen und ohne jede Störung dem Ruf des eigenen Herzens zu folgen!

Zwei Männer haben es schon versucht; einer hielt es einen ganzen Monat bei ihr aus; ein anderer nur eine einzige Nacht. Die Nächte, heißt es, sind das Schlimmste – die Nächte, in denen der nackte Körper des Mädchens in einem magischen

Licht zu erstrahlen beginnt. Beide Männer wurden wahnsinnig, nachdem sie die Gruft wieder verließen.«

Er beugte sich vertraulich an mein Ohr.

»Was sagst du, Gaspard? Wärst du Manns genug, es zu wagen? Manns genug, vor dem Blick der Muse zu bestehen? Ein echter Schriftsteller zu werden?«

Er drückte mich eng an sich.

»Zeig mir, was für ein Kerl in dir steckt, Gaspard!«, höhnte er. »Du wirst sehen, der Preis ist nicht zu hoch!«

Seine Lippen formten einen Kuss.

»Das ist nicht komisch«, rief ich aus, und kämpfte mich japsend aus seinem Griff. Wahrscheinlich war ich puterrot. »Sie wollen mich beschämen, aus Gründen, die ich mir nicht denken kann – weil Sie mir einen Drink spendiert haben, will ich aber darüber hinwegsehen. Jedoch wünsche ich nicht weiter mit Ihnen zu verkehren. Sie kennen mich nicht! Ich brauche keinen Gönner und keine Scharlatanerie, denn letztlich entscheidet allein mein Talent über mein Gelingen. Diese Stadt steht mir ebenso offen wie Ihnen, und ich werde sie nicht eher verlassen, als bis ich meinen Wunsch erfüllt habe – Ihre Hilfe brauche ich dazu nicht. Eher verbrenne ich jede Zeile, die ich geschrieben habe!« Ich sagte es im Brustton der Überzeugung, als hätte ich gerade eine Rede vor der Nationalversammlung gehalten.

»Oho«, rief der Mann und wandte sich an sein Publikum. »Hast du gehört, meine Liebe?« Seine Finger strichen der schwarzen Frau über den Hals, und ich sah Schauer der Wonne auf ihrem Gesicht. »Große Worte, und eine Herausforderung! Hast du ihn gehört, Jimmie?«

»Jedes Wort, Sir.«

Dann packte er mich am Kopf und schob mein Gesicht dicht vor das seine. Ich konnte Rauch an ihm riechen, schweren, süßen Rauch wie von frischem Feuer. Seine Lippen teilten sich und gaben den Blick auf eine rosige Zunge und unglaublich weiße Zähne frei.

»Ich nehme deine Wette an, Gaspard – denn zufällig habe ich gerade die Zeit dafür, und ich spiele für mein Leben gern. Geh, und sei mannhaft! Ich werde Deine Fortschritte mit großem Interesse verfolgen – und ich werde da sein, wenn du schließlich aufgibst und den Schalter drückst. Adieu, mon brave!«

Dann stieß er mich von sich. Die Besucher der Bar, die uns gar nicht mehr zu beachten schienen, gaben einen Korridor für mich frei, und ich entschuldigte mich hastig, gab dem Barmann mein Glas und rannte hinaus in die Nacht.

Ich konnte sehen, wie ich davonstürzte; immer und immer wieder in dem gesprungenen Spiegel über der mehr als dürftigen Waschgelegenheit in meinem Zimmer am Place de Rennes. Ein leichtes Zwicken in meinem Magen, womöglich von dem Drink, den der Fremde mit spendiert hatte, ließ mich eine Grimasse ziehen. Draußen klapperte ein Zimmermädchen.

Ich zog Hemd und Hose an und band meine Schuhe. Dann nahm ich die Durchschläge meines Romans und steckte sie in meine Tasche. Doch der Griff der Tasche riss, und ich fluchte auf den Zahn der Zeit; die Tasche war mir lange ein treues Glückspfand gewesen. Die von Postschnur gehaltenen Durchschläge würden mich trotzdem begleiten.

Ich nahm mein altes Jackett vom Haken und ging zur Tür. Mit dem unangenehmen Gefühl, etwas vergessen zu haben, drehte ich mich noch einmal um. Eine Maus huschte durch das Zimmer; vor dem Bett hielt sie, reckte die Barthaare und sah mich beinahe vorwurfsvoll an. Dann eilte sie weiter und verschwand hinter einer Bodenleiste.

Resigniert drückte ich die Wahrheit über Éloïse an meine Brust und verließ das Zimmer.

Ravi

Rastlos wanderte ich in den Schankraum. Ich dachte an Justine und den Jungen, mit dem sie sich angefreundet hatte, und der nun aus ihrem Leben gelöscht war bis zu dem Moment, da er zur Mittagszeit aufs Neue das Jardin passieren würde, und ich empfand Trauer für die Menschen in dieser unwirklichen Welt, die gefangen waren, ohne dass sie es wussten.

Das Klappern eines Pferdes, das aus der Morgendämmerung seinem immerselben Ziel entgegenstrebte. Das Gelächter einer Spanierin, auf dem Rückweg von derselben Feier. Dieselben Geräusche, jeden Morgen.

Bis auf das Schnarchen, das, wie ich nun deutlich vernahm, aus der Küche kam. Neugierig ging ich, einen Blick hinter die Schwingtür zu werfen.

In der Küche war es dunkel, doch durch die Ritzen der Fensterläden drang staubgraues Morgenlicht. An einem Beistelltisch, den Kopf in den Armen, schlief Chloderic, der unansehnliche Diener Orlandos. Sein Herr hatte ihn nicht als würdig erachtet, an unserem Treffen teilzunehmen; der Geruch von Alkohol ließ Rückschlüsse darauf zu, was er davon hielt.

Ich zog mir einen zweiten Stuhl heran und setzte mich zu ihm. Ich hatte noch keine Gelegenheit gehabt, ihn eingehender zu studieren, und versenkte mich in seinen Anblick. Sein Gesicht war lang und gebogen, wie ein abnehmender Mond; Kinn und Stirn stachen hervor und warfen Schatten auf Augen und Mund. Seine Brauen sprossen wie struppiges Gras. Je länger man den kleinen Mann betrachtete, desto unglaublicher schien es, dass man ihn für einen Menschen halten sollte.

Blanche hatte mich gelehrt, dass es wenig Unterschied macht, woran Menschen glauben, und woran nicht. Einige Dinge gab es, weil man sie glaubte, und andere gab es trotz dessen. Die Société, hatte mir Barneby im Select nicht ohne Stolz erklärt, war äußerst tolerant gegenüber solchen Wesen – natürlich solange, wie sie sich an die Spielregeln hielten. Manche, wie Orlando, waren alt wie das Direktorat, andere, wie Chloderic, stammten aus einer Welt ohne Zeit und fühlten sich in unserem Paris der ewigen Gegenwart wahrscheinlich wohler als in dem der immer verstreichenden Tage.

Ich stieß ihn sachte an, doch es war nicht leicht, ihn zu wecken. Erst als ich ihn ansprach und an der Schulter rüttelte, kam er zu sich.

Er murmelte etwas in einer Sprache, die ich nicht verstand und die wie altertümliches Englisch klang; ich glaubte, die Worte »mein Herr« aufzuschnappen. Ich erklärte ihm, wo er sich befand. Stöhnend griff er sich an die Stirn. Dann öffnete er müde die Augen und blickte sich um. Offenbar hatte er Schwierigkeiten, etwas zu erkennen. Ziellos wanderten seine Hände über den Tisch.

»Was immer Sie suchen, es ist wieder an seinem Platz«, sagte ich. »Alles Weltliche beginnt von vorn …«

»An seinem Platz«, wiederholte er träge. »*Ich* sollte an meinem Platz sein.«

»Nicht so eilig«, besänftigte ich ihn, als er sich zu erheben versuchte. »Warten Sie. Ich werde Ihnen ein Glas Wasser bringen.«

»Ein Hering darin wäre fein«, murmelte er, als ich ihm das Glas reichte und er daran nippte. Dann hustete er lange und ausgiebig.

»Ich nehme an, Sie hatten einen langen Abend? Darf ich fragen, in wessen Gesellschaft?«

»Ein verrückter Russe und eine Wodkaflasche«, murmelte Chloderic. »Er legte großen Wert darauf, dass wir einander kennenlernen.«

Die Tür schwang auf, und Esmée kam, humpelnd und mit ungekämmtem Haar, herein. Im fahlen Licht wirkte sie wie ein Gespenst.

»Was zum Henker treiben Sie in meiner Küche?«, herrschte sie uns an, verschoss einige missbilligende Blicke und hinkte an uns vorbei zum Fenster. Als sie ächzend die Läden aufstieß, milderte sich der geisterhafte Eindruck ihres Gesichts. Zwar hätten die wenigsten Männer Esmée als schön bezeichnet; in Chloderics Gegenwart aber war sie ein Hoffnungsschimmer menschlicher Anmut.

»Bitte entschuldigen Sie unser Eindringen«, sagte ich und half Chloderic von seinem Stuhl. »Ich hoffe, wir haben keine Umstände bereitet. Wir werden draußen Platz nehmen.« Esmée schnaubte, und wir ließen sie mit dem Geräusch klappernder Schüsseln und plätschernden Wassers allein.

Draußen hielten wir an, als Chloderic von einem neuen Hustenanfall geschüttelt wurde. Ich stützte ihn, bis er fertig war. Dann schnäuzte er sich vernehmlich und blickte mich an, als sähe er mich zum ersten Mal.

»Ganz schön kalte Hände haben Sie da«, sagte er.

»Das machen die Handschuhe«, entschuldigte ich mich und hob die Hände. »Indische Seide.«

Doch er beachtete mich schon nicht mehr und blickte unsicher die Treppe empor.

»Er wird sicher schon auf mich warten.«

»Ich bin sicher, er schläft noch. Wenn Sie leise sind, wird er gar nicht bemerken, wie Sie eintreten.«

Er musterte mich zweifelnd.

»Sie kennen ihn nicht. Er sieht und hört alles. Das war einmal seine Aufgabe, wissen Sie – als er noch nicht in Ungnade gefallen war.«

Ich zuckte die Achseln. »Er machte gestern nicht den Eindruck, als sei er um irgend jemandes Gnade bemüht. Doch wenn es sich verhält, wie Sie sagen, weiß er ja am besten, was Unzulänglichkeit bedeutet. Sicher wird er ein Nachsehen haben.«

»Mühen Sie sich nicht«, krähte Chloderic und schickte sich an, die Treppe zu erklimmen. »Und wenn er fragt – Sie haben das nicht von mir!« Auf der dritten Stufe hielt er und blickte zurück; er war nun fast auf Augenhöhe mit mir. »Wie er zu sagen pflegt: Er spart sein Mitleid für die auf, denen Vergebung zuteil wird. Was immer er nun darunter versteht.«

»Ich kann Ihnen nicht ganz folgen.«

»Die gewaschenen Kinder«, erklärte er bereitwillig. »Die Eva nicht verstecken musste, als sie Besuch bekam. Wesen mit einer Seele.«

»Sie sollten nicht so hart zu sich sein«, ermutigte ich ihn. »Vielleicht brauchen Sie nur etwas Zeit für sich selbst. Guten Morgen, Justine.«

Justine stand schlaftrunken auf der Treppe, und überlegte offenbar, ob es sich lohnte, weiterzugehen, während Chloderic noch wie ein seniler Greis Stufe um Stufe nach oben hopste. »Sehr gut, sehr gut«, kicherte er. »Ich werde mir Urlaub nehmen! Eine famose Idee.« Er passierte Justine, die ihm vorsichtig auswich und mich dann unsicher ansah.

»Er braucht Ruhe«, erklärte ich. »Viel Ruhe. Lassen Sie sein Zimmer nachher am besten aus.«

»Welches ist denn sein Zimmer?«, fragte sie leise.

»Dasselbe wie das des Herrn ohne Schuhe. Sie wissen schon: am Ende des Flurs?«

Sie schüttelte schwach den Kopf und kam langsam die Treppe herab.

»Ist alles in Ordnung?«

»Ich habe nur schlecht geträumt«, wehrte sie ab und rieb sich den Nacken. »Hat Mischa die Fallen ausgelegt?«

»Wenn er jemandem eine Falle gestellt hat, dann haben Sie sein Opfer wahrscheinlich gerade gesehen.«

»Verzeihen Sie, Monsieur Ravi. Ich muss geträumt haben.«

Nachdenklich blickte ich ihr nach, wie sie in der Küche verschwand und sich leise mit Esmée unterhielt. Mein Eindruck, dass sie ein Auge für bestimmte Dinge besaß, die sonst niemand im Jardin bemerkte, ließ mich nicht los.

Auf einmal fühlte ich mich sehr hilflos und klein. Ich dachte an Orlandos Drohungen und Barnebys ständiges Versteckspiel, an den wissenden Blick aus Célestes Augen und meine eigene, geduldige Höflichkeit, die auf ihre Art wahrscheinlich ebenso enervierend auf mein Umfeld wirkte. Und ich dachte, dass all unsere Attitüden nur Ausdruck unserer Verlegenheit waren, und schämte mich, an einem Sonntag, der nie hätte stattfinden sollen, Esmée in ihrer eigenen Küche zu erschrecken, und das Leben unserer Gastgeber derart durcheinander zu bringen, und nichts daran ändern zu können.

Nicht sie waren die Gefangenen, dachte ich, sondern wir.

Ich ließ mich an einem der Tische nieder. Alphonse kam schlecht gelaunt und holte sich einen Kaffee in der Küche. Es entspann sich der übliche kleine Familienstreit, der verstummte, als die Loiseaus zum Frühstück erschienen. Ich nickte ihnen freundlich zu – doch sie wichen meinem Blick aus, als jage ich ihnen Angst ein. Justine brachte Kaffee und Croissants. Eine Weile starrte ich in die schwarze Flüssigkeit und empfand eine große Leere dabei. War das Müdigkeit?

Da gellte ein markerschütternder Schrei durch das Haus – nicht männlich, nicht weiblich, ja nicht einmal erkenntlich menschlich. Viele widerstreitende Gefühle steckten in diesem Schrei: Entsetzen, Enttäuschung, vielleicht gar eine Spur von Erleichterung. Ich sprang auf und realisierte, dass es noch ein zweites Geräusch gegeben hatte: ein helles Bersten wie von Porzellan. Die Quelle war leicht auszumachen – es war Justine, die regungslos inmitten eines funkelnden Scherbenbetts stand wie in einem Schneeglöckchenbeet.

Ich murmelte einige beschwichtigende Worte nach links und nach rechts – »ich gehe nachsehen«, »keine Sorge« – was Menschen in so einem Moment eben erwarten. Ich fürchte, ich erwähnte sogar, dass ich Arzt sei. Alphonse schüttelte nur den Kopf und schlürfte vernehmlich seinen Kaffee. Ich kannte diesen Blick gut mittlerweile; innerlich zählte er die Sekunden, die Justine brauchte, um wieder zum Leben zu erwachen.

Ich rannte nach oben. Im Flur stieß ich beinahe zeitgleich mit Barneby und Chloderic zusammen.

»Was ist passiert?«, fragte ich.

»Wir haben ein Problem«, sagte Barneby und packte den zitternden Zwerg am Schlafittchen, der um sich trat und mit schreckgeweiteten Augen hierhin und dorthin schielte, als suche er einen Weg, zu entkommen.

»Orlando«, sagte Barneby düster.

»Was ist mit ihm?«

»Er wurde ermordet.«

»Wie kann das sein?«, fragte ich verblüfft.

»Lassen Sie mich los!«, schrillte Chloderics Stimme. Er war es, der geschrien hatte. »Ich bin ohne Schuld!«

»Sind wir das nicht alle?«, sinnierte Barneby.

»Ist dort oben bald Ruhe, verdammt?«, rief Alphonse. Ich eilte ein paar Stufen die Treppe hinab und sah, dass er zu uns emporblickte. Seine Mundwinkel zuckten leicht, und seine Finger umschlossen den Kaffeebecher wie einen Schraubstock.

»Entschuldigen Sie«, beschwichtigte ich. »Jemand stürzte – seine Nerven waren wohl schwach. Es ist alles in Ordnung.«

Er schnaubte und machte wieder kehrt.

»Sie sind ein lausiger Lügner, Ravi«, konstatierte Barneby.

»Helfen Sie mir!«, flehte Chloderic.

»Das werde ich gerne, wenn ich kann«, sagte ich. »Als allererstes sollten wir aber den Flur verlassen. Wo ist der Tote?«

Barneby nickte und führte mich zu Orlandos Zimmer. Chloderic zog er am Arm hinter sich her. Der Zwerg war in eine Art

Starre verfallen und hatte den Blick auf den Boden gerichtet, als studiere er die Muster im Teppich. Als wir sein Zimmer betraten, begann er wieder zu kämpfen und versuchte, die Augen von dem abzuwenden, was wir nun sahen.

Orlando saß, nur mit seinem Morgenmantel bekleidet, im Schneidersitz auf dem Bett, die Handflächen nach oben, als zeugten sie von Stigmata. Sein Kopf war vornüber gefallen, und sein wallendes Haar berührte seine Brust.

»Pflegt er immer so zu schlafen?«, erkundigte ich mich, und Chloderic schluchzte zur Bestätigung. »Deshalb habe ich es nicht gleich bemerkt.«

»Warum so trübsinnig?«, fragte Barneby und schlug ihm kräftig auf die Schulter, so dass der Zwerg beinahe zusammenbrach. »Es scheint, Sie haben heute Ihre Freiheit gewonnen.«

»Er wird kommen«, klagte Chloderic. »Er wird kommen und uns alle holen!«

Barneby hob ermahnend die Hand. »Genug davon! Niemand wird irgendwen holen. Wir haben die Situation völlig unter Kontrolle. Nicht wahr, Ravi?«

Ich studierte den Toten fasziniert aus der Nähe. Auf den ersten Blick wirkte er fast lebendig. Ein schwacher Duft wie nach frischem Sommerregen haftete ihm an, und ich konnte keine Wunden entdecken. Vorsichtig hob ich seinen Kopf.

Chloderic wagte einen Blick und schrak zusammen. Auch ich empfand eine merkwürdige Mischung aus Ekel und Faszination. Ich war nie jemand gewesen, der sich am Abstoßenden weiden konnte, jedoch lag in der Art, wie Orlandos geschwollene Zunge sich seinem Mund entwand, eine Schlange aus ihrem Nest, eine morbide Poesie. Ein Auge war geschlossen, das andere verdreht, es schien auf ein himmlisches Feuer gerichtet, das im Begriff war, ihn zu verzehren.

»Der Hals«, erkannte Barneby, und ich nickte. Orlandos Hals wies deutliche Strangulationsmale auf. Ein Farbenspiel aus sattem Grün und stürmischem Meerblau fleckte seine Kehle wie ein Taubenei.

»Ich hätte nicht gedacht, dass es möglich ist, einen wie ihn zu ermorden«, bekannte ich. »Hätten Sie's?«, fragte ich Barneby, als er keine Antwort gab. »So? Auf diese Art?«

»Ich denke«, sagte Barneby schließlich, »dass es dabei weniger auf das Wie, als auf das Wer und Warum ankommt.«

»Sie meinen, es kommt auf die Absicht an?«

»Der gute Wille ist es, der zählt«, nickte er.

»Das bedeutet, der Mörder ist einer von uns«, schloss ich düster.

»Nun, die treue Esmée wird es nicht gewesen sein«, räumte er ein.

Meine Gedanken begannen zu rasen. Die Leere in mir war wie weggewischt. Wie verhielt man sich in einem solchen Fall? Der Tathergang, kam es mir. Wie kam der Mörder zu seinem Opfer? Was war seine Waffe? Und, natürlich, die wichtigste Frage: »Wer gewänne wohl am meisten durch Orlandos Tod?«

»Sie erwarten jetzt wahrscheinlich keine allgemeinen Verweise auf die Barbierzunft oder die Christenheit, oder?«, fragte Barneby. »Nun, bei näherer Überlegung …« Sein Blick begann suchend im Raum umherzuschweifen und heftete sich dann auf den Zwerg an seiner Seite.

»Ich bin es nicht gewesen«, wehrte sich Chloderic, mittlerweile mehr erschöpft als verängstigt. »Auch wenn Sie es mir sicher gerne anhängen würden. Aber ich war in der Küche, bis Ihr Freund mich fand – seit gestern Nacht, als Sie Ihre wichtigen Geschäfte besprachen.«

»Ist das wahr?«, fragte Barneby.

»Er war bei Tagesanbruch in der Küche«, bestätigte ich. »Er sagt, er habe dort Wodka getrunken. Gemeinsam mit der russischen Aushilfe.«

»Nun, den Russen können wir nicht mehr fragen«, bedauerte Barneby.

»Geben Sie's auf«, gähnte Chloderic. »Sie hätten es ebenso gut gewesen sein können.«

»Ich bin eben erst aufgestanden. Nach unserer Unterredung bin ich schnurstracks zu Bett gegangen – ebenso wie Céleste. Auf unsere jeweiligen Zimmern, natürlich.«

»Selbstverständlich.«

»Was ist mit Ihnen? Sie waren früh auf?«

Chloderic musterte mich misstrauisch. Seine Lippen bebten, als versuche er die Form einer Speise zu erraten. »Moment mal! Haben Sie nicht noch das Zimmermädchen gebeten, einen Bogen um dieses Zimmer zu schlagen? Haben Sie mich nicht ermutigt, mein Verhältnis zum Herrn zu überdenken?«

»Haben Sie es denn überdacht?«, erkundigte sich Barneby.

»Ich wollte schlafen!«, rief Chloderic.

»Wir werden diesen Fall aufklären«, verkündete ich und begann aufgeregt im Kreis laufen. »Offensichtlich hat niemand von uns ein allzu überzeugendes Alibi. Die anderen können uns nicht helfen, wenn sich der Mord noch vor Tagesanbruch vollzog, denn niemand außer uns erinnert sich an die vergangene Nacht.«

»Sie meinen«, unterbrach mich Chloderic, »er war tot, und *blieb* tot, und jetzt bleibt er einfach so?«

Ich zuckte die Schultern. »Wer kann das wissen?«

»Faszinierend«, sagte Barneby.

»Keinem von uns, seien wir ehrlich, tut Orlandos Hinscheiden allzu weh. Aber keiner von uns kann sich wünschen, dafür zur Rechenschaft gezogen zu werden; und nach einem Schuldigen wird verlangt werden, sobald wir diese Sache hinter uns haben.«

»Wahre Worte«, pflichtete Barneby mir bei. »Monsieur Ravi, ich schlage vor, dass Sie die Untersuchungen in dieser Angelegenheit führen.«

»Wieso er?«, quiekte Chloderic.

»Weil er ganz offensichtlich der Qualifizierteste von uns ist«, sagte Barneby zufrieden. »Er hat die großen Meister gelesen, und sein Verstand arbeitet so scharf wie ein Rasiermesser. Außerdem trägt er Handschuhe. Zum Pfeiferauchen werde ich ihn auch noch bekehren.«

»Ihr Vertrauen ehrt mich«, sagte ich und neigte den Kopf. »Sie haben jedoch einen ganz entscheidenden Punkt vergessen. Etwas, das ich Ihnen voraus habe.«

»Nämlich?«, fragte Barneby gespannt.

»Ich *weiß*, dass ich es nicht gewesen bin«, sagte ich, und Barneby neigte lächelnd sein Haupt. Chloderic stöhnte auf.

»Suchen Sie Céleste«, bat ich Barneby. »Und treffen Sie mich in einer Stunde auf der Terrasse. Ich will sofort mit der Arbeit beginnen.«

Barneby nickte und eilte davon.

Unter den sorgsamen Augen Chloderics begann ich meine Spurensuche.

Als erstes probierte ich die Tür. Wie alle Zimmertüren im Jardin konnte man sie nur mit einem Schlüssel öffnen. Sorgfältig untersuchte ich den Rahmen, konnte aber keine Anzeichen entdecken, dass man sich an ihm zu schaffen gemacht hatte.

»Pflegte er sein Zimmer abzuschließen?«, fragte ich Chloderic.

»Immer. Er war da sehr gewissenhaft.«

»Wie kommen Sie hinein?«

Er zückte einen Zimmerschlüssel und hielt ihn empor. »Wir haben immer zwei. Und glauben Sie mir, niemand hätte diesen Schlüssel stehlen können, gleich, wie betrunken ich war.«

»Als Sie das Zimmer vorhin betraten, war es da abgeschlossen?«

»Wo Sie es sagen – ich glaube nicht.«

»Sind Sie sicher? Überlegen Sie!«

Er drehte mit geschlossenen Augen seine Hand, dann schüttelte er den Kopf. »Nein. Die Tür war nur zugezogen.«

Orlandos Schlüssel lag auf der Kommode.

Ich wies auf das gekippte Fenster. »Hatte er das immer so?«

Chloderic zuckte die Achseln. »Er mochte es nicht, ganz vom Himmel abgeschnitten zu sein.«

Auch der Fensterrahmen wies keine Beschädigungen auf, und der Spalt war nicht weit genug, um hindurchzugreifen und das Fenster zu öffnen.

Ich betrachtete das Doppelbett.

»Gestatten Sie die Frage, aber …?«

»Ich schlafe natürlich auf dem Boden«, erklärte der kleine Mann, als hätte ich ihn gefragt, ob die Erde sich dreht.

Als nächstes beschäftigte ich mich mit der Leiche. Es war mehr als unheimlich, dass sie immer noch dasaß wie ein meditierender Mönch, trotz der schillernden Würgemale und des geöffneten Munds. Davon abgesehen fielen mir vor allem die Lippen auf, denn sie waren spröde und vertrocknet wie schlecht gepflegtes Pergament und verstärkten noch den Eindruck der Zunge als eines glitschigen Wesens, das sich seiner trockenen Blätterhöhle entwand.

Auch das Haar war in Unordnung, was mich überraschte, argwöhnte ich doch, dass seine Frisur einer der Hauptgründe war, weshalb Orlando im Sitzen schlief. Wir hatten alle unsere Schwächen – Orlandos Schwäche aber war die Eitelkeit gewesen.

Der Lidschatten seiner Augen war verschmiert. Hatte der Mörder sie schließen wollen?

»Was tun Sie da?«, protestierte Chloderic, als ich begann, seinen Herrn zu entkleiden.

»Das ist notwendig«, erwiderte ich. »Wir wollen doch wissen, woran er starb?«

»Es ist unziemlich«, widersprach Chloderic. »Ich sollte das machen.«

»Bitte.« Ich ließ ihm den Vortritt, und beobachtete fasziniert, wie flink und mit wie viel Zärtlichkeit das kleine Wesen dem Leichnam den seidenen Mantel abnahm, bis er wie ein junger Buddha vor uns saß.

»Keine Brustwarzen«, stellte ich fest. »Kein Nabel, und auch keine –«

»Natürlich nicht«, unterbrach Chloderic. »Was sollte er wohl damit?«

»Ich hätte erwartet, dass er mit mehr Liebe zum Detail erschaffen wurde«, warf ich ein.

»Als ob Sie wüssten, wovon Sie reden«, murmelte Chloderic, während ich Orlando nach Wunden, Stichen und Blessuren absuchte – ohne Resultat.

»Zufrieden?«

Ich nickte. Chloderic grunzte und bedeckte, was nicht zu bedecken war.

Nachdenklich zog ich mir einen Hocker heran und setzte mich Orlando gegenüber. Dann schloss ich meine Augen und versuchte, mich auf Spuren von Magie in diesem Zimmer zu konzentrieren. Doch auch nach mehreren Minuten hatte ich lediglich den Eindruck eines beinahe gewöhnlichen Zimmers – eines Zimmers, das von übernatürlichen Wesen bewohnt wurde, nicht aber eines, in dem ein magischer Kampf geführt oder ein großer Zauber gewirkt worden wäre.

Ein wenig stärkte dies meine Zuversicht, diesen Fall zu lösen – denn über den Umgang mit Zaubern als Mordwaffe hatte Sir Arthur nichts gesagt.

Justine

Zauberer. Also Fragen stellen Sie! Doch wie Sie wollen. Ich werde Ihnen von Zauberern erzählen.

Ich hatte meinen ersten Zauberer gesehen, als ich gerade mal fünf Jahre alt war. Ein Mädchen hatte Geburtstag gehabt; ich weiß nicht mehr mit Sicherheit, wie sie hieß, aber ihre Familie war ziemlich reich gewesen. Wir Mädchen saßen im Kreis im elterlichen Salon, und ein kleiner Mann mit einem Frettchenblick hielt uns bei Laune. Ich erinnere mich noch, dass er nur Spanisch sprach, und dass immer wieder ein weißes Kaninchen aus seinem Hut herausdrängte, wie oft er es auch zurückzustopfen versuchte, und ich dachte, dass es sehr viele Kaninchen in Spanien geben müsse, wenn man sie schon in Hüten hielt. Am lebhaftesten aber erinnere ich mich daran, wie er mich ansah und mir mit vielen Finten und Umständen eine duftende Blume aus dem Haar zog, die mir wie ein großer Schatz erschien – und wie ich einen Moment lang geglaubt hatte, dies sei etwas zwischen ihm und mir, ein Geheimnis, das ich mit ihm teilte, so als sei er der Weihnachtsmann, den ich ertappt hatte, wie er gerade seine Geschenke um meinen Kamin verteilt. Dann hatte das Geburtstagskind den Spanier mit großen Augen angestrahlt, und er hatte ihr nicht nur eine Blume, sondern gleich einen ganzen Strauß aus der Frisur gezerrt. Ich höre noch immer ihr Lachen, sehe ihre Begeisterung – ihre Gewissheit. Von da an war es nur ein kleiner Schritt gewesen, mich zu fragen, was für Vereinbarungen Père Noël eigentlich mit all den anderen Kindern getroffen hatte.

Wahrscheinlich prägt mich dieses Erlebnis bis heute. Mischa hat das in einem seiner Bücher gelesen – dass die Enttäuschungen unserer Kindheit uns unser Leben lang begleiten, meine ich. Im Großen und Ganzen halte ich nicht viel davon, denn wo bliebe dann unsere Freiheit, von der immer alle reden. Aber ein paar Dinge bleiben wirklich gleich, wie eine Karte, die man immer wieder auf die Hand bekommt, und wenn man noch so häufig eine neue zieht. Genauso verhält es sich wohl mit meiner Angst davor, dass man mir einen Bären aufbindet.

Das Gefühl hatte mich unterbewusst (das ist noch so ein Wort, das Mischa gerne benutzt) die ganze Woche schon begleitet. Sie ahnen nicht, wie schwer das ist, wenn ein Zauberkünstler und seine Assistentin mit Ihnen unter einem Dach leben, Sie tagein, tagaus ihr Zimmer machen und zusehen, wie sie ihre seltsamen Koffer mit sich zur Arbeit nehmen und abends mit erschöpften, aber zufriedenen Gesichtern zurückkehren. Sich zu fragen, was in den Koffern ist, und was sie damit treiben. Genau zu wissen, dass dies die Neugierde des kleinen Mädchens ist, das sich wünscht, Stroh zu Gold zu spinnen und ein Geheimnis vor der ganzen Welt zu haben. Vielleicht war Blanche daran schuld, denn sie strahlte dieselbe Zuversicht aus wie dieses andere Mädchen, damals. Sie hatte nie Angst gehabt, das Wunder könne sich als Trick erweisen. Sie hatte das Wunder *gelebt.*

Vielleicht hätte ich Monsieur Ravi schon lange einmal auf diese Dinge ansprechen sollen, aber Alphonse will ja nicht, dass ich mit den Gästen tratsche, wie er es nennt; stattdessen begann ich, von seiner Assistentin zu träumen, was, wie Mischa mir wohl versichert hätte, völlig natürlich war. Mit diesen Träumen im Kopf lief ich noch Stunden nach dem Erwachen wie eine Schlafwandlerin herum, und ich glaube, Monsieur Ravi spürte das – er und seine merkwürdigen Freunde. Zauberer nähren sich von der Verwirrung ihres Publikums wie Vampire von der Unschuld ihrer Opfer.

Es fing damit an, dass sie mich nicht in zwei ihrer Zimmer lassen wollten: Ich versuchte es zweimal, bei beiden, damit ich später Alphonse sagen konnte, ich habe es sogar *zweimal* versucht, viermal insgesamt, und sie sind *sicher,* dass ich die Zimmer nicht putzen soll. Monsieur Ravi sagte, Blanche fühle sich unwohl und brauche Ruhe, und der kleine Mann mit dem langen Gesicht, der immer aussieht, als würde er gleich zu weinen beginnen, sagte, für seinen Herrn gelte dasselbe (er sagte es ziemlich unfreundlich). Was für ein Haufen, sagte Alphonse. Zauberer eben, erwiderte ich. Dabei hatte ich keine Ahnung, wer oder was Mister Barneby oder die Bewohner des Zimmers vom Ende des Flurs in Wirklichkeit waren, ich nahm bloß an, dass es sich mit Zauberern ebenso verhielt wie mit Malern und Schriftstellern: Sie umgeben sich gerne mit ihresgleichen, damit sie sich weniger seltsam vorkommen.

Das brachte natürlich alles durcheinander. Mister Barneby begann mit mir zu diskutieren, weil er die überzähligen Äpfel für sich haben wollte, und die dunkelhäutige Schönheit aus dem Zimmer neben seinem steckte mir einen Beutel Münzen zu und sagte mit ihrer tiefen Stimme, dass sie alle Äpfel kaufen wolle, die wir besaßen. Sie schien ziemlich genau zu wissen, wie viele das waren und wo wir sie aufbewahrten, und sie behauptete, wenn wir sie nicht schnell aus dem Keller holten, würden die Mäuse sie fressen. Ich sagte ihr, ich müsse das erst mit Alphonse besprechen, und der sagte, Esmée solle sich darum kümmern. Ich glaube, Alphonse ist immer ein wenig beleidigt, wenn ihm Leute von sich aus Geld anbieten; Ali Baba braucht das Gefühl, es ihnen selbst aus der Tasche zu ziehen. Reichtümer, die ihm einfach so zufliegen, erregen nicht sein Interesse, schon gar nicht am frühen Morgen.

Ich fand Esmée schließlich nicht in der Küche, sondern wie sie gerade aus ihrem Zimmer kam, und sie fuhr mich an und behauptete, ich habe sie zu Tode erschreckt. Madame Célestes Geld aber nahm sie gerne an – ich glaube, es waren Goldmünzen à zehn Franc, aus dem vorigen Jahrhundert. Jedenfalls durfte ich als nächstes in den Keller und Äpfel schleppen, und siehe da, Madame Céleste entpuppte sich als echte Wahrsagerin, denn die Äpfel *waren* angenagt, und irgendwie tat es mir nicht leid. Grins nicht so unverschämt, sagte Esmée, und dann ging es wieder los: Alphonse gäbe mir schließlich ein Dach über dem Kopf, und solange er das tat und so weiter. Sie stellt das gerne so dar – dass ich für Alphonse arbeite und nicht für sie.

Aus irgendeinem Grund kann Esmée besser mit Mischa, oder würde es zumindest gerne. Vielleicht liegt es daran, dass sie ihn und seine Familie kennt, seit sie von der Krim nach Paris gezogen sind. Vielleicht plagen sie auch romantische Vorstellungen von muskulösen Jungen in den Weiten der russischen Steppe, wer kann das wissen. Manchmal verhätschelt sie ihn jedenfalls wie ihren eigenen Sohn, dann wieder lässt sie ihn regelrecht schuften. Mischa spürt diese Unsicherheit und bleibt oft stundenlang von der Arbeit weg, häufig einen ganzen Tag, den er mit seinen Büchern und der Wasserpfeife seines Vaters zubringt. Er weiß, Esmée nimmt das in Kauf, denn ich bin ja da, um es auszubaden.

Wo Mischa stecke, wollte sie denn auch von mir wissen. Ich wusste es nicht.

Das Jardin begann sich zu füllen. Es wäre nicht mehr als der übliche Wahnsinn gewesen, wären die Zauberer nicht umhergeschwärmt wie Dadaisten auf einer Ausstellung. Ravi irrte draußen zwischen den Tischen umher, eine Hand grüblerisch ans Kinn gelegt, und studierte mit dem prüfenden Blick eines Architekten unsere Außenfassade. Auch wenn er mir mit schon herablassender Geschicklichkeit auswich, wann immer ich ihm mit meinem Tablett zu nahe kam, er war im *Weg* und begann mich wahnsinnig zu machen. Ich sagte ihm, dass er mich wahnsinnig machte, und er entschuldigte sich und lächelte mich an, wie er es immer tat. Und dann zog er mir eine Blume aus dem Haar und drückte sie mir in die Hand. Es war eine schöne Blume; ich hatte nie eine wie sie gesehen.

»Warum haben Sie das getan?«, fragte ich baff, und die Frage schien ihn zu überraschen. »Warum –«, sagte ich wieder, und mir versagte die Stimme, als mir schwindlig wurde, und Ravi musste mich stützen, damit mir nicht die Tassen vom Tablett fielen.

Die Welt schien sich in ein Gemälde zu verwandeln, eine große, unglaubliche Postkarte mit dem Boulevard wie einem verrückten Jahrmarkt darauf: Da waren Mister Barneby, der freudestrahlend mit seinem Schirm auf einige Mülltonnen wies wie auf eine nie gewesene Attraktion, und Madame Céleste, die mit ihrem Pharaonenhaupt durch die Menge zu ihm glitt. Da war Alphonse hinter seinem Tresen, der für einen Moment aufhörte, böse dreinzublicken, und stattdessen Madame Céleste mit den Augen folgte, oder, genauer, Madame Célestes Hinterteil. Da war der kleine, trübsinnig blickende Mann, der Zucker auf einem Tisch verteilte und mit dem Finger wieder auftippte.

Ein Kind rief. Ein Kutscher schimpfte. Eine Elster ließ eine Kastanie fallen.

Ich weiß nicht weshalb, aber für einen Moment war die Welt mehr, als ich ertragen konnte. Vielleicht war es Esmée gewesen, die gerade aus der Küche trat und nach mir suchte, und die Einsicht, dass ich es ihr nie würde recht machen können; vielleicht die Weite des Himmels, die das Carrefour Vavin und mich zu erdrücken begann, als hätte ich diese besondere Form von Platzangst, bei der man sich gar nicht mehr aus dem Haus traut. Ich denke aber, mehr als alles war es der merkwürdige Junge gewesen, der in diesem Moment aus Richtung der Rotonde die Straße überquerte, ein von Postschnur gehaltenes Bündel schützend an die schmale Brust gepresst, und mich einen Moment überrascht ansah, so als kenne er mich, oder müsste mich doch kennen, während er an uns vorübertrieb: eben noch so ziellos wie ein fehlgeleiteter Torpedo, dann der freudige Ausdruck des Erkennens, wenn man in einer fremden Stadt jemandem von zuhause begegnet, und dann das ruhige Lächeln, mit dem man sich entschuldigt, ohne Worte, weil man erkennt, dass man einer Verwechslung unterlag.

Ich kam wieder zu mir. Neben mir stand Ravi und fasste mich behutsam an der Schulter. Mein Tablett stand vor mir auf einem Tisch. Ein paar Gäste schauten besorgt herüber. Ravis Blume lag verwelkt auf dem Boden.

»Ist alles in Ordnung?«, fragte er. Ich wunderte mich nicht weiter über seinen vertraulichen Umgang; es war mir aber peinlich, die Beherrschung verloren zu haben, und seine Hände waren trotz der Handschuhe sehr kalt. Er merkte, dass es mir unangenehm war, und löste seinen Griff. Ein Hauch von Zimt hing in der Luft. Der Moment war vorüber.

»Entschuldigen Sie, es ist nur …« Ich straffte meine Schürze. »Es ist alles etwas viel. Ich bräuchte vielleicht Unterstützung …«

Er nickte wissend. »Ich verstehe sehr gut, was Sie meinen. Mir geht es ähnlich.«

»Tatsächlich?«

»Ich versuche ein Rätsel zu lösen, das größer zu sein scheint, als ich im Moment zu erkennen vermag.«

»Sie haben gerade treffend mein Leben beschrieben, Monsieur«, erwiderte ich und nahm mein Tablett wieder auf. »Leider erwartet man im Moment die Lösung weit profanerer Aufgaben von mir – und selbst von denen gibt es mehr, als ich bewältigen könnte.«

»Wo Sie es sagen – ich bemerkte eben bei einem kurzen Spaziergang, dass sich der Kellner, der gelegentlich hier arbeitet, zur Zeit in einer eher misslichen Lage befindet. Es sind nur ein paar Schritte den Boulevard Raspail hinab. Vielleicht können Sie ihn befreien, und er kann Ihnen etwas zur Hand gehen. Und vielleicht haben Sie dann nachher Zeit für eine kurze Unterhaltung? Ich möchte Sie gerne um einen Gefallen bitten.«

Er sagte es so beiläufig und höflich, wie er wahrscheinlich bei seinen Auftritten im Bobino den älteren Damen vorschlug, einmal einen Blick in ihre Handtaschen zu werfen, ob das verschwundene Tuch nicht vielleicht wieder aufgetaucht war. Aber ich spürte mein Herz höher schlagen und machte mich daran, nachzusehen.

In diesem Fall war es also Mischa, der solcherart wieder auftauchte, wenn auch nicht in einer Handtasche, sondern in einem Müllhaufen, und auch nur widerstrebend, und unter Flüchen. »Baba Yaga will dich zum Mittag«, sagte ich und gebrauchte den Spitznamen, den er selbst ihr verpasst hatte. »Ich frage mich, was sie damit meint.«

Es brauchte eine Weile, bis er in der Lage war, mich zu verstehen, und noch etwas länger, bis er auch antworten konnte. Dann stöhnte er und beschwerte sich, ich hätte ihn nur vor dem Müllhaufen gerettet, um ihn einem noch schlimmeren Monster zum Fraß vorzuwerfen. Das Grinsen, das er mir dabei zuwarf, wäre trotz allem vielleicht süß gewesen, hätte es nicht seine schlechten Zähne entblößt. »Meine Retterin«, rief er. »Eine grausame, aber immerhin.«

Ich half ihm, auf die Füße zu kommen, und das möglichst, ohne anschließend auszusehen und zu riechen wie er. Wahrscheinlich war man im Jardin schon schlecht genug auf mich zu sprechen, auch ohne dass ich wie ein Clochard daherkam. Ich ahnte, dass Véronique wohl an allem Schuld hatte, aber ich fühlte mich außerstande, ihm diese Last von den Schultern zu nehmen, auch wenn ich Schuldgefühle deswegen bekam. Das Tuch in der Tasche war aber nicht meins – ich musste es zurückgeben.

»Schau mich nicht so an«, sagte ich. »Esmée wartet.« Und vielleicht wartete auch ich – auf den nächsten Trick, oder auf eine Antwort. Meine Gedanken kreisten um Monsieur Ravi. Selbstsüchtig, vielleicht, aber ich fragte mich, was ein Zauberer von mir wollen könnte – nach so langer Zeit, die ich ihn und seinesgleichen aus meinem Leben gestrichen hatte.

Daher war ich enttäuscht, ja sogar ärgerlich, dass er im Laufe des Nachmittags tatsächlich ein sonderbares Programm für die Bewohner des Jardin zu spielen begann, mich aber – außer ein paar Mal jeweils für einen harmlosen Gefallen – nicht weiter dafür zu benötigen schien. Mischa dagegen stand im Zentrum des Interesses, und ich begann mich zu fragen, ob sich Monsieur nicht lieber zum Bobino aufmachen sollte, statt sich in unsere Angelegenheiten zu mischen, und ob es eigentlich möglich sein konnte, dass ich eifersüchtig war. Dann war auch noch Mischa böse auf mich und beschuldigte mich, ich hätte der ganzen Welt erzählt, dass er ein Trinker sei – als ob man das der Welt noch erzählen müsste. »Er wollte wissen, wo ich meine Notration verstecke. Ich frage mich, woher er davon wusste?«

»Wer?«, fragte ich. »Alphonse?«

»Nein. Ravi. Er stand auf einmal vor mir, mitten in der Küche. Ich hatte gerade die Fallen ausgelegt.«

»Was für Fallen?«

»Na, wegen der Mäuse.«

»Als ob die Mäuse etwas dafür könnten!«, schnappte ich und ließ ihn sprachlos stehen.

Ich weiß nicht genau, warum ich das sagte. Ich hatte einfach das Gefühl, dass die Mäuse die Leidtragenden der ganzen Sache waren und ein wenig Hilfe gut gebrauchen könnten.

Matthieu kam mit seinem üblichen Gruß herein – er prostet Alphonse zu, so laut, dass das ganze Jardin es hören kann –, und wenn Alphonse zuvor noch einen Finger gerührt hatte, so war das mit Matthieus Auftauchen endgültig vorbei.

Die längsten Tage im Jardin, soviel war sicher, waren Tage wie dieser, die mit einem vagen Versprechen begannen, das nach Leben und nach Bestätigung duftete – ein schwacher Duft im Leben einer Kellnerin, das können Sie mir glauben, und meist führt er einen nicht zu mehr als einem Lächeln, einem Trinkgeld –, und damit enden, dass keiner einen ansieht, jeder schlecht gelaunt ist, und man sich selbst noch die Schuld dafür gibt, weil das die einleuchtendste Erklärung für die Misere zu sein scheint. Hatte ich es wieder geschafft? Mir einen Bären aufbinden zu lassen? Es hatte ganz den Anschein.

Ich war eher müde als enttäuscht, als ich das nächste Mal in Ravi rannte. Ein Gast hatte gerade einen Milchkaffee über mich verschüttet und sich nicht einmal bei mir entschuldigt, da der Kaffee, wie er sagte, ohnehin schon kalt gewesen sei. »Lassen Sie mich durch«, bat ich ihn. »Sehen Sie denn nicht, ich bin ganz schmutzig.«

Doch da war es wieder, dieses sanfte Lächeln, das man sich als Kind von seinem Vater gewünscht hätte, und das nicht so recht zu den blauen Augen passt, die einen so offen anblicken, dass man Mitleid für sie zu empfinden beginnt. Ich beneidete Blanche nicht darum, für ihn zu arbeiten – es musste die Hölle sein.

Und dann sagte er die verdammten Worte, auf die ich bisher immer reingefallen war.

»Justine«, sagte er, »bitte verzeihen Sie, wenn ich Ihnen zur Last falle. Aber ich habe ein ernstes Problem – und nur Sie können mir dabei helfen.«

Ravi

»Es ehrt mich, dass Sie mich empfangen«, sagte Barneby. »Und dass Sie sich endlich entschlossen haben, mir Zutritt zu Ihrem Allerheiligsten zu gewähren.« Beinahe andächtig stand er in der Tür, die Hände vor dem Bauch gefaltet, und lugte herein. Ich hatte die Vorhänge zugezogen und die kleine Petroleumlampe und einige Kerzen entzündet, weil ich fand, dass dieses Licht Blanche ein lebendigeres Aussehen verlieh. Das Zimmer wirkte damit tatsächlich wie ein Ort des Gebets. Goldene Staubkörner wirbelten im Auftrieb der Flammen.

»Treten Sie doch ein«, bat ich ihn. »Und schließen Sie die Tür.«

Barneby tat, wie ihm geheißen. Kaum hatte er die Tür hinter sich zugezogen, hielt er inne und witterte wie ein Fuchs im Hühnerstall. Ich konnte mir denken, was er empfand; da waren die Reste vieler kleiner Zauber: an der Tür, die ich mit meinen kleinen Sicherungen ausgestattet hatte, oder dem kleinen Tisch, wo ich vor zwei Tagen – eine Ewigkeit war das her – einen Apfel für Justine zum Schweben gebracht hatte. Die Erinnerung an diese Zauber hing noch im Raum, so wie ein Blumenstrauß die Erinnerung an eine ferne Wiese mit sich bringt, oder ein Weihnachtsbaum den Gedanken an tiefe Wälder weckt. Und unter weißen Laken lag da Blanche, aufgebahrt wie eine Priesterin, und ihre Gedanken waren Apfelhaine im Frühjahrsregen, sommerliche Rosenhecken und der Zimtgeruch des nahen Winters, waren all dies und doch nicht hier, irrlichterten wie der Kerzenschein über die Decke und senkten sich wie die tanzenden Staubkörner auf die Leinen.

Mit einer Anmut und einer Lautlosigkeit, die man ihm nicht zugetraut hätte, trat Barneby an die Seite des Bettes und strahlte auf Blanche herab wie auf eine Sahnetorte. Seine kleinen Bäckchen spiegelten das Licht, und einen surrealen Moment hatte ich die Assoziation, dass er sich gleich einen Latz umbinden und sein Besteck zücken würde. Mir war unwohl bei diesem Blick, und ich fragte mich, ob ich einen Fehler begangen hatte. Könnte sie mir nur sagen, was ich tun sollte!

»Wahre Schönheit«, sinnierte Barneby, »verkörpert sich in einer Vielzahl an Möglichkeiten. In Anblicken wie dem ihrem tun sich Unendlichkeiten auf. Finden Sie nicht auch?«

Ich schüttelte den Kopf. »Blanches Möglichkeiten sind momentan sehr eingeschränkt. Unser aller Möglichkeiten sind das.

Wenn Sie Schönheit darin zu finden hoffen, dann nur in dieser Beschränktheit.«

»Ach kommen Sie«, lachte Barneby. »Der Mensch wächst an seinen Herausforderungen, meinen Sie das? Das wollte man mir auch einmal weismachen.«

»Ist es denn nicht eine typisch menschliche Eigenheit?«

»Es ist die Propaganda der Orthodoxie, Ravi. Wem sollen Hemmnisse schon nützen? Nein, ich bleibe dabei: Je weniger Grenzen Sie kennen, desto näher kommen Sie der wahren Natur des Universums. Der Vergleich scheint mir geradezu immanent.«

»Sie verwechseln Erhabenheit mit Maßlosigkeit.«

Er lächelte. »Wir haben alle unsere Fehler.«

»Sehen Sie? Und das macht Sie menschlich.«

»Wenn Sie es sagen.« Er nahm sein Brille ab und putzte die Gläser. »Wie gehen die Ermittlungen voran?«

»Ich habe mir mein Urteil beinahe gebildet«, versicherte ich ihm. »Sie brauchen sich keine Sorgen zu machen.«

»Sorgen«, brummte er, setzte seine Brille wieder auf und blickte prüfend auf Blanche herab. Ich wusste, wie es ihm erging – wenn man sie lange genug ansah, glaubte man meistens, dass sie lächelte. Ich empfand dieses Lächeln als trostspendend, Barneby schien es eher zu beunruhigen. »Was«, fragte er, »glauben Sie, wird die Gesellschaft bezüglich des Ablebens unseres geschätzten Freundes unternehmen?«

»Sie kennen die Herrschaften sehr viel besser als ich«, warf ich ein. »Genau genommen warte ich noch immer auf das Angebot, das man mir, wie Sie mir kurz nach Ihrer Ankunft versicherten, unterbreiten würde.«

»Vielleicht wird es kein Angebot geben«, räumte Barneby ein. »Die Tatsache, dass ausgerechnet *er* hier auftauchte, zwingt mich, einige meiner früheren Prognosen zu revidieren.«

»Darf ich fragen, weshalb?«

»Nun, Orlando hatte nie einen sehr überzeugenden Ruf als Unterhändler – eher schon als reisender Hexenrichter. Etwas sagt mir außerdem, dass Ihr Prozess nur der Anfang gewesen wäre. Sie wissen, wie eins zum andern führt.«

»Sie fühlen sich hintergangen«, stellte ich fest. Er blinzelte mich an und nahm dann abermals seine Brille ab, so als befreie ihn das von der Verpflichtung, meinem Blick zu begegnen. »Sie sind sehr scharfsinnig, Ravi. Tatsächlich beginne ich zu befürchten, dass man uns alle hinters Licht geführt haben könnte.«

»Wie meinen Sie das?«

»Überlegen Sie mal: Wen haben wir bis jetzt auf unserer kleinen Feier? Einen, verzeihen Sie, unbedeutenden Bühnenzauberer und seine Assistentin, beide in Problemen bis zum Hals, denen ein großer Schatz vor die Füße fiel. Eine nicht ganz unbescholtene Existenz wie mich selbst, mit meinem gemeinhin bekannten Hang zum Nonkonformismus. Was Céleste betrifft, so lassen Sie mich Ihnen versichern, Madame bedeutet Schwierigkeiten, wo immer sie auftaucht. Und dann ein Bluthund wie Orlando mit seinem unerträglichen Wechselbalg? Das ist ein wenig wie im schönen Italien: Sie finden einen Koffer voller Geld, wenden sich an die zuständigen Stellen, versuchen einen Handel abzuschließen – doch dann kommt der Aufräumer des örtlichen Paten zum Treffpunkt.«

»Es ist unklug, sich das Direktorat zum Feind zu machen«, fasste ich zusammen.

»Sie brauchen das Direktorat weder zum Freund noch zum Feind«, sagte Barneby und setzte seine Brille wieder auf. Seine Augen wurden jedes Mal ein wenig kleiner, wenn er es tat, und die Brillengläser spiegelten die Kerzen. »Und deshalb kann das Direktorat auch Sie nicht gebrauchen. Im Gegensatz zu Leuten wie Orlando haben Sie sich nie um einen guten Draht nach oben geschert. Sie wollen weder Macht noch Vergeltung – keines dieser leicht einzuschätzenden Gelüste, denen die meisten

Mitglieder der Gesellschaft nachhängen. Das macht Sie sehr gefährlich, Monsieur – und Sie leben auch sehr gefährlich dadurch.«

»Wie steht es mit Ihnen?«, fragte ich. »Was wollen Sie? Rache? Macht?«

»Ich will dasselbe wie Sie.«

»Und was will ich, Mister Barneby?«

»Ein langes Leben in Freiheit genießen.«

»Ich bin mir nicht sicher, ob wir dasselbe darunter verstehen.«

»Vielleicht noch nicht. Sie durchschauen das Netz, das Sie gefangen hält, noch nicht. Sie fragen sich nach wie vor, wer die Zeit anhielt. Ob es eine dämonische Macht innerhalb der Gesellschaft gibt, die für den Stillstand verantwortlich ist, oder ob es sein kann, dass ein alter Schwätzer wie ich etwas damit zu tun hat.«

»Und Sie fragen sich nach wie vor, ob ich es wert war«, gab ich lächelnd zurück. »Sie spürten, dass etwas Großes im Gange war, und setzten alles auf eine Karte. Jetzt gibt es kein Zurück mehr für Sie. Eine Hand wäscht die andere, Mister Barneby.«

Er verzog das Gesicht, als bereite ihm der Gedanke geteilter Geheimnisse Bauchschmerzen. Dann griff er in seine Westentasche und holte einen in ein Taschentuch gehüllten Gegenstand hervor, den er nun hinüber zu dem kleinen Tisch trug. Sorgsam faltete er die Zipfel des Tuchs auseinander, bis in dessen Innerem, wie im Kelch einer sonderbaren weißen Blume, ein Apfelgehäuse zum Vorschein kam, das mir nicht unbekannt war. Das weiße Fleisch hatte kaum von seiner Frische eingebüßt. Es sah aus wie eben angebissen.

»Erklären Sie mir das bitte«, sagte er. »Und unterlassen Sie wenn möglich Ihre üblichen Ausflüchte.«

»Es ist das Kerngehäuse eines Apfels«, begann ich vorsichtig. »Größe und Farbe, soweit ich das auf die Schnelle bestimmen kann, passen zu den Äpfeln des Jardin.«

»Was Sie nicht sagen.« Er lächelte säuerlich. »Monsieur, Sie sprechen mit dem *Experten* für Apfelfragen in diesem Haus. Ich kenne jeden einzelnen: die frischen und die nicht so frischen, die Küchenäpfel und die Kelleräpfel, in allen Stadien der Fäulnis und des Schädlingsbefalls. Ich habe sie gekauft, und ich habe sie aus dem Müll gefischt, ich habe sie gegessen, und ich kenne auch Esmées Rezept für Strudel, das sie von ihrer Mutter geerbt hat. Ich habe sogar Alphonses Cidre getrunken, und glauben Sie mir, diese Erfahrung möchten Sie nicht machen! Es handelt sich um einen Cox Orange, wahrscheinlich aus der Normandie – sehen Sie, wie lose die Kerne im Fleisch sitzen? Eine gute Sorte, aber schrecklich anspruchsvoll in der Aufzucht. Worauf es jedoch einzig ankommt: Dieses Gehäuse stammt aus dem Bobino.«

Ich legte den Finger an die Lippen und überlegte. Barneby würde mich diesmal nicht so leicht davonkommen lassen. Wie viel musste ich ihm enthüllen? Glücklicherweise entband mich seine Ungeduld von einer Antwort.

»Dieser Apfel stammt aus Ihrem Besitz!«, fuhr er fort. »Glauben Sie mir, ich kenne das Personal des Bobino mittlerweile recht gut. Ich weiß, dass die fragliche Garderobe momentan nur von Ihnen benutzt wird, und wie häufig man dort die Papierkörbe leert.«

»Dann wissen Sie auch, dass ›häufig‹ kaum die treffende Bezeichnung ist.«

»Dieser Apfel stammt dennoch aus Ihrem Besitz, und ich will meinen Bart verspeisen, wenn es nicht der Apfel ist, nach dem wir seit drei Tagen suchen. Nur Sie oder Ihre Assistentin können ihn dort weggeworfen haben. Jetzt schauen Sie sich an, wie frisch das Gehäuse noch aussieht – wie alt mag es sein, vielleicht ein paar Stunden? Auf keinen Fall älter. Dieser Apfel wurde am Sonntag gegessen – dem *ursprünglichen* Sonntag – und dürfte eigentlich überhaupt nicht hier sein. Schauen Sie ihn sich an, und sagen mir, dass ich unrecht habe! Wie drückten Sie es gestern beim Essen aus? ›Alles, was magisch ist, bleibt.‹ Ich habe diesen Apfel *gestern* gefunden, und heute früh war er noch da. Ach, tun Sie nicht so! Sie *wissen*, dass ich recht habe.«

Ich spürte, dass die Luft dünn für mich wurde. Zwei Tage hatte ich meine Gäste mit einem schwebenden Apfel an der Nase herumgeführt: Justine hatte ihn gekostet, Gaspard unter Protest, doch Barneby hatte den hingehaltenen Köder verschmäht. Es war nachlässig von mir gewesen, meine Spuren im Bobino nicht zu beseitigen.

Ich begann mir gerade eine Ausrede zurechtzulegen – sehr gut war sie nicht –, als mir abermals der Zufall zu Hilfe kam, diesmal in Gestalt Justines, die mit großem Elan ins Zimmer stürmte und verdutzt stehenblieb, als sie uns bei Kerzenschein dort sah.

»Ich habe das, um was Sie mich gebeten haben«, sagte sie. In der Hand hielt sie ein kleines Bündel.

»Hervorragend«, sagte ich, bevor sie das Thema weiter ausführen konnte. »Legen Sie es doch bitte hierher.«

Justines plötzliches Auftauchen und die Andeutung einer geheimen Abmachung mit mir hatten wie zu erwarten Barnebys Neugierde geweckt, und er trat höflich zur Seite, als sie an ihm vorüberschritt. Dabei verlor er für einen kurzen Moment den Apfel aus den Augen – ein Fehler, den er sofort zu korrigieren bemüht war, doch da hatte Justine, der unser argwöhnisches Manövrieren in dem schummrigen Raum nicht ganz geheuer war, den Apfel in einer unbedachten Bewegung schon vom Tisch gestoßen. Auch das wäre ohne weitere Auswirkungen geblieben, wäre nicht in diesem Moment eine Maus aus einem geheimen Winkel geschossen, hätte sich des Gehäuses bemächtigt und es in ein Loch in der Wand neben dem Bein des Tisches gezerrt. Ich hatte noch nie eine Maus einen derartigen Diebstahl ausführen sehen, und einen Moment staunten wir alle nicht schlecht.

»Zum Donnerwetter!«, rief Barneby – es war das erste Mal, dass ich ihn seine Beherrschung verlieren sah. Er ging mit bemerkenswerter Geschwindigkeit auf die Knie, wobei er Justine beinahe zu Blanche aufs Bett stieß, und versuchte, einen Blick in das Mauseloch zu erhaschen – konnte aber keine Spur von dem Apfel entdecken. Er rappelte sich wieder auf und warf mir einen Blick zu, in dem sich alle Wetterlagen seiner Heimat spiegelten.

»Sie rühren sich nicht von der Stelle!«, rief er. Dann hastete er aus dem Zimmer.

Ich fasste Justine bei der Schulter, um sie zu beruhigen. Sie zuckte zusammen, blickte aber mit großen Augen zur Tür. »Verflixt noch mal! Was hat er bloß?«

»Wieder genau ein Puzzlestück zu wenig, wie ich hoffe«, antwortete ich. »Geht es Ihnen gut?«

»Danke, ja«, sagte sie und machte einen Schritt weg vom Bett. Dann nickte sie zu Blanche. »Was ist mit ihr?«

»Keine Sorge«, sagte ich. »Sie schläft tief und fest.«

»Das ist seltsam«, sagte Justine. »Denn wie ich gerade klopfen wollte, war mir, als habe sie mich hereingerufen.«

Ich blickte ihr prüfend in die grünen Augen, fand aber nichts als Aufrichtigkeit darin – und etwas, das ich zuletzt in den Augen von Kindern gesehen hatte, wenn ich Kunststücke für sie aufführte: die Angst, enttäuscht zu werden.

»Sie müssen sich getäuscht haben«, sagte ich. Es schien sie nicht zu überzeugen, aber sie ließ es auf sich beruhen. Dann reichte sie mir das kleine Bündel. »Ich verstehe immer noch nicht, was Sie damit wollen. Es ist nur Schmutz.«

»Sie werden es bald verstehen«, sagte ich und nahm es in Verwahrung.

»Sie sagen das doch nicht nur bloß, oder, Monsieur Ravi?«

Dann war Barneby zurück, diesmal mit der schwarzen Katze auf dem Arm. Das Topasfeuer ihrer Augen durchschoss den Raum; Barneby aber würdigte uns keines Blickes. Ich fragte mich, wo er die Katze immerzu hernahm – ich hatte sie seit gestern nicht mehr gesehen. Wohlig kniff sie die Augen zusammen, als er sie an sich drückte und ihr vertraulich ins Ohr flüsterte. Dann ließ er sie zu Boden und verfolgte stolz, wie das prächtige Tier leichtfüßig zu dem Mauseloch huschte und hineinspähte. Ich stellte mir vor, wie es für eine Maus darinnen sein müsste: eins dieser Augen am Himmel aufgehen zu sehen wie einen leuchtenden Mond, vor dem man sich nicht verstecken konnte.

Offenbar hatte die Katze etwas entdeckt, denn sie angelte mit einer Pfote in dem Loch. Sie angelte lange und tief, und wir hörten es kratzen und schaben hinter der Wand.

»Wie tief führen diese Löcher?«, fragte ich Justine. Sie zuckte die Achseln.

»Mischa meint, bis ans Ende der Stadt. Ganz Paris ist ein löchriger Käse, wissen Sie.« Da gab es ein Rucken hinter der Wand, die Katze stieß einen kläglichen Schrei aus und drängte zurück, bekam ihre Pfote aber nicht mehr frei. Barneby sprang ihr zur Seite, was sie mit einem ärgerlichen Fauchen quittierte, erstaunlicherweise aber ließ sie sich von ihm helfen. Barneby fluchte. »Eine Falle!«, rief er entrüstet. »Da ist eine Falle direkt hinter dem Loch! War das Ihre Idee, Ravi?« Er fingerte in dem Loch herum.

»Ich hatte bislang keine Probleme mit Mäusen«, versicherte ich ihm.

»Mischa«, sagte Justine. »Mischa hat im Keller Fallen ausgelegt.«

»Wenn die Gänge in den Wänden tatsächlich so weit reichen, wie Sie sagen …«

»Was für eine Heimtücke!«, konstatierte Barneby. Die Katze schrie noch immer wie ein kleines Kind.

»Das Manöver beweist außergewöhnliche Raffinesse«, stimmte ich zu. »Für eine Maus.«

Aus der Dunkelheit klang ein metallisches Schnappen. Die

Katze kam frei und schoss davon, mehr schlecht als recht auf drei Beinen. Barneby richtete sich schnaufend auf.

»Haben Sie sich verletzt?«, fragte Justine.

Prüfend hielt er sich die Finger vor Augen. »Zum Glück nicht«, sagte er, um Fassung bemüht. »Sie haben ihr einen regelrechten Hinterhalt gelegt! Aber wieso?«

»Wahrscheinlich hatten sie Angst«, mutmaßte Justine. »Schließlich ist sie eine Katze. Ist Ihnen der Gedanke nie gekommen?«

»Mehr als einmal«, seufzte Barneby. Er sah sich um, als habe er etwas verloren. »Ich werde besser nach ihr sehen. Ravi – ich vertraue darauf, dass wir uns in Kürze zusammenfinden werden. Wir haben noch einen Fall zu lösen!«

»Geben Sie mir nur einen kurzen Moment«, bat ich.

»Auf meinem Zimmer«, sagte er und drückte Justine seinen Schlüssel in die Hand. »Ich habe nichts zu verbergen.« Er eilte davon.

Justine und ich sahen uns an.

»Sie überraschen mich«, sagte ich. »Sie überraschen mich in jeder Hinsicht.«

»Wieso?«, fragte sie, ein entwaffnendes Lachen in ihrem Blick. Blanche hatte mich manchmal so angesehen, und ich hatte dann ebenso wenig in ihr lesen können wie jetzt in Justine.

»Sie haben mich aus einer sehr misslichen Lage befreit«, erklärte ich ihr. »Sie und die Mäuse. Es spielt keine Rolle, ob Sie sich dessen bewusst waren oder nicht – aber ich bin Ihnen zu großem Dank verpflichtet.«

»Warum«, fragte sie leise, »bitten Sie mich dann nicht auf die Bühne?«

Barneby

Ich spürte die Schmerzen, als wären es meine eigenen: im ersten Moment unerträglich, als ob Kiefer aus kaltem Eisen die Knochen zermahlten wie die eines Hühnchens. Wo sie barsten, loderte ein Feuer auf, das blitzschnell den Arm emporsprang.

Ich schauderte, aber man brauchte diese Art der Empathie, wollte man mit ihr zusammenarbeiten; ansonsten lebte man sehr gefährlich.

Dann: eine trügerische Taubheit, mit der der Körper die Schmerzen zu überdecken versucht. Ich kannte das Gefühl, auch wenn ich es lange nicht mehr gespürt hatte. In einem anderen Jahrhundert, auf einem anderen Kontinent, hatte eine Musketenkugel mir einst den Arm zerschmettert, und es hatte nicht geringer Aufwendungen bedurft, ihn wiederherzustellen.

Dies war der andere Grund, weshalb ich schnell nach ihr sehen musste.

Sie war bereits im Schankraum, und den verdutzten Gesichtern der Menschen nach zu schließen, war sie sehr plötzlich dort aufgetaucht. Direkt neben ihr stand Alphonse, struppig wie ein stolzer Räuber, und doch unvorbereitet auf das, was nun kommen musste. Ich hatte gerade den Fuß der Treppe erreicht, da packte sie ihn schon mit der gesunden Hand am Kragen und drückte ihm vor den Augen seiner Gäste einen Kuss auf die trockenen Lippen.

»Céleste!«, rief ich durch den ganzen Schankraum, doch sie hörte mich nicht.

Sie wehrten sich im ersten Moment nie. Ich nahm an, sie fühlten nur das Versprechen warmen Fleisches und hielten die Schlaffheit, die sie überkam, für den plötzlichen Taumel des Blutes, welcher der Erregung vorausgeht. Nach ein paar Momenten wurden sie meistens misstrauisch, beginnen zu straucheln und gegen sie anzukämpfen. Der gute Alphonse war hart im Nehmen: Seine Hand hatte sich um eine Flasche geschlossen, die er wie einen Rettungsring umklammerte, doch er harrte aus wie ein tapferer Trinker, bereit, herauszufinden, wie weit er gehen konnte.

Ich erreichte die Theke. »Céleste!«, befahl ich, und halb befriedigt, halb enttäuscht, wie man einem ungeschickten Liebhaber zürnt, stieß sie den Wirt von sich. Seine kleine Frau kam wie eine Dampfwalze auf sie zu, einige Gäste räumten eilig das Feld, und der russische Junge, dem die Schmutzarbeiten des Jardin oblagen, stahl sich an mir vorbei nach oben, um, wie ich annahm, Justine den Klatsch zu überbringen. Céleste stolzierte hinaus auf den Boulevard, wo die Gäste vergebens auf ihre Bestellungen warteten und die Abendsonne die Kastanien in Brand steckte.

Ich seufzte und folgte ihr gemessenen Schrittes, während hinter mir der Streit losbrach. Es gehörte so wenig dazu, diese kleine Welt durcheinanderzubringen.

Draußen stand sie wie eine Palisanderstatue, die Hand an die Brust gelegt, und sog den Boulevard in sich auf: Scharen von Menschen aus allen Winkeln der Welt, wie sie um ihre Schätze saßen, Tücher aus Übersee, Kaffee aus Brasilien, spanischer Sherry, Jamaica-Rum. Das Carrefour Vavin war eine einzigartige Collage aus Menschen, Schuhen, Zigarren, Düften, und jeder neidete dem anderen einen seiner Schätze und versuchte jemand anderes zu sein als der, für den er sich hielt. Ein Maler neidete dem anderen den Erfolg; eine Frau der anderen den Mann; die Gäste der Rotonde neideten denen des Dôme die letzten Sonnenstrahlen auf der Terrasse. Es war ein Kampf um schmückende Eigenschaften. Es war das einzige Spiel, das Céleste verstand, die Leidenschaft, die sie mit mir gemein hatte. Es zu verfolgen verfehlte nie seine stimulierende Wirkung auf uns.

Ich hielt mich in sicherem Abstand zu ihr. Ich wusste, sie hasste mich inbrünstig für die Schmerzen, die sie erlitten hatte, wie sie mich wohl überhaupt dafür hasste, dass ich sie immer in Situationen wie diese brachte, wollte sie doch daran glauben, mich weit überflügelt zu haben in unserem ewigen Wettlauf. Doch egal, wohin es sie verschlug, da war immer ich hinter der nächsten Ecke, als zöge ich sie an einem Gummiband hinter mir her. Ich muss gestehen, ich würde mich auch hassen, aber ich hatte es mir nicht ausgesucht. Ich war ihr persönlicher Fluch und hatte daher ein gewisses Verständnis für ihr Bestreben, mir ebenso ein Fluch zu sein.

Ich räusperte mich, und sie drehte sich um, ihr Lächeln so falsch wie das einer fremden Mutter auf dem Spielplatz. Ich behielt meine Missbilligung für mich, denn ich wollte sie nicht noch weiter provozieren.

»Wenn es Ihnen wieder besser geht«, sagte ich, »sollten wir zurück nach oben gehen. Monsieur Ravi fiebert seinem großen Moment entgegen.«

»Glauben Sie nicht«, fauchte sie leise, »dass Sie mich benutzen können, wie es Ihnen beliebt. Wagen Sie es nicht, zu glauben, dass ich Kunststückchen für Sie mache.«

»Sie können gewiss sein, Verehrteste«, hob ich an, »wenn ich mir ein Schoßtier gewünscht hätte, hätte ich mir ein paar Corgis zugelegt.«

Sie machte einen kurzen Ausfall in meine Richtung, dann glitt sie an mir vorbei in den Schankraum, wo die Frau des Wirts giftige Blicke auf sie abschoss und jeder bemüht war, so zu tun, als wäre er nicht gerade Zeuge eines absolut irrationalen Vorgangs geworden, und als spiele sich nicht eine mehr als peinliche Szene zwischen den älteren Eheleuten ab. Was mich überraschte, war, dass Alphonse unserem Blick aufrecht begegnete. Beinahe schien er Céleste herauszufordern, und wenn ich sie nicht die Treppe hochbugsiert hätte – man tat das am besten so, wie man einen Schwarm Tauben vor sich herscheucht, immer bemüht, möglichst viel Raum einzunehmen, aber ohne jemals körperlichen Kontakt herzustellen –, hätte sie die Herausforderung vielleicht angenommen.

Oben auf dem Flur sahen wir Justine und Mischa, die leise tuschelten und jeden Augenkontakt mit uns vermieden, als wären wir verfeindete Parteien vor Gericht. Ich kannte dieses Phänomen aus meiner gemeinsamen Zeit mit Céleste, damals, um die Jahrhundertwende: Die Bauern blickten so, wenn sie wussten, dass sie ihre Felder verflucht oder die Tiere getötet hatte, es ihr aber nicht nachweisen konnten, und insgeheim wussten, dass sie ihr nicht einmal einen Vorwurf daraus ableiten könnten, denn zu einer anderen Zeit, an einem anderen Ort wären sie selbst es gewesen, die sich der Dienste einer Mambo versichert hätten, und nicht ihre Nachbarn.

Ehe wir ihnen zu nahe kamen, trennten sie sich. Justine verschwand in meinem Zimmer, der Junge quetschte sich linkisch an uns vorbei und polterte grinsend die Treppe hinab.

Ich nickte Céleste zu, und wir betraten mein Zimmer. Dort erwarteten uns die anderen. Ravi schritt einen engen Kreis aus und gab den grübelnden Detektiv. Ich musste lächeln, ob der Hingabe, mit der er diese Rolle spielte, einerlei, ob jemand sie honorierte. Der Zwerg Chloderic saß mit düsterem Halbmondgesicht auf meinem Bett – was mich weitaus weniger begeisterte. Justine hielt sich im Hintergrund, die Hände sittsam gefaltet, ein Schulmädchen bei der Andacht, einen Koffer neben sich. Auch sie verbarg etwas vor uns – ich war gespannt, was Ravi mit ihr angestellt hatte.

»Es freut mich, dass Sie alle erschienen sind«, eröffnete Ravi die Versammlung, und eine fast kindliche Freude stieg ihm ins Gesicht, so dass er bis über beide Ohren strahlte. Ich bezweifelte nicht, dass die Menschen ihn liebten, wenn er auf der Bühne stand, auch wenn sein Glanz ein wenig lächerlich wirkte in meinem schrecklich französischen Zimmer, in diesem schrecklichen fortwährenden Traum.

»Wir wissen doch, wie sehr Ihnen die Angelegenheit am Herzen liegt«, sagte ich so bescheiden wie möglich.

»Was soll der ganze Aufwand«, beschwerte sich Chloderic, streifte seine Schuhe ab und begann mit seinen Zehen zu spielen. »Es ist doch klar, wer am Ende wieder die Schuld tragen wird.«

»Ich wäre Ihnen sehr verbunden, wenn Sie das entweder ließen oder sich einen anderen Ort für Ihre Körperpflege suchten«, sagte ich und deutete auf seine Füße.

»Da sehen Sie«, beschwerte sich Chloderic, hopste vom Bett auf den Boden und von dort auf den Hocker, der neben dem Kleiderschrank stand. Justine rückte nervös beiseite.

»Es war nie meine Absicht, einen Sündenbock zu finden«, beschwichtigte Ravi. »Obgleich, wie ich zugeben muss, Sie, Chloderic, in besonderer Weise vom Ableben Ihres Herrn profitieren. Dennoch kamen Sie alle gleichermaßen als Täter in Betracht. Sie natürlich ausgenommen, Justine.«

»Sehen Sie?«, wiederholte Chloderic bockig und ließ den Kopf zwischen den Knien baumeln. »Was macht sie eigentlich hier?« Er deutete mit dem Daumen auf Justine. »Gehört sie jetzt zu uns?«

»Justine assistiert mir heute Abend«, sagte Ravi und lächelte ihr aufmunternd zu. »Machen Sie sich keine Sorgen.«

»Erzählen Sie doch, was Sie herausgefunden haben«, bat ich. »Ich brenne darauf, Ihre Version der Geschehnisse zu hören. Wer von uns mag der Mörder sein?«

Wenn mein Eifer Ravi irritierte, ließ er es sich nicht anmerken. Er nahm Haltung an und gestattete uns einen Blick in seine Ärmel, wie um zu zeigen, dass er nichts vor uns versteckt hielt.

»Der Tod des Opfers«, begann er, »trat aller Voraussicht nach kurz vor Sonnenaufgang ein – zu einer Zeit, als ich, wie ich mit Bedauern feststellen muss, selbst noch wach war und mich fälschlicherweise als einziger im Haus noch wach wähnte. Chloderic befand sich da nach eigener Aussage in der Küche – und zwar in Gesellschaft Mischas, eingeschlafen über einer Flasche Wodka.«

»Eine Aussage, die sich kaum mehr verifizieren lässt«, bedauerte ich.

»Es scheint unwahrscheinlich, dass es ihm in der kurzen Zeit, die ihm zwischen dem Zubettgehen seines Herrn und dem Zeitpunkt, als ich ihn in der Küche fand, hätte gelingen können, seinen Herrn zu ermorden und sich anschließend einen Vollrausch anzutrinken, nur um sich eines bemerkenswert schlechten Alibis zu versichern. Ich persönlich glaube, dass er die Wahrheit sagt – und ich weise auch darauf hin, dass Mischa, wie wir alle wissen, Grund genug zum Trinken hat und die Gegebenheiten in der Küche sehr genau kennt … Justine, bitte Beweisstück A.«

Justine legte den Koffer, der verdächtig nach einem von Ravis Requisitenkoffern aussah, auf mein Bett, öffnete ihn, und förderte eine Flasche mit klarem Inhalt hervor, die Ravi Chloderic alsdann präsentierte.

»War dies die Flasche Wodka, die Sie und Mischa gestern Nacht leertranken?«

Chloderic kniff die Augen zusammen und studierte das Etikett. Dann entkorkte er die Flasche und schnüffelte daran. Dann schüttelte er den Kopf. »Da war ein Schiff auf dem Etikett. Kein Bär. Und er war stärker. Viel stärker.«

»*Das*«, erklärte Ravi, »ist der Wodka, den Alphonse seinen Gästen ausschenkt. Sie finden ihn hinter der Bar.«

»Ich bin beeindruckt«, sagte ich. Ravi verneigte sich lächelnd. »Justine, bitte Beweisstück B.«

Das Mädchen förderte eine weitere Flasche zutage, die Chloderic nach neuerlicher Prüfung wiedererkannte.

»Justine, erklären Sie uns doch bitte, woher diese Flasche stammt.«

»Sie gehört Mischa«, sagte sie schüchtern, und so leise, dass sie kaum zu verstehen war. Ravi hob eine Augenbraue, und sie schluckte und sprach lauter weiter. »Er hat sie in der Küche versteckt, für unvorhergesehene Zwischenfälle.«

»Wissen Sie, wo?« Sie schüttelte bedauernd den Kopf. »Ich habe ihn gelegentlich daraus trinken sehen, aber ich habe keine Ahnung, wo er sie aufbewahrt.«

»Wo haben Sie die Flasche dann her?«, fragte ich.

»Ich habe Mischa überzeugt, sie mir auszuhändigen«, erklärte Ravi. »Ich kann Ihnen bestätigen, dass der Ort, an dem er sie verwahrt hält, in der Tat ebenso unzugänglich wie unwahrscheinlich ist.«

»Donnerwetter«, lobte ich. »Der Knilch sagt also die Wahrheit!«

»Es macht tatsächlich den Anschein, als ob am späten Abend, während wir in Orlandos Zimmer saßen und unser Schicksal debattierten, zwei gleichgesinnte Seelen zueinander fanden und beschlossen, gemeinsam die Nacht durchzutrinken – Chloderic aufgrund der gewohnt schlechten Laune seines fordernden Herrn, und Mischa des Kummers wegen, der ihn wegen seiner Kellnerin plagt.«

»Ihr Name ist Véronique«, warf Justine ein und errötete.

»Ganz recht. Wie zufällig diese Begegnung war, sei dahingestellt – es würde mich nicht wundern, wenn der Täter Mischa auf Chloderic angesetzt hätte, um ihn für diese Nacht los zu sein.«

»Das ist brillant«, gestand ich ein. »Chloderic, ich muss mich bei dir entschuldigen.« Der Zwerg nickte grimmig. »Also? Wer war es?«

Ich merkte, wie drei Augenpaare sich auf Céleste richteten, und schloss mich spaßeshalber an. Dabei wusste ich sehr gut, dass sie uns nie den Gefallen täte, zu gestehen, und wenn sie noch so stolz auf ihre Tat wäre. Demonstrativ verschränkte sie die Arme vor der Brust, die schmerzende Hand sorgsam in der Armbeuge.

»Der Tod des Opfers«, wiederholte Ravi seine dramatische Eröffnung, »trat zweifelsohne durch Strangulation ein. Zwar konnten wir unter den gegebenen Umständen keine Autopsie durchführen, jedoch förderte eine gründliche Untersuchung des Leichnams keine weiteren Wunden zutage.« Chloderic schauderte – ich fragte mich, ob des Gedankens an eine Autopsie, oder der »gründlichen Untersuchung« wegen, von der Ravi sprach. »Da Orlando außerdem in unser vom Beisein nichts zu sich nahm – keine Speisen, keine Getränke – und, wenn wir Chloderic Glauben schenken, von einem guten Glas Wein einmal abgesehen, ohnehin außerordentlich selten aß oder trank, möchte ich eine Vergiftung gleichfalls ausschließen.«

»Also gut. Strangulation«, bekräftigte ich. »Wissen wir denn, womit?«

»Die Tatwaffe«, nickte Ravi erregt. »Eine wichtige Frage. Justine, bitte Beweisstück C.«

Justine beugte sich über den Koffer.

Beweisstück C war so winzig, dass es zunächst kaum zu erkennen war. Dann begriff ich, dass das Mädchen ein Haar zwischen den Fingern hielt.

»Orlando«, erklärte Ravi feierlich, »wurde mit einer Strähne seines *eigenen Haars* erwürgt – vielleicht auch mit zweien. Deshalb war seine Frisur so in Unordnung. Er hatte die Waffe gewissermaßen selbst zum Tatort mitgebracht.«

»Potztausend! Eine absurde Theorie – wenn es nicht eine so … *angemessene* Methode wäre, sich jemanden wie ihn vom Hals zu schaffen.« Ich neigte den Kopf. »Orlando der Prächtige, Stolz seiner Herren – erstickt an seiner eigenen Frisur! Was für ein beschämendes Ende für einen Sendboten, und noch dazu einen, der so von sich eingenommen war.«

»Wer immer der Täter war«, nickte Ravi, »er teilte ganz offensichtlich Ihren Sinn für Ironie. Und es ist unser großes Glück, dass er es tat – denn jedes andere Werkzeug hätte sich heute bei Sonnenaufgang wieder verflüchtigt. Orlandos Haar aber blieb, wo es war.«

»Darf ich fragen, woher Sie dieses Haar haben?«, fragte ich.

»Sie dürfen«, lächelte Ravi. »Justine hat es heute früh beim Putzen vom Boden aufgelesen – im Zimmer des Täters. Sie war so freundlich, es mir zusammen mit der restlichen Ausbeute zur Verfügung zu stellen.«

»Das ist alles schön und gut«, sagte ich, »aber in *welchem* Zimmer hat Justine es vom Boden gelesen?«

»In eben diesem«, lächelte Ravi. »Es stammt aus Ihrem Zimmer, Mister Barneby.«

Ich gestehe, meine Unachtsamkeit betrübte mich. Dennoch bewunderte ich das Geschick, mit dem Ravi sie gegen mich gewandt hatte. Ich fand, ich war es ihm schuldig, die mir zugedachte Rolle ohne Tadel weiter auszufüllen. Ich tat also verdutzt, fasste mir betreten an den Kopf, als habe sich dort eine lichte Stelle gebildet. Dann griff ich mir meinen Hut von der Garderobe, grüßte damit in Richtung Justines, und setzte ihn sorgsam auf. »Sie sind eine vorbildliche junge Frau«, gratulierte ich ihr. »Ich schätze Gründlichkeit über alles, besonders bei Bediensteten.«

»Ich stelle fest, ich höre keinen Widerspruch«, rief Chloderic.

»Mein Bester, wie auch?« Ich holte tief Luft. »Selbst wenn Sie den Mumm aufgebracht hätten, das Ärgernis, in dessen Diensten Sie standen, selbst aus dem Weg zu räumen: Allein der Akt der Strangulation schließt Sie als Tatverdächtigen aus, es sei denn vielleicht, Sie befänden sich im Besitz eines jener potenten Mittelchen, für die Ihresgleichen in früheren Zeiten berüchtigt war. Und sehen Sie sich Madame Céleste an – eine Ähre im Wind! Nein, realistisch betrachtet kamen nur ich und Monsieur Ravi selbst für eine solche Tat in Betracht, und wie

Monsieur ja schon zu Beginn seiner Ermittlungen feststellte: Er weiß um seine Unschuld.«

»Sie gestehen also?«, quiekte Chloderic.

Ich seufzte. »Sie machen sich ja keine Vorstellung davon, wie viel Kraft es mich kostete, ihn zu erwürgen. Physisch wie im übertragenen Sinne. Wenn der gute Browning das geahnt hätte!«

»Sie pirschten sich von hinten an den Schlafenden heran«, sprang Ravi energisch ein, »packten sein Haar, wanden es um seine Kehle …«

»*Bis dass der lange, gold'ne Strang / dreimal den kleinen Hals umschlang*«, nickte ich artig.

»Halt!«, rief Chloderic. »Wie soll das funktionieren? Mein Herr pflegte zwar im Sitzen zu schlafen, aber wie soll jemand wie Barneby …« – er musterte abschätzig meine Figur – »… sich von hinten, wie Sie sagen, herangepirscht haben? Wie ist er überhaupt auf das Zimmer gelangt?«

»Ah«, frohlockte ich. »Ein weiteres Rätsel.«

»Über diesen Punkt war ich selbst lange unsicher«, gestand Ravi. »Magie schied als Mittel aus – Orlando hätte das sofort gespürt. Erst dachte ich daher an den Generalschlüssel.«

»Aber?«

»Alphonse rückt den Schlüssel nur heraus, wenn ich die Zimmer mache«, sagte Justine. »Er hat ihn immer bei sich.«

»Dann bleibt wohl nur eine Möglichkeit.«

Ravi nickte. »Ganz offensichtlich wurde die Tür von *innen* geöffnet und der Tatort dann auf normalem Wege verlassen – wobei sich Mister Barneby nicht die Mühe machte, hinter sich abzuschließen. Den Schlüssel hierzu hätte er da ja gehabt.«

»Ich wusste, ich hatte etwas vergessen«, sagte ich und schnippte mit den Fingern. »Ein Toter in einem verschlossenen Raum – das hätte der Sache noch den letzten Schliff gegeben!«

Chloderic hob wehklagend die Augen zur Decke. »Warum *fragen* Sie ihn nicht einfach, wie er hineingekommen ist?«

»Weil er im Gegensatz zu Ihnen etwas darstellt«, wies ich ihn zurecht.

»Ich habe die Antwort schon«, entschuldigte sich Ravi und blickte mich an. »Sie kam mir gerade eben, bei dem kleinen Zwischenfall auf meinem Zimmer: Der einzige Weg zu Orlando führte durch das geöffnete Fenster. Es war nicht weit geöffnet, nicht weit genug für einen Menschen – wohl aber weit genug für eine Katze, und ohne Mühen zu erreichen, wenn sie sich geschickt anstellt. Ich hoffe, die Hand tut nicht mehr allzu weh?«

»Es geht schon viel besser«, lächelte Céleste. »Sie sind sehr scharfsinnig.«

»Und Sie eine faszinierende Frau«, gab er zurück. »Können Sie sich willentlich verwandeln?«

Einen Moment war es mucksmäuschenstill im Raum. Justine verfolgte gebannt unser Gespräch; allein Chloderic schien das Thema zu langweilen.

Céleste entblößte eine Reihe makelloser Zähne. »Was glauben Sie?«

»Ravi, mein Freund«, mischte ich mich ein, »Sie können mir glauben, wenn alles so einfach wäre, wie Sie wohl annehmen, hätte ich eine Sorge weniger. Was sage ich! Einen ganzen Stall voller Sorgen. Von Serafina ganz zu schweigen.«

»Serafina?«, erkundigte sich Ravi.

»Die Katze«, erklärte ich geduldig. »*Meine* Katze.«

»Madame Céleste ist Ihre Katze?«, staunte Justine.

»Glauben Sie mir«, seufzte ich, »ich habe keine Ahnung, *wer* diese Frau eigentlich ist.«

»Er fragt es sich jede Nacht«, lächelte Céleste.

»Geben Sie sich für den Moment damit zufrieden, dass Sie richtig lagen, und lassen Sie die Details außer Acht«, bat ich Ravi.

Er neigte ergeben den Kopf. »Sie drangen also in Orlandos Zimmer ein und ließen Barneby herein«, fuhr er fort. »Bis dahin hatten Sie, wie ich überzeugt bin, nicht den leisesten Laut verursacht. Nun aber brauchten Sie eine Ablenkung.«

»Und wissen Sie auch, wie wir diese Ablenkung bewerkstelligten?«, säuselte Céleste.

»Auf dieselbe Weise, auf die Sie gerade Ihre Verletzung heilten«, sagte Ravi. »Mit einem Kuss.«

»Ich habe mir immer einen wie ihn gewünscht«, sann sie. »Wie Wolken und Regen und Licht. Ich hätte nicht gedacht, dass Lippen so schmecken können.«

»Geküsst«, wiederholte Chloderic fassungslos. »Geküsst!«

»Man sieht es den Lippen noch deutlich an«, nickte Ravi.

»Wir waren nicht einmal sicher, ob es bei ihm funktionieren würde«, sagte Céleste. Ihre Augen waren genießerisch in die Ferne gerichtet. »Dann begann er zu zucken und schlug seine Augen auf, und dann war Barneby hinter ihm und presste das Leben aus ihm heraus.«

»Nicht unähnlich einer Orange«, ergänzte ich.

»Ich war nicht darauf vorbereitet, wie viel aus ihm herausströmen würde, sonst hätte ich mehr aufnehmen können.«

»Sie sollten den Mund nicht so voll nehmen«, tadelte ich.

»Eine bemerkenswerte Fähigkeit«, sagte Ravi. »Es gibt sicher nicht viele wie Sie.«

»Sie ist einzigartig«, bestätigte ich. »Dem Herrn sei's gedankt.« Ich sah ihn eindringlich an, und er verstand, dass wir das Thema nicht weiter erörtern sollten.

»Sie versuchten, die Augen des Toten zu schließen, und verschmierten dabei seinen Lidschatten«, führte er stattdessen seinen Vortrag zu Ende. »Leider gelang es Justine nicht, Spuren der Schminke sicherzustellen. Wahrscheinlich sind die Taschentücher verschwunden.«

»Er hat *gestanden*«, erinnerte Chloderic.

»Ich habe mir vor dem Zubettgehen die Hände gewaschen«, erklärte ich ihm.

Ravi nickte befriedigt. »Ich danke Ihnen. Dann, Mesdames et Messieurs«, sagte er, »wäre es das also: der Fall des ermordeten Engels.«

»Ehemaligen. Des ehemaligen Engels«, korrigierte ich ihn.

»Ich bin bitter enttäuscht, Mister Barneby«, schalt mich Justine. »Nie hätte ich Sie für einen Mörder gehalten!«

Ich hob entschuldigend die Schultern. »Meinen Glückwunsch. Doch was soll nun werden? Werden Sie Madame Céleste und mich der Polizei übergeben?« Ravi blickte betrübt zu Boden. Der Spott traf ihn, das konnte ich sehen. »Wenn Sie es tun, sorgen Sie bitte dafür, dass wir getrennte Zellen erhalten.«

»Ich bedaure nicht weniger als Sie«, gab er zurück, »diesen Fall nicht seiner klassischen Auflösung zuführen zu können. Eigentlich sollte ich Justine nun bitten, den Inspektor und seine Helfer hereinzulassen, damit sie Sie abführen können. Leider werden wir darauf verzichten müssen.«

Ich schmunzelte. Er hielt sich allen Ernstes für den Meisterdetektiv.

»Die Leiche«, sagte Justine kleinlaut. »Müssten wir nicht wenigstens – «

»Machen Sie sich keine Sorgen«, lächelte Ravi. »Wir kümmern uns gleich morgen früh darum, und niemand wird etwas erfahren. Vertrauen Sie mir.«

»Und was ist mit mir?«, quengelte Chloderic. »Er sitzt schließlich in *meinem* Zimmer!«

»Sie denken schnell um«, stellte ich fest.

»Sie werden einstweilen über ihn wachen«, erklärte Ravi, und Chloderic schluckte.

»Bevor wir uns nun zurückziehen«, bat ich, »erklären Sie mir noch eins.«

»Ja?« Er wusste, was ich von ihm wollte.

»*Warum* habe ich es getan?«

»Nun«, sagte er, »neben anderen Gründen, die sich vielleicht noch enthüllen werden und bei denen persönliche Antipathie eine größere Rolle spielen dürfte …«

»Nur zu. Fahren Sie fort.«

»Offensichtlich nahmen Sie nicht nur in Kauf, dass ich die Wahrheit errate – bedauerlicherweise gaben Sie sich auch keine allzu große Mühe, sie zu verheimlichen. Ich nehme an, dass sie es als eine Art Vertrauensbeweis sehen. Sie sind nun Gejagte. Wie ich.«

»Wenn Sie das glauben«, bedauerte ich, »müssen Sie noch eine Menge verstehen. Ich habe meine Fehler, aber ich töte niemanden, bloß um einen Handel abzuschließen oder ein Argument anzuführen. Céleste vielleicht, aber nicht ich.«

»Sie unterschätzen die sinnliche Komponente«, warf sie ein, und ich schüttelte mich.

»Ich wollte Ihnen keinesfalls zu nahe treten«, entschuldigte sich der Zauberkünstler. »Vermutlich hatten Sie gar keine andere Wahl – jemand erwartet Ergebnisse, und wie sollten Sie die noch erbringen, wenn Orlando sich erst meiner angenommen hätte? Wie Sie selbst sagten, wahrscheinlich wäre mein Tod nur der Anfang gewesen.« Er sagte es so selbstverständlich, als instruiere er seine Bühnentechniker. »Selbst, wenn Sie nicht wie die Wölfe übereinander hergefallen wären – wie wären Sie je wieder nach Hause gekommen? Orlando hätte Ihnen kaum dabei geholfen, schließlich wäre er als strahlender Gewinner heimgekehrt. Ich dagegen bin keine Gefahr für Sie, im Gegenteil – solange ich noch im Spiel bin, haben Sie alle Chancen, es zu gewinnen. Das einzige, was Sie noch nicht wissen, ist, ob ich der Joker oder doch nur der Schwarze Peter bin.«

»Aber Monsieur«, sagte ich. »Sie verstehen ja doch.«

Er nickte ernst. »Es gefällt mir nicht mehr als Ihnen. Dennoch haben Sie mir einen Dienst erwiesen.«

»Eine Hand wäscht die andere, Monsieur.« Ich streckte mich und warf einen Blick auf meine Uhr. »Wenn Sie mich nun entschuldigen würden? Es war ein sehr anstrengender Tag.«

Justine

Es war schon seltsam: Da wünscht man sich erst ein Geheimnis, und wenn man es hat, will man es teilen. Ein Geheimnis, das man nicht teilt, ist eine schreckliche Last, die einen von anderen Menschen trennt. Königreiche kamen zu Fall und Verschwörer ließen ihr Leben, so wichtig war ihnen ihre Last, und es schien ihnen besser, sie mit ins Grab zu nehmen, als auszusprechen, was nicht ausgesprochen werden darf.

Nun, ich bin offenbar anders, denn als Mischa spät in der Nacht anfing, mich zu verspotten, als sei ich seine kleine verrückte Schwester, und mich die unsichtbaren Wolken, in denen ich meinen Kopf trug, zu ersticken begannen, nahm ich ihn kurzerhand mit auf Ravis Zimmer. Ich hätte ohnehin nicht schlafen können nach allem, was sich heute ereignet hatte. Was Mischa betraf, so vermutete ich, dass er es vorzog, mir Gesellschaft zu leisten, statt mit seinen Gedanken alleine bei Véronique zu sein. Die Liebe, nehme ich an, ist auch so ein Geheimnis.

Außerdem waren wir beide betrunken.

Ich klopfte energisch. Dann warteten wir gebannt auf dem dunklen Flur. Ich konnte Mischas Atem riechen, nach Schnaps und Tabak und ein paar anderen Dingen. Ich hoffte, er war noch klar genug, um überhaupt etwas von dem zu verstehen, was ich ihm zeigen wollte.

Die Tür öffnete sich, und Ravi sah uns erstaunt an. Wie zu jeder Tageszeit trug er seinen blauen Umhang und makellos saubere Handschuhe. »Justine«, sagte er. »Sie sind noch auf?«

»Entschuldigen Sie, dass ich so spät noch störe, Monsieur«, sagte ich. »Dürfen wir einen Moment hereinkommen?«

Er musterte Mischa überrascht, zuckte dann aber die Schultern und schob die Tür weiter auf. »Bitte sehr.«

Wir traten vorsichtig ein. Das Zimmer wurde nur von der kleinen Petroleumlampe auf Blanches Nachttisch erhellt, neben der ein zerfleddertes, grellbuntes Heft lag. Das Titelbild zeigte die Sphinx und die Pyramiden. Der Name *Houdini* sprang mir ins Auge.

Auf der anderen Seite des Betts lag der Koffer, den mir Ravi für den Auftritt in Mister Barnebys Zimmer geliehen hatte. Er hatte ihn wieder eingeräumt, aber nicht geschlossen, und all die Metallreifen, Papierblumen, Seidentücher und Gummibälle, mit denen er anderntags arbeitete, übten eine magische Anziehungskraft auf Mischa aus. Die schlafende Blanche dagegen beachtete er kaum.

»Wie kann ich Ihnen helfen?«, fragte Ravi. Ich kam mir auf einmal sehr dumm vor, so als bäte ich einen Liebhaber um eine weitere Nacht, obwohl sich unsere Wege doch bei Sonnenaufgang hätten trennen sollen.

»Ein paar der Dinge, die Sie gesagt haben, gehen mir nicht aus dem Kopf«, begann ich. »Sie und Mister Barneby. Ich wollte mit jemandem reden ...« Ich zuckte hilflos die Achseln und nickte zu Mischa, der sich vergeblich mühte, zwei ineinander verschränkte Metallreifen zu trennen. »Er glaubt mir nicht. Es ist schrecklich.«

Ravi lächelte, streckte die Hand aus, nahm die Ringe von Mischa entgegen und löste sie mit Leichtigkeit. Dann gab er sie ihm zurück. »Ich verstehe sehr gut, was Sie meinen, Justine«, sagte er.

»Da war ein Gelenk«, protestierte Mischa. »Ich habe es klicken hören.«

»Wollen Sie nachsehen?«, lächelte Ravi.

»Mischa, bitte«, ermahnte ich ihn.

»Wieso? Deshalb sind wir doch hier, oder?« Er grinste. »Sie haben sie ganz schön durcheinander gebracht. Sie redet schon den ganzen Tag von nichts außer Ihnen.«

»Ist das so?«, fragte Ravi und hob eine Braue. Merkte er nicht, wie peinlich mir das war? »Unterhalten wir uns also«, lenkte er ein. Dann machte er eine entschuldigende Geste. »Leider habe ich nicht genug Stühle.«

»Oh, das macht nichts«, sagte ich und zog Mischa unsanft mit mir auf den Boden, so dass wir uns an die Wand lehnten, das Bett mit Blanche zwischen uns und Ravi, der auf seinem Stuhl Platz nahm. Die Vorhänge der großen Fenster bauschten sich in einer Brise, und ein Auto rauschte den Boulevard Raspail hinab. Die Flamme flackerte und ließ Ravis Gesicht hagerer erscheinen, als es war.

»Was sind Sie, Monsieur Ravi?«, fragte ich ihn.

Ein paar Sekunden sagte er nichts. »Das ist eine seltsame Frage«, bemerkte er dann.

»Als ich heute morgen aufwachte«, fuhr ich fort, »da dachte ich von Ihnen nur als von einem weiteren Künstler, der in Montparnasse sein Glück sucht. Heute Mittag dann … begann ich zu glauben, dass es vielleicht kein Zufall war, dass wir uns begegneten. Ich glaubte, Sie könnten mir etwas Neues über mich und die Welt erzählen. Jetzt weiß ich nicht mehr, in welcher Welt ich lebe, oder wer ich eigentlich bin.«

»Das ist, was ich bin, Justine«, lächelte er. »Das ist mein Beruf.«

Doch ich schüttelte den Kopf. »Sie schaffen es, diese Dinge wie die normalste Sache auf der Welt erscheinen zu lassen. Ihre Assistentin fällt in einen Zauberschlaf; Mister Barneby tut schreckliche Dinge, während er freundlich dabei lügt und lächelt; und Madame Céleste ist eine Katze und doch wieder eine Frau. Der Gast vom Ende des Flurs … Sie nannten ihn einen

229

Engel, und ich weiß nicht, um was es sich bei seinem kleinen Freund handelt. Ich glaube, er ist ein Kobold.«

Ravi senkte den Kopf, als sei es ihm unangenehm.

»Das ist aber nicht normal, Monsieur«, ermahnte ich ihn. Mischa kicherte, und ich gab ihm einen Knuff, damit er zuhörte.

»Sie baten mich«, erwiderte Ravi, »Sie auf die Bühne zu holen und an unserem Schauspiel teilhaben zu lassen. Sie hätten nicht darum gebeten, wenn Sie sich Normalität davon versprochen hätten.«

»Das ist es also? Ein Schauspiel?«, fragte ich. Ich dachte daran, dass es unter unserem Dach eine kriminelle Verschwörung gab und ein Engel ohne Schuhe tot auf seinem Zimmer saß. Mir schwirrte der Kopf, und wenn Ravi mir eröffnet hätte, dass er mit einer Rakete vom Mond zu uns gekommen sei, es hätte mich nicht weiter überrascht.

»Es ist mehr als das«, sagte er, »und vielleicht weniger; denn was Sie erlebt haben, war wirklich, wenngleich vielleicht nicht so, wie Sie erwartet haben. Die Wahrheit, das lernen Sie sehr schnell in meinem Handwerk, ist manchmal mehr als enttäuschend.«

»*Skazki*«, flüsterte Mischa, wie man einem kleinen Mädchen zuredet. »Du glaubst an Märchen, und er will, dass du sie glaubst. Vielleicht kann er Hypnose?«

»Glauben Sie mir«, sagte Ravi, »ich war selbst sehr erstaunt, als ich die Wahrheit über einige unserer Gäste erfuhr. Ich behaupte auch keineswegs, alles zu verstehen. Ich weiß nur, dass die verborgene Welt einige Überraschungen bereithält.«

»Die verborgene Welt?«, echote ich.

»Die Halbwelt, in die Sie heute einen Blick erhaschten; das Milieu, wenn Sie so wollen, in dem die meisten von uns verkehren. Blanche fing irgendwann an, sie so zu nennen. Ich weiß nicht, wie Mister Barneby sie nennen würde.«

»Sie weiß davon?«, fragte ich und sah zu Blanche.

Ravi nickte. »Ein Abend in Montmartre … ein besonderer Abend … Sieben Jahre ist das nun her. Seitdem haben wir keine Geheimnisse voreinander.« Er zögerte. »Da es nicht viele wie uns gibt, ziehen es die meisten vor, unerkannt und unter sich zu bleiben. Wie Sie selbst sagten, es ist schrecklich, wenn man in verschiedenen Welten lebt.«

Ich nickte.

»Außerdem gibt es Regeln. Es gibt eine Hierarchie. Eine sehr alte Ordnung, die das Ob und das Wie unseres Miteinanders bestimmt, denn wir sind nicht unfehlbar. Tatsächlich gibt es, wie Sie bemerkt haben, momentan einige Schwierigkeiten mit dieser Ordnung.«

Da verstand ich. Zumindest glaubte ich, zu verstehen. Wenn ich gehofft hatte, ein paar klärende Worte Ravis könnten mich die Geschehnisse dieses Abends begreifen lassen, so sah ich mich getäuscht. Das alles war erst der Anfang, und Ravis Rolle darin war nicht leichter als meine.

»Wollen Sie, dass ich fortfahre?«, fragte er.

»Lassen Sie sie«, bat Mischa, als sei er mein Mann und Ravi der Arzt, der schlechte Nachrichten bringt. »Justine braucht, was sie hat. Nehmen Sie es ihr nicht.«

»Mischa!«, rief ich empört. »Wie kannst du …!«

»Ich versuche doch nur –« Er zuckte die Schultern. »Du benimmst dich seltsam. Du bist nicht du selbst.«

»Das weißt du genau?«

»Ich weiß einfach nicht, ob dir das gut tut.«

»Wer sagt denn immer, der Mensch kann zu viel Wirklichkeit nicht ertragen?«

»Du bist anders.« Fast hilflos sah er mich an. Ravi verfolgte unseren Streit aufmerksam, wie ein Kind, griff aber nicht ein.

»Du hast also einen Plan für dich und mich und die anderen?«, fragte ich. »Ist es das? Ich bin die, die den Draht zur Welt halten darf, aber wenn du davonläufst und die Besinnung verlierst, ist das in Ordnung?«

»Hör auf«, sagte er.

»Vielleicht sollten wir es mal umgekehrt versuchen. Weißt du denn noch, wie das geht? Morgens aufstehen, arbeiten, den ganzen Tag mit niemandem reden, außer mit Fremden oder Esmée und Alphonse? Du bist doch nie wirklich hier, selbst jetzt, wenn du direkt neben mir sitzt. Bist du bei Véronique? Wo bist du, wenn du bei Véronique bist?«

Er schnaubte und gab mir nun seinerseits einen Knuff.

»Ich *war* bei ihr«, murmelte er und fummelte einen Flachmann aus seiner Hose. »Die ganze Nacht, bis die Closerie schloss, und dann im Select, bis auch das Select schloss. Ich hatte Blumen für sie. Verdammt, ich hatte sogar ein Geschenk, aber sie hat geweint.« Er nahm einen großen Schluck und presste die Lippen zusammen. »Sie sagte im Wesentlichen dasselbe über mich wie du.«

»Du spinnst doch.«

»Wieso spinne ich jetzt?«

Ich begann zu zittern. »Du warst nicht bei Véronique. Du warst unten in der Küche und hast dich betrunken.«

Er schüttelte den Kopf. »Jetzt phantasierst du.«

»Ich habe es dir doch erzählt.« Ich fasste ihn an der Schulter, aber er wich meinem Blick aus. »Dann hast du versucht, nach Hause zu gehen, und bist an der Ecke zur Rue Robert zusammengebrochen.«

Er schüttelte wieder den Kopf. »Du hörst mir nicht zu. Ich hatte Blumen. Chrysanthemen, gelbe sogar. Gelb ist ihre Lieblingsfarbe.«

»Wie kann er dann unten in der Küche gewesen sein?«, fragte ich Ravi. Der Zauberer machte einen betroffenen Eindruck. »Wo war *ich* gestern Nacht? Wo waren Sie?«

»Es gibt Fragen, die Sie besser nicht stellen sollten«, sagte er. »Und solche, auf die ich selbst keine Antwort weiß.«

»Sie tun etwas mit uns«, rief ich. »Deshalb erzählen Sie mir das alles! Weil Sie genau wissen, dass ich mich morgen nicht mehr erinnern werde!«

Ravi schwieg. Es war ein sehr schmerzhaftes Schweigen.

»Sind wir wach, Monsieur? Oder schlafen wir alle, so wie Blanche?«

»Justine«, sagte Mischa, und legte den Arm um mich, was in diesem Moment nicht das Schlechteste war. »Lass gut sein. Wenn du verrückt wirst, wer soll mir dann noch helfen? Ich brauche dich, Justine.«

»Komm«, sagte ich und erhob mich langsam. »Wir sollten jetzt gehen.«

»Es tut mir leid«, sagte Ravi und erhob sich ebenfalls.

»Mir tut es leid, Sie gestört zu haben«, sagte ich. »Ich war eine Närrin – wieder einmal.«

Einen Moment standen wir schweigend um das Bett, Mischa mit dem Arm um meiner Schulter, Ravi die Hände hinter dem Rücken verschränkt. Ich wollte gehen, aber ich spürte, dass etwas für immer vorbei sein würde, wenn ich durch diese Tür ging. Beinahe hätte ich zu weinen begonnen. Die Petroleumlampe flackerte, und einen Moment glaubte ich Blanches Lider flattern zu sehen.

»Schauen Sie nur«, flüsterte ich, und er nickte.

»Was sie wohl träumt?«

Der vierte Tag

Gaslichtromanzen

Blanche

In meinem Traum schwebe ich wie ein Blatt auf dem Wasser. Kein Ufer, kein Zweig, kein Fels, der mich hält, nur das Wasser. Ich treibe im Kreis, mal hierhin, mal dorthin, und ich habe keinen Sinn für die Zeit oder den Ort, an dem ich mich befinde. Da ist nichts, für sehr lange Zeit.

So bin ich allein, und ich frage mich, ob da nicht andere sein müssten. Manchmal höre ich Stimmen im Nichts, und ich versuche, etwas zu sagen, aber sie hören mich nicht. Ich spüre, dass ich etwas tun muss. Und ich stelle sie mir vor, diese Stimmen, mit aller Macht, wie man sich selbst am Aufwachen hindert, denn dieser Traum ist alles, was mir vom Leben geblieben ist, und wenn ich losließe, wenn ich zuließe, dass es endet, würde ich erlöschen, würde versinken wie ein Tropfen Blut im Schnee, eine Handvoll Schnee in einem Bach, ein Bach in einem kalten Meer.

Ich kämpfe mich tiefer in die Bilder. Entdecke Teile meines Bewusstseins wie Räume in einem alten Haus, Spielsachen in den Räumen. Ein Kaleidoskop, und darin: Splitter aus Licht. Und ich sehe sie, wie sie erblühen, und auf einmal wird alles ganz klar. Der Bach wird ein Delta aus Stein, die Cafés auf dem brandenden Boulevard sind wie Inseln, und ich sehe die Kreuzung mit der Metrostation, ich sehe das Dôme, die Rotonde und das Jardin, und die Menschen!

Ich gehe mit ihnen. Sie sind alles, was ich noch habe. Wenn sie gehen, vergehe auch ich. Doch wer sind sie?

Da ist Alphonse, wie ich Herr dieser Welt, und gleichzeitig ihr Gefangener. Ich fühle mich ihm verbunden, und ich bewundere und beneide ihn, wie er da hinter seinem Tresen steht, ein klitschnasses Handtuch um seinen haarigen Arm geschlungen, die Augen wach von Kaffee und Weinbrand, immer auf dem Sprung, eine Täuschung zu durchschauen, doch blind gegenüber der einzigen Person, die ihn liebt, auch wenn sie es nicht so nennen würde. Er ist blind, denn im tiefsten Grunde seines Herzens hält er es für lächerlich, jemanden wie ihn zu lieben – ebenso gut könnte man eine Mauer lieben, oder die Dornenhecke, die sich an ihr festgesetzt hat. Er träumt von dem Tag, da er seine Mauer verlassen wird, und ahnt nicht, wie tief seine Wurzeln schon in den Mörtel reichen, wie lang seine Dornen sind, und dass jeder Versuch, ihn und die Mauer zu trennen, in Schmerzen enden muss.

Er glaubt, man müsse ihn respektieren, und vielleicht auch etwas fürchten, das hält er für erwachsener als die Liebe, von der er sich nur eine flüchtige Vorstellung machen konnte, bevor man sie für ihn zerschlug – und ehe Esmée kam, die Scherben zusammenzusetzen, ohne dass er sie darum gebeten hätte, so als habe sie eine alte Tasse gefunden, die er nicht mehr zu brauchen vorgab, und die sie nun unter vielerlei Flüchen und Anfeindungen restauriert. Esmée ist eine Archäologin in einem feindlichen Land, nicht willkommen, nur geduldet, Visa für Visa, von der Fachwelt vergessen: die vielleicht einzige Spezialistin der Welt für das verloren geglaubte Alphonse-Service. Sie widmet sich ihrer Aufgabe auf Gedeih und Verderb, letzte Überlebende der Expedition, und forscht nach dem rastlosen Geist in dem alten Tempel, der sich ihr manchmal in einer weiteren Scherbe offenbart und sich dann wieder unter den Sand zurückzieht. Die Ruine Alphonse, die Wüste Alphonse, die man nicht lieben und doch nicht verlassen kann.

Doch ich bin jetzt da, ihn zu lieben, ich bin die Mauer, auf der er wächst, ich bin das ganze Jardin von den Liebesschreien aus dem Haute Loire bis zum Tropfen des Eisschranks im Keller. Ich atme mit den Fenstern und wehe mit den Küchendüften durch den Schankraum. Ich bin im Klirren der Weinflaschen und im Getrappel vieler kleiner Mäusefüße, die mit mir durch Wände und Böden rasen, und von dort aus hinaus nach Paris, in die Welt. Ich schlage Wurzeln wie ein alter Baum. Ich sende meine Triebe in die Häuser, unter die Boulevards, in die tiefen Katakomben; überall sind meine pelzigen Freunde, die mir Augen und Ohren sind und mir berichten, wie die Figuren Aufstellung beziehen. Ein Rauschen im Gaslicht, ein Geist über den Wassern des Kanals bin ich – eine einfache Herdgöttin, von den größeren Geistern vor die Pforten gesetzt, als sie anfing, lästig zu werden mit ihren Träumen von Dornenranken und Turmzimmern und Steppdecken, die Träume, die Ravi nun für mich träumt, während er nach mir sucht und ich nach ihm. Und manchmal erhasche ich einen Schatten meiner selbst auf dieser Suche, wie ich umgehe: körperlos, ahnungslos, schutzlos wie ein nacktes Kind – dabei will ich doch helfen, will dienstbar sein, will diese Menschen leben und erleben lassen, was ich nicht erleben kann.

Ravi, mein strahlender Ritter, silbrig, blitzend, pferdlos, wild entschlossen, seine Prinzessin zu wecken und dabei ein gute Figur abzugeben, genau wie sein Vorbild, der große Entfesselungskünstler, so als wären da ständig Fotografen auf seiner Fährte: die Seidenschleife um den Hals, die Handschuhe unschuldig weiß, die Haut makellos und jung wie in meinen ersten Träumen von ihm, als seine Augen nach mir riefen, blau wie sein Umhang, blau wie die See, der Blick eines jungen Albatros auf einer einsamen Insel. Nimm mich mit dir, lass mich fliegen für dich, lass mein Schicksal auch das deine sein – wer von uns war es, der den anderen rief?

Wir wachsen und wir schlagen aus, ein Trieb umschlingt den anderen, keiner kann vom anderen lassen, und keiner will den anderen ersticken, und deshalb gibt es so viele Triebe, und einige von ihnen, dort, wo man es nicht vermutet, sind miteinander verwachsen und teilen dieselben Adern, denken dieselben Gedanken, heben dieselbe Hand. Lebe mein Leben für mich, Ravi – dein Leben ist mein Leben. Lies mich, Ravi – ohne dich bin ich nicht mehr als eine vergessene Villanella, die letzte Zeile ein endloser Ausklang.

Da ist Serafina/Céleste, die ihm in mancher Hinsicht ähnlicher ist, als sie ahnt, und doch sein Gegenteil – weiße Dame, schwarze Dame, oder ist es umgekehrt? Leider ist sie fehlgeleitet, besessen davon, den eigenen König zu stürzen, denn sie sieht nur ihre Macht, nicht aber das Zentrum, das sie umkreist, und ohne das ihr kein einziger Zug mehr erlaubt wäre: geblendet von ihrer eigenen Vielfalt. Sie ist ein Portal in sich selbst, Spiegel, die sich neidvoll anblicken. In ihr beäugen sich die Neugierde

Serafinas und die endlose Eifersucht Célestes. Beide sind unersättlich, vergehen vor Sehnsucht nach dem Mehr, *verdorren in ihrer* Wenigkeit, *so viele Gestalten, die sie noch rauben könnten, so viele Gesichter, die sie noch tragen müssten, Kleider aus Fleisch, Gewänder aus Zauber und heißem Blut, und der Schrank ist noch fast leer, die Schwestern auf dem Ball tragen stets die schöneren Schuhe, und zufrieden stellt sie nur ihre eigene Bedingungslosigkeit: Sie würde sich die eigenen Glieder abhacken und den Schwestern zum Geschenk machen, nur um ihnen danach die Körper von der Seele zu schneiden und wiedergeboren zu werden als sie; strahlender, himmlischer, prächtiger noch, eine* mehr *als sie selbst.*

Da ist Chloderic – was vielleicht der falsche Weg ist, das zu sagen, so als trüge er wie die Menschen einen Namen, den seine Eltern ihm bei der Taufe verliehen, richtiger wäre also vielleicht: der *Chloderic, denn der Name bezeichnet die Idee dessen, was sein Herr einst aus dem Dickicht der Phantasie herauszerrte, als er sagte:* Sei! *Wie sein Herr ist er ein Geschöpf aus dem Rauch menschlicher Einbildungskraft, aber ein sehr beschränktes, viel beschränkter als Céleste, gleich, was sie von sich glaubt, und sich seiner Beschränktheit mehr als bewusst. Er ist die Verkörperung des Makels, neben dem die Sonne seines Herrn am hellsten strahlte – nicht Hässlichkeit, auch wenn das manche glauben, sondern Verzweiflung. Chloderic fühlt, dass er nie mehr als der Chloderic sein kann, selbst jetzt, da man ihm seinen Herrn amputiert hat und er ein absurdes Eigenleben führt, eine große, einsame Nase ohne Gesicht, wie er da auf seinem Bett sitzt und versucht, ob er wohl seine Finger mit seinen Zehen verknoten kann, oder das Betttuch durch eine Tasse fädeln.*

Chloderic wurde nicht zu einem Leben der Freude erschaffen – sie wurde ihm aber auch nicht verboten, und er lernt schnell dazu, so als steuere der Koch nun das Schiff und der Kapitän schäle das Gemüse – was für ein Narrenschiff! Seine besten Rezepte hat er noch keinem enthüllt, und ich stelle mir Chloderic vor, wie er affengleich von der Decke baumelt, während die anderen schlafen, und mit der Raffinesse eines Ninja Nektar in die Augen der Schlafenden träufelt, ein frecher Puck, zu schlau für sich selbst, so dass sich Titania in Zettel verliebt und die

Kinder im Wald auf verrückte Gedanken kommen. Ob es das ist, was ihm Freude bereiten würde? Vielleicht, brächte ihn doch jedes Quäntchen Chaos seinem alten Wunsch näher: dass sein Herr zurückkehre und ihn bestrafe.

Doch was, wenn alles anders wäre?

Ein Schatten legt sich über das Jardin. Alphonse dämpft das Licht ein wenig. Die Welt über den Cafés und dem Boulevard altert. Es scheint Abend zu sein, bevor es richtig Tag wurde. Die Künstler betrinken sich mit dem Morgenkaffee, die Liebenden dringen ein weiteres Mal ineinander. Chloderic bettet sein langes Haupt in die Kissen und träumt von Orlandos süßer Verachtung. Vor seiner Tür richten die Mäuse sich auf und wittern zaghaft, dann drücken sie sich tief in ihre Löcher: Serafina trabt den Gang hinunter, ein jeder Pfotenschlag ein Schmetterling, der über Wasser tanzt, die Augen zielstrebig nach vorn gerichtet wie eine zornige Mutter, damit jeder, der sie sähe, sie beneide um ihre Unnahbarkeit. Auf der Treppe besinnt Serafina sich anders, und Céleste steigt die Stufen hinab, eine Tänzerin im Varieté, jeder Fuß passgenau vor dem anderen. Eine Fingerspitze streicht das Geländer entlang und lässt für ein paar Stunden eine hauchfeine Nagelspur in dem alten Holz zurück, bevor Justines Politur sie überdeckt.

Alphonse hält hinter seinem Tresen inne. Er trägt seine Lesebrille und versucht noch immer, den Fehler in seinen Büchern zu finden: den eigenartigen, fahnenflüchtigen Fehler, der sich vielleicht seit Jahren durch die Spalten zieht und ihn verspottet, ein böses Orakel, das ihm ins Gesicht sagt, dass dem Jardin das Leben ausgeht, kein Geld für die Öfen, kein Geld für den Schnaps, vielleicht nicht einmal für ein paar alte Kartoffeln, die Esmée für die Gäste kochen könnte. Und doch muss er sich irren, denn klimpert es nicht in seiner Kasse, ist die Kammer nicht gut gefüllt? Eines Tages, da wird er sich sein Stückchen Land kaufen und seinen Garten bestellen, und Renaud wird zu ihm kommen und sagen, Alphonse, dein Garten ist noch schöner als meiner, und dann werden sie zusammensitzen und den Wein trinken, der hinter dem Haus wächst, und Richtung Korsika auf das Meer hinausstarren. Doch jetzt ist du nicht das Meer,

241

nur *Célestes* Schenkel, die an ihm vorübertreiben, so dass sich ihm die Nackenhaare sträuben und er unsicher nach seinem Bart greift, denn er weiß nicht, was man mit Frauen wie dieser da anstellt, die wie eine Kobra durchs indische Gras gleiten, giftspritzend und stolz, und zwischen ihren Zähnen die Antwort auf viele nie gestellte Fragen tragen.

Doch die Schlange ist nicht an ihm interessiert; nicht an seinem Garten, und schon gar nicht an den Äpfeln darin. Sie sucht nach dem einzigen Mann, der keine Angst vor ihr hat, obwohl er meistens so tut, und der zufrieden an einem Tisch sitzt und den Tag vertrödelt, so als habe er allein Urlaub und nicht die ganze Welt mit ihm. *Céleste* sucht *Barneby*, weil sie ahnt, dass ihr Leben ohne ihn keine Richtung hat: Seine Ablehnung ist ihre Bestätigung, und sein Spott gibt ihr ein Gefühl von Sicherheit, denn wenn er nicht vor ihr Angst hat, dann konnte er vor gar nichts Angst haben, und *Serafina/Céleste* hat Angst: Sie glaubt, dieser Angst beikommen zu können, indem sie jedem droht, der sie daran erinnert, ihm droht, ihn ohne ein Zucken der schönen Schultern zu töten, mit demselben Genuss, mit dem man sich ein dickes Haar vom Nasenrücken zupft. *Serafina/Céleste* hat Angst, nie wieder etwas anderes zu sehen als dieses winzige Paris und seine Menschen, die jeden Tag wiederkehren, gleich, wie viele davon sie erschlägt, und ihre goldenen Augen nicht wiedererkennen, so als sei sie eine ägyptische Göttin, die ihren Gläubigen zu lange genommen war.

Barneby schlägt eine Seite seiner Zeitung um. Es ist natürlich immer dieselbe Zeitung, aber *Barneby* kann in allem Genugtuung finden, was er tut und solange er will, denn es ist ihm alles gleich: Kein Kuchen macht ihn jemals satt, keine Sprache ist fein genug, ein Gedicht in ihr zu verfassen. Er will größere Flugzeuge fliegen und lernen, wie man Zigarren dreht, er saß schon im Oberhaus, aber noch nie im amerikanischen Senat; er weiß, wie man Orchideen züchtet, aber einfache Rosen machen ihm Schwierigkeiten, und er weiß, dass er niemals ein so guter Gärtner sein kann wie die japanischen Meister der Edo-Zeit, gleich, wie lange er es versucht. Zur Zeit überlegt er, wie es wohl wäre, ein Café zu führen – und *Barneby* hat Zeit, sehr viel sogar. Er ist älter, als er sich eingestehen will, denn das würde ihn vielleicht nervös machen und die Freude aus den einfachen Dingen nehmen, die er stundenlang beobachten und imitieren kann.

Das Café füllt sich.

Eine Mutter behält ihr Kind im Auge, das eine Kastanie im Rinnstein entdeckt hat; Matthieu behält sein Pferd im Auge, das tagträumend an der Straßenlaterne steht und von den Karotten phantasiert, die es abends manchmal bekommt, wenn Matthieu nicht schon zu betrunken ist; Barneby behält Céleste im Auge, die ihn umkreist und ihn verehrt wie die Mutter das Haar ihres Kindes, wie das Kind den rubinroten Wassertropfen, der auf der Kastanienhaut schimmert (und den es nicht mit nach Hause nehmen kann), wie das Pferd Matthieus schwielige Hand (die auch ein wenig nach Karotten schmeckt, wenn sie ihm zum Abschied über die Nase streicht), wie Matthieu Alphonses Schachspiel, das so viel besser ist, als der griesgrämige Wirt selbst weiß. Alle verehren sie etwas in diesem Moment, doch keiner findet die Worte dafür, und das ist gut so, denn so bleiben die wichtigen Dinge immer ungesagt und können weiter begehrt und verteidigt werden.

Dann tritt Justine aus dem Jardin, und alle halten einen Moment lang inne: Das Kind vergisst seine Kastanie, das Pferd hebt hoffnungsvoll den Kopf, Matthieu verschenkt einen Bauern, und Céleste erstarrt für einen Moment, als sie Barneby der Kellnerin zulächeln sieht. Was sie in ihr sehen, ist nicht schwer zu erraten. Ich habe es in ihr gesehen, jeden Morgen, da sie auf unser Zimmer kam, und auch mein Ravi beginnt es nun zu erkennen. Es ist die Selbstvergessenheit der perfekten Rolle, die sie spielt. Sie macht sie nicht glücklich, sie macht sie zu gar nichts, aber darunter findet die echte Justine ihren Frieden und braucht nichts zu bedauern. Solange Justine nicht lebt, muss sie keine Entscheidungen treffen, und solange sie das nicht tut, bleibt sie jung. Von allen Bewohnern des Jardin hat sie am wenigsten vorzuweisen, und von allen Bewohnern des Jardin scheint sie am wenigsten darunter zu leiden, denn sie ist in diesem Moment nicht mehr als eine Kellnerin, und dies stellt eine Beleidigung für die Sehnsüchte der anderen Bewohner und ihr ständiges Ringen dar.

Zweimal in ihrem Leben hat sie bisher geglaubt, mehr sein zu können: einmal, als ein Zauberer ihr ein Wunder versprach, und einmal, als ein junger Mann ihr irgend etwas versprach, an das er selbst nicht recht glaubte. Ravi glaubt, den ersten dieser Momente benutzen zu können, er meint, dass Justine vielleicht von ihm lernen könnte und er dann eine Verbündete hätte, und ich wünschte, ich könnte ihm sagen, wie sehr er sich irrt, dass er es ist, der von ihr lernen muss, weil sie mehr Mensch ist als alle anderen unter diesem Dach, und alles, was geschieht, einzig aus dem Grund geschieht, damit er dies erkennt.

Und er hat nicht mehr viel Zeit. Der Wind weht schon das Herbstlaub die Gosse hinab. Jede Litfaßsäule kündet von unserem Scheitern, und ein Junge mit einem Eimer Leim klebt Hinweise über unser Lächeln: Abgesagt; ein Schweigen scheint sich an den Rändern der Welt auszubreiten, so als wüssten die Menschen dort bereits etwas, was die Touristen in den Cafés noch nicht wahrhaben wollen. Da ist ein Schlund jenseits der Welt, der darauf wartet, uns zu verschlingen.

Ein Vermieter kündigt ein Atelier, ein Maler entlässt sein Modell, das Modell verlässt seinen Liebhaber. Vor dem Lichtspielhaus protestieren aufrechte Bürger gegen einen freizügigen Film, im Select verrät Madame Jalbert einen Opiumkranken an die Polizei.

Und man sucht nach mir. Ich spüre es in meiner Seele, spüre es wachsen wie die Dornenhecken vor dem Schloss, wie Célestes Opfer die Eiseskälte ihrer Lippen. Es kümmert Céleste nicht, diese Rolle zu spielen – doch sie hat das Dunkel mit sich gebracht. Nun ist es um uns, und unter uns, und ein wenig von ihm ist jetzt auch in Alphonse, der innehält, als ihm schwindelt. Alphonse, erkenne ich, braucht bald Hilfe. Das Dunkel schlummert, doch nicht mehr lange, dann wird es erwachen.

Einen Moment unterbricht Justine ihre Arbeit, als auch sie des Dunkels gewahr wird – ein scharlachroter Schatten, der stockschlendernd aus der Metro tritt und zu ihr herübersieht. Seine Hände spielen, was sie nicht sehen kann, mit einem Schlangenknauf, ein gönnerhaftes Lächeln umspielt seine Lippen. Sie ist sich nicht sicher, ob er je wirklich dort stand oder nur der Gedanke an jemanden war, der an sie dachte wie sie *an ihn. Seine Gedanken berühren die Menschen, und er erfährt, was er wissen muss. Dann verschwindet er, so er denn je wirklich hier war, in der Menge.*

Esmée tritt auf die Terrasse hinaus. Sie sucht nach Mischa, Mischa mit seinen jungen, starken Beinen und seinem treuen, einfältigen Gesicht, das sie sich vielleicht auch für ihre eigenen Kinder gewünscht hätte, hätten Alphonse und sie je welche gehabt. Barneby sieht die Trauer in ihren Augen, und einen Moment lang ist Esmée alles, was er je sein möchte.

Und Justine räumt die Gläser ab.

Barneby

Nun? Bedauern Sie, mich nicht gerichtet zu haben?«, fragte ich Ravi, als er gegen Mittag neben mich trat.

»Es scheint Sie bis jetzt noch nicht der Blitz getroffen zu haben; also werde ich mein Urteil ebenso hintanstellen«, antwortete er diplomatisch, und ich nickte.

Eine Weile standen wir auf der Terrasse und studierten das wohlvertraute Treiben.

»Kommt es mir nur so vor, oder ist es dunkler geworden?«

Er legte die Hände hinter dem Rücken zusammen, wippte nachdenklich auf den Zehenspitzen und studierte den Himmel. »Sie könnten recht haben«, erwiderte er. »Vielleicht ist ›dunkel‹ aber nicht das richtige Wort. Die Sonne scheint … fahler als gestern.«

»Korrekt. Was fällt Ihnen sonst noch auf?« Ich deutete mit meinem Schirm über den Boulevard. Trotz des regen Betriebs herrschte eine merkwürdige Mattigkeit. Ein Ford rollte langsam hinter einer Droschke her, machte sich aber nicht die Mühe, sie zu überholen.

»Die Menschen«, sagte Ravi schließlich. »Sie wirken bedrückt.«

»*Wie traurig fremd*«, sann ich. Ravi blickte mich fragend an, und ich räusperte mich.

»Wie traurig fremd der dunklen Sommerdämm'rung Licht
Der erste Schlag der Vögel, die erwacht
Den tauben Ohr'n; dem Blick, der bricht
Der Schimmer in der Fenster Nacht
So seltsam-traurig all die Tage, die verlor'n.«

»Von Ihnen?«, fragte er höflich, und ich lächelte.

»Alfred Lord Tennyson. Das Goldfischglas wird trübe, wissen Sie? Die Fische weigern sich zu schwimmen. Die Kinder fragen sich, ob sie wohl krank sind.«

»Warum lassen Sie es dann nicht? Ich dachte, wir hätten ein gemeinsames Ziel.«

»Oh, das habe ich bereits.« Zum Beweis zückte ich meine Taschenuhr, deren Zeiger traurig herabpendelten, so schlaff wie verkochte Spaghetti. »Ich kann mich kaum daran erinnern, wie lange es her ist, dass ich zum letzten Mal vergaß, meine Uhr aufzuziehen.«

Nachdenklich betrachtete Ravi den kleinen goldenen Chronometer. »Verzeihen Sie, aber ich bezweifle doch stark, dass Sie es vergessen haben. Ich bezweifle auch, dass es Ihre Uhr ist. Ich bin mir ehrlich gesagt nicht einmal sicher, ob es sich um eine Uhr handelt.«

»Ausgezeichnet, mein Freund«, lobte ich ihn. »Aus Ihnen wird noch was.«

»Professioneller Argwohn gegenüber der Wirklichkeit.« Er zuckte die Schultern.

»Ihr Misstrauen ehrt Sie. Wie ich zu sagen pflege, der Wille zur Kunst ist der Unwillen zur Welt.«

»Wenn Sie es aber nicht sind – wer ist es dann?«

Ich wies mit einer vielsagenden Geste in den blassen Himmel.

»Es sieht Ihnen nicht ähnlich, einer übergeordneten Macht die Schuld zuzuweisen.«

»Es sieht mir nicht ähnlich, meine Zelte auf dem Abstellgleis aufzuschlagen«, korrigierte ich ihn und ließ meinen Schirm langsam sinken.

»Sie nehmen es wirklich persönlich, dass man Ihnen Orlando nachgeschickt hat, nicht wahr?«

»Wie geht es ihm übrigens?«, gab ich zurück, denn ich verspürte keine Lust, mein Verhältnis zu Orlando – oder zum Direktorat – weiter zu erörtern. Dazu traute ich Ravi trotz unserer gestrigen Annäherung noch zu wenig. Wir mochten Zellengenossen sein, aber ich wusste immer noch nicht, wofür er einsaß.

»Er ist auf seinem Zimmer. Immer noch leblos. Ich habe mir die Freiheit genommen, ihn auf den Rücken zu betten.«

»Sehr anständig von Ihnen. Was treibt Chloderic?«

»Er wacht wieder über ihn. Ich habe ihm geraten, sich doch ein wenig die Füße zu vertreten.«

»Immerhin ist er in der Stadt der Liebe.«

»Seine Liebe scheint vor allem seinem Herrn zu gelten.«

»So erzieht man sie, wissen Sie?«

»Wie sollte ich das wohl wissen?«

»Touché. Was ist mit Justine?«

»Wie immer hat sie alles vergessen.«

»Sie ist sehr anpassungsfähig, nicht wahr?«

»Sie ist … vielseitig«, wich Ravi aus. »Und sie kümmert sich aufopferungsvoll um Blanche.«

»Deren Zustand …?«

»Unverändert ist. Sie scheint mir etwas blasser«, fügte er an.

»Was für ein Geisterschloss!«, rief ich aus. »Es kann ja nicht gesund sein, so lange zu schlafen – ob die Zeit nun für sie vergeht oder nicht. Ich meine, sie ist nicht Dornröschen. Oder König Artus! Wenn ich ein Thaumaturg der alten Schule wäre, ich würde Ihnen versichern, dass das da« – ich deutete in den blassen Himmel, der einem Novembermorgen alle Ehre gemacht hätte – »etwas damit zu tun hat. Das Große im Kleinen.«

Ravi nickte, und seine Besorgnis wirkte glaubhaft.

»Es wird Zeit, dass wir etwas unternehmen«, sagte ich. »Die uns gegebenen Mittel einsetzen. Wir müssen diese Welt um uns herum verstehen lernen. Versuchen, sie zu heilen, und das heißt in letzter Konsequenz: sie von uns zu befreien.«

Ravi nickte abermals und tippte sich an die Nase. Diese Pedanterie, und diese höfliche Kälte! Ich fragte mich nicht zum ersten Mal, ob sie Teil seiner Bühnenpersönlichkeit war, die mit ihm durchging, oder ob er unsere Situation tatsächlich mit solch kriminalistischer Distanz betrachtete.

»Ich überlege, ob ich Philbert im Bobino einen Besuch abstatten sollte. Ihn von unserem Problem in Kenntnis setzen, und versuchen, die Wogen zu glätten.«

»Ein vernünftiger Vorschlag«, stimmte ich zu. »Wo Sie schon dabei sind, laden Sie ihn doch zu uns ein. Ich habe das Gefühl, Wiedergutmachung leisten zu müssen.«

»Kann ich Sie denn so lange alleine lassen?«, fragte er skeptisch.

»*Sie* sind der Meister des Geheimnisvollen«, erinnerte ich ihn. »Ich sollte derjenige sein, der sich fragt, ob er Ihnen den Rücken zukehren kann.«

»Sie sollten einem Zauberer selbstverständlich nie den Rücken zukehren«, lächelte er und machte eine angedeutete Verbeugung. »Was werden Sie in der Zwischenzeit tun?«

»Meine Studien mit Gaspard und seiner unnachahmlichen Anziehungskraft auf das schöne Geschlecht fortsetzen. Er müsste jeden Moment hier auftauchen.«

»Ich verstehe. Also dann – au revoir, Mister Barneby.«

Ich nickte ihm zu und schlenderte ein paar Schritte auf die

andere Seite der Terrasse. Dort wartete ich lächelnd, bis er sich entfernt hatte.

Er begann eine Menge Dinge zu verstehen, und es wurde zunehmend schwerer, ihm immer einen Schritt voraus zu sein. Ich wünschte auch, dies wäre gar nicht mehr notwendig, denn jemand anders war *mir* einen Schritt voraus, und ich mochte dieses Gefühl nicht; ich mochte es ganz und gar nicht.

Vielleicht, überlegte ich, hätte dieses ganze Arrangement schon früher mein Misstrauen erregen sollen. Ausgerechnet ich, und ausgerechnet eine Uhr! Ich hatte mit einer Menge gerechnet, als ich in jener Nacht den Konferenzraum betrat – es war kein gutes Zeichen gewesen, nach so langer Zeit wieder gerufen zu werden, so mir nichts, dir nichts, und das spät an einem Samstagabend –, aber nicht damit, dass man mich nach Paris schicken würde, und nicht mit einer Uhr auf dem schimmernden Tisch, winzig und verloren, ein goldener Stern in der Mahagoninacht.

Wie immer war der Konferenzraum verlassen gewesen. Die Stühle umstanden einsam den Tisch; am rückwärtigen Ende war ein offener Kamin. Manchmal war er kalt und sauber, wie eben erst gemauert, diesmal brannte ein kleines Feuer darin. An der Wand hing ein großer Spiegel, ein schmuckloses Ding, doch wenn man sich darin ansah, dann sprach das Direktorat zu einem. Es war mehr ein Wissen als ein Hören (ich nehme an, dass es Gläubigen im Gebet so geht): Man sah sich selbst in die Augen, und man wusste, was das Direktorat von einem wollte.

Dieser Raum, so glaubte ich, lag im Zentrum aller Dinge, außerhalb von Raum und Zeit. Vielleicht gab es auch mehrere dieser Räume; jedenfalls schaffte man es nie, sich weit von ihm zu entfernen, egal, wo auf der Welt man sich gerade befand. Er lag stets hinter einer Tür aus Rosenholz, und er sah immer gleich aus: der Tisch, die Stühle, der Kamin und der Spiegel. Manchmal lag eine Akte auf dem Tisch, manchmal ein Foto;

manchmal gab es etwas zu trinken, und manchmal fand man eben eine Uhr. Das Feuer im Kamin brannte, oder es brannte nicht. Aber immer war man allein in diesem Raum; die Stühle blieben immer leer.

Wir sind eine wirklich verschwiegene Gesellschaft, müssen Sie wissen, besonders, was das Direktorat angeht. Ich hatte so meine Theorien darüber, aber man fand selten einen guten Partner für solche Gespräche. Es schien, als ob vieles von dem, was wir außerhalb jenes Raumes taten, nicht mehr als Possen waren und die wichtigen Entscheidungen dort drinnen im Stillen fielen. Irgendwann wurde mir klar, wie wenig die meisten von uns tatsächlich verstanden, und wie glücklich sie über das bisschen Hokuspokus waren, das man ihnen zugestand. Ich machte da leider keine so große Ausnahme.

Ich nahm also die Uhr, empfing meine Order, und am nächsten Morgen bestieg ich mein Flugzeug.

Und so war ich nun hier.

Die wahre Dummheit aber war gewesen, zu glauben, dass es nur um Ravi ging bei alledem. War ich so leichtsinnig geworden auf meine alten Tage, dass ich nicht in Betracht hatte ziehen wollen, dass es um mich selbst gehen könnte? Oder war es Céleste, die man aus dem Weg räumen wollte? War sie nicht nach wie vor mein wunder Punkt, und ich wollte es nur nicht eingestehen? Das Herz (und da musste ich bitter lächeln) des ganzen Problems – meine Achillesferse?

Ich musste herausfinden, woran ich war, und ich konnte niemandem mehr trauen – am wenigsten der Gesellschaft selbst. Ein falscher Schritt könnte das Ende meiner steilen Karriere bedeuten.

Doch nun wurde es Zeit, ein weiteres Geheimnis zu lüften.

Céleste schwebte heran wie Schnee vor einem Windstoß. Es war mir nicht entgangen, dass sie neuerdings überraschend anschmiegsam geworden war – einer Menge Männern gegenüber.

»Hat er es Ihnen abgekauft?«, fragte sie mich.

»Es hat fast den Anschein«, antwortete ich ihr.

»Also?«

»Nicht mehr lange, teure Nemesis, nicht mehr lange ... Gleich ist es soweit. Da, schauen Sie nur!«

Mit der Präzision eines Schmetterlings, von süßen Düften in die Ausweglosigkeit eines Netzes gelockt, kam Gaspard von der Rotonde zu uns herübergeirrt.

»Ich brenne darauf, zu sehen, was in ihm steckt«, sagte Céleste.

Gaspard

Ich hätte nicht erwartet, dass ein spätseptemberlicher Boulevard so einsam wirken könnte. Schon begann ich mich bei jedem Schritt zurückzusehnen. Ja, ich bereute jeden erkämpften Meter, schämte mich für meinen Mut, kam mir albern vor in dieser Welt, in die ich nicht gehörte. Fast hoffte ich, niemand würde mich bemerken, wie ich da lief, mit meinem geflickten Schuhwerk, meinem billigen Haarschnitt, auf dem Arm mein Manuskript, das seine Liebe zu einer nie geborenen Frau erklärte, und immer langsamer wurde, bis ich schließlich auf dem Carrefour Vavin zum Stillstand kam wie ein Insekt in erstarrendem Harz.

Wie ich da stand und langsam den Blick hob, während Füße und Hundepfoten um mich stolperten, war mein einziger Wunsch, nicht gesehen zu werden; dabei war ich gleichgültig gegenüber der Tatsache, dass es wohl meinen Tod hier mitten auf der Kreuzung bedeuten würde, ginge mein Wunsch in Erfüllung.

Doch jemand sah mich an. Mehr als das, wenn das möglich war. Ein Mädchen auf der anderen Seite der Straße blickte mir in die Augen, ja durch sie hindurch, an einen Ort, den ich selbst lange vergessen hatte, wohl seit Éloïse aus meinen Gedanken verschwunden war und Quartier in einem Stapel Papier bezogen hatte.

Das Mädchen war zierlich, hatte strohblondes Haar und balancierte selbstvergessen ein Tablett auf dem Arm, von dem sie Tassen und kleine Lichter auf die Tische stellte und gegen die Hinterlassenschaften ihrer Kundschaft tauschte.

Ein Kind rief. Ein Kutscher schimpfte. Eine Elster ließ eine Kastanie fallen.

Ich weiß nicht, wie lange wir da standen und uns ansahen, und ich schwöre, dass ich mich bereits auf dem Weg zu ihr befand, bevor ich mir auch nur einen Gedanken darüber machte. Beinahe wäre ich vor eine Straßenbahn gelaufen.

Dann war da auf einmal der Mann in dem weißen Anzug; er drückte ihr etwas in die Hand und wechselte kurz einige Worte mit ihr, worauf sie, mit einem letzten Blick zu mir, die Terrasse verließ. Dann baute sich der Mann zwischen den Tischen auf, hob seinen Hut und grüßte mich, wo ich noch mehrere Schritte von ihm entfernt war. Er bedeutete mir, doch näherzukommen, und schwenkte seinen Schirm wie ein verrückter Zirkusdirektor, der sein Programm anpreist. Zunächst verstand ich nicht einmal, was er von mir wollte – er schaffte es, mir meinen Namen zu entlocken, ohne mir seinen eigenen zu nennen, und es dabei so aussehen zu lassen, als ob er sich nur meinetwegen bemühte und ich es war, der unser Aufeinandertreffen zu verantworten hätte.

Ich kann Ihnen nicht sagen, weshalb ich mit ihm ging. Wahrscheinlich war es wie das eine Mal im Leben, wenn man auf einen Hütchenspieler hereinfällt oder sich ein Zimmer, das man gar nicht will, andrehen lässt. Jedenfalls befanden wir uns im nächsten Moment schon auf dem Weg nach drinnen und nach droben, während er unentwegt auf mich einsprach mit seinem pointierten, leicht lächerlichen britischen Akzent, und mich mehrere Male vertraulich am Arm griff. Ich fragte mich, ob ich ihm vielleicht mit irgendeinem Wort Anlass gegeben hatte zu glauben, ich könne an Geschäften mit ihm interessiert sein.

Aus einem Winkel des Cafés hatte sich eine dunkelhäutige Frau mit einer atemberaubenden Figur an unsere Fersen geheftet. Ich wollte sie nicht anstarren, und so bemerkte ich erst viel zu spät, dass sie mir trotz des höflichen Abstands den Rückweg abschnitt. Erst als mir der Gedanke kam, dass man vielleicht plante, mich auszurauben, erkannte ich sie als die Frau von gestern Abend – die Gespielin des scharlachroten Mannes. War es Zufall? War sie mir gefolgt? Sie warf mir lächelnd einen Blick ihrer goldenen Augen zu.

Oben angekommen, glitt sie wie ein Schwarm leuchtender Meeresbewohner an uns vorbei und machte sich mit, wie mir schien, fragwürdigen Mitteln daran, eine Tür zu öffnen. Der Mann in Weiß baute sich rasch vor mir auf, damit ich die Geschehnisse in seinem Rücken nicht recht mitbekam, zwirbelte seinen Schnurrbart und fragte mich, ob ich an Feen glaube.

»Was?«, fragte ich verdutzt und vergaß für den Augenblick, gerade zum Komplizen eines Einbruchs in einer mir unbekannten Herberge gemacht zu werden.

»Feen«, erklärte er bereitwillig. »Das versteckte Volk. Die Wesen, die sich gemeinhin am Rande Ihres Gesichtsfelds verbergen und Schabernack mit dieser Welt treiben. Ihre bloße Anwesenheit reicht meistens aus, unsere liebgewonnene Ordnung auf den Kopf zu stellen, denn sehen Sie, unsere Welt ist so voller Beschränkungen! Sie können von einer Fee genauso wenig erwarten, dass sie sich in dieser Welt ausdrückt, wie Sie Monet bitte könnten, mit Kohle und Schmierpapier einen Lilienteich zu malen. Sie prägen sich unserer Wirklichkeit auf wie die Füße eines Wasserläufers, und Kreise wachsen auf ihrem Weg über den Teich, aber Sie erhaschen nie einen Blick auf das Wesen, das sie hinterlässt. Das heißt, bis heute, lieber Freund.«

»Was?«, fragte ich abermals, denn ich hatte gelernt, dass es keinen Sinn hat, eine Frage komplizierter zu formulieren, nur weil sie beim ersten Mal nicht zur erhofften Antwort führte.

»Die Gegenwart eines solchen Wesens gleicht einer Explosion. Einem Taumel der Sinne. So nennen wir unter diesem Dach zur Zeit eine Fee von ausgesprochener Hässlichkeit unser Eigen, aber Sie würden sie nicht sehen wollen, glauben Sie mir. Sie interessiert sich auch mehr für Haarbürsten und kalten Fisch als für die Gesellschaft kultivierter Menschen. Was aber, wenn sich hinter dieser Tür das Gegenstück zu ihr verbärge? Der Abglanz einer blendenden Vision, ein spiegelnder Mond der Erbauung, von neidvollen Mächten in den Schatten des Wirklichen gesperrt? Woher, meinen Sie, nahmen Dichter wie Shakespeare und Herrick ihre Inspiration? Woher stammen wohl all diese Geschichten wuchernder Hecken, die Prinzen wie Sie, junger Freund, von ihrer Versprochenen trennen? Mein lieber Gaspard, ich brauche Sie heute als Zeugen, als einen Propheten des Möglichen – und mehr. Das heißt, sobald Madame Céleste soweit ist, diese Tür zu öffnen … ah, sehen Sie? Es ist vollbracht. Hoppla, ein Zauberspruch! Jetzt aber. Treten Sie ein.«

Das oder etwas Ähnliches sagte er, und er schaffte es, mich so weit zu verwirren, dass ich mich von ihm in dieses fremde Zimmer schieben ließ, wo in gedämpftem Licht, in Düften von Zimt und Rosen, ein Mädchen mit langem weißem Haar schlafend in ihren Kissen lag. Die schwarze Frau glitt an meine Seite und ließ ihre Fingerspitzen langsam meinen Rücken hochwandern; mein Begleiter aber klopfte mir vertraulich auf die Schulter und grinste. Und obgleich ich diese Geste als schrecklich ordinär, ja unschicklich empfand in diesem Moment, da wir sprachlos in diesem Zimmer standen, in dem das einzige Geräusch ein leises Flüstern der Vorhänge schien, so konnte ich doch nicht umhin, ihm recht zu geben. Tatsächlich erkannte ich, dass vor mir, in diesem Bett, das schönste Mädchen lag, das ich jemals gesehen hatte. Ihre Haut erinnerte mich an die Hände meiner Mutter, wenn sie weiß von Mehl waren. Ihr Haar umfloss ihr Gesicht wie ein weiches Fell. Ihr Anblick war friedlich und unwirklich, und fast mehr, als ich ertragen konnte.

Mein bizarrer Gastgeber hatte wieder zu reden begonnen, und ich hatte wohl einen Exkurs über vergiftete Spindeln und Früchte in Märchen und Volksdichtung versäumt, als er und seine unheimliche Partnerin mich am Arm packten und vorwärts zogen, auf die schlafende Schönheit zu. Panik überwältigte mich, als sie mich auf sie stießen und er mir in einem Tonfall, aus dem jede Freundlichkeit gewichen war, den Befehl erteilte, sie zu küssen.

»Was?«, brachte ich nur mühsam hervor, doch da war schon seine Hand in meinem Nacken, die mich nach unten presste, mein Gesicht auf das ihre, und ich konnte die einzelnen Härchen ihrer Brauen ausmachen, die dunkler waren als ihr Haar, sowie ein kaum merkliches Beben der Lider – der erste Beweis ihres Gesichts, dass sie nicht tot war.

»Sie müssen das Ganze unter einem metaphorischen Blickwinkel betrachten«, erklärte mir der Engländer – hörte er je auf zu reden? –, während er meinen Nacken gepackt hielt, als sei er im Begriff, mich zu ertränken. Ein warmer Hauch von den Lippen des Mädchens fuhr über mein Gesicht, was meine Panik kaum milderte. »Den Schlaf für den Tod. Den Tod für eine Wiedergeburt. Eine Prinzessin für das Königreich. Einen Prinzen für eine Idee. Sehen Sie es nicht, Gaspard? Sie sind die Idee. Sie sind ihr Grund zu leben. Ohne Sie kann sie nicht erwachen, und wenn sie nicht wacht und wandelt und was sonst nicht alles, wird die Welt zugrunde gehen, und das wollen Sie doch sicher nicht, oder? Los, Mann, *küssen!* – oder haben Sie eine Kriegsverletzung?«

Ich wollte noch etwas erwidern, kam diesmal jedoch nicht weiter als bis zum »w«, denn in diesem Moment drückten sich meine Lippen auf die ihren, so wie man eine Briefmarke auf einen Umschlag drückt; dann hob sich mein Kopf, ich schnappte nach Luft, und gebannt starrten wir auf ihr Gesicht hinab.

Eine Erinnerung kräuselte ihre Lippen; *ein Feenlächeln*, dachte ich. Ihre Brauen schienen sich unmerklich zusammenzuziehen, die Stirn sich eine Frage zu stellen. Dann war es vorbei, und ihre Züge entspannten sich. Eine Weile traute sich niemand, etwas zu sagen.

»Den Versuch war es wert«, meinte der Mann in Weiß und löste seinen Griff.

»Er stand seinen Mann«, pflichtete die Frau mit den goldenen Augen bei.

Mit einem Aufschrei, der mehr verzweifelt als gefährlich klang, stieß ich beide beiseite und stürmte, von plötzlicher Übelkeit gepackt, aus dem Zimmer.

Ich rannte und rannte, in den Schankraum, zur Tür hinaus und um die nächste Ecke, wo ich hinter einem Müllhaufen zu Boden fiel und mich zitternd zusammenkauerte. Alles in mir war in Aufruhr, denn wenn ich überlegte, was ich gerade getan hatte, so fand ich keine Erklärung dafür, und ich fragte mich, ob es vielleicht möglich war, dass dieser Engländer und die schwarze Frau mich irgendwie betäubt oder hypnotisiert hatten. Es ist nicht gerade meine Art, in fremde Zimmer einzubrechen und schlafende Mädchen zu küssen, Mädchen, deren Namen ich nicht einmal kenne, und deren Schönheit einem eher Schmerzen bereitet, als dass sie einen, sagen wir, zum Gedichteschreiben verleitet.

Je mehr ich darüber nachdachte, desto sicherer wurde ich, dass diese ganze Gelegenheit inszeniert worden war, wahrscheinlich nicht einmal von dem Briten, sondern von der schwarzen Frau, oder ihrem scharlachroten Freund: Zu unheimlich waren die Parallelen zu der bizarren Geschichte aus der Dingo Bar, und wieder zielte alles darauf ab, mich zu beschämen und meine Männlichkeit oder meinen Anstand in Abrede zu stellen. Konnte es wirklich sein, dass er sich so viel Mühe gab, meinen Aufenthalt in Paris zur Hölle zu machen?

Da fiel mir zu allem Überfluss auf, dass ich mein Manuskript verloren hatte, und wutentbrannt griff ich mir einen Strauß zerdrückter Chrysanthemen aus dem Müll und drosch damit auf den Boden ein. Ich glaube, ich schrie auch. Wenn mich jemand so sah, hielt er mich wohl für verrückt. Vielleicht dachte er sich aber auch nichts – schließlich war dies ja Paris.

Dann barg ich meinen Kopf zwischen den Knien, und ungeachtet des Gestanks des Abfallhaufens in meinem Rücken blieb ich eine ganze Weile einfach nur sitzen und ergründete die Ursachen meines Hierseins.

»He«, sagte da eine Stimme. Sie kam von der anderen Seite des Haufens und klang fast wie die Stimme eines Kindes – eines sehr heiseren Kindes. »Da bist du ja.«

Ich fragte mich, ob die Stimme mich meinte, und hob den Kopf, konnte aber nichts erkennen. Dann gab es ein Geräusch, als werfe jemand etwas in den Haufen, gefolgt von trägem Stöhnen. Offenbar war ich nicht der einzige, der den Schutz dieses Müllbergs gesucht hatte.

»Letztes Mal lag der andere hier«, erklärte die Stimme. »Ich frage mich, was ihr daran findet.« Herumstaksen, Schutt, der bewegt wurde, begleitet von noch mehr Stöhnen. »Na komm schon.«

Vorsichtig richtete ich mich auf.

Auf dem Müllhaufen turnte ein kleiner missgestalteter Mann, dem eine erloschene Zigarre im Mundwinkel hing und der sich bemühte, einen Jungen mit schmutzigen Locken und über und über verschmierter Kleidung aus dem Müll zu befreien. Als er mich sah, stutzte er kurz und hob eine Braue.

»Wer sagt's denn – du bist auch hier! Komm, hilf mir mal.«

»Kennen wir uns?«, fragte ich, ohne mich zu bewegen. Der kleine Mann machte nur eine abfällige Geste und fuhr mit seinem geschäftigen Graben fort. Mit erstaunlicher Kraft, als zöge er einen großen Fisch aus dem Wasser, beförderte er den Jungen aus dem Haufen und inspizierte ihn. Der ließ alles über sich ergehen, setzte sich auf den Boden und hielt sich den Kopf, ein Spiegelbild meiner selbst, wie auch ich eben noch dagesessen war.

»Ich hab dich was gefragt«, wiederholte ich, denn ich war entschlossen, mich heute nicht noch einmal zum Narren halten zu lassen.

»Ich bin Chloderic«, sagte der kleine Mann, steckte seine Zigarre mit einem Streichholz an und stieß Tabakwolken aus. »Das ist Mischa. Du bist Gaspard.« Dann spuckte er sich auf die langen Finger und wischte in Mischas Gesicht herum, als sei er seine Mutter. Der wehrte sich und schrie, doch der kleine Mann hielt ihn am Haar und duldete keinen Widerstand. Dann hatte er auf einmal eine Pipette in der Hand. Es sah aus, als ob er dem Jungen – Mischa – Augentropfen verabreichte. An einem anderen Tag hätte mich dies alles vielleicht gewundert.

»Wieso scheint mich jeder an dieser Straßenecke zu kennen?«

»Sie beobachten dich seit Tagen«, klärte mich Chloderic auf.

»Ich bin erst seit gestern Abend in Paris!«, protestierte ich. »Und wer sind *sie*?«

»Na, die Leute, die meinen Herrn umgebracht haben. Diese Magier. Man muss euch aber auch alles erklären, wie? Und hopp.« Er zog an Mischas Hand, und gemeinsam humpelten sie zur Kreuzung der Boulevards. Ich folgte ihnen weniger aus Neugierde denn aus Wut über mich selbst und mein verlorenes Manuskript. Auf eine vernünftige Antwort auf meine Fragen hoffte ich schon gar nicht mehr.

»Was meinst Du, Towarischtsch?«, fragte der Zwerg. »Die Rotonde?«

Mischa rief etwas auf Russisch, was wohl ein Lied, vielleicht aber auch ein Schlachtruf sein sollte, und sie begannen, mehrmals und auf umständlichen Wegen den Boulevard Raspail und den Boulevard du Montparnasse zu überqueren. Chloderics Versuche, Mischa zu stützen, waren aufgrund des Größenunterschieds dabei eher hinderlich als nützlich.

Begleitet von Hupen und scheuenden Pferden taumelten sie über die Kreuzung – ich in gemessenem Abstand hinterher –, wobei sie sich gegenseitig ihres Elends versicherten: Der Russe schien Zuspruch in Herzensdingen zu benötigen, und der Zwerg beklagte den schmerzlichen Verlust seines Arbeitgebers. Nach einer kurzen Pause auf einer Verkehrsinsel, wo Mischa sich vor den Augen einiger entsetzter Mädchen zu Füßen des großen Balzac übergab, beendeten wir unsere Odyssee auf der Terrasse der Rotonde.

Ich störte mich nicht weiter an ihrem Gerede. Eines aber wusste ich sicher: Ich würde das Café auf der anderen Straßenseite heute kein weiteres Mal mehr betreten; meine Scham (oder was ich in diesem Moment dafür hielt) würde dies nicht zulassen. Ich verspürte den unvernünftigen Wunsch, mich zu bestrafen, was mir in Gesellschaft dieser ungleichen Trinkkumpane als leicht realisierbar erschien, und fragte mich, was aus *Toujours Éloïse* geworden war.

So bewachten wir das Jardin, und es dauerte nicht lange, bis die Kellnerin, mit der das ganze Verhängnis begonnen hatte, wieder erschien.

»Justine«, klagte Mischa und rieb sich die Augen, die immer noch verklebt waren. Chloderic tätschelte seinen Handrücken und nippte an einem Glas Pastis.

»Ich weiß, ich weiß – eine schlimmer als die andere. Nichts als Mädchen und Cafés, soweit das Auge reicht. Verzweifle nicht und trink, mein Freund! Trink, und Vergebung wird dir zuteil werden.«

Justine, dachte ich. Das wäre also ihr Name gewesen.

Ravi

Am meisten ärgerte ich mich über mich selbst und meine Naivität. Der Vorfall mit Blanche hatte nicht nur bewiesen, dass ich Barneby trotz aller Freundlichkeit nicht trauen konnte, sondern vor allem, dass ich meine eigenen Fähigkeiten überschätzt hatte. Ich konnte nicht gleichzeitig Schauspieler und Publikum sein, nicht menschlich in meiner Gutgläubigkeit und übermenschlich in meinem Täuschungsvermögen. Ich konnte es Barneby nicht einmal verdenken – schließlich musste er nach wie vor davon ausgehen, dass ich den Schlüssel zu etwas besaß, was mich in den Augen des Direktorats zu einer ernsthaften Bedrohung, oder doch wenigstens einem äußerst gerissenen Dieb stempelte; beides Attribute, die sehr viel besser zu Barneby selbst passten. Er war ein Safeknacker an Bord der Titanic und würde das Schiff erst in letzter Sekunde verlassen, und nur, wenn er davon überzeugt war, keinen noch so kleinen Schatz mehr retten zu können.

Ich fragte mich, ob seine Besessenheit allein seiner Gier geschuldet war, oder ob er bei jemandem in der Kreide stand. Es schien, als habe er vor nichts so viel Angst wie davor, selbst bestohlen zu werden, und es machte ihn nervös, wenn er Céleste nicht im Auge behalten konnte. Auch der Mord an Orlando war vielleicht nicht halb so kalkuliert gewesen, wie es den Anschein machen sollte. Ich fragte mich, ob es möglich war, dass Barneby in Panik geriet, und was er dann tun würde.

So begann ich zu fürchten, dass mir die Situation entglitt. Ich war es nicht gewohnt, tagelang alleine an einem Problem zu arbeiten, ohne Zwiesprache mit Blanche zu halten, ihre Nähe zu spüren, ihre Lebensfreude, das Lachen in ihren Augen. Mit ihr schien alles nur ein Spiel zu sein: Ich könnte mich wie Houdini in Kisten sperren und in Flüsse werfen lassen, Filme drehen und Flugzeuge fliegen, die ganze Welt meine Bühne – ohne sie wurde mir schmerzlich bewusst, wie wenig ich von dieser Welt verstand.

Am vierten Tag meiner Prüfung quälte mich nichts mehr als die Einsamkeit.

Selbst Alphonse war dies nicht entgangen. Er unterbrach sein sinnloses Räumen und Wischen (die Kundschaft schien immer weniger zu werden in unserer erlöschenden Welt, und im selben Maß wuchs seine Unzufriedenheit), knallte zwei Gläser vor sich auf die Theke und goss eine haselnussfarbene Flüssigkeit ein.

»Sie sehen mir aus wie ein Mann, der sich zu viele Gedanken macht«, erklärte er und schlug einen verschwörerischen Ton an. »Erst der Job, dann das Mädchen, nicht wahr? Glauben Sie mir, ich weiß, wie es sich anfühlt. *Die Stadt der Liebe* und so fort, und irgendwie schaffen wir alten Esel es immer, den schlechtestmöglichen Schnitt zu machen.«

Ich fragte ihn erst gar nicht, wie er darauf kam, und ließ mich ohne Widerrede auf einen der Hocker sinken.

»Auch ihrem Ruf als Stadt des Lichts wird sie nicht gerecht«, bemerkte ich.

»Das ist sie nur bei Nacht«, nickte er und hob sein Glas.

»Das nennen Sie Tag?«, fragte ich. Wir stießen an, und ich nippte. Das Getränk war noch schrecklicher, als ich erwartet hatte; ich fragte mich, was die Leute wohl daran fanden. Und ich stellte fest, dass es meine Fähigkeit beeinträchtigte, klare Gedanken zu fassen. Vielleicht, überlegte ich, ermöglichte Alkohol es den Menschen, ihm die Schuld für ihre Defizite zuzuweisen.

Probehalber nahm ich einen weiteren Schluck und untersuchte die Wandlung, die sich in mir vollzog: Es war tatsächlich so. Befriedigt nahm ich einen weiteren Schluck.

»Nicht so hastig, Monsieur«, warnte Alphonse und stellte eine Schale mit Erdnüssen auf die Theke. »Sie blasen sich noch die Lichter aus, bevor die Stadt ihre entfacht. Offensichtlich haben Sie Ihre Erwartungen an den restlichen Tag tief gesteckt – ich kann das verstehen. Dennoch werden Sie mehr davon haben, wenn Sie es langsam angehen. Warten Sie, ich will etwas heller machen.«

Warmes Gaslicht begann den Schankraum des Jardin zu erfüllen.

»Die Geschäfte laufen nicht allzu gut, was?«

Alphonse zuckte die Achseln. »Ich weiß nicht, ob Sie es mitbekommen haben, aber nachdem alle anderen Gäste das Weite gesucht haben, sind Sie und Ihre komische Truppe die einzigen, um die ich mich kümmern muss. Und da Sie nicht einmal wollen, dass man Ihre Zimmer macht ...«

»Ich bedaure es sehr, Ihnen solche Schwierigkeiten zu machen.«

»Das glaube ich Ihnen sogar«, versicherte mir Alphonse. Draußen wieherte ein Pferd. »Ohne meine Stammkunden könnte ich dennoch dichtmachen.«

»À votre santé, mon général!«, kam es von der Tür.

»Und das zur Hauptsaison«, ergänzte der Wirt. »À la tienne, Matthieu!«

»Ein seltsamer Tag ist das heute«, bemerkte der Taxifahrer und setzte sich neben mich, während Alphonse ihm seinen speziellen *café arrosé* servierte. »Seltsame Gäste, und ein seltsames Wetter. Nanu, ich sehe, auch hier brennen schon die Lichter?«

»Wie unser zauberkräftiger Freund gerade bemerkte, die Nacht scheint es heute eilig zu haben.«

»Sind Sie nicht der Bursche, der heute Abend im Bobino auftritt?«, fragte Matthieu und nahm sich ein paar Erdnüsse. »Ich habe die Plakate gesehen.«

»Die Vorstellung ist abgesagt«, erwiderte ich. »Meine Assistentin ist erkrankt.«

»Doch nichts Ansteckendes?«, erkundigte sich Alphonse. »Das letzte Mal, als ich einen Gast mit einer ansteckenden Krankheit hatte –«

»Keine Sorge«, beruhigte ich ihn. »Wenn dem so wäre, hätte ich mich schon längst angesteckt. Sie schläft nur tief und fest.«

»Mit diesen Epidemien ist nicht zu spaßen«, warf Matthieu ein. »Ich habe die Spanische Grippe erlebt, damals, nach dem Krieg. Ich weiß, wovon ich spreche. Gerade die Schlafkrankheit –«

»Es ist wirklich nichts Ernstes. Die Vorstellung muss leider dennoch ausfallen.«

»Ich könnte Ihnen die Kleine da borgen«, meinte Alphonse und nickte in Richtung Justines, die von draußen hereingeschlendert kam und ihre Untätigkeit nicht sehr erfolgreich verbarg. Es sah aus, als spiele sie mit irgend etwas. »Wenn Sie nur jemanden zum Zersägen brauchen, meine ich.«

»So einfach ist das nicht«, begann ich. Dann aber kam ich ins Grübeln, und ich ließ nachdenklich das Glas kreisen.

Es hatte nicht viel gebraucht, Justines Vertrauen zu gewinnen, damit sie mir bei meinen Ermittlungen zur Hand ging; tatsächlich hatte ich selten mit jemandem gearbeitet, der empfänglicher für meine Eingebungen gewesen war, und dabei hatte ich ihr Weltbild gehörig durcheinandergebracht. In gewisser Weise erinnerte sie mich an Blanche: Da war derselbe Wunsch, die ausgetretenen Pfade der Welt hinter sich zu lassen, wie der Drang eines wilden Pferdes zur Flucht. Und das war noch nicht alles.

»Es mag sein, dass sie über ein gewisses Talent verfügt«, räumte ich nach einem weiteren Schluck ein. Sie hatte bemerkt, dass wir zu ihr schauten, hielt mit ihrem Spiel inne und lächelte. Ich erwiderte das Lächeln, und sie kam zu uns herüber.

»Sicher hat sie viele Talente«, brummte Alphonse, hob seine schweren Brauen und faltete seinen Lappen auseinander und wieder zusammen. »Außerdem mag sie Sie. Das kann ich sehen.« Er tippte sich an die Nase.

»Monsieur Ravi«, sagte sie, und legte zwei kleine, unförmige Gebilde auf den Tresen. »Ich habe Mister Barnebys Geduldsspiel gelöst«, erklärte sie, nicht ohne Stolz.

Ich warf einen kurzen Blick auf das Spiel. »Glückwunsch, Justine. Die meisten Menschen brauchen länger dafür.«

»Kann ich etwas für Sie tun, Monsieur? Soll ich noch einmal nach Blanche sehen?«

»Das wäre nett von Ihnen«, lächelte ich. »Warten Sie, ich werde Sie begleiten.« Als ich mich erhob, musste ich mich verblüfft an der Theke festhalten. »Aber Monsieur, Sie sind ja betrunken!«, lachte Justine.

»Keinesfalls«, widersprach ich. »Gehen wir.«

Ich hoffte, dass sie die bedeutungsvollen Blicke nicht sah, die Alphonse und Matthieu sich zuwarfen.

Auf dem Zimmer lüftete Justine kurz, half mir, das Bett zu machen und Blanche wieder sanft in die Kissen zu betten. Sie schien noch offener für meine beruhigenden Worte als gestern; ob es am sanften Duft des Zimmers lag oder dem für sie so ruhig verlaufenem Tag? Sie stellte keine Fragen; nur kurz, als sie still über Blanche gebeugt stand und ihr zärtlich die Stirn strich, dachte ich, sie würde gleich etwas sagen. Dann lachte sie, als ich für einen Moment Blanches Parfümfläschchen verlegte und dann in eben dem Kästchen fand, das zuvor noch leer gewesen war; und als ich sie fragte, ob sie es einmal auftragen mochte, sagte sie sofort ja.

»Wissen Sie noch, wie Sie mich fragten, weshalb ich Sie nicht auf die Bühne hole?«, fragte ich sie, während sie sich ein wenig von Blanches Cassiaduft hinter die Ohren tupfte. »Sie standen genau da, wo Sie jetzt stehen.«

Sie lächelte entschuldigend; und da war wieder diese leichte Verunsicherung, die ich schon öfter an ihr beobachtet hatte, und auch an dem Jungen, wann immer man sie mit der Nase darauf stieß, dass etwas mit ihnen und der Welt nicht in Ordnung war. Ich hatte dergleichen nie an Alphonse, seiner Frau oder den anderen Gästen beobachtet. Was diese anging, so wohnten wir alle schon seit Tagen hier, und alles war in bester Ordnung. Versuchte man, ihnen das Gegenteil zu beweisen, wichen sie aus oder legten sich eine Erklärung zurecht. Es war ebenso bizarr wie entmutigend; Barneby hatte es ein paar Mal probiert, bis es ihn zu deprimieren begann.

»Das war kurz nach der Sache mit der Katze. Ich hatte Ihnen einen schwierigen Tag bereitet, und Sie haben mir dennoch geholfen.«

»Das freut mich, Monsieur, aber ich kann mich wirklich nicht erinnern.«

Ich nickte betrübt. Jeden Morgen wurde sie zu demselben Menschen, der sie bereits am Tag zuvor gewesen war, getrübt nur von den geisterhaften Veränderungen, die sie vor sich hertrieben, und den winzigen Nuancen des Zufalls, die mit ihr spielten.

Ich fragte sie, ob sie sich schon einmal habe hypnotisieren lassen.

»Sie meinen, wie auf dem Jahrmarkt? Das funktioniert doch nicht.« Sie lachte herausfordernd, so wie Zuschauer es immer tun, wenn man sie ohne Umschweife mit dem Undenkbaren konfrontiert.

»Ich würde Ihnen gerne das Gegenteil beweisen. Vielleicht hilft es Ihnen auch, sich des Vorfalls zu entsinnen, von dem ich sprach. Sie haben ihn sicher nur verdrängt.«

Justine nahm zögernd auf dem Stuhl Platz, den ich ihr hinschob. »Sie klingen wie dieser Freud«, sagte sie.

»Keine Sorge«, sagte ich. »Entspannen Sie sich.« Ich trat hinter sie und legte ihr vorsichtig die Hände auf die Schultern. Sie schrak kurz zusammen, dann ließ sie sich langsam gegen die Lehne sinken. »Atmen Sie ruhig und gleichmäßig«, wies ich sie an und strich mit zwei Fingern die Kurve ihres Nackens entlang. Einige blonde Härchen stellten sich auf, wo ich sie berührt hatte.

»Auf dem Jahrmarkt sah das anders aus«, flüsterte sie.

»Psst«, machte ich. »Schließen Sie Ihre Augen, und denken Sie an etwas Angenehmes. Atmen Sie ein, und wieder aus. So ist es gut. Ihnen wird nichts geschehen. Sie sind in Sicherheit bei mir.« Ich redete weiter auf sie ein. Schließlich senkten sich ihre Schultern, und ich konnte hören, wie sich ihr Atem verlangsamte. Meine Hände wanderten empor, bis ich ihren Kopf zwischen den Fingerspitzen hielt. Ich schloss die Augen und suchte. Suchte in der Leere nach ihr.

Erst war da nichts. Ich konzentrierte mich stärker. Rief. Ein Geruch wie nach Regen breitete sich aus, und ich spürte, wie Justine unter meinen Fingern zitterte. Dann war mir, als breche warmes, helles Licht über uns herein, als die Wand um meine Sinne zu bröckeln begann.

Justine sprang mit einem Satz auf und sah mich an. Doch es war nicht die Justine, die sich vor wenigen Minuten auf dem Stuhl niedergelassen hatte. Ihre Züge waren angespannt, zu viele Gefühle auf einmal spiegelten sich in ihr wider. Ihre Augen schossen umher wie kleine Fische, so als wäre da eine zweite Justine, mit ihr in denselben Körper gesperrt, die versuchte, auch einen Blick aus ihren Augen zu erhaschen. *Ravi!* rief es in meinem Geist, und Justines Hand hob sich, mich zu berühren, doch sie schwankte wie eine Betrunkene und musste sich an der Bettkante stützen.

»Blanche!«, rief ich und drängte mich an dem Stuhl vorbei zu ihr. Sie fasste sich an die Stirn, versuchte das Zimmer mit einem

Blick zu erfassen wie ein in die Enge getriebenes Tier, dann fand ihre zitternde Hand meine Wange, und sie sah zu mir auf und versuchte, Worte zu formen. Ich spürte einen Taumel von Fragen in ihr, die einander verdrängten wie Schmetterlinge, die auf derselben Blüte Platz zu nehmen versuchen. *Ist es vorbei? – Du hast es geschafft, nicht? – Können wir nun –*

Sie drang mit wilder Gewalt in mich, als reiße sie ein Geschenk auf, dann ließ sie enttäuscht die Hand wieder sinken und blickte mich fassungslos an.

»Nein«, sagte ich, und wollte verhindern, was nun geschah, doch ihr Blick wanderte schon weiter, hinüber zum Bett, zu dem reglosen, blassen Körper, der darin lag wie eine aufgebahrte Tote. Ihre Augen weiteten sich, und sie führte die Hand vor den Mund, als müsse sie schreien. Betroffen nahm ich sie in die Arme, und sie barg den Kopf an meiner Brust.

Verzeih mir, dachte ich. *Verzeih mir, ich wollte dich nicht enttäuschen. Ich werde dich nicht enttäuschen. Ich war nur so schrecklich einsam –*

Sie sah langsam auf, und ich hatte Angst, sie würde anfangen zu weinen. Ich hatte ihre plötzlichen Gefühlsausbrüche selten vorhersagen können, und die Bilder und Gedanken, die ich nun von ihr aufnahm, waren immer noch unklar, wie ein verschwommener Film, der mal abbrach, dann wieder zu schnell lief. Zu meiner Erleichterung aber lächelte sie. *Ich weiß. Es tut nur – ich danke dir. Was ist mit –*

Sie löste sich von mir und machte ein paar flinke Schritte zurück wie eine Balletttänzerin. Blickte an sich herab und lachte erschrocken. Hielt sich die Fingerspitzen vor die Augen. *Sie –*

»Ich«, sagte sie mit bebenden Lippen. »Ich bin sie.«

Die Stimme war Justines, aber sie wanderte auf und ab, als versuche sie, die rechte Tonlage zu treffen. »Ravi –« Sie packte meine Hand und zog mich zur Tür. *Komm! Ich will –*

»Blanche!«, rief ich. »Wir sollten nicht –«

Ich muss sehen; will den Boden spüren; die Küche riechen; den Zu-

cker schmecken. Und mit den Worten vermischten sich Eindrücke einer geisterhaften Existenz, eines Schwebens ohne Oben und Unten, eines Seins ohne Ausdehnung, zwischen Weinflaschen und Apfelsäcken, über Teppichböden und unter den Dielen. Sie war die ganze Zeit über hiergewesen, erkannte ich, hier im Jardin – nein, sie *war* das Jardin.

Sie lachte, und das Lachen brach mir beinahe das Herz, denn es war ebenso fröhlich wie verzweifelt, wie eine Ertrinkende, die auf einmal erkennt, dass sie sich nie wieder Sorgen zu machen braucht, ob sie zuhause das Gas abgestellt hat; dann stieß sie die Tür auf und zog mich mit sich. Ehe ich's mich versah, waren wir auf dem Flur, und nur mit Gewalt hätte ich sie daran hindern können, die Treppe hinabzurennen. Sie staunte dabei wie ein Kind: über die dunklen Fotografien an der Wand, das speckige Holz des Geländers, unsere Schatten auf den Stufen. Noch ehe ich ihr meine Verwunderung ausdrücken konnte, irrlichterte schon ihre Antwort durch den Wirbel widerstreitender Eindrücke. *Nicht nur vier Tage, Ravi. Keine Zeit – keine Zeit ist wie alle Zeit. Erinnere dich –*

Und meine Gedanken kehrten zurück zu jenen grauen, formlosen Nebeln, ehe ich das erste Mal vor ihr gestanden hatte, in jener Nacht, in Montmartre; jene Eindrücke, an die ich mich nicht mehr erinnern wollte. So sehr hatte ich mich an dieses Leben gewöhnt, dass es schwer fiel, sich das Zuvor auszumalen. Und doch war es dies, was sie die letzten Tage erlebt haben musste: keine Augen, die sahen, keine Hände zum Tasten, keine Haut, um zu fühlen. Sie hatte die Ewigkeit erlebt, hier, im Auge des Sturms, während ich glaubte, dass sie ruhig schlief.

»Ich liebe diesen Ort«, sagte sie vernehmlich, und Alphonse und Matthieu schauten überrascht auf, als wir den Schankraum betraten. Ich nahm an, dass sie diese Worte für gewöhnlich höchstens von Touristen an ihrem ersten Abend in Paris vernahmen, und selten von Justine.

Sie stand nun in der Mitte des Raums und drehte sich um sich selbst wie ein kleines Mädchen, entdeckte die blitzenden Gläser und das Besteck, die Blumengestecke und Aschenbecher, streckte die Arme aus, als wolle sie losfliegen, und forderte mich auf, es ihr gleichzutun. Normalerweise hätte sie sofort gespürt, wie verlegen mich das machte. Und normalerweise hätte ich mich ihr auch bedauernd verweigert, hätte mir die lang vermisste Nähe ihrer Gegenwart die Sinne nicht noch mehr vernebelt als Alphonses Teufelszeug. Wie ein Tänzer folgte ich ihrer Aufforderung und trat, unter den misstrauischen Blicken Alphonses, zu ihr.

Sie ergriff meine Hände und drehte sich in einer Pirouette in meine Umarmung hinein. *Beruhige dich,* bedeutete ich ihr und schob sie sachte aus der Mitte des Raums. Sie versuchte, Atem zu schöpfen und ihre Aufmerksamkeit einer einzigen Sache zu widmen. »Ich liebe dieses Gefühl«, sagte sie und strich staunend über die Wand. »Ich liebe dieses Holz.«

»Es reicht«, sagte Alphonse, der hinter dem Tresen hervorgekommen war. »Ich weiß nicht, was Sie mit ihr angestellt haben, aber es war eindeutig zuviel. Lassen Sie's sein, oder machen Sie's rückgängig. Es reicht.«

Justines fliehende Augen richteten sich auf Alphonse, der sich gleich einem knorrigen Baum vor ihr aufrichtete und drohte, auf sie zu fallen, die Augen kleine Sterne im Wildwuchs seines Gesichts. Dann lachte sie auf und strich ihm über die stachelige Wange.

»Ich liebe dich, Alphonse«, sagte sie und küsste ihn.

Und während dieses wunderlichen Augenblicks, in dem Alphonse halb verdutzt, halb bestürzt zu begreifen versuchte, was ihm gerade widerfuhr, und meine wie Matthicus Aufmerksamkeit völlig von dem ungleichen Paar gefesselt war, musste Esmée so behende wie eine Flamme aus der Küche geleckt sein, denn im nächsten Moment stand sie schon hinter ihrem

Mann, als hätte sie die ganze Zeit dort gestanden, und streckte ihn mit einem einzigen, in seiner Leichtigkeit beinahe zärtlichem Streich ihres Nudelholzes nieder.

»Es reicht«, sagte sie und sah uns herausfordernd an. »Genug ist genug.«

Esmée

Der Wasserhahn tropfte. Ich weiß nicht, wie oft ich Mischa schon gesagt habe, er solle sich darum kümmern, aber der Junge hört einfach nicht. Manchmal glaube ich, man muss ihn vor sich selbst schützen. Ich kann mich aber nicht um alles kümmern, verstehen Sie? Manchmal ist es einfach zuviel.

Das Tropfen erfolgte in einem langsamen, gleichmäßigen Rhythmus, und darunter war, gerade noch hörbar, das leise Rauschen des Gaslichts. Warum, überlegte ich, empfinden Menschen so ein Tropfen überhaupt als störend? War es die Berechenbarkeit, oder lag es an der Lautstärke? Erinnerte sie das Tropfen an etwas anderes? Vielleicht, dachte ich, könnte ich mich daran gewöhnen, wenn ich einfach noch ein wenig länger hier säße und darauf lauschte.

Der Hahn tropfte. Das Licht rauschte. Wir bräuchten auch einen neuen Glühstrumpf, überlegte ich.

»Meinen Sie nicht, dass Sie vielleicht ein wenig hart waren gegenüber Ihrem … Mann?«, fragte mich Barneby und lümmelte sich auf dem Küchenstuhl. Ich war immer der Meinung gewesen, dass die Art, wie ein Mann sich setzt, mehr über ihn sagt als seine Kleidung oder seine Hände. Mister Barneby *lümmelte* sich.

»Ich hoffe, dass er diese Nacht so unbequem wie möglich zubringt. Es wird ihm morgen früh eine Lehre sein.«

»Das bezweifle ich.«

Ich erhob mich und warf ihm einen Blick über die Schulter zu. Aufmerksam verfolgte er, wie ich zur Spüle hinkte, meinen Lappen nassmachte und den Hahn wieder zudrehte, was das Tropfen kurz, aber nicht dauerhaft unterbrach. Es war eine ganze Weile her, dass mich ein Mann mit mehr als nur Misstrauen verfolgt hatte. Mein Herz klopfte, aber nicht seinetwegen. »Sie haben wahrscheinlich recht. Ich habe die Zeichen zu lange nicht ernst genommen; Männer schauen eben den jungen Dingern hinterher, sagte ich mir. Die letzten Tage dann –« Ich seufzte und wischte energisch den Tisch. Barneby wich mir pflichtschuldig aus. »Erst stellt er Ihrer Freundin nach, und nun …«

»Mit meiner Freundin meinen Sie wahrscheinlich Madame Céleste.«

»Wenn das ihr Name ist, ja.«

»Nun, sie ist nicht meine Freundin. Ich werde Sie im Laufe des Abends hoffentlich davon überzeugen können.«

»Was ist sie dann?«, fragte ich, fand eine Traube, aß sie und spuckte den Kern in die Spüle.

»Wer kann das wissen?« Er zuckte die Schultern. »Eine Weile dachte ich, sie sei so etwas wie meine Geschäftspartnerin. Das war, bevor sie mich hinterging.«

»Solchen Frauen dürfen Sie nicht trauen«, ermahnte ich ihn. »Weder in Herzensangelegenheiten noch in geschäftlichen Belangen. Das wissen Sie doch hoffentlich, oder? Ich dachte, ein Mann wie Sie weiß so etwas.«

»Zuviel des Lobs, Madame.«

»Sagen Sie doch Esmée zu mir.«

»Enchanté, Esmée«, sagte er. »Ich bin John.«

»Ihr Name ist John?«, fragte ich überrascht. »Das hatte ich fast vermutet.«

»Ich wusste, dass Sie es vermuten würden«, lächelte er, erhob sich und bedachte mich mit einem so galanten Handkuss, dass ich mir nicht sicher war, ob er aus sehr altmodischen Verhältnissen stammte oder Scherze mit mir trieb. »Heißen nicht alle Engländer irgendwie John? Ich enttäusche nur schrecklich ungern.«

»Ich hätte Sie auch für einen William gehalten.«

»Das ist mein zweiter Vorname. Wir Engländer haben schrecklich viele Vornamen, wissen Sie.«

Er nahm wieder Platz. Das *Lümmeln* ging mir nicht aus dem Kopf. Dann wiederum war es mir heute egal, ob ich den Abend mit einem Lümmler verbrachte. Mein schrecklicher, dummer, starrköpfiger Ehemann lag gefesselt und geknebelt in der Besenkammer und hatte, wenn er überhaupt schon wieder erwacht war, wahrscheinlich genügend Kopfschmerzen, seine Einstellung zu mir und einer Menge anderer Dinge zu überdenken. Ich nahm mir vor, vor dem Zubettgehen nach ihm zu sehen; befreien würde ich ihn aber auf keinen Fall, und wenn er noch so sehr mit den Augen bettelte. Das konnte er nämlich wie ein kleines Kind. Vielleicht, überlegte ich, während ich meinen Küchenschrank durchwühlte, hätte ich ihm auch eine Augenbinde überziehen sollen.

»Ich danke Ihnen jedenfalls für Ihre Hilfe.«

»Keine Ursache.« Er zwinkerte.

»Sie werden es also nicht melden?«

»Wem denn melden, Verehrteste?«

»Na, der Polizei zum Beispiel.«

»Und auf Ihre Gesellschaft heute Abend verzichten? Warum wohl sollte mir so etwas einfallen?«

»Flirten Sie nicht mit mir, John«, warnte ich ihn und schloss den Schrank. »Ich tue alles für meinen Mann. Auch das sollten Sie wissen.«

»Selbstverständlich.« Er setzte sich etwas aufrechter hin, während ich vier Gläser auf den Tisch stellte. »Wahrscheinlich haben Sie ihn vor größerem Unglück bewahrt.«

»Das habe ich in der Tat!«, rief ich aus und war selbst überrascht über die Lautstärke meiner Stimme, die immer heiser wie ein alter Teekessel klang, wenn sie sich überschlug. »Schon mehrmals! Sie ahnen ja nicht, was ich alles – und wie dankt er es mir? Hat er nichts Besseres zu tun, als jedem Rock nachzustarren, der zur Tür hereinkommt? Aber wehe, wenn ich einmal einem Mann ein Lächeln schenke! Seine ganze lächerliche Eifersucht, und dabei ist er es, der seine Angestellten nach der Länge der Beine auswählt! Dachte er vielleicht, ich wüsste das nicht? Dachte *sie* vielleicht, ich wüsste nicht selbst gut genug, wie ich aussehe, neben einem blutjungen Ding wie ihr? Wenigstens hatte Mademoiselle bisher den Anstand – den *Anstand*, sage ich …« Entgegen meiner grundsätzlichen Contenance erlaubte ich mir kurz zu schluchzen, und Barneby – John William, wenn das denn sein Name war – tätschelte aufmunternd meine Hand. Einen Moment lang hätte ich mir mehr gewünscht als das. Dann aber war dieser Moment vorbei.

Draußen ging die Eingangstür. Der Riegel wurde vorgelegt. Dann schwang die Tür zur Küche auf, und Barnebys Partnerin, wie er sie nannte, kam hereinstolziert, begleitet von diesem stattlichen Herrn in teurem Garn; er trug eine Fliege und musste seinen Zylinder abnehmen, um nicht an den Türrahmen zu stoßen. Seine Augen waren hell, seine Wangen gerötet, und er roch nach Alkohol.

»Alles erledigt«, erklärte er und klatschte in die Hände.

»Das sind Ihre Freunde?«, vergewisserte ich mich. Barneby erhob sich. »Esmée, Sie kennen Madame Céleste bereits. Wen Sie noch nicht kennen, ist Philbert, der Direktor des Bobino, das Ihnen sicherlich ein Begriff ist. Ein tüchtiger, hart arbeitender Mann, wenn ich das anfügen darf, und eine Seele von einem Mensch. Wenn er noch leichte Probleme haben sollte, sich zurechtzufinden, so liegt das einzig daran, dass er es nicht gewohnt ist, sonntagabends seine Freizeit zu genießen. Philbert, das ist Esmée, die Hausherrin, Tochter eines erfolgreichen Hoteliers und momentan im Begriff, ihn und seine Verdienste noch zu überflügeln; Sie mögen alle Ihnen zugedachten Attribute mit gleichem Recht auch auf sie anwenden.«

»Sehr erfreut«, erwiderte Philbert, etwas hemdsärmelig, und schüttelte mir die Hand. Ich glaubte, er hatte Barnebys Redeschwall ebenso ignoriert wie ich, und ich bedauerte, dass er allem Anschein nach getrunken hatte, denn da war eine Unsicherheit in seinem Blick, hinter dem Alkohol, die ich irgendwie liebenswert fand an einem solchen Walross von einem Mann.

»Darf ich mich noch einmal nachdrücklich bei Ihnen bedanken, dass Sie unsere Einladung angenommen haben?«, sagte Barneby. »Ich hoffe, es kostete Madame Céleste nicht zuviel ihrer Überredungskünste.«

»I wo«, brummte Philbert und zupfte seine Fliege zurecht. »Die Gesellschaft, für die Sie da arbeiten, hat sich wirklich sehr großzügig gezeigt, und wir werden den Ausfall heute Abend verschmerzen.«

»Das war das Mindeste, was wir für Sie tun konnten. Bitte nehmen Sie doch Platz.«

Barnebys Partnerin glitt um uns herum und setzte sich an seine Seite. »Madame«, sagte ich knapp, und sie nickte. Ich mochte ihre Wortkargheit nicht, eigentlich mochte ich gar nichts an ihr, von ihrer teuren Garderobe zu ihrer eigenartigen Augenfarbe. Die wenigen Male, da sie den Mund aufbekommen hatte, hatte ihr Französisch einen kreolischen Einschlag gehabt, aber was wusste ich schon von den sonnigen Winkeln der Welt? Jedenfalls hatte sie wenig mit den schwarzen Musikern gemein, die man nun immer öfter sah. Die waren zwar wirklich schwarz wie die Nacht, davon abgesehen aber wie Sie und ich. Madame Céleste war ganz bestimmt nicht wie ich, und das hatte nichts mit der Farbe ihrer Haut zu tun (die eher die Farbe dunklen Rosenholzes hatte), sondern damit, wie sie ihre Haut *trug*. Ich nehme an, dass sie auf exotische Weise recht schön war und Männer wie mein Alphonse gelegentlich auf sie hereinfielen. Mich erinnerte sie an einen Tiger, der auch nur so lange schön ist, wie er einem nicht zu nahe kommt. Unwillkürlich wich ich ihr aus und versuchte gleichzeitig, mein Hinken zu verbergen.

»Meine Herren«, erklärte ich so feierlich wie möglich, während ich das Silber austeilte und die Zuckerdose öffnete, »es versteht sich, dass dieser Abend unter uns bleibt. Es ist, wie ich finde, sehr anständig von Ihnen, mir etwas Gesellschaft zu leisten in diesen trübsinnigen Stunden, und man findet auch selten Gelegenheit, seiner liebsten Schwäche unter Gleichgesinnten nachzuhängen.«

Ich stellte den Absinth auf den Tisch. Ein allgemeiner Ausruf des Wohlbehagens erklang.

»Sie haben nicht zuviel versprochen«, lobte Philbert und inspizierte die facettierte Flasche. »Ein feiner Absinth, den Sie da haben. Aus der Schweiz?«

Ich nickte. »Nicht der beste, den Sie kriegen können, aber gut genug für besondere Gelegenheiten.«

»Wissen Sie, ich hatte diesen Verdacht gleich das erste Mal, als wir uns sahen«, sagte Barneby.

»Heute Mittag?«, wunderte sich Philbert.

»Die Freunde der grünen Fee erkennen sich jederzeit«, behauptete der Engländer. »Besonders hier auf dem Kontinent. Es war das Gleiche nach der Einführung der Opiumgesetze. Was erwarten die Leute nur von uns?«

»Dass wir uns daran halten?«, riet Philbert, und wir lachten.

»Wie trinken Sie ihn?«, erkundigte sich Barneby und schlug seinen Löffel sanft gegen das Glas. »Doch nicht wie die Schweizer?«

Es war ein schönes Service, das ich von meiner Tante geerbt

hatte; die filigranen Kreuze hatten mich als kleines Mädchen immer glauben gemacht, der Löffel sei für die Messe gedacht, bis ich dann alt genug wurde, den Unterschied zu lernen.

»Verflucht«, sagte ich und hielt mir im nächsten Moment die Hand vor den Mund.

»Aber aber. Was ist?«

»Das Eiswasser. Ich habe es noch unten im Schrank.«

»Welch weise Voraussicht …«

»Ich habe immer eine Karaffe auf Vorrat«, sagte ich. Ich würde nicht humpeln – nicht vor diesen Leuten. »Wenn Sie vielleicht …?«

Philbert erhob sich und reckte sich. »Ich werde gehen, wenn Sie mir den Weg weisen.«

Er ahnte gar nicht, wie dankbar ich ihm war. »Es ist einfach die Luke hinab«, erklärte ich ihm. »Sie können den Eisschrank nicht verfehlen. Aber nehmen Sie doch die Lampe mit, es ist sehr dunkel dort unten.«

»Ich fürchte das Dunkel nicht«, erklärte Philbert, nahm die Petroleumlampe aber dennoch zur Hand. Ich hoffte nur, er stürzte nicht, betrunken wie er war.

Wir harrten ungeduldig aus.

Der Wasserhahn meldete sich zurück.

»Vielleicht hätte ich ihn warnen sollen«, bemerkte ich, nachdem er eine ganze Weile weg war.

»Ich bin sicher, er wird seinen Mann gegen alle Gefahren stehen, die Ihr Keller zu bieten hat«, beruhigte mich Barneby. »Sagen Sie, Sie haben nicht zufällig ein Kartenspiel?«

»In der Schublade direkt hinter Ihnen.«

Ein Tapsen war zu hören; prustend und schnaubend kam Philbert die Holztreppe wieder empor. Er blinzelte einen Moment in das helle Licht; eine Spinnwebe hing in seinem Backenbart, und er sah uns an, als habe er vergessen, wer wir waren. Dann reckte er den Wasserkrug empor wie einen Pokal, und wir spendeten höflichen Beifall. Dann schob er sich aus der Luke und schloss sie.

»Ich bin untröstlich, aber Sie haben Mäuse in Ihrem Keller, Madame.«

»Nun, wir sind nur ein einfaches Haus.«

»Ich habe nichts gegen die kleinen Nager«, beteuerte er und stellte den Krug ab. »Ratten, das ist etwas anderes.«

»Unbedingt«, sagte ich, als er Platz nahm. »Danke, Philbert – jetzt haben wir alles«.

»Alles, um den Abend zu Grabe zu tragen«, lachte er.

Barneby hatte das Kartenspiel gefunden und begann zu mischen. »Ich nehme an, Sie alle haben zu irgendeiner Gelegenheit schon einmal Whist gespielt?«

»Mein Vater hat es mir als Kind beigebracht«, sagte ich. Nacheinander füllte ich die Reservoire der Gläser mit der hellgrünen Flüssigkeit. »Seitdem hatte ich wenig Gelegenheit.«

»Sie werden feststellen, dass Sie es sehr schnell wieder lernen«, versicherte er mir. »Die Regeln sind einfach. Fünf Punkte zum Sieg.«

»Keine Honneurs?«, fragte ich.

»Wenn Sie es wünschen. Dann also Long Whist, zehn Punkte, es werden Honneurs für die oberen vier Trümpfe gewährt.«

»Ausgezeichnet«, freute sich Philbert und legte sich kunstvoll seinen Löffel zurecht. »Ich habe lange keinen so gemütlichen Abend mehr verbracht.«

»Sie Ärmster.«

»Die Arbeit«, entschuldigte er sich, und wie zufällig trafen sich unsere Finger, als wir in der Zuckerschale nach Würfeln angelten.

»Sie haben sicher sehr viel zu tun«, stimmte ich zu. »So ein feines Etablissement, das Sie da haben!«

»Ja«, brüstete er sich und strich sich das Kinn, »meine Stadt will unterhalten sein!« Ein verträumtes Glitzern trat in seine

Augen. Ich hatte es an Roulettetischen gesehen, und manchmal bei Künstlern. Es war ein ungesundes Glitzern, und es stand ihm nicht. Dann schüttelte er den Kopf, und es verschwand.

»Heben Sie ab?«, fragte mich Barneby, der uns aufmerksam beobachtete. Ich nahm die obersten Karten vom Stapel, er deckte die nächsten beiden Karten auf und legte sie vor uns hin.

»Würden Sie vielleicht …?«, bat Philbert, der gerade Wasser über seinen Löffel rinnen ließ. Lächelnd zog Céleste zwei Karten für ihn und sich selbst.

»Na, wenn das keine Überraschung ist«, sagte Philbert und warf der Kreolin ein verschmitztes Lächeln zu, während der Absinth in seinem Reservoir in milchigen Schleiern opalisierte. »Wir spielen zusammen.«

»Wir müssen uns umsetzen«, erklärte Barneby. Er und Céleste tauschten umständlich die Plätze, so dass er Philbert gegenüber zu sitzen kam, und sie mir gegenüber. Ich nahm die kalte Karaffe aus Philberts Hand und goss langsam Wasser über den Zucker, während Barneby die Karten abermals mischte und austeilte. Als vor jedem von uns dreizehn Karten lagen, deckte er seine oberste Karte auf und nahm die Karaffe von mir in Empfang.

»Pik ist Trumpf«, erklärte Philbert. »Sie kommen heraus, Teuerste.«

Zucker tropfte in dicken Perlen von Barnebys Löffel. Er stellte die Karaffe auf dem Tisch ab. Céleste ließ sich nicht aus der Ruhe bringen, goss sich etwas Wasser über ihren Löffel und spielte die erste Karte, die ich mit Genugtuung überbot. Es war nicht der klügste Zug, da Philbert das Ass obenauf legte, aber Barneby rettete unseren Stich, indem er ihn abtrumpfte. »Nicht so stürmisch, die Damen«, schmunzelte er und spielte die nächste Karte aus.

Guter Absinth macht einen schneller betrunken, als man für möglich halten möchte, da er selbst in verdünnter Form noch an einen ordentlichen Weinbrand reichen kann. Bald schwamm mein Kopf in einer wohligen Wolke aus Anis und Lakritz, meine Kehle war kalt und betäubt, und eine Weile gelang es mir sehr gut, alle Gedanken an Alphonse und was sonst noch mit ihm zusammenhing in dieser kühlen Wolke zu verbergen, während Barneby uns ein ums andere Mal die Stiche heimholte. Bald war ich auch betrunken genug, mich nicht mehr vor dem unausweichlichen Kater zu fürchten.

»Gut gespielt«, lobte mich Barneby, als ich die zweite – oder dritte? – Runde ausschenkte. Wir führten 5:4.

Es entging mir nicht, dass er mich kaum noch aus den Augen ließ, und ein wenig kam ich mir vor wie eine Auslage auf dem Markt. Die grüne Fee machte das mit Männern; leider hatte ich Alphonse nie von ihren Vorzügen überzeugen können.

»Sie waren es, der uns über die Runden rettete, John«, wehrte ich ab.

»John?«, fragte Céleste und ließ einen Moment ihr Blatt sinken. Hastig griff Philbert über den Tisch und richtete ihre Hand wieder auf. Die Vertraulichkeit schien sie zu irritieren, aber ihre glänzenden Augen waren auf Barneby gerichtet.

»Glück im Spiel ist das Mindeste, was ich tun kann, um mich für Ihre Gastfreundschaft zu revanchieren, liebe Esmée.«

»Das passende Gegenstück habe ich ja bereits.«

»Sagen Sie so etwas nicht.«

»Für was für eine Gesellschaft arbeiten Sie überhaupt?«, wollte ich wissen.

»Für eine Künstleragentur«, erklärte Philbert. »Sie vertreten den Zauberkünstler, der unter Ihrem Dach wohnt.«

»In der Tat?«, staunte ich und verschenkte meinen letzten Trumpf, den Barneby ein weiteres Mal klaglos mitnahm. Dann warf er Céleste den Herzbuben hin, als sei Fütterungszeit im Zoo.

»Sie müssen Herz bekennen«, half Philbert.

»Da wird sie nicht viel beizusteuern haben«, prophezeite Barneby.

»Sie sollten Ihr Blatt nicht kommentieren«, tadelte Philbert.

»Ich spreche lediglich aus Erfahrung.«

Ärgerlich stach Céleste den Buben ab. »Sie können es nicht lassen, was, Barneby?« Es war der längste Satz, den ich sie bisher hatte sprechen hören. »Sehen Sie nicht, was ich für Sie tue?«

»Offen gesagt, nein. Ich bin jedoch sicher, das Direktorat könnte mehr darüber berichten.«

»Fragen Sie es doch«, funkelte Céleste.

»Aber nicht doch«, tröstete Philbert. Es schmerzte mich, zu sehen, wie viel Anteilnahme er an ihrem Verdruss nahm. »In meiner Eigenschaft als Direktorat meiner eigenen Firma kann ich Ihnen versichern …«

Doch Céleste hatte nur Augen für Barneby. Sie sah ihn an wie ein kleines Mädchen. Ich kannte diesen Blick – das war es, was die grüne Fee aus uns Frauen machte, wenn wir nicht achtgaben.

»Meine Teure«, sagte Barneby und sortierte in Seelenruhe seine Karten, »Ihre Vorzüge in allen Ehren, aber vielleicht gehen Sie ein wenig gar zu verschwenderisch damit um? Die Gunst Ihrer Küsse …«

»Seien wir mal ehrlich«, schmunzelte Philbert, »jeder Mann, der geküsst wird, sucht sich das doch …«

»Urteilen Sie nicht vorschnell«, unterbrach Barneby. »Gerade Sie sollten das nicht tun!«

»Ich denke da beispielsweise an einen Vorfall im Dôme. Da waren Kiki und diese Matrosen, dreißig Stück müssen's gewesen sein …«

»Nicht ruchlos genug, mein Bester! Selbst die kranke Assistentin Ihres Zauberkünstlers kann sich glücklich schätzen, nicht in den zweifelhaften Genuss gekommen zu sein, und wie Sie selbst vorhin Zeuge wurden, warf die einzige Kellnerin dieses Hauses vor Schreck ihr Tablett von sich, als sie uns sah – *sie* wusste, was ihr blühte!«

»Barneby!«, zischte Céleste.

Philbert schwieg betroffen. »Ich hätte nicht gedacht, dass …«

»Ich möchte das Thema gerne beenden«, warf ich ein, aber Barneby ignorierte mich.

»Da ist eine Dunkelheit in Ihnen, meine Teure, die mir ernsthaft zu denken gibt.«

Céleste griff sich ihren Absinthlöffel und stach trotzig auf meinen Küchentisch ein.

»Keine Dunkelheit«, sagte sie. »Sie sind blind.«

»Bitte lassen Sie das«, sagte ich. »Das ist ein Familienerbstück.«

»Ihr Vater ist Hotelier?«, erkundigte sich Philbert.

»Was wollen Sie eigentlich, Barneby?«, fragte Céleste. »Wissen Sie es denn selbst?«

»Ihm gehört das Haute Loire«, sagte ich. »Meinem Vater.«

»Ich denke doch«, sagte Barneby. »Ich denke, ich *werde* das Direktorat befragen – und Sie werden mir dabei helfen.«

»Ein gutes Haus«, nickte Philbert. »Weshalb arbeiten Sie nicht dort? Lernen die Geschäfte?«

»Helfen! Wie stellen Sie sich das vor?«

»Ich wollte erst meine eigenen Erfahrungen machen«, log ich, und Philbert nickte ernst. Auf der anderen Seite des Tischs herrschte gefährliches Schweigen.

»Sie wissen schon, die Finanzen«, führte ich aus. »Man hat immer noch Vorbehalte gegen Frauen als Geschäftsführerinnen, und da wollte ich erst beweisen, dass ich es kann. Ich bin ziemlich gut mit Zahlen, wissen Sie.«

Céleste schlug beide Hände auf den Tisch, so fest, dass die Gläser klapperten; dann stand sie auf und rauschte ans rückwärtige Ende der Küche, wo sie uns demonstrativ den Rücken zukehrte und durch das kleine Fenster auf den dunklen Boule-

vard Raspail hinausstarrte. Barneby entschuldigte sich kopfschüttelnd und erhob sich ebenfalls.

Philbert und ich genossen unsere ungeteilte Aufmerksamkeit.

»Und Sie führen den Betrieb ganz allein?«

»Wer sollte mir schon dabei helfen?«

»Sagen Sie's mir.«

»Da ist niemand.«

»Ich möchte nicht indiskret sein, aber, Sie wissen schon, kein
Mann?«

»Keiner«, log ich abermals, und nahm einen weiteren woh-
lig-bitteren Schluck. War da ein Klopfen in der Kammer? Oder
bildete ich es mir bloß ein?

Ich bräuchte mehr Zucker.

»Wie ist es um Sie bestellt?«, fragte ich, und legte mir einen
weiteren Würfel auf den klebrigen Löffel.

»Oh, ich bin Junggeselle«, bekannte er und griff nach den
Karten. »So viel zu tun. So viele Frauen. Ich habe leider noch
keine Gattin gefunden, die all das in Kauf nehmen würde.«

»Solche Frauen sind in der Tat rar«, stimmte ich zu und träufelte Wasser über den Würfel. Ich war *sicher*, dass ich etwas gehört hatte, und bekam Angst, dass Philbert etwas spitz bekam.
Philbert aber war glücklicherweise vollauf mit dem Kartenspiel
beschäftigt; er demonstrierte mir die gängigsten Kunststücke,
mit denen seine Künstler das Publikum verblüfften.

»Haben Sie Ihre ... Geschäfte geklärt?«, fragte er, als Barneby
und Céleste zurück an den Tisch kamen. »Wissen Sie, Sie sollten das Geschäftliche nie zu sehr mit Privatem vermischen.«

»Sie haben ja so recht«, entschuldigte sich Barneby. Er nahm
Platz und begann, sich eine Pfeife zu stopfen; und das *Lümmeln*
war zurück. »Vielleicht hatten wir einfach zu viele Geschäfte in
letzter Zeit. Deswegen haben wir uns auch entschlossen, morgen eine Auszeit zu nehmen und uns einem besonderen Vergnügen hinzugeben.«

»Das da wäre?«

»Etwas, das wir seit unserer Jugend nicht mehr getan haben: Wir werden eine Séance abhalten.«

»Eine Séance?«, staunte Philbert und mischte. »In der Tat, das ist doch was. Zu schade, dass ich keine Zeit dafür haben werde. Morgen beginnt ein ganz neues Programm.«

»Wie steht es mit Ihnen?«, fragte mich Barneby, entzündete seine Pfeife, paffte und sah mir tief in die Augen.

Vor zwanzig Jahren, da wäre ich auf diesen Blick vielleicht hereingefallen. Doch zum Glück – meine Güte, dachte ich das wirklich? – war Alphonse den Männern mit diesem Blick zuvorgekommen. Ich hatte nie verstanden, wonach sich diese Männer wirklich sehnten – bei Alphonse war das anders. Gut, er hatte sich getäuscht und seinen Fehler irgendwann eingesehen; ich hatte ihn aber immer verstanden.

»Fragen Sie mich das morgen noch mal«, wich ich aus, und Barneby nickte.

»Das werde ich.« Dicker Pfeifenrauch erfüllte die Luft. Der Vanilleduft vermischte sich mit den Absintharomen zu einer süßlich-explosiven Mischung. Céleste spielte wieder mit ihrem Löffel und stach komplizierte kleine Muster in meinen Tisch.

»Sagen Sie«, fragte Philbert da, »bin ich der einzige – oder spukt es etwa tatsächlich hier?« Er hielt ganz still und spitzte die Ohren. Wir anderen verstummten. Céleste unterbrach ihr Kratzen und blickte sich aufmerksam um. *Ganz bestimmt ein Tiger,* dachte ich. *Ein Tiger, der witternd erwacht.*

Eine Weile lauschten wir auf das Tropfen der Spüle und das Wispern des Gaslichts; dann ertönte ein Rumpeln, doch es war nicht klar auszumachen, ob es aus Richtung der Kammer oder aus einem anderen Winkel des Jardin stammte.

»Das ist die grüne Fee«, lachte ich und hob mein Glas. »Wir haben sie befreit.«

»Machen Sie keine Witze darüber«, stöhnte Philbert. Er leg-

283

te die Karten ab und tupfte sich die Stirn. »Vorhin, im Keller, da war mir schon, als hätte ich einen Moment lang etwas gesehen.«

»Was denn?«, erkundigte sich Barneby.

»Es war wahrscheinlich nichts, nur ein Flackern der Lampe ...«

»Es zieht in dem alten Gewölbe«, stimmte ich zu.

»Aber mir war, als ich hätte ich einen Moment eine Bewegung gesehen, und da war etwas in der Luft, wie ein Schleier. Es war ganz weiß.«

»Ein Gespenst«, freute sich Barneby. »Ich habe seit dem Winter in Schottland keins mehr gesehen!«

»Was hat es getan?«, fragte ich. Ich glaubte nicht an Gespenster und solchen Unsinn – schon gar nicht in meinem eigenen Keller –, aber der Direktor des Bobino schien überzeugt, etwas gesehen zu haben. Wie betrunken konnte er sein? Ich fragte mich, ob er halluzinierte; das war eine Möglichkeit, die man bei häufigem Absinthgenuss nie ausschließen durfte.

»Es verschwand sofort wieder«, sagte er. »Ich tastete mit der Hand nach ihm, aber außer einem kurzen Kitzeln auf der Haut war da nichts.«

»Spinnweben«, lachte ich. »Sie hatten Spinnweben im Haar, als Sie wieder nach oben kamen.«

Wieder das Rumpeln. Oh, es konnte eine Menge sein, sagte ich mir: ein Gast, der etwas umwirft, ein Rucken im Gebälk; ein Schuh gegen Holz, ein Kopf, der ein Regal stößt, wer konnte es wissen?

»Was wäre, wenn«, fragte Barneby, hob das Absinthglas vor sein Auge, so dass sein geschliffenes Reservoir das Licht brach, und drehte es hin und her wie einen teuren Smaragd. »Was wäre, wenn es doch spukt in Ihrem Haus, Esmée?«

»Ich brauche vielleicht einen Kammerjäger, John, aber keinen Exorzisten.«

»Wir werden sehen«, sagte er und setzte das Glas ab.

Wir spielten die Runde zu Ende. Die Flasche war fast geleert, als Barneby den letzten Stich machte. Seine Augen waren gerötet von Rauch. Philberts Kopf hing schwer auf seine Brust, und ich sah zu meinem Bedauern einen kleinen Speichelfaden, der sich von seinem Mundwinkel zum Kinn zog. Sein Blick war auf Célestes Busen gerichtet, und sie bedachte ihn mit offensichtlichem Abscheu. Das Poltern hatten wir nicht mehr gehört, aber es schien in meinem Kopf noch nachzuklingen. Irgendwann ließ es mir keine Ruhe mehr, und ich beschloss, dass es an der Zeit wäre.

Genug war genug.

»Es ist spät«, sagte ich und erhob mich schwer. »Ich muss noch nach ein paar Dingen sehen, bevor ich zu Bett gehe.«

Barneby erhob sich verständnisvoll.

»Sie sind eine tüchtige Frau«, lallte Philbert und zog sich am Tisch empor. »Eine sehr tüchtige Frau, Madame.«

»Geben Sie auf sich acht«, bat ich ihn. Ich vermutete, ich würde ihn so schnell nicht wiedersehen. »Zuviel der Fee ist nicht gut für Sie.«

»Ich lebe für die Bühne«, rief Philbert. »Für die Blumen, das Spiel, für die Küsse!«

»Mit denen verhält es sich ebenso«, murmelte Barneby. Dann blickte er mich ein letztes Mal an, so lange, dass mir ganz anders wurde. »Gute Nacht, Madame. Wir werden uns zurückziehen. Ich nehme an, Sie werden noch einen Moment hier verweilen. Auf der Ihnen eigenen Bühne.«

»Machen Sie kein Drama daraus, John«, sagte ich. »Es ist nur eine Küche. Bonsoir.«

Der fünfte Tag

Magische Nächte

Ravi

»Eine Séance?«, hatte ich gefragt, und Barneby hatte eifrig ge-
nickt. »Was versprechen Sie sich davon?«

»Tun Sie nicht so«, war er ausgewichen. »Jeder von uns hat
etwas, das er dringend erfahren möchte; etwas, wonach es ihn
verlangt; ein Stück des Puzzles, das ihm fehlt.«

Ich hatte ihm nicht sagen müssen, wie recht er damit hatte.
Das Gefühl der Einsamkeit, das mich gestern zu meinem un-
überlegten Wagnis hingerissen hatte, war noch stärker geworden und lastete mit jeder Stunde schwerer auf mir. Es war weniger die Last eines Pelzmantels als die des eigenen Körpers, wie
Fieberkranke sie wohl erfahren; es war ein zutiefst unwürdiges
Gefühl, und ich mochte es nicht.

Die Aussicht, Blanche zu kontaktieren – dieses Mal unter
kontrollierbareren Umständen – hatte daher durchaus verlockend geklungen.

»Ich nehme an«, hatte ich gesagt, »dass Chloderic sich nach
einem klärenden Wort mit seinem Herrn sehnt. Was Céleste betrifft, möchte ich keine Mutmaßungen anstellen; ich vertraue da
ganz Ihrer Expertise. Sie haben mir aber noch nicht gesagt, was
Sie sich versprechen.«

»Céleste ist ein Überlebenstyp«, hatte er mir versichert. »In
dieser Angelegenheit steht sie voll auf unserer Seite, und als
Medium ist sie so begabt, wie man es sich nur wünschen kann.
Was ich mir von der Sache verspreche?« – und da hatte er grüblerisch seinen Bart gezwirbelt – »Nun, hoffentlich eine Antwort
auf unsere Fragen. Am dringlichsten die, wie wir diesen Zustand beenden und unbehelligt unserer Wege ziehen können.«

Der »Zustand«, wie er es nannte, schlug uns zunehmend aufs Gemüt. Mehr noch als am Vortag schien der Welt das Licht auszugehen, so als sei die Sonne eine verlöschende Lampe; mit ihr schien alles Leben zu versiegen. Die Blätter der Kastanien waren braun, die Luft war kalt, und die Schemen der Pariser Häuser in der Ferne glichen Reflektionen in trübem, altem Glas. »Ich glaube mich zu erinnern, dass der Herbst in Island gelegentlich so aussieht«, hatte Barneby kommentiert, »aber für die Seine ist es vom meteorologischen wie vom touristischen Standpunkt gesehen eine Katastrophe.«

»Doch wem wollen Sie Ihre Klage vortragen?«

»Dem Verantwortlichen natürlich, wem sonst?«

»Sie wollen das Direktorat kontaktieren?«

»Stellen Sie sich vor, Sie wären ein erfolgreicher Schauspieler – das können Sie sicherlich, mein Lieber – und Sie finden sich am Set einer großen Komödie ein, nur um festzustellen, dass ein Dutzend Komiker Sie schon erwartet, alle bestellt und nicht abgeholt. Würden Sie da nicht den Wunsch verspüren, ein Wort mit dem Produzenten zu wechseln?«

»Unbedingt.«

»Und denken Sie an Ihre Spesen«, hatte er düster hinzugefügt. »Wer soll die Spesen bezahlen?«

Wir kamen schnell überein, dass nur die Vertreter der Société an der Séance teilnehmen sollten; Barneby schien eine Schwäche für Alphonses bessere Hälfte entwickelt zu haben, doch ich hielt Esmées Teilnahme für zu riskant. Wir wussten nicht, was für Ergebnisse unser Experiment zeitigen würde.

Außerdem brauchte ich die Belegschaft des Jardin, um ein Auge auf Blanche zu halten. Seit dem gestrigen Vorfall hatte ich mir geschworen, sie nicht mehr unbeaufsichtigt zu lassen. Egal, wie vernünftig Barneby heute wieder schien, er hatte mein Vertrauen missbraucht, und auch meine magischen Sicherungen boten keinen wirksamen Schutz.

Vor allem aber beunruhigte mich Céleste: Noch immer wusste ich viel zu wenig über diese Frau, von der Barneby im einen Moment behauptete, sie nicht zu kennen, nur um im nächsten Moment die Ahnung einer abenteuerlichen, von beiderseitigen Gemeinheiten geprägten Vergangenheit durchblicken zu lassen. Ich wusste nicht einmal, ob sie eine Frau war, die sich in eine Katze verwandelte, oder eine Katze, die gelegentlich zur Frau wurde. In beiden Gestalten aber war sie, wie Barneby bereitwillig eingestand, unberechenbar, neugierig, und von einer pathologischen Rachsucht getrieben.

Seit ihrem Missgeschick mit der Falle hatte ich keine Mäuse mehr im Jardin gesehen – ich nahm an, dass sie tief im Gebälk Zuflucht genommen hatten, und es würde mich nicht wundern, wenn Blanche etwas damit zu tun hätte. Kurz nachdem es dann gestern zu der peinlichen Situation mit Justine, Alphonse und seiner Frau gekommen war, hatten Barneby und Céleste den Schankraum betreten (ausgerechnet in Begleitung des guten Philbert, der mir zunehmend wie eine Erscheinung aus einer anderen, besseren Welt erschien) –, und einen schrecklichen Moment hatten sich Justine und Céleste gegenübergestanden.

Raubtiere konnten einander kaum feindseliger beäugen als die beiden Frauen in diesem Moment: die eine jung, verwirrt, und menschlicher, als ich jemals sein könnte; die andere zeitlos, entschlossen, und dem Menschsein ganz und gar entrückt, so als sei sie eine Königin, oder eine zum Tode Verurteilte, oder beides. Ich glaube nicht, dass sie Justine sah in diesem Moment – ich glaube, sie sah noch eine Spur von meiner Blanche, und sie erkannte in ihr eine Rivalin, die sie nicht einschätzen konnte, so unbegreiflich wie ein Eisvogel, der durch einen dunklen Bach blitzt. Im nächsten Moment hatte Justine einen Anfall erlitten, eine Menge Geschirr war zu Bruch gegangen, und ich hatte sie nach oben gebracht, während Esmée mit Barnebys Hilfe ihren bewusstlosen Mann abtransportierte und man die letzten Gäste eilig zur Verschwiegenheit verpflichtete und heimschickte.

Ich brauchte also Unterstützung; und ich war überrascht, als ich sie ausgerechnet in dem bärbeißigen Alphonse fand, der unsere Anwesenheit und unsere Ränke hinnahm wie ein alter Wolf die balgenden Flöhe in seinem Pelz. Ich hatte ihm gesagt, dass einer seiner Gäste sehr krank sei, und er war mir auf mein Zimmer gefolgt, um nach ihr zu sehen. Lange war er nur so dagestanden, den Blick auf Blanche, als erinnere sie ihn an etwas, was er seit seiner Kindheit vergessen hatte, und ich erkannte, wie sehr ich mich in ihm getäuscht hatte – und wie viel schlechter es Blanche doch ging, ohne dass ich es hatte wahrhaben wollen. Barneby hatte recht: Es konnte nicht gut für sie sein, tagelang in diesem Zustand zu verharren, den Geist von Körper und Welt getrennt, gefangen in einem sterbenden Paris, in Erwartung eines Morgens, der niemals kam.

Alphonse hatte angeboten, zu helfen. Die Wahrheit war, er hatte nicht viel zu tun; es kamen die üblichen Freunde vorbei, um mit ihm zu trinken oder Schach zu spielen, aber die Stimmung auf dem Boulevard war so desolat (sagte er) wie seit dem Krieg nicht mehr. Es war, als begännen die Menschen – tagtäglich verdammt, die gleichen Wege zu gehen, die gleichen Scherze zu treiben – zu mutmaßen, dass etwas nicht stimmte. Die Passagiere unseres sinkenden Schiffes erkannten, dass die Reederei sie belogen, die Crew sie im Stich gelassen hatte.

Justine staunte nicht schlecht, als sie Alphonse das erste Mal dort auf meiner Bettkante sitzen sah, eine Hand auf Blanches Stirn, in der anderen eine Kräuterbouillon, die seine Patientin nicht trinken, und die bald kalt auf dem Nachttisch stehen würde, während er in Blanches Gesicht nach etwas suchte, das er nicht fand. Auch zu Justine war er ungewohnt höflich und rücksichtsvoll, und ich fragte mich, ob der Kuss etwas damit zu tun haben mochte, der gestern im Eifer des Gefechts getauscht worden war – und ob Blanche noch etwas anderes mit diesem Kuss bezweckt hatte, als nur ihren lange gebändigten Gefühlen Ausdruck zu verleihen. Blanche prägte diesen Ort: langsam, heimlich, unter den Grenzen der Zeit, eine Ausbrecherin, die sich ihre Tunnel gräbt.

Ich traf mich mit Barneby unten im Schankraum, wo er inmitten der Reste eines ausgedehnten Frühstücks saß und den uns allen wohlbekannten Figaro studierte. Esmée hatte staunend zur Kenntnis genommen, dass ihr Mann sich für etwas anderes als seine Weine interessierte, und versorgte die wenigen Gäste mit Speisen und Getränken. Ihr Bein machte ihr wieder zu schaffen, doch als Barneby vorschlug, dass Chloderic ihr zur Hand gehen könne, hatte sie dankend, aber bestimmt abgelehnt.

»Haben Sie ihr das Angebot unterbreitet?«, fragte ich.

Barneby nickte. »Sie will es nur noch mit ihrem Mann besprechen.«

»Da sehe ich keine Probleme. Ich bin überrascht, wie sehr er sich verändert hat.«

»Alles ändert sich«, erwiderte Barneby und legte die Zeitung zusammen. »Außer dem hier. Wenn Sie wüssten, wie sehr ich Wiederholungen hasse! Schon deshalb müssen wir handeln.«

Esmée willigte ein.

Das Jardin würde diesen Abend uns gehören – Barneby hatte eine stattliche Summe Geld geboten (ich wollte gar nicht wissen, wo er es herhatte), um den Schankraum zur geschlossenen Gesellschaft zu erklären. Eine Séance, darauf hatte er bestanden, erforderte Ruhe, Abgeschiedenheit, und auch ein wenig Platz – ich wünschte, ich wüsste, womit genau er rechnete, aber auch mir wäre die vertrauliche Enge der übrigen Räumlichkeiten unangenehm gewesen.

»Ich hätte nie erwartet«, sagte ich, »einmal an einer Séance teilzunehmen.«

»Wieso denn nicht?«

»Wie Sie wissen, bin ich Bühnenzauberer. Alles, was ich tue, zielt darauf ab, den Menschen eine Art von Magie glaubhaft zu machen, die so nicht existiert.«

»So können Sie sich unter ihnen bewegen, ohne Verdacht zu erregen und ohne der Gesellschaft auf die Füße zu treten.«

Ich nickte. »Sie haben mehr von der verborgenen Welt gesehen als ich. Sie kennen die Société und ihre Bräuche, und Sie verstehen es gut, den Eindruck zu erwecken, als ob Sie nichts mehr überraschen könnte.«

Er lächelte. »Sie sind ein Schmeichler.«

»Ich bin – auch wenn Ihnen das seltsam erscheinen mag – Realist. Und als Realist kenne ich den Unterschied zwischen Bühnenzaubern und echter Magie.«

»Und wenn Sie das nicht täten? Spiegel, Paravents und Rauch – was gibt es daran auszusetzen?«

»Es ist nur Theater. Und als Theater muss man es auch sehen.«

Er neigte ergeben den Kopf, doch sein Widerspruch hing beinahe spürbar im Raum. Da war er wieder, Barneby, Hansdampf in allen Gassen, mit allen Wassern gewaschen und immer noch feucht hinter den Ohren. »Vor allem sollte man es gut verkaufen – ein alter Bekannter von mir machte diese Erfahrung, als er um die Jahrhundertwende zum ersten Mal seine Rituale für die Öffentlichkeit aufführte, drüben in der Rue Saint-Lazare. Es war durch und durch kitschig, bizarr, und langweiliger als eine deutsche Oper.«

»Ist das denn die Art, wie Sie Ihre Kunst praktizieren?«, erkundigte ich mich. »Nach Art der alten Geheimbünde?«

»In den Kellern staubiger Mutterhäuser, über Steintafeln gebeugt, die so alt sind, dass niemand mehr die Geschichte ihrer Fälschung kennt? In weißen Roben, in denen man sich an Freitagabenden trifft, um ägyptische Halbwesen nach Gottes Nachsendeadresse zu fragen?« Er lächelte verschmitzt. »Nein.«

»Aber Sie haben es probiert?«

Er sah versonnen in die Ferne. »Eine Weile. Aber Sie haben schon recht, es ist auch nichts anderes als das, was Sie tun: eine besondere Form von Theater. Wenn Sie weiterhin in Betracht ziehen, welche spezielle Klientel diese Abende anziehen … Wissen Sie, es reicht heutzutage nicht mehr, einfach nur Schriftsteller zu sein – man muss gleich noch Magier werden.« Er schüttelte nachsichtig den Kopf.

»Warum dann diese … theatrale Form der Zusammenkunft?«

Er zuckte die Achseln und begann, sich bedächtig eine Pfeife zu stopfen. »Vielleicht, weil es der kleinste gemeinsame Nenner ist. Und weil es die Art ist, wie Céleste es tut. Sie ist sehr begabt – verdorben, aber begabt. Eine Menge von dem, was sie tut, hat sie von mir; leider hat sie mich nicht immer um meine Meinung gebeten. Es gab die eine oder andere Differenz, und nach dem Zwischenfall in Ägypten gingen wir getrennte Wege. In der Karibik ist sie noch immer eine geehrte und gefürchtete Priesterin, aber ich schätze, selbst das hat seinen Reiz für sie verloren. Auch auf Haiti gibt es sehr präzise Vorstellungen davon, wie Magie zu funktionieren hat; und welche Geister auch aus Madame sprachen, ich nehme an, dass es nicht die waren, die man erwartet hatte.«

»Es ist faszinierend«, sagte ich. »Die vielen Bilder, die sich die Menschen von dem machen, was sie nicht haben können.«

»Kreativität«, sagte Barneby, »ist eine Krankheit des Geistes, die einem Übermaß an Vorstellungskraft, gepaart mit einem Mangel an gesichertem Wissen, entspringt – genau wie Verfolgungswahn. Es kommt der Moment, da dieses Bild, das Sie sich machen, die Wirklichkeit besser abbildet als die Wirklichkeit selbst. Fragen Sie die Maler in den Cafés. Fragen Sie sie, wie es sein kann, dass derselbe Wunsch in ihren Herzen sich auf so unterschiedliche Weise Ausdruck verschafft. Fragen Sie, wie es kommt, dass am Seineufer Impressionisten neben Expressionisten und Symbolisten neben Surrealisten sitzen. Sie alle schaffen sich ihre eigene Wirklichkeit.«

»Und Sie?«, fragte ich. »Welche Wirklichkeit schaffen Sie sich?«

»Ich?«, lachte Barneby, und etwas wie Wehmut trat auf sein Gesicht, das Gesicht eines Kindes, das an all die Schokolade denkt, die es in der Welt noch gibt.

»Sagen Sie es nicht weiter, aber momentan warte ich auf Inspiration. So wie Sie die Wissenschaft zur Kunst erhoben haben, habe ich vielleicht die Kunst zur Wissenschaft gemacht – tun Sie das nicht, es ist die Pest. Momentan überlege ich, ob ich wohl das Medium wechseln sollte, wenn Sie mir das kleine Wortspiel verzeihen.«

»Sie schätzen es nicht, sich festzulegen, nicht wahr?«

»Ich suche nach neuen Möglichkeiten. Ich glaube, dass es nichts Schlimmeres gibt, als sich seine Möglichkeiten zu beschneiden. Nehmen Sie nur Ihr Vorbild, Harry Houdini. Ein Meister aller Klassen! Schauspieler, Schriftsteller, Pilot … und ganz nebenbei der beste Entfesselungskünstler aller Zeiten. Sagen Sie, hat er sich wirklich aus der Großen Pyramide befreit?«

»Das ist nur eine Geschichte«, wehrte ich ab. »Und er ist ja auch kein echter Zauberer.«

»Sind Sie da so sicher?«, fragte er, hielt ein Streichholz an seine Pfeife und paffte.

»Fangen Sie nicht wieder an wie Sir Arthur«, bat ich. »Gleich, wie viele Beweise Houdini erbringt, Sir Arthur ist taub wie ein frommer Ritter, der sich im Wald verlaufen hat.«

»Sir Arthur ist auf seine Art nicht weniger ein Zauberer«, konterte Barneby, »wenn auch einer wider Willen. Er sammelt Bilder von Feen und spinnt seine Phantasien. Man sagt, er fälsche archäologische Funde und finanziere Forschungen, die Ergebnisse in seinem Sinne liefern. Er schmiedet sich seine Welt wie ein echter Poet – genau wie wir.«

»Ich sehe, worauf Sie hinauswollen.«

»Wir sind Wesen der Unentscheidbarkeit, Ravi. Sie kennen doch sicher auch den Mann, nach dem sich Ihr Idol benannte: Robert-Houdin, Stammvater Ihrer Zunft. Als man ihn damals nach Algerien sandte, erwartete man nichts Geringeres als ein Wunder von ihm, denn die Bevölkerung geriet zusehends unter den Einfluss angeblicher Heiliger, die eifrig gegen die französische Besatzung agitierten. Er enttäuschte die in ihn gesetzten Erwartungen nicht: Er bewies seine Stärke und seine Unverwundbarkeit – vor allem aber, dass man in Sachen Magie einem Franzosen so schnell nichts vormachen kann.«

»Er gab aber zu, sein Publikum nur getäuscht zu haben.«

»Napoleon III. behielt seine Kolonie. Das allein zählt.«

»Dennoch gibt es einen wichtigen Unterschied zwischen dem, was ich auf der Bühne tue, und dem, weswegen Sie hier sind«, erinnerte ich ihn.

Barneby schwieg. Dann nickte er. »Das ist richtig.«

»Sagen Sie, wenn Sie so sehr am Erhalt Ihrer Freiheit interessiert sind, wie kommt es dann, dass Sie ausgerechnet an die Société gerieten?«

»Die Gesellschaft«, sagte Barneby, »kann nicht gefunden werden. Die Gesellschaft findet *Sie*. So, wie es nun auch Ihnen ergangen ist. Ich spiele, so sehr es mich betrübt, nur eine bescheidene Rolle in diesem Spiel.«

»Und heute spielen wir Spiritisten?«, zog ich ihn auf.

»Sie hätten sich eine geheimnisvollere Enthüllung erhofft, ungeachtet des immanenten Widerspruchs Ihres Wunschs«, schmunzelte Barneby. »Nun, manchmal bin ich voller Enttäuschungen.«

Ich seufzte. »Houdini versucht seit Jahren, diesen Leuten das Handwerk zu legen. Das bringt mich in einen gewissen Konflikt, wie Sie sich vielleicht denken können.«

»Ach kommen Sie«, winkte er ab, »die meisten Spiritisten

sind doch selbst arme Seelen. Nehmen Sie nur die Fox-Schwestern, mit denen damals alles anfing – einfache Bauernmädchen, mit einer Mutter gestraft, die in jedem Knarren des Gebälks den Beelzebub vermutet. Wenn Sie diesem Leben entkommen können, einfach indem Sie ein paar Knöchel knacksen, ein paar Äpfel hüpfen lassen – warum denn nicht?«

»Weil der Wunsch der Menschen so stark ist, Teil von etwas Größerem zu sein«, sagte ich. »Weil man groteske Fälschungen als Beweise echter Magie verkauft und die Menschen sich demütigen in ihrem Streben, daran glauben zu können.«

»Sie sollten das nicht so eng sehen«, mahnte er. »Wir leben doch alle für die Illusion.«

»Sir Arthurs Frau behauptete, mit Houdinis verstorbener Mutter in Kontakt zu stehen!«, protestierte ich.

»Und ein berühmter Kollege von ihr ließ einst für Browning den Geist seines verstorbenen Sohnes erscheinen. Sein Pech war, dass Browning nie einen Sohn verloren hatte. Brownings Pech war, dass er, als er nach der Erscheinung griff, auf einmal den nackten Fuß seines Gastgebers in Händen hielt.«

»Der Fall ist mir bekannt. Doch was beweist er?«

»Dass Sie Ursache mit Wirkung verwechseln«, erklärte Barneby. »Wenn Ihnen die Antwort nicht schmeckt, sollten Sie sich die Frage verkneifen. Hätte Browning einfach mitgespielt, hätte er am Ende des Abends die süße Phantasie eines tragisch verschiedenen Sohnes mit nach Hause genommen, statt den peinlichen Fußgeruch an seinen Händen. Und wenn Mister Houdini seinen Kreuzzug gegen all die Scharlatane, von denen es sicher mehr als genug gibt, gelegentlich unterließe, könnte er vielleicht noch seinen Tee mit den Doyles genießen, ohne dass der Schatten seiner Mutter ständig über ihm hinge.«

»Ich weiß nicht, ob ich Ihre Einschätzung teilen kann«, grübelte ich, doch ich erkannte, dass er den Kern des Dilemmas berührt hatte: Menschen schufen sich ihre Welten und reagierten verzweifelt, und auch aggressiv, wenn man sie bedrohte. Dabei hatten sie selbst oft wenig mit ihren Schöpfungen gemein: Man konnte die Ewigkeit verbringen, ihre Mythen und Legenden zu studieren, und hätte doch immer noch nichts über sie gelernt.

Vielleicht war es ja mein Fehler gewesen, mir ausgerechnet Sir Arthurs Vision einer erklärbaren Welt zum Leitfaden zu nehmen. In der Baker Street regierte die reine Vernunft, so präzise wie die Musik, die der große Detektiv auf seiner Geige spielte. Mich hatte das sehr beeindruckt, denn die Welt, die sich mir darbot, war ganz und gar nicht so. Als ich dann erfuhr, dass Holmes' Schöpfer seine eigene Vision nicht teilte, während ausgerechnet Houdini, sein großer Rivale, sie öffentlich verteidigte, hatte mich das in tiefe Verwirrung gestürzt. Ich hatte versucht, mit Blanche darüber zu reden, aber sie hatte bloß gelacht und gesagt, dass das Letzte, was ich von den Menschen erwarten sollte, ein ausgeprägter Sinn für Logik sei.

»Wenn es Sie beruhigt«, sagte Barneby nach einer Weile, in der er paffend zur Decke emporgestarrt hatte, »so kann ich Ihnen versichern, dass Sie sich heute Abend weder mit ektoplasmatischen Auswüchsen noch mit versteckten Hupen und Geleegläsern konfrontiert sehen werden. Wir werden das Licht anlassen, uns nicht bei den Händen fassen, und Madame Céleste wird auch ganz bestimmt keiner Leibesvisitation zustimmen.«

Ich nickte. »Das beruhigt mich in der Tat. Wie aber werden wir es angehen?«

»Ein paar Hilfsmittel werden wir schon brauchen«, überlegte er. »Ich denke bereits eine ganze Weile darüber nach. Wir brauchen etwas, auf das wir uns konzentrieren können – etwas, das geeignet ist, unseren Fragen Gestalt zu verleihen. Am besten ein visuelles Medium.«

»Eine Kristallkugel«, sagte ich.

»Mein erster Gedanke«, räumte Barneby ein. »Céleste arbeitet gut mit Glas … das ist eines der Dinge, die sie von mir gelernt hat.« Er lächelte stolz. »Andererseits hat dieses ewige Gesitze um Kristallkugeln immer solch eine possierliche Goldfischromantik, dass ich nicht weiß, ob es unseren Ansprüchen gerecht werden kann.«

»Wenn es Sie nach Strass und Glitzer verlangt«, schlug ich vor, »kann ich ins Bobino gehen und schauen, was sich dort findet.«

Konzentriert stieß Barneby kleine Wölkchen aus. »Ich sehne mich nicht nach Glitzerwerk«, widersprach er. »Aber wir brauchen schon etwas Drastisches, wenn wir das Direktorat kontaktieren wollen. Sie schicken auch nicht einfach eine Postkarte an den König und hoffen, dass er schon antworten wird.«

»Worauf würde er denn reagieren?«, fragte ich.

»Kein Goldfischglas«, überlegte er. »Aber eine Angelschnur, die aus dem Glas führt – Tropfen reihen sich an ihr wie Perlen, dicke Perlen an Queen Marys Hals …«

»Eine interessante Assoziation.«

Barnebys Augen verengten sich, und der Rauch entstieg nun seiner Pfeife wie einer Lokomotive. »Keine Perlen«, murmelte er energisch, »sondern Sphären.«

»Sphären?«

»Und keine Angelschnur«, fuhr er fort, »sondern eine Achse.«

»Oh ja?«

»Wir brauchen eine Achse«, sagte er entschieden. »Eine mächtige Achse, die diese Welt durchschneidet! Und ihr falsches Himmelszelt gleich mit.«

»Eine Achse«, überlegte ich. »Nun …«

»Was?« Er sah mich an wie ein Professor, der von einem Studenten unterbrochen wurde.

»In gewisser Weise leben wir auf einer Achse«, warf ich ein. »Der alte Pariser Meridian verläuft gleich um die Ecke.«

»Natürlich!«, rief Barneby. »Das ist gut, sehr gut sogar!«

»Er ist jedoch nur eine Linie«, gab ich zu denken. »Ein langer

Strich von Nord nach Süd, mitten durch das Observatorium, und er wird, wie Sie wissen, nicht einmal mehr benutzt.«

»Papperlapapp«, widersprach Barneby. »*Wir* werden ihn nutzen. So wie Millionen von Menschen zuvor ihn benutzt haben, um die Meere der Welt zu bezwingen.«

»Millionen?«, zweifelte ich. »Er ist nur ein willkürlich gewähltes Symbol.«

»Ein Symbol? Sicher. Willkürlich? Vielleicht. Doch man hat Kirchen nach diesem Symbol ausgerichtet. Unterschätzen Sie nie die Macht der Symbole, Ravi! Ein weiser Mann hat einmal gesagt, dass es nie eine Veranlassung gab, Periphrasen für Dinge zu finden, die nicht existieren.«

»Und Sie meinen damit …«

»Symbole sind sehr wichtig«, bekräftigte er.

»Wie benutzen wir also dieses Symbol?«, fragte ich.

»Wir brauchen den Nullpunkt«, sagte Barneby und trommelte ungeduldig auf die Tischplatte ein. »Den Ort, an dem sich alle Achsen kreuzen.«

»Dann müßten Sie wohl zum Äquator reisen – oder zu einem der Pole.«

»Denken Sie mehrdimensional«, tadelte Barneby. »Sie sagten, der Meridian verläuft durch das Observatorium?«

Ich nickte. »Sie folgen dem Boulevard Montparnasse, bis Sie zur Closerie des Lilas gelangen. Sie wissen schon, wo die Statuen stehen?«

»Ich war dort«, nickte Barneby.

»Der Meridian verläuft direkt vor der Nase Marshall Neys, durch die Gärten, den Brunnen und die Straße hinunter nach Süden. Zu Fuß sind es keine fünfzehn Minuten bis zum Observatorium.«

»Danke«, sagte Barneby begeistert. »Ich werde mich gleich auf dem Weg machen! Vielleicht nehme ich Chloderic mit, was meinen Sie? Sie werden ihn nicht brauchen – seien wir ehrlich,

301

niemand braucht ihn, jetzt, da sein Herr die Wahrheit über sein Schicksal erfahren hat – aber er könnte mir tragen helfen.«

»Was haben Sie vor?«, sorgte ich mich.

»Eine kleine Besorgung«, grinste Barneby vergnügt, »die jedoch sorgfältiger Planung bedarf. Erwarten Sie uns am Abend wieder, dann können wir mit unserer Sitzung beginnen. Kopf hoch – und sehen Sie das Positive! Uns stehen wahrhaft magische Nächte bevor.«

Barneby

Der Schankraum des Jardin war in schummriges Kerzenlicht getaucht. Zwar hatte ich Ravi versprochen, das Licht anzulassen, aber ich hatte mich ja nicht festgelegt, welches, und eine gewisse Gemütlichkeit schien geboten. Kerzen waren die beste Wahl.

Gegen die reichlich unverschämte Summe von fünfhundert Franc hatte Alphonse uns sein Reich überlassen, die Läden geschlossen und ein Schild vor die Tür gehängt. Er und seine Frau hatten sich zurückgezogen, Justine hatte ich seit dem Mittag nicht mehr gesehen; ich vermutete, sie hatte Wichtigeres zu tun. Wir waren ganz unter uns.

Und was für eine seltsame Abendgesellschaft wir waren!

Ravi trug wie üblich seinen nachtblauen Umhang, das weiße Seidentuch um den Hals und die gleichfalls weißen Handschuhe an den ewig ruhelosen Händen. Auch ich trug denselben hellen Dreiteiler wie am Tag meiner Ankunft; der Anzug erneuerte sich jeden Morgen, genau wie der Inhalt meines Tabakbeutels oder die Bestände in Alphonses Bar. Dass meine Besitztümer erfreulicherweise aber dort wieder auftauchten, wo ich sie vor dem Zubettgehen ablegte, und nicht zuhause in Kent, war eine der erfreulichen, dabei unerklärlichen Begleiterscheinungen unserer Situation.

Céleste dagegen trug eines ihrer schreiend farbenprächtigen Gewänder, deren ästhetische Reglements sich mir nie ganz erschlossen hatten, schaffte es jedoch, wie zu erwarten, auch darin die Erhabenheit einer Raubkatze auszustrahlen. Ich hätte vielleicht Blake zitiert, wenn mir irgend jemand zugehört hätte. Ohnehin aber minderte der Ramsch, den sie um den Hals trug, den majestätischen Eindruck, je länger man versuchte, herauszubekommen, um was es sich dabei eigentlich handelte.

Und Chloderic … nun, Chloderic trug Kleidung – was an sich schon alles war, was man sich wünschen konnte.

Wir hatten den größten Tisch in die Mitte des Raumes gestellt und ihn nach Norden ausgerichtet. Um den Tisch hatte ich einen Kreis gezogen, auch wenn, wie Céleste spöttisch bemerkte, unser Schicksal wohl am seidenen Faden hinge, wenn wir ihn wirklich benötigten. Geister beschwören, hatte ich ausgeführt, war ein wenig wie Golfen: Man musste Schwung in seinen Schlag legen, damit sie überhaupt erschienen, aber die Kunst bestand darin, nicht übers Grün hinauszuschießen. War der Ball erst einmal weg, fand sich selten jemand, der ihn suchen wollte.

Über den Tisch breiteten wir ein großes schwarzes Tuch, das sich in Célestes Besitz gefunden hatte, und darauf hatten wir meine jüngste Errungenschaft gebettet – überirdisch wie ein gefallener Stern, dabei klar wie die Nachtluft, eisig, fast unsichtbar, und riesig wie das Auge des Oktopus: das Objektiv eines der tüchtigsten Linsenfernrohre der Welt, fast fünfzehn Zoll im Durchmesser, momentan sehnlichst vermisst und wahrscheinlich ein kleines Vermögen wert. Ravi starrte es kopfschüttelnd an. Dann starrte er mich an. Dann wieder das Objektiv, und immer noch schüttelte er den Kopf. Amüsanterweise schien er eine ähnliche Assoziation wie ich zu haben.

»Als ich das erste Mal *20 000 Meilen unter dem Meer* las«, sagte er, »stellte ich mir wohl vor, das Meer durch ein Fenster wie dieses zu erblicken. Die Bullaugen der Nautilus müssen so ausgesehen haben.«

»Ihre Phantasie ehrt mich«, erwiderte ich. »Eine gewisse außerweltliche Qualität ist selbstverständlich aber auch Sinn der Übung.«

»Vergessen Sie nicht, wer Ihre Übungen ausführen durfte«, schnappte Chloderic und rieb beleidigt seinen krummen Rücken.

Céleste schwebte um uns herum und inspizierte einige Details, die mir verborgen blieben. So malte sie mit raschen Kreidestrichen in regelmäßigen Abständen Figuren entlang meines Kreises, die an die *vévé*, die kunstvollen okkulten Symbole ihrer Heimat, erinnerten. Mehr noch schienen sie aber groteske Ziffern zu sein, so dass ich mich bald wie inmitten eines riesigen Zifferblatts fühlte. Dann rückte sie die Kerzen zurecht, entzündete etwas übelriechendes Räucherwerk, und besorgte sich eine Flasche klaren Rum aus der Bar.

»Tradition kann nie schaden«, ermunterte ich sie, als sie zögernd am Inhalt der Flasche roch. Dann trank sie in langen, tiefen Zügen, als leide sie großen Durst, und grinste. Es machte mir Angst, dieses Grinsen.

»Wenn Sie so darüber denken«, sagte sie, »hätten Sie besser eine Ziege besorgt.«

»Können wir?«, fragte ich höflich, als gingen wir auf einen Ausflug.

»Wenn Sie bereit dazu sind«, hauchte sie. Ja, sie machte mir Angst, und es hatte keinen großen Sinn, mich zu verstellen; ich tat es aber, ihr zuliebe, weil sie sich doch solche Mühe gab, mir Angst einzujagen.

Es ist, wie Sie wohl erkannt haben, recht kompliziert mit Céleste und mir, und vielleicht überrascht es Sie nicht, wenn ich gestehe, dass ihre eigene Unsicherheit es war, die mich mehr als alles andere nervös machte. Tief hinter ihrer Fassade unnahbarer Überheblichkeit, das konnte ich spüren, war sie alles andere als begeistert von der Idee dieser Séance. Ich hatte sie in einem schwachen Moment von ihr eingefordert, und sie hatte eingewilligt, wahrscheinlich der Sache mit Orlando wegen, dessen Tod sie ebenso gewollt hatte wie ich. Céleste war niemand, der die Gelegenheit verschenkte, eine alte Demütigung zu vergelten, und ich hatte ihr einen großen Gefallen getan. Außerdem wollte sie nicht, dass ich hinter ihrem Rücken Weisungen vom Direktorat erhielt. Sie hatte die letzten Jahre, das war mir nicht entgangen, eine Menge Energie in ihren Draht nach oben investiert, und es schien ihr nicht zu behagen, dass wir anderen nun nach Antworten verlangten; Antworten, die sie vielleicht kompromittieren könnten. Mir das Gefühl zu geben, dass sie die Geister zwar rufen würde, es dann aber mir obläge, sie zu bändigen, war also vielleicht nur ihre Art, sich für die Klemme, in der sie saß, zu revanchieren.

Wir nahmen um die Linse herum Platz. Ravi und Céleste saßen sich gegenüber, sie nach Süden, er nach Norden gewandt. Ich nahm den Platz zu ihrer Rechten und hatte damit Chloderic und die Küche im Blick. Der Zwerg rutschte ungeduldig auf seinem Stuhl herum. Ich konnte es ihm nicht verdenken, dass ihm unwohl in unserer Gegenwart war, auch wenn ich nach wie vor fand, dass Céleste und ich auch ihm mit der Ermordung seines Herrn einen Dienst erwiesen hatten. Er schien jedoch mehr Gefallen an der Gesellschaft seiner weltlichen Freunde zu finden, und ich war ziemlich sicher, dass er die Gelegenheit ergriffen hätte, sich einen weiteren Tag mit seinem russischen Trinkgefährten zu vergnügen, hätte man ihm nicht ein klärendes Gespräch mit seinem toten Herrn in Aussicht gestellt.

Céleste nickte mir zu. »Wir beginnen«, sagte ich ruhig. »Entspannen Sie sich. Legen Sie die Hände auf den Tisch, und atmen Sie ruhig. Schließen Sie die Augen, wenn es Ihnen hilft, und reden Sie nicht. Vermeiden Sie unnötige Gedanken, und klären Sie Ihren Geist. Dann konzentrieren Sie sich auf eine Frage. Immer nur eine Frage zur selben Zeit, bitte. Madame Céleste wird den Weg für uns öffnen, doch danach sind es unsere Wünsche, die unsere Besucher zu uns leiten. Sobald ein Besucher da ist, können Sie Ihre Fragen stellen. Ach, und verlassen Sie bitte keinesfalls den Kreis, bis ich es Ihnen sage.«

Ravi schloss die Augen und setzte sein charakteristisches Lächeln auf. Ich glaube, es war diese selbstgenügsame Art zu lächeln, die mich irgendwann aus dem Orient vertrieben hatte; es hatte mehrerer Jahre in Skandinavien bedurft, bis sie mir wieder aus dem Sinn ging. Der Zwerg starrte auf seine Fingernägel, als bedaure er, sie nicht lackiert zu haben. Céleste hatte die Augen geschlossen, aber ihre Lippen bebten in einem stummen Stakkato von Beschwörungen. Ein paar davon erkannte ich – es waren die, die sie von mir gestohlen hatte –, ein paar aber tanzten in einem Rhythmus auf ihren Lippen, den ich noch nie gesehen hatte. Sie war die letzten Jahre wirklich nicht untätig gewesen.

Es begann sich die erwartungsvolle Stille auszubreiten, gegen die sich Ravi heute Vormittag so kritisch gestellt hatte: Vier Personen saßen schweigend im Kreis und richteten all ihre Aufmerksamkeit auf die Erwartung, dass etwas geschehen müsse. Selbst wenn nicht das kleinste Fünkchen Magie im Spiel ist, werden Sie irgendwann beginnen, Zeichen im Flug der Staubkörner zu entdecken und dem Murmeln des Gebälks wie einer Offenbarung zu lauschen.

Das erste, was geschah, war jedoch das Schlagen der Küchentür. Ein kalter Windhauch fuhr in den Schankraum und brachte die Kerzen zum Flackern. Eine von ihnen erlosch. Chloderic wollte schon aufstehen, aber ich warf ihm einen warnenden Blick zu, und er blieb sitzen. Die Kälte breitete sich über den Boden aus und kroch langsam unsere Füße empor.

Ich glaubte, ein Klingen zu hören, ein feiner, kaum wahrnehmbarer Ton wie von einer Stimmgabel, der stetig alles andere zu überlagern begann. Ich brauchte eine Weile, bis ich erkannte, woher er kam: Die Gläser in Alphonses Bar hatten zu singen begonnen, und da der gute Mann mehr als einen Satz besaß, schwangen alle Gläser in einem anderen Ton: die Rotweingläser in tiefem Höhlenklang, die Weißweingläser wie schmelzende Gletscher, und die Champagnerschalen wie kreisende Käfer aus Quarz. Es war eine schaurige Symphonie, die da auf Alphonses Gläserorgel gespielt wurde, und ich hoffte, das Phänomen würde vorübergehen, ehe es in einem Scherbenhaufen endete.

Zwei weitere Kerzen erloschen. Das Singen verebbte. Eine kurze Weile geschah nichts; dann aber hallte ein Schlag durch das Haus wie von einer uralten Turmglocke, ein Klang aus einer anderen Zeit, und meine Phantasie malte mir eine windschiefe Kapelle an der bretonischen Küste aus, zu deren rostigem Ruf sich die Templer versammelten. Ravi hatte die Augen geöffnet und blickte die Treppe empor. Ich folgte seinem Blick und begriff, dass es die alte Uhr war, die wir gehört hatten; die Uhr, welche niemals schlug, weil Esmée ihren Lärm – zu Recht, wie man sagen musste – für unzumutbar hielt. Ich hoffte sehnlichst, unsere Gastgeber blieben in ihrem Bett.

Dann senkte Ravi seinen Blick und richtete ihn auf den Boden. Er bedeutete mir, seinem Blick zu folgen, und ich erkannte, dass heimlich und unbemerkt die Mäuse des Jardin aus ihren Verstecken gekommen waren und entlang meines magischen Kreises hockten. Ich könnte nicht sagen, wie viele es waren, aber es waren viele – so viele, dass sie sich schon berührten und den Kreis bald in mehreren Rängen umwachten. Selbst wenn es unsere Absicht gewesen wäre, so hätten wir ihn nun nicht mehr verlassen können, ohne auf ihre kleinen Leiber zu treten. Sie saßen da ohne einen Laut, ein geduldiges Publikum.

Ein dritter Windstoß, und alle Kerzen bis auf eine erloschen. Die Mäuse versanken in der Dunkelheit. Sogar Ravi rang hörbar nach Atem, und er war sonst kein großer Atmer.

Dann, mit der Heftigkeit eines Blitzschlags, schoss ein Lichtkegel aus dem gläsernen Auge, gespenstisch und radiumgrün, der sich verjüngte und weitete wie ein Scheinwerfer im Theater, der mal auf-, mal abgeblendet wird. Darin sah man Schwärme von Staubflocken emporkreiseln und sich zu flüchtigen Formen zusammenfinden, bis sie die Gestalt einer Frau besaßen, beinahe durchsichtig und ständig im Fluss; eine Undine, in Sturzbächen kaskadierenden Lichts gefangen. Sie schien mich anzusehen, aber wahrscheinlich glaubten die anderen dasselbe. Chloderic schaute wie ein Kind an Weihnachten, Ravi lächelte sein Yogilächeln. Céleste öffnete eben erst die Augen und besah sich die Erscheinung wie ein Fischer einen besonders fragwürdigen Fang. Unsere Gesichter waren in unirdisches Nordlicht gebadet.

Ich räusperte mich. Die Erscheinung flackerte kurz, fuhr aber fort, sich vor uns in der Luft zu drehen. Ein Geruch wie nach Plätzchen begann sich auszubreiten – ich konnte deutlich Zimt wahrnehmen, und eine Spur Rosenwasser schien auch dabei zu sein.

»Wer von uns hat die grüne Fee gerufen?«, scherzte ich. »Sie sind spät, Verehrteste!«

Ravi hob die Hand, als lausche er auf etwas. Mal neigte er den Kopf, mal lächelte er still. So ging das eine ganze Weile. Dann nickte er.

»Es ist Blanche«, erklärte er. »Der … Prozess hat sie zu einer etwas anderen Erscheinungsform gezwungen. Sie sagt, es hat etwas mit der Geschichte des Glases zu tun, das Sie sich … geborgt haben.«

»Man ist nie vor Überraschungen gefeit«, entschuldigte ich mich. »Kann sie sprechen?«

»Sie hört uns«, sagte Ravi. »Aber ich fürchte, nur ich kann sie verstehen.« Er zögerte. »Sie wissen gar nicht, wie gut es tut, ihre Stimme zu hören.«

»Schön«, sagte ich und faltete die Hände. »Ihre Assistentin ist also zu einer Art *genius loci* dieses sympathischen Cafés geworden. Das mit den Gläsern, das war doch sie?«

Ravi nickte.

»Und ohne meinen Blick von ihrem spektralen Liebreiz abwenden zu wollen – ich kann wohl davon ausgehen, dass auch die Mäuse noch da sind?«

Ravi nickte ein weiteres Mal.

»Schön«, wiederholte ich, obwohl ich es alles andere als schön fand. »Mademoiselle, lassen Sie mich zunächst mein tiefes Bedauern über den gestrigen Vorfall ausdrücken. Es war weder des Jungen noch unsere Absicht, Ihre Schutzlosigkeit auszunutzen. Nicht wahr, Céleste?«

»Natürlich nicht«, spottete Céleste. Sie war eine so bescheidene Lügnerin, manchmal glaubte ich, sie fasste es als Beleidigung auf, sich verstellen zu müssen.

»Ist mein Herr da, wo du bist?«, wollte Chloderic wissen, doch Céleste und ich zischten ihn an, worauf er trübsinnig den Kopf sinken ließ.

»Blanche ist nicht tot. Sie kann bloß nicht erwachen«, erklärte Ravi, doch es war nicht erkennbar, ob diese Erklärung Chloderics Stimmung aufhellte.

»Sie schneiden da einen interessanten Punkt an«, nahm ich den Faden auf. »Mademoiselle, verzeihen Sie die persönliche Frage, doch *weshalb* können Sie nicht erwachen?«

Alle Augen richteten sich gebannt auf Ravi.

»Weil es mein Tod wäre«, kam die Antwort von seinen Lippen, und ein Aufruhr ging durch das Mäusevolk. »Er würde mich finden.«

Sie ist eine von uns, dachte ich. Wenn noch der Rest eines Zweifels hieran bestanden hatte, so war dieser nun zerstreut.

Und sie verfolgt ganz genau, was wir tun. Ich hob an, eine Frage zu stellen, doch Ravi wandte den Kopf und sagte: »Sie sagt, Sie kennen die Antwort bereits.«

Das war es, was ich an spiritistischen Sitzungen nicht schätzte. Gedanken und Worte, Absicht und Tat, alles ging durcheinander. Fieberhaft versuchte ich die Frage umzuformulieren, während sich eine neuerliche Unruhe im Jardin auszubreiten begann. Die letzte Kerze beugte sich wie unter einem starken Wind, doch die Luft war drückend ruhig, fast greifbar, und stach in den Lungen, so kalt war sie nun. Ich konnte meinen Atem sehen, der sich langsam vor meinem Mund ausbreitete, und meine Brille beschlug.

»Warum schläfst du überhaupt?«, fragte Chloderic und brachte es damit eigentlich auf den Punkt.

»Weil ich verbotene Früchte aß«, kam die Antwort.

»Die Frucht«, flüsterte Céleste. »Es gab sie wirklich? Was wurde aus ihr? Gibt es noch mehr?«

Ravis Stirn legte sich in Falten, als habe er Schwierigkeiten, Blanche zu verstehen.

»Die Frucht war nur eine Frucht, und sie wurde gegessen«, sagte er.

»Meinen Sie damit *nur* eine Frucht, oder nur *eine* Frucht?«, hakte ich nach.

»Man hat Sie betrogen«, sagte Ravi. Das Lächeln war von seinem Gesicht gewichen. Er hatte die Augen geschlossen und schien wie in Trance. Der Blick der strahlenden Erscheinung aber ruhte so unentrinnbar auf uns wie der einer Schullehrerin. »Sie alle. Es wurde nie ein Gebot der Gesellschaft gebrochen – keines zumindest, das diese Strafe rechtfertigen würde. Es gibt auch nichts für Sie zu gewinnen. Man hat Sie mit der Lösung eines unlösbaren Rätsels betraut, und man weiß das sehr gut. Man wird uns beseitigen, uns alle, damit die Société ihr Gesicht wahren kann. Wollen Sie das?«

»Lügen«, hauchte Céleste.

»Glauben Sie das wirklich?«, fragte Ravi und öffnete die Augen. Er blickte mich, nicht Céleste dabei an.

»Niemand von Ihnen ist aus freien Stücken hier, richtig? Warum wohl hat man Céleste geschickt, kaum einen Tag, nachdem Sie ankamen? Und warum Orlando, noch am selben Abend? Warum hat man Sie nicht mit der Macht ausgestattet, diese krankende Welt wieder zu verlassen? Hat man Ihnen je Ihre Fragen beantwortet?«

»Hören Sie nicht auf ihn«, beharrte Céleste. »Er versucht nur, seine Haut zu retten.«

»Ich dachte, das versuchen wir alle«, gab ich zu bedenken. Die Erscheinung in dem grünen Licht sah mir weiter in die Augen, und um ihrem Blick zu entgehen, sah ich Ravi an.

»Warum das alles?«, fragte ich. »Was will das Direktorat von Ihnen?«

Da bäumte sich Ravi auf, als litte er Schmerzen. Die alte Uhr schlug ein weiteres Mal; Blanches Erscheinung zerplatzte in einen funkelnden Smaragdregen, und um uns gab es ein Geräusch, als würde der Boden unter unseren Stühlen weggezogen. Alle Kerzen, die verloschen waren, entflammten auf einen Schlag und brannten mit grellem Glanz. In Sekunden wurde es sicher zwanzig Grad heißer im Raum. Weil mir nichts anderes blieb, als mich am Tisch festzuklammern und starr geradeaus zu blicken, bis die Eruption vorüber war, sah ich direkt in Chloderics schreckgeweitete Augen. Ein dumpfes, rotes Licht brach nun aus der Linse hervor und erhellte unsere Gesichter von unten. Chloderics Züge verwandelten sich in eine Wasserspeierfratze, und ich nahm an, dass mein Anblick für ihn nicht erfreulicher war.

Das Licht wurde heller und pulsierte wie der Schlag eines riesigen Herzens. Ich sah, dass wir wieder Gesellschaft hatten, doch diesmal waren es keine Mäuse, sondern dicke, schwarze

Ratten, die zu unseren Füßen Platz genommen hatten, und ihre Augen glosten wie Kohlenfeuer. Immer wieder streckten sie ihre Pfoten nach dem Kreidekreis aus und versuchten, ob sie nicht zu uns vordringen könnten.

»Das ist nicht gut«, bemerkte ich.

Als niemand mir antwortete, warf ich einen Blick in die Runde. Im Zentrum des Interesses lag nun Céleste, deren Atem keuchend und stoßweise ging (was ihr, wie ich fand, eine aufregend animalische Aura verlieh). Ihr Kopf aber wippte auf und ab wie bei einer Schwachsinnigen, ihre Augen hatte sie verdreht, und man sah nur noch das Weiße in ihnen.

»Madame?«, fragte ich. Dann fügte ich besorgt hinzu: »Serafina?«

»Es geht ihnen gut«, kam es aus Célestes Mund. Doch im Gegensatz zu zuvor war es nicht Céleste, die für die Stimme sprach; die Stimme sprach *aus* Céleste, und sie war laut, klangvoll und männlich. Ich hatte Céleste früher so erlebt, wenn sie ihre Zeremonien abhielt, und wusste, dass sie über eine bemerkenswerte Gabe der Glossolalie verfügte – dies hier war allerdings etwas zuviel für meinen Geschmack.

»Mit wem spreche ich?«, fragte ich etwas unbeholfen, so als hielte ich zum ersten Mal ein Telefon in der Hand.

»Den Sie gerufen haben«, kam die Antwort, »ich dachte schon, Sie tun es nie!« Ein herzliches Baritonlachen brach sich Bahn aus Célestes Brust. »Barneby, Barneby, wie finden Sie morgens eigentlich Ihre Pantoffeln?«

Ravi, der gerade erst wieder zu Sinnen gekommen schien, sah mich strafend an, und auf eine lachhaft kindliche Art fühlte ich mich ertappt und schuldig; also tat ich, was ich meistens tat, wenn ich das Eis unter mir dünn werden spürte – ich redete. »Sie sprechen also für das Direktorat«, hob ich an, »oder glauben zumindest, dass Sie das tun, wie immer Sie zu diesem Glauben kommen, und was immer Sie sich auch davon versprechen. Ich kann Ihnen versichern, dass man nicht sehr erfreut darüber sein wird und die Angelegenheit ein Nachspiel haben wird. Mehr als eins.« Die Stimme wieherte.

»Barneby, Sie alter Trottel«, schalt sie mich, »ich *bin* das Direktorat.«

Sollte es wahr sein? Zwar hatte ich mir Antworten gewünscht, doch jetzt, als ich sie bekam, hatte ich doch ernste Zweifel – denn wie Sie ja wissen, hatte das Direktorat noch nie direkt mit mir (oder sonst jemandem, den ich kannte) gesprochen. Ich verspürte aber nicht den Wunsch, Ravi oder den anderen dies einzugestehen.

Vielleicht hatte ich es mir auch nur anders vorgestellt.

»Ich bin die Gesellschaft«, log die Stimme fröhlich weiter. »Die ganze Show, wie Sie es nennen würden.«

»Mäßigen Sie sich«, drohte ich. »Was haben Sie mit Céleste gemacht?«

»Ihre Sorge ist rührend. Ich würde einem so treuen *cheval* wie ihr aber nichts antun – nichts zumindest, was ihr nicht gefiele.«

»Zweifelsfrei ein *loa*«, erklärte ich mit Nachdruck. »Ein haitianischer Gott. Oder Dämon. Üble Sitten.« Doch die Stimme lachte nur, und irgendwie beschlich mich das Gefühl, dass nicht einmal Chloderic mir glaubte.

»Was wollen Sie von uns?«, fragte Ravi. Gefasst sah er in Célestes entstelltes Gesicht, und einen Moment sah er wirklich aus wie einer von Sir Arthurs Helden: schneidig, furchtlos, und ganz und gar von sich eingenommen.

»Was haben Sie denn für mich?«, kam die Gegenfrage.

»Nichts, was der Fürst dieser Welt nicht schon besäße.« Teufel, er spielte dieses Spiel gut. Die Stimme lachte.

»Sie wissen ganz genau, was ich will«, sagte der Geist, der in Céleste Wohnung genommen hatte. »Sie können mit Ihren Märchen vielleicht meine Sendboten an der Nase herumführen, Ravi – aber versuchen Sie nicht dasselbe mit mir.«

»Ich könnte Ihnen nicht geben, was Sie begehren, selbst wenn ich es wollte«, sagte Ravi gelassen.

»Die Wahl«, erwiderte die Stimme, »liegt ganz bei Ihnen. Freiheit des Willens, Ravi.«

»Wenn das so ist«, sagte Ravi, »dann ziehe ich es vor, zu glauben, dass sich Verbrechen nicht auszahlt.«

Einen Moment war es so leise, dass wir die Kerzen hören konnten. Dann platzte ein neuerlicher Anfall von Gelächter aus Céleste.

»Das ist gut, oh, sehr gut!«, rief die Stimme. »Haben Sie das gehört, Barneby?«

»Das habe ich«, antwortete ich zerknirscht.

»Sie sollten sich ein Beispiel an ihm nehmen!«, riet die Stimme. »Zu schade, dass Sie alle sterben werden – ich habe selten solchen Spaß gehabt!«

»Wir sollten dieses Gespräch nun beenden«, sagte ich und griff nach Célestes Schulter. Ihre Hand schoss hoch, die Fingernägel wie Klingen auf mich gerichtet, und nur meinen alten Kricketreflexen verdanke ich, dass ich sie zu packen bekam, bevor sie mir die Wangen zerschnitt. Sie war überraschend kräftig. Zitternd rangen wir miteinander, ihre Hand und meine, ohne uns einen Zoll dabei zu bewegen.

»Sie können Ihr Gefängnis nicht verlassen«, sagte die Stimme.

»Und Sie können es nicht betreten«, konterte ich. »Ist es nicht so?« Beinahe gleichzeitig ließen wir voneinander ab. Ich zog konsterniert meinen Anzug zurecht. Céleste machte eine obszöne Geste mit der Zunge und schmiegte sich lasziv in ihren Stuhl. »Aber das muss ich gar nicht«, sagte sie dann und begann sich nach Art einer Katze die Hände zu putzen. »Schon bald wird es aufhören, zu existieren – und Sie mit ihm.«

»Ich bin schon anderen Situationen entkommen«, prahlte ich. Céleste gab nur ein amüsiertes Glucksen von sich. »Orlando ist tot, und mit … Céleste werde ich fertig. Es bleibt dabei: Sie sind nicht hier, und dieses Gespräch ist beendet.«

Es schien, als sei auch die Stimme zu diesem Schluss gekommen, denn Céleste begann nun, zu zucken und sich zur Wehr zusetzen. Sie warf ihren Kopf hierhin und dorthin, und ich hoffte, sie würde sich nicht auf die Zunge beißen, weil dies bedeuten würde, dass wieder jemand dafür herhalten müsste.

Ihr Widerstand schien die Stimme zu erheitern.

»Meine arme Céleste«, sagte sie. »In die Welt gerufen von einer Katze, ein Leben lang den eigenen Schwanz gejagt, und so endet es nun. Mit Ihnen und der alten Einsicht, dass ein Leben allein nie genug ist für die Freuden dieser Welt.«

Blut sickerte aus Célestes Mundwinkel. Ihre Lider vibrierten wie die Flügel eines Kolibri.

»Lassen Sie ab von ihr!«, rief ich aus. Die Stimme kicherte.

»Eifersüchtig, Barneby? ›Verschwenderisch mit ihren Vorzügen‹, das waren doch Ihre Worte, nicht wahr? Die Gunst ihrer Küsse wird noch lange besungen werden! Es heißt, sie brächten selbst die Toten zurück …«

Und mit diesen Worten ging sie. Céleste wurde nach vorn auf den Tisch geworfen, das rote Glühen in der Linse verglomm, und der Rattenschwarm verging in einer Wolke Rauch. Dabei wackelte das ganze Gebäude. Die alte Uhr schlug ein letztes Mal und verstummte. Die Kerzen, die fast niedergebrannt waren, beruhigten sich. Alles, was blieb, war ein infernalischer Gestank.

»Es ist vorbei«, sagte ich und erhob mich.

»Aber – mein Herr!«, beschwerte sich Chloderic. »Wir müssen meinen Herrn noch rufen!«

»Wenn es sich verhält, wie ich annehme, wird das weder möglich noch notwendig sein«, erwiderte ich und schlug eilig die Linse in das schwarze Tuch ein. Céleste rappelte sich langsam auf.

»Kommen Sie!«, rief ich Ravi zu. »Wir müssen nach oben!«
Ich durchbrach den Kreis und rannte die Treppe hinauf.

Oben auf dem Absatz standen schon die Wirtsleute. Alphonse
trug einen grotesk hässlichen Morgenmantel und eine Schlaf-
mütze, die ich meinem ärgsten Feind nicht gewünscht hätte.
Einige Schritte hinter ihm stand Esmée, nur unwesentlich vor-
teilhafter gekleidet und auf gemessenen Abstand zu Alphonse
bedacht, so als sei es ihnen peinlich, gemeinsam dort zu stehen.
Beinahe aber schien es, als schütze Alphonse seine Frau.

»Was zur Hölle haben Sie da unten angestellt?«, tobte er. Er
spähte an mir vorbei und schnaubte, als er die Schmierereien
auf dem Boden bemerkte.

Ich kam ihm schnaufend entgegen und legte ihm die Hand
auf die Schulter. »Fragen Sie lieber, was die Hölle mit mir angestellt hat«, keuchte ich.

»Es war ein Erdbeben, nicht wahr?«, fragte Esmée.

»Ein Beben, ganz recht«, sagte ich, drehte Alphonses Kopf zu
mir und blickte ihm tief in die blutunterlaufenen Augen. »Sagen
Sie, geht es Ihnen gut?«

»Das fragt der Richtige!«, brauste er auf. »Wer hat gerade
mein Café in eine Hexenküche verwandelt?«

»Sie war's«, gab ich zur Antwort und deutete auf Céleste,
die hinter Ravi die Treppe emporglitt. »Sagen Sie, Sie spüren
keine Form von Schwindel oder Schwäche? Desorientierung?
Trockene Lippen?«

»Herrgott, nein!«, rief Alphonse und befeuchtete sich unwillkürlich die Lippen. Ich nickte erleichtert. »Kommen Sie
schnell«, sagte ich, vergewisserte mich, dass die anderen mir
auch folgten, und rannte zu Orlandos Zimmer. Als Chloderic
merkte, was ich vorhatte, legte er einen beachtlichen Spurt hin,
und beinahe wäre ich über ihn gestolpert, als er sich ungestüm
an mir vorbeidrängelte, seinen Schlüssel ins Schloss stieß, ihn
drehte und die Tür aufriss.

»Herr!«, rief er.

Das Zimmer war verlassen. Das Bett, auf dem Ravi den Leib des Engels noch gestern friedlich zurechtgelegt hatte, war aufgewühlt und leer, das Fenster dagegen stand sperrangelweit offen, und eine frische Brise wehte vom nächtlichen Boulevard herein, zusammen mit dem fernen Brausen von Autos, den Rufen Betrunkener und der schleichenden Melodie eines Kontrabasses.

Chloderic rannte zum Fenster, und abermals ertönte sein Schrei wie das Geheul eines verlassenen Hundes über den Boulevard. Ravi und Céleste waren hinter mich getreten, während der Wirt und seine Frau, soweit ich das sehen konnte, uns kopfschüttelnd unseren Problemen überließen und gingen, einen Blick in den Schankraum zu werfen.

Ravi bückte sich und pickte etwas vom Boden auf. Nachdenklich hielt er es vor sein Gesicht und drehte es zwischen den Fingern. Ich brauchte einige Momente, um zu erkennen, was er da hatte.

Es war eine Feder. Eine lange, schwarze Feder. Die Federäste waren mit Blut verklebt.

»Meine Güte«, sagte ich, und Céleste machte eine Bemerkung hinsichtlich der Feder, ihres Besitzers und dessen Familienverhältnissen, die ich nicht von ihr erwartet hätte.

»Vielleicht lassen Sie es sich künftig eine Lehre sein«, murmelte ich und suchte vorsichtig den Blickkontakt mit Ravi. Endlich nickte er und reichte die Feder an Chloderic weiter, der sie ehrfürchtig entgegennahm. »Es sei denn«, hob ich meine Stimme, »Sie schätzen es, wie ein … Corgi behandelt zu werden. Sagen Sie es mir, Céleste – gefällt es Ihnen, wenn man Sie als Schoßtier missbraucht?«

Céleste fauchte und schlug wieder nach mir, aber diesmal war ich darauf gefasst. Ich packte ihren Arm und warf sie herum. Überrascht landete sie rücklings auf dem Bett, erkannte, dass wir sie in die Enge zu treiben suchten, und stieß einen wütenden Schrei aus. Mit einem Mal lag nicht mehr Céleste auf dem Bett, sondern Serafina. Ravi schloss mit einer schnellen Geste seiner Finger Tür und Fenster, und ich warf das Bettlaken über die Katze. Sie verfing sich darin, ein zorniger schwarzer Ball in einem Bund von Bettwäsche, den sie in ihrer Wut in Fetzen zu reißen begann. Ich griff mir das Bündel, öffnete die Kleidertruhe neben dem Bett, warf das tobende Knäuel hinein, schloss den Deckel und setzte mich schwer atmend darauf.

»Sagen Sie mir, dass die Truhe Schloss und Schlüssel hat«, bat ich. Ravi warf einen Blick darauf und nickte.

»Abschließen, bitte«, sagte ich, und er drehte den Schlüssel und gab ihn mir in die Hand.

»Wird sie das Schloss nicht öffnen können?«

»Als Katze, und ohne es sehen zu können?« Ich überlegte. »Knifflig. Ich denke, für eine Weile werden wir sie außer Gefecht gesetzt haben.«

»Glauben Sie, sie wusste, was sie mit Orlando tat? Was geschehen würde?«

Ich zuckte die Achseln. »Das ist schwer zu sagen. Céleste setzt ihre besondere Gabe, wie Sie wissen, vornehmlich ein, um sich selbst neue Kraft zuzuführen. Offensichtlich hatte der Kuss, den sie Orlando gab, jedoch noch eine andere Wirkung … Ich frage mich, weshalb sie so etwas tun sollte.«

»Vielleicht bot man ihr einen guten Preis.«

»Vielleicht.« Ich konnte noch immer spüren, wie mein Herz schlug; ich hatte mir lange keinen körperlichen Kampf mehr geliefert und war aus der Übung.

»Ravi, helfen Sie mir. Ich habe das schreckliche Gefühl, gerade mehrere Dinge zu übersehen.«

Er blickte sich um. »Wo ist Chloderic?«

Ich sprang auf und fluchte, als mir ein Stich ins Kreuz fuhr. In der Truhe rumorte es. »Richtig, wo ist Chloderic? Erinnern

Sie mich daran, dass ich nachher noch einige Luftlöcher in die Truhe bohre?«

Wir eilten wieder nach unten. Alphonse hatte das Licht angemacht, Türen und Fenster geöffnet und kratzte die Wachsflecken von den Möbeln, auf denen unsere Kerzen gestanden hatten. Seine Frau rumorte in der Küche. Einige Nachtschwärmer warfen neugierige Blicke herein. Von Chloderic fehlte jede Spur.

»Sie schulden mir weitere fünfhundert Franc für die Unannehmlichkeiten«, grüßte uns Alphonse, und man sah seinem Gesicht deutlich an, dass er den Satz geübt hatte und die phantastische Summe nicht Gegenstand von Verhandlungen sein würde.

»Die sollen Sie bekommen, mein Bester«, beschwichtigte ich ihn. »Doch sagen Sie, ist dieser kleine Mann zufällig hier vorbeigekommen? Lange Arme, kurze Beine, Gesicht wie sieben Tage Regenwetter?«

»Ich weiß schon, wen Sie meinen«, grunzte Alphonse und warf sein Tuch in die Spüle. »Ich bin ja nicht blöd. Der Clown kam die Treppe heruntergepurzelt, kaum, dass Sie in sein Zimmer sind, und ist dann davongestürmt.«

»Die Linse!«, rief Ravi und zeigte auf den Tisch.

Der Tisch war abgeräumt, selbst das schwarze Tuch war weg.

»Das Ding auf dem Tisch hat er mitgenommen«, nickte Alphonse.

»Verdammt noch eins«, rief ich laut, »der Knilch hat uns geschlagen! Zwei Tage hält er die Füße still, und dann wischt er uns eins aus!«

»Wir müssen ihn suchen«, sagte Ravi. Ich schüttelte müde den Kopf.

»Sie werden ihn nicht finden. Wesen wie ihn findet man nie, wenn man sie sucht – meistens stolpert man über sie, wenn man am wenigsten auf sie gefasst ist. Vielleicht finden wir aber eine Spur seines Herrn. Ich hoffe bloß, er ist noch nicht im Vollbesitz seiner Kräfte.«

Ich warf Alphonse einen prüfenden Blick zu. Alphonse starrte finster zurück. Ich suchte nach etwas in seinem Blick, das finsterer war als Alphonse, konnte es aber nicht finden.

»Was starren Sie so?«

Da waren sie, die Dinge, die ich übersehen hatte.

»Ravi, Sie müssen unbedingt Justine finden«, sagte ich und blätterte einige Banknoten auf den Tisch. »Ihre reizende Angestellte ist noch nicht zurück, oder irre ich da?«, fragte ich Alphonse, der misstrauisch die Francscheine an sich nahm.

»Sie ist heute ausgegangen«, brummte er. »Was geht Sie's an?«

»Sie wollte mich einem ihrer Freunde vorstellen«, log ich, weil es das Erstbeste war, was mir einfiel. »Einem Veterinär.«

»Wie belieben?«, fragte Alphonse.

»Einem Arzt. Für Vierbeiner. Monsieur, ich bin untröstlich, Ihnen mitzuteilen, dass sich auf dem Zimmer am Ende des Flurs eine Truhe mit einer tollwütigen Katze befindet. Äußerste Vorsicht ist geboten.«

»Werfen Sie die Truhe in die Seine«, riet Alphonse. »Ertränken Sie das Vieh.«

»Das«, wiegelte ich ab, »wird nicht möglich sein. Die Katze gehört einer guten Bekannten, Lady Farnsworth. Ihr Vetter ist Lordkanzler …«

»Tiere sind in diesem Haus nicht erwünscht«, beharrte Alphonse. »Und Tollwut kann man nicht heilen. Ich sage, weg mit dem Biest.«

»Oh, man kann schon«, sagte ich, und blätterte weitere Geldscheine auf die Theke. »Es ist bloß ungeheuer teuer.«

Alphonse murrte wie ein beleidigter Angestellter – es ist faszinierend, wie Sie Menschen beschämen können, wenn Sie Ihnen unvernünftig viel Geld bieten –, widersprach aber nicht, sondern schnappte sich einen Besen und begann, energisch den

Boden um den Tisch zu fegen. Ich dachte an die Ratten und schauderte.

Ravi warf mir einen unsicheren Blick zu. Offensichtlich drängte es ihn, loszustürmen, aber er spürte ebenso wie ich, dass ein Puzzlestück noch fehlte. Dann schnippte er mit den Fingern.

»Wer noch?«, fragte er. »Wen hat sie noch geküsst?«

Ich sage Ihnen, an dem Mann war ein Polizeichef verloren gegangen.

»Ich brauche die Adresse von Philbert Dubreuil«, sagte ich. »Ihrem Arbeitgeber.«

Ravi schüttelte den Kopf und knöpfte seinen Umhang zu.

»Kommen Sie!«

»Bohren Sie einige Luftlöcher in die Truhe!«, rief ich Alphonse noch zu. »Lady Farnsworth ist sehr, sehr wohlhabend!«

Blanche

Ich träume von Justine. Von Gaspard. Natürlich träume ich von meinem Ravi. Und ich träume von einem kalten Auge aus Kristall, dem Auge eines schlafenden Gottes, ein Juwel aus einer ungetragenen Krone.

Ich träume von Justine, weil ich Justine war, an einem anderen Tag, für eine kurze, wunderbare Stunde. Ich trug ihren Körper, fühlte ihr Haar an meinem Hals, blinzelte mit ihren Augen. Ich spürte ihr Aufbäumen, als sich ihre Lippen gegen Alphonses harten, struppigen Mund drückten, der nach Wein und nach Ziegenkäse roch. Ich spürte den Dämon hinter Alphonses Lippen, in seiner Stirn, in seinem Herzen, und nahm ihn von ihm. Wir berührten uns, im Wachen wie im Traum, und retteten unser beider Leben damit.

Ich träume von Gaspard, weil er mich küsste – unfreiwillig zwar, und schamvoll, als hätte er mich unsittlich berührt, oder ich ihn; ein flüchtiger Moment, in dem sich unsere Lippen streifen, doch genug, dass ich alles über ihn weiß. Er kann mich nicht erlösen, wir wissen das beide, bedauern es vielleicht, es ändert aber nichts. Er ist nicht meinetwegen hier.

Ich träume von Ravi, den die Gezeiten meines Traums die letzten Tage und Nächte immer wieder in Reichweite getrieben und wieder von mir genommen haben, Liebende auf getrennten Flößen, die einander zurufen und doch immer weiter auf das Meer hinausgetrieben werden, wo nur der Flug des Albatros sie leitet.

Der Albatros wird zu einer weißen Linie am Himmel. Der Himmel verdunkelt sich. Ein weißer Strahl durchschneidet die Nacht und trifft auf die Erde, wo der schlafende Gott ruht und wartet, sein einziges Auge im Traum schließt und öffnet, und funkelnde Töpfe voll Gold ihre Finder erwarten. Goldtöpfe am Boden, Sterne am Himmel. Menschen und Feen, Engel und Zauberer in den Boulevards, wo das Funkeln des Golds zum Glühen des Auerlichts wird, dem Blitzen der elektrischen Bahnen, und die Sterne sich in den schmiedeeisernen Jugendstilbögen der Metro spiegeln, deren Schlünde in eine tiefere Nacht hinab klaffen. Es ist spät, doch das Select hat noch geöffnet. Dort trifft sich das Leben dieser Stunde; Menschen und Feen, Engel und Zauberer treffen sich im Select.

Ob Madame Jalbert ahnt, wer da ihr Haus betritt? Sie steht grimmig hinter ihrer Theke, piratenäugig, papageienbesetzt, sie hüllt sich in Rauch und behält all die Trinker und Homosexuellen, die Künstler und die gefallenen Mädchen im Auge, dem einen Auge, dem nichts entgeht, auch wenn es seine Arbeit alleine verrichten muss. Ein Mann ohne Schuhe betritt das Select, Straßenschmutz an seinen Füßen, und scheint alles zugleich zu sein: angetrunken, eine dunkle Künstlerrobe trägt er auch, eigentlich hat er viel zu wenig an, man könnte seine Brustwarzen, ja seinen Nabel sehen, wenn er denn eines von beidem besäße, wahrscheinlich hat er sie entfernt, weggebrannt im Wahn von Absinth oder Schlimmerem – diese Bildhauer sind ja zu allem fähig. Sein Gesicht ist von der Sucht gezeichnet und dennoch so lockend, so einladend, dass es eine Sünde ist, eine Sünde, in der man sich verlieren möchte. Madame Jalbert und ihr Papagei nicken sich zu: Dieser Mann führt etwas im Schilde.

Der Mann, der eigentlich gar kein Mann ist, schleppt sich in den hintersten Winkel des Raums, wo Madame Jalbert ihn nicht mehr sehen kann. Justine dagegen kann alle beide sehen, Madame Jalbert und den Mann, der ihr Missfallen erregt.

Justine ist glücklich; sie hat einen netten Jungen kennengelernt, der irgendwie unfassbar und doch liebenswert ist, so entschieden in seinen Meinungen und so unsicher, was ihn selbst anbelangt. Sie haben einen Kaffee getrunken heute Mittag, dann hat er sie von der Arbeit abgeholt. Als die Sonne unterging, sind sie durch den Jardin du Luxembourg gewandert, wo die alten Männer im Schatten griechischer Göttinnen Boule spielen, und unter Sternen irrten sie durchs Quartier Latin, wo die Studenten Träumen einer besseren Welt nachhängen. Beinahe haben sie beschlossen, Paris zu verlassen, doch sie ist müde und hat ein schlechtes Gewissen – gegenüber Alphonse, der so ungewohnt freundlich heute war, und gegenüber Monsieur Ravi, der so verwirrt scheint, seit Schlaf das Leben aufgehalten hat wie Schnee, der die Straßen versperrt.

Gaspard ist glücklich; er hat ein nettes Mädchen kennengelernt, das irgendwie unfassbar und doch liebenswert ist, so entschieden in allem, worauf es verzichtet, und so großherzig und leicht zu verletzen. Er hat sie auf einen Kaffee eingeladen von dem Geld, das dafür gedacht war, in der Closerie des Lilas einen Kellner zu bestechen oder in der Rue de l'Odéon ein Buch zu erstehen, mit dem er eine Unterhaltung eröffnen könnte. Doch der einzige Mensch, mit dem er sich im Moment zu unterhalten wünscht, sitzt vor ihm, und beinahe haben sie beschlossen, Paris gemeinsam zu verlassen, doch sie scheint so viele Pflichten zu haben, und hat er nicht selbst seine Pflichten, andere Gründe für sein Hiersein als ihre Hand zu halten? Der Gedanke scheint daher abwegig und lässt sich doch nicht leugnen, ist wie der Gedanke an Schnee, solange die Kastanien noch Früchte tragen. Morgen, vielleicht – vielleicht werden sie morgen einen Zug besteigen.

Alles trifft sich im Select. An einem Nebentisch sitzen Mischa und Véronique, er unfrisiert, die Hände in wilden Gesten, den Kopf verwirrt von zu vielen Ideen, sie verletzt, aber bereit, sich milde stimmen zu lassen, wenn er doch nur einfach den Mund hielte und bei ihr säße! Einen Moment treffen sich die Blicke Justines und Mischas, und keine Worte sind nötig – sie verstehen einander wie Bruder und Schwester. Sie wünscht ihm Glück, und er freut sich für sie und redet weiter auf Véronique ein. Justine lächelt, als sie bemerkt, wie das Mädchen dasitzt, trotz des Gesichts, das sie zieht, jede Linie auf Mischa gerichtet, und sie fragt sich, ob sie genauso dasitzt, und ob Mischa es wohl bemerkt hat, was er sicher hat, ist er doch der Sohn eines Malers und kennt seine Fluchtpunkte.

Jetzt sieht Justine den gezeichneten Mann, wie er sich durch die vielköpfige Menge schiebt, gehetzt und düster wie ein Laudanumtrinker, und für einen kurzen Moment weiß Justine mehr, als sie wissen sollte, sie berührt all die anderen Justines, die durch die Hallen des Schicksals irren, prismatische Facetten, karmisch, tausendfältig und gebrochen, und spürt den Atem ihrer vorigen Leben im Nacken. Sie weiß, dass dieser Mann kein Mann ist, und dass er nicht hierher gehört, und dass er gestorben ist, obwohl er gar nicht sterben kann, und ermordet auf seinem Zimmer lag (oder saß) – dem Zimmer, das sie nicht mehr betreten durfte; und doch ist er nun hier und ringt mit der Rache und mit dem Hass, die in seinen Augen flammen, ist im Begriff, sie auf eine schreckliche Tat zu richten. Für den Bruchteil einer wunderlichen Sekunde fragt sie sich, wo er seine Flügel gelassen hat, dann verdrängt sie den Gedanken.

Er begegnet ihrem Blick, doch bedenkt sie nur mit dem teilnahmslosen Interesse eines gedungenen Mörders, der weiß, dass die Zeit noch nicht gekommen ist, seine Tat zu vollstrecken: nicht diese Justine, nicht diese Nacht – dies ist nicht die Nacht, in der Justine sterben soll.

Justine greift nach Gaspards Hand, denn in dem Moment, als die Welten verschwammen, hat sie sich selbst gesehen, wie sie verlosch, und alles endete. Gaspard zuckt überrascht zusammen, dann nimmt er ihre Hand und streichelt sie. Er ist erschrocken, als Justine nach seiner Hand griff, weil er einen Augenblick lang glaubte, den Mann aus der Dingo Bar zu sehen, den Mann in dem scharlachroten Jackett, den Mann mit dem Schlangenstab, der seine goldäugige Geliebte küsste, als wolle er die Sonne verschlingen. Er kann ihn nirgendwo entdecken, und doch kann er sich des Gefühls nicht erwehren, er sei ihm gerade begegnet.

Die zweiflüglige Tür schwingt abermals auf, und Chloderic steht o-beinig in der Tür, ein unwahrscheinlicher Sheriff in einem unwahrscheinlichen Saloon. Madame Jalbert und die leichten Mädchen blicken gutmütig auf ihn herab, als sei er ein besonders hässliches Kind, ein Liliputaner aus einem der Varietés. Doch sie täuschen sich in ihm – habe ich mich selbst in ihm getäuscht? Unter seinem Arm trägt er das Auge des schlafenden Gottes, dessen Eiseskälte ich immer noch spüren kann, denn eine kurze, endlose Zeit war ich darin eingesperrt gewesen, gebannt von Barnebys verrückter Phantasie, er könne die Welten zusammenfädeln wie eine klapprige Muschelkette. Ich habe die Kälte gespürt, die Kälte des einsamen Starrens in die Ewigkeit, die Kälte hinter den Sternen. War das Auge schon kalt, ehe es sich das erste Mal öffnete, und gefror es erst, als es erblickte, was sein Schicksal werden sollte? Das Auge sieht; das Auge weint; es versinkt unter einem schimmernden Tränenpanzer.

Chloderic verbirgt es unter Célestes schwarzem Tuch, doch auch er kann die Kälte spüren, trotz des Tuchs. Er versteckt sich dahinter wie hinter einem Schild; er späht kurz um sich und watschelt dann zielsicher in den Winkel des Raums, in dem Justine seinen Herrn hat verschwinden sehen, und Madame Jalbert stellt sich die ernste Frage, was die ungleichen Verschwörer dort treiben. Was tust du, Chloderic?

Das Auge wechselt den Besitzer, nur wenige Augenblicke, ehe Ravi das Select betritt. Orlando gleitet durch die Menge, ein Löwenlächeln auf den dunklen Lippen, ein Drängen hinter den Augen, der ganze Körper gespannt wie vor einer ekstatischen Entladung; dann tritt er auf den Boulevard, und Madame Jalberts Papagei schreit, dass die Gläser klirren, denn er ist der einzige, der in der richtigen Sekunde nicht die Augen verschließt und Orlando als das erkennt, was er ist, als der Engel die Fesseln des Fleisches abstreift und sich in die Nacht emporschwingt. Der Papagei hat seinesgleichen nie gesehen, aber er kennt Flughunde und große Katzen, die nachts auf die Bäume klettern, er kennt Fänger mit Handschuhen und die Dunkelheit des Monsuns, auch eine Sonnenfinsternis hat er schon gesehen, und dieses Wesen da ist schlimmer als alles zusammen.

Komm schnell, Ravi. Hier entlang, und nun ist es zu spät – dann sieh nach Justine, Ravi, und wisse, dass sie wohlauf ist: Alphonse empfing den Kuss von Céleste, Justine empfing ihn von ihm, und ich nahm ihn von ihr und kämpfe seitdem in jedem Moment mit der Dunkelheit, alleine hinter den Fassaden der Welt. Doch ich kann nicht ändern, was geschah, und was noch geschehen wird.

Ich verlasse die Liebenden. Ich verlasse Ravi.

Ich folge dem Engel durch die Nacht.

Wir fliegen über die Schluchten von Montparnasse, Zinkdächer und Schornsteintöpfe, schwarze Schwingen verdunkeln die Sterne, tragen das göttliche Auge zurück. Dann taucht vor uns das Observatorium auf; Claude Perraults Tempel der Wissenschaft.

Im zweiten Obergeschoss des Observatoriums verläuft eine feine Linie aus Messing über den Boden des Cassiniraums. Sie entspringt seiner Mitte und eilt durch eine große Landkarte, bevor sie den Raum verlässt und die Gärten durchquert; hohe Fenster nach Nord und Süd folgen ihrem Gang. Alle Steine im Raum des Meridians sind wie Magneten von Nord nach Süd ausgerichtet; eine Kriegserklärung an eine ungeordnete Welt. Der alte Meridian halbiert das Observatorium; er schneidet durch Frankreich; er teilt die ganze Welt.

Darüber, in der Coupole Arago, die wie ein großer Schneeball auf dem Rücken des Gebäudes sitzt, verfolgt ein schläfriger Polizist das Treiben der Wissenschaftler. Sie rätseln noch immer, wie es gelang, sie alle zum Narren zu halten, das Allerheiligste zu schänden und dem Teleskop seine Linse zu stehlen. Manche sagen, da sei ein Mann in einem weißen Anzug gewesen; manche sagen, er hatte einen buckligen Assistenten. Andere schwören, der Direktor selbst habe sie aus der Kuppel gescheucht, doch Monsieur Baillaud lag betäubt in einer Kammer, so dass manche nun glauben, es handele sich um eine Fehde, den Schlag eines anderen Observatoriums oder die Rache eines Ehemaligen.

Doch die Wissenschaftler sind es gewohnt, dem langsamen Spiel der Sterne zu folgen und nicht selbst zum Spielball des Schicksals zu werden, und so huschen sie ziellos durcheinander wie ein geschäftiger Hofstaat um seine geblendete Königin. Welchen Odysseus trifft die Schuld?

Wer würde nun durch das Schlüsselloch der Nacht blicken? Was würde man sehen, wagte man es, durch den ausgeweideten Tubus zu schauen – kein Glas, kein Schutz zwischen sich und der Leere – wäre da ein anderes Auge, das zu einem herunterstarrt? Welche Weisheit läge in seinem Polypenblick?

Der schwarzgefiederte Engel lässt sich anmutig auf das blütenweiße Kuppeldach sinken, und obgleich sein eigener Schatten im Mondschein immer kleiner wird unter ihm, bis seine nackten Füße das Dach berühren, breitet sich eine andere Dunkelheit über der Stadt aus, schlägt einen Kreis und zieht sich zusammen, bis ihre Schlinge zum Auge eines Wirbelsturms wird; und der klagende Laut, den der Wind und das Dunkel aus Dächern und Kirchtürmen schlagen, wird zum Donnern eines sturmgepeitschten Ozeans, der erst die Sterne und dann den Mond mit sich reißt.

Orlando reißt die Linse empor wie ein Gladiator seine Waffen im Triumph, und in den Sturmwolken erblühen Lichter, Straßenlaternen, die erwachen und sich zu einem einzigen Leuchten vereinen, scharlachrot und schattengefleckt, und mit einem Krachen, das die Welt mit kalter Axt entzwei spaltet, fährt ein Blitz aus dem Leuchten herab und durchschneidet das Auge, entflammt die Kuppel und schießt den zentralen, sechzig Meter tiefen Schacht hinab, brennt sich ins Fleisch des Planeten.

In den Kellern des Observatoriums, am Fuße der langen Wendeltreppe, beginnt eine Welt, in der immer genau dreizehn Grad herrschen. Dort steht seit den Tagen des Sonnenkönigs eine kleine Madonna, Notre-Dame de Dessous Terre. Alleine im Dunkel der Katakomben wacht sie über eine Reihe matt schimmernder Unterdruckzylinder, zeitlose Kapseln aus Glas und Metall, darinnen die wertvollen Uhren des Observatoriums ihren Dienst verrichten. Gefangene einer Welt, die selbst keine Veränderung kennt, senden sie das Zeugnis ihrer Existenz, präzise Zeitsignale an eine Welt, die sie nie gesehen haben, Gustave Eiffels Turm als ihre Antenne.

Dann breitet sich Licht durch die Keller aus, die mechanischen Hirne verstummen, und alle Zeit der Menschen erlischt. Allein die Madonna beweint ihren Verlust – oh Tod im Leben, all die Tage, die verlor'n! Der

Engel und seine Silhouette tanzen über die Kuppel wie Gargylen auf der Île de la Cité, dann verschwindet der Spuk aus dem Himmel, war nichts als der Fiebertraum eines Meteorologen. Ein letztes Elmsfeuer liebkost das Teleskop, folgt der Spur des Meridians und verschwindet in den Gärten des Observatoriums, wo es im Erdreich versickert.

Das Auge aber hat sich für immer geschlossen, und die Chronometer schweigen.

Paris steht still. Keine Glocke der Stadt schlägt die Stunde. Das Pendel im Chor von Saint-Martin-des-Champs schwingt aus, und niemand weiß, ob sich die Welt noch dreht. Die Gäste im Select halten inne in ihrem Tanz. Die Liebenden fühlen eine tiefe Müdigkeit auf sich sinken und sehen einander nicht mit den Augen von Liebenden, sondern von Fremden, und fragen sich, weshalb sie einander mit Worten und Wein betäuben. Justine fühlt die Last ihres Lebens, das sie nie führte, und Gaspard erkennt, wie wenig er mit dem Gaspard gemein hat, den er in Paris zu finden hoffte. Esmée wälzt sich in ihrem Bett und glaubt, ein weiteres Beben zu spüren; ihr Bein schmerzt, so sehr wackelt das Bett, sie schmeckt bittere Galle, und sie wünscht sich nichts mehr, als dass Alphonse zu ihr käme. Alphonse aber sitzt mit einem Glas Cognac hinter seiner Bar und starrt ins Leere. Er hat erkannt, was die Erklärung für den Fehler ist, der sich so lange schon durch seine Bücher zieht – und er weiß, was für ein Narr er gewesen ist.

Ravi steht auf dem leeren Boulevard. Eine Windböe zerzaust sein Haar und lässt Kastanienblätter auf ihn regnen. Das Auerlicht flackert wie ein Träumer im Schlaf, und von fern hört man das Klappern von Rädern und das Aufheulen von Sirenen. Die Stadt brennt, und in den Feuern erwacht ein uralter Geist, der sich auf seinen letzten Schlag vorbereitet.

Der sechste Tag

Der Tag der Toten

Gaspard

Sonntagmorgen in der Stadt der Lichter. Ich nahm ein stilles Frühstück zu mir und versuchte, die Träume abzuschütteln, die mich nicht lassen wollten; Albträume jener besonderen Sorte, die nicht ihres Inhalts wegen furchtbar sind, sondern aufgrund der Art, *wie* man sie erlebt: das Wissen um einen Verfolger, den man einfach nicht abschütteln kann, einen Verlust, der nicht zu verhindern, eine Prüfung, die nicht zu bestehen ist. Zum Symbol meiner Angst hatte sich der scharlachrote Mann aufgeschwungen, der mich gestern Abend in der Dingo Bar verspottet hatte, als sei ich das neue Kind auf dem Pausenhof; der Mann mit der Babyhaut und dem weichen Haar.

Ich bemerkte, dass die Stimmung beim Frühstück seltsam gedrückt war; konnte es sein, dass die anderen Gäste eine ebenso freudlose Nacht hinter sich hatten wie ich? Mein Rücken schmerzte vom unruhigen Wälzen auf verbogenen Federn. Wahrscheinlich hatten alle Zimmer wohl schon bessere Zeiten gesehen. Auch drang kaum Helligkeit durch die Fenster; die Welt draußen war dunkel wie vor einem Sturm, und als ich das Mädchen darum bat, das Licht anzumachen, damit ich wenigstens die Farben der Konfitüren unterscheiden könnte, dachte ich, wenn es jemals ein schlechtes Omen für einen Tag gegeben hatte, von dem man sich nicht weniger als die Entscheidung über den weiteren Verlauf seines Lebens erhoffte, so war es wohl dieses Licht.

Doch ich wollte nicht abergläubisch sein, und ich wollte nicht kneifen. Ich wollte nicht vor ihn treten und sagen müssen: »Ich wollte schon gestern kommen, aber das Wetter war schlecht, und ich fühlte mich unwohl.« Also nahm ich mir mein Manuskript und machte mich auf den Weg.

Der Boulevard bot einen trostlosen Anblick. Wer es nicht vermeiden konnte, unterwegs zu sein, stemmte sich mit gesenktem Blick gegen die Windböen, die nach spätem Oktober und kaltem Regen rochen und die Wettervorhersage der Morgenzeitung wie einen Orakelspruch aus dem falschen Jahrhundert erscheinen ließen. Jeder Schritt, den ich tat, fühlte sich fehlgeleitet an; jeder Straßenhändler, jeder Schaffner blickte mir voll Misstrauen nach. Sie mussten einen eitlen Parvenü in mir sehen, der ich, ohne triftigen Grund, nur mit einem Stapel Papier bewaffnet, dort meines Weges ging, statt mich, wie es vernünftig gewesen wäre, in meiner Wohnung einzuschließen.

Der Hass der Menschen war fast mit Händen zu greifen. Ein Mann stolperte fluchend über einen Bettler am Straßenrand; er trat nach ihm, ehe er weiterging. Eine Frau jagte schreiend ihren Mann davon; sie schien sich nicht im mindesten daran zu stören, dass sie sich selbst zum Narren machte, wie sie mit Schuhen und Hausrat nach ihm warf. An der Église Notre-Dame-des-Champs stieß ich fast mit einem Jungen zusammen, der wohl eine Apfelsine gestohlen hatte. Der Besitzer des Ladens, aus dem er gerannt kam, folgte ihm mit erhobener Faust, und aus der anderen Richtung kam ein Polizist mit einem Stock, und ich hatte keine Zweifel, dass er gedachte, ihn einzusetzen. Der Junge rannte um die Ecke der Kirche und verschwand.

Ich zog mein altes Jackett fester um mich und ging schnellen Schrittes weiter. Bald vermied auch ich es, den Blick zu heben, denn ich wollte diese Szenen nicht sehen, und ich wollte nicht angestarrt werden. Mehr als alles aber hatte ich Angst vor dem Himmel.

Der Himmel war verhangen und von einem unnatürlichen, fast elektrischen Glimmen, wie die Himmel, die El Greco über

Spanien gesehen hatte. An den Rändern wurde er von einem scharlachroten Brand erhellt, so als sei die ganze Welt unter eine Glocke alten Silbers gesperrt, die langsam in der Glut eines Schmelzofens versinkt. Als Kind hatte ich einmal einen solchen Himmel gesehen; es war, bevor wir vom Land in die Stadt gezogen waren. In diesem Sommer standen die Kiefernwälder in Flammen, und meine Eltern begannen insgeheim zu fürchten, dass es keinen Ausweg mehr für uns gäbe. Dann drehte der Wind, bald darauf ging Regen nieder, und erst Jahre später beichtete man mir, wie nahe man uns dem sicheren Ende geglaubt hatte. Ich hatte nur gebannt auf den Rauch und den emporwirbelnden Ruß von der Farbe alten Blutes gestarrt, als sei das Farbenspiel ein Wetterphänomen, wie Regenbögen oder Mondhöfe, voll Zauber, wenn man es zum ersten Mal erblickt.

Mir stockte der Atem. Ich dachte: War wieder Krieg? Hatte es einen Angriff gegeben, und wir wussten noch nichts davon? Liefen schon die Telegrafen heiß, würden jeden Moment die Sirenen aufheulen?

In diesem Moment, in dem ich da stand, mitten auf der Kreuzung, die ich mich gerade zu überqueren angeschickt hatte, hingepflanzt wie ein vergessener Baum, Gefangener einer anderen Welt, traf sich mein ins Leere gerichteter Blick mit dem eines Mädchens auf der anderen Straßenseite.

Ein Kind rief. Ein Kutscher schimpfte. Eine Elster ließ eine Kastanie fallen.

Sie war eine Kellnerin und hatte gerade eine Tasse von einem verlassenen Tisch abgeräumt. Mit ihrem mageren Fang auf dem Tablett drehte sie sich um und sah zu mir herüber; eine Strähne ihres blonden Haars hing ihr ins Gesicht, und der Wind riss an ihrer Schürze. Sie sah sehr müde aus, doch trotz ihrer Blässe wirkte sie jung und hatte große Augen für ihr zierliches Gesicht. Der Name des Cafés, in lebendigem Grün auf die Markise gemalt, war Le Jardin, aber der Winter hatte in diesen Garten Einzug gehalten, und das Mädchen stand darinnen, als suche sie nach den letzten Früchten des Herbsts. Und dann war es, als erlebe ich nichts mehr von alledem, was geschah, sondern *erinnere* mich, was geschehen *würde* – im selben Moment, in dem es sich dann ereignete.

Es war nicht nur, was man ein *déjà-vu* nennt – das plötzliche Empordämmern einer vergessen geglaubten Erinnerung, einer unliebsamen Assoziation, wenn das Gehirn wie ein Taschenspieler auf einmal den Anblick eines alten Fotos aus dem Hut zaubert, oder den Wortlaut eines Gesprächs, bei dem man so betrunken war, dass es einem danach peinlich wurde, und auf einmal steht man *in* diesem Bild, führt wieder dasselbe Gespräch, und man ist nicht bereit, es als Erfüllung einer so absurden Voraussicht zu akzeptieren. Eher war es wie beim Sehen eines Films, beim Lesen eines Gedichts mit absoluter Gewissheit zu spüren, was die nächste Szene, was der nächste Reim sein *musste*, weil alles andere einer Beleidigung des guten Geschmacks gleichkäme; oder wie in einem lichten Traum zu erkennen, dass man scheitern würde, weil man schon zuvor gescheitert war, und für einen kurzen Moment die Antwort zu wissen, bevor man überhaupt die Frage gestellt hatte.

Ich ergab mich diesem Gefühl. Das Mädchen bewegte sich immer langsamer, erstarrte und löste nicht den Blick von mir. Und ich wusste, dass es ihr ganz genauso erging wie mir, dass sie mich sah, wie ich sie sah, und das Unverständliche verstand. Ich kannte ihr ganzes Leben, ihre Familie, ihre Träume, ihre Ängste, und ich dachte, natürlich – das ist *sie*. Und wenn ich recht behielte und im nächsten Moment die Bomben auf uns niederregneten, so wollte ich nichts anderes tun, als dort stehen und sie anschauen. In einem anderen Leben, in einer anderen Welt, da war sie mir eine Schwester; sie hätte auch meine Geliebte sein können, wäre da nicht einst etwas passiert; ich wusste, wie es wäre, würden wir einander bekämpfen, und wie es wäre, würden wir gemeinsam alt. Ich hatte sie immer gekannt. Sie war die Gefährtin meiner Kindheit, mein früheres Leben und meine Zukunft. Sie war ich.

Gleich würden wir lächeln: erst sie, zaghaft, weil ein Lächeln zu wenig war, all diesen Gefühlen Ausdruck zu geben, und doch das einzige, was man tun konnte; dann ich, weil es die einzige Antwort war. Sie lächelte. Ich lächelte. Sie verstand.

Ich merkte, meine Augen wurden feucht, und spürte, wie sich meine Beine wieder in Bewegung setzten. Eine Straßenbahn schob sich zwischen uns. Die Welt kehrte wieder und war ebenso trostlos wie vor diesem Moment.

Das Mädchen senkte den Blick und trug ihr Tablett ins Café zurück. Ich verschwand in der Menge und folgte dem Boulevard nach Osten.

Alphonse

Sie haben ja recht. Es wundert mich gar nicht, dass Sie ausgerechnet an einem Tag wie heute hier auftauchen und anfangen, Fragen zu stellen. Es ist ein schlechter Tag für Leute wie mich. Für Leute wie Sie macht es wahrscheinlich keinen Unterschied. Sie fühlen sich vielleicht sogar ganz wohl dabei, denn Sie haben nicht meine Probleme, Sie müssen kein kleines Bistro am Laufen halten, das von riesigen Trinkhallen umzingelt steht wie ein Elefantenbaby am Wasserloch. Ich weiß nicht, wer Ihre Rechnungen am Ende des Monats bezahlt, ich weiß aber, wer *meine* bezahlen muss.

Ohne meine Stammkunden könnte ich den Laden ja dichtmachen. Außer denen hatten wir heute auch nicht viel Kundschaft, und von meiner besseren Hälfte darf ich mir noch anhören, ich solle doch froh darüber sein, weil nämlich ein Haufen

Lebensmittel verdorben wäre. Selbst im Haute Loire wollten sie uns nichts geben außer einem Packen Zucker. Muss am Wetter liegen, oder an der Luft.

Unser russischer Spaßvogel ist gar nicht erst zur Arbeit erschienen. Die Kleine fand ihn dann in einem Müllhaufen und putzte ihn so gut es ging heraus, um ihn einkaufen zu schicken, und was bringt er uns? Diesen Kürbis, den Sie da gerade essen. Ich glaube ja, dass er nicht einmal reif ist, aber der Zucker überdeckt es ganz gut.

Wo war ich? Richtig, die Sache mit dem Landstreicher, wenn es denn einer war. Und mit der Kleinen. Hier haben Sie Ihren Drink, und jetzt halten Sie die Klappe.

Matthieu kam zur üblichen Zeit und saß genau, wo Sie gerade sitzen. Wir spielen eine Menge Schach, und er begrüßt mich immer mit demselben alten Spruch, und das war heute eine willkommene Portion Normalität.

Er ruft also: »À votre santé, mon général«, und ich rufe zurück: »À la tienne, Matthieu«, und dann setzt er sich und erzählt mir so seine üblichen Taxifahrergeschichten, und ich erzähle ihm den üblichen Kneipentratsch. Manchmal fängt er an zu trinken, während wir spielen, manchmal bleibt er bei Kaffee. Sonntags ist er immer mit seiner Kutsche unterwegs – Sie haben ihn wahrscheinlich gesehen –, aber wer will an einem Tag wie heute schon Kutsche fahren? Also gab es wenig zu erzählen, dafür um so mehr zu trinken. Natürlich redeten wir übers Wetter, immerhin ist es ja wirklich nicht normal für die Jahreszeit, und er redet was von Saharawinden und Staub in der Luft, in vielen Kilometern Höhe. In Marseille, sagt er, haben sie so was ständig. Ich glaube ja eher, den Italienern ist Sizilien um die Ohren geflogen, oder die Deutschen haben was damit zu tun. Die Telegrafen jedenfalls schweigen, kein gutes Zeichen, wenn Sie mich fragen, und die ersten Leute verlassen die Stadt.

Und wie wir da so an der Theke sitzen und versuchen, uns

die Stimmung aufzuhellen, muss ich den Kerl einfach zu spät bemerkt haben. Wir sind alle ein wenig verwirrt zur Zeit. Esmée kommt mit ihrem Frühstück durcheinander, als könne sie sich nicht merken, wie viele Gäste wir gerade haben, und, ehrlich gesagt, die Gäste sind auch nicht viel besser. Viele lassen sich überhaupt nicht blicken, schließen sich den ganzen Tag in ihren Zimmern ein. Mischa ist gerade noch hell genug, einen Bogen um die Fremdenlegion zu machen, und die Kleine steht ja sowieso immer etwas neben sich.

Tja. Die Kleine. Hätte nie gedacht, dass sie mir mal leid tut.

Jedenfalls, und das war ein Fehler, ich gebe es zu, ist der Kerl einfach so reinspaziert und die Treppe hoch verschwunden, und ich habe mir nichts dabei gedacht. Vielleicht habe ich einen winzigen Moment lang geglaubt, er sei wirklich einer meiner Gäste. Die Kleine war gerade in der Küche, bei meiner Frau, also hat sie auch nichts gemerkt. Aber hätte mich Matthieu nicht gerade in die Ecke gedrängt mit seiner Dame, ich hätte früher kapiert, dass was nicht stimmt. Ich bin nicht von gestern. Grinsen Sie nicht so dämlich.

Dann gab es einen lauten Krach im Obergeschoss. Im nächsten Moment kam eine schwarze Katze die Treppe runtergeschossen, ein riesiges Biest, das lief, als ob ihm der Teufel im Leib steckt, quer durch den Schankraum und raus auf die Straße. Ich überlegte noch, von welcher Seite die Viecher kommen müssen, um einem Unglück zu bringen, und wem meiner Gäste ich dafür die Leviten lesen müsste, denn Haustiere sind bei uns nicht erwünscht. Aber da stand der Kerl auch schon vor mir, und da dämmerte mir, dass etwas ganz und gar nicht mit ihm stimmte. Denn der Kerl sah schlecht aus, wissen Sie, und ich meine wirklich *schlecht*, und ich habe eine Menge schlimmer Gestalten kennengelernt in den letzten Jahren.

Die Katze habe ich seitdem nicht mehr gesehen. Weshalb fragen Sie?

Also, der Kerl. Ich weiß gar nicht, wo ich anfangen soll. Zunächst einmal hatte er nicht viel an – er trug nicht einmal Schuhe, und das, was er anhatte, waren nur schmutzige Fetzen. Er war großgewachsen, kräftige Statur, aber seine Haut war schlaff und eingefallen, wie bei einem alten Säufer. Sein Hals war geschwollen, als hätte er die Syphilis, ein wenig irre schien er mir auch zu sein. Dann hatte er sich an irgendwas verbrannt – keine Ahnung an was, aber er war gezeichnet von Kopf bis Fuß, wenn Sie verstehen, was ich meine. Eine Hälfte seines Gesichts war rosig wie Babyhaut, zum Platzen gespannt, eine Augenbraue fehlte ganz, und seine Haare waren ein einziges Chaos und stanken nach altem Rauch. Seine Hände sahen aus, als habe er glühende Kohlen aus dem Feuer geholt. Matthieu meint, er habe mal einen Straßenbahnarbeiter gesehen, der einen Unfall mit der elektrischen Leitung gehabt hatte, und der habe ähnlich ausgesehen. Doch um das alles abzurunden, zog sich noch eine frische, blutende Spur quer über seine Brust, so als sei er gerade in eine Messerstecherei geraten.

Es hätte vielleicht ein oder zwei Sätze gegeben, mit denen er die Situation hätte entschärfen können und mich glauben lassen, dass alles mit rechten Dingen zuging. »Ich brauche einen Arzt« wäre ganz gut gewesen. »Etwas Schreckliches ist geschehen« hätte ich als Eröffnung auch noch gelten lassen.

»Sagen Sie mir, wo das Mädchen ist« war definitiv nicht, was ich hören wollte.

»Entschuldigung – was haben Sie bitte gesagt?«, fragte ich, und Matthieu rückte eilig ein wenig zur Seite. Ich würde gerne glauben, dass er wegen mir zur Seite rückte (denn ich sage nie »Entschuldigung« oder »Bitte« zu meinen Gästen), aber wahrscheinlich tat er es nur, weil der Kerl ihm unheimlich war, und ich konnte es ihm nicht verübeln. Meine Hand wanderte unter der Theke zu der alten, doppelläufigen Schrotflinte, die mein seliger Herr Vater mir vermacht hat. Es ist ein schönes Stück, wissen Sie, so eine wie die, mit denen die Amerikaner im Wilden Westen ihren Spaß hatten.

»Die Kellnerin«, sagte er. »Justine, wenn ich nicht irre. Wo ist sie?«

»Ich weiß nicht, wovon Sie reden«, sagte ich und legte die Schrotflinte auf ihn an. »Sie können es mir aber gerne erklären. Oder Sie verlassen auf der Stelle mein Haus. Sagen Sie's mir. Was darf es sein?«

Er lächelte – zumindest glaube ich, dass es ein Lächeln hatte sein sollen –, und mir lief es eiskalt den Rücken runter beim Anblick seiner blitzenden Zähne, die das Sauberste und Gesündeste waren in seinem entstellten Gesicht. Ich glaube, ich hatte ihn überrascht. Leider geschah in diesem Moment das Dümmste, was hätte geschehen können.

Die Tür zur Küche ging auf, und die Kleine stand auf der Schwelle, einen Stapel Aschenbecher in der Hand. Sie sah, was vor sich ging, und erstarrte, den Mund sperrangelweit offen.

»Zurück in die Küche, Justine«, sagte ich, ohne den Blick von dem Fremden zu wenden.

Justine machte einen zaghaften Schritt. Die Tür schwang wieder zu. Die Aschenbecher fielen, ganz langsam, und zerbrachen, einer nach dem anderen.

Der Fremde zuckte.

Und ich schoss.

Der Fremde wirbelte herum und hielt sich jaulend die Schulter. Ich habe noch nie auf einen Menschen geschossen – ich war nicht im Krieg, aber das ist eine andere Geschichte –, aber ich bin mir ziemlich sicher, dass Menschen keinen derartigen Laut von sich geben, wenn sie verwundet werden. Justine war mit einem Aufschrei verschwunden, die Küchentür war zu, und der Fremde lag vor uns am Boden und blutete wie ein Schwein, während sich der Rauch verzog und ich die Schmerzen in meinem Arm und in meinen Ohren zu registrieren begann. Ich hatte seit Jahren nicht mehr geschossen und war ehrlich gesagt überrascht, dass das Ding überhaupt noch funktionierte.

Dann rappelte er sich langsam auf. Ich glaube, ich hatte ihn in die Schulter getroffen, jedenfalls presste er die Fetzen seines dunklen Umhangs, oder was immer er da anhatte, auf diese Stelle. Der Stoff war sofort so nass wie mein Wischlappen, wenn wieder jemand eine Flasche Wein zerbrochen hatte, und das Blut quoll aus seinem Ärmel und über seine Brust. Auch an die Farbe erinnere ich mich noch – wie guter Malbec. Es war eine ungewöhnliche Farbe für Blut, dachte ich. Richtig dunkel.

Dann ging alles durcheinander. Ich glaube, der Fremde wollte mich allen Ernstes angreifen, aber da kam dieser Zauberkünstler die Treppe herab – er ist ein ganz umgänglicher Kerl, der nicht viele Schwierigkeiten macht, höchstens ein wenig hochnäsig, vielleicht –, und er tat irgend etwas mit dem Licht im Raum. Fragen Sie mich nicht, wie er es anstellte, vielleicht war es einer seiner Tricks, aber er stand auf einmal im Hellen, wie auf einer Bühne, und die Treppe strahlte wie die verdammte Jakobsleiter. Und da, wo der Fremde geduckt wie ein verwundeter Löwe stand, wurde es dunkel. Nicht dunkel, als werfe etwas einen Schatten auf ihn, sondern dunkel, *als wiche das Licht ihm aus*, als wolle es einfach nicht in seiner Nähe sein. Ich schwöre beim Grab meiner Mutter, genau so sah es aus. Unser Zauberkünstler sagte ein paar Worte, er sagte sie sogar ziemlich laut, aber ich kann mich beim besten Willen nicht mehr an sie erinnern. Französisch war es jedenfalls nicht.

Und der Fremde ging – humpelte einfach nach draußen und zog seine dunkelrote Blutspur hinter sich her. Ich fluchte, denn Blutflecken auf dem Parkett waren das Letzte, was ich noch gebrauchen konnte. Vielleicht, dachte ich, konnte der Zauberer sie ja wegzaubern. Der aber entspannte sich, und das Licht legte sich wieder wie gewohnt über den Raum.

Gleichzeitig gab es ein Gerangel in der Küche, Leute riefen

durcheinander, und dann hörte ich die Stimme meiner Frau, noch lauter als sonst. Also rannte ich um die Theke und trat die Küchentür auf, die Schrotflinte noch immer im Anschlag, und Ravi – so nennt sich unser Zauberer – und sogar Matthieu folgten mir auf den Fuß. Ich war ein wenig übergeschnappt zu diesem Zeitpunkt und fühlte mich so unbesiegbar wie der verrückte Korse, als den mich Matthieu immer bezeichnet.

In der Küche aber war die Schlacht bereits geschlagen. Esmée stand an einen Stuhl gelehnt neben der klaffenden Kellerluke und zitterte am ganzen Körper. In der Hand hielt sie eine Lampe, und ich befürchtete, sie würde uns noch das ganze Haus in Brand stecken, so wie sie zitterte. Sie rief nach der Kleinen, aber es war keine Spur von ihr zu sehen.

»Was ist passiert?«, fragte ich, und sie starrte mit großen Augen auf die Waffe in meiner Hand. Ich hatte sie noch nie so verängstigt gesehen, und das passte mir nicht. Esmée ist ein Quälgeist, sicher, ein richtiger Drache, aber *mein* Drache, und eine Naturgewalt. Ich hatte es nie erlebt, dass sie vor irgend etwas Angst hatte, außer vielleicht davor, dass sie eines Tages ihre Gäste vergiftete und man sie dafür zur Rechenschaft zöge.

Sie deutete auf die Kellerluke. »Sie sind da runter gegangen«, krächzte sie. »Alle beide.«

»Welche beiden?«, rief ich und bereute es sofort, sie angeschnauzt zu haben, denn sie sah mich an, als habe sie einen Geist gesehen. Vorsichtig näherte ich mich, die Flinte nun auf die offene Luke gerichtet, bis mir jemand erklären konnte, was eigentlich los war. Ravi trat an Esmées Seite und redete beruhigend auf sie ein. Ich mag es nicht, wenn jemand meine Frau anfasst, aber es schien das Richtige zu sein in diesem Moment, und vielleicht war ich auch einfach zu verdutzt, denn irgendwie hätte das ja meine Aufgabe sein sollen.

»Mischa«, brachte Esmée endlich heraus. »Er kam aus dem Keller und rief nach ihr, und sie, sie ist ihm gefolgt.«

»Mischa war überhaupt nicht in der Küche«, widersprach ich. »Ich habe ihn vorhin nach Hause geschickt.«

Esmée schüttelte den Kopf. »Er kam aus dem Keller, sie ging da runter, und jetzt sind sie weg.«

»Was soll das heißen, ›jetzt sind sie weg‹?« Ich spähte in den Keller. »Ihr könnt wieder hochkommen!«

»Sie sind weg«, wiederholte Esmée wie ein trotziges Kind.

»Matthieu«, schnappte ich. »Du bleibst bei meiner Frau. Ravi, nehmen Sie die Lampe mit.« Dann eilte ich die Holztreppe in den Keller hinab.

Der Keller ist schon lange in keinem guten Zustand mehr, das muss ich zugeben. Der Boden besteht nur aus ein paar Brettern, die meisten davon morsch, und überall hängen Spinnweben. Man sagt ja, Spinnen schätzen trockene Umgebungen, aber meine Spinnen haben wohl noch nichts davon gehört, denn mein Keller ist ziemlich feucht. Er ist auch nicht sonderlich groß, das meiste unter diesem Haus gehört dem Haute Loire, das auch einen großen Kohlekeller hat, den wir mitbenutzen. Was mir bleibt, ist ein einziger Raum mit gemauerten Wänden, kein Putz, ein paar Leitungen, an der einen Seite die Regale mit Weinen, und davor unsere Vorräte, auf Paletten gestapelt, damit sie nicht schimmeln (dafür haben wir ein Mäuseproblem – meine ganzen Äpfel sind hin –, aber das ist wieder ein anderes Thema).

Und dann gibt es natürlich noch den Eisschrank.

Meine Frau liegt mir immer in den Ohren mit dem Frigidaire, den ich ihr kaufen soll, und aus irgendeinem Grund hasst sie das alte Ding, das wir hier haben, obwohl es mal ihrem Vater gehört hat. Ich muss aber zugeben, als ich jetzt da stand, die Schrotflinte in der Armbeuge, und Ravi mit der Petroleumlampe hinter mir, da begann ich Esmée zum ersten Mal zu verstehen.

Es ist schon ein hässliches Ding. Es ist ein wenig undicht,

und immerzu tropft es vor sich hin. Auffällig war heute aber vor allem, dass die Tür weit geöffnet war und das Eis im Innern vor sich hinschmolz. Und sonst, ich schwör's hoch und heilig, war da absolut niemand in dem verdammten Keller.

Ich weiß nicht genau, wie lange ich da unten stand. Wahrscheinlich brach in diesem Moment die ganze verrückte Situation über mich herein. Dieser elende Sonntag mit seinem dunklen, auberginefarbenen Himmel; dieser Fremde, den ich angeschossen hatte und der dabei zuvor schon wie ein Toter ausgesehen hatte; meine Frau, die oben in der Küche stand und weinte und Stein und Bein schwor, dass die Kleine und unser russischer Tanzbär doch irgendwo sein müssten; und mein feuchter, leerer Keller um mich herum, der nach vergammelten Äpfeln und Zwiebeln roch.

»Was zur Hölle tun Sie da?«, fragte ich irgendwann, denn Ravi hatte die Lampe auf den Eisschrank gestellt und begann, ihn zu untersuchen. Seine Finger fuhren langsam an der Tür entlang, als liebkosten sie eine Frau.

Er hielt inne und sah mich flüchtig an. Und dann sagte er etwas so dermaßen Dummes, etwas so abgrundtief Dämliches, dass ich ihn am liebsten erschossen hätte, wie er da stand, einfach so, aus Prinzip, weil ich mir solche Sprüche nicht bieten lasse.

»Nun, es ist die einzige Tür, die aus dem Keller herausführt, nicht wahr?«, sagte er und inspizierte den Türgriff des Schranks aus der Nähe, so nahe, dass er fast mit der Nase daran stieß.

»Es reicht«, sagte ich und schüttelte den Kopf. »Hören Sie? Es ist genug! Wir gehen wieder nach oben.«

Er gehorchte mir, aber nur widerstrebend. Meine Frau hatte sich mittlerweile beruhigt. Matthieu hatte ihr einen Cognac eingeschenkt, was das Vernünftigste war, was er hatte tun können, und ein paar Minuten saßen wir nur da, und keiner sagte was. Ravi verschwand dann, um nach irgend jemandem zu suchen.

Esmée weigert sich immer noch, über die Sache zu sprechen, und ich kann es ihr ehrlich gesagt nicht verdenken.

Offen gesagt weiß ich auch nicht, weshalb ich Ihnen das alles erzähle, denn es geht Sie an sich absolut nichts an, und ich mag Ihren Aufzug nicht. Dieses Rot, wie ertragen Sie das? Es sieht aus wie eine Krankheit.

Wenn Sie ausgetrunken haben, sollten Sie gehen. Wir schließen früh, und ich muss mich um meine Frau kümmern.

Ravi

Sobald Barneby zurück war, nahmen wir die Verfolgung auf. Er hatte keine guten Neuigkeiten mitgebracht; Philbert war immer noch unauffindbar und heute früh weder zuhause noch im Bobino erschienen. Damit sprach vieles dafür, dass er, wie Barneby es nannte, dank Célestes dunklen Künsten nun »einer von uns« war und sich frei in Paris bewegen konnte. Ich hatte ihn meinerseits in knappen Zügen davon unterrichtet, was geschehen war – von Célestes Ausbruch über Alphonses waghalsiges Kräftemessen mit Orlando bis zur Entführung Justines. Seine Laune hatte das nicht gerade gebessert.

Kurz hatten wir erwogen, nach Mischa zu suchen, den Gedanken dann aber verworfen. Mischa konnte überall sein, und wir hatten nicht die Zeit, jede Spelunke im näheren Umkreis zu durchforsten. Sehr viel wahrscheinlicher schien uns, dass jemand die beiden Frauen in der Küche an der Nase herumgeführt hatte und dass dieser Jemand der letzte im Bunde war, dessen Aufenthaltsort uns momentan nicht geläufig war.

»Täuschungen wie diese gehörten immer schon zum Repertoire eines Wechselbalgs«, dozierte Barneby und zwirbelte nachdenklich seinen Schnurrbart. »Seit unserem Einsatz im Observatorium hätte mir klar sein müssen, dass Chloderic die alten Kniffe beherrscht; um so mehr sollte ich mich schämen, ihm die Rolle des Unschuldslamms so lange abgekauft zu haben. Der Trick mit dem Eisschrank dagegen verblüfft mich.«

Ich konnte ihm schwerlich widersprechen.

Auf die Gefahr hin, einem Ablenkungsmanöver aufzusitzen, überließ ich Blanche der Pflege Alphonses und sicherte alle Türen, Schubladen und andere Schwachstellen ihres Zimmers, so gut es mir eben gelang. Dies war nicht halb so gut, wie ich mir gewünscht hätte. Jetzt, da es keinen Unterschied mehr machte, wie offen wir unsere Kräfte einsetzten, schien es, als sei die Welt aller Kräfte beraubt, und jeder kleine Zauber ging mir so schwer von der Hand wie meine ersten Taschenspielertricks. Eine bittere Ironie: Erst durfte man nicht, dann konnte man nicht. Ich machte eine Bemerkung dieser Art zu Barneby, und er lächelte nur schwach, als habe ich gerade eine alte Weisheit erkannt, mit der er schon lange lebte.

Er war zielstrebig nach Süden, in die Rue Huyghens, geeilt, und aus einem ersten Impuls heraus schien diese Richtung auch mir eine gute Wahl. Kurz darauf standen wir auf dem Boulevard Edgar Quinet und zögerten.

Vor uns, bleigrau wie ein versteinerter Garten unter dem geschwollenen Himmel, lag der Friedhof.

Barneby kramte seine kleine goldene Uhr aus der Weste und studierte sie. Als er meinen neugierigen Blick bemerkte, trat er näher und zeigte mir, was er mit ihr angestellt hatte.

»Sie haben den Stundenzeiger entfernt«, stellte ich fest, und er nickte. »Und, wie es scheint, auch große Teile des Uhrwerks.«

»Es war eine Notoperation, und eigentlich ist es ein Jammer, ein so schönes Stück zu ruinieren. Schauen Sie sich die Gravuren an. Uhren wie diese sah man im 18. Jahrhundert häufig in Marinekreisen – was sie wohl alles erlebt hat? Ich bin mir sicher, sie hätte Faszinierendes zu berichten.«

Er tippte betrübt an das Gehäuse. »Ich habe Sie aber nicht belogen, als ich sagte, dass ich die Uhr nicht mehr aufziehe. Ich traue dieser Uhr nicht. Sie hatten recht mit Ihrer Vermutung, dass man sie mir überließ, um die Zeit in unserer Welt aufzuhalten. Seit Tagen scheint aber eine andere Kraft zu greifen.«

»Es gibt noch ein Gegenstück«, schloss ich.

»Völlig richtig, mein Bester. Spiele wie dieses spielt man zu zweien: Ein Impuls kommt von außerhalb – in diesem Fall von mir – und ein weiterer, gleichsam als Anker, von innerhalb. Dieses Gegenstück kann man sich nicht aussuchen, und ich bin mir noch nicht sicher, um was es sich handelt. Ich hege einen Verdacht, aber im Trubel der letzten Tage kam ich nicht dazu, ihm nachzugehen.« Er räusperte sich entschuldigend. »Solange aber eine von beiden Kräften wirkt …«

»Glauben Sie, dass Justine etwas damit zu tun hat?«

»Vielleicht. Justine hat eine Menge mit allem, was um uns geschieht, zu tun. Ebenso wie der Junge – der gute Gaspard. Was glauben Sie?«

»Ich glaube, dass Blanche zu verschiedenen Gelegenheiten versucht hat, durch Justine hindurch zu handeln und uns Zeichen zu geben«, sagte ich. »In jedem Fall habe ich die starke Befürchtung, dass das Spiel für uns vorbei sein wird, wenn Justine etwas zustößt.«

»Wenn das nicht schon geschehen ist«, gab Barneby zu bedenken und wies in den Himmel. »Wer weiß, wie schlimm es noch werden wird? Ich fürchte, meine Idee mit der Linse war einfach zu gut.«

»Sie sind zu bescheiden«, sagte ich. »Und ich brenne darauf, mehr darüber zu hören, sobald wir wieder auf dem Weg sind. Was ist nun mit Ihrer Uhr?«

»Im Wesentlichen funktioniert sie jetzt wie ein Kompass«, erklärte Barneby und drehte sie sanft im Kreis. »Ich hege die Hoffnung, dass sie uns zur Wurzel allen Übels führen wird.«

»Weil sie das Übel zu säen half«, sagte ich. »Und sie deshalb ein Symbol ist.«

»So ungefähr. Tatsächlich führte sie mich schon die ganze Zeit – ich bin gerne zur rechten Zeit am rechten Ort, wenn Sie verstehen, was ich meine.«

»Darf ich?«, fragte ich, und Barneby löste die Uhr von ihrer Kette und reichte sie mir.

Sie war überraschend schwer, lag aber angenehm in meiner Hand, wie ein kühles Nugget Gold. Tatsächlich schien der Minutenzeiger, wenn man die Uhr vorsichtig drehte, einen eigenen Willen zu besitzen. Dieser Wille war aber schwach und verwirrt, wie bei einem alten Menschen, der den Weg nicht mehr kennt.

»Ich glaube, es ist der Friedhof«, sagte Barneby. »Zu viele Geister an einem Ort wie diesem.«

Ich lehnte meinen Stock an einen Baum, nahm die Uhr in meine rechte Hand und ballte sie zur Faust. Dann schloss ich die Augen, hielt beide Hände vor mich und konzentrierte mich.

»Bitte lassen Sie sie nicht verschwinden«, klagte Barneby.

Ich öffnete die Rechte und enthüllte eine leere Hand. Ich schloss sie. Ich öffnete die Linke und enthüllte eine leere Hand. Ich schloss sie, unter Barnebys Protest. Ich führte beide Hände zusammen und öffnete sie zu einer Schale, in deren Mitte die Uhr lag. »Versuchen Sie es jetzt«, bat ich, und Barneby schnappte sich die Uhr und studierte den Zeiger.

»Besser«, urteilte er. »Sie haben mich vielleicht erschreckt!« Eilig legte er die Uhr an ihre Kette, während ich meinen Stock wieder an mich nahm, und wies auf den Eingang des Friedhofs. »Dort entlang.«

Wir betraten den Cimetière du Montparnasse. Die Uhr wollte, dass wir nach Westen gingen, und eine Weile schlenderten wir am Rand des Gräberfelds unter den Bäumen entlang. Wir waren die einzigen Besucher in diesem Winkel des Friedhofs. Seite an Seite lagen die schweren Steinplatten, flankiert von dunklen, säulenstarrenden Mausoleen, die wie schmale Häuschen aussahen, welche nur aus einer Tür und einer Kammer bestanden. Ich wäre gerne schneller vorangekommen, aber Barnebys Uhr brauchte eine ruhige Hand und viel guten Zuspruch.

»Erzählen Sie mir vom Direktorat«, bat ich, während wir liefen. »Ist es so schlimm, wie ich befürchte?«

»Das kommt darauf an, wes Geistes Kind Sie sind«, murmelte Barneby und studierte den Zeiger. Auf verrückte Weise erinnerte er mich an einen in die Jahre gekommenen Pfadfinder. »Sind Sie Optimist, Ravi?«

»Kein so großer wie Sie, fürchte ich.«

»Ha. Sie überschätzen mich.«

»Umso mehr überrascht es mich, dass Sie sich auf einen solchen Kuhhandel einließen. Die anderen, ja. Aber Sie?«

»Alle Mitglieder der Société teilen bestimmte Interessen.« Er sah kurz auf und widmete sich dann wieder seiner Uhr. »Dieselben Interessen, die die zaubernde Zunft schon seit Jahrhunderten verfolgt. Dass es für die zwei zentralen Ziele der Kunst je einen Baum im Garten Eden gab, ist eine Tatsache, die manch bravem Christenmenschen nicht ganz geheuer scheinen mag, sich aber leider nicht wegargumentieren lässt.«

»Erkenntnis«, murmelte ich. »Und Leben.«

»Selbstverständlich. Was sonst, von dem wir derart wenig besäßen? Von dem wir unserem Schöpfer Quäntchen für Quäntchen abpressen müssten wie einem geizigen Pfandleiher?« Er lachte. »All die armen Spinner, die nach Macht oder Reichtum streben, Ravi … ach, wenn es nur mehr von denen gäbe. Wir hätten so viel Spaß.«

»Da bin ich mir nicht so sicher.«

»Geben Sie's zu – es treibt Sie ebenso um wie mich.«

»Sie wissen sehr gut, was ich will. Was nützt mir ein langes Leben ohne die Freiheit, es zu führen, wie ich will?«

Er wies mit dem Schirm auf die Grabsteine. »Achtundsechzig Jahre, Ravi. Zweiundsiebzig. Fünfzig. Reicht Ihnen das vielleicht? Mir reicht es nicht. Und kommen Sie mir jetzt nicht mit der Erbsünde und solchen Einfällen!«

Sein Eifer ergab durchaus Sinn – aus seiner Perspektive. Ein Menschenleben schien mir eine lange Zeit zu sein, aber wahrscheinlich verlor man den Bezug dazu, je älter man wurde. Ich fragte mich, ob ich an seiner statt genauso handeln würde.

»Wie alt sind Sie?«, fragte ich, und er blieb kurz stehen und lächelte.

»Älter als Sie, Ravi. Aber noch lange nicht alt genug.«

Ich dachte an Blanche, und dass sie mir nie gesagt hatte, wie alt sie eigentlich war. Lange war ich davon ausgegangen, dass es ewig so weitergehen würde mit uns.

»Ich könnte mir vorstellen, dass es ein einsames Geschäft ist«, warf ich ein, während wir unseren Weg fortsetzten. »Je älter man wird, und je mehr Freunde zurückbleiben, während man selbst nur damit beschäftigt ist, noch älter zu werden.«

»Es ist ja nicht so, dass man die ganze Zeit in dunklen Räumen über muffigen Büchern zubrächte«, erwiderte er. »Nehmen Sie nur mich! Ich hätte nie gedacht, dass ich noch die Erfindung des Flugzeugs erlebe. Fliegen macht einen Heidenspaß, Ravi. Fragen Sie Ihren Mister Houdini.«

»Ich glaube ja, dass das Leben einiges zu bieten hat. Aber das ist nicht, was ich meinte.«

»Die Gesellschaft sorgt schon dafür, dass einem nicht langweilig wird. Vielleicht ist das der eigentliche Sinn ihrer Existenz. Die meisten Menschen haben aufgehört, an uns zu glauben, oder machen uns zum Objekt einer neuen, seltsamen Wissenschaft. Doch innerhalb der Gesellschaft sind es dieselben alten Gesichter und dieselben alten Kämpfe: um die Gunst dieses Meisters, die Treue jenes Schülers, und ein gutes Blatt auf dem Tisch, aber ein noch besseres im Ärmel.«

»Verzeihen Sie, wenn das kleinlich für mich klingt«, sagte

ich. »Je mehr Sie mir von den Zuständen innerhalb der Société erzählen, desto weniger verspüre ich den Wunsch, ihr anzugehören.«

»Diese Phase machen die meisten durch«, schmunzelte er. »Dann ziehen sie sich in eine alte Kreuzfahrerfestung oder ein Kloster im Himalaya zurück und hoffen darauf, dass man ihren Rückzug als Indiz einer wichtigen Entdeckung interpretiert. Andere schreiben unappetitliche Traktate oder sie lehren Yoga. Außerdem gibt es ja die schöne Tradition, mit einem Gefährten zu leben – Sie wissen schon: Geißböcke, Katzen … oder doch eher eine Assistentin, wenn das mehr nach Ihrem Geschmack ist.«

»Wenn Sie damit andeuten wollen …«

»Oh nein«, beschwichtigte Barneby. »Nehmen Sie es nur als guten Rat: Es wird der Tag kommen, an dem Mademoiselle Blanche mehr über die Kunst zu erfahren wünscht. Sie weiß ohnehin schon viel zu viel. Die Sache mit dem Apfel sollte Ihnen eine ernste Warnung sein – hüten Sie Ihre Geheimnisse, sonst fallen Sie früher oder später der Neugierde Ihrer Vertrauten zum Opfer. Danach ist nichts mehr wie zuvor.«

»Ich hüte meine Geheimnisse«, versicherte ich ihm.

»Das dachte ich auch«, seufzte er. »Doch vielleicht hütet man sie manchmal vor den Falschen?« Er wartete, ob ich etwas sagen würde. »Eines Tages ließ ich eins meiner Geheimnisse unbewacht«, fuhr er fort. »Als ich zurückkam, war die Büchse der Pandora geöffnet – bildlich gesprochen, natürlich.«

»Ihre Katze hat das Geheimnis gefunden«, lachte ich. »So fing es also an?«

»Serafina war eine treue Katze«, verteidigte er sich, »sofern es denn so etwas gibt. Leider war sie wie alle Katzen schrecklich neugierig – vielleicht etwas mehr, als gut für sie war. Als sich ihr die Gelegenheit bot, mehr als eine Katze zu sein, konnte sie einfach nicht widerstehen.«

»Sie lernte, zur Frau zu werden?«

Er schüttelte den Kopf. »So einfach ist das nicht. Serafina wurde nicht zu Céleste – *sie rief sie zu sich*. Stellen Sie es sich als zwei Wesen vor, die sich denselben Platz in dieser Existenz teilen. Besser kann ich es nicht erklären.«

Barneby hielt vor einem der Gräber. Es war ein unscheinbares Grab mit einem aufrecht stehenden, ockerfarbenen Stein, der sich zu einer dreiblättrigen Krone verjüngte, so dass er einem Turm beim Schachspiel ähnelte. Ich trat neben ihn und las die Inschrift.

Es war das Grab von Charles Baudelaire.

»Eigentlich sollte es mich nicht wundern«, sagte Barneby und lächelte matt. Auf seltsame Weise wirkte er entspannt. »›Der größte Trick, der dem Teufel je gelang, war die Welt glauben zu machen, dass er nicht existiert.‹ Monsieur verstand uns besser als die meisten seiner Zeit.« Er schüttelte den Kopf wie über sich selbst, so als habe er vergessen, das Teewasser aufzusetzen. Dann klopfte er fest an seine Uhr.

Der Zeiger weigerte sich, uns weiter zu führen.

»Was nun?«, fragte ich.

»Wir haben unser Ziel erreicht«, sagte Barneby. »Es muss hier irgendwo sein.«

Wir sahen uns um. Neben Baudelaires Grab war ein Mausoleum, das mit frischen Bestecken aus Ringelblumen geschmückt war. Das Eisengitter war nur angelehnt, und schwang mühelos auf, als Barneby es mit dem Schirm schubste.

»Eine Einladung«, befand er.

Ich sah ihn zweifelnd an.

»Kommen Sie!«, rief er. »Drinnen ist eine weitere Tür.« Ich hörte rostiges Quietschen. »Und dahinter eine Treppe.«

»Warum?«, flehte ich. »Erklären Sie mir bitte, warum er das tut?«

»Ich bin nicht Gott«, kam es von drinnen. »Glauben Sie mir,

ich arbeite daran, aber ich bin es nicht, und daher weiß ich nicht, warum *er* tut, was er tut. Ich könnte Ihnen aber meine qualifizierte Meinung dazu mitteilen, wenn Sie mir auch eine Frage beantworten. Quid pro quo, Monsieur Ravi.«

»Also gut. Fragen Sie.«

Barneby lugte aus der Tür und taxierte mich.

»Haben Sie oder haben Sie nicht von einer der verbotenen Früchte genascht?«

Ich zögerte. Versuchte, einzuschätzen, ob ich zu diesem Zeitpunkt noch etwas zu verlieren hätte. Blanche sagte, ich müsse lernen, den Menschen zu vertrauen – ich wusste nur nicht, ob Mister Barneby der geeignete Kandidat war, damit anzufangen.

»Ja«, sagte ich schließlich.

Er brummte zufrieden. »Dann sind wir wenigstens nicht umsonst hier, hm?«

»Sie sind dran«, erinnerte ich ihn. »Erklären Sie mir, weshalb wir wirklich hier sind.«

Er seufzte und trat wieder vor die Tür. »Baudelaire nannte den Fürst dieser Welt einen großzügigen Spieler. Wahrscheinlich ist er das auch. Leider ist er aber auch ein unbarmherziger Gläubiger. Das kriegen Sie gerade zu spüren. So wie er es wohl sieht, haben Sie mit geborgtem Einsatz gespielt.«

»Haben Sie ihn je getroffen, diesen großzügigen Spieler?«

Er legte den Kopf schief wie ein Schüler, der einen Streich zu vertuschen sucht. »Nein. Und wenn Sie mich das letzte Woche gefragt hätten, hätte ich gesagt, ich glaube nicht, dass es ihn überhaupt gibt. Ehrlich gesagt würde ich es vorziehen, ihn immer noch für eine Projektion des *Fin de siècle* zu halten – einen bösen Wunsch, wenn Sie so wollen.«

»Und jetzt? Ist er hier? In Paris?«

»Sie stellen viele Fragen, Ravi. Aber gehen wir mal davon aus, es verhielte sich so, und er wäre hier und zöge die Fäden. Dann wäre er sicher klug genug, sich nicht in dasselbe Gefängnis zu sperren wie uns, denn *dieses* Paris und *diese* Welt werden sehr bald enden. Allerdings hieße das auch, dass seine Macht in dieser Welt sehr beschränkt ist. Daher braucht er dienstbare Geister, die seinen Willen erfüllen. Céleste streute die Saat, und als wir ihn gestern riefen, ging die Saat auf: Orlando, Philbert, und beinahe auch Alphonse. Sie alle sind seine Marionetten, auch wenn sie das wahrscheinlich anders sehen; aber man nennt ihn ja nicht umsonst den Spieler. Zwar dürfte jene Gestalt, in der er Baudelaire und anderen erschien, nicht mehr als ein Abbild sein, ein Schatten, als der er sich unter die Menschen mischt – das kann sich aber sehr rasch ändern, wenn er das tut, was er offensichtlich vorhat.«

»Nämlich?«

Barneby ließ den Blick über die Gräberlandschaft schweifen. »Einen Weg von seinem Reich in dieses zu öffnen. Orlando hat es geschafft, dass sich beide Reiche berühren: Früher hätte man gesagt, er hat den Himmel herabgezwungen – oder die Hölle heraufbeschworen, je nachdem, wie Sie's sehen wollen. Nun trennt uns nur noch eine feine Membran.«

»Und wenn diese Membran zerreißt?«

»Wenn ihm das gelingt«, sagte Barneby und rückte Hut und Anzug zurecht, »steht ihm nichts mehr im Weg. Dann gehören ihm Zeit und Welt. Er kann sich die ganze Stadt einverleiben und Sie und mich so lange an den Füßen aufhängen, bis wir ihm einen Witz erzählen, über den er lachen kann. Er kann Blanche in ein Täubchen verwandeln und in einen Käfig sperren, und wenn er die Lust an uns verliert, kann er Sacré-Cœur schwarz streichen, die Treppen der Basilika in Blut baden und diese ganze Welt in Schutt und Asche legen. Das, und rechtzeitig zum Tee wieder zuhause sein.«

»Und niemand würde je davon erfahren?«

»Wissen Sie denn, was vor achtzehn Jahren in Sibirien geschah? Sie wissen schon, die Katastrophe in der Tunguska-Region?«

»Ich dachte, niemand weiß das.«

»Sehen Sie?«

Ich seufzte. »Man sollte meinen, jemand würde sich daran stören, wenn so ein Loch in die Schöpfung gebrannt wird.«

»Nun, mich würde es stören«, bekannte Barneby. »Aber lassen Sie uns nicht in die Metaphysik abschweifen. Alles, was ich dazu sagen kann, ist dies: Diese Welt ist nur eine aus einer unendlichen Vielfalt von Welten, ein kleiner Raum in einem großen Museum. Die Schöpfung als Ganzes schmerzt es nicht mehr, diese eine Variante zu verlieren, als es einen Baum schmerzt, ein Blatt abzuwerfen. Wir dagegen sind die Läuse auf diesem Blatt.«

»Ich mag Ihre Vergleiche nicht«, sagte ich. »Gehen wir.«

»Nach Ihnen«, lächelte Barneby und hielt mir die Tür zum Mausoleum auf. Dort, wo ich eigentlich die Rückwand erwartet hätte, war die zweite Tür, von der Barneby gesprochen hatte, und dahinter führte eine alte Treppe nach unten.

Gaspard

Die nächste denkwürdige Begegnung an diesem unwirklichen Tag ereignete sich auf meinem Rückweg aus der Rue Froidevaux. Aus einem trübsinnigen Impuls heraus hatte ich den Weg über statt um den Friedhof gewählt und irrte nun ziellos zwischen den Gräbern umher, die Hände in den Taschen vergraben, den Kopf gesenkt, und gab wahrscheinlich ganz das Bild des mittellosen Studenten ab, das die weniger Mittellosen als so malerisch an Paris empfinden. Es war aber kaum jemand da, der mich hätte sehen können. Tatsächlich waren für einen Sonntag viel zu wenig Menschen auf dem Friedhof, und ich verspürte den Wunsch, mich ebenfalls in mein Hotel zu verkrie-

chen und dieser Stadt der enttäuschten Hoffnungen bei Tagesanbruch den Rücken zu kehren.

»He«, sagte da eine Stimme. »He, du.«

Ich zuckte zusammen und fuhr herum, denn was ich im Vor-
beigehen für eine besonders missratene Skulptur auf einem der
Gräber gehalten hatte, entpuppte sich bei näherem Hinsehen
als lebendiges Wesen, auch wenn es der Phantasie eines Surrealisten entsprungen schien. Ein kleiner Mann mit einem Kinn,
das ihm fast bis zur Brust reichte, hockte geduckt wie ein Was-
serspeier auf einem der Grabsteine und kratzte sich mit einem
langen Arm hinter dem Ohr, während er mich studierte.

»Was, ich?«, fragte ich und kam mir schrecklich dumm vor,
überhaupt mit diesem Wesen zu sprechen. Vielleicht, überlegte
ich, während ich seine wahllos zusammengestückelte Kleidung
studierte, war er ja ein Kriegskrüppel. Oder er gehörte zum Zir-
kus.

»Ja, du. Gaspard.«

Mich traf fast der Schlag. »Woher kennst du meinen Namen?«

»Das würde jetzt zu lange dauern. Der Punkt ist, ich weiß
genug über dich, um zu wissen, dass du der richtige Mann für
mich bist. Ich brauche deine Hilfe, und wir haben nicht sehr
viel Zeit.«

»Hilfe? Für was denn?«

Er seufzte. »Ich könnte jetzt von furchtbarem Unrecht und
dem Heil der Welt und all diesem Zeug anfangen, aber da ich
weiß, was dich umtreibt, sollte es reichen, wenn ich sage, dass
du ein schönes Mädchen aus höchster Gefahr retten musst.«

Ich lachte. Ich schüttelte den Kopf. »Ich?«, brachte ich
schließlich hervor. Meine Stimme überschlug sich fast.

»Siehst du sonst noch jemanden hier? Die alten Helden sind
alle tot. Pass auf! Dein Name ist Gaspard Damant. Du kommst
aus einem kleinen Kaff bei Toulouse und schreibst Geschichten

über Frauen, die du nie kennengelernt hast. Du bist hier, weil du dich beweisen willst, denn du ahnst, dass von deinem Leben nicht mehr viel übrig bleibt, wenn sich nun auch noch herausstellt, dass du ein lausiger Schriftsteller bist.«

Ich schnappte nach Luft, aber der Gnom ließ mich gar nicht erst zu Wort kommen.

»Normalerweise trägst du deine Ergüsse mit dir herum. Da du sie nicht mehr bei dir hast, schließe ich, dass du entweder dumm genug warst, sie wieder zu verlieren, oder dass du sie jemandem überlassen hast, der dir das Blaue vom Himmel versprach, denn eigentlich willst du sie deinem Idol präsentieren. Diesem Amerikaner.«

»Ich habe sie ihm vor die Tür gelegt«, flüsterte ich.

Der kleine Mann krähte. »Du hast ihn also endlich gefunden?«

»Ein alter Kellner in der Closerie kannte die aktuelle Adresse.«

»Und dann warst du zu feige, zu klingeln?«

»Er hat nicht geöffnet!«, protestierte ich.

»Ich habe etwas Besseres für dich, Gaspard. Heute ist dein Glückstag, denn heute hast du Gelegenheit, ganz groß rauszukommen. Etwas zu bewegen. Ein Zeichen zu setzen. Echte Geschichte zu schreiben! Na? Wär' das nicht was? Wär' das nicht besser als Romane über verstockte Landeier? Na komm!« Er hopste von seinem Grabstein.

»Wenn du meine Hilfe willst, solltest du deinen Ton ändern«, warf ich ein und fühlte mich hundeelend, denn er hatte mich verletzt. Von dem magischen Moment, der nicht zählte – vorhin auf dem Boulevard, als ich in den Augen eines unbekannten Mädchens, mit dem ich nie ein Wort gewechselt hatte, all die Leben sah, die ich nie führen würde –, über mein Gedruckse in der Closerie, bis man mir endlich seine Adresse gab, bis zu den furchtbaren Minuten eben in der Rue Froidevaux, als ich insgeheim zu hoffen begann, dass die Tür sich niemals öffnen würde, und ich es nicht über mich brachte, ein weiteres Mal auf die Klingel zu drücken, war dieser ganze Tag ein einziger Ausdruck meines Scheiterns. Ich fühlte mich krank und schwach wie der Himmel, die Bäume, die Menschen auf der Straße, die jeden Lebenswillen verloren zu haben schienen. Der Mann in der Dingo Bar hatte recht behalten: Ich war einfach nicht Manns genug.

Und das ärgerte mich.

»Du willst eine Aufgabe«, sagte der kleine Mann. »Ich gebe sie dir. Eine bessere Aufgabe hat es niemals gegeben, Gaspard. Komm mit mir und rette das Mädchen.«

»Was für ein Mädchen?«, wollte ich wissen. »Und was hat sie mit mir zu tun?«

»Sie ist nur eine Kellnerin«, sagte der kleine Mann.

»Eine Kellnerin?«

»Mehr kann ich dir leider nicht bieten. Aber wenn du eine Antwort auf die zweite Frage willst: Sie hat alles mit dir zu tun. Du solltest also besser einen Zahn zulegen.«

Ich hielt mir die Stirn. Ausgerechnet eine Kellnerin? Es war verrückt. Doch verrückt oder nicht, ich folgte ihm – so, wie man einem lästigen Passanten folgt, der Hilfe beim Abschleppen seines Wagens oder eine Zeugenaussage für die Polizei benötigt, denn irgendwie will man ja auch kein schlechter Mensch sein, und zu guter Letzt bleibt immer die Hoffnung, dass der andere sich von ganz alleine lächerlich machen wird, wenn man ihm nur seinen Willen lässt.

O-beinig watschelte er vor mir her und führte mich zu einem der Mausoleen an der Mauer des Friedhofs, einem dunklen, bedrohlich wirkenden Gebäude mit eisernen Türen, das wie eine kleine Kapelle aussah. Mit ein paar hektischen, aber geübten Griffen öffnete er das Schloss, stieß die Tür auf und trat ein.

»Das ist Grabschändung!«, protestierte ich, während ich entsetzt mit ansah, wie er im Inneren eine schwere Luke aus dem Boden wuchtete.

Statt einer Antwort grinste er nur und warf einen nachdenklichen Blick in das dunkle Loch, das er freigelegt hatte. Eine Steigleiter, wie man sie in Kanälen benutzt, führte hinab in die Tiefe.

»Oh nein«, widersprach ich und machte einen Schritt zurück. »Das ist sehr gefährlich! Dort unten gibt es – «

»Eine Menge Staub, und einen Haufen alter Knochen«, unterbrach mich der kleine Mann. »Und ein nettes, blondes Mädchen, das im Begriff ist, den Mächten der Hölle geopfert zu werden, wenn du dich nur weiter so anstellst.«

Er griff neben sich und präsentierte eine eigenartige Lampe, die wie ein kleiner, ramponierter Kochtopf an einem langen Stiel aussah.

»Wir haben sogar Licht«, zwinkerte er und hantierte mit der Lampe. »Also was ist?«

Ein blondes Mädchen, überlegte ich. Konnte es sein? Wahrscheinlich war die Hälfte der Pariser Mädchen mehr oder minder blond, und wahrscheinlich hatte die Hälfte davon wiederum zur einen oder anderen Gelegenheit als Kellnerin gearbeitet. Irgend etwas an der ganzen Angelegenheit roch ziemlich abgekartet.

Die Lampe des Kleinen stank nach Schwefel, als er sie entzündete.

»Sie wollen mich doch nicht ausrauben, oder?«

Seine Augenbrauen zuckten, dann wandte er sich ab, ohne meine Frage eines weiteren Kommentars zu würdigen, und hopste in das Loch.

Unschlüssig stand ich am Rand und schielte hinab. Der kleine Mann hing zwei Meter tiefer in den Sprossen und sah ungeduldig zu mir hoch. Seine Lampe hatte er im Mund, und eine helle Gasflamme tanzte vor seiner Nase.

Eine Kellnerin, dachte ich. Dann seufzte ich und stieg ihm nach.

Er grunzte befriedigt und kletterte weiter. Zögernd folgte ich ihm in die Dunkelheit. Es wurde rasch kälter, je tiefer wir kamen, und der Abstieg nahm kein Ende.

»Das mit den Mächten der Hölle …«, hob ich an.

»War mein völliger Ernst«, nuschelte er. »Was ist? Hast du Angst?«

»Mir ist schlecht«, sagte ich.

»Du bist mir ein schöner Orpheus. Etwas schneller, wenn's recht ist.«

»Verrückt«, murmelte ich. »Du bist völlig verrückt!«

Schließlich erreichten wir den Boden der Steigleiter; es mussten sicher hundert Sprossen gewesen sein. Wir standen in einem kleinen, mit Erde und Geröll gefüllten Raum. Ein Loch in der Wand führte in einen engen Korridor, von dessen niedriger Decke Stalaktiten hingen. Feuchtigkeit hatte sich in Pfützen am Boden gesammelt. Dennoch roch es nicht modrig; die Luft war seltsam unberührt und still.

»Erst mal rüsten wir dich aus. Hier entlang.« Er drückte mir seine Lampe in die Hand, damit sie ihn nicht blendete, und wackelte voraus.

Wir passierten einige halbverschüttete Stollen. Dann traten wir durch eine weitere eingestürzte Wand in ein hohes Gewölbe, das mich an einen alten Weinkeller erinnerte. Staunend blieb ich stehen und hielt die Lampe empor.

An mehreren Stellen war die Decke eingebrochen, aber im Schein des Acetylenlichts konnte man noch die Bögen erahnen, die sie einst getragen hatten. Vor uns auf dem Boden erstreckten sich mehrere verrottete, muffig riechende Haufen, Reihe auf Reihe, wie Ackerfurchen. Der kleine Mann pickte mit einem Finger in die fast zu Staub zerfallene Erde und steckte sich etwas in den Mund.

»Champignons«, erklärte er. »Der Pilz der Wahl. Leider nicht mehr ganz frisch.« Mir drehte sich der Magen um.

Dann blickte er auf, als suche er etwas, ging zur hinteren Wand des Gewölbes und stöberte in einer kleinen Nische. Als ich vorsichtig nähertrat, erkannte ich Kleiderfetzen und eine alte Ledertasche. Eine dicke Schicht Staub hatte sich darüber gebettet.

»Es ist lange niemand mehr hier gewesen«, murmelte ich.

»Man kann es ihnen nicht zum Vorwurf machen«, gab er zurück und durchwühlte den Haufen. »Pilzzüchter. Wahrscheinlich illegal. Und je abergläubischer sie sind …« Triumphierend hielt er eine weitere Lampe empor. »Deine eigene, Gaspard«, grinste er. Er schüttelte sie, und das Karbid in ihr klackerte. »Was will man mehr? Komm mit.«

Er führte mich aus dem Gewölbe und in einen anderen Gang, dessen Wände aus hellen Kalksteinblöcken gemauert waren. Nach oben hin verjüngten sich die Wände leicht; ich kam mir vor wie in einer Pyramide. Die Einsamkeit und der Mangel an Sinneseindrücken war beklemmend.

Andere Gänge kreuzten den unseren. Ich versuchte mir den Weg zu merken, aber mit jeder Abzweigung wurde es schwerer. In unregelmäßigen Abständen waren Tafeln in die Wände gemeißelt; die Initialen darauf sagten mir nichts, aber die Jahreszahlen datierten den Gang auf weit über hundert Jahre zurück. Eine Tafel klärte uns darüber auf, dass wir uns in Richtung der aufgehenden Sonne bewegten.

»Wie oft warst du schon hier unten?«, fragte ich.

»Ich kenne den Weg«, antwortete er.

Wir gingen noch eine Weile geradeaus, ehe wir eine große Kammer erreichten, von der mehrere Gänge abzweigten. Gestützt wurde sie von einer einzelnen Säule, die wie ein großer Grabstein in ihrer Mitte stand. Am Rande der Kammer war ein Brunnen; das Wasser war erstaunlich sauber. Hastig machte sich der kleine Mann daran, die zweite Lampe zu säubern und einsatzbereit zu machen. Gurgelnd und zischend erwachte die Flamme zum Leben.

»Bist du bereit?«, fragte er mich.

»Das fragst du jetzt?«, gab ich zurück.

Er deutete vielsagend mit dem Daumen um die nächste Ecke.

Ich machte ein paar Schritte und hob das Licht über den Kopf. Wuchtige Steinblöcke flankierten einen Durchgang, der wie die Pforte eines ehrwürdigen Tempels wirkte. Hinter dem Durchgang führte eine steile Treppe hinab – weiter nach unten.

»Mein Gott«, sagte ich. Doch bevor ich weiter protestieren konnte, schob mich der kleine Mann schon vorwärts. Stufe für Stufe drangen wir tiefer in das unterirdische Reich vor.

Bald darauf begannen die Beinhäuser.

Justine

Als ich zu mir kam, war ich völlig desorientiert. Ich mochte es nicht, mehr als einmal am Tag den Wechsel zwischen Schlafen und Wachen mitzumachen; vielleicht weiß ich einfach gerne, wo und woran ich bin, und jeden Morgen erkennen zu müssen, dass alles, was man gerade erlebt hat, nur ein Traum war, und die echte Welt willkommen zu heißen – bloß, um sie dann beim Schlafengehen wieder zu vergessen –, ist eigentlich eine Zumutung. Früher, als Kind, hatte ich eine Reihe wiederkehrender Träume gehabt, und das hatte alles noch schlimmer gemacht, denn ich entsann mich im Traum meiner früheren Träume und war erleichtert, das unstete, wache Leben dazwischen als Einbildung zu erkennen.

Das war das eine: Ich war verwirrt und wusste nicht mehr, was gerade echt war.

Außerdem aber sagte mir etwas, dass mein Erwachen böse Überraschungen für mich bereithalten würde. Deshalb zögerte ich es so lange wie möglich hinaus und versuchte mich an das zu klammern, woran ich mich gerade noch erinnern konnte.

Ich wusste noch, wie ich mit Mischa in den Keller ging. Etwas an der Sache war seltsam gewesen, aber ich hatte mir mehr Gedanken um ihn als um mich gemacht, denn er wirkte ganz anders und sagte, er brauche meine Hilfe. Esmée rief uns hinterher und wurde über uns kleiner und kleiner, so als stiegen wir in einen tiefen Brunnenschacht hinab. Tatsächlich war der Keller auf einmal phantastisch groß, und Mischa war nicht mehr Mischa, sondern verwandelte sich in etwas anderes. Dann griff er nach mir.

Ich beschloss, dass dies doch keine so gute Erinnerung sei, und forschte in meinem Geist, woran ich mich sonst noch entsann.

Überrascht stellte ich fest, dass das alles war, und dass es sich tatsächlich so zugetragen hatte. Ich glaube, zuerst war ich mehr enttäuscht als erschrocken. Dann erwachte ich mit einem Schrei und hoffte, es wäre damit vorbei.

Ich fand mich in absoluter, tintenschwarzer Dunkelheit. Der Boden, auf dem ich lag, war kalt und feucht, die Luft roch leblos und abgestanden, und mein ganzer Körper schmerzte, als hätte mich eine Kutsche überfahren. Einer meiner Arme aber war so taub, dass ich ihn kaum mehr fühlte.

Ich konnte mich nicht bewegen.

Mein Verstand setzte aus. Ich weiß nicht, ob ich tatsächlich das Bewusstsein verlor – in Büchern und Filmen tun Frauen das ja oft, sie fallen einfach um vor lauter Schreck, und ich fand das bisher immer recht lustig – jedenfalls machte ich denselben Prozess, den ich gerade geschildert habe, noch ein paarmal durch, bis ich mir völlig sicher war, dass ich wach war, und jemand oder etwas, der aussah wie Mischa, und im nächsten

Moment dann wieder nicht, mich im Keller des Jardin überwältigt und hierher verschleppt hatte – wo immer *hier* auch war. Allem Anschein nach hatte man mich entführt. Dazu passte, dass ich, wie ich nun zweifelsfrei feststellte, gefesselt war.

Ich versuchte, mich zu befreien.

Alles, was ich schaffte, war jedoch, mich in eine sitzende Position zu bringen und meine Fesseln besser kennenzulernen. Ich hielt sie für dicke Hanfstricke, die man mir um Hände und Füße geschlungen hatte, nicht sehr ordentlich, aber ziemlich fest. Allmählich fühlte ich auch meine Hände nicht mehr; wahrscheinlich schnürte ich sie in meinem Kampf gegen die Stricke nur noch weiter ab. Keuchend hielt ich inne und versuchte, mich auf meine Umgebung zu konzentrieren.

Als das Rauschen meines Blutes allmählich leiser wurde, glaubte ich, von fern ein schürfendes Geräusch zu hören. Fast hätte ich laut um Hilfe gerufen, dann aber dämmerte mir, dass wer auch immer mich hierhergetragen und gefesselt hatte (und ganz sicher war es nicht Mischa gewesen), vielleicht noch ganz in der Nähe war.

Ich lauschte. Das Geräusch klang nach einem Spaten, oder einer Spitzhacke. Erde und loses Gestein wurden ausgehoben und beiseite geworfen, und manchmal, in den Pausen, glaubte ich dumpfes Schnauben zu hören, und einmal ein Kichern, das mir mehr Angst einjagte als alles andere.

Etwas Weiches, Pelziges drückte sich in meine Hände. Ich merkte es erst spät, weil ich kaum noch Gefühl in ihnen hatte. So zuckte ich also zusammen und schrie dann doch wieder auf, weil im nächsten Moment nämlich viele kleine Füße an mir emporkletterten. Glauben Sie mir, ich hatte nie eine übermäßige Angst vor kleinen, pelzigen Tieren gehabt, aber es ist etwas anderes, wenn Sie gefesselt in einem lichtlosen Loch sitzen und nicht wissen, wie Ihnen geschieht.

Ich versuchte verzweifelt, auf die Füße zu kommen, was mir

nicht gelang. Glücklicherweise schien es aber nicht die Absicht meiner ungebetenen Gäste zu sein, bis zu meinen Schultern oder meinem Gesicht vorzustoßen – ich weiß nicht, was ich *dann* getan hätte. Sie huschten nur über meine Hände, meine Füße und Knie und zupften an meinen Fesseln.

War es denn möglich, dass …? Fassungslos registrierte ich, dass die kleinen Tiere unermüdlich kauten und knabberten, dankenswerterweise aber nicht an mir – und im nächsten Moment hatte ich meine Hände frei.

Hastig massierte ich meine tauben Handgelenke und tastete mich ab. Ich war, von ein paar blauen Flecken abgesehen, unversehrt und trug noch immer meine Arbeitskleidung, von der Bluse bis zur Schürze. Ich griff in meine Gürteltasche und fand mein treues Kellnermesser. Vorsichtig strich ich die fiependen Mäuse – denn um Mäuse handelte es sich wohl – von meinen Knöcheln und machte mich daran, die übrigen Fesseln durchzuschneiden. Die Klinge des Messers war kleiner als der Korkenzieher, aber die Mäuse hatten gute Vorarbeit geleistet, und nach wenigen Augenblicken war ich frei. Langsam kehrte das Blut in meine Glieder zurück.

Ich lauschte erneut; der unbekannte Gräber hatte sich in seiner Arbeit nicht stören lassen. Ich durchstöberte den restlichen Inhalt meiner Tasche und ertastete mit klopfendem Herzen einen Notizblock, einen Bleistift, meine Schlüssel, etwas Kleingeld, ein paar Kekse, wie wir sie Gästen zum Kaffee servieren – und ein Briefchen Streichhölzer.

Ich brach eines ab. Das Heft war noch halbvoll, aber wie alles, was ich an mir trug, ziemlich klamm, und ich stellte mich in meiner Aufregung so ungeschickt an, dass ich das erste Hölzchen verschwendete.

Beim zweiten ließ ich es langsamer angehen. Das Streichholz entflammte in gleißendem Licht, und in den wenigen Sekunden, die mir blieben, nachdem sich meine Augen an die Helligkeit gewöhnt hatten, sah ich, dass ich in einer Art Bergwerkstollen saß. Hinter mir war ein Einsturz, so dass der Gang nur in eine Richtung führte – und vor mir auf dem Boden saßen etwa ein Dutzend Mäuse und sahen mich an. Die Flamme sengte an meinen Fingern, und ich musste das Streichholz fallen lassen. Die Mäuse folgten seinem Fall wie einer Sternschnuppe.

Dass ich die Umgebung kurz gesehen hatte, machte die neuerliche Dunkelheit nicht besser. Panisch riss ich einen Zettel von meinem Notizblock, rollte ihn zusammen, zwang meine zitternden Finger, sich wieder zu beruhigen, entzündete ein weiteres Streichholz und hielt es an das Papier. Für ein paar kostbare Momente hatte ich Licht.

Ich stand auf. Mein Rücken tat weh, und ich fror. Auf wackligen Beinen machte ich ein paar Schritte. Die Mäuse folgten mir in gemessenem Abstand, und froh, nicht ganz alleine zu sein, machte ich mich daran, den Stollen zu erkunden.

Ich hatte eine furchtbare Ahnung, wo ich mich befand, wollte es aber noch nicht wahrhaben. Überrascht stellte ich fest, dass ich mir nichts sehnlicher wünschte, als Alphonse wiederzusehen und von ihm angeschnauzt zu werden, was mir einfiele, zu spät zur Arbeit zu erscheinen.

Als ich den Rest des Zettels fallen ließ, stand ich dicht an die Wand des Stollens gepresst und war halbwegs sicher, dass die nächsten Meter keine unmittelbare Gefahr bereithielten. Um Licht zu sparen, zwang ich mich, eine kurze Zeit im Dunkeln weiterzugehen, und tastete mich an der kalten, gemauerten Wand entlang. Das Geräusch des Spatens vor mir wurde lauter, auch wenn es unmöglich war, die Entfernung zu schätzen; die Dunkelheit lag wie eine drückende Decke auf meinen Sinnen.

Dann war mir, als sähe ich einen schwachen Lichtschein. Ich ging schneller und stolperte prompt über eine Unebenheit. Vorsichtig rappelte ich mich wieder auf und schlich weiter, den

Blick nun zu Boden gerichtet, und nach wenigen Schritten konnte ich tatsächlich meine Beine erahnen, dann meine Hände und Füße, und dann die schattenhaften Umrisse großer Steine und eines Durchgangs, der stetig näher kam.

Hinter dem Gang schien eine große Kammer zu liegen.

Etwas knirschte unter meinen Füßen.

Ich stand jetzt direkt vor dem Durchgang –

Mir blieb fast das Herz stehen, als ich des Anblicks gewahr wurde, der sich mir bot, und ich war froh, dass ich nicht um Hilfe geschrien hatte. Ich zuckte nur zurück und lugte ängstlich um die Ecke.

Ich war in den Katakomben. Zweifelsohne war ich in den Katakomben. Überall an den Wänden der Kammer lagen Gebeine gestapelt. Manche Schichtungen waren zusammengestürzt, so dass die Knochenflut sich über den gesamten Boden bis zu meinen Füßen ergoss. An einer Seite hatte man Schädel um eine Steinplatte zu einem Altar hergerichtet. Unzählige Kerzen, ein paar davon in Gläsern, brannten auf dem Boden, inmitten der Knochen und um den grausigen Tisch herum. Fünf mächtige, rußgeschwärzte Säulen trugen eine hohe Decke, unter der am Rande der Kammer eine Galerie zu verlaufen schien, so dass der Eindruck eines alten Rundtheaters entstand. Mehrere Gänge zweigten von dem Raum ab.

In der Mitte der Kammer aber, im Zentrum der Säulen, klaffte eine Grube im Boden, gut drei Meter breit und sicher einen Meter tief. In dieser Grube arbeitete ein Mann; er war dickbäuchig, groß und trug einen völlig verschmutzten Frack. Erde klebte in seinem verschwitzten Gesicht, seinem grauen Haar, seinem Backenbart. Seinen Zylinderhut hatte er einem Totenschädel am Rande der Grube aufgesetzt. Daneben standen eine Lampe und eine Flasche mit klarer Flüssigkeit. Nun hielt er inne, stützte sich auf seinen Spaten, wischte sich die Stirn und beobachtete die tanzenden Schatten auf den Wänden der Kammer. Er machte eine angedeutete Verbeugung vor seinen Schatten und kicherte; dann murmelte er ein paar Worte, streckte die Hand nach etwas aus und fuhr fort, zu graben.

Doch während er seine Pause eingelegt hatte, war noch etwas anderes aus der Grube zu hören gewesen. Ich begriff, dass er keineswegs alleine dort stand; etwas in dem Loch war in Bewegung, und mir schnürte sich die Kehle zusammen, als ich erkannte, um was es sich handelte und mit wem der Verrückte sich unterhalten hatte: Der Mann stand bis zu den Knöcheln in einer schwarzen, wogenden Rattenschar, die kratzte und scharrte und ihm bei seiner Grabung zu helfen schien.

Ich musste weg, weg, weg. Schnell entschied ich mich, welchen der abzweigenden Gänge ich am ehesten erreichen konnte, und bevor mich der Mut verließ, huschte ich im Rücken des Mannes über das knirschende Knochenfeld hinüber zum nächsten Stollen. Ich war geistesgegenwärtig genug, dabei eines der Lichter an mich zu nehmen.

Dann hörte ich ein lautes Quieken und rannte, so schnell ich nur konnte.

Gaspard

Natürlich hatte ich von den Pariser Katakomben gehört.

Von der Geschichte ihrer Entstehung über ihre Nutzung als letzte Ruhestatt, von den verbotenen Festen und Konzerten bis zu den Abenteurern, die das Tageslicht niemals wiedersahen, sich verliefen und ihr Ende unter einem Einsturz oder allein in der Dunkelheit fanden – tief unter den Kanälen, den Kellern, den Tunneln der Metro. Von all diesen Dingen hatte ich gehört – aber das war etwas ganz anderes, als selbst in die leeren Augenhöhlen tausender toter Menschen zu blicken, die auf eine Art und Weise gestapelt waren, die ebenso zweckdienlich wie intim, und ebenso kunstvoll wie ungehörig erschien.

Man hatte die Knochen in die Bausubstanz selbst integriert, so dass es aussah, als wären die Stollen ganz und gar aus Gebeinen gebaut. Totenköpfe bildeten Pilaster und Kapitelle, Schienbeinknochen lagen wie flache Ziegel geschichtet. Teils waren die makabren Gebilde in sich zusammengestürzt, aber vielerorts bildeten sie noch immer ihre Kreuze und Simse. Millionen von Toten sollten es sein – darunter, verloren in einem bleichen Meer, eine beträchtliche Zahl großer Schriftsteller: Rabelais, La Fontaine, Charles Perrault. Mir schauderte bei dem Gedanken.

Mein Führer an diesem finsteren Ort zeigte sich weniger beeindruckt; er hielt nur kurz an, um einen herabgefallenen Schädel zurück an seinen Platz zu stellen, und eilte dann weiter.

Mehr als die Gesellschaft der Toten, mehr noch als die schale Luft und die Aussicht auf dutzende Meter Erdreich über mir, die allein schon drohten, mich zu ersticken, begann mich die Vorstellung zu plagen, dass der seltsame Kauz mich in eine Falle locken könnte. Ich fragte mich, wie lange das Licht meiner Champignonzüchterlampe noch reichen würde, und begann mich dafür zu verfluchen, jemals dem irren Geschwätz von Ritterlichkeit und Heldenmut Gehör geschenkt zu haben. Außerdem wurde ich das Gefühl nicht los, beobachtet zu werden. Und zwar nicht nur von den ungezählten toten Augen, die unseren Weg flankierten. Da war noch etwas anderes.

Langsam ließ ich mich zurückfallen, und schließlich, an einer Gabelung, blieb ich stehen.

Da war es wieder. Etwas zu meinen Füßen bewegte sich.

Ich blickte nach unten und sah eine kleine Maus, die an meinem Hosenbein zupfte und meinem skeptischen Blick mit ihren winzigen Knopfaugen mühelos standhielt. Ich machte einen Schritt. Sie fiepte verärgert, ließ aber nicht locker, wie ein Matrose, der sich an den Mast seines Schiffes klammert.

»Was ist los?«, fragte der kleine Mann, der mein Verschwinden bemerkt hatte und den Gang zurückkam. »Trödel nicht rum!«

»Hier sind ein paar Mäuse«, sagte ich, denn tatsächlich hatte die erste Maus Gesellschaft bekommen. Sie kamen aus dem Seitengang und saßen Spalier, als erwarteten sie hohen Besuch.

»Es gibt bedeutend schlimmere Dinge als Mäuse hier unten«, erinnerte mich der Kleine.

Ich schüttelte den Kopf. »Ich glaube, sie wollen etwas von mir.«

»Mich hält er für irre, aber für Mäuse hat er ein offenes Ohr«, seufzte er.

Eine weitere Maus kam den Seitengang herauf. Sie trug etwas im Maul und tat etwas, was ich noch nie eine Maus hatte tun sehen: Sie legte es vor mir ab wie ein Hund, der sein Stöckchen apportiert, entfernte sich ein Stück und sah mich erwartungsvoll an.

Vorsichtig bückte ich mich und hob das kleine Etwas auf. Es war ein zerknülltes Stückchen Papier, die obere Kante eines Notizzettels.

Le Jardin, stand in schwungvollen Lettern darauf. Darunter war das Papier verbrannt.

Was ging hier vor sich? Ich dachte an das Mädchen, das ich heute Vormittag am Carrefour Vavin gesehen hatte, und mein Herz tat einen Sprung. Aufgeregt zeigte ich dem kleinen Mann das Papier.

»Siehst du?«, schnaubte er. »Wie ich gesagt habe. Nun mach schon!«

»Nein nein nein!«, rief ich und setzte mich zur Wehr, als er mich am Arm packen und weiterziehen wollte. »Ich muss hier entlang!«

»Das ist der falsche Weg!«, beharrte er.

»Wer wollte denn, dass ich den Retter in der Not spiele? Ich denke, ich habe das Mädchen gefunden!«

Misstrauisch schaute der Kleine den Gang hinab. Einen Moment sah es aus, als wittere er, dann zuckte er zurück.

»Verstehst du denn nicht?«, zischte er. »Wir wollen ein und dasselbe! Ich kenne den Weg zu ihr.«

»Aber die Mäuse!«, widersprach ich.

»Die Mäuse, die Mäuse!«, fluchte er. »Ich habe allmählich genug! Die Katakomben sind ein Labyrinth, sehr gefährlich, und wen auch immer du dort triffst, er ist auch sehr gefährlich! Ich weiß nicht, was diese Mäuse hier treiben und wo sie den Fetzen gefunden haben – aber ich kenne den besten Weg zu dem Mädchen. Ich habe einen Plan, wie wir sie retten können! Du glaubst vielleicht, du kannst einfach zu ihr spazieren und sie auf Armen nach oben tragen, was? Ich sage dir, vergiss es! Und vor allem sage ich, hier entlang!« Und damit stampfte er den Boden wie das Rumpelstilzchen und rollte mit den Augen.

Ich hob so entschlossen wie möglich meine Lampe und sah in den Gang, in dem die Mäuse immer noch saßen und warteten.

»Tut mir leid, kleiner Mann«, sagte ich über die Schulter. »Aber man ruft nach mir, und ich mag deinen Tonfall nicht.« Und damit ließ ich ihn an der Gabelung stehen.

Ich hörte ihn noch lange fluchen und etwas rufen, das wie ein abfälliges »Menschen!« klang; dann wurde der Klang seiner Stimme von der Dunkelheit erstickt.

Die Mäuse trippelten aufgeregt vor mir her.

Justine

Im Nachhinein staune ich selbst, dass ich nicht den Verstand verlor, alleine, dort unten im Dunkeln. Ich habe mich nie für besonders tapfer gehalten, und ich schäme mich nicht, zuzugeben, dass ich wohl geweint habe, wie ich da durch die Gänge irrte, eine Kerze in einem Glas als einzigen Hoffnungsschimmer, und wahllos Abzweigung auf Abzweigung nahm, ohne zu wissen, ob ich mich von der Gefahr entfernte oder ihr in die Arme lief.

Der Junge sagte später, ich hätte geweint. Das war eines der ersten Dinge, die er zu mir sagte – »nicht weinen«. Keine Ahnung, ob ich's getan habe. Ich brachte es nicht über mich, auf meiner Flucht irgend etwas anderes im Auge zu behalten als meine Füße. Das Letzte, was ich noch gebrauchen konnte, dachte ich, wären verletzte Füße, und ich war froh, dass ich keine Absätze trug. So bemerkte ich auch kaum, dass die Knochen um mich eher mehr als weniger wurden, und als ich es dann bemerkte, wollte ich auch nicht darüber nachdenken, denn es war zu erschreckend, zu ungeheuerlich. Ich hielt meinen Blick starr auf den Boden gerichtet, mein Licht in beiden Händen, und stolperte vorwärts, bis mich immer stärkere Stiche in den Seiten zum Anhalten zwangen, und ich mich in einem Irrgarten enger, gewölbter Gänge wiederfand.

Keuchend lehnte ich mich an die Wand. Immerhin gab es hier keine Knochen mehr. Doch auch von den Mäusen war nichts mehr zu sehen. Meine kleine Kerze war beinahe niedergebrannt.

Dann hörte ich das Singen. Das heißt, zuerst hörte ich eine Stimme, mal lauter, dann wieder ganz leise, und als ich den Atem anhielt, um auf sie zu lauschen, wusste ich nicht mehr, wie lange ich sie schon gehört hatte. Mein Zeitgefühl spielte mir Streiche, und alle Geräusche in dieser Welt klangen gedämpft wie unter Wasser. Die Stimme kam stoßweise und erschöpft, doch was am wichtigsten war, sie passte nicht zum Lachen des irren Manns mit seiner Schaufel.

Da begriff ich, dass jemand eine Melodie sang. Keine sehr betörende Melodie, und auch nicht mit viel Einsatz vorgetragen;

die Art von Lied, die man endlos vor sich hinsummen kann, beim Putzen oder beim Marschieren, und die wahrscheinlich mehr Verse als die Bibel hat.

Es war kein Geheimnis, dass immer wieder Leute die Katakomben betraten: Diebe und Schmuggler, Obdachlose und Clochards, und gelegentlich auch Künstler und Studenten, die die Kammern für ausgefallene Feiern und Vernissagen benutzten. Mischa hatte einmal versucht, Véronique auf eine dieser Feiern mitzunehmen, doch sie hatte ihn einen Grabschänder geschimpft und davongejagt.

Ich fasste mir ein Herz und beschloss, dass die Gesellschaft jeder dieser Berufsstände besser sei, als mich weiter zu verlaufen. Ich wusste, ich hatte den Orientierungssinn einer Landschildkröte, und hätte ich raten müssen, so hätte ich mich zu diesem Zeitpunkt bereits gleichermaßen unter Montmartre wie unter dem Ärmelkanal befinden können.

»Hallo?«, fragte ich in die Dunkelheit – und dann noch einmal, weil es das erste Mal ziemlich zaghaft gewesen war – »Hallo? Können Sie mich hören?«

Das Singen endete abrupt. Mit klopfendem Herzen wartete ich, was als nächstes geschehen würde. Mein Blick wanderte suchend umher, und ich ärgerte mich, dass ich nicht einmal etwas zum Zuschlagen hatte.

Dann sah ich weit entfernt einen Lichtschein, hörte Schritte und eine Stimme, die zurückrief, »Hallo? Wo sind Sie?«, dann entfernten sich Lichtschein und Schritte wieder, und ich geriet in Panik und rief, bis der Unbekannte den Weg zu mir gefunden hatte.

Den Gang herab kam ein junger Mann mit einer kleinen Lampe, die er vor sich hertrug wie Kinder beim Eierlauf ihren Löffel. Sein Haar klebte ihm trotz der Kälte in der Stirn, sein Jackett war staubig, seine Hosenbeine nass bis zu den Knien. Er musste schon eine ganze Weile hier unten sein, trug aber Straßenschuhe und war ebenso wenig wie ich dafür gekleidet, die Katakomben zu erkunden. Begleitet wurde er von einer kleinen Mäuseschar – und irgendwie ließ mich das mehr Vertrauen zu ihm fassen als alles andere.

»Aber Mademoiselle«, sagte er verdutzt, als ich mich ihm in die Arme warf. »Nicht doch – ist ja gut – beruhigen Sie sich«; dies und eine Menge anderer Dinge sagte er, während wir uns festhielten und um Atem rangen. Mit der Last der Angst, die von mir fiel, kehrte auch die Schwäche zurück, und ich musste mich setzen. Ich versuchte, in Worte zu fassen, was mir widerfahren war, aber es kam nur ein sinnloses Gestotter heraus.

Geduldig setzte er sich neben mich, strich mir das Haar aus der Stirn und wischte mir so gut es ging den Schmutz aus dem Gesicht. Dann hielt er inne und sah mich an wie eine Marienerscheinung.

»Mein Gott«, sagte er. »Sie sind's tatsächlich.«

»Tatsächlich wer?«, fragte ich. Doch bevor er eine Antwort geben konnte, wusste ich, was er meinte. Er hatte die Lampe neben sich auf einen Vorsprung gelegt, und in ihrem grellen, weißgoldenen Licht erkannte ich den Jungen, der mich heute Vormittag – eine Ewigkeit war das her – von der anderen Straßenseite aus angesehen hatte. Ich erinnerte mich daran, weil der Moment so eigenartig gewesen war; es war, als hätte ich in seinen Zügen eine lange verlorene Kindheitsliebe erkannt, die ich beinahe vergessen hatte, ohne die mein Leben aber doch nie vollständig gewesen wäre. Einen drängenden, zeitlosen Moment hatten wir uns angesehen, einen Moment, in dem jeder von uns darauf wartete, was der andere als nächstes tun würde – dann hatte der Boulevard ihn fortgetrieben.

»Wer sind Sie?«, fragte ich. »Was machen Sie bloß hier?«

»Nun, die letzte Frage könnte ich Ihnen auch stellen«, lächelte er. »Mein Name ist Gaspard. Ich bin gestern mit dem Zug gekommen, und seitdem sind eine Menge seltsamer Dinge passiert – zuletzt, dass man mir sagte, jemand hier unten bräuchte meine Hilfe. Und dann sind diese Mäuse aufgetaucht und haben mir das hier gebracht.« Er reichte mir ein Stück Papier, in dem ich die abgebrannten Reste des Blatts von meinem Block erkannte – das Blatt, das ich vorhin entzündet hatte.

»Diese Mäuse«, sagte ich und studierte die kleinen Tiere, die friedlich um uns versammelt saßen, »haben mich befreit.« Ich kramte in meiner Tasche und holte eine Handvoll Kekse heraus. Vorsichtig hielt ich meinen kleinen Rettern einen hin, und sie kamen und schnupperten und begannen zu knabbern.

»Sie scheinen Hunger zu haben«, sagte Gaspard.

»Möchten Sie auch?«, fragte ich und gab ihm einen Keks. »Ich bin Justine. Ich kann nicht behaupten, dass ich verstehe, was mit uns geschieht, aber ich bin Ihnen sehr dankbar, dass Sie hier sind.« Gaspard brach die Hälfte seines Kekses ab und biss hinein. »Anis«, sagte er und verzog überrascht das Gesicht.

»Nicht gerade eine perfekte Notration, ich weiß«, lachte ich und aß die andere Hälfte. Es half, den Mund vom Staub und dem Todesgeschmack der Gänge zu befreien. Also saßen wir da und aßen Kekse, Gaspard, die Mäuse und ich. In seiner Gesellschaft und mit seinem Licht begann ich zum ersten Mal daran zu glauben, dass ich unbeschadet aus dieser Sache herauskommen könnte.

»Finden Sie den Rückweg?«, fragte ich Gaspard, und ich sah, dass er meinem Blick auswich.

»Ich muss gestehen, dass ich eine Meinungsverschiedenheit mit der Person hatte, die mich überredete, hierherzukommen. Ohnehin hielt ich sie nicht für allzu vertrauenswürdig. Seitdem bin ich vor allem den Mäusen gefolgt.«

»Könnt ihr uns rausbringen?«, fragte ich die Mäuse, und kam mir nicht im Mindesten komisch dabei vor. »Könnt ihr das?«

Die Mäuse hatten die letzten Kekskrümel verputzt und quietschten aufgeregt, als ich zu ihnen sprach. Sie erinnerten

mich an Kinder, die sich freuten, dass man sie endlich zur
Kenntnis nahm.

»Ich denke, das ist ein Ja«, lächelte Gaspard. »Wollen wir?«

»Je schneller wir diesen Ort verlassen, desto besser«, nickte
ich. Er stützte mich, ich stand auf, und gemeinsam liefen wir
unseren märchenhaften Führern nach, die trippelnd vorauseilten.

»Glauben Sie«, fragte er mich, »dass wir eine logische Erklärung
für all das finden, wenn wir uns heute Abend auf ein Glas
Wein zusammensetzen?«

Ich lachte mit schmerzverzerrtem Gesicht, denn ich bekam
wieder Seitenstiche. »Ist das Ihre Art, um ein Rendezvous zu
bitten, Gaspard?«

»Ist das Ihre Art, ja zu sagen, Justine?«, fragte er.

»Sie haben mich durchschaut«, brachte ich hervor.

Die Mäuse liefen immer schneller. Mehr als einmal kam es
mir so vor, als sähe ich eine Kreuzung, einen Gang zum zweiten
Mal; dann wieder schien mir die Umgebung völlig fremd.
Ich bemerkte, dass wir uns einem weiteren als Grabstätte genutzten
Bereich der alten Steinbrüche näherten. Lateinische
Inschriften säumten die Wände. Dann betraten wir eine sechseckige
Kammer.

Von jeder zweiten Seite verließ ein Gang die Kammer; die
Wände dazwischen waren mit Knochen aufgefüllt. In den Ecken
standen Säulen, die wie weiße Obelisken aussahen. An der uns
gegenüberliegenden Wand wuchs ein mannshohes Kreuz aus
Kalkstein aus den Knochen, und davor stand ein mehrarmiger
Kerzenleuchter auf einem wachsverklebten Sockel.

»Wo sind sie lang?«, rief ich. Gaspard wies auf einen der Gänge.
»Dort entlang!«

Da drang ein schreckliches Quieken aus dem Gang, auf den
er gedeutet hatte – ein Todesschrei. Eine Maus kam panisch zurück
in die Kammer gerannt; dann sprang eine große Ratte aus

der Dunkelheit, erwischte die Maus mit einer Pfote und biss ihr ins Genick.

»Zurück!«, rief Gaspard, und in diesem Moment trat ein Mann in die Kammer. Er war groß und trug als einziges Bekleidungsstück eine zerrissene schwarze Robe. Er sah aus wie ein Leichnam – sein Fleisch war weiß im Schein unserer Lampe, und getrocknetes Blut zeichnete Muster darauf, als wüchsen ihm Flechten auf Brust und Hals. Seine rechte Gesichtshälfte klaffte offen wie eine zerlaufene Kerze, und seine Hände, die er lächelnd zu einem Willkommensgruß ausstreckte, waren Klauen, von denen die Haut in Fetzen herabhing. Als er sie hob, entflammten die Kerzen des Leuchters.

»Ihr wollt uns schon verlassen?«, fragte er und verzog das Gesicht zu einem grausamen Lächeln. Seine Stimme klang so freundlich, so süß, dass sie in eine andere Welt als dieses entstellte Gesicht zu gehören schien. Dennoch duldete sie keine Widerrede.

»Was wollen Sie von uns?«, rief Gaspard und stellte sich schützend vor mich. Ich sah, wie weitere Ratten aus dem Gang kamen und hinter dem schrecklichen Mann Position bezogen. Vorsichtig umkreisten wir einander, bis wir den dritten Gang im Rücken hatten.

»Das hat nichts mit dir zu tun, Gaspard«, erklärte der Fremde großzügig. »Warum denkst du, es dreht sich immer alles um dich? Vom ersten Tag an hast du das gedacht. Weißt du noch? Du warst zu betrunken, um etwas Sinnvolles von dir zu geben, und lagst jammernd und stammelnd in einem stinkenden Müllhaufen – was mir im Rückblick höchst passend erscheint. Warum hast du ihn je verlassen?«

»Lauf«, sagte Gaspard und drückte mir seine Lampe in die Hand. »Ich halte ihn auf.«

»Gaspard!«, protestierte ich, und er warf mir einen flüchtigen Blick zu – einen kurzen Moment nur, doch er genügte, um zu sehen, wie ernst er es meinte. »Lauf, Justine«, sagte er ein weiteres Mal und drängte mich von sich. Dann griff er sich den Kerzenleuchter und trat dem Mann in Schwarz entgegen. Er hielt den Leuchter vor sich wie eine Waffe.

»Es scheint, wir haben etwas zu besprechen, Monsieur.«

»So scheint es«, lachte der Mann, und beide holten sie zum Angriff aus. »Lauf!«, schrie Gaspard ein drittes Mal, ohne sich umzudrehen, und in diesem Moment brach etwas in mir entzwei, und ich rannte davon.

Ich rannte, einfach drauflos, während sich hinter mir die Schreie Gaspards und das Brüllen des Fremden vermischten und mit ihnen das Quieken und Kreischen der Ratten. Das Licht der kleinen Lampe tanzte über die Wände, die immer näher zu kommen schienen, die Luft wurde stickiger, und ich rannte und weinte und keuchte und hatte Schmerzen in der Lunge und im Herzen. Ich hatte schreckliche Angst, und furchtbare Schuldgefühle, und doch dachte ich an nichts anderes, als zu entkommen – weil es das war, was Gaspard gewollt hatte.

Und so bemerkte ich den kleinen Mann viel zu spät, der mit einem Mal vor mir stand wie aus dem Boden gewachsen, ein Stollengeist wie aus dem Märchen, nur dass er billige Pariser Mode trug und eher einem Jahrmarkt als einem Bergwerk entsprungen schien. In der Hand hielt er eine Lampe wie die, die Gaspard mir gegeben hatte.

Ich schrie auf und rannte ihn beinahe über den Haufen.

»He«, sagte er. »He, du.«

Ravi

Sie sollten das nicht tun«, ermahnte mich Barneby, als es wieder dunkel wurde. »Er führt Sie in Versuchung, junger Freund.«

»Es ist erstaunlich«, bekannte ich. Eine ganze Weile waren wir gewandert, und Kerzen waren entflammt und wieder erloschen, als wir an ihnen vorübergingen. Es schien die natürlichste Sache auf der Welt zu sein. Fand sich keine andere Lichtquelle, gaben die Wände selbst ein schummriges Leuchten ab, gerade hell genug, um den Weg zu erkennen. Ich war mir kaum bewusst, einen Zauber zu wirken – ich hatte mir nur gewünscht, etwas Licht zu haben. »Je tiefer wir vordringen, desto leichter fällt es. Als ob all die Toten …«

»Sagen Sie's nicht«, bat Barneby. »Das ist genau, was ich meine. Die Grenzen zwischen den Welten werden dünner, und seine Macht sickert durch die Wände, die Böden, die Gräber. Wenn Sie zuviel davon benutzen, brauchen wir gar nicht erst weiterzugehen. Lassen Sie stattdessen«, und er hob eine strahlende Grubenlampe empor, »das Licht der Menschen unseren Weg erhellen.« Es war ein schönes Stück aus Messing und Glas, und er sah wie ein Besucher aus viktorianischen Zeiten damit aus.

»Sie sind ein großer Finder«, stellte ich fest. Er zuckte die Schultern. »Ich schätze die einfachen Dinge. Kommen Sie, Ravi.«

Seine Uhr hatte ihren Dienst als Kompass lange quittiert. Wir versuchten, sie noch als Pendel einzusetzen, doch vergebens: Wenn man sie stillhielt, rotierte der Zeiger, und wenn man sie hochhielt, rotierte die ganze Uhr. Dafür konnte ich immer deutlicher den Sog der Macht spüren, von der Barneby gesprochen hatte. Es war, wie in einen tiefen Krater zu steigen, und irgendwo im Zentrum die uralte Wärme und den Geruch der offenen Erde zu ahnen.

»Bilde ich es mir nur ein, oder riecht es tatsächlich nach Schwefel?«, fragte ich zweifelnd.

»Beschwören Sie's nicht«, flüsterte Barneby. »Eine Menge alter Phantome treibt sich hier rum.« Tatsächlich war uns, als ob manchmal ferne Schritte oder das Tuscheln gesenkter Stimmen durch die Gänge wehten, und mehr als einmal gingen wir in Deckung und schienen doch nur einer Sinnestäuschung aufzusitzen. Da war es wieder – Barneby drehte die Flamme kleiner und erstarrte, den Finger am Ventil der Lampe. Doch auch diesmal verebbte das ferne Raunen, und da war nur das gelegentliche Rollen eines Kiesels, das Tropfen eines Stalaktiten, das Erschauern des Gesteins irgendwo zwischen uns und Paris.

Wir schritten weiter. Kreuzung um Kreuzung schloss ich die Augen und wies uns den Weg, und Barneby blickte immer besorgter drein.

»Ihre Sinne sind sehr scharf«, urteilte er misstrauisch.

»Vielleicht werden sie uns das Leben retten«, warf ich ein. »Kennen Sie die Geschichte des Pförtners, der sich während der Revolution in den Gängen unter dem Val-de-Grâce verlief? Er versuchte, in die Keller des Kartäuserkonvents vorzudringen, um ihre Spirituosenvorräte zu plündern. Man fand seine Leiche elf Jahre später.«

»Ein Jammer. War er denn wenigstens erfolgreich?«

»Er hatte keine Flaschen bei sich, wenn Sie das meinen. Würden Sie bitte einmal hier drüben leuchten?«

»Haben Sie etwas gefunden?«, fragte er und hob das Licht, als ich innehielt und den Boden studierte.

»Spuren«, sagte ich und griff in meinen Umhang. Barneby gluckste vergnügt, als ich die große Lupe vor mein Auge hob. »Und mich nennt er einen Finder! Haben Sie die immer dabei?«

»Sagen Sie's nicht weiter«, murmelte ich und untersuchte die winzigen Spuren im Sand.

»Und?«

»Mäuse und Ratten. Es hat einen Kampf gegeben.«

»Meine letzte Erinnerung an Mäuse und Ratten ist nicht gerade die angenehmste«, murmelte Barneby. Dann nickte er den Gang hinab. »Kommen Sie weiter, Vidocq. Ich glaube, es ist nicht mehr weit.«

Die Stollen verzweigten sich in diesem Bereich in verwirrenden Winkeln, und manchmal schienen sie sich in sich selbst zu krümmen wie die Schlangenlinien einer Trojaburg und hinter einem zu verschwinden, kaum dass man sie passiert hatte. Nicht ich war es, der den Weg wählte – der Weg wählte mich. Der Boden senkte sich ab, und die Luft wurde wärmer. Dann hörten wir Geräusche von Werkzeug und sahen Kerzenlicht. Barneby löschte die Lampe, und wir schlichen weiter, bis wir eine kleine Galerie unter der Decke einer großen Kammer erreichten. Wir gingen in Deckung und spähten über den gemauerten Rand ins untere Stockwerk.

Nie werde ich diesen Anblick vergessen, denn er war so durch und durch falsch – so absolut grotesk und wahnsinnig.

Inmitten der runden Kammer, umgeben von einem Kreis schwarzer Säulen, Bergen von Knochen und einer Hundertschaft struppiger Ratten, grub ein einzelner Mann ein Loch in den Boden. Das Loch war mehrere Meter breit und schon so tief, dass nur noch der Kopf des Mannes herausragte. Von unserer erhöhten Position aus konnte ich ihn aber gut erkennen; und als er, wilde Selbstgespräche führend, innehielt, um sich den Schweiß von der Stirn zu wischen, erkannte ich im Licht seiner Lampe und der ungezählten Kerzen, die überall auf den Knochen und Schädeln und einem kleinen Altar an der Seite brannten, Philbert, den guten Philbert, der mich immer mit seinen Extrawünschen und seinen peinlichen Anekdoten gequält hatte, der Mann, der mit mir hatte reich werden wollen und für den Blanche und ich in Särge voller Wüstensand gestiegen waren, Blumen aus dem Ärmel und ein Lächeln auf die Gesichter des Publikums gezaubert hatten.

Das hier war nicht mehr derselbe Mann. Seine Mundwinkel waren verzerrt, als litte er unter einer schweren Lähmung, seine Augen zuckten unablässig hin und her wie bei einem Geisteskranken. Bruchstücke von Worten sprudelten über seine Lippen. Dann nahm er einen Schluck aus einer Flasche, packte seinen Spaten und stimmte ein altes Gossenlied an. Wütend wie ein Mörder hieb er auf den Boden ein. Ich fragte mich, was er vorhatte.

Barneby zupfte mich am Ärmel und deutete auf einige Stellen in der Kammer, wo der Boden gesprungen war wie alte Keramik. An manchen dieser Stellen klafften dunkle Spalten, und übelriechende Schwaden stiegen aus der Erde empor. Es war, als bräche eine alte Wunde auf; besonders schlimm war es im Umfeld des schaurigen Altars. Barnebys Miene war grimmig, und ich erkannte, was er mir bedeuten wollte: Philbert nahm seine Arbeit wirklich sehr ernst.

»Wenn wir ihn nicht aufhalten …«, flüsterte er, und ich nickte.

»Gräbt er sich seinen Weg bis zur Hölle.«

»Das ist nicht gut.«

»Nein.«

Wir verstummten, als ein weiterer Mann die Kammer betrat. Ich brauchte einen Moment, um zu begreifen, dass es Orlando war. Er war so von all den verschiedenen Arten, auf die er die letzten Tage zu Tode gekommen war, gezeichnet, dass er eher wie ein Leichnam wirkte, der durch dunkle Künste wieder zum Leben erweckt worden war. In den Händen hielt er einen langen Strick, und am anderen Ende dieses Stricks, schmutzig, geknebelt, den Blick starr zu Boden gerichtet, stolperte –

»Justine«, hauchte Barneby.

»Was hat er mit ihr vor?«, flüsterte ich.

»Ist das nicht offensichtlich?«, zischte er. Seine Gesichtszüge hatten sich noch weiter verfinstert. Orlando führte Justine zu dem schädelbesetzten Altar, warf sie auf die Steinplatte und band sie darauf fest. Sie leistete keinen Widerstand. »Sie wird das Opfer sein, wenn es soweit ist – die Pforte zu öffnen.« Dann stockte er, als nahme er einen schwachen Duft wahr; seine Augen waren in die Ferne gerichtet.

»Barneby!«

Ich packte ihn am Arm. Er schüttelte sich und sah mich an. »Gut, passen Sie auf: Ich werde einen Weg nach unten suchen und mich anschleichen. Ich nehme mir Orlando vor, Sie kümmern sich um Philbert. Auf mein Zeichen legen Sie los – tun Sie, was immer notwendig ist, aber verlieren Sie nicht die Kontrolle. Verlieren Sie bloß nicht die Kontrolle über sich, hören Sie?«

»Sie werden nicht rechtzeitig einen Weg finden –«

»Vertrauen Sie mir.«

»Aber –«

Er schüttelte den Kopf. »Kein Aber. Nur so haben wir eine Chance.« Er legte mir kurz die Hand auf die Schulter, dann kroch er rücklings zurück in den Gang, aus dem wir gekommen waren. Etwas an der Art, wie er für einen Moment ins Leere geschaut hatte, behagte mir nicht, aber ich wollte ihm vertrauen. Dennoch suchte ich mir einen geeigneten Platz auf der Galerie, von dem aus ich das Geschehen beobachten und Justine schnell – nötigenfalls mit einem Sprung in die Tiefe – erreichen könnte.

Philbert hatte seine Arbeit unterbrochen und beäugte interessiert die Gefangene. Eine Ratte saß auf seiner Schulter, und beinahe sah es so aus, als stelle er Justine und die Ratte einander vor. Ein dumpfes, rotes Licht begann sich in der Kammer auszubreiten.

Justine aber, gefesselt und geknebelt, lag rücklings auf dem Altar, und so sehr ich auch versuchte, Blickkontakt mit ihr herzustellen, sie hatte die Augen starr auf Orlando gerichtet, der über ihr stand wie der Schatten des Todes.

Die Ratte stupste Philbert in die Wange. Er kicherte.

Orlando zog einen langen, blitzenden Dolch aus seiner Robe.

Ich fluchte und spähte in die Dunkelheit der Stollen, die in die Kammer führten. Wo war Barneby? Wir hatten keine Zeit mehr zu verlieren.

Wenn ihm etwas zugestoßen war, oder – eine Möglichkeit, die ich nur ungern in Betracht zog – er mich im Stich gelassen hatte …

Ich musste handeln.

Ich erhob mich.

»Nicht!«, sagte da eine Stimme, und ich spürte eine Hand auf meinem Arm.

Gaspard

Der Weg zurück ins Leben war kein angenehmer. Mit mir erwachten eine Menge verrückter Bilder: das Mädchen im Café, und wie ich sie wiedersah. Der kleine Mann, der mich in die Katakomben hinabführte. Und der andere, der uns angriff. Ich hatte keine Wahl gesehen, als es mit ihm aufzunehmen; in Momenten wie diesem, soviel wusste ich, musste man seine Überzeugungen leben. Allerdings fragte ich mich, ob er das nicht vorausgesehen hatte, und ich fragte mich auch, wie der Kampf ausgegangen war.

Ich lag mit dem Kopf auf einer kalten Tischplatte, und einen Moment hoffte ich, dass sich all diese Erinnerungen vielleicht doch nur in meiner Phantasie zugetragen hatten und ich in Wahrheit nur vor dem ein oder anderen Glas in die Knie gegangen war, woran nichts Ehrenrühriges wäre. Dass ich mich ziemlich schlecht fühlte und Schwierigkeiten hatte, die Lücken in meiner Erinnerung zu füllen, sprachen dafür.

Dann hob ich den Kopf und sah mich selbst in einem großen Spiegel, der an der gegenüberliegenden Wand hing. Ich saß an einem breitem Tisch aus edlem Tropenholz, dessen Oberfläche im schummrigen Licht des Raums wie Blut schimmerte. Ich hörte einen Kamin prasseln. Feuerschein tanzte auf meinem

Gesicht. Mein Anzug war zerknittert, mein Haar durcheinander, aber sonst war da keine Spur einer Verwundung, und nicht einmal der Schmutz, wie ihn eine Schlägerei in den Katakomben hinterlassen hätte. Ich blickte mir in die Augen und fragte mich, wo ich war.

»Hallo, Gaspard«, sagte eine Stimme.

Ich fuhr herum und sah, dass ich nicht alleine war.

Am Kopfende des Tisches, drei oder vier Stühle zu meiner Linken, saß ein Mann, den Rücken zum Kamin, sein Gesicht im Halbdunkel. Er trug einen roten Anzug aus Cordsamt. Im Arm hielt er eine schwarze Katze, die er mit langsamen Bewegungen seiner gepflegten Finger streichelte. Die Katze schnurrte. Vor ihm auf dem Tisch lag ein Buch, und daneben standen einige Gläser und eine Karaffe mit Wein. Der große Kamin hinter ihm nahm die ganze Wand ein. Zu meiner Rechten war eine Tür; ansonsten war der Raum völlig leer.

»Kennen wir uns?«, fragte ich, obwohl ich die Antwort schon wusste. Ich erntete leises Lachen. Er drehte sich ins Licht des Feuers, und ich erkannte den Mann mit dem Jungengesicht, den sanften Zügen und den sengenden Augen, den ich gestern, am Abend meiner Ankunft, in der Dingo Bar getroffen hatte. Der Mann mit den wilden Geschichten und den schlechten Manieren, der sich damit gebrüstet hatte, dass ihm bald die ganze Stadt gehören würde. Der Mann, der mich nach meinem Herzenswunsch gefragt und mich herausgefordert hatte.

»Du kennst mich«, sagte er, »und ich kenne dich, Gaspard. Sehr gut sogar.« Er senkte den Kopf und blickte mich prüfend an. »Manchmal überraschst du mich – das gefällt mir. Vielleicht wirst du mich ein weiteres Mal überraschen?«

»Warum bin ich hier?«, fragte ich und rückte meinen Anzug zurecht. »Wo ist Justine? Geht es ihr gut?«

»Ah, Justine«, lachte der Mann und drückte seine Lippen an die Ohren der Katze. »Hast du gehört, Serafina? Die dritte

Frage, die er stellte. Nicht die erste. Es besteht also noch Hoffnung.«

Die Katze zuckte mit dem Ohr, ließ sich die Nähe des Mannes aber gefallen. Sie wirkte wie berauscht, während seine Finger ihr den Hals kraulten; ein geistesabwesender Gesichtsausdruck, den ich bei stillenden Katzenmüttern gesehen hatte.

»Ich möchte deine Fragen der Reihe nach beantworten«, sagte der Mann, beugte sich vor und schob das Buch über den Tisch. »Du bist hier, damit wir unser Geschäft abschließen können. Du warst kurz davor, uns zu verlassen – doch ich habe dich gerade noch erwischt. Es wäre ein Jammer gewesen, denn deshalb bist du doch nach Paris gekommen, oder nicht?«

Das Buch war in roten Stoff gebunden, nicht unähnlich dem Samt seines Jacketts, der im Feuerschein changierte. Darin eingeprägt, in silbernen, schwungvollen Lettern, waren die Worte *Toujours Éloïse*, und darüber – kleiner, und nicht unseriös – mein Name. Es war seltsam, meinen eigenen Namen so zu sehen, ohne eine Erinnerung, wie er dahin gekommen war. Als habe man ihn dort vergessen.

»Schlag es auf«, sagte der Mann. Unwillkürlich gehorchte meine Hand, strich die Kante des Einbands entlang, und öffnete das Buch, blätterte sich durch die ersten Seiten, bis ich den wohlbekannten Beginn des ersten Kapitels vor mir sah. Der erste Satz war, wie ich ihn mir immer gewünscht hatte; später waren mir Zweifel an ihm gekommen, und ich lächelte einen Moment versonnen, als ich erkannte, wie töricht diese Bedenken gewesen waren. Die folgenden Sätze waren fast, aber nicht ganz so, wie ich sie kannte – ein paar Worte waren geändert, einige Sätze vertauscht. Es war gut, dachte ich. Es war sogar besser.

»Deine Worte«, sagte er. »So, wie du sie immer sagen wolltest, bevor andere Gedanken dir in die Quere kamen und dich ablenkten. Freunde, die dich mit ihrer Meinung verunsicherten, Frauen, die nur um deine Aufmerksamkeit buhlten. Dies ist die einzige Fassung deines Buchs, die das Zeug hat, zu überdauern. Ich muss gestehen, ich bin beeindruckt; du hast großes Talent. Wirf es nicht weg, Gaspard.«

»Wie ist das möglich?«, fragte ich. Die Seiten rieselten wie Sand durch meine Finger, und die Worte, die meine Worte und auch wieder nicht meine Worte waren, bauten Schlösser und Burgen aus diesem Sand, erstanden und vergingen.

»Es ist dein Herzenswunsch«, sagte der Mann und entblößte die weißen Zähne zu einem Lächeln. »Und ich kann ihn dir erfüllen. Alles, was ich dafür will, ist etwas Einsatz. Ein klares Bekenntnis. Ist das zuviel verlangt?«

Ich klappte das Buch wieder zu; mein Name auf dem Einband blitzte. Ich schob es zurück über den Tisch.

»Wo ist Justine?«, fragte ich.

Der Mann seufzte und rollte die Augen zur Decke. Dann setzte er die Katze auf den Boden und gab ihr einen Klaps. »Zeig es ihm, meine Liebe«, sagte er.

Die Katze trabte durch den Raum und setzte sich in die Ecke zwischen Spiegel und Tür. Dort leckte sie ihre Pfote und tat, als ginge sie unsere ganze Unterhaltung nichts an.

»Zeig es ihm *bitte*«, flehte der Mann und legte die Finger an die Schläfen, als bereite ihm die Unterhaltung eine unzumutbare Anstrengung.

Die Katze erhob sich, und es war mit einem Mal keine Katze mehr, sondern eine Frau. Die Frau hatte schwarze Haut und goldene Augen; ihr schlanker Körper wurde von einem enganliegenden, goldenen Paillettenkleid bedeckt, das im Kaminfeuer wie ein lebendiges Wesen erschien. Es war dieselbe Frau, die mit ihm in der Dingo Bar gewesen war. Sie nickte mir zu, als habe sie meine Gedanken erraten, dann griff sie sich hinter den Kopf und zog eine Nadel aus ihrem Haar. Sie lächelte. Dann stach sie sich die Nadel in die Hand. Drehte sie und zog sie wieder heraus. Einen Moment beobachtete sie fasziniert, wie das

Blut aus ihr strömte, dann zog sie ihre Hand über den Spiegel und hinterließ einen breiten, dunklen Streifen, der langsam zu zerfließen begann.

Der scharlachrote Mann erhob sich und schenkte drei Gläser Wein ein. Zuerst reichte er mir ein Glas, dann der Frau, dann traten beide einen Schritt zurück und beobachteten aufmerksam den Spiegel. »Schau gut zu«, ermahnte er mich, und ich verschluckte mich fast, denn ohne es zu bemerken, hatte ich zu trinken begonnen, und der Wein war fruchtig und stark und betäubte meine Kehle und meine Sinne.

Wo die Frau den Spiegel berührt hatte, entstand ein Bild in ihrem Blut, unscharf zunächst, dann immer deutlicher, wie ein Film in einem Lichtspielhaus, und zeigte eine Kammer in den Katakomben. Mir blieb das Herz stehen: Ich sah Justine, die auf einen grässlichen Altar gebunden lag, und vor ihr, mit erhobenen Händen, den schwarzgewandeten Fremden mit den Wunden am ganzen Körper, der sich uns entgegengestellt hatte. Ein weiterer Mann stand im Hintergrund, das Haupt gesenkt, einen Zylinder in Händen, als nähme er an einer Messe teil.

»Meine Kinder«, sagte mein Gastgeber und strich seiner Gespielin mit einem Finger über die Kehle. »Wärst du jetzt gerne bei ihnen, Céleste?«

»Denkt daran, was Ihr versprochen habt«, flüsterte sie und neigte den Kopf. »Sire.«

Er lachte. »Aber natürlich, Céleste. Er hat den Ruf bereits vernommen.«

Sie nickte.

»Justine«, rief ich. »Was haben Sie mit ihr vor? Ich verlange, dass Sie sie gehen lassen!«

Der Mann lachte, so laut, dass die Gläser zu klirren begannen und es in den Ohren schmerzte. »Hoho! Gaspard *verlangt*«, rief er und schlug auf den Tisch. Ich zuckte zusammen. Die Frau blieb völlig ruhig.

»Ich *bitte*, sie gehen zu lassen«, zwang ich mich zu sagen. »Ich würde alles dafür tun.«

Er hielt einen Moment den Kopf schräg, so als lausche er einer fernen Musik. Dann schüttelte er betrübt den Kopf.

»Leider, Gaspard«, seufzte der Mann und beugte sich zu mir vor, »kann ich dir Justine nicht geben. Und du kannst mir, noch einmal leider, nichts für sie bieten. Deshalb ist sie nicht Bestandteil unseres Handels, und was geschehen muss, wird geschehen. Sie ist der Schlüssel – der Schlüssel zu meiner Stadt. Dreh sie im Schloss, die Pforten springen weit auf!« Er machte eine ausladende Geste und strahlte mich an. »Ich habe einen besonderen Platz für dich in meiner Stadt. Einen Platz an meiner Seite. Geh mit mir! Denk an die guten Bücher, die in den Läden und Bibliotheken dieser Stadt stehen werden. Dies ist die Chance deines Lebens, Gaspard.«

Ich erhob mich, und einen Moment hielt ich seinem Blick stand. Einen winzigen, furchtbaren Moment, bevor ich meinen Kopf wieder sinken ließ.

»Wenn sie der Preis ist, will ich dieses Leben nicht«, sagte ich. »Eher gebe ich meines für sie.«

»Große Worte, Gaspard«, sagte der Mann, und ich mühte mich, meinen Blick erneut zu heben; doch es war, als hielte man mich gepackt und zwänge mich auf den Tisch hinab, wo ich uns im Glanz des Mahagoni in den Flammen tanzen sehen konnte, überstrahlt vom unirdischen Leuchten des Spiegels.

»Du kannst nicht beides haben: Lieben und über die Liebe schreiben; dein Leben führen und davon träumen. Die wichtigen Dinge bleiben immer ungesagt. Wenn du sie aussprichst, gehen sie verloren.«

»Das«, sagte ich, »ziehe ich vor, nicht zu glauben.«

Er zischte und machte eine wegwerfende Geste, und die Last fiel von mir ab. Ich sank auf meinen Stuhl zurück.

»Gaspard«, flüsterte er. »Denk an deinen Herzenswunsch.«

»Mein Wunsch«, sagte ich, »ist Justine.«

Der Mann nickte und blickte bedauernd auf mich herab. Seine vollen Lippen waren zu einer schmalen Linie zusammengepresst.

»Manche Wünsche«, sagte er, mit einer beinahe echt klingenden Bitterkeit in seiner Stimme, »bleiben unerfüllt.«

Er deutete auf den Spiegel.

Ich folgte seiner Hand, und voller Schrecken musste ich mitansehen, wie der Schwarzgewandete ein langes Messer emporhielt. Eine Sekunde nur zögerte er es hinaus, als genösse er seine Macht – dann stieß er das Messer mit beiden Händen in die Brust seines Opfers. Das Bild war stumm, völlig lautlos; ich sah Justine sich aufbäumen, eine Leere breitete sich in mir aus, dann schien sich die Kammer, in der sich der Altar befand, in eine tiefe Dunkelheit hinein zu öffnen. Das Bild erlosch. Ein Zittern lief durch den Raum, ein einziges Mal, wie der Schlag einer gigantischen Uhr.

Betäubt saß ich da und starrte ins Leere. Meine Finger waren verkrampft, und ich spürte einen dumpfen Schmerz in meinen Händen. Spöttisch musterte mich mein Peiniger.

»Schmoll nicht, Gaspard«, sagte er, als hätte ich gerade im Kartenspiel verloren. »Ich habe dir doch gesagt, ich kann sie dir nicht geben. Was geschehen musste, ist geschehen.« Er nahm auf der Tischplatte Platz und schnippte auffordernd mit den Fingern.

Ich sah ihm ins Gesicht, und er erwiderte meinen Blick so freundlich wie ein Bankangestellter. »Sei ein guter Verlierer! Mädchen kommen und gehen. Unsere große Zeit bricht jetzt an – alles, was ich von dir hören will, ist, dass du mit mir gehst.« Er kicherte wie ein Mädchen und strich sich das dunkle Haar zurück. »Was für ein Spaß! Ach, ich wollte immer schon Paris dem Erdboden gleichmachen.«

Ich aber schüttelte den Kopf. »Töten Sie mich ruhig«, sagte ich mit fester Stimme, und ich meinte es ernst. »Sie haben mir nichts mehr zu bieten. Ich habe versagt, das ist wahr. Trotz allem war dies vielleicht der einzige Tag meines Lebens, an dem ich alles richtig gemacht habe. Ich will es jetzt zum Ende nicht kaputtmachen.«

Der Mann rümpfte die Nase. Nachdenklich griff er nach dem Buch auf dem Tisch, dem Buch mit meinem Namen darauf. Etwas in meiner Kehle schnürte sich zusammen, als sich seine Finger darum schlossen.

Wieder zitterte der Raum, feiner Staub rieselte von der Decke, und die Gläser klangen wie kleine Glöckchen an einem Schlitten. Céleste glitt an seine Seite, wollte ihn berühren, aber wagte es nicht. »Sire«, sagte sie drängend, »es ist an der Zeit.« Aber er beachtete sie nicht, sondern blätterte durch die Seiten des Buches.

»Ich muss dich nicht töten«, sagte er dann. »Ich muss dich nicht töten, Gaspard, weil du bereits gestorben bist. Ich hatte gar nichts damit zu tun; Orlando war es, der dich umgebracht hat, als du dich ihm heldenmutig in den Weg stelltest.«

Er sah mich an, und ich erkannte, dass er die Wahrheit sprach. Etwas in mir begann mich zu ziehen; es fühlte sich an, als ob ich eine Marionette wäre, und die Schnur, an der ich hing, ging geradenwegs durch mein Herz.

»Ich war tot«, staunte ich. »Sie haben mich zurückgebracht.«

»Zuviel der Ehre, Gaspard. Du warst gerade erst gestorben, als er dich ablieferte. In diesem Raum gelten meine eigenen Gesetze, und so beschloss ich, dich noch ein Weilchen hierzubehalten. Dir eine letzte Chance zu geben. Es schmerzt mich, dass du sie nicht ergriffen hast.« Er schlug das Buch zu.

»Justine«, sagte ich schwach. »Bringen Sie sie zurück.«

»Ich habe dir doch gesagt, dass ich das nicht kann!« Zornentbrannt schleuderte er das Buch ins offene Feuer; dort lag es einen Moment in der Glut wie in einem Bett heißer Rubine, dann verging es in einer fauchenden Flamme. »Es ist vorbei! Und mit der Welt dort draußen ist es auch vorbei.« Er straffte theatralisch seinen Anzug. »Adieu, mon brave.«

Ich fühlte, wie mir die Sinne schwanden. Ich erinnerte mich jetzt: der schwarzgewandete Mann, seine Hände um meinen Hals; von fern Justines Schrei, und die Erkenntnis, dass alles umsonst gewesen war; die Hände, die sich immer weiter schlossen, und das sinnlose, hasserfüllte Grinsen auf seinem Gesicht. Dann die Schwärze, die nun abermals in mir emporstieg. Ich zuckte zusammen und versuchte, bei Bewusstsein zu bleiben. Von fern hörte ich die Stimme des scharlachroten Mannes und das Flehen der schwarzen Frau.

»Sire!«, rief Céleste. »Ihr habt es versprochen!«

»So viele Worte, Céleste.« Er küsste sie. »So viele Versprechen.«

Das Feuer kauerte sich tiefer in den Kamin wie ein Dachs in seinen Bau, und es wurde dunkel im Raum. Dann waren sie und ich alleine, und das Letzte, was ich hörte auf dieser Welt, war ihr Schrei, der so gar nicht wie der Schrei einer Frau oder einer Katze war, und ich überlegte, dass jedes Gefühl wohl seinen eigenen Klang hätte, den ich eines Tages tiefer ergründen müsste, und dass der Klage der Betrogenen doch eine besondere Farbe innewohnte, die sehr schwer zu beschreiben wäre.

Ravi

»Nicht!«, sagte sie und fasste mich am Arm. »Monsieur Ravi.« Ich drehte mich um.

Neben mir, hingekauert auf der Galerie, saß Justine. Schmutzig, erschöpft, doch unzweifelhaft Justine. Einen Moment kam ich mir vor wie ein Zuschauer in einer meiner eigenen Vorführungen. Wie war das möglich? Ich ging wieder in Deckung und spähte hinab zum Altar, wo sich Orlando auf sein grausiges Werk vorbereitete.

»Ich bin es wirklich«, sagte sie, und ich erkannte, dass sie die Wahrheit sprach. »Das dort unten, das bin ich nicht. Passen Sie auf.«

Wir verfolgten das Spektakel. Der vernarbte Boden glühte nun rot, als sei die Kammer auf der Wand eines riesigen Herzens gebaut. Dann, in dem Moment, in dem Orlando zum tödlichen Stoß ausholte, vollzog sich eine Wandlung mit der falschen Justine; sie schmolz dahin wie Wachs, und darunter kamen die grotesken Züge Chloderics zum Vorschein, der, keineswegs gefesselt, den Arm seines Meisters packte, ihm das Messer entwand und ihn zu sich herabriss. Blut spritzte auf den Altar. Die Erde erbebte, der Boden tat sich auf und verschlang Steine und Erdreich, Knochen und Kerzen. Philbert taumelte zur Seite, der Altar sackte ab und begann, in die Grube zu rutschen.

»Chloderic!«, rief ich und stand auf. Überrascht blickte der kleine Mann nach oben; dann lächelte er, als er Justine und mich entdeckte. Ich konnte nicht erkennen, ob er verletzt war, oder ob es das Blut seines Meisters war, das sich über ihn ergoss. Ich sah jedoch, dass er keine Anstrengung unternahm, der tödlichen Fahrt zu entgehen, im Gegenteil; er hielt den zuckenden Körper des Engels fest an sich gepresst und wartete geduldig, bis der Höllenschlund sie beide verschlungen hatte. Die Ratten kreischten und drängten sich zwischen sengenden Kerzen auf den Knochengebirgen, als wären sie rettende Inseln, doch die meisten von ihnen wurden mitsamt den Gebeinen in die Tiefe gerissen.

Betreten blickte ich herab, während sich eine Wolke von Rauch und gelblichen Dämpfen in der Kammer auszubreiten begann.

»Er fand mich in den Katakomben«, flüsterte Justine. »Nachdem Gaspard mich vor seinem Herrn gerettet hatte. Er brachte mich hierher zurück, doch statt mich wieder gefangen zu nehmen, bat er mich, für ihn zu weinen – ein paar Tränen nur, sagte er, um ganz sicherzugehen; er hatte diese kleine Phiole, wissen Sie? Die trank er leer. Dann sah er aus wie ich.«

»Bemerkenswert«, sagte ich. »Was wurde aus Gaspard?«

Sie schüttelte den Kopf und schluchzte. Ich drückte sie an mich.

»Keine Sorge«, sagte ich. »Wir werden ihn finden – vielleicht ist es noch nicht zu spät. Zunächst aber muss ich etwas in Ordnung bringen.«

»Was wollen Sie tun, Monsieur Ravi?«

Was, in der Tat? Den bösen Geist aus der Welt treiben, das Höllentor schließen, Philbert, der noch irgendwo dort unten sein musste, außer Gefecht setzen?

Etwas Kleines stieß mich an der Hand.

»Schauen Sie nur«, sagte Justine.

Es war eine Maus. Sie saß auf dem Geländer der Galerie. Ich öffnete meine Hand, und sie legte etwas in sie hinein. Justine streichelte die Maus mit dem Finger. »He«, sagte sie. »Da bist du ja wieder.«

Staunend hielt ich empor, was die Maus mir gebracht hatte. Es war ein Samenkorn – der Kern eines Apfels. Ich fühlte Zuversicht durch mich strömen.

»Danke, Blanche.«

Justine blickte überrascht auf. »Monsieur?«

»Warten Sie hier auf mich, hören Sie?«

Sie nickte und streichelte die Maus. »Wir warten hier.«

Ich packte meinen Stock, schwang ein Bein über den Rand der Galerie, warf einen kurzen Blick nach unten, und sprang. Ein kurzer Schlag fuhr mir durch die Glieder, aber ich spürte keinen Schmerz. Ich vergewisserte mich, dass ich das Samenkorn noch zwischen meinen Fingerspitzen hielt. Dann warf ich meinen Umhang zurück, tat einen Schritt und sah mich um.

Der Boden der Kammer war brüchig wie eine Eierschale. Wo er sich geöffnet hatte, stiegen übelriechende Dämpfe aus dem Erdinnern empor. Die Risse verzweigten sich vom Rand der Grube und liefen in alle Winkel der Kammer. In der Grube selbst war auf einer Fläche von mehreren Quadratmetern der Boden aus der Welt herausgebrochen und führte in eine glutende Leere hinab. Die fünf schwarzen Säulen standen schief wie Bäume nach einem Sturm. Wenn sie einstürzten, würde auch die Decke nicht mehr lange standhalten.

Ich spürte, dass die Magie an diesem Ort stärker war denn je; sie perlte und blitzte an meinen Gliedern entlang wie Elektrizität an einem Blitzableiter. Die Wirklichkeit war in Aufruhr; alles konnte nun geschehen. Chloderics Eingreifen hatte das Ritual durcheinander gebracht: Statt ein Tor von dieser in die andere Welt zu öffnen, lagen beide nun ineinander verkeilt wie kollidierte Züge, von einem Saboteur aufs falsche Gleis gelenkt. Ich musste diese Wunde zwischen den Welten versiegeln – und ich wusste nun auch, wie.

Auf der anderen Seite der Grube, zwischen flackernden Kerzen und Rauch, entdeckte ich Philbert, der verstört auf und ab stolperte, als habe er etwas verloren.

»Philbert!«, rief ich, und er hielt inne und blickte zu mir herüber. Wir sahen einander an wie Raubtiere in der Wildnis, nur durch einen reißenden Fluss voneinander getrennt.

»Ravi!«, rief er und ballte die Faust. »Der Verräter ist zurück!«

»Ich hege keinen Groll gegen dich, Philbert.«

Er spuckte wie ein Betrunkener. »Du hast mich ruiniert!«

»Ich bin hier, um zu helfen.«

Die Erde erbebte abermals. Philbert torkelte.

»Du Narr!«, rief er. »Nun endet es hier!«

»Nein«, sagte ich. »Nun beginnt es.«

Er sah mich verdutzt an, als ich die Hand aufhielt, ein winziges Samenkorn auf dem Weiß meines Handschuhs, und zu sprechen begann.

»Aller Anfang«, sagte ich und lächelte ihm zu, »ist schwer. Denn am Anfang ist nur Leere, und diese Leere will gefüllt werden. Der einzige Trick, den dein Gebieter nicht beherrscht, Philbert – das einzige, was ihm verwehrt bleibt. *Deshalb* war er hier. *Deshalb* wollte er diese Welt für sich. Sieh her, Philbert – ich werde es dir zeigen.«

Staunend verfolgte Philbert, wie das Samenkorn zu keimen begann. Ein winziger Sämling reckte sich suchend empor, entrollte seine zarten Blätter zwischen meinen Fingern und wuchs.

»Es werde Leben«, sagte ich und setzte den Kern auf die Erde. »Und das Leben, es gedeihe.« Der Schössling reichte mir nun schon bis zu den Knien und wuchs emsig weiter, bildete neue Triebe und Blätter und schlug Wurzeln in die alte Friedhofserde.

»Es seien Blüten«, sagte ich und trat einen Schritt zurück, um dem Baum Platz zu machen. »Und Früchte.« Ich fühlte die Macht dieses Ortes durch mich fließen; es war ein berauschendes Gefühl, und ich dachte an Barnebys Warnung, nicht die Kontrolle darüber zu verlieren. Ich musste die Macht durch mich lenken, sie reinigen – etwas Neues aus ihr machen.

Der Baum stand nun in voller Blüte, und während er noch weiter wuchs und bald mit der Krone an die Decke der Kammer stieß, verwandelten sich die Blüten in Äpfel, die ihrerseits zu wachsen und zu reifen begannen. Dann fielen sie herab, kullerten ein paar Schritte, begannen zu faulen, eins mit der Erde zu werden, und säten ihrerseits neue Keimlinge aus.

Philbert hatte ein paar sorgenvolle Schritte zurück gemacht, als die Apfelbäumchen überall um die Grube zu sprießen begannen und unaufhaltsam näher rückten; dann griff er nach seinem Spaten und hieb auf die Bäumchen ein, doch immer schneller vollzog sich der Kreislauf des Lebens um ihn herum, und ich führte ihm alle Energie zu, die ich greifen und lenken konnte. Ich schloss die Augen, hob die Arme und rief, »es werden Bäume, und aus Bäumen ein Wald. Wie das Samenkorn neues Leben trägt, sei die ganze Welt nun der Samen, aus dem eine neue entsteht.«

Dann öffnete ich die Augen und sah, dass wir inmitten eines nächtlichen Gartens standen – eines Apfelhains. Gräser und Blumen hatten den Boden bedeckt; von der flammenden Grube war nichts mehr zu sehen. Die Kammer um uns war verschwunden. Der giftige Rauch hatte sich verzogen, und der Duft nach Apfelblüten lag in der Luft. Alle Bäume im Garten blühten, trugen Früchte und säten sich neu, und auf den Früchten glänzte das Licht von tausend Kerzen, die nun auf bemoosten Felsen und umgestürzten Stämmen standen; und über uns, jenseits des Blätterwerks, erstreckte sich eine sternklare Nacht, so als spiegelten sich die Kerzen auf dem Grund eines tiefen Sees.

Philbert war auf die Knie gegangen und weinte. Vor ihm im Gras lagen Hunderte Äpfel, und jede Minute fielen ihm mehr in den Schoß. Ich erinnerte mich, was Barneby auf dem Friedhof gesagt hatte. »Erkenntnis, Philbert – es ist nie genug, nicht wahr? Und Leben. Das einzige, was er nicht erschaffen kann.«

Mit zitternden Händen suchte Philbert durch den Apfelhaufen, während um uns die Bäume wuchsen und wieder vergingen. Langsam trat ich an seine Seite und fasste ihn an der Schulter. Er stockte, als hätte ihn der Schlag gerührt. Ich bemerkte sein schütteres Haar und dachte in diesem Moment, dass er sehr alt aussah.

»Er kann einer Seele eine Weile befehlen«, fuhr ich fort. »Und seine Dämonen können in die Körper der Menschen fahren. Aber er kann nichts Neues erschaffen. Er kann kein Leben schenken.« Ich pflückte einen Apfel vom Baum und reichte ihn Philbert. Ehrfürchtig nahm er ihn entgegen, dann führte er ihn langsam und unbeholfen an seine Lippen und sah mich fragend an. Seine Augen waren feucht und gerötet.

Ich nickte. Er biss hinein.

Dann stöhnte er auf und brach zusammen.

»Auch ich kann dir kein Leben schenken, Philbert«, sagte ich, beugte mich zu ihm herab und schloss seine Augen. »Aber vielleicht kann ich alles das ungeschehen machen.«

Ich trat zurück und sah mich um. Um mich wuchs mein unterirdischer Wald, mein Friedhofshain. Die Luft war frisch wie an einem Frühlingstag, und eine Ahnung von Zimt lag in der Luft.

Irgendwo in diesem Hain war Blanche. Ich fragte mich, ob sie zufrieden mit mir war.

»Monsieur Ravi«, sagte eine Mädchenstimme. Ich drehte den Kopf und entdeckte Justine zwischen den Bäumen. Sie sah sich staunend um und strich mit der Hand durch die Blätter. »Haben Sie das gemacht?«

»Ich habe nur getan, was ich immer tue«, sagte ich. Doch die Müdigkeit, die ich empfand, strafte meine Worte Lügen. »Ich habe ihm gezeigt, was er sehen wollte. Ich glaube, er ist nun fort.« Ich atmete durch und nahm einen Moment lang Platz.

Justine musterte mich stumm. Dann setzte sie sich zu mir und nahm mich bei den Händen.

»Es ist wunderschön, Monsieur«, sagte sie. »Aber wir müssen nun gehen.«

Ich sah auf ihre Hände, die so zierlich waren wie die meiner Blanche.

»Sie haben recht.« Erkannte sie, wie viel Kraft es mich kostete?

»Sie müssen diese Welt loslassen, Monsieur Ravi.«

Ich schloss die Augen und atmete tief durch. Fühlte nach dem Gefüge der Dinge. Ich sah, dass die Wunde geheilt war. Alles, was bleiben würde, wäre eine Narbe in der Seele der Welt, wie es viele in den Katakomben gab. Ich spürte Justines Hände. Und ich spürte Blanche.

Dann ließ ich los.

Ich fühlte, wie der Wald um mich herum zu Staub zerfiel und der Staub zusammen mit Blanches Duft verweht wurde. Die ganze Zeit über hielt Justine mich fest. Ich wagte es nicht, die Augen zu öffnen, bis es vorüber war.

Als ich sie wieder anblickte, saßen wir im Licht der wenigen verbliebenen Kerzen inmitten der verwüsteten Kammer. Zwei der Säulen waren eingestürzt, und alles war mit einer feinen Ascheschicht überzogen. Nichts war von dem Zauber der letzten Minuten geblieben.

»Es ist zu Ende«, sagte ich.

»Ich bin bei Ihnen, Monsieur.« Justine sah mich an, und in ihren Augen sah ich die Erinnerung leben. »Ich bin bei Ihnen.«

»Bald ist es Tag in Paris«, flüsterte ich. Dann löste ich den Griff unserer Hände und stand auf. »Wir müssen Barneby und Gaspard finden – und dann so schnell wie möglich zurück. Wieviel Uhr haben wir?«

»Ich weiß nicht, Monsieur«, sagte Justine. »Ist das denn wichtig?«

»Sehr wichtig sogar«, sagte ich. »Vielleicht haben wir nicht mehr viel Zeit.«

Barneby

Zu meiner großen Überraschung sollte Ravi mich nie fragen, was ich in jenen schicksalsträchtigen Minuten getan hatte. Ich hatte die eine oder andere Ausrede parat, aber irgendwie spürte er, dass ich meinen eigenen Kampf auszutragen gehabt hatte und dass dieser Kampf niemanden etwas anging außer mich selbst, und vielleicht noch Céleste, und Céleste würde ihm nach diesem Tag keine Schwierigkeiten mehr machen. Was er von mir hielt, ist eine andere Frage.

Es war mir gelungen, die untere Ebene der Kammer zu erreichen – nicht ganz so spektakulär wie kurz darauf Ravi, als er mit wehendem Umhang vom Balkon sprang –, und ich machte mich gerade daran, eine schnelle Ablenkung zu starten, als ich, stärker als zuvor, einen Ruf verspürte, auf den ich vor wenigen Tagen vielleicht noch gehofft hätte – aber nicht hier, an diesem Ort, in diesem Moment. Vielleicht hatte ich ihn schon eine ganze Weile gespürt, aber ignoriert, wie ein Raunen im Wald, ein Irrlicht im Moor. Nun war er überdeutlich.

Der Ruf kam aus einem unscheinbaren Nebengang. Ich wusste, ich hatte keine Wahl – ich wusste aber auch, dass ich, wenn ich ihm folgte, vielleicht nicht mehr würde umkehren können. Deshalb tat ich einige Momente lang – nichts.

Verstehen Sie mich nicht falsch. Natürlich wollte ich, dass Justine gerettet wurde und wir alle wohlbehalten das Tageslicht wiedersahen. Ich blieb auch deshalb, weil ich sichergehen wollte, dass sich in der Kammer keine Tragödie abspielte. Ich war mir zwar ziemlich sicher, dass die Justine in Orlandos Armen nicht wirklich Justine war, und gerne hätte ich gesagt, ich war absolut sicher – doch die Wahrheit war, ich war es nicht.

Dennoch war der größte Dienst, den ich Ravi in diesem Moment erweisen konnte, mich bedeckt zu halten. Alles, was ich hätte tun können, um ihm zu helfen, wäre bemerkt worden und hätte ins Chaos geführt. Solange ich mich nicht zu erkennen gab, dem Ruf aber auch nicht folgte, hielt ich uns alle Optionen offen. Vielleicht war auch ein wenig kindlicher Trotz dabei – den dunklen Mächten die Gefolgschaft zu verweigern, meine ich.

Ich redete mir also eine Menge guter Gründe ein, während ich da stand, aber glauben Sie mir, mir fiel ein Stein vom Herzen, als ich sah, dass ich recht behielt. Chloderic war uns allen einen Schritt voraus gewesen. Und Ravi brauchte meine Hilfe wirklich nicht; eher schon würde ich seine brauchen. Beeindruckt verfolgte ich vom Rande der Kammer, wie er sich Philbert stellte und die Wunden, die er der Welt geschlagen hatte, schloss. Ich glaube, in diesem Moment erkannte ich, was er wirklich war.

Ich blieb nicht bis zum Ende. Als ich sah, dass es gut war, wandte ich mich ab und betrat den Seitengang.

Ich wusste, was ich sehen würde, noch bevor die Tür aus der Dunkelheit auftauchte. Sie war klein und hätte auf den ersten Blick ein Relikt aus der Zeit der Grubeninspekteure im achtzehnten Jahrhundert sein können. Als ich aber nähertrat und meine Lampe hob, sah ich, dass sie aus einem einzigen Stück Rosenholz geschnitten war, und darin eingelassen waren die Insignien der Gesellschaft: drei einfache, alte Symbole, die man mit den Jahrhunderten der Vergessenheit hatte anheimfallen lassen, so dass nur wenige ihre Bedeutung heute noch kannten. Ein schwaches, goldenes Licht ging von ihnen aus.

Ich kannte diese Tür. Ich hatte sie in der Krypta der Kathedrale von Canterbury gesehen, und in einer Wand auf dem Bazar von Kairo. Einmal, da war sie im Hafenviertel von Grenada aufgetaucht, in einem Hinterhof voller Fischernetze; und letzten Samstag, da war sie in meinem Keller gewesen, in dem kleinen Gewölbe, wo die Regale mit dem Single Malt stehen.

Ein dumpfer Schlag rollte durch den Stollen, und Staub rieselte von der Decke. Etwas im Gefüge der Katakomben verlagerte sich, so als habe sich ein großer Drache im Schlaf auf die andere Seite gedreht. Ich wusste, hinter mir hatte sich der Kampf nun entschieden, und vor mir, hinter dieser Tür, war gleichfalls eine Entscheidung gefällt worden. Ich fühlte mich an unseren Abend Whist in der Küche erinnert; ich hatte die letzte Karte auf der Hand, und alle meine Mitspieler sahen mich an. Die Tür zitterte, und der Glanz der Insignien wanderte wie das letzte Licht des Tages über sie. Lange würde die Tür nicht mehr hier sein – sie blieb nie lange an einem Platz.

Ich stellte meine Lampe ab und strich meinen Anzug zurecht. Dann streckte ich die Hand nach dem Türknauf aus.

Ich trat ein.

Hinter der Tür lag wie immer der Konferenzraum. Alles war wie bei meinen vorigen Besuchen – der Tisch, auf dem ich meine Aufträge vorfand, die Stühle, die nie benutzt wurden, der große Kamin, der manchmal kalt war und manchmal brannte, als habe eben noch jemand die Scheite in ihm gewendet, und der Spiegel natürlich, der schlichte, große Spiegel, jenseits dessen manchmal Antworten auf Fragen schimmerten, die zu stellen man nicht wagte – doch diesmal (und ich weiß nicht, ob es mich bloß überraschte oder nicht doch auch ein wenig verletzte), war ich nicht alleine in diesem Raum.

Ich weiß nicht, wie oft ich schon an diesem Ort gewesen bin, hundert Male sind's gewiss gewesen, und immer bin ich alleine gewesen, nur ich, das Feuer und mein Spiegelbild. Diesmal aber war alles anders.

Vor dem glimmenden Kamin, hingestreckt auf dem Boden, lag der Junge, der unsere Wege schon mehrmals gekreuzt und mir eine Menge Kopfzerbrechen bereitet hatte. Was tat er hier? Doch eigentlich war die Antwort sonnenklar, bedachte man die seltsame Existenz, die er führte – in manchen Welten wurde er zum wichtigsten Mensch für Justine, in anderen blieb er ein seltsamer Fremder, der sie für einen flüchtigen Moment vielleicht diese anderen Welten erahnen ließ und dann für immer aus ihrem Leben schied. Es schien, dass er heute seinen großen Auftritt gehabt hatte.

Auf der anderen Seite des Tisches, den Kopf gesenkt, die schönen Arme auf die dunkelrote Platte gestützt, stand Céleste und atmete schwer. Es hätte mich nicht überraschen sollen, dass auch wir uns an diesem Ort, unter diesen Umständen, wieder begegneten; schließlich hatten wir genug Schuld auf uns geladen, dass die Suche nach der letzten Ursache unserer unwahrscheinlichen Geschichte den meisten Sizilianern gut genug für die ein oder andere Vendetta gewesen wäre. Dennoch gab es mir zu denken. Nicht nur, dass ich mich fragte, ob sie etwas mit dem Jungen angestellt hatte, und ob sie mir die Sache mit der Kleidertruhe noch nachtrug – sie setzte allein durch ihre Anwesenheit die grundlegende Ironie der Gesellschaft außer Kraft, welche darin bestand, dass kein Gesellschafter jemals einem anderen im Konferenzraum begegnete.

Zumindest war dies die Gesellschaft, die ich kannte. Vielleicht, überlegte ich, würde nun alles anders werden. Voll innerer Unruhe warf ich einen Blick zur Tür, die noch offen stand. Dann löste ich die Uhr, die ich in eben diesem Raum erhalten hatte, von ihrer Kette und legte sie vor mir auf den Tisch.

»Céleste«, sagte ich.

Sie blickte auf, und ich erschrak bei ihrem Anblick. Ihre Augen glühten in dunklem Gold, wie Dublonen, die man in einer Schmiede einschmolz, Schweiß bedeckte ihr Gesicht, und die Sehnen an ihrem Hals waren zum Zerreißen gespannt.

»Er ist weg, Barneby«, sagte sie. »Sie sind zu spät.«

»Was meinen Sie mit, ›er ist weg‹?«, fragte ich und war mir nicht sicher, ob ich die Antwort darauf hören wollte. »Sagen Sie nicht, dass er hier war!«

»Er *war* hier, und Sie hätten auch hier sein sollen!«, schrie sie, und ich verstand.

»Sie hatten eine Verabredung«, sagte ich.

»Natürlich hatten wir die – doch er hat sein Wort gebrochen, und Sie kamen zu spät!«

»Beides, Teuerste«, sagte ich, und das war vielleicht nicht besonders klug angesichts der Tatsache, dass Céleste ein Vulkan war, der kurz vor dem Ausbruch stand, »sollte Sie nicht allzu sehr überraschen.«

Der Raum wurde erschüttert, und einen Moment war mir, als hörte ich ein fernes Lachen, aus dem Boden, dem Kamin, aus dem Spiegel. Céleste hatte es auch gehört, denn sie fuhr herum und fixierte ihr Spiegelbild wie eine Schlange einen Hasen, und ich erschrak vor dem unbedingten Willen zu töten in ihrem Blick. Was sah sie? Sah sie sich selbst? Erst, als es zu spät war, erkannte ich, was in ihr vorging und worüber die unsichtbare Stimme in Wahrheit lachte.

»Nicht!«, schrie ich. »Er hat gelogen! Was immer er Ihnen gezeigt hat – das Ritual wurde gestört!«

Doch Céleste war bereits nach vorne geschossen wie eine Kobra aus ihrem Korb, und Schrecken packte mich, als ich mit ansah, wie ihr Kopf schreiend das Glas durchbrach *und im Spiegel verschwand*, in einer berstenden Wolke aus Scherben, Licht und Blut.

Ein Riss durchfuhr den Konferenzraum.

Er zuckte in feinen Verästelungen den Kamin hinab, dann sprang er über, spaltete den Boden und drohte, Gaspard zu verschlingen. Ich wandte meinen Blick von Céleste und rannte zu dem Jungen. Schnellstmöglich trug ich ihn zur Tür, die sich nun jede Sekunde schließen konnte – und ich wollte nicht herausfinden, was dann aus mir und diesem Ort würde.

Ich legte seinen reglosen Körper draußen im Stollen ab und blickte zurück. Die Zeichen an der Tür waren beinahe erloschen.

Ich musste nach ihr sehen. Soviel war ich ihr schuldig. Sie hatte geglaubt, das Spiel sei entschieden, und unser letztes Stündlein habe geschlagen. Einen Moment lang war ich gerührt – sie hatte versucht, nicht nur sich selbst, sondern auch mich vor dem vermeintlichen Ende zu retten. Konnte es sein, dass sie nie die Hoffnung aufgegeben hatte, ich würde ihr auf ihrem Weg noch folgen, so wie auch ich lange Zeit für sie gehofft hatte?

Leider hatte sie sich täuschen lassen, was das Ende des Spiels anbelangte. Das Direktorat musste gespürt haben, dass das Blatt sich gewendet hatte, oder vielleicht hatten Chloderics Verrat und Orlandos unverhoffte Höllenfahrt auch einfach bessere Unterhaltung versprochen. Ein großzügiger Spieler – aber einer, der gerne die Regeln ändert. Er hatte also den Pot eingestrichen, den Tisch geräumt, und uns zurückgelassen.

Ich fluchte und rannte zurück in den Raum. Der Spiegel war zerbrochen; große Stücke Glas waren zu Boden gefallen und gaben den Blick auf die steinerne Wand dahinter frei. Vor dem Spiegel aber lag Céleste, und zu meiner Überraschung zeigte sie keine Spuren einer Verletzung. Wie war das möglich, hatte ich doch gesehen, wie sie, das Gesicht voraus, in sich selbst eindrang? Hatte sie sich geheilt?

Da entdeckte ich neben ihr, unter dem Tisch, einen weiteren Körper – den einer Katze.

Es war Serafina. Einen Moment war ich so verblüfft, sie beide zur selben Zeit zu sehen, dass ich nur wie angewurzelt dastand. Dann erwachte ich aus meiner Starre, packte beide am Schlafittchen, und zog sie aus dem Konferenzzimmer. Ich legte sie neben Gaspard und fiel dann selbst zu Boden, als dieser sich hob wie ein Schiff auf rauher See und die Tür, von der die Insignien der Gesellschaft nun für immer verschwunden waren, ins Schloss fiel und in Dunkelheit versank.

Ich seufzte, klopfte mir den Staub ab, und untersuchte meinen Fang.

Für Gaspard kam, wie ich zu meinem Bedauern feststellte, jede Hilfe zu spät. Bei Céleste dagegen war ich nicht sicher; es ist schwer zu sagen, ob jemand noch lebt, wenn dieser Jemand schon lange keinen Puls mehr besitzt.

Als ich mich aber Serafinas annahm, erwachten die hellen Augen der Katze zum Leben, und sie sah mich so über alle Maßen hasserfüllt an, dass ich zurückschreckte. Sie schien sich selbst zu entsetzen, denn im nächsten Moment sprang sie auf und raste davon.

Das traf mich mehr als alles andere. Sie war mir lange eine treue Gefährtin gewesen, trotz ihrer nicht ganz tadellosen Seiten, und ich hatte ihr selbst in ihrer unseligen Koexistenz mit Céleste immer die Treue zu halten versucht. Sie hatte mich nie zuvor so angesehen.

»Serafina!«, rief ich ihr nach, doch das Letzte, was ich von ihr sah, war ein hochaufgestellter Schwanz, der in der ewigen Nacht der Katakomben verschwand.

Ich ließ mich müde neben Céleste in den Staub sinken. Eine Weile saß ich einfach nur da. Dann sah ich, wie ihre Lider zitternd erwachten. Also doch. Ich hoffte, sie würde etwas mehr Dankbarkeit zeigen als ihre bessere Hälfte.

»Madame?«, fragte ich höflich und sah zu, wie sie sich aufrappelte, nur um im nächsten Moment wieder hinzustürzen. »Ist alles in Ordnung?« Doch etwas an ihr und der Art, wie sie mich mit schreckgeweiteten Augen ansah, war ganz und gar nicht in Ordnung.

Ihre Augen, dachte ich. *Sie haben ihre goldene Farbe verloren.*

Ich nehme an, wir boten Ravi und Justine ein seltsames Bild, als sie uns kurz darauf fanden. Ravi war mir wie üblich etwas zu selbstzufrieden, aber willkommen in seiner Gelassenheit; Justines Anblick dagegen, als sie Gaspard entdeckte, brach mir das Herz.

»Ich dachte mir, dass Sie aufgehalten wurden«, bemerkte Ravi und blickte auf mich herab.

»Was ist mit Philbert?«, fragte ich.

»Er starb, als der Einfluss von ihm fiel. Doch er war bereits gestorben, nicht wahr?«

Ich blickte bedauernd auf die schwarze Frau in meinem Schoß, die sich an mich klammerte wie ein verängstigtes Kind.

»Der alte Philbert starb am zweiten Abend«, sagte ich und

strich ihr durchs Haar. »Er wird wieder leben, wenn der neue Tag anbricht – alles Weltliche beginnt von vorn, nicht wahr? Ebenso wie Gaspard.«

Wir tauschten Blicke. Er verstand, was zu tun war.

»Was meinen Sie damit?«, schluchzte Justine, die neben Gaspard in die Knie gegangen war und seine Hand hielt. »Wie soll das möglich sein?«

»Ich erkläre es Ihnen«, sagte Ravi ruhig. »Ich werde Ihnen alles erklären. Auf dem Nachhauseweg. Vertrauen Sie mir, Justine.« Sie nickte und griff nach seinem Arm. Er blickte mich ernst an. »Was geschieht mit Céleste? Sie wollen sie mitnehmen?«

»Das ist nicht Céleste«, beruhigte ich ihn. »Céleste ist irgendwo in den Gängen und stellt keine Gefahr für uns dar. Doch ja, wir werden sie mitnehmen. Nicht wahr« – ich lächelte zu ihr herab – »Serafina?«

Und da, ganz zaghaft, begann an ihrem Hals eine Ader zu pochen.

Ravi

Wir verließen die Katakomben auf demselben Weg, wie wir sie betreten hatten. Ich folgte dem ältesten Sinn, den ich besaß, im blinden Vertrauen, dass er mich zu Blanche führen würde. Wahrscheinlich war sie es aber, die uns führte, denn jedes Fünkchen Magie in mir war verbraucht, und ich fühlte mich wie ein Verdurstender, als wir das Mausoleum verließen.

Es war tief in der Nacht, der Friedhof hatte geschlossen, und hätten wir Barneby und seine vielen Talente nicht gehabt, hätten wir wohl noch über den Zaun klettern müssen. Ohnehin dürften wir ein skandalöses Bild abgegeben haben: die beiden

Herren in teurer, aber völlig verdreckter Garderobe, und die beiden jungen Frauen, von denen die eine die Kleidung einer Kellnerin trug und die andere offensichtliche Schwierigkeiten hatte, ihre Beine zu benutzen. Die wenigen Passanten, denen wir auf dem Boulevard Edgar Quinet begegneten, warfen uns missbilligende Blicke zu.

Serafina hatte noch kein Wort gesagt, aber ihre Augen waren wach und nahmen jede Kleinigkeit in sich auf. Sie ging barfuß, weil sie in Schuhen noch nicht das Gleichgewicht halten konnte, und Barneby hatte ihr sein Jackett um die Schultern gelegt, da ihr knappes, goldenes Kleid kaum Schutz vor der Kälte der Nacht bot.

Wir kamen gegen zwei Uhr morgens im Jardin an. Bevor Justine noch den Schlüssel in ihrer Schürze finden konnte, spielte sich eine eigenartige Szene ab: Alphonse öffnete die Tür und schloss Justine wortlos in seine Arme. Völlig perplex ließ Justine es über sich ergehen. Dann bat er uns herein, und ich sah, dass auch seine Frau wachgeblieben war. Neben ihr auf dem Tisch standen eine Flasche Wodka und Gläser. Barneby begrüßte Esmée und nahm sich ein Glas. Die Küchentür schwang auf, und Mischa kam herein, im Arm ein Tablett mit Mokkatassen; als er Justine sah, stellte er es ab, kam gerannt und umarmte sie seinerseits.

»Haben Sie den dreckigen Mistkerl erwischt?«, fragte Alphonse und sah mich aus blutunterlaufenen Augen an. Man konnte sehen, dass er und die anderen einen schlimmen Tag hinter sich hatten, und natürlich hatten sie viele Fragen. Ich war sehr dankbar, als Barneby, sein Glas hoch erhoben, in die Bresche sprang und eine Räuberpistole zu spinnen begann: wie es uns gelungen war, Justines Entführer zu einem zweifelhaften Etablissement zu verfolgen, wo junge Mädchen aus aller Herren Länder gegen ihren Willen festgehalten und zu schrecklichen Dingen gezwungen wurden. Wie wir die Mädchen befreit hatten, die Polizei gekommen war und die Spitzbuben verhaftet hatte. Und dass morgen ein Arzt kommen würde, sich die Misshandelten noch einmal anzusehen.

Beinahe gelang es ihm, dass auch ich seiner Geschichte glaubte, weil sie soviel einfacher und unproblematischer als das war, was sich tatsächlich ereignet hatte. Selbst unsere Aufmachung war mühelos zu erklären, hatte es doch, wie Esmée uns berichtete, ein Erdbeben drüben im dreizehnten Arrondissement gegeben. Eine Straße sei eingebrochen, Autos und einen ganzen Omnibus habe es in die Tiefe gezogen. Genau da, sagte Barneby ernst, und zog bewundernde Blicke auf sich, seien auch wir gewesen. Dann sprach er einen Toast aus, und wir prosteten einander zu.

Menschen haben, wie Sir Arthur einmal bemerkte, ihre eigenen Theorien im Kopf und passen die sogenannten Fakten daran an. Barneby hatte ihnen die Antwort gegeben, nach der sie verlangten, und sie waren glücklich darüber. Daher äußerte niemand irgendwelche Zweifel, und an die Sache mit dem Eisschrank wollte erst recht niemand mehr denken. Barneby stellte Serafina als eines der geretteten Mädchen vor, welches keine Familie und keinen Ort für die Nacht besäße. Esmée sagte sofort, sie könne bleiben. Ihr Mann widersprach nicht, und Mischa brachte sie nach oben. Ich entschuldigte mich meinerseits und vergewisserte mich, dass Blanche wohlauf war.

Eine Weile stand ich an ihrem Bett, dachte an das Samenkorn und wie sie mich gerettet hatte. Ich dankte ihr, obwohl ich sicher war, dass sie wusste, was ich empfand; dann ging ich wieder hinunter zu den anderen.

Wir saßen dort noch etwa eine Stunde. Dann zogen sich unsere Gastgeber zurück. Alphonse klopfte Barneby im Gehen auf die Schulter wie einem treuen Soldat, und Esmée schien ständig noch etwas sagen zu wollen und sagte es dann doch nicht. Mischa war über seinem Glas eingeschlafen. Es war kühl geworden im Schankraum, und mir war nicht entgangen, dass Barneby zunehmend nervöser wurde.

»Wir müssen es *jetzt* klären«, sagte er. »Es dürfte schon nach drei sein. Wie lange haben wir noch?«

»Es geschieht kurz vor Sonnenaufgang«, sagte ich.

Justine saß ruhig auf ihrem Stuhl, die Beine von sich gestreckt, und wärmte sich die Hände an einer großen Tasse russischer Schokolade, die Mischa ihr gekocht hatte. Sie war zu Tode erschöpft, aber hellwach. Ich fragte mich nicht zum ersten Mal, wie viel sie von dem verstand, was um sie herum vorging. Sie war keine Zauberin, aber sie hatte Blanche in sich getragen und die verrücktesten Dinge mitgemacht. Sie hatte es akzeptiert, als ich ihr die Existenz wahrer Magie enthüllt hatte, mehrmals sogar, und sie hatte überstanden, was sie in den Katakomben erlebt hatte. Ein wenig davon hatte sie uns erzählt auf dem Rückweg; ich zweifelte nicht daran, dass es in Wahrheit noch weit schlimmer gewesen war.

»Justine«, sagte ich, »es ist jetzt sehr wichtig, dass Sie mir ganz genau erklären, was Sie tun – hier, im Jardin. Ihr ganz normaler Tagesablauf. Wenn es keine Schießerei gibt und keine Kobolde und keine Verrückten Sie von der Arbeit abhalten.«

Sie lächelte schwach. »Warum wollen Sie das wissen, Monsieur Ravi?«

»Weil«, sagte ich und holte tief Luft, »dies alles nicht zum ersten Mal geschieht.« Und dann erklärte ich ihr in so knappen Worten wie möglich die Situation. Sie hing an meinen Lippen, stellte nur manchmal eine kurze Frage und überdachte alles, was ich ihr sagte. Sie schaffte es beinahe, ohne zornig auf uns zu werden.

Dann schwiegen wir. Barneby beobachtete uns finster.

»Sie wollen also sagen«, resümierte sie, »dass alles, was heute geschehen ist, ungeschehen gemacht werden kann – einfach, indem ich meinen normalen Tagesablauf vollende?«

»Ja«, sagte ich. Zwar könnte man nichts daran ändern, was mit Chloderic, Orlando oder Céleste geschehen war – ich hielt es aber für unnötig, das weiter zu erörtern.

»Sie retten mich vor einem Irren aus einer Welt unter dem Friedhof, und nun wollen Sie, dass ich den Abwasch mache«, staunte sie und lachte, wie sie es sagte. Dann wurde sie sehr ernst. »Was ist mit Gaspard?«

»Er wäre wieder lebendig«, sagte ich.

»Aber er hätte alles vergessen?«

Ich nickte.

»Was ist mit mir?«

Ich tauschte einen kurzen Blick mit Barneby.

»Ich denke, Sie hätten ebenfalls alles vergessen. Ihre letzte Erinnerung wäre Samstagabend, bevor Sie zu Bett gingen.«

Sie nickte und nahm einen Schluck von der Schokolade.

»Das ist gut. Ziemlich gut sogar. Unter diesen Umständen, meine ich.«

Ich konnte sehen, dass sie fast weinte, und nahm ihre Hand.

»Was muss ich tun?«

»Das ist genau der Punkt«, sagte ich. »Das müssen wir noch herausfinden. Warum erzählen Sie mir nicht, was Sie gestern Abend getan haben? Bevor Sie zu Bett gingen?«

Sie überlegte. Barneby schob seinen Stuhl zurück und erhob sich. Ich wusste, was sein Blick mir sagte – es war ein Schuss ins Blaue, aber wenn wir recht behielten, musste Justine der Anker sein, von dem er gesprochen hatte. Alles deutete darauf hin, nicht zuletzt die Tatsache, dass man ihr heute nach dem Leben getrachtet hatte. Und ich war mir sicher, dass es etwas damit zu tun hatte, wo sie sich abends aufhielt, oder was sie abends tat.

Ich dachte an den ursprünglichen Sonntag, als Blanche und ich ins Bobino aufbrachen. Wir hatten Justine nicht gesprochen, aber da war die Tasche gewesen, über die Blanche fast gestolpert wäre. Justine, erkannte ich da mit absoluter Gewissheit, hatte etwas an diesem Tag anders gemacht, oder nicht gemacht. Stattdessen war sie durchgebrannt – und ich konnte mir auch denken, mit wem.

Schritt für Schritt ging Justine den Samstagabend durch: wie sie half, Küche und Bar abzuschließen; wie sie die Tische abwischte, während Alphonse die letzten Nachtschwärmer vor die Tür setzte. Barneby ging auf und ab wie ein gefangener Dieb, das machte Justine nervös, und sie stockte.

»Entschuldigen Sie«, murmelte er. »Es ist nur die Aussicht, dass alles, was heute geschah, seinen Weg in die Morgenzeitungen und Geschichtsbücher finden könnte, die mich wie jeden ordentlichen Verschwörer entsetzt. Ich will ja nicht tun, als ob ich noch ein Gewissen besäße, aber der Verlust Gaspards und Philberts wäre obendrein ziemlich bedauerlich.«

»Ihre Ungeduld ist wenig hilfreich«, mahnte ich ihn.

»Da haben Sie sicher recht«, sagte er. »Dennoch müssen wir handeln.«

»Vielleicht«, überlegte ich, »ist das genau der Fehler. Vielleicht sollten wir einfach gar nichts tun und dem Schicksal seinen Gang lassen?«

»Ist das Ihr Ernst?«

Ich hob die Schultern. »Wieso nicht? Es hat die letzten Nächte verlässlich funktioniert. Immer, wenn wir uns eingemischt haben, waren die Konsequenzen bestenfalls … bizarr und schlimmstenfalls … verheerend. Wir könnten unsere eigenen Absichten sabotieren, indem wir krampfhaft versuchen, das Richtige zu tun.«

Barneby brütete. Ich konnte ihm ansehen, dass er mir recht gab, auch wenn es ihm nicht gefiel.

»Sagen Sie, Justine«, fragte er dann, »Sie haben nicht zufällig eine verlässliche Uhr? Meine ist leider defekt.«

Sie erhob sich. »Im Obergeschoss. Kommen Sie, ich muss sie noch aufziehen.«

Einen Moment standen wir alle drei wie vom Donner gerührt und schauten uns an. Dann stürmten wir nach oben.

Irgendwann würde ich es ihn fragen müssen, nahm ich mir vor. Ich würde Barneby auf einen Stuhl binden und ihn erst wieder gehen lassen, wenn er mir beibrachte, wie man aus Versehen das Richtige tut. Es war wahrscheinlich die wichtigste Gabe, um in unserer Welt zu überleben, wichtiger noch als ein Lächeln auf dem Gesicht und versteckte Taschen im Ärmel.

Wir standen vor der großen Standuhr, dem alten Ungetüm, das nicht mehr schlug, in dessen Schatten ich Justine und Gaspard vor vielen Nächten friedlich schlummernd gefunden hatte. Justine öffnete den Uhrkasten. Das Pendel schwang nur noch langsam.

»Das ist es«, sagte ich und trat hinter sie. Sie drehte sich unsicher um und sah mich an.

»Tun Sie es«, sagte ich. »Heilen Sie die Welt, Justine. Geben Sie uns allen noch eine Chance.«

Justine zog die Uhr auf.

Danach standen wir noch eine Weile im Flur, aber keinem fiel mehr etwas ein, was er sagen könnte. Also verabschiedeten wir uns und gingen auf unsere Zimmer.

Dort zog ich den Stuhl neben das Bett und versuchte, meinen Geist zur Ruhe zu bringen. Ich atmete den Duft der Rosen und versenkte mich in Blanches Anblick. Dennoch konnte ich diese Nacht ebenso wenig schlafen wie die Nächte zuvor.

Als es dann aber geschah – als die ersten Sonnenstrahlen die Schwärze dieses Tages und der Nacht vertrieben wie den Rauch eines großen Brandes und die bekannten Geräusche auf dem Boulevard erklangen, als habe jemand die Nadel eines Grammophons zurück an den Anfang gesetzt – das treue Klappern von Hufen, das Gelächter meiner spanischen Freundin –, da vergaß ich mich und die Welt für einen Moment und wurde eins mit der Leere zwischen den Tagen, der Zeit außerhalb der Zeit.

Der siebte Tag

Dieses eine Mal,
für immer

Alphonse

Manche Dinge werden Wirklichkeit, andere Dinge bleiben ein Traum.

Normalerweise hätte ich solche Binsenweisheiten als Künstlergewäsch abgetan. Tue ich auch, noch heute – jetzt, da die ganzen Künstler uns den Rücken gekehrt haben und ich nicht mehr so tun muss, als ob ich gerne gescheiter oder belesener wäre als ich bin. Der springende Punkt aber, und das habe ich damals gelernt, ist, dass man nie weiß, was als Nächstes kommt. Manche Boten finden den Weg zu einem, ganz gleich, wo man sich versteckt, und man kann sich nicht aussuchen, ob sie gute oder schlechte Neuigkeiten bringen.

Wenn Sie heute die Leute nach dem Herbst von 1926 fragen, werden die meisten Ihnen erzählen, dass es damals zu Ende ging mit ihrer kleinen Kolonie. Besonders die Künstler werden das sagen, aber auch viele ihrer Freunde, die Mädchen wie die alten Säufer. Viele der Alteingesessenen haben Montparnasse zu dieser Zeit den Rücken gekehrt, und die Konkurrenz vor Ort wurde immer härter, besonders für Leute wie mich. Hinter der Rotonde hatte die Cigogne eröffnet und auf der anderen Straßenseite die Coupole. Die Preise für Mieten und Getränke stiegen ins Astronomische, und wer sich davon nicht totkriegen ließ, dem machte die Wirtschaftskrise bald den Garaus. So oder so, in einem waren sich alle einig: Die Goldenen Jahre waren vorüber.

Wenn Sie mich fragen, ist das alles Unsinn. Mag sein, dass es die eine oder andere aufrechte Seele aus dem Geschäft drängte oder der eine oder andere Maler sich sein Atelier nicht mehr leisten konnte. Die meisten hatten ihr Stück vom Kuchen aber lange gehabt und versuchten mit ihrem Gejammer doch nur, darüber hinwegzutäuschen, dass die letzten Jahre ihres Lebens eine einzige Feier gewesen waren, und sie dabei so betrunken, dass sie sich nicht einmal mehr an die Namen der halbnackten Mädchen auf dieser Feier erinnern konnten. Als dann eines Morgens der Wecker klingelte, stellten sie fest, dass sie im wirklichen Leben nicht mehr zurecht kamen. Das ist jedenfalls meine Meinung dazu.

Für mich bedeutete dieser Herbst einen gewaltigen Schritt nach vorne. Der Witz dabei ist, wenn Sie mich ein paar Wochen zuvor noch danach gefragt hätten, wo vorne eigentlich liegt, hätte ich wahrscheinlich in die entgegengesetzte Richtung gezeigt. Aber das ist genau, was ich meine: Manchmal erkennt man erst, wo die eigene Zukunft liegt, wenn sie einem ins Gesicht schlägt. Ich will nicht so tun, als hätte ich diesen Schlag so mir nichts, dir nichts, weggesteckt; am Anfang tat er durchaus weh, und ich muss ziemlich dämlich aus der Wäsche geguckt haben. Heute weiß ich aber, dass es die richtige Entscheidung gewesen war, mich aus dem Hotelgeschäft zu verabschieden. Seien wir ehrlich, ich habe nicht die geringste Ahnung davon. Wenn heute jemand zu mir kommt und ein Zimmer will, schicke ich ihn ums Eck, ins Haute Loire, und alle sind glücklich: ich, weil ich meine Gäste nicht mehr Tag und Nacht ertragen muss, Esmée, weil wir uns nicht mehr dauernd in den Haaren liegen, und ihr alter Herr, weil er seine fünf Etagen wieder beisammen hat.

Esmée. Dass sie glücklich ist, ist vielleicht das unwahrscheinlichste Geschenk überhaupt. Ich bin kein großer Weiberheld und kann Ihnen daher nicht sagen, was es ist, das Frauen glücklich oder unglücklich macht. Aber ich kann Ihnen sagen, dass es einen Mann kaputtmacht, wenn er mit einer unglücklichen Frau verheiratet ist, und er rennen und rennen und doch nie etwas ändern kann. Dann, eines Tages, wacht er auf und erkennt, dass er die ganze Zeit in die falsche Richtung gerannt ist.

Ich bin auch keiner von den Leuten, die von morgens bis abends nur über ihre Fehler reden, damit alle Welt sehen kann, wie weise oder einsichtig sie sind. Ich glaube auch nicht, dass ich wirklich viele Fehler gemacht habe. Ein paar Dinge bin ich wohl falsch angegangen. Wir haben darüber geredet, Esmée und ich, und uns geeinigt: Ich liege ihr nicht mehr damit in den Ohren, wie sehr mir Paris zuwider ist, und sie gibt mir nicht mehr das Gefühl, ein Taugenichts zu sein. Sie wären verblüfft, wenn Sie wüssten, wie das ist, die ganze Zeit zu glauben, sich Gott und der Welt beweisen zu müssen, und dann zu erkennen, dass es Gott und die Welt nicht im Geringsten kümmert. Der einzige, der irgendwann nicht mehr schlafen kann, sind Sie selbst. Wenn Sie also noch zur alten Schule gehören und auf den Rat eines Barmanns hören wollen, lassen Sie sich gesagt sein: Pfeifen Sie doch einfach drauf.

Das heißt nicht, dass Sie Ihre Träume aufgeben sollen. Sonst werden sie eines Tages noch wahr und bedeuten Ihnen nichts mehr. Sie sind aber kein schlechter Mensch, bloß weil Sie es nicht schaffen, alles im Leben zu erreichen, was Ihnen vielleicht einmal einfiel. Was mich betrifft, sicher, ich will immer noch dieses kleine Grundstück in der Provence, und ich glaube, dass ich Renaud immer noch etwas vormachen kann, besonders, was Weine betrifft – er denkt vielleicht, er versteht was davon, bloß weil er sie anbaut, aber deshalb ist er noch lange kein verdammter Sommelier –, aber das muss ja nicht gleich sein, und vor allem nicht heute, während ich hier bin, im Jardin, wo ich hingehöre.

Dass ich das erkannt habe, verdanke ich wohl ein paar eigenartigen Leuten, deren Wege sich damals mit meinem kreuzten. Auch die Kleine hatte ihren Anteil daran. Vor allem aber verdanke ich es Esmée. Im Nachhinein fällt es schwer, zu sagen, was genau zu was führte und wer alles seine Finger mit im Spiel hatte. Da war dieser Zauberkünstler, der eine Woche bei uns wohnte, und ein sehr eigenartiges Verhältnis zu seiner Assistentin pflegte; er und sein reicher englischer Freund. Da war dieser Junge, der eines Tages einfach hier reinspazierte und der Kleinen den Kopf verdrehte. Wohin man guckte, die Leute waren auf einmal verliebt, so als merkten sie, dass es zu Ende ging mit dem Jahr, und vielleicht auch mit dem Montparnasse, das sie kannten. Und mittendrin ich, und natürlich Esmée. Sie war für mich immer der Mittelpunkt gewesen, aber ich hatte es nicht mehr gesehen, so wie Matthieus Pferd schon nicht mehr die Zügel spürt, die es führen.

Ich bin kein großer Erzähler, also fragen Sie lieber Esmée, oder einen der anderen, die damals dabei waren, wenn Sie wissen wollen, was genau alles geschah. Was ich sagen wollte, habe ich gesagt. Aber wie ich so drüber nachdenke, eines weiß ich noch genau: Es war ein Sonntag, an dem sich alles klärte, der letzte Sonntag im September, und es war ein verdammt schöner Tag, wie Sie ihn selten erwischen an einem Wochenende.

Justine

Ich sehe das Bild noch heute in meinen Träumen.

Wenn die ersten Sonnenstrahlen den Boulevard berühren, scheint er ein waldgesäumter Strom zu sein, wie eine dieser Gemäldelandschaften, zu detailreich, als dass man sie je ganz erfassen könnte. Die Strahlen brechen über die Dächer hinweg und tanzen in tausend Tupfern über die Kastanienwipfel, flackern tiefer wie Schmetterlinge, und treffen in dicken Bündeln auf das Straßenpflaster: erst drüben, bei der Rotonde, wo Balzac in seinem Morgenmantel wie ein Wegelagerer zwischen den

Bäumen lauert, dann streichen sie über die blitzenden Gleise, die zu Streifen flüssigen Rotgolds verschwimmen, bis sich der Lichtersee über das ganze Carrefour Vavin ergießt. Wo die Sonne den Boden berührt, verharren die Menschen in den Cafés, sammeln sich wie Treibgut an den Ufern der Kreuzung. Sie warten auf ihre Freunde, ihre Familien, bis sich immer mehr in ihrer Ansammlung verfangen, die Männer wie schwarze, angeschwemmte Stöckchen, die Frauen dazwischen wie weggeworfene Blumengestecke. Die Gesichter sind zu klein und zu hell, um sie zu erkennen, man sieht nur, wie sie sich immer wieder in die tiefe Septembersonne drehen, als unterhielten sie sich eigentlich mit ihr und nicht mit ihren Nachbarn.

Es hat etwas Betäubendes, vor diesem Gemälde zu stehen, und ich weiß nicht, wie lange ich an diesem Morgen dort stand – viele der Gäste waren spät zum Frühstück –, bis ich ein Räuspern vernahm und Alphonse hinter mir stand, die Schale mit Äpfeln in der Hand, und mich mit seinem Schlüssel nach oben schickte. »Schau nach, ob sie noch da sind, und ob sie noch was vom Frühstück wollen«, sagte er.

So ging ich in den ersten Stock, holte mir frische Leintücher und klopfte am ersten der Zimmer. Ich dachte nicht lange darüber nach; es war mir einfach, als ob alle Zimmer an diesem Ende des Flurs, den Alphonse für die »speziellen« Gäste reserviert hielt, belegt sein müssten (die übrigen hatte ich schon früh erledigt; die Loiseaus, die beiden Männer und der alte Maler hatten uns bereits verlassen). Normalerweise war ich aufmerksamer, aber es lag an diesem Tag ein seltsamer Bann auf mir, der es mir schwer machte, mich auf meine Arbeit zu konzentrieren; es war, als sei es der erste Sonnentag nach einem dunklen Winter, oder als habe ich noch eine wichtige Verabredung vor mir.

Erst als ich keine Antwort erhielt, begann ich mich zu fragen, ob das Zimmer überhaupt belegt war – und von wem. Gerade wollte ich eintreten, als die Tür sich einen Spalt öffnete und eine junge, dunkelhäutige Frau mir entgegenblickte. Sie trug ein teures Nachthemd, aber sie musste arg verwirrt gewesen sein, als sie es anlegte, denn sie hatte ihren Kopf durch eines der Armlöcher gezwängt und dabei den schönen Stoff zerrissen. Sie presste ein Kissen vor ihre Brust und sah mich mit großen, braunen Augen an.

»Madame …?«, fragte ich höflich und hielt Bettwäsche und Äpfel hoch. »Darf ich …? Es ist bald Mittag.«

Sie blickte verständnislos drein, dann griff sie sich einen Apfel und sah ihn an, als sei er ein Spielzeug, das sie als Mädchen verloren hatte.

»Ah! Guten Morgen«, schallte es da, und der Engländer in seinem weißen Anzug – Mister Barneby – kam aus der gegenüberliegenden Tür und drängte sich zwischen uns. »Justine! Ich bin untröstlich, dass wir so spät dran sind. Ich bitte Sie, machen sie sich nicht zuviel Arbeit. Serafina hier« – und er legte der Frau den Arm um die Schulter, als sei sie seine Tochter, was sie hinnahm, nur ein wenig irritiert – »Serafina kümmert sich nachher selbst darum. Sie hat sehr eigene Vorstellungen von einem gemachten Zimmer. Nicht wahr? Kommen Sie, Sie sollten das wirklich nicht sehen. Es ist so ein schöner Tag bis jetzt.« Er nahm mir die Leinen ab und schob sich umständlich durch die halbgeöffnete Tür, ohne dass ich einen Blick hinein erhaschen konnte.

»Sagen Sie unten Bescheid, dass wir gleich kommen. Ich würde mir das Frühstück keinesfalls entgehen lassen wollen. Ah, frische Äpfel«, meinte er noch, nahm mir ebenfalls einen ab, zwinkerte und schloss die Tür.

Ich stand einen Moment ratlos da, dann beschloss ich, ihm seinen Willen zu lassen. Kaum hatte ich mich umgedreht, öffnete sich Monsieur Ravis Tür. Er trat rasch heraus, wobei er seinen Umhang zurechtrückte, als erwarte er hohen Besuch, dann schaute er hoch. »Justine«, sagte er. »Es tut so gut, Sie zu sehen.« Bei seinem Lächeln wären selbst einer alten Jungfer noch die Knie weich geworden. »Sie hatten eine angenehme Nacht?«

»Danke, ja, Monsieur«, sagte ich verdattert. »Das Frühstück ist fertig.«

»Das ist schön«, erwiderte er. »Ach, und sparen Sie mein Zimmer doch bitte aus. Blanche – Sie wissen schon – es war ein langer Abend, und sie wird noch eine Weile ruhen.«

»Ganz wie Sie meinen, Monsieur.« Ravi trat näher, ein weißer Handschuh griff sich einen Apfel und reichte ihn an einen zweiten Handschuh weiter; einen Moment tat er, als würde er ihn verschwinden lassen, und einen Moment glaubte ich, er sei tatsächlich verschwunden. Lachte er? Ich musste mich getäuscht haben, denn ich hatte Monsieur Ravi noch nie lachen gehört. *Richtig* lachen, meine ich. Er lächelt die ganze Zeit, aber er gibt dabei nie einen Laut von sich.

»Bis gleich«, sagte er im Gehen. »Sie sollten die Sonne auf dem Boulevard genießen.«

»Wenn Sie es sagen, Monsieur«, murmelte ich, hob resigniert die Schultern und ging hinüber zur letzten Tür. Dort reagierte niemand auf mein Klopfen, und als ich das Zimmer aufschloss, fand ich es sauber und verlassen vor. Einen Moment schien die Zeit still zu stehen, so als habe Ravi auf der Bühne einen seiner Kästen geöffnet, eben noch belegt, nun schon verlassen, und die Unmöglichkeit dieser Leere nahm einem den Atem. Dann begann ich mich zu fragen, wen ich eigentlich erwartet hatte. Ich war wirklich nicht bei mir – es gab keinen Gast mehr am Ende des Flurs.

Also machte ich Barnebys Zimmer, was nicht viel Mühe bereitete – er war sehr ordentlich –, und ging dann wieder hinunter, Alphonse die restlichen Äpfel zu bringen.

Unten, am Eingang, wo ich vor kurzem noch gestanden und auf die Kreuzung hinausgeschaut hatte, saßen Monsieur Ravi,

Mister Barneby und die junge Frau an einem Tisch. Etwas an ihr war eigenartig. Zwar trug sie nun ein recht ordentliches Kleid, aber sie bewegte sich darin wie ein kleines Mädchen. Immer wieder strich sie sich unter dem Tisch die Schuhe von den Füßen, und Mister Barneby versuchte sie dazu zu bringen, mit Messer und Gabel zu essen. Vor ihm türmte sich der größte Teil des von Esmée und mir vorbereiteten Frühstücks; vor Monsieur Ravi stand nur eine Tasse Kaffee. Ich hatte ihn häufig so gesehen, ein spartanischer Gast, der mehr für Trinkgelder als für seine Rechnung ausgab. Selbst wenn er etwas bestellte, habe ich ihn nie essen oder trinken sehen.

Als sie mich sahen, grüßten sie und prosteten mir zu, als hätten wir uns Ewigkeiten nicht mehr gesehen.

»Spinner«, sagte Alphonse von seinem Tresen.

»Es ist ein schöner Tag«, meinte ich.

»Das ist es wohl«, murmelte er und winkte mich zu sich. Kopfschüttelnd klappte er seine Bücher zu und drückte mir die Kasse mit den Tageseinnahmen in die Hand. »Bring sie nach oben. Vielleicht macht sich das Wetter dann ja auch zum Mittagsgeschäft bemerkbar.«

Ich tat, wie mir geheißen. Noch hatte alles seine Richtigkeit; doch kurz darauf konnte ich nicht mehr übersehen, dass etwas *anders* war: an den Gästen, dem Wetter, und auch an mir selbst. Dieses ganze Leben im Jardin, das wie ein altes, müdes Uhrwerk vor mir ablief, hatte sich festgefahren, heimlich, ohne dass wir es bemerkt hätten, und es hatte Sprünge bekommen. Bald ginge alles ganz schnell, und bevor der Tag zu Ende war, würde es bersten.

In den wenigen Minuten, die ich weg war, hatte sich die Frühstückgesellschaft unten aufgelöst. Monsieur Ravi stand, die weißen Hände ordentlich hinter dem Rücken, in der offenen Tür und starrte auf den Boulevard hinaus, wie ich heute früh selbst lange auf ihn hinausgestarrt hatte. Sein Kaffee stand unangetastet auf dem Tisch, zusammen mit den übrigen Resten. Mister Barneby und seine Begleitung aber waren bei Alphonse an der Theke und diskutierten; oder eher, Mister Barneby, der ein ganzes Bündel Geld in der Hand hielt, diskutierte, denn Alphonse schüttelte einfach nur immer wieder den Kopf, und das Mädchen sah drein, als ginge sie das alles nichts an.

»Kann ich helfen?«, fragte ich.

»Du meine Güte, bemühen Sie sich nicht«, wehrte Barneby ab, und Alphonse blickte nur düster drein. »Kein Problem, das sich durch Geld nicht lösen ließe. Nicht wahr?«

»Geld ist nicht das Problem«, brummte Alphonse, und ich dachte, ich höre nicht recht.

»Was denn sonst?«, fragte ich.

»Bitte«, beschwichtigte Mister Barneby, aber Alphonse schob mir das Gästebuch zu, wie ein König, der seine gesprungene Krone herumzeigt.

»Sag mir, wie viele Nächte die Herrschaften uns schuldig sind. Du weißt es doch ebenso gut wie ich, oder?«

Die Frage verblüffte mich, aber ich nickte. Dann warf ich einen Blick ins Gästebuch und verstand das Problem.

»Es ergibt keinen Sinn«, sagte ich.

»Nein«, sagte Alphonse. »Tut es nicht.«

»Hören Sie«, mischte sich Mister Barneby ein. »Es wäre mir ein Anliegen, Sie für alle Mühen, die wir Ihnen gemacht haben, angemessen zu entschädigen. Ich reise heute ab – wichtige Geschäfte rufen mich –, und ich lasse nicht gern eine Rechnung offen. Ich empfinde den Betrag, den ich Ihnen geboten habe, als angemessen und möchte nicht weniger zahlen. Was Serafina betrifft« – er strich der jungen Frau übers Haar –, »so wird sie noch eine Weile bleiben, und ich möchte auch ihre Rechnung übernehmen. Sagen wir, für die ganze kommende Woche. Ich kam heute leider noch nicht dazu, Geld zu wechseln – ich weiß aber, Sie nehmen Pfund.«

»Sie machen es einem nicht leicht, ein ehrlicher Mann zu sein«, beschloss Alphonse und nahm die Geldscheine entgegen. Skeptisch beäugte er die junge Frau. »Was ist mit Ihrer Freundin? Sie scheint etwas verstört zu sein. Sind Sie sicher, dass Sie sie hierlassen wollen?«

»Wo Sie es sagen«, nahm Barneby den Faden auf, »Serafina ist das Mündel meines Schwagers – aus Kapstadt, müssen Sie wissen. Fragen Sie nicht! Sie ist noch ein wenig schüchtern – die neue Umgebung, die große Stadt, die sie zum ersten Mal mit eigenen Augen sieht – aber sie wird sich schon eingewöhnen. Nicht wahr?« Er legte ihr leutselig den Arm um die Schultern, und einen Moment drückte sie sich tatsächlich hinein und schloss die Augen. »Es ist jedoch ihr Wunsch, hierzubleiben. Natürlich wird sie eine Arbeit brauchen. Ich fragte mich –« Er hielt kurz inne und sah mich an. Alphonse folgte seinem Blick, dann reichte er mir abermals seinen Schlüssel, zusammen mit Mister Barnebys Pfundnoten.

»Leg sie zur Kasse«, sagte er. »Ich bringe sie morgen früh zur Bank.«

Wenn ich heute darüber nachdenke, kommt mir das alles schon reichlich seltsam vor: unser Gästebuch, das mal sagte, dass Mister Barneby und seine Freundin schon tagelang Gäste bei uns waren, und dann wieder das genaue Gegenteil; die Tatsache, dass ich mir selbst nicht mehr sicher war, wann genau sie eigentlich angereist waren und dass sie mit Alphonse Geschäfte für die Zukunft schlossen, als seien sie alte Bekannte, während ich nicht weiter als zum Mittagessen dachte. Heute glaube ich, dass Zauberer so was einfach mit sich bringen: Sie machen einen glauben, alles sei perfekt, dann richten sie ein großes Durcheinander an, und unsereiner kann hinterher saubermachen. Ich meine das nicht böse – ich lernte an diesem Tag noch eine ganze Menge über Zauberei. Aber ich war mir hinterher ein für alle Mal sicher, dass dieses ständige Spiel mit der

Täuschung zu anstrengend für mich war. Das Leben war auch so schon unberechenbar genug.

Als ich Alphonses Zimmer betrat, ertappte ich Esmée, wie sie am Schreibtisch vor der geöffneten Kasse saß, Bündel von Geldscheinen in ihrer Hand.

Sie drehte sich überrascht um, die Augen so groß wie die eines kleinen Mädchens nachts in der Küche, fast mehr enttäuscht als entsetzt, jetzt doch noch entdeckt zu werden, nach so langer Zeit, und ausgerechnet auf diese Art.

Dann glätteten sich ihre Züge.

»Schließ die Tür«, sagte sie.

»Ich –«, begann ich, denn eigentlich wollte ich nichts hören, nichts wissen, gar nichts gesehen haben.

»Es ist nicht so, wie du denkst.«

»Ich denke gar nicht –«

»Komm her.« Sie klopfte auffordernd auf die Tischplatte, und ich trat näher. Das Fenster vor dem Tisch ging auf den Hinterhof hinaus. Graues Licht fiel auf das alte Holz.

»Ist das Alphonses Zählschein?«, fragte sie mich und hielt mir ein Stück Papier unter die Nase. »Der von heute früh?«

»Ja«, sagte ich, nach kurzer Prüfung.

»Zähl nach«, befal sie, und da sie mir keine andere Wahl ließ, zählte ich nach.

Esmée wartete geduldig. Die Kasse stimmte.

Ich sah ratlos auf das Geld in Esmées Hand. Es waren knapp hundert Franc.

»Leg das in die Kasse«, sagte Esmée. Sie knüllte Alphonses Zählschein zusammen. Dann nahm sie einen frischen Zählschein und einen Stift aus einer Schublade, trug sorgfältig die neuen Beträge darauf ein und versah sie mit dem Datum von heute und einem Schnörkel, wie ihn Alphonse immer machte. Das Ergebnis war in nichts von Alphonses eigenen Zählscheinen zu unterscheiden.

»*Jetzt* stimmt die Kasse«, erklärte sie und erhob sich. »Die Pfundnoten kannst du obenauf legen.«

»Du legst Geld in die Kasse?«, staunte ich, und sie lächelte milde. Ich weiß nicht, wann ich Esmée jemals zuvor so lächeln gesehen hatte.

»Schon immer«, sagte sie. »Da, jetzt weißt du's. Was immer Alphonse da unten in seine Bücher malt, es wird vielleicht eines Tages Sammlerwert haben oder zu den anderen Stücken in die Besenkammer wandern. Mit den Einnahmen aber hat es nichts zu tun. *Das* hier, das sind unsere Einnahmen.«

»Woher?«, fragte ich, obwohl es mich absolut nichts anging.

»Aus dem Haute Loire«, sagte Esmée. »Es ist das Geld meines Vaters.«

»Weiß er davon?«

Sie schüttelte den Kopf. Mir fehlten die Worte.

»Und jetzt? Wirst du zu Alphonse gehen und es ihm sagen?«

»Nein«, sagte ich. »Aber du solltest es tun.«

»Wozu? Damit er sieht, was für ein Versager er ist?«

»Nein«, sagte ich, und da war sie wieder, meine Unfähigkeit, mich aus anderer Leute Leben herauszuhalten – »damit er sieht, was für eine Frau er geheiratet hat.« Ich beschloss, dass dem nichts mehr hinzuzufügen sei, ließ Esmée verdutzt dort stehen und ging wieder hinunter.

Das Uhrwerk war nun zum Zerreißen gespannt. Ein Stöhnen und Ächzen schien das Holz auszudehnen, die Treppe knarrte noch mehr als sonst, das Geländer pulsierte unter meiner Hand. Ich fragte mich, wie oft ich diese Treppe schon gegangen war, und ob sie vielleicht unter mir zusammenbrechen würde. Dann dachte ich an Esmée und lächelte. Eine Sache hatte ich heute getan, die dafür sorgen würde, dass die Welt nicht wieder die gleiche sein würde. Aber die Welt, das können Sie mir glauben, zahlte es mir noch heim.

Ich bin nicht gut darin, solche Dinge in Worte zu fassen. Gaspard kann es, tut es aber nicht – aus Absicht, wie er sagt, weil das so sein muss. Esmée würde nie mehr so viele Worte mit mir wechseln wie an diesem Morgen, auf ihrem Zimmer, und Alphonse hasste dieses ganze sentimentale Gewäsch, wie er es nannte. Ich weiß daher auch nicht genau, wen Sie am besten danach fragen, wie dieser Tag am Ende ausging.

Monsieur Ravi wüsste es sicherlich – wenn Sie ihn also finden, könnten Sie ihn fragen, aber er macht ein Geschäft aus der Heimlichkeit, und wahrscheinlich würde er nur lächeln und schweigen. Mister Barneby, sein Freund, redet dagegen über alles – aber die Hälfte von dem, was er erzählt, sollte man nicht für bare Münze nehmen. Ich glaube, vielleicht ist es ein Spiel, so wie Mischa es immer spielte: Die Dinge werden wirklich, solange man an sie glaubt, und solange wir einander in die Augen sehen können und uns nicht zu schämen brauchen für das, was wir darin gespiegelt sehen, solange wird dieses Spiel weitergehen, und Worte sind dafür nicht nötig.

Ich denke gerne an das Jardin zurück, wissen Sie, und an das Carrefour Vavin: Wenn die ersten Sonnenstrahlen den Boulevard berührten, dann schien er manchmal wie ein großer Strom zu sein, der direkt vor der eigenen Haustür vorbeifließt.

Esmée

Ich habe es ihm an diesem Tag gesagt.

Nicht, weil ich die komischen Vorstellungen Justines von Ehrlichkeit oder richtig und falsch teilte, sondern aus dem einfachen Grund, weil ich nicht wollte, dass *sie* es ihm sagte. Wenn ich es nicht tat, dachte ich, hätte sie immer etwas gegen mich in der Hand (da wusste ich noch nicht, dass sich unsere Wege schon kurz darauf trennen würden). Außerdem, und das war vieleicht noch schwerwiegender, war es doch so: Wenn ich so nachlässig geworden war, mich von Justine überraschen zu lassen, war es nur eine Frage der Zeit, bis auch Alphonse mir auf die Schliche kam. Vielleicht wollte ich auch, dass dieses jahrelange Versteckspiel ein Ende nimmt.

Ich weiß nicht mehr genau, wie ich es anging. Für ungeschickte Eröffnungen hat man glücklicherweise kein allzu gutes Gedächtnis. Vielleicht ging ich einfach zu ihm hin und sagte: »Alphonse, ich lege Geld in die Kasse. Ich stehle Geld von meinem Vater, damit unser Geschäft nicht den Bach runtergeht.« Vielleicht hab ich's auch weniger dramatisch gesagt.

Ich weiß aber noch, wie er mich ansah und lange Zeit erst mal gar nichts sagte. Dann knallte er sein Spültuch auf die Theke, nahm sich seine Flasche Cognac und ein Glas und ließ mich stehen. Ich wusste, er brauchte Zeit, also sagte ich nichts weiter.

Wir hatten unsere hungrigen Mäuler fürs Erste gestopft, und so stand ich entgegen meiner Gewohnheit eine Weile an der Theke, bediente die Gäste, die zu mir kamen, und machte die Getränke für Justine, die draußen auf der Terrasse mittlerweile eine Menge Kundschaft hatte. Ich dachte darüber nach, dass ausgerechnet sie den Anstoß für meine Beichte gegeben hatte und sich an diesem Mittag durchaus meine und Alphonses Zukunft entscheiden mochte. Ich hatte einen Kloß im Hals und versuchte so zu tun, als mache es mir nichts aus. Stattdessen überlegte ich, warum ich Justine nie hatte leiden können. Wahrscheinlich hatte es etwas damit zu tun, dass ich glaubte, sie könnte Alphonse verführen, wenn sie es wollte. Dabei war das wohl nur so eine fixe Idee, und komischerweise hatte ich mich nie gefragt, warum Justine das wohl tun oder wollen sollte.

Vielleicht lag es auch daran, dass sie so anders war als ich. Meine Familie wohnt seit Generationen am linken Seineufer; sie haben das Viertel zu dem gemacht, was es ist. Ich erinnere mich noch, wie die Gegend in meiner Kindheit aussah, nichts als Schlamm und ärmliche Hütten. Justine dagegen hatte noch nichts aufgebaut – nichts zumindest, von dem ich wüsste. Ich habe keine Ahnung, woher sie eigentlich kommt; ich habe sie auch nie gefragt. Deshalb war sie nicht berechenbar. Ich hatte immer erwartet, dass sie eines Tages einfach kommen und sagen würde: »Ich gehe wieder dahin, wo ich hergekommen bin, findet einen Ersatz für mich«, oder »Ich bin schwanger, ich brauche mehr Geld«, irgend so was. Ich war da immer anders gewesen. Zumindest glaubte ich das. Und ich fragte mich, wenn sie und Alphonse mich auch für so berechenbar gehalten hatten – was dachten sie jetzt wohl über mich? Ich grinste bitter. Ich hatte ihnen sicher eine Menge Kopfzerbrechen bereitet.

Der Schankraum war leer. Alphonse saß draußen auf seinem Platz neben dem Eingang, wo ich ihn nicht sehen konnte, und unser Zauberkünstler und sein englischer Freund mit seinem Mündel saßen in der Sonne und beobachteten den Boulevard.

Ich schielte zu den Flaschen mit den Likören und goss mir einen Amer Picon ein. Ich mochte es nicht, über mich nachzudenken, und wenn Alphonse mich noch länger dazu zwänge, würde ich ihn verlassen. Das schwor ich mir.

Draußen stand Justine auf einmal still und blinzelte Richtung Rotonde hinüber. Ein junger Kerl näherte sich ihr; er hatte einen Stapel Papier an seine Brust gedrückt, so wie die alten Frauen in der Straßenbahn ihre Handtaschen an sich drücken. Sie blieben voreinander stehen und sahen sich an; dann lachten sie und wechselten ein paar Worte, als seien sie alte Bekannte, und nahmen an einem der Tische Platz.

Ich fluchte. Ich konnte mich nicht um alles kümmern und hatte weiß Gott schon genügend Probleme. Wo war Mischa, wenn man ihn brauchte? Umständlich humpelte ich ins Freie, um Justine wieder an die Arbeit zu scheuchen. Aber kaum hatte ich die Schwelle zur Terrasse erreicht, stand Barneby, dieser Engländer, neben mir und nahm mich am Arm.

»Nicht«, sagte er, legte einen Finger an den Mund und deutete zu Justine und dem Jungen. »Sehen Sie nur.«

Erst wusste ich nicht, was er meinte, aber dann konnte ich es sehen.

Die beiden hatten für nichts Augen als für einander. Der Junge redete unablässig, mit Händen und Füßen, und sie nickte und lachte und redete mitten rein. Ich hatte so was schon eine ganze Weile nicht mehr gesehen, und das letzte Mal wahrscheinlich im Kino. Barneby lächelte stolz, als präsentiere er eine neue Erfindung.

»Das sind wir ihnen schuldig«, flüsterte er vertraulich, dann führte er mich wieder hinein.

»Ihre Menschenfreundlichkeit in allen Ehren«, sagte ich, »aber jemand muss die Gäste bedienen.«

»Ich habe die Lösung für Sie«, erklärte er. »Keine Sorge, ich habe schon mit Alphonse darüber gesprochen.«

»Dann mache ich mir natürlich keine Sorgen«, nickte ich ernst. »Schießen Sie los.«

»Serafina?«, rief er über die Schulter, und sein Mündel erschien neben uns, mit Augen, so groß, als sei sie zum ersten Mal in Paris – oder auf diesem Planeten, was das anbelangte. »Jetzt wäre eine gute Gelegenheit, zu zeigen, was du gelernt hast – das Personal braucht Verstärkung.«

Ich musterte sie skeptisch.

»Ist das Ihr Ernst?«

»Es war mir nie ernster.«

»Sie hat aber schon mal gekellnert, oder?«, fragte ich.

»Geben Sie ihr eine Schürze, und Sie werden erstaunt sein«, versicherte er mir.

»In Ordnung«, seufzte ich. Was machte es noch für einen Unterschied? Wenn Justine, die vorhin noch voll guter Ratschläge gewesen war, nun beschlossen hatte, dass irgendein dahergelaufener Junger wichtiger war als wir, das Lokal, die Geschäfte; wenn Mischa wieder unauffindbar war, während mein Gatte sich in aller Öffentlichkeit betrank; was hätte ich davon, jetzt noch einen Streit anzufangen?

Wir gingen wieder hinein, und ich kramte in den Schubladen, bis ich eine Schürze und eine Börse für das Mädchen fand.

»Ihr Bein macht Ihnen Schwierigkeiten, was?«, bemerkte Barneby.

»Sie wissen, wie's ist mit dem Älterwerden«, sagte ich, nicht gerade charmant, und bestückte die Börse mit Wechselgeld. Barneby zwirbelte seinen Bart, dann riss er ein Blatt von einem unserer Notizzettel und kritzelte etwas darauf. Er reichte es mir. »Probieren Sie's mal damit«, riet er.

Ich las den Zettel und lachte. »Was soll das sein?«, fragte ich. »Sind Sie vielleicht ein Zauberer, so wie er?« Ich deutete mit dem Daumen Richtung unseres Zauberkünstlers, der allein an seinem Tisch saß und mit einer kleinen Silbermünze zu spielen begonnen hatte.

»Monsieur Ravi ist eine gute Seele«, brummte Barneby, »und sicher sehr einfühlsam. Ich glaube aber nicht, dass er eine Ahnung davon hat, was Schmerzen sind. Bei mir, sehen Sie, verhält es sich gerade umgekehrt.«

Ich zuckte die Achseln und steckte den Zettel ein. Ich habe ihn heute noch – aber das ist eine andere Geschichte.

Barneby klatschte nun in die Hände und legte dem Mädchen die Hände auf die Schultern. »Lass dich ansehen, Serafina. Gut siehst du aus! Jetzt dreh dich mal.« Eigentlich sah sie ein wenig eigenartig aus, leider auch etwas lächerlich, und ganz offensichtlich wusste sie nicht, wie man einen Bleistift hält. Aber ich protestierte nicht. Wenn die ersten Kaffees über die Gäste verschüttet wären, würde auch Justine den Tumult nicht länger ignorieren können. Das hoffte ich zumindest.

Dann tätschelte er ihr den Rücken, vielleicht etwas tiefer, als unbedingt notwendig gewesen wäre, und schickte sie hinaus.

»Wie lange, meinen Sie, wird es dauern, bis das erste Geschirr zu Bruch geht?«, fragte ich.

»Nicht sehr lange«, gab er zu und legte ein paar Pfundnoten auf die Theke. »Ich werde aber für alle Schäden aufkommen. Ich möchte wirklich, dass sie ein anständiges Handwerk lernt.«

»Komische Vorstellung, die Sie davon haben«, meinte ich.

»Wieso?« Er lächelte verschmitzt und griff nach der Schale mit den Nüssen. »Wie ein weithin missverstandener Dichter meiner Heimat einmal bemerkte, die ganze Welt ist ein Café, und was, Madame, wäre dieses Café ohne Kellnerinnen?«

Ich schnaubte, und einen Moment mochte ich ihn. Dann näherten sich Schritte, wir sahen beinahe gleichzeitig auf, und wurden Alphonses gewahr, der wie ein düsterer Schatten näherkam. Die Cognacflasche hatte er in der Hand; die Flasche war sichtlich leerer als vorhin. Barneby klopfte auf die Theke, und verschwand nach draußen. Alphonse würdigte ihn keines Blickes.

Als er vor mir stand, sah ich ihn an. Ich brauchte nichts zu sagen, denn wahrscheinlich war ich ein einziges Fragezeichen.

»Du«, sagte Alphonse und stellte die Flasche ab, »solltest nicht hinter der Theke stehen. Dafür bin ich zuständig.«

»Gut«, sagte ich.

»Du wirst aufhören, Geld von deinem Vater zu nehmen«, sagte er weiter.

»Gut«, wiederholte ich.

»Wie viel ist es?«

Ich sagte es ihm.

»Das können wir nicht zurückzahlen. Nicht in diesem Leben.«

Ich schüttelte den Kopf.

»Es sind die Zimmer, nicht wahr?«, fragte er.

»Es sind die Zimmer«, nickte ich, »die im Winter zu selten belegt sind, aber geheizt werden müssen. Es sind die Pacht und die Steuern, die Kosten für Handwerker und die Wäscherei, und die Löhne für Justine und Mischa, die sich besser aufs Kellnern konzentrieren würden – das heißt, wenn sie denn gerade mal da sind. Es sind die Frühstücke, die du zu billig anbietest, und die ich zu häufig wegwerfe, und die Gäste, die zwar die Nacht im Voraus begleichen, aber ihre Getränke nicht zahlen, wenn sie verschwinden. Es ist die ewige Konkurrenz gegen das Haute Loire, das einfach besser und kaum teurer ist als wir, die wir nicht durchstehen.«

Alphonse nickte. »Dann pfeifen wir doch drauf«, sagte er.

»Bitte?« Ich war mir nicht sicher, ob ich richtig gehört hatte.

»Pfeifen wir drauf«, wiederholte er. »Warum machen wir das eigentlich? Willst du unbedingt im Hotelgeschäft bleiben? Ich will's nicht.«

»Ich will über die Runden kommen«, sagte ich. »Und im Alter nicht schuften müssen.«

»Wir reden mit deinem Vater«, sagte Alphonse. »Nach dieser Saison kann er sein Stockwerk zurückhaben. Vielleicht lässt er uns ja noch eine Weile dort wohnen – bis wir etwas Besseres finden.«

»Und wovon wollen wir leben?«, fragte ich ihn.

»Wir tun das, was alle gerade tun«, sagte er. »Wir heben die Preise. Aber gerade etwas weniger als die anderen. Und wir führen das Jardin so lange, bis wir uns was zurückgelegt haben. Du sagst mir, wann es soweit ist, denn ab heute führst du die Bücher.«

»Das ist dein Ernst?«, fragte ich.

Er goss zwei Gläser Cognac ein und reichte mir eines.

»Das ist mein Ernst«, sagte er, und wir stießen an.

Es dauerte noch eine Weile, bis ich glauben konnte, dass er es nicht nur so dahingesagt hatte, sondern dass sich wirklich etwas ändern würde. Heute zieht er mich noch damit auf, ich hätte es erst geglaubt, als er im nächsten Frühjahr den Frigidaire anschaffte; das war, als das Jardin zum ersten Mal in seiner Geschichte schwarze Zahlen schrieb.

Der Grundstein aber war dieser eine Tag im Herbst gewesen – der Tag, an dem ich ihm die Wahrheit sagte. Für uns fing damit eigentlich alles erst an.

Barneby

Ich habe es nie lange an einem Ort ausgehalten. Früher hatte ich geglaubt, das läge daran, dass es noch so viel zu sehen gab und mich die Rastlosigkeit übermannte, wenn ich zu lange stillstand. Heute glaube ich eher, ich habe schon zuviel gesehen, und es fällt immer schwerer, so zu tun, als überkomme mich nicht irgendwann die Langeweile. Céleste hatte einmal giftig bemerkt, ich sauge Orte regelrecht aus, so wie sie Menschen. Vielleicht hatte sie nicht ganz unrecht damit. Es fällt schwer, loszulassen – aber wenn es genug ist, muss man es tun, sonst hat der Ort keine Chance, sich zu erholen, und man kann ihn kein zweites Mal mehr besuchen.

Céleste hatte nie gewusst, wann es genug war. Sie war immer ungeduldiger als ich gewesen. Doch der dunkle Bund, der sie und Serafina zusammengeführt hatte, und der vielleicht seinen eigenen Willen, seine eigene Absicht verfolgt hatte, war nun gelöst, und was von ihr blieb, würde einer sehr schweren Zeit entgegengehen, bis wir uns vielleicht, eines Tages, wieder begegneten. Ich habe bis heute nichts mehr von ihr gesehen oder gehört.

Serafina ihre ersten Schritte in der Welt der Menschen machen zu sehen, ging mir ans Herz. Ich hatte so etwas schon sehr lange nicht mehr erlebt, und auch deshalb sollte ich Paris besser früher als später verlassen, sonst würde ich vielleicht noch Jahre hierbleiben und mich in alles einmischen und sie gründlich verderben. Es ist schon schwer genug, wenn aus einem alten Gegner plötzlich ein Verbündeter wird, oder wenn man einen alten Schwarm mit einem Anderen davonziehen sieht. Doch in diesem Fall wäre die Anstrengung, die es bräuchte, um die Beziehung, die man seit Ewigkeiten zu seiner Katze unterhielt, in die Beziehung zu einer jungen Frau umzudeuten, mehr, als ich realistisch gesehen aufzubieten in der Lage war – ich würde mich allenfalls zur Witzfigur stempeln. Kurz gesagt, es war das Beste für uns alle, wenn sie ihre eigenen Erfahrungen machte, und wie ich sie kannte, wollte sie es auch nicht anders.

Eigentlich war ich also nur noch da, um ein paar Verwicklungen zu lösen, ein paar Dinge in Ordnung zu bringen; etwa so, wie man seine Wohnung aufräumt, bevor man in Urlaub fährt. Schließlich wollte ich ja nicht, dass Esmée sich meiner als des Mannes erinnerte, der ihr Geschäft, oder ihre Ehe, auf dem Gewissen hatte. Oder dass Justine im Eifer des Gefechts noch vor ein Auto lief. Manchmal aber, da hatte Ravi nicht unrecht, riskierte man, alles nur noch schlimmer zu machen, je mehr Mühe man sich gab. Den letzten Akt würde ich daher ihm überlassen – ich war zuversichtlich, dass er das nötige Feingefühl dafür besaß.

Ich versicherte ihn meines Vertrauens, als ich nach meinem kleinen Gespräch mit Esmée zurück an seinen Tisch kam. Meine Sachen hatte ich schon gepackt, und die Sonne stand hoch über dem Boulevard und ließ mich blinzeln. Ravi schien wieder einmal zu gelassen für solche Regungen.

»Sie haben wieder Schicksal gespielt«, stellte er fest.

»Glauben Sie mir«, sagte ich, »ich war viel zu froh, als ich heute in meinem Bett erwachte und vor dem Fenster eine unversehrte Welt vorfand – das setze ich nicht aufs Spiel.«

»Bescheidenheit steht Ihnen.«

»Ach kommen Sie! Sie haben Bescheidenheit zu einem Sport gemacht – ein Sport von hohem Ross, wie Polo.«

»Sie finden, ich nehme mich zu sehr zurück?«

»Wie Sie es sagen, klingt es, als malten Sie an Ihrem Selbstportrait. Sie wollen meine Meinung dazu?«

»Vielleicht will ich das.« Dieses verdammte Lächeln. »Wie gefällt Ihnen, was Sie sehen?«

Ich beugte mich vor, vergaß den Verkehrslärm, die gleißende Sonne, Serafina, die irgendwo hinter mir Kleingeld über die Tische verteilte.

»Sie wollen reden? Gut, dann will ich Ihnen ein letztes Mal die große Frage stellen: Warum zum Kuckuck waren wir eigentlich hier?«

Ravi öffnete seine Hand, und darin schimmerte eine silberne Münze. Er hielt sie mir hin, zwischen Daumen und Zeigefinger seines weißen Handschuhs. Es war ein 2-Franc-Stück. Er gab es nicht her, aber er drehte es mit einer kaum wahrnehmbaren Bewegung seiner Finger, so dass ich beide Seiten sehen konnte: die Wertseite mit dem Motto der Revolution, dem Olivenzweig und dem Jahr der Prägung, 1919; die Rückseite mit der Säerin vor der aufgehenden Sonne.

Die Münze wanderte über seine Finger, verschwand in seiner Handfläche und kehrte nicht wieder, so als habe seine Hand sie verschluckt.

»Erhellen Sie mich«, bat ich ihn.

»Diese Münze ist ein Versprechen«, sagte Ravi. »Ein Versprechen, das vor sieben Jahren gegeben wurde; in einer Nacht in Montmartre.«

»Das ist überaus romantisch.«

»Deshalb bin ich hier.«

»Und Teil dieses Versprechens sind oder waren die verbotenen Früchte, von denen Sie sprachen, und die die Aufmerksamkeit unserer gemeinsamen Bekannten erregten?«

Er nickte.

»Sie sagten zu einer Gelegenheit, ›die Frucht war nur eine Frucht.‹«

»Und Sie sagten, wenn ich mich recht entsinne, dass Symbole sehr wichtig sind.«

»Die Frucht war also ein Symbol?«

»Natürlich war sie das. Immer schon, nehme ich an.«

Meine Kehle wurde trocken, wie immer, wenn ich Rätseln auf der Spur war. Ich überlegte, ob es wohl lohnte, eine Bestellung aufzugeben, entschied mich aber dagegen.

»Ich kenne einige Herren mit einer Vorliebe für Ledersessel, die Ihre Aussage bestätigen würden«, sagte ich. »Sie sitzen den ganzen Tag in rauchverhangenen Salons und erklären die Mythen der Menschheit.«

»Und was genau würden diese Herren Ihnen sagen, wenn Sie sie zur Bedeutsamkeit von Äpfeln befragten?«

»Dass die Geschichte vom Sündenfall und vom Baum der Erkenntnis den Menschen erklärt, weshalb sie so sind, wie sie sind.«

»Und in welchem Punkt würden Sie ihnen widersprechen?«

Ich überlegte. »Sie erklärt es ihnen nicht nur – sie macht sie dazu. So wie wir alle uns mit unseren Geschichten zu dem machen, was wir sind.«

Ravi nickte.

»Was geschah vor sieben Nächten im Bobino, Ravi?«

»Blanche gab mir einen Apfel – denselben Apfel, den Sie später fanden –, und wir aßen davon. Um den Bund zu erneuern, und das Versprechen, das sich endlich erfüllen wird, wenn Blanche mit dem Licht des neuen Tages erwacht.«

»Und in jener Nacht in Montmartre«, fragte ich weiter, »was geschah da? Was war vor sieben Jahren?«

Eine Weile schwieg er und sah hinaus in den Verkehr. Er wirkte sehr gefasst, doch auf groteske Weise hilflos. Nicht zum ersten Mal dachte ich, dass er nicht hierher gehörte, in diese Welt der Autos, der Ampeln und Leuchtreklame.

»Am Anfang«, sagte er, »war alles dunkel.«

»Zwei Bäume im Garten«, lächelte ich.

»Und später: zwei Menschen.«

»Zwei Franc – Sie und Ihre Assistentin. Sollte ich sie so nennen?«

»Sie verstehen also«, sagte er.

»Quid pro quo, Monsieur Ravi … Ich verstehe das Versprechen, um das es Ihnen ging, und warum es Ihnen soviel bedeutet. Ich verstehe jetzt auch, weshalb das Direktorat so begierig war, die Erfüllung dieses Versprechens, ja wenn nötig dieses ganzen Tags zu verhindern und Ihnen Ihr Geheimnis zu entreißen, bevor es Montag werden und Sie mitsamt Ihrer Beute den Garten verlassen würden.«

»Ich nehme kaum an, dass nach diesen Vorfällen noch Platz in der Société für uns sein wird, oder?«

»Es ist ein Kommen und Gehen«, schmunzelte ich und prostete ihm zu. »Monsieur Ravi, ich muss sagen, ich habe Ihre Darbietung sehr genossen!«

»Danke«, sagte er. »Aber glauben Sie, man wird uns auch gehen lassen?«

Ich grinste hilflos. Nicht nur, dass Ravi die Gesellschaft sieben Tage lang in die Irre geführt hatte und sich alle Agenten, die das Direktorat ihm nachgesandt hatte, gegeneinander gewandt und gescheitert waren und wir schließlich sogar den Versuch des Direktorats, selbst in die Geschehnisse einzugreifen, vereitelt hatten – dieser Sonntag war in all seinen Varianten zu einer einzigen Blamage für die Gesellschaft geraten. Und hier saß der Inbegriff der ganzen Misere und fragte mich unschuldig, ob er nun gehen könne.

»Sie sollten in diesen Tagen nicht mehr allzu viel auf meine Meinung geben«, sagte ich. »Aber wenn Sie mich danach fragen, ist meine Meinung wie folgt: Nichts ist lästiger als eine Niederlage – außer vielleicht, ständig daran erinnert zu werden. Mein Tipp wäre daher: Wenn Sie Stillschweigen über die ganze Sache bewahren, kommen Sie vielleicht noch einmal mit einem blauen Auge davon. Etwas wie gestern vergisst man nicht leicht – aber es wird sich auch bestimmt nicht so schnell wiederholen.«

»Das beruhigt mich.«

»Tauchen Sie eine Weile unter. Ich meine das ernst. Machen Sie Urlaub.«.

»Der Gedanke kam mir bereits«, gab er zu.

»Ein guter Gedanke«, bekräftigte ich, reckte mich und ließ mir eine Weile die Sonne ins Gesicht scheinen, während ich über Ravi und seine Assistentin nachsann. Immerhin, dachte ich. Immerhin war mein Besuch nicht ganz umsonst gewesen. Nicht zu wissen, warum ich mich die kommenden Jahre gleichfalls in Zurückhaltung würde üben müssen, hätte mir selbst diesen herrlichen Sonntag verdorben. *Immerhin.*

Ich blinzelte Ravi an.

»Ich nehme also an, Sie bleiben, bis sie erwacht?«

»Selbstverständlich.« Er deutete auf meine Sachen, die im Eingang standen. »Sie reisen ab?«

»Besser früher als später«, nickte ich. »Sehen Sie noch nach Philbert?«

»Ich hatte überlegt, heute zur Vorstellung zu gehen.«

»Und was zu tun?«

»Nun, zu arbeiten.«

»Es wäre eine nette Geste. Und ein guter Start in Ihre Zukunft – die Chancen stehen nicht schlecht, dass er sich daran erinnern wird.«

Er lächelte. »Ich bräuchte allerdings eine Assistentin.«

»Unter anderen Umständen würde ich ja Serafina fragen – aber sie hat alle Hände voll zu tun, und Sie wissen, wie sie mit Geheimnissen …«

»Ich dachte nicht an Serafina.«

Wieder dieses Lächeln.

»Oh nein. Das ist nicht Ihr Ernst.«

»Wieso nicht?«, fragte er.

»Wer spielt jetzt Schicksal?«

»Sie ist sehr begabt.«

»Sie hat Wichtigeres zu tun!« Ich wies zum anderen Ende der Terrasse, wo Justine und Gaspard sorglos miteinander turtelten. »Sehen Sie das denn nicht?«

»Aber wie lange, Barneby? Wie lange, bis sie sich fragen werden, was ihnen entgangen ist?«

»Ich verstehe nicht, was Sie meinen – sie haben alles, was sie brauchen.«

Ravi legte die Fingerspitzen zusammen wie ein Lehrer, der mit einem besonders langsamen Schüler spricht. »Mister Barneby, Justine *weiß* von der verborgenen Welt. Vielleicht nicht so, wie Sie und ich von ihr wissen, aber insgeheim hat sie immer geglaubt, dass es eine prächtigere, wahrere Welt hinter der Wirklichkeit geben müsse. Und aus irgendeinem Grund, der mir unbekannt ist, glaubt sie, dass diese Welt sich gegen sie verschworen hat.«

»Nun, sie hätte durchaus gute Gründe hierzu, wenn sie sich an die vergangenen Tage erinnern würde«, warf ich ein.

»Vielleicht wird sie sich in ihren Träumen erinnern, vielleicht überhaupt nicht. Aber die *Ahnung*, Barneby – verstehen Sie, was ich meine?«

Ich seufzte. »Mit Gaspard verhält es sich ähnlich«, gab ich zu. »Er glaubt, jemand anderes habe die Antworten auf seine Fragen. Solange er das glaubt, wird er auf niemand sonst hören – am allerwenigstens auf sich selbst.«

»Sie sehen also, worauf ich hinaus will.«

»Die beiden erkennen also nicht, was sie haben. Das Risiko ist aber groß – und was geht es uns letztendlich an?«

»Dasselbe könnte ich Sie fragen. Was haben Sie da vorhin mit Alphonse und Esmée getrieben?«

»Ist ja gut, Sie haben gewonnen!«, rief ich aus, und als Justine und Gaspard sich erhoben, und gemeinsam das Jardin betraten, stand ich auf und bedeutete Ravi, mir zu folgen. »Kommen Sie. Spielen wir ein letztes Mal Schicksal.«

Wir gingen nach drinnen. Dort standen bereits alle um die Bar versammelt, und wir nahmen so unauffällig wie möglich auf ein paar Hockern Platz. Justine schien gewachsen; sie stand vor Alphonse und begegnete seinem Blick, ohne auszuweichen. Auch mit Alphonse hatte sich eine Veränderung vollzogen, denn er versuchte nicht, sie niederzustarren, sondern hörte sich an, was sie zu sagen hatte. Esmée spülte ein paar Gläser ab und tat, als ginge sie die ganze Unterhaltung nichts an, aber ich sah, wie sie lächelte, und wie gelöst sie war. Serafina kam uns neugierig nach, stellte ihr verkleckertes Tablett ab und trat neben mich. Wir tauschten einen kurzen Blick, und sie schaute schelmisch und nur ein kleines bisschen verlegen drein. Allmählich war sie wieder die Serafina, die ich kannte.

»Nun, es scheint, als hätte ich momentan zwei Kellnerinnen«, sagte Alphonse schließlich. »Und wenn du gehen willst, werde ich dich nicht halten.« Er öffnete die Kasse und drückte Justine etwas Geld in die Hand. »Ich kann dir aber nicht mehr geben als das.«

Ich wollte schon in meine Tasche greifen, aber Ravi berührte mich mit der Hand. »Nicht so«, flüsterte er. »Vielleicht kann ich helfen«, sagte er dann laut. Überrascht wandte man sich ihm zu.

»Ich habe heute Abend ein Engagement im Bobino«, sagte Ravi, »für das ich dringend Hilfe benötige. Blanche ist leider unpässlich – doch ohne Assistentin kann der Auftritt nicht stattfinden.« Er blickte Justine in die Augen.

»Nur Sie«, sagte er, »können mir helfen. Es ist auch nicht schwierig – und Blanches Gage wäre die Ihre.«

Ich weiß nicht, was es war, was Ravi mit den Frauen tat, aber ich konnte sehen, wie etwas in Justine sich öffnete. Sie sah unsicher zu Gaspard. »Nach der Vorführung wären Sie frei«, versprach Ravi.

»Und ich könnte Ihrem jungen Freund in der Zwischenzeit ein wenig die Stadt zeigen«, erbot ich mich. »Das Manuskript, das Sie da mit sich herumtragen, lässt mich schließen, dass Sie Schriftsteller sind?« Autoren waren so viel leichter zu knacken als Frauen.

Wir waren uns bald einig. Dann umarmte Justine Alphonse, und er war, glaube ich, ebenso überrascht davon wie wir. Während sie sich von Esmée verabschiedete, schüttelten er und Gaspard sich die Hände.

»Du passt besser gut auf sie auf, hörst du?«

Draußen hupte es. Die Türen einer Limousine knallten.

Und dann kam, in einem lächerlich teuren Aufzug inklusive Stock und Hut, in dem er wie ein geschrumpfter Ganovenboss aussah, Chloderic hereinspaziert. Einen Moment sonnte er sich in unserer Sprachlosigkeit, dann schlenderte er zur Bar und hopste auf einen Hocker.

»Einen für die Bar!«, erklärte er und fuchtelte großspurig mit dem Finger in der Luft. Vorsichtig rückten Ravi und ich auseinander. Serafina drängte sich schutzsuchend an mich, während Justine und Gaspard angestrengt die Augen zusammenkniffen, so als starrten sie in eine Fata Morgana. Einige Sekunden sprach niemand ein Wort, während Alphonse und Esmée skeptisch die Gläser verteilten.

»Es freut mich, Sie wohlbehalten zu sehen«, sagte Ravi schließlich, in gewohnter Höflichkeit. »Wie geht es Ihnen heute?«

Chloderic grinste. Er genoss es sichtlich, uns zappeln zu lassen, legte seinen Hut auf die Theke und strich sich über die paar Härchen, die auf seinem Kopf wuchsen. »Ich habe ein sehr erfolgreiches Geschäft abgeschlossen«, erklärte er. Seine Zähne blitzten. »Nachdem Mister Barneby« – und er warf mir einen

Blick zu, dem ich deutlich ansah, dass er keine Kleinigkeit vergessen hatte – »und seine Begleiterin beide ihre Aufstiegschancen gründlich vermasselten und unser jugendlicher Held« – er hob sein Glas Richtung Gaspard – »die Kunst dem schnöden Erfolg vorzog, wurde eine Position vakant. Ich gebe zu, man wäre lieber erste Wahl gewesen – aber ich kann nicht klagen. Die Arbeitszeiten sind sehr flexibel, und die Bezahlung …« Er streckte die Brust heraus, dass ihm beinahe die Knöpfe seines Seidenhemdes platzten.

»Man sollte annehmen, dass die Gesellschaft nicht allzu erfreut darüber ist, wie die jüngsten Geschäfte verliefen?«, mutmaßte ich. Immer noch standen wir da, die Gläser in der Hand, und keiner wusste so recht, ob er trinken sollte. Keiner außer Alphonse, natürlich.

»Man war sehr großzügig«, sagte Chloderic. »Man kann sagen, was man will – er kann toben und wüten und grauenhaft scheußlich sein –, aber er ist ein guter Verlierer.«

»Ein großzügiger Spieler«, sagte ich und hob mein Glas.

Chloderic nickte. »Natürlich hatte ich auch ein Geschenk, das den Abschluss … versüßte.«

Er schnippte mit den Fingern. Ich hätte mir denken können, was nun kam, aber der Anblick verdutzte mich dennoch – und nicht nur mich.

Orlando betrat das Jardin. Er trug ein blütenweißes Livree mit zwei Reihen großer, goldener Knöpfe und eine Mütze, unter der seine rauschgoldfarbenen Locken hervorquollen. Ich dachte, er sah aus wie die Kreuzung eines Matrosen mit einem Nussknacker, doch obwohl seine Wunden alle geheilt waren, glomm ein Feuer hinter seinen Augen, das allein schon ausreichend gewesen wäre, Tiere und kleinere Kinder in die Flucht zu schlagen.

Etwas in Justine zerriss, und sie stieß einen schrillen Schrei aus, bei dessen Klang Serafina ihre Nägel in meinen Handrücken grub. Gaspard schob sie hinter sich, so dass sie beide

443

nun mit Alphonse und Esmée hinter der Theke standen, und Alphonse schubste Gaspard und deutete mit der Hand unter den Tresen.

»Reich mir die Schrotflinte, mein Sohn«, sagte er.

»Aber nicht doch, nicht doch«, lächelte Chloderic milde und hob beschwichtigend die Hände. Als er bemerkte, dass niemand außer mir es mitbekam, stand er auf und stellte sich auf seinen Hocker; damit war er sogar einen Kopf größer als wir.

»Bitte bleiben Sie ruhig. Orlando, sag den Herrschaften doch, weshalb du hier bist.«

Orlando sah uns der Reihe nach an, und es brauchte nicht viel Phantasie, zu erkennen, was er sich im Geiste dabei ausmalte.

»Ich bin hier, um Vergebung für mich und meine Taten zu erbitten«, knirschte er. »Herr«, fügte er an, als er sah, dass die Antwort Chloderic noch nicht zufriedenstellte.

»Sehr gut!«, lobte Chloderic. »Aber erinnere dich: ›Herr‹ war gestern – du sollst ›Don‹ zu mir sagen. Nun frisch ans Werk! Fang doch gleich hier drüben bei den netten jungen Menschen an. Monsieur Ravi legt, wie ich denke, wenig Wert darauf, und mit Mister Barneby und seiner Katze dürftest du ja quitt sein.«

Ravi und ich warfen uns vielsagende Blick zu, ließen das Schauspiel aber geschehen.

»Ich bitte um Vergebung«, sagte Orlando zu Justine und senkte pflichtschuldig den Kopf.

Man sah Justine an, dass sie keine Ahnung hatte, wovon der Fremde eigentlich sprach, allein sein Anblick erfüllte sie aber schon mit Furcht. Orlando setzte zu einer längeren Erklärung an, aber Chloderic, der wieder Platz genommen hatte, trommelte ungeduldig auf dem Tresen. »Keine Details. Mach bei dem Jungen weiter.«

Orlando gehorchte und entschuldigte sich der Reihe nach bei allen Anwesenden außer uns ehemaligen Gesellschaftern.

Dann schickte ihn Chloderic nach draußen, um im Wagen zu warten.

»Nicht schlecht«, bemerkte ich. »Sie haben viel riskiert – und gut gespielt, wie es scheint.«

»Chapeau, Monsieur«, schloss sich Ravi an. »Darf ich fragen, wie lange Sie diesen Plan schon verfolgten?«

»Och«, meinte Chloderic bescheiden, dann beugte er sich vor und tuschelte verschwörerisch. »Er hat so lange auf Orlandos Seele gewartet, das glauben Sie nicht! Er leiht ihn mir noch eine Weile aus – dann hat er ihn ganz für sich. Das Juwel seiner Sammlung, so nannte er ihn.«

»War Orlando denn nicht klar, womit er da spielte?«, fragte ich.

»Sie wissen, womit die Straße zur Hölle gepflastert ist«, zwinkerte Chloderic.

»Ich weiß jedenfalls, was vor dem Fall kommt«, murmelte ich. »Wie beruhigend es doch ist, zu wissen, dass das Direktorat seinen Schnitt gemacht hat.«

»Das hat es«, bestätigte Chloderic.

»Und Sie?«, fragte Ravi. »Wünschen Sie sich immer noch eine Seele?«

»Pah«, winkte Chloderic ab. »Er bot an, mir eine seiner gebrauchten Seelen zu überlassen, aber ich denke, ich habe meine Unabhängigkeit von diesem Geschäftsmodell sehr zu schätzen gelernt. Seien wir mal ehrlich, die Nachteile überwiegen doch deutlich.« Er sah in die Runde. »Nichts für ungut.«

Ich räusperte mich und wandte mich an Justine und Gaspard. »Wenn Sie mich noch ein wenig meines Wegs begleiten wollten, wäre es mir eine Freude, Sie beide zum Mittagessen oder einer kleinen Erfrischung einzuladen. Ihnen, Gaspard, könnte ich ein paar Adressen geben, die Ihnen auf Ihrer Suche hilfreich sein werden.«

»Er soll den alten Kellner in der Closerie fragen«, warf Chloderic ein. »Der weiß, wo sein Amerikaner wohnt.« Er breitete die Hände aus. »Wir können Sie mitnehmen.«

»Ich weiß nicht …« zögerte Justine.

»Keine Sorge«, beruhigte ich, »wir werden Ihnen etwas Besseres besorgen. Wie viel Uhr haben wir?«

Der Zwerg warf einen Blick auf seine Westenuhr. »Fast zwei.«

Wir hörten Pferdehufe auf dem Pflaster.

Ich hob den Finger und bat um Aufmerksamkeit.

»À votre santé, mon général!«, schallte es von der Tür.

»À la tienne, Matthieu«, grüßte Alphonse.

Chloderic neigte ergeben den Kopf. »Wie steht es mit Ihnen?«

»Ich komme gerne mit«, sagte ich leutselig. »Keine Sorge«, versicherte ich Ravi und klopfte ihm auf die Schulter. »Sie bekommen sie wohlbehalten und rechtzeitig wieder.«

Wir standen uns ein letztes Mal gegenüber.

»Geben Sie auf sich acht, Monsieur Ravi.«

Er nickte. »Sie ebenso, Mister Barneby.«

»Also dann!«, rief ich und hob mein Glas. Ich sah Alphonse an, dann Esmée, dann die Kinder. »Sind wir uns einig?«

Das waren wir, und ohne einen weiteren Trinkspruch stießen wir an.

Ich zahlte Matthieu eine stattliche Summe dafür, dass er seine Pause noch ein wenig hinausschob, und setzte Justine und Gaspard in seine Kutsche. Ich glaube, sie wussten nicht recht, wie ihnen geschah, aber sie freuten sich, und das war die Hauptsache.

Als letztes verabschiedete ich mich von Serafina. Was ich ihr sagte, geht aber nur sie und mich etwas an.

Dann nahm ich meine Sachen und meinen Schirm und bestieg Chloderics Wagen. Es war ein feiner Wagen, ein weißer Rolls-Royce Phantom, wie ich mir selbst schon überlegt hatte, einen zu kaufen. Ich musste zugeben, soviel Geschmack hätte ich ihm nicht zugetraut.

Wir stiegen hinten ein, und Orlando steuerte den Phantom sanft in den Verkehr hinaus. Chloderic klopfte ihm mit seinem Stock auf die Schulter. »Halte kurz dort vorne an der Ecke«, wies er ihn an. »Bleib im Wagen, und lass den Motor ruhig laufen.«

Orlando stoppte an der Ecke zur Rue Robert. Chloderic stieg aus, und wir warteten.

»Gefällt Ihnen Ihre neue Arbeit?«, fragte ich unverbindlich, damit das Warten nicht so lange wurde.

»Ich bin Don Chloderic sehr dankbar für alles, was mir geblieben ist«, knurrte Orlando.

»Das ist gut, sehr gut sogar«, lobte ich. »Etwas Bescheidenheit steht auch Ihnen blendend.«

Die Tür öffnete sich wieder, und Chloderic warf einen stinkenden, halbwachen Mischa auf die Rückbank.

»Du liebe Güte«, sagte ich und rückte beiseite. »Ist das wirklich nötig?«

»Er hat noch was gut bei mir«, grinste Chloderic und kletterte zu uns hinein. Dann klappte er ein verborgenes Fach auf, das wie eine kleine Bar aussah. Darin befanden sich mehrere Phiolen mit farbenprächtigem Inhalt. Er entkorkte eine, schnüffelte an ihr, und träufelte die Flüssigkeit dann befriedigt über die Schnapsleiche.

Der Schmutz verschwand aus Mischas Kleidung. Seine Haare glätteten sich, seine Haut nahm einen rosigen Ton an. Ein frischer Wiesenduft breitete sich im Wagen aus.

»Bemerkenswert«, sagte ich. Chloderic lächelte. »Die alte Kunst. Sie wissen schon. Closerie des Lilas!«, wies er Orlando an.

Die Closerie des Lilas war im vorigen Jahrhundert eine Poststation auf dem Weg nach Fontainebleau gewesen. Heute war sie ein von vereinzelten Fliedersträuchern gesäumtes Café an der Kreuzung zum Boulevard Saint Michel, unweit des Jardin du Luxembourg, wo ich vor einer Woche unter stürmischen Umständen gelandet war.

Meine letzten Eindrücke von Paris sind diese Szenen in der Closerie, als wir im Schatten der Rosskastanien an den rechteckigen Tischen saßen und von der Zukunft sprachen, bewacht von der Bronzestatue Marshall Neys, der mit hocherhobenem Säbel in seine letzte Schlacht zog. Dann verabschiedete sich Chloderic, und ich wünschte ihm viel Glück. Eine Weile saß ich noch alleine dort zwischen den fremden Menschen, deren Leben endlich wieder seinen gewohnten Gang nehmen konnte, und lauschte einem abgebrannten Straßenmusiker, der im Schatten des Marshalls saß und auf seinem Akkordeon spielte.

Ich lächelte. Gelegentlich linste ich zu meinen Verliebten. Justine und Gaspard genossen einen romantischen Nachmittag, und auch Mischa schien bei seiner Herzensdame – einer jungen Kellnerin – großen Eindruck zu machen. Später sah ich ihn mit Justine tuscheln und ihr zwei kleine Billets zustecken. Sie küssten sich auf die Wange; dann machte sie sich bereit, zu ihrer letzten Verabredung ins Jardin zurückzukehren.

Gaspard aber, der in der Zwischenzeit mit dem alten Kellner gesprochen hatte, war im Begriff, endlich den Mann aufzusuchen, dessentwegen er nach Paris gekommen war.

»Was wird nun aus Ihnen, Mister Barneby?«, fragte Justine, als ich zu ihnen hinüberging.

»Ich werde ein paar Telegramme aufgeben und dann den Zug nach Boulogne nehmen«, sagte ich. »Ich hoffe doch, man wartet dort dann schon auf mich. Wie steht es mit Ihnen beiden?«

Sie tauschten einen flüchtigen Blick. »Wir werden ebenfalls verreisen«, sagte sie. »Heute Abend, nach meinem Auftritt. Wir haben zwei Fahrkarten.« Sie lächelte schüchtern.

»Au revoir, Mister Barneby.«

»Auf Wiedersehen, Justine.«

Gaspard reichte mir höflich die Hand. »Danke für die schöne Kutschfahrt«, sagte er.

»Das war das mindeste, was ich tun konnte.« Ich beugte mich vor. »Glauben Sie ihm kein Wort«, riet ich ihm. »Er mag ein Schriftsteller sein, aber das heißt nicht, dass er irgend etwas weiß. Die wichtigen Dinge müssen Sie selbst herausfinden – beginnen Sie mit dem, was er gerne trinkt.« Er lächelte und bedankte sich.

Ich wandte mich ab und ging langsam davon.

Ein letztes Mal noch sah ich zurück.

Dann winkte ich mir ein Taxi.

Gaspard

Die Minute an der Tür war die vielleicht längste Minute meines Lebens, beinahe länger noch als die Minuten heute Mittag am Carrefour Vavin, die wie aus einem Traum gegossen schienen. Mit meinem Manuskript und der Flasche Wein unter dem Arm musste ich aussehen wie ein jugendlicher Freier, dem seine Liebste den Eintritt verwehrt, und ich begann mich furchtbar zu fühlen und zu hoffen, dass die Magie dieses Tages sich verbraucht hätte und keine weiteren Überraschungen für mich bereithielte.

Zum Teufel damit, dachte ich dann und klingelte ein weiteres Mal.

Die Tür öffnete sich, und er stand vor mir. Er war größer als ich, ein kräftiger Mann mit rundlichem Gesicht, das von einem breiten, sauber gestutzten Oberlippenbart geteilt wurde. Er trug ein Hemd und darüber einen alten Pullunder, der mir zu warm für die Jahreszeit schien. Die dunklen Haare waren etwas in Unordnung, und Schatten lagen unter den wachen Augen, die mich kritisch beäugten. Er fragte mich etwas auf Englisch, und obwohl ich darauf hätte gefasst sein sollen, war ich einen Moment so verblüfft, dass mir die Frage entging, und ich schüttelte einfach nur den Kopf und hob stattdessen die Flasche Mâconnais. Er warf einen Blick darauf und schmunzelte, wobei seine Augen zu kleinen, schmalen Schlitzen wurden. Dann winkte er mich herein.

Ich weiß nicht, wie ich mir die Umstände unseres Treffens ausgemalt hatte, aber sicher hatte ich nicht mit diesem kargen, kalten Atelier hinter dem mit Kies ausgestreuten Innenhof gerechnet, das er offenbar zur Zeit bewohnte. Das Atelier war ein einziger hoher Raum mit einer beinahe zehn Meter hohen Decke und einer von Vorhängen abgeteilten Plattform an einem Ende. Eine Treppe führte zu der Plattform empor, und in der anderen Ecke standen ein Gasherd und ein kleines Regal. Der Boden war aus Zement, die Wände weiß getüncht, und durch ein großes Dachfenster flutete das Abendlicht auf ein einzelnes großes Gemälde an der Wand. Es war ein modernes Ölgemälde; mediterran blauer Himmel spannte sich über einen lehmbraunen Untergrund, aus dem sich zwei Farmhäuser und ein hoher, schlanker Baum erhoben, den ich für einen Olivenbaum hielt.

Es gab nur wenige Möbel, und er bedeutete mir, an einem Tisch Platz zu nehmen, von dem aus man einen guten Blick auf das Ölgemälde hatte, während er einen Korkenzieher und zwei Gläser holte. Auf dem Tisch stand eine Schreibmaschine, und daneben lagen einige Blätter Papier. Obwohl ich wusste, dass ich es nicht tun sollte, konnte ich nicht umhin, einen Blick auf das oberste Blatt zu werfen.

In the fall the war was always there, las ich, *but we did not go to it any more.*

»Entschuldigen Sie die Begrüßung«, sagte er, als er zurückkam, und ich zuckte zusammen und erhob mich. »Ich dachte, jemand hätte Sie geschickt. Aber lassen wir das.« Sein Französisch klang überraschend angenehm, auch wenn er einige merkwürdige Konstruktionen gebrauchte. Es war das Französisch eines Mannes, der mit dem Ohr und nicht aus Büchern gelernt hatte.

»Das ist ein schönes Gemälde«, sagte ich und deutete auf die Wand.

Er grunzte. »Gertrude Stein riet mir, in Gemälde statt in Kleidung zu investieren«, sagte er. »Es macht sich nicht schlecht, oder? Ich habe immer gesagt, der Miró braucht mehr Platz.«

»Er sieht gut aus«, bestätigte ich, und er nickte befriedigt.

»Ein Kellner in der Closerie sagte mir, wo ich Sie finde.«

»Hat Jean Ihnen den Wein verkauft?«, fragte er, und ich nickte.

»Das ist ein guter Wein«, erklärte er und reichte mir mein Glas. »Er erinnert mich an letztes Frühjahr. Scott Fitzgerald bat mich, ihn nach Lyon zu begleiten, um sein Auto von dort abzuholen. Es war eine lange Reise, und ich habe nur die besten Erinnerungen an diesen Wein. Allerdings weiß ich nicht, ob Scott mir da zustimmen würde. Kennen Sie Scott?«

»Ich kenne einige seiner Bücher«, sagte ich. »Aber nicht ihn persönlich.«

»Auf Scott.« Er hob sein Glas und wir prosteten uns zu. Der Wein war tatsächlich ausgezeichnet, voll, aber nicht zu stark. Ich hätte ihn mir gar nicht leisten können, wenn Mister Barneby mir nicht etwas zugesteckt hätte.

»Also, wie kann ich Ihnen helfen?«, fragte er.

»Ich suche Ihren Rat«, sagte ich, und er lachte. Als er sah, dass sein Lachen mich verletzte, verzog er das Gesicht. »Setzen wir uns«, sagte er, »und fangen wir noch mal von vorne an. Sie haben mir einen guten Wein gebracht, und ich werde in letzter Zeit nicht häufig nach meiner Meinung gefragt. Diesen Monat sind Sie glaube ich der Erste.«

Sie können sich sicher denken, wie schwierig die nächste

Stunde für mich war. Hier zu sitzen, an diesem Ort, mit diesem Mann, den ich so lange gesucht hatte und der im wirklichen Leben so anders aussah als auf den Fotos oder in meiner Vorstellung. Er war bestimmt und ernst in allem, was er tat und sagte, und dennoch flackerte da manchmal eine Ungeduld, fast eine Unsicherheit über sein Gesicht, die nicht zu ihm passte und die ich nicht verstand. Ich glaube, er merkte, dass ich es sah, und es ärgerte ihn. Dennoch hörte er mir höflich zu, und als er zu begreifen begann, dass ich jede einzelne seiner Geschichten fast auswendig kannte, und all die Namen und Anekdoten, mit denen er so selbstverständlich umging, nicht nur leere Hülsen für mich waren, begann er mir Fragen zu stellen, über meine Ansichten und mein Leben. Ich glaube, meine Biographie enttäuschte ihn ein wenig, aber er nickte mehrmals entschieden, als ich davon sprach, wie Literatur die Wirklichkeit der Dinge zeigen müsse, und wie schwierig das zugleich manchmal war, weil diese Wirklichkeit sich häufig in etwas bemaß, für das sich kaum die geeigneten Worte fanden. Dabei trank er sehr schnell, und da ich versuchte, mit ihm Schritt zu halten, hatte ich bald einen gehörigen Schwips.

Als ich geendet hatte, und die Flasche Mâconnais geleert war, sah er eine Zeitlang ins Leere. Dann stand er auf und ging hinüber zu dem kleinen Regal neben dem Herd, das mit Töpfen und Geschirr gefüllt war. Dort hantierte er mit einer Flasche mit hellgoldener Flüssigkeit und kehrte bald mit zwei Gläsern Whisky zurück. Ich verstehe nichts von Whisky, deshalb weiß ich nur noch, dass es ein Whisky mit einer schönen, honiggelben Farbe war.

»Ich glaube, Sie sind auch der erste Mensch in Paris, der tatsächlich alles gelesen hat, was ich so veröffentlicht habe«, sagte er, »und das freiwillig und ohne Hintergedanken. Auf jeden Fall sind Sie der erste Franzose.« Wir tranken, und ich riss mich zusammen, dass ich nicht husten musste.

»Wird denn bald der Roman erscheinen?«, fragte ich, und er nickte.

»Die Korrekturen sind letzten Monat rausgegangen.«

»Das freut mich.«

»Mich auch«, nickte er. »Es war an der Zeit. Ich fürchte, die alte Corona hat ihre besten Tage hinter sich.« Er warf einen wehmütigen Blick zu der Schreibmaschine. »Die Arbeit fällt mir nicht leichter seitdem. Ich schreibe nicht viel.«

»Warum nicht?«, fragte ich, obwohl es mich nichts anging.

Er spielte mit seinem Glas.

»Haben Sie ein Mädchen?«, fragte er mich. »Oder eine Frau?«

Die Frage verblüffte mich, und ich begann zu stottern. »Ich … ich habe eines kennengelernt. Gerade heute Mittag.«

»Und warum sind Sie dann hier, bei mir, und nicht bei ihr?«

»Weil«, sagte ich, »sie noch etwas zu erledigen hat, und ich noch etwas zu erledigen hatte, und dann wollten wir uns wieder treffen und gemeinsam weggehen.«

»Und, haben Sie das erledigt, was Sie zu erledigen hatten?«

Ich sagte nichts und hob entschuldigend die Schultern. Wahrscheinlich sah ich etwas verloren aus in dem riesigen Raum.

»Sie sind meinetwegen nach Paris gekommen?«, fragte er.

Ich nickte.

»Aber Sie haben ein Mädchen kennengelernt«, vergewisserte er sich, und ich nickte abermals.

»Ist sie nett?«

»Das ist sie.«

»Sie haben Glück gehabt«, stellte er fest. »Mit allem. Ich bin erst seit Freitag wieder hier, und vorher hätte ich kaum die Zeit für eine Unterhaltung wie diese gefunden. Seitdem habe ich freilich jede Menge Zeit. Mehr, als mir lieb ist.«

»Ich bin gestern Abend angekommen. Ich dachte, vielleicht finde ich Sie in der Dingo Bar.«

»Ich gehe nur noch selten zu Jimmie. Wenn Sie dort waren, wissen Sie auch, warum.«

»Die Leute dort sind schrecklich.«

»Die meisten der Leute dort sind meine Freunde«, sagte er. Ich wurde rot, aber er lachte. »Aber – ja, sie können sehr schrecklich sein. Ich dachte, Sie reden von etwas anderem.«

»Ich dachte nur«, sagte ich und ließ den Blick durch das leere Atelier schweifen, mit seiner hohen Decke und dem großen Fenster, und dem letzten Licht der Abenddämmerung dahinter.

»Sie dachten was?«

»Dass Sie vielleicht etwas Abstand bräuchten. Diese Umgebung ist sicher gut dafür«, beteuerte ich. »Ruhig gelegen. Keine Ablenkung.«

»Das ist richtig«, nickte er. »Das war einer der Gründe. Einige Wochen, allein hinter dem Friedhof. Ohne Ablenkung. Wie wenn man freiwillig ins Gefängnis geht.« Er nahm einen tiefen Schluck Whisky, und die Geschichte von der russischen Prinzessin fiel mir wieder ein. »Allerdings glaube ich nicht, dass ich es noch lange aushalten werde.«

»Glauben Sie, dass es ausreicht, Talent zu besitzen?«, fragte ich. »Oder kommt es darauf an, wen man kennt?«

Er sah überrascht auf. »Wieso fragen Sie das?«

»Jemand bot mir an, mir zu helfen, mein Buch an den Mann zu bringen, wenn ich mich dafür erkenntlich zeige.«

»Das ist eine sehr schwierige Frage, die Sie da stellen«, murmelte er, und nippte an seinem Whisky. »Sehen Sie, ich dachte lange Zeit, ich hätte viele Freunde in Paris. Freunde, die mir helfen könnten.«

»Ist es denn nicht so?«

»Vielleicht ist es so«, gab er zu. »Aber eines habe ich dabei gelernt.«

»Was haben Sie gelernt?«

»Manchmal müssen Sie Entscheidungen treffen, die nicht

einfach sind«, sagte er. »Gerade, wenn Sie Talent haben, müssen Sie das tun. Aber Sie sollten nicht Ihre Seele verkaufen.«

Ich nickte beruhigt. »Es fällt schwer, zu lernen, wem man glauben kann, und wem nicht«, sagte ich.

»Das ist die schwierigste Lektion überhaupt. Am besten sollte man überhaupt niemandem glauben.«

»Aber muss man das nicht manchmal?«, warf ich ein.

»Entweder Sie glauben den Leuten, oder Sie glauben ihnen nicht«, sagte er. »Sie können den Leuten aber nicht nur manchmal glauben, oder wenn es Ihnen gerade passt, denn wenn Sie jemandem glauben, wenn er sagt, dass Sie Talent besitzen, müssen Sie ihm auch glauben, wenn er sagt, dass Sie ein Versager sind.«

»Vielleicht haben Sie recht«, überlegte ich. »Vielleicht sollte man den Leuten also immer glauben.«

Er verzog das Gesicht. »Tun Sie nicht, als ob Sie ein Idealist wären«, sagte er. »Sie wissen schon sehr gut, wem Sie trauen können. Das sehe ich Ihnen an.«

»Ja wirklich?«

»Glauben Sie mir etwa?«, fragte er, und wir lachten. Mir dämmerte, dass wir noch kein Wort über meinen Roman verloren hatten, der unübersehbar vor uns auf dem Tisch lag, aber ich wusste auch, dass ich ihn nicht danach fragen würde.

»Warum sind Sie also hier?«, fragte ich stattdessen.

»Meine Frau«, sagte er, »und ich. Wir werden uns trennen.«

»Bitte entschuldigen Sie«, schluckte ich, aber er winkte müde ab.

»Jeder im Viertel weiß es, und es überrascht mich, dass Sie es nicht auch schon wissen.«

»Es tut mir sehr leid«, sagte ich. »Sie haben einen Sohn, nicht wahr?«

»Es ist schwierig«, sagte er nur, mit finsterer Miene, und ich biss mir auf die Zunge. Er sah hinauf zu dem Fenster, aus dem die Abendsonne nun verschwunden war. »Vielleicht sollte ein Mann nicht heiraten. Was meinen Sie?«

»Das glaube ich nicht«, sagte ich.

Er zuckte die Achseln. »Scott glaubte es wohl auch nicht.«

»Glauben Sie es denn?«

»Ich glaube, dass es nicht sehr klug ist, sich in eine Situation zu begeben, in der man nur alles verlieren kann.«

»Dennoch mag es manchmal keine andere Wahl geben, selbst wenn man alles richtig macht.«

»Würden Sie es riskieren?«, fragte er. »Das Richtige zu tun, auch wenn es heißt, alles zu verlieren?«

»Ich weiß es nicht«, antwortete ich wahrheitsgemäß. »Aber wenn Sie sich nichts erstreiten, können Sie auch nichts verlieren.«

»Das ist richtig.« Er erhob sich, um sein Glas nachzufüllen. »Möchten Sie auch noch einen?«

Ich nickte, obwohl ich mittlerweile wirklich betrunken war, und er nahm mein Glas und ging zurück zu dem kleinen Regal neben dem Herd.

»Kennen Sie meine Frau?«, fragte er, ohne mich anzusehen. Ich hatte nicht den Eindruck, dass er eine Antwort auf die Frage erwartete, und sagte daher nichts. »Meine Frau will nicht, dass ich eine andere heirate«, fuhr er fort. »Das ist doch verständlich, oder nicht?«

»Von ihrem Standpunkt sicherlich schon«, sagte ich.

»Sehen Sie«, sagte er, als er wiederkam und mir mein Glas reichte. »Aber Pauline und ich – wir wollen heiraten. Und deshalb bin ich jetzt hier. Einhundert Tage. Meine Frau glaubt, wenn ich Pauline einhundert Tage lang nicht sehe, werde ich Pauline nicht mehr heiraten wollen.«

»Das hat Ihre Frau gesagt?«

Er nahm einen tiefen Schluck von seinem Whisky. »Sie hat gesagt, wenn ich mich nach einhundert Tagen noch immer von

ihr scheiden lassen will, dann wird sie in die Scheidung ein-
willigen. Aber Pauline und ich dürfen uns in dieser Zeit nicht
sehen. Also habe ich Pauline nach Boulogne gebracht. Sie ist
jetzt auf einem Schiff, nach New York.«

Ich schwieg betroffen. Dies war nicht, was ich erwartet hatte,
und ich kam mir sehr dumm vor in diesem Moment.

»Ich erzähle Ihnen das nicht, weil ich Ihr Mitleid erhoffe«,
sagte er, und seine Augen hielten mich fest im Blick. »Ich erzähle Ihnen das, weil Sie ein netter Kerl zu sein scheinen, der mir
eine Flasche Mâconnais gebracht hat, und der nach Paris gekommen ist, um mich zu treffen, und dabei ein nettes Mädchen
kennengelernt hat.« Er nahm mein Manuskript vom Tisch und
blätterte durch die oberen Seiten. Er las einige Zeilen, aber ich
konnte keine Regung an seinem Gesicht ablesen. Dann reichte
er es mir zurück, und ich legte es wieder auf den Tisch.

»Sehen Sie, ich bin kein guter Ratgeber, denn es gibt eine
Menge Wege, etwas zu sagen, und es gibt eine Menge Wege, etwas nicht zu sagen. Manche Dinge spricht man nicht aus, weil
sie ihren Zauber verlieren, wenn man es tut, und wenn etwas
erst richtig dämlich klingt, dann werden Sie es bald nicht mehr
zu schätzen wissen. Vielleicht sind Sie auch nur zu feige, etwas
zu sagen, oder Sie können es einfach nicht. Vielleicht haben Sie
aber auch einfach selbst keine Ahnung.«

Ich nickte. »Ich denke, ich verstehe.«

»Ich habe immer gesagt, man sollte sich beim Schreiben an
das halten, was man kennt, was man erlebt hat. Vielleicht ist der
Grund dafür aber weniger der, dass man es nicht anders könnte – eine Menge Männer haben es anders getan, auch wenn es
meistens nicht viel wert war –, als dass es einen Mann nicht
glücklich macht, wenn er mehr schreibt, als er erlebt.«

»Das mag sein«, sagte ich.

»Ich kann Ihnen keinen Rat geben«, sagte er. »Alles, was ich
weiß, ist, dass Sie Ihren Weg schon finden werden, denn Sie

scheinen ein netter Kerl zu sein, und Sie sind einen Tag in Paris und haben schon ein nettes Mädchen kennengelernt, und das ist ein guter Anfang. Für jede Geschichte.«

»Ich danke Ihnen«, sagte ich.

Wir saßen noch eine Weile unter dem Miró, und er erzählte mir von Spanien, und wie sie im Sommer in Pamplona die Stiere durch die Straßen trieben. Dann tranken wir aus, und kurz darauf brachte er mich zu Tür. Es war dunkel, als wir in den Hof traten. Wir gaben uns die Hand und wünschten einander viel Glück. Er hatte einen festen Händedruck, das weiß ich noch. Das Manuskript habe ich auf seinem Tisch gelassen, denn ich wollte es nicht mehr mit mir herumtragen.

Vor mir lag der Friedhof. Ich wandte mich nach links, folgte der Rue Froidevaux bis zur Avenue du Maine, und bog dann in die Rue de la Gaîté, in deren Theatern und Nachtclubs das Leben pulsierte. Ich spürte mein Herz höher schlagen.

Dort vorne, irgendwo, war Justine.

Ravi

Am frühen Abend des letzten Sonntags im September 1926 saß ich in meiner Garderobe im Bobino, umgeben von zahllosen Schminkdöschen und Wässerchen, von denen ich die meisten nie gebraucht hatte, und studierte im Licht der elektrischen Glühbirnen mein Gesicht im Spiegel.

Ich war vor Auftritten selten nervös; meistens, da empfand ich meine Arbeit als entspannend. Heute gab es freilich einige Besonderheiten zu berücksichtigen.

Justine war eine gelehrige Schülerin gewesen; und auch, wenn die Zeiten unbeschwerter Zauberei bald wieder vorbei wären, die Augen der Société lägen heute Abend auf anderen

Dingen. Wenn also etwas schiefgeht, hatte ich Justine augenzwinkernd erklärt, wirke ich einfach einen Zauber, der uns beschützt. Ich denke, sie glaubte und sie vertraute mir, und das freute mich. Es sind die gebrochenen Versprechen, die den Menschen mehr als alles die Freude am Leben nehmen.

Dennoch würde Romeo seinen Auftritt im Land der Pharaonen heute alleine bestreiten (die Techniker hatten keinen Defekt am Fußschalter des Sarkophags feststellen können). Zwei weitere Nummern, die nicht ohne intensives Training der Assistentin durchzuführen waren, hatte ich durch harmlosere Tricks aus den Zugaben ersetzt, darunter Robert-Houdins berühmten Orangenbaum, dem ich immer schon eine prominentere Stelle im Programm hatte geben wollen. Philbert hatte das kleine Bäumchen, das zu Spieluhrmusik immer größer wurde und echte Früchte dabei trug, bis zwei flatternde Schmetterlinge einen dem Publikum entliehenen Gegenstand aus der letzten der Früchte emportrugen, immer als etwas zu niedlich empfunden. Heute aber war er überglücklich, mich und das Bäumchen zu sehen, und sein Bedauern über Blanches Unpässlichkeit wurde nur von seiner Freude über einen schnell gefundenen Ersatz übertroffen.

Er drückte Justine einen kurzen Moment lang an sich und erklärte, dies sei die Art von Opferbereitschaft, die er sich von seinen Künstlern wünsche, und ihr stehe eine große Karriere bevor – wenn der Abend nur gut verliefe. Justine lächelte schüchtern und erklärte, es habe sie nicht viel gekostet, im Gegenteil; aber sie wisse sicher, dass es bei diesem einem Mal bleiben würde.

Wie auch immer, hatte Philbert erklärt, Hauptsache, die Einnahmen stimmten, und seine Stadt war unterhalten. Dabei hatte er seinen Bauch herausgestreckt und uns stolz angeblitzt, ein Direktor von Kopf bis Fuß, monokelbewehrt und zylindergekrönt. Dann hatte er mir auf die Schulter geschlagen und war in den Bereich hinter der Bühne verschwunden, um ein paar Arbeiter zu beschimpfen.

Justine lachte. »Das ist also Ihr Arbeitgeber.«

Ich neigte den Kopf. »Wie er leibt und lebt.«

»Ich mag ihn.«

»Glauben Sie, Sie werden es nicht bereuen, uns heute Abend zu helfen.«

»Ich bereue es nicht«, sagte sie.

Sobald Philbert uns ausbezahlt hätte und Gaspard von seinem Treffen mit dem Amerikaner zurück wäre, würden Justine und Gaspard ein Taxi zum Bahnhof nehmen; ihre Tasche stand gepackt in der Garderobe. Sie hatten zwei Tickets an ein fernes Ziel, die Mischa ohne viel nachzudenken gekauft und nun, nachdem er doch noch nachgedacht hatte, verschenkt hatte – weil Véronique ihn hier brauche, und nicht anderswo, wie er sagte. Justine hatte mir nicht gesagt, wohin die Reise gehen würde, und ich wollte es auch nicht wissen. Ich selbst würde nach dem Auftritt zurück ins Jardin gehen und darauf warten, dass Blanche mit dem Beginn des neuen Tages endlich erwachte.

Es war seltsam, dachte ich vor meinem Spiegel, nur Barneby zu haben, der sich an die Geschehnisse der letzten Woche, so wie ich sie erlebt habe, erinnerte. Eine verrückte und manchmal auch eine tragische Woche. Ich dachte daran, wie wütend Justine am ersten Abend gewesen war, als Gaspard verzweifelt und betrunken auf der Terrasse des Jardin zusammengebrochen war; wie ich sie in der Nacht darauf mit ihm vor der Uhr gefunden hatte, schlafend. Ich erinnerte mich an ihre Aufregung, als ich ihr enthüllte, dass ich ein echter Zauberer war, und an Esmées Reaktion, als sie ihren Mann mit ihr erwischte. So war es besser, dachte ich. Der Verlust dieser Tage war ein geringer Preis für den Segen, dass sie nicht mehr an die Katakomben denken musste, wo sie sich und Gaspard hatte sterben sehen.

Das einzige, was ich nicht wusste und niemals erfahren würde, war, was am ursprünglichen Sonntag geschehen war; dem Tag, an dem Blanche mir den Apfel gereicht und Justine zum ersten Mal ihre Sachen gepackt hatte. Diesen Tag hatten wir ihr für immer genommen, und deshalb war es wichtig, dass sie einen angemessenen Ersatz dafür bekam.

Ich zupfte an meiner Lavallière und überprüfte die Reinheit meiner Handschuhe. Vielleicht würde ich sie heute zum letzten Mal brauchen. Es war schon seltsam.

Sieben Jahre des Versteckens, sieben Jahre des Schauspiels. Es war aufregend, erleichternd, und furchterregend zugleich, dass es nun enden würde. Vielleicht würde ich es sogar ein wenig vermissen. Aber endlich wäre ich frei, und das allein zählte – oder nicht?

Man ist nie wirklich frei, hörte ich seine Stimme. Wäre es nicht das, was er sagen würde?

Ich sah in den Spiegel, und stellte mir vor, er wäre hier, in der Garderobe, und ich nur sein Lehrling. Ich sah, wie er hinter mich trat: ein kleiner Mann mit hoher Stirn und kurzem, lockigen Haar, das sich bis weit auf seinen Hinterkopf zurückgezogen hatte. Er wirkte unscheinbar und unschuldig, aber seine blauen Augen kündeten von einer grenzenlosen Willensstärke, wie die wenigsten Zauberer sie besaßen. Er trug einen maßgeschneiderten dunklen Anzug und eine kleine Fliege und stand doch so gespannt und energiegeladen wie ein Soldat vor der Schlacht. Seine Stimme hatte einen starken ungarischen Akzent – selbst wenn er nur in Gedanken zu mir sprach.

Man ist nie wirklich frei, sagte Harry Houdini, *weil man immer eine Rolle zu spielen hat. Man spielt sie für seine Eltern, für seine Freunde, für sein Publikum. Die Rolle ist, was uns ausmacht.*

Ich betrachtete die Silbermünze, die mir Blanche vor sieben Jahren geschenkt hatte. Ich ließ sie von der einen in die andere Hand wandern, wo sie verschwand. Dann blickte ich wieder in den Spiegel.

Auch ich war nie frei, sagte Houdini hinter mir und lächelte. *Ich hatte nie Zeit dazu.*

Zeit ist unbedeutend ohne Freiheit, sagte ich.

Es sind unsere Grenzen, die uns definieren, mahnte Houdini. *Ganz egal, welche Grenzen das sind. Wichtig ist nur, dass man sie kennt – und niemals, niemals offenbart.*

Damit die Illusion bestehen bleibt. Die Illusion, dass alles uns offensteht.

Ein echter Zauberer enthüllt nie seine Tricks, sagte Houdini. *Hören Sie, Monsieur? Er enthüllt niemals, was er ist, und was er nicht ist. Denn ein echter Zauberer ist* alles.

Aber ich bin ein echter Zauberer, sagte ich und zuckte hilflos die Schultern.

Das weiß aber niemand. Houdini grinste wie ein kleiner Junge. *Wenn es nach Sir Arthur ginge, wäre ich auch ein echter Zauberer. Sie dafür sind kein echter Mensch.*

Das ist richtig, gab ich zu. Aber auch das weiß niemand.

Wirklich niemand?

Blanche weiß es.

Natürlich. Doch außer ihr?

Ich glaube, Mister Barneby weiß es.

Dann waren Sie nicht vorsichtig genug, Monsieur.

Er musste es erfahren. Doch es spielt keine Rolle, denn morgen wird alles anders. Die verborgene Welt hat mich verstoßen; ich betrete nun die Welt der Menschen.

Und was soll dort aus Ihnen werden?

Ich werde ein Mensch sein – und vielleicht auch ein Zauberer.

Ein echter Mensch, mit echten Gefühlen, nickte Houdini. *Das ist gut. Doch auch ein echter Zauberer?*

Ich weiß nicht, gestand ich. Das habe ich nie gefragt.

Spielt es denn keine Rolle?

Ich überlegte. Nein, sagte ich dann. Nicht, wenn niemand

den Unterschied bemerkt. Ein echter Zauberer enthüllt nie seine Tricks.

Sie haben Ihr Handwerk gelernt, sagte Houdini zufrieden. *Es gibt keine Freiheit, und keine Magie, außer hinter dem letzten Spiegel. Der anderen Weggabel. Der einen Wand, die der Zauberer nie entfernt hat. Das Geheimnis, das dahinter liegt, kann niemals beim Namen genannt werden – wenn man es tut, dann zerstört man es.*

Nur der Anschein ist wirklich, sagte ich.

Nichts von dem, was wir tun, ist wirklich, außer in der Vorstellung der anderen. Man sieht Magie nur mit dem Herzen.

Das ist richtig, sagte ich. Ich weiß das.

Houdini legte mir aufmunternd die Hände auf die Schultern. *Sie sind ein guter Zauberer, Ravi. Machen Sie immer Ihre Übungen – Sie werden feststellen, dass es nicht leichter wird, je älter Sie werden.* Ein seltsamer Schimmer trat in seinen Blick.

Ich hätte es gerne einmal gesehen, sagte er. Dann warf er die Hände hoch. *Echte Magie!* Er brach in Gelächter aus. Dann wandte er den Kopf, als habe man ihn gerufen. Er nahm Haltung an, nickte mir noch einmal zu, und ging davon.

Einen Moment saß ich da, in Gedanken versunken. Natürlich konnte er mich nicht verstehen. Dennoch bedeutete mir sein Zuspruch sehr viel. Es war das letzte Mal, dass wir so sprachen.

Die Tür ging, und ich hörte, wie die Musiker draußen zu ihrer Eröffnungsnummer anhoben. Ich hatte noch fünf Minuten. Ich nahm eine Spur von Zimt in der Luft wahr, und ich lächelte.

Justine trat hinter mich. Sie sah gut aus in den Kleidern, die wir für sie gefunden hatten – im Wesentlichen waren das ein smaragdgrünes Corsagenkleid und hauchdünne Seidenstrümpfe. Ich war überzeugt, dass die Männer im Publikum sie als ausgesprochen attraktiv empfinden würden. Sie selbst wirkte eher besorgt über den luftigen Aufzug und hatte Puschkin, unser weißes Kaninchen, an die Brust gedrückt, als wolle sie sich mit ihm wärmen.

Du siehst großartig aus, sagte ich, und dann sagte ich es noch einmal laut, weil ich vergessen hatte, dass sie mich nicht hören konnte, wenn ich so sprach.

Sie lächelte und kraulte das Kaninchen hinter den Ohren. »Er ist süß«, sagte sie. »Können wir nicht ihn statt der Schlange verwenden?«

»Es wäre ein arger Schlag für Königin Kleopatras Ruf, käme heraus, dass sie sich von einem Kaninchen beißen ließ«, sagte ich, und sie lachte.

»Keine Sorge.« Ich stand auf und nahm ihr das Tier vorsichtig ab. »Lass Cleo bei den Tänzerinnen, und geh zurück auf deine Position, bis ich bei dir bin. Ihn hier setzen wir in seinen Kasten, für seinen großen Auftritt.«

Einen Moment standen wir da und sahen uns an.

»Nervös?«, fragte ich.

Sie nickte. »Ein wenig.«

Ich hörte Philbert draußen rumoren. Die Streicher steigerten sich ihrem Finale entgegen.

»Hast du dir einen Namen überlegt?«, fragte ich.

»Justine«, sagte sie.

»Nur Justine?«

»Wäre ›Die magische Kellnerin‹ besser gewesen?«

»Justine ist ein guter Name«, sagte ich.

Philbert riss die Tür auf und streckte seinen Kopf herein. »Es ist Zeit!«, rief er. »Die Leute warten!«

»Vertraue mir«, sagte ich und griff ihre Hand. »Und jetzt – auf die Bühne mit uns.«

Blanche

In den letzten Minuten meines Traums klammere ich mich an die Bilder, die für immer verloren gingen, wenn ich von ihnen ließe, so als wären sie nur Produkte meiner Phantasie, die ein Eigenleben entwickelt haben, kleine Kinder, die in alle Richtungen davonstürmen.

Ich stelle mir vor, wie Barneby in voller Montur sein Flugzeug besteigt, nur Schnauzbart und Fliegerbrille, und sich mit heulendem Motor erwartungsvoll in die Nachtluft emporschwingt. Er ist ein anderer Mann dort oben, endlich befreit von den Spielen, die er am Boden immerzu spielen muss, allein mit der Sehnsucht, die ihn in alle Richtungen zieht. Er dreht einen letzten Kreis über Calais, dann steuert er die kleine Maschine davon in die Schwärze des Ärmelkanals.

Irgendwo in den engen Gassen des Quartier Latin sitzt eine schwarze Katze auf dem Kopfsteinpflaster und starrt auf die Beine der Menschen, die achtlos an ihr vorübereilen. Sie ist eine schöne Katze mit prächtigem Fell, doch niemand nimmt von ihr Notiz, denn die Katzen in Paris sind Legion. Auch sie ist alleine mit ihrer Sehnsucht.

Ein weißer Rolls-Royce braust durch die Nacht von Montmartre. In seinen Scheiben spiegeln sich die Lichter der Nachtclubs, und die Mädchen am Bordstein fragen sich, ob der reiche Herr wohl halten wird. Doch der Fahrer hat ein anderes Ziel. Er pflügt durch die Pfützen und biegt in eine enge Gasse, wo er in einem Moment, in dem niemand hinsieht, verschwindet; und dahin, wohin er geht, kann niemand ihm folgen.

An dem Ort, an dem alle Träume und alle Sehnsucht zusammenlaufen wie die Achsen der Welt im Observatorium, Ley-Linien in Stonehenge, steht Justine am Rande eines Brunnens, dem die Menschen ihre Wünsche anvertrauen, und fragt sich, ob er wohl kommen wird. Die Bäume werfen lange Schatten, und das kleine Karussell steht still. Es ist spät an diesem Ort, den Justine kennt, und wieder nicht kennt, der sich wandelt, und doch immer gleich bleibt: Es ist der Ort, wo alles beginnt und alles endet, der Ort, an dem sie starb, und ich auf meine Wiedergeburt wartete – in Verona trinkt Julia das Gift, das sie ins Leben führen soll.

Schritte nähern sich. Ein Mann überquert den Platz.

Justine sieht auf und lächelt. Sie nimmt ihre karierte Tasche auf und geht davon, ohne zurückzusehen.

Und etwas ruft mich weg von diesem Ort.

Ich sehe Montparnasse vor mir, Heimstatt der Göttinnen und Dichter, und mittendrin das Jardin und seine Bewohner, die hinter den Fenstern in ihren Betten liegen und schlafen. Ich treibe mühelos durch Decken und Wände, streife durch Küche und Schankraum und dann den engen Flur entlang, wo in dieser Sekunde die alte Uhr neben dem Wäscheschacht seufzend zum Stillstand kommt. Das Pendel schwingt ein letztes Mal, nur einen Finger breit, die Feder entspannt sich, lässt endlich los. Die Zeiger der Uhr stehen still.

Und alles wird neu.

Ich erinnere mich: sehe Ravi, wie er das erste Mal vor mich hintritt, in jener Nacht vor sieben Jahren, in der kleinen Dachstube in Montmartre, die ich damals bewohnte, Boden und Wände voller Zeichen, die Luft schwer von Räucherwerk. Ich sehe das Lächeln, das ich ihm gab, die Augen aus Lapislazuli, das Schwarz seines Haars, das ich vom Gefieder des Raben nahm – alles so, wie ich es mir erträumt hatte, und doch unvollendet.

Es ist das Rätsel, das reizt. Ich verehrte Ravi, wie er in meinen Gedanken Gestalt annahm, und ich erschauderte, als das Zucken durch ihn fuhr, die Lippen bebten, die Augen sich öffneten und er mich staunend erblickte. Ich hatte immer gewusst, dass dies mein Weg sein würde: das alte Geheimnis zu lüften, das so viele vor mir gesucht, aber nie zu greifen bekommen hatten, und meine Einsamkeit zu beenden.

Viele in der verborgenen Welt hatten versucht, Leben zu erschaffen, doch wenn es je einem gelungen war, so war er klug genug gewesen, dafür zu sorgen, dass niemand je davon erfuhr. All die bärtigen Alchemisten, Rabbis und Rosenkreuzer, sie alle hatten Pygmalions alten Traum geträumt; und noch war ich meinem Ziel kaum näher als sie.

Denn noch war es nur mein eigener Atem, der seine Lippen lächeln, seine Augen leuchten ließ. Erst wenn sein eigener Wille mir aus seinem

Gesicht entgegenblickte, hätte ich mein Ziel erreicht: nicht zu wissen, was er als nächstes tun oder sagen würde, und ob noch etwas anderes in ihm wohnte als das, was ich selbst in ihn hineingelegt hatte …

Erst wenn er wirklich zu leben begänne, könnte ich ihn auch lieben.

Ich war fest entschlossen, alles richtig zu machen. Deshalb all die Heimlichkeit. Du wirst frei sein, hatte ich gesagt – doch nicht gleich. Es gibt noch so viel zu tun für dich.

Die Jahre vergingen, lange Jahre, in denen wir beide lernen mussten, einander zu vertrauen, und uns in Geduld zu üben; ich einen letzten Schritt vom Ziel meiner Wünsche entfernt, er in einer seltsamen Zwischenwelt gefangen.

Ich lehrte ihn die Grundlagen unserer Kunst. Auf der Bühne trat er als der Meister auf, ich als seine Assistentin; niemand hätte eine Zauberin mit einem strahlenden Helfer sehen wollen, und die Société sollte weder erfahren, wer ich war, noch was ich trieb.

War der Auftritt vorbei, der Vorhang gefallen, kehrten sich die Rollen um. Taten wir auch so, als führten wir unser Leben, ein jeder, wie es ihm beliebt, so wussten wir doch beide, dass er nie mehr sein würde als ein Djinn, auf ewig ein Diener, bis der Meister ihm seine Freiheit wünscht.

Ich hatte ihm nicht gesagt, wann das sein würde, aber mit Verstreichen des siebten Jahres spürte ich, dass es bald soweit wäre. Auch er ahnte es, während er sich an die Münze klammerte, die ich ihm geschenkt hatte, und an seine Hoffnung. Ich ließ ihn öfter allein, um in Ruhe den letzten Schritt vorzubereiten. Ich ahnte, dass es mich mehr kosten würde als nur den Mut, ihn ziehen zu lassen. Ich würde mich ihm ganz und gar ausliefern müssen – und dem Neid und der Gier der Société obendrein. Wenn ich mich in Ravi täuschte, oder er nicht stark oder einfallsreich genug wäre, so könnte mich mein Traum alles kosten. Sie würden mir Ravi nehmen, unser Leben, und all meine Geheimnisse.

Als er dann an jenem Abend im Bobino die Regeln brach – nicht, um sich selbst zu retten, sondern meinetwegen –, wusste ich, dass er soweit war.

Ich reichte ihm den Apfel. Ich weiß nicht, ob ich oder die Magie diese

Form wählten, oder ob es je einen Baum der Erkenntnis oder des Lebens gegeben hat. Doch für Ravi begann mit dieser einfachen Frucht aus dem Jardin die Zeit seiner schwersten Prüfung: mich zu beschützen, unsere Gegner zu täuschen, und seine Freiheit zu erspielen.

Die Prüfung war nun vorbei. Mein Werk beinahe vollendet.

Ich sehe mich selbst auf dem Bett liegen. Ravi sitzt neben mir, wie er die vergangene Woche viele Stunden neben mir ausgeharrt hat, und blickt aus dem Fenster, als habe er etwas gehört. Die ersten Sonnenstrahlen fallen auf den Boulevard, und der neue Tag bricht an.

Ich sehe ihn lächeln. Dann beugt er sich herab und küsst mich – und ich fühle, wie ich in mich selbst hineinfalle, fühle seine Lippen auf den meinen und die weichen Kissen unter meinem Kopf. Ich rieche den Duft der Rosen auf dem Nachttisch und das Holz und die Teppiche unseres Pariser Zimmers, spüre die Wärme der Decken und das sanfte Leinen auf meiner Haut.

Unsere Lippen lösen sich. Ich bin wach, doch halte die Augen noch geschlossen.

»Ich weiß noch, wo ich sollte sein«, flüstere ich. »Da bin ich – wo ist mein Ravi?«

»Ich bin hier«, sagt er, und ich schlage meine Augen auf. Auf den ersten Blick wirkt er unverändert; aber dann sehe ich tiefer und erkenne, dass ich mich getäuscht habe.

Ich kann nicht mehr in ihm lesen wie in meinem eigenen Spiegelbild. Das Blau seiner Augen ist seines, nicht meins. Das Band zwischen uns ist für immer gelöst – die Wandlung vollzogen. Er ist nun wie ich: ein magisches Wesen, doch Fleisch und Blut, und mit eigenem Willen.

Er ist frei.

»Du hast es geschafft«, sage ich.

Er nickt, aber sitzt ganz ruhig. Hat er Angst, mich zu erschrecken? Eine Weile sehen wir uns an.

»Nun, Ravi?«, frage ich dann. »Wirst du gehen?«

Er schüttelt den Kopf.

»Warum?«, will er wissen.

»Warum was?«

»Warum bin ich hier?«, fragt er.

Ich lächle.

»Damit du hier bist«, gebe ich zurück.

»Das ist alles?«

»Das ist alles«, nicke ich.

Er zieht langsam seine weißen Handschuhe aus, die er immer getragen hat, vom ersten Tag an, damit man die Kälte seiner Haut nicht
spürt. Dann greift er nach meiner Hand. Seine Hand ist warm, wie die
meine.

Ich kann sehen, wie er nach Atem ringt, und die passenden Worte
sucht.

Dann scheint ihm etwas einzufallen, denn er lächelt, blickt auf mich
herab und sagt: »Es wäre mir die größte Freude, wenn die Welt durch
meine Gegenwart nur das kleinste bisschen eine bessere würde. Selbst
auf unserer bescheidenen Bühne gibt es zwei Seiten, und vielleicht können wir etwas bewirken, wenn wir unser ganzes Gewicht in die richtige
Waagschale werfen. Wir können vielleicht keine Berge versetzen – doch
auch die kleinen Dinge zählen.«

Ich drücke seine Hand. »Das hast du schön gesagt.«

»Sir Arthur hat das gesagt«, entgegnet er.

Ich setze mich auf und fahre ihm durchs Haar.

»Also?«, frage ich. »Wie war dein Tag?«

»Es war ein langer Tag«, sagt er. »Ich glaube, ich bin etwas müde.«

»Deine größte Vorstellung«, nicke ich. »Dein größter Triumph. Sag,
war es schwer?«

Er lächelt und streicht mir mit dem Finger über die Wange, ganz
langsam, wie ein Blinder, der sich ein Gesicht merken will.

»Du kennst die Antwort«, sagt er.

»Eine alte Antwort.«

»Die immer noch wahr ist.«

Wir küssen uns wieder.

»Ich kannte sie die ganze Zeit.«

Solang wir uns wiedersehen

Carrefour Vavin, 26.9.1926

An einem ganz normalen Sonntag im September eilt zur Mittagszeit ein junger Mann den Boulevard du Montparnasse hinab. Seine Kleidung ist nicht mehr die neueste, und er drückt einen von Postschnur zusammengehaltenen Stapel Papier an seine Brust. Er passiert die Église Notre-Dame-des-Champs, dann das Select, überquert die Rue Vavin und kommt vor der großen Terrasse der Rotonde zu stehen, überwältigt und auch überfordert von den vielen Menschen, den vollbesetzten Tischen, und den unzähligen Straßen, die an diesem Ort zusammenlaufen. Da ist die Metrostation, dort die Straßenbahn, die grünen Busse, die roten Taxis, die alten Kutschen, das Dôme auf der anderen Straßenseite, die Litfaßsäule mit der Werbung für ein magisches Varieté heute Abend, da sind die Gaslaternen, die Rosskastanien, Balzac zu seiner Linken und die Schuhputzer und die Blumenfrauen, die Zeitungsverkäufer und die Sonntagsspaziergänger überall um ihn herum.

Er steht da und nimmt einfach nur wahr, fühlt sich wie ein winziger Teil eines enormen Kosmos von Ängsten und Absichten, und fragt sich, was in all den Menschen wohl vor sich geht, den Männern in den Anzügen, die sich laut in fremden Sprachen unterhalten, den Frauen mit den zierlichen Hüten, die bei ihnen sitzen, den Kellnern der Rotonde mit ihren weißen

Schürzen dazwischen. Ebenso wenig wissen sie, was in ihm vor sich geht, dem jungen Mann mit dem struppigen blonden Haar und den abgewetzten Ellenbogen, der nun vorsichtig in die Kreuzung hinauswandert, und nach einem Zeichen Ausschau hält, was als nächstes mit ihm geschehen soll.

Ein Kind ruft.

Ein Kutscher schimpft.

Eine Elster lässt eine Kastanie fallen.

Der Blick des Jungen trifft sich mit dem einer Kellnerin auf der anderen Straßenseite, und unwillkürlich lenkt er seine Schritte in ihre Richtung. Irgendwie scheint sie ebenso verloren wie er selbst, wie sie da steht, eine blonde Strähne in ihrem Gesicht, ein Tablett auf dem Arm, und sie scheint so voller Möglichkeiten zu sein, dass er sich fragt, wie es wäre, ihre Geschichte zu erzählen. Eine Straßenbahn nimmt ihm kurz die Sicht auf sie, doch als sie vorüber ist, ist das Mädchen noch da, alleine zwischen ihren Gästen, und schaut immer noch zu ihm herüber, ist voller Erinnerungen an eine Zukunft, die sich niemals ereignen mag – und er weiß, dass er eine Entscheidung fällen muss.

Einen Moment nur zögert er, dann überquert er schnellen Schrittes die Straße.

Bald sitzen sie gemeinsam an einem Tisch auf der Terrasse. Das Mädchen ist so überrascht von diesem unverhofften Gang der Dinge, dass sie ihre Schürze abgelegt und eine Pause gemacht hat, und ein grimmiger Mann mit dunklem Stoppelbart bedient nun die Gäste. Sie und der Junge fragen einander nicht, warum sie das tun; stattdessen reden sie miteinander, als ob es die natürlichste Sache auf der Welt ist, und sie sagen einander mehr in dieser halben Stunde als manche Menschen in vielen Jahren. Sie spüren beide, wie unwahrscheinlich es ist, dass sie an diesem Ort, in diesem Moment hier zusammensitzen, und sie spüren, dass es etwas Besonderes ist, und dass es vorübergehen wird, und das macht sie traurig.

Es ist seltsam, sagt sie, und schade. Da nehmen Sie all das auf sich, nur um hierherzukommen. Und ich glaube, ich habe endlich einen Grund gefunden, um zu gehen.

Sie wollen gehen?, fragt er.

Immer schon. Aber ich schaffe es nicht.

Vielleicht, sagt er, schaffen wir es gemeinsam?

Ist das Ihr Ernst?

Wieso denn nicht?

Wir kennen uns seit einer halben Stunde!

Und wenn schon, lächelt er. Sie deutet hilflos umher.

Ich kann hier nicht weg. Sehen Sie doch – meine Arbeit.

Später, sagt er. Heute Abend, wenn ich ihn gefunden habe.

Wen gefunden?

Den Mann, sagt er, nach dem ich suche – der, dessentwegen ich hier bin.

Wissen Sie denn, wo Sie ihn finden?

Es dauert sicher nicht lang, sagt er, und dann komme ich wieder. Sie sieht ihn an, wie sie nie aussehen wollte, fast flehentlich, und fasst ihn am Arm.

Sie werden auch wirklich kommen? Sie sagen das nicht bloß?

Werden Sie denn auf mich warten?

Ich kann warten, sagt sie. Solang wir uns wiedersehen, kann ich das tun.

Ich werde da sein, sagt er und erhebt sich. Sie reichen sich die Hände, dann legt sie wieder ihre Schürze um, und er eilt davon, verschwindet im Strom des Boulevards.

Die Stunden verstreichen, gemessen von der alten Standuhr im Obergeschoss des Cafés, in deren Schatten Justine am Abend ihre Tasche richtet – nur für den Fall, sagt sie sich, nur für den Fall. Und als die Sonne über Montparnasse untergeht, die letzten Strahlen vom Carrefour Vavin verschwinden, als das Auerlicht erwacht, und all die Dinge, die nur ein Traum bleiben sollen, in die Herzen der Menschen schleichen wie Diebe, die für eine Stunde oder zwei verweilen und sich dann mit vollen Taschen davonstehlen, so dass es scheint, als ob es immer mehr zu verlieren als zu gewinnen gäbe für die Menschen, die ihre Herzen einem solchen Traume öffnen, blickt Justine auf den Boulevard hinaus und schließt das Bild des Jungen fest in sich ein, damit sie es nicht auch noch verliert.

Die Welt, denkt sie, ist ihr eine Menge Antworten schuldig, aber solange ihre Sachen dort oben am Treppenabsatz auf sie warten, braucht sie keine Frage zu stellen, die ihr vielleicht Angst machen würde. Sie kann den Traum festhalten, solange sie will, wie einen jungen Vogel, solange sie die Fenster ihres Herzens nur geschlossen hält.

Es wird frisch auf der Terrasse, und sie schlingt die Arme um sich. Die letzten Gäste gehen zu Bett. Justine lässt den Blick über die verlassenen Tische schweifen.

Ein Taxi fährt den leeren Boulevard hinab.

Es ist seltsam, denkt sie, kurz bevor sie nach drinnen geht, und vielleicht auch schön – zu wissen, was alles geschehen könnte, gleich im nächsten Augenblick.

Nachwort

Manche Dinge werden Wirklichkeit, andere Dinge bleiben ein Traum.

Ernest Hemingway würde nicht zu seiner Frau zurückkehren. Als sie das erkannte, setzte sie die hundert Tage, die sie zur Bedingung für eine Scheidung gemacht hatte, und die mit Paulines Abreise am 24. September begonnen hatten, aus. Im Frühjahr des nächsten Jahres heiratete Hemingway Pauline und verließ bald darauf Paris, das nicht mehr die Stadt war, die er einst gekannt hatte.

The Sun Also Rises erschien am 22. Oktober 1926 in New York und übertraf Gaspards Erwartungen bei weitem.

Am selben Tag, in Montreal, beging Harry Houdini den Fehler, sich in seiner Garderobe von einem Studenten in die Magengrube schlagen zu lassen; er tat das häufig, um seine überlegene Muskelkraft unter Beweis zu stellen. Der Student ließ ihm aber keine Zeit, sich auf den Schlag vorzubereiten, und Houdini erlitt eine Verletzung seines (wahrscheinlich bereits entzündeten) Blinddarms. Trotz Fiebers und starker Schmerzen setzte er seine Tournee fort. Zwei Tage später, nach einem Auftritt in Detroit, brach er zusammen und wurde in ein Krankenhaus eingeliefert, wo er am 31. Oktober 1926 an Bauchfellentzündung verstarb.

Zehn Jahre, immer an Halloween, hielt seine Frau Séancen ab, um den Geist ihres Mannes zu rufen. Obgleich er es vorzog, nicht zu erscheinen, konnte dies Sir Arthur nicht in seinem felsenfesten Glauben an Houdinis übersinnliche Kräfte erschüttern. Man könnte sagen, der größte Trick des Meisters – nie auch nur einen einzigen echten Zauber gewirkt zu haben – verpuffte ohne Gehör; die Menschen glauben, was sie sehen. Was Baudelaire davon hielt, ist leider nicht zu beantworten.

Vieles hat sich in Montparnasse seither geändert. Die Straßenbahnen sind verschwunden, die Kastanien Platanen gewichen. Die meisten Bars und Cafés, auch wenn sie noch die alten Namen tragen, sind heute Restaurants, deren Karte die Börse der Kunden (wenn es sich nicht gerade um zeitlose Trickbetrüger aus Kent handelt) vor größere Herausforderungen stellt. Vor allem im Select und in der Closerie lebt die Erinnerung an die goldenen Tage noch fort; in letzterer kann man sich dank kleiner Messingplaketten auf den Tischen an den Namen der großen Gäste von einst entlangtrinken.

Das Hôtel de la Haute Loire war lange eine beliebte Unterkunft an der Kreuzung der beiden Boulevards. Bis 1923 beherbergte das Erdgeschoss Batys berühmte Weinbar. Im Jahr darauf wurde das Gebäude für die olympischen Spiele renoviert. Dass Bar und erstes Obergeschoss an den korsischen Schwiegersohn des Direktors übergingen, ist eine Möglichkeit, die sich in unserer Welt nie verwirklicht hat. In den oberen Stockwerken befindet sich noch heute ein charmantes Hotel; wenn man jedoch vor dem Jardin steht, blickt man auf die Auslage eines weiteren Fischrestaurants. Die Hummer und Seekrabben liegen exakt dort, wo Justine zwei Jahre ihres Lebens die Gläser hätte abräumen sollen.

Honoré de Balzacs Gegenwart in diesem Roman ist einer freizügigen Auslegung der Geschichte geschuldet. Tatsächlich dauerte es noch weitere dreizehn Jahre, bis man Rodins Meister-werk, über das sich zur Zeit seiner Entstehung allenfalls Oscar Wilde positiv äußerte, am Carrefour Vavin enthüllte.

Shakespeare and Company, Sylvia Beachs berühmter Buchladen, wurde im Zweiten Weltkrieg gezwungen, zu schließen. Ernest Hemingway befreite den Laden 1944 zwar persönlich, es kam aber zu keiner Neueröffnung. *Shakespeare and Company* ist auch der Titel, den Sylvia Beach ihren Memoiren gab; und ein wei-terer Buchladen dieses Namens findet sich heute am Seineufer. George Whitman, der Besitzer, benannte sogar seine Tochter nach der Grande Dame der Pariser Literaten.

Jimmie Charters traf während seiner Zeit in der Dingo Bar niemals den Teufel; lediglich Aleister Crowley kam ab und an zum Schachspielen vorbei. Dennoch hat Jimmie wahrschein-lich alles erlebt, was es in Paris zu erleben gab. Er war ein guter Bekannter Hemingways und tausend illustrer Persönlichkeiten, und er galt als musterhafter Barkeeper. Auch erfand er einen Cocktail, der eine so dramatische Wirkung auf seine weiblichen Gäste hatte, dass die Geschäftsführung ihm verbot, ihn weiter auszuschenken.

Von Madame Jalbert dagegen heißt es, dass sie ein Polizei-spitzel gewesen sein soll. Dass die Besitzerin des Select eine Augenklappe trug und einen aufmerksamen Papagei besaß, ist allerdings nicht überliefert.

Ebenso existieren keine Aufzeichnungen über Philbert Du-breuil, den Direktor des Bobino in jenem Sommer.

Entschuldigung gebührt Monsieur Baillaud: Der Direktor des Pariser Observatoriums verrichtete seinen Dienst stets vor-bildlich, bis er Ende 1926 seinen wohlverdienten Ruhestand antrat. Selbst unter den Pressionen des Ersten Weltkriegs und schwerer Geschütze versäumte das Observatorium nie, der Welt sein Zeitsignal zu senden. 1933 dann wurde die erste sprechen-de Uhr in den Kellern der Sternwarte installiert, so dass die Pariser Bürger das Orakel der Unterwelt nun auch telefonisch um Weisung bitten konnten.

Um böse Überraschungen zu vermeiden, wurden die sagenumwobenen Katakomben immer wieder gesperrt, was unerschrockene Kataphile aber nie davon abhielt, weiter ihre Feste unter der Stadt zu feiern. Ortskundige werden feststellen, dass es wesentliche Unterschiede zwischen der Höllenfahrt unserer Liebenden und den tatsächlichen Gegebenheiten unter dem Cimetière du Montparnasse gibt. Es existiert jedoch auf mehreren Stockwerken ein weitverzweigtes Netz an Gängen, die durch Treppen miteinander verbunden sind, und obgleich die beschriebenen Örtlichkeiten nicht ohne die Hilfe magischer Pendel oder wohlmeinender Mäuse auffindbar sein dürften, entsprechen sie doch dem Geiste nach der Wirklichkeit. Die öffentlich zugänglichen Beinhäuser machen kaum ein Prozent dieser unterirdischen Welt aus; man findet dieses (trotz allem sehr sehenswerte) Prozent am Place Denfert-Rocherau, auf halbem Weg zwischen Friedhof und Observatorium.

Manche Dinge werden Wirklichkeit, andere Dinge bleiben ein Traum. Dasselbe ließe sich auch über Bücher sagen. Dass dieses Buch Wirklichkeit wurde, ist den Träumen vieler Menschen geschuldet, deren Leben auf die ein oder andere Weise von Montparnasse und seiner internationalen Künstlerkolonie berührt wurde.

Unter den unzähligen Quellen, die bei der Entstehung dieses Buchs eine Hilfe waren, gibt es einige herausragende, ohne die es nicht hätte geschrieben werden können. Unverzichtbar für jeden, der den Zauber der goldenen Ära nacherleben möchte, ist der Bildband *Kiki's Paris: Artists and Lovers* von Billy Klüver und Julie Martin. Mehrere Bücher widmen sich der Welt der Toten; zuletzt *Der Untergrund von Paris* von Günter Liehr und Olivier Faÿ. Aus Michael Reynolds umfassender Hemingway-Biographie seien die Bände *The Paris Years* und *The American*

Homecoming genannt; außerdem natürlich Hemingways Memoiren *A Moveable Feast*. Ein wahres Juwel sind die Einsichten, die Jimmie »The Barman« Charters in *This Must Be the Place: Memoirs of Montparnasse* festhielt. Für das besondere Verhältnis zwischen Harry Houdini und Arthur Conan Doyle schließlich lohnt ein Blick in *A Magician Among the Spirits* respektive *The Edge of the Unknown*. Alle Fehler und historischen Ungenauigkeiten sind mein Verschulden.

Natürlich gibt es viele Menschen, die bei der Entstehung dieses Buchs eine Hilfe waren; ohne einige von ihnen wäre es aber nie geschrieben worden. Ich danke Natalja Schmidt und Julia Abrahams für die Partys am Heidelberger Montparnasse, Stephan Askani für eine Einladung nach Stuttgart, und Tina Boczian für Antworten auf viele eigentümliche Fragen.

In einer Sache widersprach Hemingway seinem Barkeeper, und er behielt recht damit: Es gibt kein Ende von Montparnasse.

Christoph Marzi

Die Uralte Metropole

Mit seinen magischen Romanen um das Waisenmädchen
Emily und ihre Gefährten schrieb sich Christoph Marzi an die
Spitze der deutschen Fantasy. Seither folgen zahlreiche
Leserinnen und Leser seinen liebevoll gezeichneten Figuren
und ihren phantastischen Abenteuern in der Uralten Metropole,
der geheimnisvollen Welt unterhalb Londons.

»Christoph Marzi zeichnet ein faszinierend-mystisches
London voller vergessener und dennoch lebendiger Geschöpfe.
Gegenwart und Legenden werden eins.« *Markus Heitz*

Lycidas
978-3-453-53006-3

Lilith
978-3-453-52135-3

Lumen
978-3-453-81081-5

Somnia
978-3-453-52483-5

978-3-453-53006-3

Leseproben unter: **www.heyne.de**

HEYNE ‹